HEYNE <

Das Buch

In der Seeschlacht vor Hequia ist es dem Schwarzen Schiff gelungen, allen Verfolgern zu entkommen. Nun soll die Offizierin Roxane nach Corbane zurückkehren, um sich dort vor einem Kriegsgericht zu verantworten, während dem Freibeuter Jaquento der Strick droht. Zudem schickt die Marine von Thaynric Admiral Thyrane aus, um die mysteriösen Vorfälle in der Sturmwelt zu untersuchen. Erst allmählich und mit Hilfe der befreiten Sklavin Sinao und des jungen Maestre Manoel kommt er einem uralten Geheimnis auf die Spur.

Da geraten die Dinge in der alten Welt in Bewegung: Das Land Hiscadi lehnt sich gegen die Herrschaft von Géronay auf, und der Dichter Franigo wird unfreiwillig zum Anführer einer Revolte, als sich auf dem Kontinent ein Sturm zusammenbraut, der alles hinwegzufegen droht. Schon bald müssen Roxane und Jaquento gegen alle Widerstände ein Bündnis eingehen, um die Verfolgung der schwarzen Fregatte erneut aufzunehmen und die Welt so vor einer magischen Katastrophe zu bewahren...

Der Autor

Christoph Hardebusch, geboren 1974 in Lüdenscheid, studierte Anglistik und Medienwissenschaft in Marburg und arbeitete anschließend als Texter bei einer Werbeagentur. Sein großes Interesse an Fantasy und Geschichte führte ihn schließlich zum Schreiben. Seit dem großen Erfolg seiner *Troll-* und *Sturmwelten*-Romane lebt er als freischaffender Autor in Heidelberg.

Mehr zu Autor und Werk unter:
www.hardebusch.net

CHRISTOPH HARDEBUSCH

STURMWELTEN

UNTER SCHWARZEN SEGELN

Roman

Originalausgabe

WILHELM HEYNE VERLAG
MÜNCHEN

FSC
Mix
Produktgruppe aus vorbildlich
bewirtschafteten Wäldern und
anderen kontrollierten Herkünften

Zert.-Nr. SGS-COC-1940
www.fsc.org
© 1996 Forest Stewardship Council

Verlagsgruppe Random House FSC-DEU-0100
Das für dieses Buch verwendete
FSC-zertifizierte Papier *München Super*
liefert Mochenwangen Papier.

Originalausgabe 04/2009
Redaktion: Uta Dahnke

Printed in Germany 2009
Umschlagillustration: Volkan Baga
Umschlaggestaltung: Nele Schütz Design, München
Karten: Andreas Hancock
Satz: Leingärtner, Nabburg
Druck und Bindung: GGP Media GmbH, Pößneck
ISBN: 978-3-453-52397-5

www.heyne-magische-bestseller.de

Für meine Liebe, die mir in stürmischen Gewässern Halt gibt.

Die Südliche Sturmwelt
Die Sonneninseln
Die Große Weite
Die Viradas
Rosarias
N

Guanique
Lessan
Adlerkopf
Horendann
Ost-Passage
Portosa
Der Kleine Bogen
Der Große Bogen
Querigue
Brebant
Die Finger
Wyrden
Hequia / Amara

CORBANE
N
REIDREN
LOIDIN
THAYNRIC
HEYMOSS
DLEIGH
MAILLOT
BRIZHAY
GÉRONAY
CABANY
GAVERE
PADUNY
CÉRVENNES
CÉRVENNES
TORDEN
BOROGES
FAVARE
SARGONA
BALCERA
HISCADI
SENGIER
BATUTZI
NÁLAVA
CARLES
MAURESKEN STÄDTE
A Hancock

»6. Keine Person innerhalb der Flotte darf, direkt oder indirekt, einen Feind oder Rebellen mit Geld, Pulver, Kugeln, Waffen, Munition oder anderen Versorgungsgütern jeglicher Art versorgen; Vergehen dieser Art werden mit der Todesstrafe geahndet oder einer solchen Bestrafung, wie sie dem Kriegsgericht angemessen erscheint und wie die Natur und der Grad des Verbrechens sie verdienen.«

Die Kriegsartikel der Thaynrischen Marine

»1. Jede Person, die vom Schiff flieht oder ein Geheimnis vor der Schiffsgemeinschaft verbirgt, soll ausgesetzt werden auf einer einsamen Insel, mit nicht mehr als einem Pulverhorn, einer Flasche Wasser, einer Pistole und einer Kugel.«

Der Kodex der Piraten

DRAMATIS PERSONAE

Personen in Corbane

Admiral Daunce	Mitglied der Admiralität
Aitea	Hiscadische Gastwirtin
Alserras	Hiscadischer Student
Aomas Thyrane	Admiral im Ruhestand, genannt der Seewolf
Enouis	Géronaischer Soldat
Esterge	Hiscadischer Hauptmann
Franigo	Hiscadischer Dichter
Gasparde, Princiess von Gureman	Géronaischer Adliger
Guilo	Hiscadischer Student
Guiot	Géronaischer Fischer
Imric Bolton	Sonderberater der Admiralität
Inxi	Hiscadischer Student
Jiménos, Duquo de Dosneras	Hiscadischer Adliger
LeSorre	Kapitän der *Unerschrocken*
Marschall Bouflon	Marschall von Géronay
Morwey	Königin von Thaynric

Niara	Hiscadische Rebellin
Selbrid Byyers	Thaynrische Offizierin
Sugérand XV.	König von Géronay
Tanára	Ehemalige Maestra
Tareisa	Maestra
Walsley	Kanzler Thaynrics
Yuone	Schauspielerin

Personen in der Sturmwelt

Admiral Holt	Kommandeur der Sturmwelt-Flotte
Bihrâd	Maureske, Arzt
Brizula	Ehemalige Sklavin
Gleckham	Laerd-Protektor der Compagnie
Jaquento	Hiscadi
Majagua	Verstorbener Sklave
Malster	Bailiff der Compagnie
Manoel, genannt Mano	Maestre
Oxarre	Unterweltkönigin
Shanton	Major
Sinao, genannt Sin	Ehemalige Sklavin
Tangye	Verstorbener Aufseher

Besatzung der *Mantikor*

Aella Hugham	Leutnant, ehemals Zweite Offizierin

Cearl Frewelling	Verstorbener Leutnant und Erster Offizier
Coenrad Groferton	Maestre
Galfrid Sellisher	Caserdote, Schiffskaplan
Heric Cudden	Leutnant der Marinesoldaten
Hoare	Verstorbener Matrose
Imrin	Fähnrich
Jenks	Matrose
Oric Harfell	Verstorbener Kapitän
Roxane Hedyn	Leutnant, kommissarische Kapitänin
Saefled Tabard	Schiffsärztin der Mantikor
Tola Levman	Kommissarischer Leutnant

Besatzung der *Todsünde*

Enreques	Matrose
Hilrica	Navigatorin
Pertiz	Verstorbener Offizier
Quibon	Verstorbener Offizier
Rahel	Offizierin
Rénand Deguay	Kapitän
Soywell	Matrose

Besatzung der *Imperial*

Aegrin	Matrose
Bercons	Kapitän
Fallton	Leutnant, Erster Offizier
Lamworth	Bordmaestre
Lerrick	Leutnant, Zweite Offizierin
Tarren	Leutnant, Dritte Offizierin

Besatzung der *Amerswatt*

Fridgae Farcey	Kapitänin
Chalkin	Bordmaestre
Totthill	Caserdote, Schiffskaplan

Historische Personen

Corban	Prophet
Siorys	Drachentöter

PROLOG

An die stets wiederkehrenden Schreie hatte er sich längst gewöhnt. An diesem Ort hatte man kaum eine andere Wahl, als sich daran zu gewöhnen; es war nicht möglich, die Frau zum Schweigen zu bringen. Heutzutage hörte er sie kaum noch. Die lange Zeit war dafür verantwortlich. So wie Zeit für vieles verantwortlich war.

Mit langsamen Schritten ging er den hell erleuchteten Korridor entlang. Das Licht war diffus, entstand aus der Luft selbst, erschaffen durch Vigoris, die er prickelnd auf seiner Haut spürte. Das Gefühl belebte seinen Geist, und auch sein Leib wurde weniger schwerfällig. Um ihn herum flackerte das Licht sanft, als er die Kraft in sich aufnahm. Die Macht der Vigoris nahm zu, je näher er dem Zentrum der Anlage kam. Weiter oben blitzte sie nur vereinzelt auf, aber hier bildete sie einen dichten Vorhang aus Licht.

In die Bodenplatten war silbriges Metall eingelegt, dessen Berührung er durch die Sohlen seiner weichen Schuhe spürte. Die Schönheit der Intarsien war atemberaubend, aber er hatte keinen Blick für ihre kunstvolle Anordnung. Für ihn waren sie nur ein Speicher für die Vigoris, Leiter für die magische Macht, die alles an diesem Ort am Leben hielt – ebenso wie ihn. Das Geheimnis des Metalls war der Welt längst verloren gegangen, verschüttet unter den Trümmern großer Kriege und Veränderungen.

Vergessen und nicht vermisst, denn in diesen neuen Zeiten strebten die Menschen nicht mehr nach der Vervollkommnung ihrer Macht, nach dem Arsanum, dem großen Geheimnis des Kosmos, sondern nach profaner Technik, nach Wissenschaft, nach Eisen und nach Pulver. Sie hatten die Wunder ihrer eigenen Vergangenheit zu Dämonen erklärt und die Errungenschaften der Altvorderen mit Füßen getreten und sie vernichtet, wo sie nur konnten. Aber diesen Ort hatten sie nicht gefunden.

Als er das Zentrum erreichte, musste er die Augen vor der Helligkeit verschließen. Die Wände, der Boden und die Decke erstrahlten in gleißendem Licht. Wer diese gewaltige Halle betrat, konnte sich allein in dem Leuchten verirren – wenn er den Weg nicht kannte. Aber er ging einfach weiter, ignorierte das kleine, dunkle Portal, hinter dem er die Frau wusste, deren Name einst Tanára gewesen war. Für den Augenblick war sie ruhig; vielleicht spürte sie seine Anwesenheit. Doch ihn interessierte ohnehin eine andere.

Ein weiterer Durchgang öffnete sich vor ihm, zeichnete sich als dunkler Umriss im allumfassenden Licht ab. Als er hindurchtrat, erfüllte ihn die Vertrautheit der Heimat. Das Licht war hier schwächer, die Mosaike an den Wänden alt und zum Teil blind. Es war ihm gleich, denn er wusste, was sie zeigten, auch ohne sie betrachten zu müssen: die Nigromantenkaiser in all ihrer Macht, umgeben von ihren treuen Dienern, auf der Suche nach dem endgültigen Geheimnis, der letzten Formel, die alles im Universum zusammenhielt.

Seine eigenen Räume nahmen sich innerhalb der Anlage bescheiden aus. Früher hatte er über seinen Rückzugsort geflucht, doch jetzt konnte er die feine Ironie verstehen. Ein altes Grabmal als Sanktum, das Reich der Toten als Refugium für einen, der selbst ein Totenwächter war.

»Nicht alles, was tot ist, bleibt für immer verborgen«, murmelte er, während er sich in einen hohen Sessel setzte. Auf einem filigranen Beistelltischchen stand ein Pokal, der auf eine Handbewegung hin zu ihm schwebte. Erst als sein Durst gestillt war, gab er dem Ruf nach.

Sie war an einem düsteren Ort. Seine Sinne nahmen die Umgebung aufgrund der Distanz nur undeutlich war. Er roch Holz und Teer, schmeckte salzige Luft, hörte das Knarren von schwerer Leinwand. Vor ihm kniete seine Dienerin mit gesenktem Haupt. Aber es war etwas anderes, was seine Aufmerksamkeit beanspruchte. Eine Präsenz, unweit von ihm, deren bloße Anwesenheit an seinem Innersten zerrte.

Doch als er sich an seine Gehilfin wandte, erfüllte ihn eine fast vergessene Regung – Freude. Lächelnd sprach er sie an.

»Tareisa, mein Kind. Du warst erfolgreich.«

Es war keine Frage, nur eine Feststellung.

»Ja.«

»Dann hat es begonnen.«

THYRANE

Die Kutsche rumpelte durch die Straßen, und die Räder tanzten über das Kopfsteinpflaster. Obwohl der Kutscher die Eile walten ließ, zu der man ihn aufgefordert hatte, war die Fahrt dank der gefederten Aufhängung bequemer, als der Admiral befürchtet hatte. Eigentlich missfiel Thyrane die laute, schmutzige und stinkende Stadt, aber dennoch verspürte er eine unvermutete Freude beim Anblick der hohen Häuser. Nicht erst in den letzten Jahren waren sie immer weiter in die Höhe geschossen, da neues Bauland knapp war und der rege Zustrom aus allen Landesteilen und den Kolonien ungebrochen. Das stolze Loidin, Hauptstadt Thaynrics, war für viele Einwanderer ein goldenes Versprechen, das sich allerdings nur in den seltensten Fällen erfüllte. Entsprechend bunt war die Mischung der Menschen auf den Straßen, aber besonders eine Gruppe von ihnen stach ihm ins Auge: die Angehörigen der Marine, die im Straßenbild allgegenwärtig schienen.

Eigentlich war es die richtige Jahreszeit für den berühmten Nebel in Loidin, doch der Tag war hell und freundlich, mit einem leichten Wind, der Erinnerungen in dem Admiral weckte, Erinnerungen an die See und den unendlichen Wind, der ihm meist wohlgesonnen gewesen war.

Als die Kutsche in die kurze Straße beim ehemaligen königlichen Marstall einbog, wurde es um das Gefährt herum deutlich ruhiger. Soldaten patrouillierten hier, und nur wenige Bürger wurden für ihre Geschäfte in diese Bereiche gelassen, in der die Regierung angesiedelt war. Rechts und links der Straße befanden sich imposante Gebäude, deren mächtige Säulen dem Betrachter ihre Wichtigkeit – oder mehr noch die Wichtigkeit ihrer Besitzer und jener, die darin arbeiteten – verkündeten. Schmiedeeiserne Zäune umgaben kleine Parks, die an die Herrenhäuser im Südend erinnerten.

Als die Kutsche abbog, öffneten zwei Marinesoldaten bereitwillig ein großes Tor. Unter den Rädern knirschte Kies, bis sie vor der breiten Treppe des Hauses anhielten. Ohne zu zögern, erhob sich Thyrane, doch sein Diener war bereits zur Stelle, um den Kutschenschlag zu öffnen und die kleine Treppe herunterzuklappen.

Eine junge Offizierin empfing Thyrane mit einer respektvollen Verbeugung und deutete dann zur Tür empor: »Willkommen, Admiral. Mir fällt die Ehre zu, Sie zu Ihren Gastgebern zu geleiten. Würden Sie mir bitte folgen, Thay?«

»Danke«, brummte Thyrane. Obwohl die Frau sicherlich nicht klein war, überragte er sie doch um mehr als Haupteslänge. *Dabei hat mich das Alter nicht gerade größer gemacht*, dachte er missmutig. Auch wenn er sich stets um eine aufrechte Haltung bemühte, fand er sich häufig mit hochgezogenen Schultern und geneigtem Kopf wieder – ein Umstand, der ihn sehr verärgerte.

Mit einem Seufzen schob er die unleidigen Gedanken beiseite und folgte seiner Führerin in das Gebäude. Trotz einiger hoher Fenster war der Korridor düster, da die schweren Vorhänge, die sie umrahmten, nur wenig Licht hineinließen. Während sich seine Augen allmählich an das Dämmerlicht gewöhnten, fragte Thyrane: »Wie ist Ihr Name, Leutnant?«

»Selbrid Byyers, Thay«, erwiderte sie sofort, und die Art, wie sie den Namen aussprach, verriet ihm ihre Herkunft.

»Sie stammen von Raslin, Thay?«

Ohne sich zu ihm umzuwenden, antwortete sie: »Das ist richtig, Thay. Der Name?«

»Eher die Art, wie sie das R rollen. Aus Raslin kommen die besten Seefahrer, sagt man.«

»Aber nur auf Raslin, Thay.«

Er lachte laut heraus. »Vermutlich. Jede Insel beansprucht für sich die besten Seefahrer, nicht wahr?«

»Nun, von Raslin stammte der Seedrache. Aber der Seewolf kommt von Graemney, wenn ich mich nicht irre. Mir scheint, alle Inseln haben ihre Söhne und Töchter der See.«

»Sie irren sich nicht, Thay. Wenn Sie mal wieder von Ihrem Posten hier entkommen möchten, um ein wenig Seeluft zu schnuppern, sagen Sie mir Bescheid. Ich würde dann sehen, was ich tun kann.«

Die junge Offizierin lächelte erst unsicher, dann aber offener, als sie sah, dass er nicht scherzte. »Vielen Dank, Thay. Womöglich komme ich auf Ihr Angebot zurück. Wir sind da.«

Mit diesen Worten klopfte sie an eine Tür, und da aus dem Raum dahinter hereingebeten wurde, öffnete sie die Tür und trat respektvoll zur Seite. Als Thyrane an ihr vorbeischritt, salutierte sie, während er ihr zunickte.

»Ah, Admiral Thyrane«, begrüßte ihn ein kleiner Mann in einer einfachen, schwarzen Uniform, der sich gerade erhob. Hinter Thyrane schloss Leutnant Byyers die Tür. In einem Ohrensessel in der Ecke entdeckte der Admiral noch eine Person, die aber keinerlei Anstalten machte, den Neuankömmling zu begrüßen.

»Admiral Daunce«, erwiderte Thyrane und nickte dem kleinen Mann zu. »Es ist schön, Sie wieder einmal zu sehen. Wie lange mag das jetzt her sein?«

»Sicherlich vier oder fünf Jahre, Thay. Sie waren noch im Dienst.«

»Und Sie ein frischgebackener Admiral. Der Posten scheint Ihnen zu bekommen. Ich hoffe, die Bürokraten hier lassen Sie noch hin und wieder hinaus, wo der echte Krieg stattfindet.«

Mit einem Lächeln winkte Daunce ab und strich sich über den beinahe kahlen Schädel. »Meine Zeiten auf See sind vorbei, Thay. Ich habe jetzt andere Aufgabengebiete.«

Bevor Thyrane antworten konnte, erhob sich der dritte Anwesende aus dem Sessel. Er war beinahe so groß wie Thyrane, dabei aber von schon ungesunder Hagerkeit. Seine dunkle Perücke betonte seine scharfen Züge.

»Ich unterbreche Ihre Erinnerungen nur ungern, aber ich fürchte, wir haben Dringlicheres zu besprechen.«

Missbilligend blickte Thyrane zu Daunce, der auf den Sprecher wies: »Das ist Imric Bolton, Sonderberater der Admiralität. Und das ist Admiral Aomas Thyrane, zehnter Laerd von Dunmarden, Vichess von Litikos.«

»Es ist mir eine Ehre«, erklärte der Sonderberater mit einer Miene, die das genaue Gegenteil ausdrückte. Auch Thyrane gab sich keine Mühe, sein Missfallen zu verbergen. Einige Momente standen sie sich schweigend gegenüber, dann brach Daunce die Stille: »Etwas zu trinken, Thay?«

»Port, bitte. Also, warum haben Sie mich rufen lassen? Da die Angelegenheit so dringlich ist, dass sie nicht einmal etwas Aufschub durch die Wiedersehensfreude alter Männer duldet, können Sie mir sicherlich sofort eine Antwort geben.«

»Ich wollte keinesfalls andeuten, dass Sie beide … also Ihr Alter …«

»Schon gut«, unterbrach ihn Thyrane, dem die Manierismen des Sonderberaters bereits auf die Nerven gingen. »Vergessen wir diesen Teil und dringen zum Kern der Sache vor. Vielleicht noch eines vorab: Was genau an Beratung fällt in Ihre Zuständigkeit?«

»Ich diene Kanzler Walsley, wenn das Ihre Frage beantwortet«, entgegnete Bolton steif.

Falls der Berater gehofft hatte, die Erwähnung des berüchtigten Spionagemeisters der Königin würde Thyrane beeindrucken, wurde er enttäuscht – Thyrane hatte Walsley schon sturzbetrunken in einem Bordell erlebt, wo der sonst so stoisch wirkende Mann seine Hosen über dem Kopf kreisen ließ und auf den Tischen stehend Gedichte reklamierte. *Erstaunlich gute Stimme sogar.*

»Dem alten Fuchs also. Nun gut, was haben Sie zu berichten?«

Während Admiral Daunce zwei Gläser mit Port füllte, eines an Thyrane weiterreichte und das andere nach kurzem Zuprosten an die Lippen hob, warf sich Bolton in Pose.

»Vor einiger Zeit wurden wir darauf aufmerksam, dass die Compagnie auffällige Unternehmungen in der Sturmwelt unternahm. Die Berichte über ihre Aktivitäten häuften sich, so dass wir jemanden darauf ansetzten. Zunächst fanden sich lediglich einige kleine Unregelmäßigkeiten, die durchaus zu erwarten waren. Korruption, Bestechung, nichts von Bedeutung. Wir entdeckten, dass das Handelsunternehmen auf einigen abgelegenen Inseln trotz des allgemeinen Verbots noch immer Sklaven hält. Aber nun gut, meine Herren – das konnte uns kaum überraschen. Und wen kümmert es schon wirklich?«

Thyrane stieß ein verächtliches Schnauben aus. Der Admiral hatte noch nie verstanden, was eine zivilisierte Nation wie Thaynric dem Sklavenhandel abgewinnen konnte, und er hatte in seiner Zeit im Parlament dessen Abschaffung befürwortet.

Ohne die Unterbrechung zu beachten, fuhr Bolton fort: »Ansonsten entdeckten wir nichts Seltsames an den Geschäften der Compagnie. Aber dann stellte sich heraus, dass unsere Leute womöglich nur an den falschen Orten gesucht hatten.«

»Moment«, warf Thyrane ein. »*Unsere* Leute? Welche Leute genau meinen Sie?«

»Ich glaube nicht, dass diese Information für unser Gespräch von Belang ist.«

»Und ich glaube nicht, dass ich meine Zeit weiterhin hier verschwenden werde, wenn Sie mir meine Fragen nicht beantworten«, erwiderte der Admiral trocken und wandte sich an Daunce: »Exzellenter Port, Thay. Sie müssen mir dringend mal eine Kiste davon besorgen. Wenn Sie mich jetzt entschuldigen ...«

Bevor er sich jedoch abwenden konnte, warf Admiral Daunce Bolton einen finsteren Blick zu.

»Warten Sie, Thay. Natürlich wird der Sonderberater Ihre Fragen beantworten, nicht wahr?«

»Thay, ich halte es ...«

»Die Admiralität hat beschlossen, Admiral Thyrane in dieser Sache hinzuzuziehen. Stellen Sie diese Entscheidung in Frage?«

»Grundsätzlich nicht«, erklärte Bolton kühl. »Aber es gilt, auch an das Wohl der Männer und Frauen zu denken, die im Geheimen für uns tätig sind und die mit schwerwiegenden Folgen zu rechnen hätten, wenn ihre Arbeit für uns bekannt würde.«

Boltons zur Schau gestellte Rechtschaffenheit ärgerte Thyrane fast ebenso wie die unterschwellige Unterstellung, er könnte Geheimnisse einfach an Dritte ausplaudern.

»Hat nicht der Kanzler selbst bei einer Gelegenheit gesagt, dass es nichts gibt, was gefährlicher ist als Sicherheit?«, erkundigte er sich im Plauderton.

»Durchaus. Ich wüsste allerdings nicht, was das mit der aktuellen Situation zu tun hätte.«

»Diese Leute, von denen Sie sprechen, Bolton, die wussten genau, worauf sie sich einließen. Also machen Sie den Mund auf ... Thay«, mischte sich Daunce wieder ein. »Ich habe noch andere Angelegenheiten, um die ich mich kümmern muss, und ich bin sicher, Admiral Thyrane ist ebenso beschäftigt.«

Beinahe hätten Daunces Worte ein wehmütiges Lächeln auf Thyranes Zügen heraufbeschworen. Seit er sich im selbst gewählten Ruhestand befand, konnte er sich kaum über einen Mangel an Freizeit beklagen.

»Nun gut, aber ich werde die Details dieser Unterhaltung meinen Vorgesetzten berichten«, erwiderte Bolton widerstrebend. Er wirkte, als habe er einen Krug voll Zitronensaft trinken müssen. *Oder Schlimmeres.*

»Einverstanden«, erklärte Thyrane großzügig. »Würden Sie nun bitte fortfahren?«

»Die Person, die vor Ort unsere Aktivitäten koordiniert, nennt sich Oxarre.«

Er wollte weitersprechen, doch Thyrane fluchte laut. Verwundert blickte Daunce ihn an: »Sie kennen diese Person?«

»Kennen? Das wäre zu viel gesagt«, log Thyrane. »Aber ich weiß genug über sie, um zu sagen, dass es eine verdammt schlechte Idee ist, irgendwelche Geheimnisse in ihre Hand zu legen. Das Einzige, dem sie dient, ist ihre Börse!«

»Deshalb bezahlen wir sie gut«, erläuterte Bolton zufrieden.

»Daran zweifele ich nicht. Die Frage ist, ob die Bezahlung *gut genug* ist.«

Wieder herrschte einige Augenblicke lang Schweigen. Dann fuhr Bolton gereizt fort: »Wie dem auch sei. Wir erhielten eine Nachricht, dass die Compagnie auf einer der von ihr verwalteten Inseln etwas entdeckt hatte. Sie versuchte, es unter unserer Nase aus der Sturmwelt zu schmuggeln, aber wir haben die Sturmwelt-Flotte darauf angesetzt.«

»Unter wessen Kommando fährt die derzeit?«

»Admiral Holts«, antwortete Daunce, was Thyrane unwillkürlich den Kopf schütteln ließ.

»Oxarre und Holt. Eine wundervolle Truppe haben Sie da in der Sturmwelt zusammengestellt. Lassen Sie mich raten: Das Schiff mit der geheimnisvollen Ladung konnte entkommen?«

Mit säuerlicher Miene nickte Bolton. »Unglücklicherweise. Eine weitere Partei scheint ihre Finger im Spiel gehabt zu haben. Das bestätigt nur, dass diese Fracht von größter Wichtigkeit sein muss.«

»Géronay?«

»Was das angeht, können wir leider nur Vermutungen anstellen. Sicher ist jedoch, dass irgendjemand sich piratischen Abschaums bediente und dieses Vorgehen erst zu einem Sklavenaufstand und dann zu einer Seeschlacht führte. Die Ereignisse liegen noch nicht lange zurück, und die Informationen kamen über ungewöhnliche Kanäle. Es wird noch dauern, bis uns Depeschen mit detaillierten Berichten auf konventionelle Art erreichen.«

Jetzt war Thyrane doch überrascht. *Ungewöhnliche Kanäle* war eine Umschreibung der Marine für Kommunikation über Maestre. Eine aufwendige und allein aufgrund der Kosten und Gefahren nur selten genutzte Methode.

»Ich habe immer dagegen plädiert, einer Organisation wie der Compagnie derartig weitgehende Rechte einzuräumen. Pfeffersäcke und Sklaventreiber. Aber leider wurde ich nur allzu oft überstimmt, weil ihr Gold ein mächtiges Argument ist«, sinnierte Thyrane. »Doch was kann so wertvoll sein, dass die Compagnie den Zorn der Krone riskiert?«

»Zu unserem Unglück wissen wir das nicht. Was immer es ist, es wurde auf einem einzigen Schiff transportiert. Möglicherweise steht ein ungewöhnliches Wetterphänomen damit in Verbindung, aber unsere Gelehrten sind sich darüber uneins. Wir vermuten, dass es ein kleines Objekt ist, von dem man dachte, dass es einfach durch jedwede Kontrolle zu schmuggeln sei.«

»Vor einigen Wochen müsste sich der Konvoi zusammengefunden haben. Die Aufmerksamkeit Holts war vermutlich direkt auf seine eigene Haustür gerichtet, während all die Sturmweltfahrer sich in Lessan versammelten.«

»Derzeit ist das alles reine Spekulation«, gab Daunce zu bedenken. »Nur eines ist sicher: Wir haben weder die Fracht, noch wissen wir, wohin sie unterwegs ist.«

»Die Flottenteile vor der Küste sollten alarmiert werden«, sagte Thyrane grüblerisch. »Vor allem die kleineren Schiffe, die nicht unbedingt für die Blockade benötigt werden. Wenn ich zu entscheiden hätte, würde ich jede Fregatte und jede Korvette darauf ansetzen.«

»Um diese Dinge kümmert man sich bereits.«

Mit einem Lächeln sah Thyrane Admiral Daunce an. »Bleibt nur eine Frage.«

Als er nicht weitersprach, hob Daunce fragend die Hände. »Und die wäre?«

»Warum erzählen Sie mir dies alles? Ich bin im Ruhestand, habe kein Kommando mehr inne und genieße das Landleben als Privatmann. Wenn Sie also nicht an meiner geschätzten Meinung über die Hühnerzucht interessiert sind …«

Dass er sein Leben als Privatmann genoss, war eine dreiste Lüge, und er vermutete, dass Daunce das genau wusste, doch der kahlköpfige Admiral zuckte mit keiner Wimper.

»Weil jemand in die Sturmwelt segeln und dort vor Ort herausfinden muss, wonach wir eigentlich suchen.«

»Und da denken Sie ausgerechnet an mich?« Thyrane lachte. »Ich habe mich häufiger mit der Compagnie angelegt, als ich mich erinnern kann. Und wenn ich Oxarre noch einmal begegne, wird das vermutlich sehr unschön für einen von uns.«

»Eben das qualifiziert Sie für diesen Auftrag. Sie können mit der Compagnie umgehen, und man wird Sie mit allen nötigen Vollmachten ausstatten«, erklärte Daunce, und Bolton fügte süffisant hinzu: »Und Ihre persönlichen Streitereien können Sie doch sicherlich zugunsten des Wohles von Thaynric hintanstellen, nicht wahr?«

Gedankenverloren tippte sich Thyrane mit dem Zeigefinger gegen das Kinn, während er Bolton nicht aus den Augen ließ. Daunce hob sein Glas und sah ihn fest an.

»Fahren Sie in die Sturmwelt, und erweisen Sie Ihrer Königin einen letzten Dienst.«

JAQUENTO

Der Regen fiel schnurgerade wie ein schwerer Vorhang aus dunkelgrauen Wolken herab. Die *Windreiter* fuhr genau in diese nasse Wand hinein, und schon bald verschluckte das Rauschen beinahe alle Geräusche. Viele suchten unter Deck Schutz, auch wenn die Enge dort mörderisch sein musste, aber Jaquento blieb auf dem Achterdeck. Die Tropfen waren warm, der junge Hiscadi fühlte, wie der Regen ihm den Kopf klärte.

Voraus war die thaynrische Fregatte *Mantikor* wenig mehr als ein Schemen innerhalb der Regenfront. An Lee blieb die Korvette *Luchs* ein dunkler Umriss, nur spärlich von zwei Laternen erhellt. Für einige Momente spielte Jaquento mit dem Gedanken, beizudrehen und die beiden Schiffe hinter sich zu lassen. In diesem Regen würde die *Windreiter* sie mühelos abhängen können. Aber dann dachte er an die Sklaven an Bord der *Luchs* und seines eigenen Schiffes, deren Wohlergehen nun innerhalb seiner Verantwortung lag. Das Militär würde ihnen besser helfen können, als die dezimierte Besatzung der *Windreiter* es konnte.

Wenigstens dulden die Thayns offiziell die Sklaverei nicht mehr. Also werden sie Sinao und ihre Begleiter zumindest nicht an die Compagnie ausliefern.

Er dachte mit einem leichten Frösteln an die junge Magierin, deren Gabe sich während des Aufstandes auf der Insel Hequia so spektakulär gezeigt hatte. *Ich hoffe, Manoel hält Wort und gibt gut auf sie acht.*

Und nicht nur Sinaos Talent war während des Kampfes um das schwarze Schiff zutage getreten.

Ungebeten kehrten Jaquentos Gedanken zu dem Wesen in Pertiz' Kajüte zurück. Zwar hatte der Hiscadi dort seine Habseligkeiten verstaut, aber noch konnte er die Anwesenheit seines toten Freundes spüren, und er brachte es nicht über sich, die Kajüte oder gar das Schiff für sich zu beanspruchen. Inmitten des Chaos, welches das Gefecht im Achteraufbau hinterlassen hatte, hockte die Kreatur. Bislang war sie nur ein Tier gewesen, gewitzt vielleicht, aber nicht gefährlich. Doch jetzt war sie weit mehr als das, und ihre bloße Anwesenheit lag wie ein Schatten auf Jaquentos Gemüt. Eine Drohung, der er sich würde stellen müssen. Aber noch ließ er den Regen auf sich herabprasseln und sich durch das Unwetter von allem trennen. Im Augenblick gab es nur Wind und Wasser, Regen und Meer. Langsam wurden seine Gedanken ruhiger.

So schnell, wie er gekommen war, verschwand der Regen wieder, typisch für die raschen Wetterumschwünge in der Sturmwelt. Schon bald dampfte das Deck der *Windreiter* in der heißen Sturmwelt-Sonne. Noch einmal atmete Jaquento tief durch. *Es ist wie ein Duell. Oder wie einen Strauß mit géronaischen Wachen auszufechten. Warum zögere ich hier*? Er fand keine Antwort auf seine Frage, aber er spürte die Präsenz des Wesens unter sich, in den Eingeweiden des Schiffs. Schließlich gab er sich einen Ruck und lief den Niedergang hinab. Im Inneren des Schiffs hatte sich warme, feuchte Luft gesammelt, die ihm sofort den Schweiß auf die noch regennasse Haut trieb. Kein Licht brannte, nur das helle Rechteck des Niedergangs hinter ihm ließ ihn im Dämmerlicht Konturen erkennen. Er zwang sich, ohne zu zögern in seine Kajüte zu treten.

Die Mannschaft hatte die kleinen Fenster nach der Schlacht wieder eingesetzt und die gröbsten Schäden beseitigt, aber noch immer waren die Planken zersplittert und von Löchern durchsetzt. Das Mobiliar war aus dem Laderaum wieder heraufgeschafft worden und wirkte so ohne Beschädigung seltsam fehl am Platze. Doch es war die Kreatur, die Jaquentos Blicke anzog. Sie saß auf der schmalen Kommode, äußerlich unverändert. Die goldene Haut der Echse schimmerte in einem Sonnenstrahl, und der Kopf auf dem langen Hals wandte sich dem jungen Hiscadi zu. Den schuppigen Halskragen hatte sie angelegt, offenbar witterte sie keine Gefahr.

Wo er vorher nicht mehr als ein Tier gesehen hatte, versuchte er nun, die Augen des Reptils zu ergründen, die ihm jedoch keine Geheimnisse preisgaben. Er schwieg endlose Herzschläge lang, dann holte er Luft.

Ich wusste, dass du zurückkommen würdest, ertönte es in seinem Kopf. Es war wie ein eigener Gedanke und doch fremd, wie die Ideen und Gedankenblitze, die ungebeten in der Nacht kamen und für die man sich schämte.

»Was bist du?«

Sinosh.

»Das ist der Name, den ich dir gegeben habe. Du bist aber nicht … nicht mehr er. Es. Was auch immer!«

Enerviert strich sich Jaquento eine lange, nasse Haarsträhne aus dem Gesicht. Die bewegungslosen Augen der Echse schienen direkt durch seine Haut in sein Herz sehen zu können.

Es gab keinen Namen vor diesem. Nun ist es meiner, erwiderte die Kreatur, ohne sich zu bewegen. *Es gab mich nicht vorher.*

»Was bist du?«

Jetzt wandte die Echse den Kopf ab, blickte durch das schmale Fenster hinaus auf das Meer. Zeit verstrich, und schon glaubte Jaquento, dass er keine Antwort erhalten würde, da erklangen die Gedanken wieder: *Ich bin ein Bote.*

»Und was ist deine Botschaft?«

Das Schiff muss aufgehalten werden. Seine Ladung darf nicht in die falschen Hände fallen. Alles, was du kennst und schätzt, hängt davon ab.

»Alles, was ich kenne und schätze? Das ist nicht allzu viel. Aber wenn es falsche Hände gibt, wird es auch richtige Hände geben, oder?«

Natürlich. Aber zunächst ist es wichtiger, dass du verhinderst, dass die falschen sie erhalten.

»Wieso hast du vorher nicht gesprochen? Wieso hast du dich wie ein Tier verhalten? Was, bei den Geistern der Tiefe, bist du?«

Die letzten Worte waren beinahe geschrien. Der junge Hiscadi wusste nicht mehr, ob er sich fürchten sollte oder wütend war. Unwillkürlich fiel seine Hand auf den Korb des Degens an seiner Hüfte.

Ich konnte es nicht. Ich war anders. Du würdest es vielleicht schlafend *nennen. Doch dann wurde ich geweckt.*

»Wovon? Diesem verfluchten schwarzen Schiff?«

Nein, durch etwas auf der Insel. Es war wie eine lodernde Fackel. Durch das Licht habe ich mich selbst erkannt.

Verwirrt blickte Jaquento Sinosh an. Die kleine Echse kletterte geschickt die Kommode hinab und sprang auf den Tisch. Ihre Klauen klackten auf dem lackierten Holz.

»Auf der Insel? Du meinst … das Mädchen?«

Der Nexus, ja. Sie hat mir die Erkenntnis gebracht. Es geschieht nur selten und noch seltener ohne Plan.

Vorsichtig ließ Jaquento sich in seiner Koje nieder. Es war nicht das Schwanken des Schiffs, sondern die Unbeständigkeit seiner Welt, die ihm zu schaffen machte. Langsam dämmerte ihm, dass er nun der Kapitän der *Windreiter* war, dass

Sinosh keine zahme Echse war, die sich auf seiner Schulter herumtragen ließ, und dass er in Ereignisse verwickelt war, die sich seinem Verständnis weitgehend entzogen.

»Und jetzt?«, fragte er matt.

Jetzt lässt du mich deinen Arm hinauflaufen und tust so, als sei nichts geschehen, weil man dich sonst für verrückt halten wird. Betrachte mich als deinen Gefährten, als Teil deiner Schiffsgemeinschaft.

Jaquento benötigte einige Augenblicke, um darüber nachzudenken. Die ganze Situation war so unwirklich, dass er kaum einen klaren Gedanken fassen konnte. Nur in einem war er sich sicher: »Ich weiß nicht, ob ich das so einfach kann.«

Es ist Zeit genug dafür.

Unvermittelt fragte sich der junge Hiscadi, ob das Wesen auch seine Gedanken lesen konnte, wenn es schon direkt in seinem Kopf sprach. Das unangenehme Gefühl der fremden Gedanken, die doch wie eigene klangen, nagte an seiner Seele. Er fühlte sich nackt und schutzlos, trotz der Klinge an seiner Seite. In der Brig war es ihm ähnlich ergangen, aber da war er Quibon komplett ausgeliefert gewesen. Jetzt sollte er die Oberhand haben, als Kapitän des ehemaligen Sklavenschiffs und damit Anführer einer ganzen Bande von Freibeutern und Piraten. Doch diese kleine Echse mit den goldenen Augen machte ihm Angst. Trotz der schwülen Hitze in der Kajüte wurde ihm kalt.

»Käpt'n?«, erklang es fragend vor der Tür, dann klopfte jemand leise an. Erleichtert erhob sich Jaquento, warf noch einen vorsichtigen Blick auf das Wesen, das ihn ungerührt anblickte, und öffnete dann die niedrige Tür. Manoel grinste ihn breit an, lugte an ihm vorbei in den Raum und hob die Augenbraue.

»Das is' aber nicht besonders gemütlich.«

»Ich hatte noch keine Zeit aufzuräumen«, erklärte Jaquento. »Was gibt's?«

Unwillig machte er Platz, als Manoel sich an ihm vorbeidrängte und sich auf den Tisch setzte. Hinter ihm kam die junge Exsklavin in sein Quartier, die der Maestre unter seine Fittiche genommen hatte. Ihre Miene war verschlossen, aber in ihren Augen brannte ein Feuer, das Jaquento überraschte. Sie hatte verkrustete Wunden an Händen und Armen, viele kleine Schnitte, die langsam verheilten.

»Willkommen auf der *Windreiter*«, sagte Jaquento und deutete mit einer vagen Handbewegung auf seine Kajüte. »Ich bin jetzt der Kapitän.«

Statt zu antworten, nickte sie nur kurz und gesellte sich dann zu Manoel. Die Echse war wieder an ihren Platz auf der Kommode zurückgekehrt und starrte nun das Mädchen unverwandt an. *Besteht eine Verbindung zwischen euch?*, fragte sich Jaquento.

»Das ist Sinao, Käpt'n«, erklärte Manoel. »Sie ...«

»Ich weiß. Wir kennen uns«, fiel ihm der junge Hiscadi ins Wort. »Hör' mal, ich habe viel zu tun. Was gibt es?«

Achselzuckend hob der junge Maestre die Hände. »Was ist denn los?«

Einen Moment lang wollte Jaquento wütend werden, dann besann er sich. Müde strich er sich mit zwei Fingern über die Stirn und schüttelte langsam den Kopf.

»Nichts. Schon gut. Ich bin ... einfach nur erschöpft. Sag, was du sagen wolltest.«

»Da ihr euch schon kennt, ist eine Vorstellung wohl unnütz. Ich dachte nur, dass du sie mal sehen willst, Jaq.«

»Ja, damit hast du recht. Wie geht es dir, Sinao?«

Noch immer machte das Mädchen den Mund nicht auf, sondern blickte ihn nur aus diesen Augen an, hinter denen es zu brodeln schien. Als enthalte dieser schmale, ausgemergelte Leib mehr widerstreitende Gefühle als eine ganze Schiffsbesatzung. Langsam, vorsichtig, als müsse sie es neu lernen, öffnete sie schließlich den Mund und antwortete mit heiserer Stimme: »Ihr seid gekommen. Du und deine Leute, obwohl ich nicht mehr daran geglaubt hatte. Ich schätze, ich muss dir danken.«

»Nein. Nein, das musst du nicht. Es hätte beinahe eine Katastrophe gegeben, an der ich die Schuld getragen hätte. Viele sind tot. Ich habe nur mein Wort gehalten. Und ihr auch.«

»Viele sind tot«, wiederholte sie tonlos. Plötzlich erkannte Jaquento, dass sie kurz davor war, zusammenzubrechen. Ihre dünnen Finger spielten mit dem Stoff ihres Hemdes, und mehr als einmal kratzen ihre Nägel über ihre Haut. Verwirrt blickte er zu Manoel.

»Ist alles in Ordnung? Du hast gesagt …«

»Ja, mach dir keine Sorgen, Jaq. Wir kümmern uns um alles.«

Dieses Mädchen mit dem wilden Haar hatte auf der Sklaveninsel der Compagnie einen magischen Sturm entfesselt, den die Maestre und Caserdote selbst noch auf den Schiffen hatten spüren können. Und jetzt kochten in ihr Gefühle, die Jaquento nur erahnen konnte. Er wollte sich gar nicht vorstellen, was passieren würde, wenn sich ein solcher Ausbruch in der beengten Umgebung der *Windreiter* ereignen würde.

»Wir kümmern uns um alles«, bekräftigte Manoel noch einmal. »Bihrâd und ich helfen ihr.«

Da er selbst nur wenig über die verschlungenen Pfade des Arsanums wusste, musste Jaquento seinem Maestre in dieser Angelegenheit vertrauen. Mit ruhigen Bewegungen, mit denen man sich auch einem wilden Tier nähern würde, trat er an Sinao heran. Endlose Augenblicke lang sahen sie einander nur an.

»Was ist dort geschehen?«, fragte er leise. »Was hast du auf der Insel erlebt?«

»Wir haben sie getötet«, erwiderte sie kalt. »Wir haben Tangye erschlagen und vom Turm geworfen. Seine Soldaten, die Aufseher. Wir haben sie alle getötet.«

Ihr Gesicht war trotzig, und sie schlang die Arme um den Leib.

»Jeden, den wir finden konnten. Unsere Krieger haben sie erschlagen wie Tiere, weil sie feige Hunde waren.«

»Das ist aber nicht alles«, stellte Jaquento ruhig fest. Ihre Maske bekam Brüche, als ihr Tränen in die Augen traten. Einen Moment lang war sie gefasst, dann brach es aus ihr heraus. Die Tränen liefen ihr über die Wangen, helle Streifen auf ihrer dunklen Haut.

»Sie haben ihn getötet. Ihn und andere. Alle tot. Er ist noch gelaufen. Ich dachte nicht ... Ich wusste doch nicht ...«

Ihr ganzer Körper bebte wie unter Krämpfen, und sie bekam kaum Luft. Sanft legte Jaquento einen Arm um sie und versuchte, dabei nicht an magische Entladungen zu denken.

»Majagua ist tot«, schluchzte sie, immer und immer wieder.

Der junge Hiscadi konnte ihre grenzenlose Trauer verstehen. Sie alle hatten auf der Insel etwas verloren, jeder Einzelne von ihnen.

ROXANE

»... und der Kurs wird gehalten«, beendete Tola ihren Bericht, woraufhin Roxane salutierte. Beinahe hätte sie stolz gelächelt, doch Tola war kein einfacher Fähnrich mehr, sondern verrichtete ihren Dienst an Bord als kommissarischer Leutnant. Und Roxane war in diesem Moment Kapitänin der Fregatte *Mantikor* und hatte die Meldung der jungen Frau wie die jedes anderen Offiziers entgegenzunehmen, der unter ihrem Kommando stand.

»Danke, Leutnant.«

Trotz der katastrophalen Bedingungen an Bord hatte sich Tola gut in ihre neuen Aufgaben eingefunden. Die gesamte Besatzung zeigte eine Moral, die Roxane ihr nach all den furchtbaren Erlebnissen der jüngsten Vergangenheit niemals zugetraut hätte, aber es war vor allem Tola Levman, die ungeachtet ihrer Jugend weite Teile der Organisation übernommen hatte.

Selbstverständlich musste Roxane sich persönlich um viele Angelegenheiten kümmern, da ihr einfach die Offiziere fehlten, die ansonsten mit diesen Aufgaben betraut gewesen wären. Das Prisenkommando auf der *Luchs* belastete ihre Ressourcen noch weiter. Zudem hatte sie sich entschlossen, die Besatzung in ihrer Gesamtheit nicht aus den Augen zu lassen. Ihr alter Widersacher Hoare galt zwar als im Gefecht vermisst, aber ihr Rückhalt innerhalb der Mannschaft war vermutlich gering, und Meuterei hing auf der *Mantikor* zwischen den Decks wie alte, stickige Luft.

Werde ich wie Harfell?, fragte sich die junge Offizierin unvermittelt. *Misstrauisch den eigenen Leuten gegenüber? Paranoid?* Sie schwor sich, nicht die gleichen Fehler zu machen wie der verstorbene Kapitän. Aber es ließ sich nun einmal nicht leugnen, dass sie unter ungewöhnlichen Umständen das Kommando übernommen hatte, und auch nicht, dass es ihr noch an Erfahrung mangelte. *Ich wünschte, Cearl hätte sich nicht wie ein verfluchter Narr selbst geopfert.* Dann wäre der Erste Offizier Nachfolger des Kapitäns geworden; so wie es eigentlich hätte sein sollen.

»Heute Abend Dinner in mein... in der Kapitänskajüte, Leutnant?«

»Äh, gern. Ich meine natürlich, Thay.«

Innerlich belustigt darüber, dass Tola in diesem Augenblick doch eher wie das Mädchen wirkte, das sie eigentlich war, nickte Roxane.

»Geben Sie bitte den anderen Offizieren Bescheid, wenn Sie so gut wären.«

»Aye, aye, Thay!«

Mit vor Aufregung roten Backen salutierte Tola und lief den Niedergang hinab. Einen Moment sah Roxane ihr nach, dann richtete sie ihre Aufmerksamkeit wieder auf die Führung des Schiffes. Ein prüfender Blick zeigte ihr, dass die Segel ordentlich gespannt waren und sie gut Fahrt machten. Hinter ihnen waren die beiden anderen Schiffe zu sehen, die ebenfalls gut vor dem Wind lagen. Irgendwo auf der *Windreiter* würde Jaquento jetzt stehen. *Vielleicht schaut er ja zu mir herüber?* Aber sie vertrieb diese Gedanken so schnell, wie sie gekommen waren. Sie war Offizierin der Königlichen Marine von Thaynric und derzeit verantwortlich für mehr als zweihundert Menschen allein auf diesem Schiff. *Mehr als ein Drittel der ursprünglichen Besatzung ist tot oder verwundet.* Die junge Offizierin kannte die Namen der Toten. Sie hatte jeden einzeln aus den Büchern in ihren Bericht übertragen, fein säuberlich mit Rang und ausstehender Heuer. Jeder dieser Namen brannte in ihrem Geist und erinnerte sie daran, dass sie versagt hatte.

Um sich abzulenken, schaute sie nach dem Stand der Sonne. Wenn diese im Zenith stand, würde Roxane noch einmal ihre Position so gut überprüfen, wie es möglich war. Ihr Chronometer war während des Gefechts beschädigt worden, und so blieb ihr erst einmal nur eine einfache Taschenuhr für die Navigation mit Sextant und nautischem Almanach. Dank der ständigen Messungen ihrer Geschwindigkeit war die Koppelnavigation hinreichend genau, aber Roxane wollte sichergehen. Einen Fehler bei der Navigation konnte sie sich nicht mehr erlauben. Zum Glück waren die Inseln der südöstlichen Sturmwelt ausreichend genau kartographiert, aber dennoch rechnete Roxane immer wieder ihre Position aus.

Schon bald mussten sie wieder in Sichtweite einiger Inseln kommen, und dann würde ihre Fahrt nach Lessan in knapp zwei Tagen vorüber sein. Dort befand sich der Sitz von Admiral Holt, unter dessen Flagge die Königliche Marine in der Sturmwelt fuhr. Sobald sie eintrafen, musste sich Roxane ihren Vorgesetzten stellen, und möglicherweise würde es ein Kriegsgericht geben, das über ihre Handlungsweise urteilte. Vor diesen Momenten graute der jungen Offizierin, denn sie trug die Verantwortung für die Geschehnisse an Bord. *Cearl Frewelling und Kapitän Harfell sind tot, Aella schwer verletzt. Es ist meine Bürde, der Marine zu erklären, wie es dazu kommen konnte.* Sie richtete sich steif auf und legte die Hände auf dem Rücken zusammen. Obwohl sie vermutete, dass ihr das Ende ihrer Karriere bevorstand, vielleicht sogar eine Bestrafung, auf jeden Fall der Verlust der Ehre, war sie fest entschlossen, jedem möglichen Ausgang mit aller Würde zu begegnen, die ihr nach den Ereignissen noch geblieben war. Admiral Holt würde versuchen, sie für den Tod seines Freundes Harfell verantwortlich zu machen. Der Admiral hielt ohnehin nicht viel von Frauen in Uniform und vermutlich noch weniger von Roxane; zumindest hatte er bei ihrer ersten Begegnung einen nicht allzu erfreuten Eindruck gemacht.

Beim Dinner war die Stimmung gedrückt, doch Roxane hatte auch nichts anderes erwartet. Coenrad Groferton hatte sich entschuldigen lassen, und auch wenn Roxane kurz befürchtet hatte, dass er sich bereits von ihr und ihrem Schicksal distanzieren wollte, hatte sie sich schnell wieder gefangen; der Maestre machte sich wenig aus dem sozialen Leben an Bord, und seine Gesundheit war angeschlagen, wie er oft und deutlich betonte. Der Versuch, das Schiff während des Gefechts zu schützen, hatte ihn ausgelaugt, und seine Kräfte kehrten nur langsam zurück. Nicht einmal mehr zu den üblichen Wortgefechten mit Caserdote Sellisher konnte er sich aufraffen. Der ältere Mann saß schweigend am Tisch. Der Tod des Kapitäns hatte den jovialen Caserdote schwer getroffen.

Die kommissarischen Leutnants waren alle anwesend. Aella lag noch im Schiffslazarett, fiebrig und dem Tode nahe. Schuld belastete Roxanes Gemüt, als sie an ihre ehemalige Vorgesetzte dachte. Ihr Arm war nicht zu retten gewesen, und Schiffsärztin Tabard hatte ihn amputieren müssen. Selbst wenn sie ihren Dienst jemals wieder aufnehmen durfte, war ihrer aktiven Laufbahn als Seeoffizierin wohl ein blutiges Ende gesetzt worden.

Von allen Anwesenden wirkte Leutnant Cudden am wenigsten von den Strapazen und Verlusten der Reise berührt. Der Kommandeur der Marinesoldaten an Bord trug wie stets seine rote Uniformjacke und schien nicht weiter zu bemerken, dass die Hälfte der Anwesenden noch halbe Kinder waren, die erst durch die Vorfälle der Reise und durch die Seeschlacht vor der Insel Hequia zu ihrem jetzigen Rang gelangt waren.

Während des Essens wurde nur das Nötigste gesprochen. Roxane konnte allen Gesichtern ansehen, dass sie ihren eigenen Gedanken nachhingen. Jeder an Bord hatte etwas verloren in diesem Gefecht; Freunde, Kameraden, die eigene Unschuld. Sie konnte es in den Augen der ehemaligen Fähnriche sehen, die nun keine Kinderaugen mehr waren. *Ich muss sie beschützen,* dachte die junge Offizierin. *Ich darf nicht zulassen, dass mein Untergang sie mit sich reißt.* Andere würden auf sich selbst achten können, wie Cudden, der das Schlamassel sicherlich unbeschadet überstehen würde. Aber die kommissarischen Leutnants waren zu jung und unerfahren, um die Situation richtig einzuschätzen. *Zum Glück befinden wir uns im Krieg. Thaynric braucht jeden Mann und jede Frau, die etwas taugen. Die Admiralität wird versuchen, die Verluste auf der* Mantikor *zu minimieren.*

Lustlos schob sie ein weichgekochtes Stück Fleisch von einer Seite ihres Tellers auf die andere. Der Appetit war ihr vergangen, und das Pökelfleisch trug nicht dazu bei, ihren Hunger anzuregen. Unvermittelt wurde sie sich der Enge der Kajüte bewusst, der stickigen Luft, und sie erhob sich, um eines der Heckfenster zu öffnen. Dankbar atmete sie die Seeluft ein, den unverkennbaren Geruch des Meeres, den sie so liebte. Hinter ihnen war die *Windreiter* im letzten Licht der Sonne zu erkennen, ein dunkler Schatten vor dem noch hellen Horizont, nur beleuchtet durch einige Lampen. Möwen kreisten hinter dem Schiff, und ihre Schreie klangen in Roxanes Ohren sehnsüchtig. Die See war ruhig, und ihr Anblick gab der jungen Offizierin ihre Gelassenheit zurück.

»Sind alle fertig?«, fragte sie, als sie sich wieder umdrehte. Ein allgemeines Nicken antwortete ihr, und sie wies den

Stewart an, die Gläser mit Portwein zu füllen. Dann setzte sie sich wieder hin – es war uralter Brauch und ein Privileg der Königlichen Marine, dass der Toast im Sitzen gesprochen werden durfte – und hob das Glas.

»Auf die Königin!«

»Auf die Königin«, erwiderten die versammelten Offiziere und tranken den ersten Schluck.

»Würden Sie uns die Ehre erweisen, Thay?«, wandte sich Roxane an Cudden, der steif nickte. Seine Wangen waren gerötet, als er sagte: »Auf einen blutigen Krieg.«

»Oder eine Zeit der Seuchen«, murmelten alle, selbst Roxane, die bei dem Toast zusammengezuckt war. Es war eine alte Tradition der Marine, in dieser Weise auf eine Beförderung zu trinken, die zumeist nur in den Schuhen der Toten erlangt wurde. Für jeden Tag der Woche gab es einen anderen Toast, doch dass ausgerechnet dieser heute an der Reihe war, hatte sie verdrängt. Dennoch lächelten die meisten, als sie ihr Glas leerten. *Vielleicht ist es dieser Galgenhumor, der unser Leben erst erträglich macht*?

Bald nach dem Toast löste sich die Dinnergemeinschaft auf. In kurzer Folge verließen die Offiziere die Tafel, bis nur noch Tola Levman saß, die Hand fest um das Glas mit dem letzten Schluck Port geschlossen. Als der Stewart die Teller abgeräumt hatte, schickte Roxane ihn hinaus. Erst als sie allein waren, hob Tola den Blick.

»Was wird in Lessan geschehen, Thay?«

Einige Momente lang überlegte Roxane, bevor sie antwortete: »Ich werde meinen Bericht abgeben, und dann müssen wir sehen, was mit der *Mantikor* geschieht. Sie braucht einen neuen Kapitän, und die Besatzung muss aufgestockt werden. Der Gouverneur wird sich hoffentlich um die befreiten Sklaven kümmern, und ich werde formell Beschwerde gegen das Verhalten der Angestellten der Compagnie einreichen. Und irgendjemand muss entscheiden, was nun weiter mit dem schwarzen Schiff geschehen soll. Die Magie an Bord könnte eine Bedrohung für die ganze Sturmwelt darstellen.«

»Aber … was wird mit uns geschehen?«

In der Frage lag so viel Hilflosigkeit, dass Roxane schlucken musste.

»Mit Ihnen wird nichts geschehen, Thay. Man wird Ihre kommissarische Beförderung vermutlich rückgängig machen und Sie wieder in den Rang eines Fähnrichs einsetzen. Aber die Verantwortung für die Geschehnisse an Bord und während des Gefechts liegt einzig und allein bei mir als kommandierender Offizierin.«

Mit festem Blick musterte sie das Mädchen. Mit einer Zuversicht in der Stimme, die sie zwar selbst nicht verspürte, die aber für die Moral von Offizieren und Besatzung notwendig war, fuhr sie fort: »Die Mannschaft hat sich tadellos verhalten, was angesichts der Schwierigkeiten, denen wir auf unserer Reise entgegentreten mussten, keine Selbstverständlichkeit war. Ich werde das lobend erwähnen. Ebenso werde ich Ihre Handlungen und die der anderen Offiziere als außergewöhnlich und beachtenswert hervorheben. Der Misserfolg unserer Mission lastet allein auf meinen Schultern, Thay. Ihre Pflichterfüllung ist nicht zu beanstanden und über jeden Zweifel erhaben. Haben Sie noch Fragen?«

Zunächst schüttelte Tola nur den Kopf, dann stand sie auf, setzte den Zweispitz auf das Haupt und salutierte: »Nein, Thay.«

»Sehr gut. Dann kehren Sie zu Ihrem Dienst zurück«, entgegnete Roxane und nickte ihr zu. »Leutnant, meiner Meinung nach haben Sie eine großartige Karriere innerhalb der Königlichen Marine vor sich. Ich bin sicher, man wird Sie bald zum Examen zum Leutnant vorlassen.«

Diesmal wurde Tola rot im Gesicht, und ihre Augen wurden groß. Dann fing sie sich, salutierte noch einmal und riss die Tür auf. Erst als sie die Tür wieder schloss, gestattete Roxane sich ein Lächeln. Es sollte ihr nicht schwerfallen, Schaden von den kommissarischen Leutnants fernzuhalten. Man würde sich auf diejenigen konzentrieren, die zum Zeitpunkt von Harfells Tod Leutnant gewesen waren, und von diesen dreien kam nur noch Roxane als Verantwortliche in Frage.

Leise rief sie den Stewart wieder herein und ließ ihn den Tisch abräumen und beiseite schaffen. Ihr Blick fiel durch das offene Fenster auf die Schiffe hinter der *Mantikor*. Selbst im Zwielicht konnte sie die *Windreiter* noch anhand ihrer Takelung erkennen. Aber die Nacht kam schnell in der Sturmwelt, und schon bald würde die Dunkelheit die Schiffe verschlungen haben, und nur noch die Positionslampen wären zu sehen.

Irgendwo auf dem Schiff befand sich Jaquento. Vermutlich lachte sich der schwer durchschaubare Hiscadi über ihre Naivität ins Fäustchen. Aber dann sah sie wieder den Blick in seinen Augen, als er vom Verrat an seinem Kapitän Pertiz und dessen Kampf gegen diesen Piraten Deguay berichtet hatte. Niemand hatte diese Insel ohne Narben verlassen.

Nur für die meisten waren die Kämpfe vorbei. Die Schlacht geschlagen, die Verluste Vergangenheit. Doch für Roxane würde der Kampf um die Auswirkungen dieser schicksalhaften Mission erst beginnen.

TAREISA

Obwohl die *Totwey* sicherlich fünf mal zwanzig Meter abseits lag, spürte Tareisa den Sog ihrer Ladung deutlich in ihrem Innersten. Die Nähe der Schwarzbrunn-Fregatte allein sorgte dafür, dass selbst die simpelsten Zauber eine Prise Gefahr enthielten. Auch ohne diese Präsenz tanzte in Tareisas Hinterkopf oft genug die unerklärliche Angst vor dem Verlust ihrer selbst im Strom der Vigoris, doch jetzt war diese Gefahr real. Entsprechend größer war ihre Sorge, als sie sich vorsichtig öffnete.

Ihre Ausbildung war umfassend gewesen, weitreichender als die der besten Akademien in Corbane. Sie hatte Geheimnisse erblickt, die nach dem Sturz der Nigromantenkaiser vergessen geglaubt waren. Ihr Wissen um das Arsanum, um das letzte Geheimnis hinter den sichtbaren Effekten der Magie, war größer als das der berühmtesten Maestre der Alten Welt. Sie hatte zu Füßen eines Meisters gelernt, der über unvorstellbare Macht verfügte – und dennoch die bloße Berührung eines Caserdote fürchten musste.

Das Erscheinen der Magietrinker hatte die Welt in Unordnung gebracht, das Imperium der Nigromantenkaiser gestürzt und den Glauben an die Einheit und ihren Propheten Corban in Windeseile in den Ländern des Kontinents, der nach ihm benannt war, verbreitet. *Corbane,* dachte die Maestra lächelnd, *kaum einer kennt noch den alten Namen der Heimat. Auf-*

gegeben zugunsten eines religiösen Fanatikers. Tausende Jahre Zivilisation und Wissen mit einem Schlag zerschmettert, um einer fernen Gottheit willen.

Aber dies war nicht die rechte Zeit, um über die ferne Vergangenheit zu grübeln. Auf der *Totwey* schlummerte vielmehr der Samen der Zukunft. Und Tareisa würde helfen, ihn zu pflanzen.

Ein Klopfen an der Tür ihrer Kammer riss sie aus ihrer Konzentration und beendete die ersten, zaghaften Anfänge eines komplexen Zaubers, den sie langsam aus Vigoris zu weben begonnen hatte. Unwirsch erhob sie sich und strich ihr Kleid glatt.

»Herein.«

Es war Deguay, selbst ernannter Erster unter Gleichen und Capitane der *Todsünde*. Auf seinem ansehnlichen Gesicht breitete sich ein Lächeln aus, und er zog mit einer ausladenden Geste den federgeschmückten Hut vom Haupt und verneigte sich.

»Störe ich, werte Dame?«

»Keineswegs, Capitane«, erwiderte Tareisa, die gegen ihren Willen amüsiert war. Das Verhalten des Piraten war gekünstelt und flamboyant, doch seine feine Ironie ließ erträglich und sogar angenehm werden, was bei anderen Männern ihren Zorn erregt hätte.

»Morgen früh werden wir die Fässer mit Wasser füllen und dann baldmöglichst ankerauf gehen. Ihr sagt, man wird uns erwarten?«

»Sobald wir uns der heimatlichen Küste nähern, werde ich unsere Eskorte informieren. Bitte gebt mir rechtzeitig Bescheid, damit alle Vorbereitungen getroffen werden können.«

»Selbstverständlich, werte Dame.«

Der Capitane hielt seinen Hut in der Hand und fächerte sich damit vorsichtig Luft zu. In der Tat war die Atmosphäre in der Kammer drückend; in der Sturmwelt herrschte stets ein heißes und oft auch feuchtes Klima. Belustigt blickte Tareisa ihn an. Seine Kleidung war etwas altmodisch und hätte am Hof von Sugérand mehr als einen spöttischen Blick auf sich gezogen, doch seine Statur und Haltung zeigten, dass dies dem Mann wohl einerlei war. Sein langes Haar war gepflegt und der schmale Bart an Kinn und Oberlippe fein säuberlich gestutzt. Aber es waren seine dunklen Augen, die den Betrachter in ihren Bann zogen. Ohne Unterlass blickten sie Tareisa an, und die Maestra konnte in ihnen Versprechen entdecken, die ihren Humor vertrieben.

»Noch etwas, Capitane?«, fragte sie brüsk.

»Darf ich mich setzen?«

Unwillig wies sie auf einen kleinen Schemel, auf dem er Platz nahm und die Beine übereinanderschlug.

»Ihr seid eine Frau von beträchtlicher Macht – und Schönheit«, hub Deguay an. »Während mir das zweite keine Schwierigkeiten bereitet, sorge ich mich durchaus wegen des ersten.«

»Inwiefern?«

Als müsse er seine Worte überlegen, strich sich der Capitane über den Bart.

»Ihr habt uns reichlich entlohnt für eine einfache Aufgabe. Selbst wenn die *Totwey* bis oben mit erlesensten Waren aus der Sturmwelt gefüllt wäre, überstiege unsere Belohnung jeden möglichen Gewinn für Euch … und Eure Hintermänner.«

Um Zeit zu gewinnen, nickte Tareisa lediglich. Es zu bestreiten wäre sinnlos gewesen. Noch war sie sich über Deguays Motive nicht sicher, und in ihrem Geist formten sich die ersten Muster eines Zaubers.

»Ihr denkt, ich sei ein Freibeuter und Pirat, nur ein einfacher Söldner, der für das höchste Gebot kämpft und tötet.«

»Keineswegs, Capitane. Ich denke, Ihr seid ein *ehrlicher* Söldner. Sonst hätte ich mich Euch niemals anvertraut.«

Vigoris floss durch ihren Leib, ein ebenso erhebendes wie gefährliches Gefühl. Pure Macht strömte durch sie hindurch, bündelte sich in ihren Gedanken, bereit, jeden Moment entlassen zu werden.

»Was würde Euch daran hindern, mir und meinen Leuten die Belohnung wieder abzunehmen, wenn wir erst in Corbane sind? Ihr seid reich, vermutlich reicher, als ich es mir vorstellen kann. Ihr habt Einfluss. Was hindert Euch daran, mich einfach zu töten, wenn es so weit ist?«

Der Zauber floss aus ihr heraus, unsichtbar und für Magieunkundige unbemerkbar. Die Kraft legte sich um ihren Körper, glitt über ihre Haut. Die Härchen an ihren Armen stellten sich auf. Jetzt konnte kein Schwert sie mehr verletzen, keine Kugel ihr Schaden zufügen. Dennoch überlegte sie genau, bevor sie antwortete: »Wir haben ein Geschäft abgeschlossen, Capitane. Weder ich noch meine Auftraggeber sind an Reichtum interessiert. Die Bezahlung bedeutet uns nichts. Euer Leben ebenso wenig. Ihr müsst mir einfach vertrauen, so wie ich Euch vertraue.«

Jetzt lachte Deguay.

»Weil Ihr an Bord meines Schiffes seid?«

»Ja.«

»Ihr seid eine Maestra, die über beträchtliche Kräfte verfügt, wie mir meine Leute versicherten, die sich mit diesen Dingen auskennen. Es dürfte mir schwerfallen, Euch auch nur ein Haar zu krümmen, selbst wenn ich das wollte. Selbst mit diesem ...« Deguay machte eine Pause und deutete mit dem Kopf in Richtung des kleinen Bullauges, hinter dem irgendwo in der Dunkelheit die *Totwey* liegen musste. »Mit diesem Ding, was immer es ist.«

»Das ist richtig, aber es gibt Mittel und Wege, die Macht einer Maestra zu brechen. Ich bin allein unter Euren Leuten. Und auch ich muss schlafen.«

Wieder rieb sich Deguay den Bart.

»Das klingt beinahe wie eine Einladung, werte Dame. Aber ich werde Euch nichts antun. Ihr seid Gast auf meinem Schiff, und wir haben eine Abmachung. Sicherlich versteht Ihr dennoch, warum ich mir Sorgen mache?«

»Natürlich, Capitane, aber Eure Sorgen sind unbegründet. Es geht mir nur um die Fracht der *Totwey*. Was Ihr und Eure Leute tun, ist von minderem Interesse.«

Jetzt lächelte Deguay sie an und zwinkerte ihr zu, was sie äußerlich ungerührt aufnahm. Innerlich jedoch lachte sie.

»Mir scheint, wir haben eine Art Pattsituation erreicht. Beide Seiten verfügen über die notwendigen Mittel, der anderen zu schaden, beteuern aber, dass dies nicht in ihrem Interesse liegt.«

Mit einer leichten Neigung des Hauptes bedeutete Tareisa ihm, weiterzusprechen.

»Meinerseits werde ich Euch das notwendige Vertrauen entgegenbringen. Vielleicht ist die Verlockung des Geldes einfach zu stark für mich. Oder Eure Schönheit hat meine Sinne vernebelt.«

Er blickte ihr direkt in die Augen, und unvermittelt wurde sich die Maestra der Spannung bewusst, die zwischen ihnen beinahe hörbar knisterte.

»Ich schiebe es auf das Geld, Capitane. Ihr seid kaum der Mann, der sich von einer Frau zu unüberlegtem Handeln verleiten lässt, ganz egal, wie schön Ihr sie nennt«, erwiderte sie mit einer Ruhe, die sie nicht empfand. Deguay war von einem anderen Kaliber als die beiden Männer, mit denen sie zunächst gesprochen hatte. Auch Capitane Pertiz und sein Begleiter Jaquento waren Ausgestoßene der Gesellschaft und damit nicht ungefährlich gewesen, aber Deguay war mehr als das. *Er ist ein Raubtier, in jeder Hinsicht.*

»Ihr überschätzt mich, oder Ihr unterschätzt Euch, werte Dame.«

Wieder dieses Lächeln, selbstbewusst, aber nicht uncharmant.

»Nein, Capitane, ich bin mir meiner Sache sehr sicher. Ich …«, begann Tareisa, wurde aber von lautem Rufen unterbrochen. Eine tiefe Stimme rief nach Deguay, und er sah sie entschuldigend an.

»Ihr verzeiht?«

Ohne auf die Antwort zu warten, erhob er sich und öffnete die Tür.

»Was gibt es?«

Eine hochgewachsene, blonde Frau schob sich ins Sichtfeld. Ihre breiten Schultern füllten den Türrahmen fast vollständig aus. Der unverschämt neugierige Blick, den sie zu Tareisa hinüberwarf, verdeutlichte, welche Situation sie vorzufinden erwartet hatte. Offensichtlich war sie enttäuscht, dass die Maestra noch vollständig angezogen war. Sie deutete mit dem Daumen über die Schulter und brummte mit deutlichem Akzent: »Da is' einer vonne Prise, Käpt'n. Gibt wohl Ärger da drüben.«

Sofort sprang Tareisa auf und trat neben den Capitane.

»Ärger? Was für Ärger?«

»Jemand hat versucht zu klauen.«

Die Maestra warf Deguay einen Blick zu, den dieser richtig deutete.

»Lass das Dingi klarmachen, Hilrica. Wir setzen über und kümmern uns darum.«

Eine ungewohnte Nervosität ergriff von Tareisa Besitz. Normalerweise hätte sie sogleich die Vigoris zu Hilfe gerufen, um ihre Sinne zu verlagern oder einfach direkt den kurzen Weg bis zur *Totwey* zu überbrücken, doch die Anwesenheit der Kiste machte dies unmöglich. So musste sie warten, glücklicherweise jedoch nicht sehr lange, denn die Nachricht war mit einem Boot gekommen, in dem sie und Deguay nur Augenblicke später zur Schwarzbrunn-Fregatte gerudert wurden.

Die Gerüche der nahen Insel lagen in der Luft, aber in der Dunkelheit war von der Küste des Eilands nichts zu sehen. Es war, als schwebten sie auf dem Wasser, die dünnen Lichter der beiden Schiffe die einzigen Fixpunkte in einer dunklen Welt. Der an Macht gewinnende Sog in Tareisas Innerem tat sein Übriges, um in ihr das Gefühl eines vernichtenden Strudels hervorzurufen, dem sie sich kaum entziehen konnte.

Niemand sprach während der Überfahrt. Deguay hatte am Bug Platz genommen und starrte unverwandt zur *Totwey*, während allein das schwere Atmen der Ruderleute zu hören war. So glitten sie über das stille Wasser der Bucht, in der noch drückend die Wärme des Tages lag. Selbst die Rufe von der *Totwey* klangen seltsam gedämpft in Tareisas Ohren.

Endlich wurden Leinen geworfen und festgezurrt, und sie kletterte hinter Deguay die schaukelnde Strickleiter empor.

»Was geht hier vor?«, fragte der Capitane ohne Umschweife. Seine Offizierin, die Tareisa als Rahel vorgestellt worden war, trat aus dem Schatten des Heckaufbaus. Das Licht einer Laterne erhellte die linke Seite ihres Gesichts, doch der Rest blieb im Schatten verborgen. Ihre Augen gaben ihre Gefühle nicht preis.

»Wir haben jemanden im Frachtraum erwischt, Käpt'n.«

»An der Kiste?«, brach es gegen ihren Willen aus der Maestra hervor. Rahel bedachte sie mit einem abschätzigen Blick, dann sah sie Deguay wieder an. Erst als dieser nickte, antwortete sie, ohne Tareisa noch einmal anzuschauen.

»Ja. Auch. War ein gieriger kleiner Langfinger.«

»Wo ist er?«, erkundigte sich Deguay kalt, und die Offizierin wies hinter sich.

»In meiner Kajüte. Enreques ist bei ihm und passt auf.«

Ohne ein weiteres Wort trat der Capitane an ihr vorbei und stieg die Stiege hinab. Tareisa wollte ihm folgen, doch Rahel drehte sich umständlich um, versperrte ihr den Weg und ging selbst zuerst. Die Impertinenz der Piratin kratzte an Tareisas Nerven, aber sie ließ sich nichts anmerken.

Unter Deck war es wie erwartet noch einmal wärmer als an der frischen Luft. Die Schwarzbrunn-Fregatte war großzügiger gebaut als die *Todsünde*, mit einem großen Laderaum, und es befand sich nur eine kleine Prisenmannschaft an Bord. Dennoch war es eng und stickig, und selbst Tareisa, die nicht allzu groß gewachsen war, musste sich vorsehen, um sich nicht den Kopf zu stoßen.

In Rahels Kajüte saß ein junger Mann zusammengesunken auf einem niedrigen Stuhl. Ein vierschrötiger Pirat hatte dahinter Aufstellung bezogen, die Hand an seinem Entermesser, das noch im Gürtel steckte. Aber die Haltung des Mannes ließ keinen Zweifel daran, dass er daran gewöhnt war, es auch einzusetzen. Als er Deguay erkannte, tippte er sich mit dem gekrümmten Zeigefinger an die Stirn.

»Gute Arbeit, Enreques«, erwiderte der Capitane und nickte. »Du kannst uns allein lassen.«

Mit einem finsteren Blick auf den Gefangen verließ der Angesprochene den Raum. Einige Augenblicke lang schwiegen alle. Dann kniete Deguay sich hin und sagte leise, fast freundlich: »Sieh mich an, Junge.«

Unsicher hob der Sitzende das Haupt, und Tareisa konnte erkennen, dass er tatsächlich wenig mehr als ein Junge war, mit einem spärlichen blonden Flaum auf den Wangen und Tränen in den Augen.

»Wie heißt du?«

»Soywell, Thay«, erwiderte der Gefangene, und die Anrede verriet ihn als einen Sohn Thaynrics. Seine Finger waren ineinander verkrampft, aber er bemühte sich sichtlich um Fassung.

»Was hast du im Frachtraum gemacht, Soywell?«

Einige Atemzüge lang schwieg der Gefangene, dann hob er entschlossen den Blick.

»Ich hatte Hunger. Ich wollte was zu Essen finden.«

»Hunger, eh? Der Hunger kann einen Mann dazu bringen, schlimme Dinge zu tun. Hunger und Durst, die beiden hässlichen Zwillinge. Deshalb setzen wir diejenigen von uns, die gegen die Regeln unserer Schiffsgemeinschaft verstoßen, auf Eilanden im Nirgendwo aus, nur mit einer Pistole und einer Kugel dabei.« Im Plauderton fuhr Deguay fort: »Eine üble Wahl: sich etwas zu essen zu jagen und das Elend so mit der Hoffnung auf Rettung zu verlängern oder selbst ein Ende zu machen.«

Jetzt zeigte die Fassung des Jungen Risse. Dann aber lachte Deguay laut auf.

»Lass dich von den Schauermärchen doch nicht ins Bockshorn jagen. Als wenn wir unsere Schiffskameraden aussetzen würden!«

Ein zaghaftes Lächeln erschien auf Soywells Zügen. Ruhig trat Deguay hinter ihn und klopfte ihm gönnerhaft auf die Schulter. Immer noch grinsend, wandte er sich an Rahel: »Gibt's denn keine ordentlichen Rationen?«

»Bei den Tiefen, Käpt'n, der Pott ist für dreimal so viele Leute ausgelegt und proviantiert. Und die Compagnie weiß, wie man lebt. Ich habe dem Smutje gesagt, er soll an nichts sparen.«

»Hunger also«, flüsterte Deguay und beugte sich zu Soywell hinab. Seine Finger gruben sich in die Schulter des Jungen, und er drückte ihn herab. »Hunger trotz voller Ration?«

»Ich … ich …«

»Was hattest du im Frachtraum zu suchen?«

»Ich wollte …«, begann Soywell mit Panik in der Stimme, aber Deguay schnauzte ihn an: »Wer hat dich bezahlt?«

»Was? Niemand. Ich … wollte doch … Ihr seid …«

Die Spitze einer Klinge ragte so unvermittelt aus der Brust des Gefangenen, das Tareisa zunächst nicht begriff, was dieses seltsame, metallische Objekt war. Erst als der Junge entsetzt seufzte, begriff sie. Mit einer langsamen, fast zärtlichen Bewegung zog Deguay den Dolch wieder zurück und ließ Soywell zu Boden gleiten. Der Tod kam schnell, der Stich war gut gezielt gewesen. Die Blutlache um den verdrehten Leib wuchs an, während Deguay ungerührt die Klinge an einem Tuch abwischte, das er danach auf den Toten fallen ließ.

»Euer Geheimnis bleibt sicher, werte Dame«, erklärte der Capitane und lächelte erneut sein Raubtierlächeln. Diesmal war die Vorstellung, seine Beute zu sein, weniger angenehm.

»Gut. Vielleicht würden ständige Wachen dafür Sorge tragen, dass sich derartige Vorfälle nicht wiederholen?«

»Kümmere dich darum, ja?«

»Aye, aye«, erwiderte Rahel steif und salutierte.

Deguay reichte Tareisa den Arm. »Zurück auf die *Todsünde*? Ich würde Euch gern zum Abendessen einladen, wenn Ihr mir diese Freiheit gestattet.«

»Sehr gern, Capitane, ich bin hungrig wie eine Löwin.«

Die Maestra ließ sich von ihm aus der Kajüte führen, in der es neben Teer, Holz und Meer nun auch nach Blut roch. Eigentlich hatte sie keinen Appetit mehr, aber sie würde Deguay gegenüber niemals Schwäche zeigen. *Es wird noch mehr Tote geben*, dachte sie bei sich. *Der Junge … hätte weniger gierig sein sollen, dann wäre er noch am Leben.* Doch plötzlich geisterte ein anderer Gedanke durch ihren Kopf. *Hat jemand ihn bezahlt? Weiß jemand von der Fracht? Und warum hat Deguay ihn so schnell umgebracht? Hatte er ihn selbst geschickt und wollte es verbergen*? Sie beschloss, trotz der Nähe des schwarzen Schiffs ab sofort jedwede Sicherheitsmaßnahme zu ergreifen, die ihr der unnatürliche Sog zugestehen würde. Ihr Meister musste von den Ereignissen erfahren. Wenn eine oder mehrere Parteien in das Spiel eingestiegen waren, würden die Einsätze schon bald erhöht werden. Und die Grenze war in diesem Fall die ganze Welt.

THYRANE

Sofort als seine Füße das Deck berührten, verfiel Thyrane in die nachgiebige Haltung, die das Rollen und Gieren des Schiffs abfing. In der Meerenge des Sanlet, die durch die Insel Dleigh von der offenen See abgeschirmt war, lagen die Schiffe der Marine zwar sicher, aber der seltene Nordostwind, der derzeit herrschte, hielt die vor Anker liegenden Kriegsschiffe dennoch in Bewegung.

Das Pfeifen der Bootsleute, der raue Wind, das schwankende Deck – Thyrane hatte es vermisst, ohne sich dessen bis zu diesem Augenblick bewusst gewesen zu sein. Ein schwer definierbares Gefühl ergriff von ihm Besitz, und er benötigte einige Augenblicke, bis er es erkannte. Es war das Gefühl, heimzukehren, und er wollte verflucht sein, wenn er dieses Gefühl jemals so beim Betreten seines Landhauses gehabt hatte.

Die Mannschaft hatte auf dem Deck Aufstellung bezogen, dreihundert Seelen, die auf engstem Raum zusammenlebten, aßen, arbeiteten, kämpften und starben; eine Gemeinschaft, die sich die meisten Landbewohner kaum vorstellen konnten. Dabei war die Fregatte kein sehr großes Schiff – Thyranes letztes Kommando, ein Linienschiff von vierundsiebzig Kanonen, hatte eine nominelle Besatzung von sechshundert gehabt, auch wenn sie nur selten die volle Stärke erreicht hatte.

Matrosen kümmerten sich bereits um sein persönliches

Gepack, eine Seekiste, die eher robust als ansehnlich war. Dahinter wurden die beiden Fässer und die zwei großen Kisten an Bord gehoben, die Thyrane noch zusätzlich in Loidin erworben hatte. Der Kapitän, ein vierschrötiger Mann mit rötlich blondem Haar, der sich offenbar nicht ganz wohl in seiner Haut fühlte, trat auf ihn zu und salutierte förmlich und mit steifer Miene.

»Willkommen an Bord, Thay. Die *Imperial* gehört Ihnen.«

»Ah, Käpt'n Bercons?« Der Mann nickte nur kurz. »Ich will doch hoffen, dass dieses feine Schiff weiterhin das Ihre ist. Ich bin nur Gast an Bord, Thay.«

»Wie Sie es sagen, Thay«, erwiderte der Kapitän, und Thyrane konnte die Fragen in seinen Augen brennen sehen. Aber vor der versammelten Mannschaft war dies kaum der richtige Augenblick, Bercons seine Sorgen zu nehmen.

»Darf ich Ihnen die Offiziere der *Imperial* vorstellen?«

Mit einem breiten Lächeln hob der Admiral die Hand.

»Später, bitte, Thay. Ich bin ein alter Mann und würde mich gern erst zurückziehen. Vielleicht können wir heute alle gemeinsam das Dinner zu uns nehmen? Es wäre mir eine Ehre, Sie und Ihre Offiziere einladen zu dürfen.«

Mit der Hand wies Thyrane auf eine der beiden Kisten. Auch wenn er längere Zeit nicht mehr auf einem Kriegsschiff gefahren war, vermutete er, dass sich die Kost an Bord nicht unbedingt verbessert hatte. In Erwartung dessen hatte er sich bei den eigenen Vorräten ein wenig Luxus gegönnt, den er nur zu gern mit den anderen Offizieren teilen wollte. Auf einer schwierigen Mission wie der seinen konnte es nur in seinem besten Interesse sein, wenn seine Mitreisenden freundlich gestimmt waren. Und der Weg dazu führte nun einmal auch über einen gut gefüllten Magen.

»Natürlich, Thay. Ich habe Ihnen meine Kajüte freiräumen lassen. Allerdings wird der Komfort wohl nicht an das heranreichen, was Sie gewöhnt sind, Thay. Der Platz ist ziemlich beschränkt – die *Imperial* ist nicht auf einen Admiral an Bord ausgerichtet. Ihre Bediensteten sind noch an Land, Thay?«

Beinahe hätte Thyrane geschmunzelt. Als Fregatte war die *Imperial* tatsächlich kaum ein standesgemäßes Schiff für einen Admiral. Nicht einmal, wenn er nicht unter eigener Flagge fuhr. Aber er hatte vor der Admiralität darauf bestanden, genau auf diesem Schiff zu segeln, denn ein Linienschiff würde ihm in der Sturmwelt kaum gute Dienste erweisen, und jetzt im Krieg wurde ohnehin jedes dieser großen Schiffe benötigt, um die Ambitionen der Géronaee bezüglich der Inseln der Thayns schon im Keim zu ersticken.

»Keine Angst, Käpt'n, ich bin sicher, dass mein Quartier zu meiner Zufriedenheit sein wird. Und ich reise ohne Bedienstete. Ich hatte gehofft, auf Ihren Steward zurückgreifen zu können. Ansonsten würde ich gern die Abläufe an Bord so wenig stören, wie es unter diesen Umständen möglich ist.«

»Natürlich, Thay.«

»Wenn Sie mich dann bitte entschuldigen würden?«, sagte Thyrane und tippte an seinen quer getragenen, hohen Zweispitz. Noch einmal nahmen alle an Deck Haltung an, als er sich tief bückte, um in die Dunkelheit des Heckaufbaus hinabzusteigen.

Nachdenklich ließ Thyrane den Port in seinem Kristallglas hin und her wandern. Die Kajüte des Kapitäns war in der Tat nicht groß, aber in seiner aktiven Zeit hatte er oft genug mit weniger Platz auskommen müssen. Nachdem er seine Kiste an der Schmalseite verstaut hatte, blieb noch immer genug Platz, um seine Beine auszustrecken, ohne dabei ans Bett zu stoßen. Er saß auf einer flachen Chaiselongue von Kapitän Bercons, der ihm freundlicherweise auch seine Möbel überlassen hatte, während um ihn herum der Steward und zwei

Gehilfen die Kajüte für das Dinner vorbereiteten. Der Kapitän war offenbar kein Mann, der hohe Ansprüche stellte. Die Einrichtung war funktional und einfach. Sogar die gerahmte Miniatur einer etwas korpulent wirkenden Frau, zweifellos die vorzügliche Gattin Bercons', wirkte schlicht. Als es klopfte, winkte der Admiral die Bediensteten hinaus und rief: »Kommen Sie herein, bitte.«

Kapitän Bercons trug seinen Hut unter dem Arm, als er eintrat. Sein Blick wanderte durch den Raum, der eigentlich der seine war, aber Thyrane hatte nichts umräumen lassen. Er wusste, wie sehr seine Anwesenheit das Leben an Bord ohnehin schon veränderte, und er wollte es der Besatzung tatsächlich so einfach wie möglich machen.

»Setzen Sie sich doch bitte, Thay. Kann ich Ihnen einen Port anbieten?«

»Sehr gern, vielen Dank«, antwortete Bercons' während er sich vorsichtig setzte, als erwarte er, dass sein eigener Stuhl unter ihm zusammenbrechen würde. Mit ruhiger Hand goss Thyrane ihm ein Glas Port ein und reichte es ihm.

»Auf ...« Er zögerte kurz. »Die Königin.«

Der Kapitän erwiderte seinen Toast und trank. Als er den Port schmeckte, hellte sich seine Miene etwas auf. »Der ist gut«, entfuhr es ihm.

Lächelnd nickte der Admiral. »Ja, direkt aus Hiscadi. Es war nicht einfach, ihn zu erhalten, wegen der Blockade, aber ich habe meine Quellen.«

Admiral Daunce hatte netterweise seine Ankündigung wahr gemacht und ihm noch vor der Abfahrt eine Kiste zukommen lassen.

Beide tranken noch einen Schluck. Einige Momente hing eine unangenehme Stille zwischen ihnen. Dann ergriff Thyrane das Wort: »Sie fragen sich sicherlich, warum ich ausgerechnet auf Ihrem Schiff fahre, nicht wahr?«

Bercons machte ein beinahe erschrockenes Gesicht, was Thyrane insgeheim fast erheiterte. *Selten jemanden so ertappt gesehen,* dachte er.

»Das steht mir keineswegs zu, Thay«, begann der Kapitän hastig. »Ich habe meine Order, und sie ist deutlich. Allerdings ist die Anwesenheit eines Admirals ...«

»...außer Dienst«, warf Thyrane ein.

»Eines Admirals auch außer Dienst auf einer Fregatte eher ... nun ja, ungewöhnlich.«

»Ihre Befehle lauten, dass Sie mir die *Imperial* zur Verfügung stellen sollen und auch ansonsten meine Befehle ausnahmslos zu befolgen haben?«, fragte Thyrane unnötigerweise. Er hatte die Befehle selbst formuliert und diktiert.

»Das ist korrekt, Thay.«

»Gut, gut. Wir werden Anker lichten, sobald Sie die Proviantierung abgeschlossen haben, Thay. Unser erstes Ziel ist Lessan. Ich befinde mich auf einer Mission auf direkten Befehl unserer Königin, möge die Einheit Ihre Majestät beschützen. Wir werden in der Sturmwelt Nachforschungen anstellen, bei denen ich Ihre volle Kooperation benötige.«

»Natürlich, Thay«, erwiderte Bercons ruhig. Vorsichtig stellte Thyrane sein Glas in die dafür vorgesehene Halterung auf dem Tisch und sah dem Kapitän direkt in die Augen.

»Das beantwortet natürlich nicht Ihre Frage, nicht wahr?«, stellte er fest und fuhr fort, bevor sein Gegenüber etwas sagen konnte: »Als Admiral, ob nun im Ruhestand oder nicht, hätte ich ein Linienschiff zu meiner Verfügung haben können. Bei der Einheit, ich hätte eine ganze Schwadron verlangen können, und man hätte sie mir gegeben.«

Bercons nickte langsam. Mit einer Hand fuhr er in eine Rocktasche und förderte eine Stummelpfeife zutage. »Sie gestatten, Thay?«, fragte er nervös. Thyrane nickte.

»Ich habe im *Chronisten* über Ihre Fahrten gelesen, Thay«,

erklärte der Admiral. »Sie haben die Géronaee in ihrem eigenen Hafen überlistet.«

»Wir hatten Glück«, erwiderte Bercons etwas zu glatt, während er an seinem Tabaksbeutel herumnestelte. »Die verdammten Géros waren nicht genug auf der Hut, und das konnten wir ausnutzen.«

»Wie dem auch sei. Ihre Karriere ist bislang makellos verlaufen, Sie haben auf jedem Schiff mit Bravour gedient. Die *Imperial* ist eine Fregatte neuester Bauart. Gutes Holz, nicht wahr?« Zufrieden blickte Thyrane sich um. Das Schiff war auf den ersten Blick als außergewöhnlich zu erkennen gewesen, und seine bisherigen Eindrücke bestärkten dies.

»Ein halbes Dutzend Jahre abgelagert, mindestens. Starke Eiche. Nicht wie diese hastig im Krieg zusammengebauten Kähne, deren Holz noch grün ist und die keine fünf Jahre Dienst überstehen«, erklärte Bercons mit hörbarem Stolz in der Stimme. Mittlerweile hatte er seine Pfeife entzündet, und würziger Rauch füllte die Kabine. Es entspannte den Mann sichtlich, anstatt über Politik über sein Schiff reden zu können.

Der Krieg forderte immer wieder alles von der kleinen Nation Thaynric, und die Qualität von Schiffen und Besatzungen litt unter dem ständigen Druck, Höchstleistungen erbringen zu müssen, das wusste auch Thyrane.

»44 Kanonen, Hauptbatterie 24-Pfünder. Die stärkste Fregatte, die es derzeit gibt. Dazu ein ausgezeichneter Segler. Sie kann fast alles angreifen«, stellte der Admiral trocken fest. »Und vor allen davonsegeln, denen sie nicht gewachsen ist.«

Beide Männer lächelten über den Scherz. Seine besten Erinnerungen an die Zeit als kommandierender Offizier hatte Thyrane auf Fregatten gesammelt. Seine größten Erfolge verdankte er dieser Klasse, und in seinem Herzen hatte er sich einen Fleck für sie bewahrt. Viele Kapitäne zogen den Dienst auf Fregatten vor, denn die Möglichkeit, unabhängig zu segeln, auf eigene Fahrt zu gehen und nicht in der eintönigen Routine der Blockade festzustecken, übte eine große Faszination aus. Mit einer Fregatte konnte man richtiges Geld verdienen, wenn man eine Handvoll wertvoller Prisen aufbrachte; ein Luxus, den Linienschiffe nur selten boten.

»Das ist der Grund, warum ich dieses Schiff wollte: Es ist vergleichsweise schnell und dennoch groß genug, um für sich allein zu stehen. Ihre Mannschaft ist aufeinander eingespielt und erfahren; der Anteil an Neulingen ist sehr gering. Wir werden in der Sturmwelt eventuell zwischen den Inseln umherfahren müssen, und ein Linienschiff wäre dafür schlichtweg ungeeignet. Und Sie sind ein herausragender Kapitän, Thay. Das war der zweite Grund.«

Ohne Thyrane anzusehen, erwiderte Bercons: »Vielen Dank, Thay. Das ist ein hohes Lob aus Ihrem Mund. Ich hoffe, dass ich mich dessen würdig erweisen werde.«

»Keine Sorge. Ich habe Ihre Berichte gelesen und bin mir absolut sicher, dass Sie der richtige Offizier für diese Mission sind. Wenn wir erst einmal auf See sind, werde ich Sie und Ihre Offiziere in die Details einweihen. Bis dahin müssen Sie sich gedulden. Wir beide wissen, wie schnell derartige Informationen unter Deck ihre Runde machen, und noch hat die Mannschaft wohl Landratten an Bord.«

»Ich kann das unterbinden, wenn Sie es wünschen, Thay.«

Jetzt lachte Thyrane und nahm sein Glas wieder auf. Tatsächlich war von vorn leise Musik zu hören, begleitet von einem vielstimmigen, rauen Gesang.

»Keineswegs, Käpt'n. Lassen Sie Ihren Leuten die Vergnügungen. Die Überfahrt wird einige Zeit in Anspruch nehmen, und ich kann nicht sagen, wann wir wieder in einem sicheren Hafen liegen werden. Der Dienst wird sie schon bald genug wieder vereinnahmen. Und ganz ehrlich: Ich habe es in all meinen Dienstjahren nicht geschafft, die Huren und Lustknaben von meinen Schiffen fernzuhalten. Das ist vergebliche, verzeihen Sie mir den schlechten Scherz, Liebesmüh.«

Bercons lächelte, und beide Männer lauschten dem Knarren des Schiffes, den Schritten auf dem Poopdeck über ihnen, dem leisen Gesang und dem Meer um sie herum.

Bercons nahm einen tiefen Zug aus seiner Pfeife, dann stützte er die Hand, die sie hielt, auf dem Tisch ab. »Darf ich Ihnen eine Frage stellen, Thay?«

Stellen darfst du sie, nur ob du eine Antwort bekommst, steht auf einem anderen Blatt, dachte der Admiral, meinte dann aber mit einem ermutigenden Lächeln: »Nur zu.«

Der Kapitän zögerte kurz, doch dann begann er: »Ich habe gehört, dass Sugérand selbst Ihnen den Titel Seewolf verliehen hat. Entspricht das wirklich der Wahrheit, Thay?«

»Verliehen ist ein starkes Wort dafür, Käpt'n. Er hat mich so genannt, als ich mit der *Rabelais* vor seiner Küste kreuzte.«

»Ein schönes Schiff. Beute von den Géronaee, nicht wahr?«

»In der Tat. Eine der ersten schweren Fregatten, wenn auch keineswegs so stark bestückt wie die *Imperial*. Wir haben zwei Monate lang alles gekapert, was uns vor die Mündungen lief. Es war eine gute Zeit«, erklärte Thyrane. Dann wechselte er abrupt das Thema. »Ist meine Vermutung korrekt, dass wir frühestens morgen gegen Mittag Segel setzen können?«

Der Kapitän nickte.

»Dann werde ich die zwei Fässer mit Branntwein für den heutigen Abend zur Verfügung stellen. Und einige meiner Vorräte sind für die Unteroffiziere gedacht. Ich weiß, wie schmal die Börsen mancher Fähnriche sind.«

»Heute Abend wird es so manchen Toast auf Ihre Gesundheit geben, Thay«, antwortete Bercons lächelnd.

Thyrane winkte ab, und sie prosteten sich zu, während draußen der Wind langsam abflaute und die Wolken weniger gehetzt über den Himmel zogen.

ROXANE

Die *Mantikor* kroch nur so in die Hafeneinfahrt. Zwar war es nur der ungünstige Wind, der ihre Fahrt verlangsamte, aber dennoch machte es auf Roxane den Eindruck, als müsse jeder der Fregatte ansehen, dass sie mit schlechten Neuigkeiten einlief. Auch die Schäden würden einem geübten Beobachter noch auffallen, aber zumindest waren sie so weit behoben worden, dass die Leistung des Schiffs nicht zu sehr beeinträchtigt war.

Über der Insel hingen dunkle Regenwolken, die sich an den niedrigen Berg klammerten. In ihrem Schatten wirkten die Farben der Gebäude blass und traurig. Die junge Offizierin konnte sich noch gut an ihren ersten Eindruck von Lessan erinnern, an die überwältigende Farbenpracht, den mysteriösen Dschungel, all die exotischen Anblicke, die ihre Sinne bedrängt hatten; davon war wenig geblieben.

Unwillkürlich legte sie die Hände auf dem Rücken zusammen und straffte ihre Schultern. Ihr Blick fiel auf die Residenz des Admirals, ein heller Fleck inmitten der fahlbunten Häuser. Ihr erster Gang musste sie dorthin führen, wo sie ihren Bericht erstatten würde. Durch den Tod des Kapitäns und Aellas Verwundung war diese Pflicht ihr zugefallen, und die Tragweite der Ereignisse ließ nichts anderes zu, als den Bericht persönlich zu überbringen. *Um dann ver-*

mutlich auch gleich persönlich vor dem Kriegsgericht erscheinen zu dürfen.

Mit einem prüfenden Blick auf die Segel befahl sie eine leichte Kurskorrektur. Sie hatte alles an Leinen aufsetzen lassen, was ohne Leesegel möglich war. Die *Mantikor* würde wie eines der Schiffe auf den in Thaynric sehr beliebten Gemälden wirken. Oft fuhren die dargestellten Windjammer unter voller Beseglung, auch wenn Wind und Wetter dies nicht erlaubt hätten.

Hinter der Fregatte kamen die beiden begleitenden Schiffe noch langsamer voran, da sie die Beschädigungen an der Takelage bestenfalls notdürftig behoben hatten. Damit sie wieder voll einsatzfähig wurden, bedurfte es mehr, als der Schiffszimmermann mit seinen beschränkten Mitteln an Bord hatte leisten können.

Niemand grüßte den kleinen Verband, kein Boot kam ihnen entgegengerudert, als Roxane die *Mantikor* vorsichtig in den Kriegshafen einlaufen ließ und eine Ankerposition etwas abseits einnahm. Im Vergleich zu ihrem letzten Besuch wirkte das Hafenbecken regelrecht verwaist. Der Konvoi nach Thaynric war längst ausgelaufen, und ein guter Teil der Flotte hatte die zahlreichen Händler begleitet. Nur noch drei Linienschiffe lagen vor Anker, doch hier am fernen Ende der Welt waren diese kampfstarken Kriegsschiffe mehr als genug, um den Willen der Krone jederzeit durchzusetzen. Stolz überkam Roxane, als sie an die Macht der Königlichen Marine dachte, die überall auf der Welt die Interessen des Inselstaates ebenso wie seine Bürger schützte. Doch schon nach wenigen Momenten richteten sich ihre Gedanken wieder auf den bevorstehenden Bericht, und ihre Stimmung fiel erneut in das trübe Loch, das sie seit dem Gefecht nur selten verlassen hatte.

Die Mannschaft merkte scheinbar nichts von den düsteren Vorahnungen ihrer kommandierenden Offizierin. Sie erledigte ihre Aufgaben schnell und tadellos. Die Matrosen stiegen in die Wanten und holten unter den wachsamen Blicken der Offiziere die Segel ein.

Auch wenn niemand zu sehen war, wusste Roxane, dass die Fregatte genauestens beäugt wurde. Doch die *Mantikor* gab sich keine Blöße, und schon bald drehte sie sich am Anker in den Wind, während die Gasten noch die Segel an den Rahen verstauten. Roxane befahl, ein Boot klarzumachen, übergab das Kommando an den Diensthabenden und stieg unter Deck.

Ihr erster Gang führte sie durch das Kanonendeck nach vorn zum Lazarett. Schiffsärztin Tabard hatte Aella etwas abseits ein wenig Raum geschaffen, in dem sie eine Nische mit Tüchern abgespannt hatte. Die ehemalige Zweite Offizierin lag regungslos in der schmalen Koje. Zunächst glaubte Roxane, dass sie schlief, doch dann sah sie die offenen Augen, die grübelnd an die Bordwand starrten. Die junge Frau schien um Jahre gealtert, ihre Wangen waren eingefallen, die Haut wirkte blass und wächsern. Als sie Roxane bemerkte, stützte sie sich auf ihren verbliebenen Arm auf und lächelte. Erst jetzt erinnerte sie Roxanne für einen kurzen Moment wieder an die Offizierin, die sie zu Beginn ihrer Reise kennengelernt hatte.

»Wie geht es Ihnen, Leutnant?«, erkundigte sich Roxane steifer, als sie es vorgehabt hatte.

»Wir sind in Lessan, nicht wahr?«, antwortete Aella mit einer Gegenfrage.

Roxane räusperte sich. »Das ist richtig. Ich werde gleich an Land gehen und meinen Bericht abgeben. Ich sorge dafür, dass man Sie ins Hospital bringt. Dort kann man sich besser um Sie kümmern.«

»Keine Eile, Käpt'n«, erwiderte Aella und verzog das Gesicht. »Die *Mantikor* wird wohl das letzte Schiff sein, das ich als Offizierin verlasse. Kein Gang, auf den ich mich freue.«

Einige Momente lang überlegte Roxane, was sie antworten sollte. Eine Lüge wäre leicht gewesen, ein kleiner Widerspruch, ein Lächeln. Vielleicht wäre es richtig gewesen, aber sie brachte es nicht über sich.

»Es tut mir leid«, erklärte sie stattdessen. Unwillkürlich nestelte sie an den untersten Knöpfen ihres Uniformrocks, eine Angewohnheit, die sie eigentlich erfolgreich abgelegt zu haben geglaubt hatte. »Ich habe Ihr Verhalten unter Feuer im Bericht lobend erwähnt, Thay.«

Was immer das auch wert ist. Vermutlich würde man eine Stelle an Land für sie finden, die sie trotz ihrer Verwundung noch ausfüllen konnte.

»Danke. Ich werde das alte Mädchen vermissen.« Aella neigte den Kopf, und ihre Augen nahmen wieder diesen geistesabwesenden Ausdruck an, als erinnere sie sich an etwas. Mit einiger Mühe ließ sie sich zurücksinken und strich mit der Hand über die Eichenbalken.

»Wir alle«, entgegnete Roxane.

»Dann viel Glück, kommandierender Kapitän. Mast- und Schotbruch.«

Jetzt lächelte Roxane doch. Mit einem formellen Salut wandte sie sich ab. Als sie die Tücher zur Seite schlug, hörte sie noch einmal Aellas Stimme hinter sich.

»Wir haben richtig gehandelt.«

Ohne etwas zu erwidern, verließ Roxane das Lazarett. Ihr schlug Lachen von den Decks entgegen, und am Heck sang eine tiefe Stimme ein wehmütiges Lied. Die Stimmung innerhalb der Mannschaft war ausgelassen, und Roxane konnte es ihnen nicht verübeln. Die Schlachten waren geschlagen, die Toten der See übergeben. Jetzt würde es Prisengeld geben und Landurlaub, um es auszugeben.

Man machte ihr Platz, als sie gedankenverloren zwischen den vertäuten Kanonen entlangschritt. Sie achtete weder auf die Salute noch auf die finsteren Blicke, die ihr von manchen zugeworfen wurden. Erst, als sie die Kapitänskajüte erreichte, nahm sie ihre Umgebung wieder bewusst wahr. Zeit verstrich, während sie sich alles noch einmal einprägte, jeden Gegenstand betrachtete und endlich die dicke Mappe mit dem Logbuch, den Berichten und Listen unter den Arm klemmte. Wie Aella fasste sie das kräftige, harte Holz an, das ihnen im Gefecht so treue Dienste geleistet hatte. Dann stieg sie wieder hinauf an Deck.

Inzwischen hatten die Wolken sich über der Insel aufgebauscht und erhoben sich düster in den Himmel. Obwohl sie noch nicht lange in der Sturmwelt war, konnte Roxane an ihnen erkennen, dass bald ein Schauer folgen würde. Die beiden anderen Schiffe waren hinter der *Mantikor* in den Hafen eingelaufen und ankerten in Rufnähe.

»Teilen Sie der *Windreiter* mit, dass ich ihren Kapitän an Land erwarte«, befahl sie kurz angebunden. »Und signalisieren Sie der *Luchs*, dass ich einen Offiziellen zur Übergabe der Prise entsenden werde.«

Dann kletterte sie hinab in das bereits wartende Boot und setzte sich in den Bug. Mit gleichmäßigen, starken Ruderschlägen wurde sie dem Land entgegengetragen, dem Land und Admiral Holt, dessen Flagge über dem Hafen gehisst war. Wehmütig betrachtete sie die *Mantikor*, die, obschon älter, selbst im trüben Licht des zu erwartenden Unwetters stolz über Roxane aufragte, und jeder Ruderschlag entfernte sie von dem Schiff, das kleiner und kleiner wurde.

Der Pier war fast gänzlich verlassen. Vermutlich warteten die meisten Einwohner der Stadt den Regenschauer ab, wofür Roxane dankbar war. Sie hätte es nur schwer ertragen, sich jetzt durch die Trauben von fliegenden Händlern zu drängen, ganz zu schweigen von den Prostituierten beiderlei Geschlechts, die sich schon bald zu den Schiffen aufmachen würden. Nur eine Handvoll besonders hartnäckiger Gestalten kamen ihr entgegen, aber Roxane ignorierte sie und ging stracks auf den einsamen Beamten zu, der ihr langsam entgegentrottete.

»Ihrer königlichen Majestät Schiff *Mantikor* meldet sich, samt der Prise *Luchs* und dem ... Händler *Windreiter*. Wir ...«

»Der Händler sollte aus dem Kriegshafen entfernt werden, Thay«, beschwerte sich der Mann, der trotz seiner schwerfälligen Bewegungen und massigen Gestalt eine erstaunlich hohe, nasale Stimme hatte, ohne ihre Erklärung fertig zu hören.

»Wir haben Verletzte an Bord, Thay«, erwiderte Roxane kühl mit Blick zu den Schiffen. Ein kleines Dingi hatte sich von der *Windreiter* gelöst und näherte sich dem Pier. *Kapitän Jaquento und seine Mannschaft werden sicherlich mehr Gefallen an den Vergnügungen dieser Hafenstadt finden als ich.*

»Es verletzt die Regularien. Bitte sorgen Sie dafür, dass dieses Handelsschiff den Kriegshafen verlässt.« Der aufgeblasene Beamte gab nicht nach.

»Jetzt hören Sie mir mal zu, Mann«, explodierte Roxane unvermittelt. »An Bord befinden sich hunderte befreite Sklaven, wir haben Verluste erlitten und Verletzte an Bord. Unsere Vorräte gehen zur Neige, und wir benötigen dringend Hilfe, und Sie kommen mir mit den Regularien? Sie sorgen jetzt dafür, dass die Schiffe jedwede Unterstützung bekommen, die sie benötigen, oder gnade Ihnen die Einheit.«

Kaum unterdrückter Zorn brandete in Roxane auf, und die weit aufgerissenen Augen des Beamten zeigten ihr, dass der unfassbare Bruch des Protokolls, den sie gerade begangen hatte, nicht ohne Wirkung geblieben war.

»Haben Sie mich verstanden?«

Einige Momente verstrichen, dann nickte der Mann.

»Gut. Sobald die ehemaligen Sklaven von Bord sind, kann

die *Windreiter* in den offenen Hafen überführt werden. Wenn Sie mich jetzt entschuldigen ...«

Ohne sich weiter um den Beamten zu kümmern, wandte die junge Offizierin sich ab.

Inzwischen hatte auch das Dingi am Pier angelegt, und Jaquento sprang leichtfüßig an Land. Die seltsame Echse saß auf seiner Schulter, und er wirkte so selbstsicher, als habe der junge Mann gerade die Insel in Besitz genommen.

Immer noch wütend, wies Roxane mit dem Finger auf ihn. »Sie kommen mit mir mit. Sie können dem Admiral alles erzählen, was Sie wissen.«

»Natürlich, Meséra.« Sein Lächeln war breit, aber sie konnte nun einen Hauch von Verunsicherung in seiner Miene sehen. *Gut*, dachte sie, während ihr Zorn verflog und einer schwer fassbaren Leere wich. *Auf ins Gefecht*. Ihre Schritte waren federleicht, und sie fühlte sich, als könnte der auffrischende Wind sie jeden Augenblick von der Schwere der Welt lösen und in den grauen Himmel tragen.

SINAO

Die lauten Rufe, die von allen Seiten auf sie eindrangen, übertönten ihre Worte. Hier und da jammerten Männer und Frauen, andere rissen sich an den Haaren oder schlugen sich mit den Fäusten gegen die Brust. Obwohl einige der Stückpforten geöffnet worden waren, herrschte unter Deck ein stetes Zwielicht, in dem die Leiber der ehemaligen Sklaven wie ein vielgliedriges Wesen aus einer fremden Welt wirkten.

Hilfe suchend blickte Sinao zu Manoel, der noch auf der untersten Stufe der Treppe stand, als befürchte er, von dem Ungeheuer aus Armen und Köpfen und weinenden Augen verschlungen zu werden, wenn er den letzten Schritt hinabtat. Schließlich zuckte er mit den Achseln und sah sie mit abwehrend erhobenen Händen an. Mit seiner braun gebrannten Haut und der schlanken Gestalt wirkte er fast selbst wie ein Paranao; nur sein helles Haar, das ihm in wirren Strähnen und verfilzten Zöpfen ins Gesicht hing, zeigte seine Herkunft aus Corbane. Schließlich erbarmte der junge Maestre sich ihrer und schenkte ihr eines seiner kurz aufflackernden Lächeln, bevor er doch den Schritt hinabtat und laut rief: »Ruhe! Hört alle her!«

Sein Paranao war durch den Akzent seiner Heimat gefärbt, weniger kehlig, doch leicht zu verstehen. So sehr waren die Sklaven daran gewöhnt, ihren Herren zu gehorchen, dass seine Worte ausreichten, um Ruhe einkehren zu lassen.

»Es wird alles gut«, erklärte Sinao schnell, die entstehende Stille dankbar nutzend. »Sie schicken uns kleine Schiffe, um uns an Land zu bringen. Dort wird man sich um uns kümmern. Alles wird gut.« Ihre Hand suchte den *Zemi*-Stein, der das Gesicht Anuis trug, und den sie immer in einer Tasche ihres Rocks bei sich hatte.

Doch trotz ihrer Beteuerungen sah sie die Angst in den Augen der anderen Sklaven, die mit ihr von der Insel Hequia geflohen waren. Es waren Thaynrics gewesen, die sie gefangen gehalten hatten, Männer und Frauen der Compagnie, mit Soldaten in Uniformen. *Keiner traut den Blassnasen. Warum sollten wir auch?* Dennoch bemühte sich Sinao, ihre Stimme fest und überzeugt klingen zu lassen, als sie wiederholte: »Alles wird gut.«

»Was wird mit uns geschehen?«, rief ein einäugiger Mann zu ihr herüber. *Tangyes Peitsche hat ihn das andere gekostet,* erinnerte sich Sinao.

»Die Cacique von Thaynric sorgt für alles«, erklärte die junge Frau bestimmt. »Sie hat die Blassnasen auf dem großen Schiff geschickt, um uns zu befreien. Tangye ist tot, und die anderen auf Hequia wird die Cacique bestrafen. Sie wird uns Essen geben und eine Heimat.«

Die Angst der Umstehenden schien ein wenig nachzulassen. Einige der Krieger redeten leise auf die anderen ein. Sie flößten ihnen Mut ein; nicht weil sie selbst so empfanden, sondern weil sie es als ihre Aufgabe ansahen. Keiner wusste, was mit ihnen geschehen würde, auch Sinao nicht. Aber die Lüge war im Augenblick besser als die Wahrheit, denn eine Panik unter den befreiten Sklaven konnte niemandem von Nutzen sein.

»Lass uns an Deck gehen«, bat Manoel und wies mit einer galanten Geste die steile Treppe hinauf, die aus den düsteren Eingeweiden der *Windreiter* an die frische Luft führte. Dankbar lief Sinao empor. Zu sehr erinnerte sie das warme Innere des Schiffes an die Küche auf Hequia, an ihr Dasein als Sklavin, an die Unterwerfung, die Angst und den Tod.

Die Gegenwart der übrigen Paranao riefen ihr stets Majaguas Tod am Strand der Insel ins Gedächtnis, wo seine Augen schon die Freiheit sahen, während Tangyes Kugel ihm das Leben raubte. Die Erinnerung war zu bitter, die Wunde zu tief, als dass Sinao ihr lange standhalten konnte. So flüchtete sie an Deck.

»Sie vertrauen uns nicht, oder?«, fragte Manoel und kratzte sich im Nacken, während er mit zusammengekniffenen Augen die Insel betrachtete. Er trug lediglich eine einfache Hose, deren zahlreiche Flicken und Flecken das Alter des Kleidungsstücks verrieten. An seinem Gürtel hing eine kleine Ledertasche, in der er seine Pfeife und Rauchkraut aufbewahrte. Sinao hatte auf der Fahrt davon gekostet, doch ihr gefiel das Gefühl nicht, das der Rauch mit sich brachte. Sie hatte Angst, die Kontrolle zu verlieren, wenn sie sich der Leichtigkeit in ihrem Kopf überließ, und das in ihr zu befreien, was sie nicht verstand.

»Sie können euch nicht vertrauen. Die Blassnasen haben ihnen nie etwas Gutes gebracht«, erwiderte Sinao vorsichtig. Sie wollte den Maestre nicht verärgern. Doch Manoel schien ihre Antwort kaum zu kümmern.

»Es wird regnen«, erklärte er und deutete zum Horizont.

»Wirst du mit ihnen gehen?«

Unbemerkt war Bihrâd an sie herangetreten. Wie so oft hielt der seltsame Mann sich nicht mit Höflichkeiten auf, sondern sprach direkt. Seine Worte klangen ungewohnt in Sinaos Ohren, seine Sprache runder und fließender, als die Corbaner sonst sprachen. Unsicher sah sie ihn an, und wie immer folgten ihre Augen den Linien und Punkten der Tätowierungen in seinem Antlitz, bis seine Gesichtzüge dahinter einfach verschwanden.

»Ich weiß nicht.« Sie schwieg und zählte im Geist bis zwanzig, doch er sah sie weiterhin ohne Regung an, bis sie weitersprach. »Ich weiß gar nichts.«

»Du kannst hierbleiben«, warf Manoel schließlich ein. »Der Käpt'n hat sicher nichts dagegen. Ich meine, falls er weiterhin unser Kapitän bleibt und ihn die Thaynrics nicht die Neunschwänzige kosten lassen und ihn an einer Rah aufknüpfen. Is' 'n besseres Leben hier an Bord als so manches da draußen.«

Ihr Blick folgte seinem zu der Insel, in deren Bucht sie vor Anker lagen. Unvorstellbar viele Hütten und Häuser standen dort, wuchsen wie seltsame Pflanzen den Hang des Berges empor, drängten sich am Wasser, waren über-, neben- und hintereinander gebaut, in bunten Formen und Farben. Auf einen Blick sah sie dreihundertvierundsiebzig Gebäude, doch sie war sicher, dass sich andere ihren Blicken entzogen, verborgen waren hinter den großen Häusern oder den Bäumen, die grün zwischen all den anderen Farben standen. Lessan musste eine gewaltige Stadt der Corbaner sein.

»Ich weiß nicht.«

»Klar. Is' deine Entscheidung, Sin«, erwiderte Manoel und gähnte. »Wollen wir mal an Land gehen? Gibt'n paar schöne Ecken in Lessan. Wenn man sich auskennt. Ich könnt sie dir zeigen.«

Eigentlich wirkte die Menge der Gebäude bedrohlich auf Sinao, doch das Weinen und Raunen, das aus dem Niedergang tönte, ließ sie dennoch nicken. *Besser, als dauernd an Hequia erinnert zu werden.*

»Soll ich mitkommen?«

Am liebsten hätte die junge Frau Bihrâds Frage bejaht, aber Manoel winkte ab.

»Uns passiert schon nix. Wir passen auf, oder?«

In Bihrâds Nähe fühlte Sinao sich sicher, was hauptsächlich an seinen Fähigkeiten lag. Er nannte sich selbst einen Magietrinker, und genau das konnte er. Mit einer bloßen Berührung oder sogar nur kraft seines Geistes beendete er Manoels Zauber. Sie hatten es ihr vorgeführt, als sie sich im

Laderaum verkrochen hatte, aus Angst davor, dass die Kraft in ihr sich wieder einen Weg bahnen würde, ohne ihr Wollen oder Zutun. Solange Bihrâd dabei war, konnte dies nicht geschehen. Aber Manoel schien ihre Sorgen nicht zu bemerken, und sie traute sich nicht, etwas zu sagen.

Überraschend legte Bihrâd seine Hand auf ihre Schulter. Seine dunklen Augen verrieten seine Gefühle nicht, aber Sinao erahnte etwas in ihnen und fühlte sich dem dunkelhäutigen Mann unvermittelt verbunden. Seine Hand fühlte sich kühl an, beruhigend, als bremse sie ihr rasendes Herz und gebe ihr Zuversicht und Kraft.

»Geh mit Manoel. Er hat recht. Ihr beide könnt auf euch selbst aufpassen. Er kann dir mehr beibringen als ich.«

Er blieb noch stehen, während ihr Herz achtunddreißigmal schlug, und es war, als flösse seine Kraft zu ihr, um ihre Zweifel im Nichts zu ertränken. Dann ließ er sie los und wandte sich ohne ein weiteres Wort ab. Sinao war wie gelähmt. Erst als Manoel kicherte, wurde sie aus ihrer Trance gerissen.

»Manchmal klingt er wie ein verfluchtes Orakel. Komm, lass uns ein Boot besorgen.«

Den Kopf voller Gedanken, doch mit viel weniger Sorgen, folgte Sinao dem jungen Maestre zu den Verlockungen der fremden Küste mit allen ihren neuen Farben und Zahlen.

Der Regen prasselte auf sie hernieder. Sinao machte er nichts aus; sie war diese sintflutartigen Regenfälle gewöhnt, die ebenso schnell verschwanden, wie sie kamen. Das Wasser war warm auf ihrer Haut, als sie durch die schmalen Gassen gingen. Manoel schien, obwohl er das Schiff ohne Hemd verlassen hatte, den Regen genauso wenig störend zu finden wie sie. Insgeheim war Sinao froh, dass die Nässe die Bewohner der Stadt unter die Vordächer und in ihre Häuser trieb. Sie konnte sich kaum vorstellen, wie gedrängt es sein musste, wenn all die Menschen auf einmal in den Straßen waren. So begegneten sie nur vierzehn Mal anderen, die trotz des Regengusses unterwegs waren.

Manoel führte sie sicher durch die Stadt. Er schien den Weg tatsächlich zu kennen, und sie stiegen langsam den Berg empor, gingen erst durch breite Straßen am Hafen, wo die Gebäude groß und klobig waren, dann durch kleinere Straßen mit bunten Wohnhäusern, bis sie schließlich in einen Bereich kamen, wo die Gebäude wenig mehr als einfache Hütten waren und das Regenwasser schlammig die Gassen entlangfloss und allerlei Unrat mit sich spülte.

Unterwegs zeigte Manoel immer wieder auf bunte Häuser und löchrige Dächer: »Da bekommst du 'nen ganz anständigen Wein«, erklärte er zum Beispiel, »... und da drüben hatte Gavez ein Haus. Bis er vor den Soldaten fliehen musste, natürlich, weil er immer alles verhökert hat, was wir mit an Land brachten.«

Sinao verstand nur die Hälfte seiner Erklärungen, aber das machte ihr nichts aus. Sie folgte Manoel einfach und ließ die fremde Insel auf sich wirken.

Die Hütten wurden allmählich immer spärlicher, einzelne Flecken im Grün des Waldes, kleine gerodete Flächen im beginnenden Dschungel. Dann ließen sie selbst das hinter sich und wanderten auf einem schmalen gewundenen Pfad, der sie den Berg emporführte. Der Regen hörte auf, und innerhalb von zwanzig Herzschlägen fiel der erste Sonnenstrahl durch die düsteren Wolkenberge, wie ein goldener Finger, der hinab auf das Meer wies.

»Wohin gehen wir?«, fragte Sinao, während sie den Regen aus ihren langen dunklen Haarsträhnen schüttelte.

»He, du machst mich nass«, beschwerte sich Manoel. Er stemmte die Hände in die Hüften, beugte sich vor und ließ sein Haar kreisen, so dass die Tropfen wie ein Rad von seinem

Haupt flogen. Das reizte die junge Paranao zum Lachen, und sie sprang mit einem Quietschen zur Seite.

»Als wenn wir nicht sowieso nass wären!«

»Ja, stimmt. So ein Ausflug war vielleicht nicht die beste aller Ideen. Nicht bei dem Wetter.«

»Die Sonne wird uns trocknen«, stellte Sinao fest. Wie auf ihr Wort hin öffneten sich die Wolkenberge, und gleißendes Licht hüllte die Insel ein. Schon bald stieg Dampf von den Bäumen auf, als wollte er zu den Wolken zurückkehren, aus denen er gekommen war.

Der junge Maestre führte sie beide zu einer kleinen Lichtung. Die Pflanzen waren nach dem Regen von einem überwältigenden Grün. Alles war feucht, jeder Halm, Stängel und Stamm. Tropfen glänzten auf Blättern, aber es war dennoch warm und angenehm.

»Wieso gehen wir hierher?«

Mit einem Seufzen sank Manoel im Schneidersitz nieder und langte an seinen Beutel. Sorgfältig stopfte er sich eine Pfeife. Doch anstatt danach auch die Streichhölzer herauszuholen, blickte er nur konzentriert auf den Pfeifenkopf, bis ein dünner Rauchfaden von diesem aufstieg. Ein, zwei Mal paffte er, dann glimmte es rot auf.

»Deswegen.«

Sinao schluckte. Bislang hatte der Maestre ihren Wunsch respektiert, die Pforten in ihrem Inneren geschlossen zu halten.

»Sollte Bihrâd nicht dabei sein, wenn du so etwas tust? Ist es nicht gefährlich?«

»Nein, keine Sorge. Setz dich, Sin.«

Unwillig folgte sie der Aufforderung.

Mit einem Lächeln hob Manoel die Pfeife. »Das ist nur ein kleines Kunststück, mehr nicht. Eine Spielerei, um die Abergläubischen zu beeindrucken. Aber ich werde dir von wahrer Macht berichten, vom Arsanum, dem Geheimnis der Magie, das man suchen muss, will man die Vigoris beherrschen.« Er blickte sie an. »Keine Sorge, ich erzähle dir nur ein paar Geschichten. Du musst nichts tun.«

Stumm nickte die junge Paranao. Ihr fiel auf, dass sich Manoels Ausdruck verändert hatte. Der nachlässige Umgangston, den er an Bord des Schiffes verwendete, war verschwunden. *Nun klingt er wirklich wie eine gebildete Blassnase.*

»Die Caserdote behaupten, die Vigoris käme von der Einheit. Bihrâds Volk sagt, sie kommt von den Sternen. Dein Volk glaubt, Anui habe ihnen die Vigoris geschenkt. Aber die Wahrheit ist: Keiner weiß es wirklich, alle glauben nur, es zu wissen.«

»Niemand weiß es?«

»Oh, vielleicht ist eine dieser Erklärungen wahr. Aber niemand kann es mit Sicherheit sagen. Man kann es nur glauben. Aber ich verrate dir das erste Geheimnis des Arsanums: Es ist gleich, was du glaubst. Die Vigoris wird dir gehorchen, ob du nun den Caserdote folgst, zu den Sternen betest oder zu den Zemi.«

»Woher weißt du von den Zemi?«, fragte Sinao verblüfft. Bislang hatten die Corbaner sich kaum für die kleinen Steingötzen interessiert, mit deren Hilfe die Paranao zu den Ahnen beteten.

Tangye und seine Leute hatten die Sklaven gezwungen, zu der Einheit zu beten und Anui und den Ahnen abzuschwören, doch man hatte sie nie gefragt, was sie eigentlich glaubten. So hatten die meisten wenig mehr als Lippenbekenntnisse geleistet und weiterhin die Ahnen um Rat und Hilfe gefragt, wie viele, viele Generationen vor ihnen es auch getan hatten.

»Ich habe einige Zeit auf einer Insel hier gelebt. Bei deinem Volk«, erklärte Manoel und nahm einen Zug aus seiner Pfeife. »Ich dachte, dort würde ich mehr über das Geheimnis erfahren. Seine wahre Natur ergründen können. In gewissem Sinne stimmte das auch: Ich habe gelernt, dass Glaube nicht Teil des Arsanums ist.«

»Sondern?«

»Die Vigoris ist einfach da, egal, woher sie kommt. Jeder, der ein gewisses Talent dafür besitzt, kann lernen, sie zu beherrschen. Ob nun Maureske, Paranao, Hiscadi oder sogar die verstockten Thayns. Nichts und niemand verwehrt einem den Zugriff, wenn man nicht glaubt. Ich weiß das.«

»Weil du nicht glaubst?«

Die Frage war ihr sofort in den Sinn gekommen, und sie hatte sie ausgesprochen, ohne nachzudenken. Jetzt sah sie, wie Manoels Miene sich kurz verdüsterte, und sie bereute sie sofort. Doch der Maestre nickte.

»Ja, auch weil ich nicht glaube. Nicht an die Einheit, nicht an die Sterne und auch nicht an die Ahnen. Es gab die Vigoris, bevor Corban von der Einheit predigte, und ich denke, es gab sie schon immer. Sie unterscheidet nicht nach Mann oder Frau, Greis oder Kind, Braun oder Weiß, Klein oder Groß, Reich oder Arm. In gewisser Weise ist sie gerecht, denn vor ihr ist alles gleich. Jeder, du, ich, alle dort unten. Und irgendwann wird sie dir gehorchen, so wie sie mir gehorcht.«

Er machte eine Pause, um wieder an seiner Pfeife zu ziehen. Dann fuhr er fort: »Sie ist gefährlich, wenn man nicht mit ihr umzugehen weiß, aber wenn man sie kennt, kann sie sehr … liebevoll sein.« Wieder lachte er kurz, als hätte er einen Scherz gemacht, den nur er verstand. Es war ein unbekümmertes Lachen, das im Gegensatz zum Ernst seiner Worte stand. »Wenn du willst, kann ich es dir beibringen. Ich kann dir zeigen, wie man die Vigoris nutzen kann. Du hast das Zeug dazu, das weiß ich, und du weißt es auch. Willst du?«

Sinao schwieg sechsundfünfzig Sekunden lang. Ihr Blick wanderte über den Boden, erfasste die Gräser und Blätter, zählte die Ameisen, die Tropfen, alles. Dann sah sie auf.

»Ja.«

JAQUENTO

Der Regen prasselte so laut auf das gewachste Leinenverdeck der Droschke, dass man kaum sein eigenes Wort verstehen konnte. Nicht dass es notwendig gewesen wäre, etwas zu verstehen, denn weder er noch sein Gegenüber sprachen. Roxane Hedyn, außer Jaquento und seiner – *meiner?* – Echse die Einzige in der Kutsche, wich seinen Blicken standhaft aus, und ihre Miene war verschlossen und abweisend, wenn sie überhaupt einmal zu ihm hinüberschaute. Die Straßen waren uneben, und immer wieder wurden sie durchgeschüttelt, wenn ein Rad in ein tiefes Loch schlug.

Erfolglos versuchte Jaquento, der Situation etwas Gutes abzugewinnen. Sein Gegenüber verhielt sich, als sei er nicht mehr als eine zufällige Wegbekanntschaft. Immer wieder fanden Tropfen einen Weg ins Innere der Droschke, so dass er sich mittlerweile fühlte wie ein begossener Hund. Und ihr Ziel war der Sitz des Admirals der Sturmwelt, der sicherlich keine besonderen Sympathien für hiscadische Kapitäne hegte – vor allem, wenn sie es mit den strengen Gesetzen der Thayns nicht allzu genau nahmen. *Nein, alles in allem ist die Situation gar nicht gut.*

Nach einer durch den Regen mühseligen Fahrt hielt das Gespann schließlich vor einer weißen Villa mit strengen Formen. Wo in Géronay und Hiscadi derzeit verspielte Strukturen und üppige Verzierungen in Mode waren, hatten die Thayns eine Vorliebe für den geraden, schnörkellosen Stil der späteren Epochen des Imperiums der Nigromantenkaiser entwickelt. Selbst hier in der exotischen und kaum gezähmten Sturmwelt wirkten die Gebäude wie direkt aus Loidin importiert. *Und nicht nur die Gebäude,* stellte Jaquento fest, als ihnen ein überaus korrekt gekleideter Offizier der thaynrischen Marine entgegeneilte, um ihnen die Tür zu öffnen.

»Der Admiral erwartet Sie bereits«, erklärte der Mann würdevoll, während Regenwasser zu beiden Seiten aus seinem Zweispitz lief. »Vertreten Sie Kapitän Harfell, Thay?«

»Ich werde hier Bericht erstatten«, erwiderte Roxane steif und salutierte. Die Finger ihrer anderen Hand umklammerten eine lederne Dokumentenmappe so fest, dass die Knöchel weiß hervortraten. »Kommandierende Kapitänin Roxane Hedyn, zu Ihren Diensten, Thay.«

Sie ist nervös, erkannte Jaquento endlich. *Und sie versucht es hinter all dem Salutieren und den Ritualen der Marine zu verbergen.*

»Dann folgen Sie mir bitte, Thay«, entgegnete der Offizier, ohne mit der Wimper zu zucken, obwohl er durch den Regen in seinem Hut wirkte wie ein deplatziertes Wasserspiel. Für Jaquento, der sowohl die komplexen Umgangsformen am hiscadischen Hof kannte als auch die rauen Sitten in den Tavernas seines Landes, war diese Förmlichkeit eine unwillkommene Erinnerung an vergangene Zeiten. Aber es blieb ihm keine Zeit, lange darüber nachzudenken, denn sie wurden in die Villa geführt, durch lange Gänge, in denen Gemälde von Männern und Frauen in Uniform hingen. Die Einrichtung war ansonsten ebenso schlicht wie das Äußere des Gebäudes; zumindest nach kontinentalem Maßstab. Dunkles Holz herrschte überall vor, und auch die Stofftapeten waren in gedeckten Tönen gehalten. *Vermutlich faulen die ihnen in der hiesigen Luft-*

feuchtigkeit alle zwei Jahre von den Wänden, dachte Jaquento mit einer gewissen Boshaftigkeit.

Mit zwei schnellen Schritten holte der junge Hiscadi zu Roxane auf, die bereits vorausgegangen war, und flüsterte ihr aus dem Mundwinkel zu: »Was genau soll ich eigentlich sagen?«

Sie blickte starr geradeaus, als sie antwortete: »Am besten schweigen Sie so lange, bis man das Wort an Sie richtet. Ansonsten beantworten Sie einfach alle Fragen wahrheitsgemäß. Falls der Admiral Ihnen überhaupt welche stellt.«

Obwohl Jaquento fest entschlossen war, auf gar keinen Fall alle Fragen wahrheitsgemäß zu beantworten, nickte er.

»Und bei der Einheit, können Sie nicht dieses verdammte Viech von Ihrer Schulter nehmen? Man könnte meinen, wir seien im Zirkus!«

Unwillkürlich zuckte Jaquento zusammen, aber das Wesen auf seiner Schulter rührte sich nicht, obwohl es wach war und aufmerksam das Geschehen aus seinen goldenen Augen verfolgte.

»Ich fürchte, das ist nicht möglich«, erklärte er. »Ich bitte Euch um Verzeihung, Mesèra, aber … Sinosh wird unleidlich, wenn ich ihn herunternehme.«

»Schon gut«, erwiderte die junge Offizierin und wedelte unbestimmt mit der Hand. »Es wird wohl ohnehin keinen Unterschied machen.«

Bevor Jaquento fragen konnte, wobei es denn keinen Unterschied geben sollte, hielt ihr Führer an und klopfte an das dunkle Holz einer Tür. Höflich wartete er ein, zwei Sekunden, dann öffnete er sie und wies mit der Linken in den Raum.

»Kommandierende Kapitänin Hedyn und …«, verkündete der Offizier, als Roxane und Jaquento an ihm vorbeitraten. *Doch keine höfischen Sitten,* feixte der junge Hiscadi innerlich. *Oder du hättest gleich zu Beginn nach meinem Namen gefragt.* Beinahe hätte er das Unbehagen des Mannes ausgekostet, aber dann flüsterte er im Vorbeigehen: »Kapitän Jaquento von dem Händler *Windreiter*.«

Dankbar wiederholte der Offizier die Worte und schloss hinter ihnen die Tür. Der Raum entpuppte sich als großzügig geschnittenes Büro mit einer abseits gelegenen Sitzecke, die mit überraschend bequem aussehenden Ohrensesseln ausgestattet war, und einem mächtigen, dunklen Schreibtisch, hinter dem der Admiral saß. Zu seiner Rechten stand ein junger Mann in einer makellosen Uniform, der Jaquento überheblich musterte, obwohl er gut einen Kopf kleiner als der Hiscadi war. Der Admiral selbst war da schon beeindruckender. Sein graues Haar war zu einem kurzen Zopf zusammengebunden, und buschige Koteletten rahmten sein kantiges Gesicht. Aber schon der erste Blick der hellen Augen zeigte Jaquento, dass dieser Mann und er wohl kaum jemals Freunde werden würden. Die Miene des Admirals wirkte frostig und passte zum eisigen Ausdruck in seinen Augen.

»Kommandierender Kapitän?«

Keine Begrüßung, keine Höflichkeit. Jetzt verstand Jaquento, was Roxane ihm auf dem Weg hatte sagen wollen.

»Korrekt, Thay. Ich habe die traurige Pflicht, Sie über den Tod von Kapitän Harfell zu informieren. Sein Dahinscheiden hat eine große Lücke hinterlassen, die ich natürlich nicht ausfüllen konnte. Jedoch war es nach den Artikeln des Krieges meine Pflicht, mein Bestes zu geben bei dem Versuch, die Befehle von Kapitän Harfell zu befolgen und sein Amt für kurze Zeit zu übernehmen.«

»Oric tot«, murmelte der Admiral mit einem abwesenden Blick zur Seite. Dann richtete er sich auf, kurz darum bemüht, die Fassung zu behalten. »Erstatten Sie Bericht, Leutnant.«

»Natürlich, Thay«, entgegnete Roxane mit tonloser Stimme und legte die Mappe, die sie mitgebracht hatte, so vorsichtig auf den Schreibtisch, als handle es sich um einen Korb voll roher Eier.

Ohne sich zu rühren, lauschte Jaquento ihren Ausführungen. Ihre Worte waren knapp und präzise, und in ihrer Schilderung klang die Fahrt der *Mantikor* weniger wie das Grauen, das er in ihren Augen sah. Die junge Offizierin sprach flüssig und scheinbar selbstbewusst. Admiral Holt zuckte mit keiner Wimper, nicht einmal, als Roxane von der Verwundung des Kapitäns und seinem späteren Tod berichtete. Jaquento war hin und her gerissen; einerseits bewunderte er ihre Aufrichtigkeit und Selbstlosigkeit, denn in ihrem Bericht stellte sie die anderen Offiziere und Besatzungsmitglieder als ohne Fehl und Tadel dar, ohne ihre eigenen Verdienste auch nur mit einem Wort zu erwähnen. Andererseits hätte ihm dieses Verhalten beinahe ein Kopfschütteln abverlangt, denn ihm wurde bewusst, dass sie sich um Kopf und Kragen redete. *Sie wirkt wie eine Ertrinkende, die das Stück Holz, an das sie sich geklammert hat, loslässt und den Untergang mit offenen Armen empfängt.* Ihre bleiche Miene, die sorgsam kontrollierten Gesichtszüge, die auf dem Rücken verschränkten Arme konnten ihre Anspannung nicht verbergen.

Erst als sie auf das Treffen mit der *Windreiter* und der *Todsünde* zu sprechen kam, sprang diese Anspannung auch auf Jaquento über. Doch sie schilderte die Ereignisse so, dass sie ihn und die Besatzung der *Windreiter* im besten Licht erscheinen ließ. Innerlich fühlte er sich erleichtert, auch wenn er bereit gewesen wäre, die Verantwortung für sein Handeln zu tragen. *Aber was heißt schon Verantwortung vor einem Kriegsgericht? Besser, ich muss mich nicht auf die Gerechtigkeit Thaynrics verlassen.*

Den Ablauf des Gefechts aus Roxanes Perspektive zu hören war trotz der angespannten Situation aufschlussreich für den jungen Kapitän. Er konnte die Enttäuschung darüber, dass ihnen das schwarze Schiff letztlich doch entkommen war, in ihrer Stimme hören, und als sie vom Tod des Ersten Offiziers berichtete, stockte sie kurz. Offenkundig fiel es ihr bei aller Beherrschung nicht leicht, an Frewellings Ende zu denken.

»Ich habe die Verlustlisten an den Bericht angefügt, Thay, und die herausragenden Leistungen einzelner Mitglieder der Besatzung separat lobend erwähnt. Da ich nach Leutnant Frewellings Ableben die Kommandierende Offizierin war, übernehme ich die volle Verantwortung für alle Geschehnisse, die danach eintraten, und insbesondere für das Versagen beim Aufbringen der Schwarzbrunn-Fregatte.«

Einige Momente schwiegen sie alle. Aus dem Augenwinkel sah Jaquento, dass Roxane scheinbar ungerührt über den Admiral hinweg aus dem Fenster blickte.

»Das werden Sie, Leutnant Hedyn«, sagte Holt schließlich und winkte seinen Adjutanten mit dem Finger näher. »Das werden Sie in der Tat.« Er flüsterte einige Worte in das Ohr des kleinen Uniformierten, bevor er sich wieder auf Roxane konzentrierte. Der Adjutant verließ den Raum, nicht ohne Jaquento vorher noch einen weiteren missbilligenden Blick zuzuwerfen.

»Oric Harfell tot, ein Kapitän der Königlichen Marine an Bord seines eigenen Schiffes ermordet!«

»Es war vermutlich ein Unfall«, konstatierte Roxane mit fester Stimme, doch Holt schlug mit der Faust auf den Tisch.

»Ein Angriff auf eine Kolonie der Thaynrisch-Kolonialen Handelscompagnie! Unter der Flagge Thaynrics! Ein Gefecht mit thaynrischen Schiffen!«

»Sie haben Sklaven …«

»Schweigen Sie, Leutnant«, unterbrach sie Holt, der wütend mit dem Finger auf sie wies. »Ihre Handlungen sind unverzeihlich. Sie und Ihre Mitoffiziere haben große Schuld auf sich geladen. Wie groß diese Schuld genau ist, wird noch festzustellen sein. Und für Ihre Verfehlungen werden Sie zweifellos zur Rechenschaft gezogen werden.«

Unvermittelt spürte Jaquento, wie Sinosh von seiner Schulter sprang. Überrascht wandte er sich um und sah die Echse nur noch wie einen goldenen Blitz unter einem der Sessel verschwinden. Auch Roxane drehte den Kopf ein wenig und folgte ihr mit dem Blick, aber der Admiral war so in seinem Zorn gefangen, dass er Sinoshs seltsames Verhalten nicht einmal bemerkte.

In diesem Moment öffnete sich die Tür, und der Adjutant kehrte in Begleitung zweier Marinesoldaten zurück. *Ich habe Roxane gesagt, dass die Marine nicht gut für sie ist,* dachte der junge Hiscadi, als er die Bewaffneten ansah. *Verdammtes Militär.* Dementsprechend verwirrt war er, als Holt auf ihn zeigte und brüllte: »Festsetzen!«

Jaquentos Rechte flog zum Degen, doch schon sah er zwei Musketen auf sich gerichtet. Betont langsam öffnete er die Finger und hob die Hand von seiner Waffe.

»Was soll das, Mesér?«, fragte er scheinbar ruhig. »Ich und mein Schiff sind nur durch unglückliche Umstände in diese Misere verwickelt worden.«

»Kapitän Jaquento trifft keine Schuld«, pflichtete ihm Roxane augenblicklich bei. »Er hat versucht, uns zu helfen und …«

»Ich sagte, Sie sollen schweigen, Leutnant. Dieser Mann ist unzweifelhaft ein Pirat, vermutlich ein Freibeuter im Dienst ausländischer Mächte, und damit ebenso unzweifelhaft ein Feind Thanyrics.«

Angesichts der zumindest in Teilen recht akkuraten Beschreibung verzog Jaquento das Gesicht. Bevor er sich verteidigen konnte, fuhr Holt jedoch fort: »Er fuhr im Verbund mit der *Todsünde*, einem in diesen Gewässern weithin bekannten Piratenschiff. Er hat Eigentum der Handelscompagnie zerstört und ein Schiff der Königlichen Marine zum Angriff auf das eigene Land verleitet. Schande über Ihr Haupt, Leutnant, dass Sie mit solchem Abschaum im Bunde standen. Aber das ist jetzt vorbei. Er und seine Besatzung werden den gerechten Lohn für ihre Verbrechen erhalten.«

»Ich versichere Euch, Mesér ...«

»Festsetzen!«

Die beiden Soldaten kamen näher, und Jaquento nutzte diesen Augenblick. Er sprang nach rechts und duckte sich. Ein Schuss löste sich, und der junge Hiscadi spürte die heiße Luft über seinen Nacken streichen. Doch die Kugel war zu spät abgefeuert worden und schlug mit einem dumpfen Knall in die Wand hinter ihm ein. Bevor jemand sonst reagierte, war er bei dem Schützen angelangt, packte die Muskete am heißen Lauf und rammte sie dem Soldaten gegen das Kinn. Der zweite Soldat schwang seine Waffe herum, doch sie war zu lang, um in dem Raum noch nützlich zu sein. Mehr von seinem Gefühl als von irgendeinem Wissen geleitet, warf Jaquento sich herum. Die Faust des Soldaten, der für einen Mann seines Alters erstaunlich behände auf die Füße gekommen war, traf ihn an der Schulter, doch er packte den Arm des Mannes und riss ihn mit sich zu Boden. Noch bevor sie zusammen aufschlugen, hämmerte Jaquento ihm die Rechte auf die Nase.

Geschickt rollte er sich unter dem Leib seines Widersachers weg und rappelte sich auf. Gerade rechtzeitig, um den Kolben der Muskete zu sehen, der auf sein Kinn zuraste. Der Schlag sandte ihn wieder zu Boden, und die Welt trat einen Schritt von ihm zurück, begann zu schwanken und sich zu drehen, als habe sie ihre Gesetze nur für ihn geändert. Er wollte aufstehen, aber seine Beine rutschen über den Boden und fanden keinen Halt. Verwirrt blickte er sich um und entdeckte Roxane über sich, ihr Gesicht eine Maske des Schreckens. Er hörte Holt wütend brüllen, doch die Worte blieben ohne Sinn. Unter einem Sessel sah er Sinosh, mehr ein goldener Fleck als eine kleine Echse, aber er bildete sich ein, die unergründlichen Augen seien auf ihn gerichtet.

Bevor er jedoch sicher sein konnte, traf ihn der nächste Schlag an der Schläfe, und er versank in einem dunklen Meer.

FRANIGO

In dieser stillsten Zeit des Tages trieb Franigo auf der Dunkelheit wie ein Schiff auf hoher See. Wie so oft in letzter Zeit war er vor Sonnenaufgang aufgewacht, und nun mangelte es ihm an Müdigkeit. Stattdessen waren sein Geist hellwach und seine Gedanken von einer Schärfe, die ihn immer wieder überraschte. Der Schleier, der sich im Laufe des Tages über ihn senken würde, war noch fern; jegliche Ablenkung ebenso. Das leise Atmen neben ihm war das einzige Geräusch, das zu ihm durchdrang, aber selbst der feste Leib Aiteas, deren warme Haut an seiner lag, konnte ihn nicht aus seinem Philosophieren reißen. Noch immer hatte er keine zufriedenstellende Antwort auf die Frage gefunden, ob die Publikation von Theaterstücken in Form von Büchern dem Geist der Werke diametral gegenüberstand und sich somit verbot, oder ob das hehre Ziel der weiteren Verbreitung seiner Worte diese kleine Konzession erlaubte.

Seufzend legte er die Hand auf Aiteas Gesäß. Er genoss das Gefühl, auch wenn seine Lust in dieser Nacht bereits gestillt worden war. Er hatte nicht vor, die kostbare Zeit in den toten Stunden auf dem Altar des Leibes zu opfern. *Sie wird ohnehin bald wach werden, um ihr Tagwerk zu beginnen,* besann er sich. *Und ihr Tagwerk beginnt mit mir.*

Seine derzeitige Behausung wurde seinen Talenten natürlich nicht gerecht, aber er hatte sich mit der Situation so gut es eben ging abgefunden. Ein abgelegener Gasthof in einem Dorf, das den Namen kaum verdiente, da es wenig mehr als der Zusammenschluss von einem halben Dutzend Bauernhöfen war, die in dieser Region hochmütig als Landgüter bezeichnet wurden. Eine staubige Straße, etwas abseits der großen Pässe, auf der dann und wann Händler reisten, verband die Gehöfte. Der größte Teil des Verkehrs wurde aber von Wanderarbeitern bestritten, armem Volk, das von Arbeit zu Arbeit zog, wie ein ewig hungriges Heer in einem nicht enden wollenden Krieg. Nur zu Erntezeiten war der Bedarf an diesen Nomaden groß; ansonsten schlugen sie sich mehr schlecht als recht durchs Leben, zogen mit ihren Sicheln auf dem Rücken durch die Lande, verdingten sich für ein Essen hier und dort und zeugten Bälger. Manchmal stellte Franigo sie sich wie ein vielarmiges, gefräßiges Wesen vor, eine Bestie von altertümlicher Wucht, die wie eine Plage über Landstriche herfiel, bis Helden aus den alten Sagen ihr entgegentraten.

Selbstverständlich war dies eine vorurteilsbeladene, vielleicht sogar arrogante Sicht, wie ihm Aitea oft genug gesagt hatte, aber Franigo war kein Mann, der seine Vorurteile einfach aufgab. *Dafür habe ich sie zu lange gepflegt,* dachte er müßig. Also stritt er sich in dieser Angelegenheit gern mit seiner Wohltäterin, die den Großteil ihres Lebensunterhaltes dadurch bestritt, dass die Wanderarbeiter Geld in ihrem Gasthof ließen, wie bescheiden dieses Scherflein auch immer sein mochte. Dazu hatte Aitea ein kleines Feld, das sie mit großem Geschick bestellte, und sie hielt etwas Vieh, vor allem Hühner und Ziegen. Sie führte ein einfaches und raues Leben, und wenn ihre Finger über Franigos Haut glitten, dann konnte er die Schwielen spüren. In vielerlei Hinsicht war sie so anders als die Frauen bei Hofe, dass Franigo sogar ein Vergleich schwerfiel. Aber manchmal erinnerte ihn ihre Stimme an Yuone – die Art, wie manche dunkle Laute in ihrer Kehle klangen, und das ungehemmte Lachen.

Trotz ihrer Auseinandersetzungen hatte der Poet begonnen, ein neues Stück über die Schnitter zu schreiben. Auf der Wanderung, wie er seine Flucht inzwischen nannte, hatte er nur Lieder und Spottverse gedichtet, doch sein Herz verlangte nach mehr. Einem großen Stoff, einer Geschichte von Liebe und Verrat, von gnadenlosen Mächtigen und stolzen Armen, von schönen Frauen, Duellen und Kriegen. In den letzten Wochen hatte seine Vorstellungskraft zu brodeln begonnen, angeregt durch seinen Kontakt zu Aiteas Gästen. Die Personen des Stücks waren langsam in seinem Geist erschienen, blass und farblos zunächst, wenig mehr als Schemen, doch hatten sie jeden Tag an Substanz gewonnen. Er wusste bereits, wovon sein Stück handeln sollte – und er wusste auch, dass niemand es jemals spielen würde. Sein Stern war nicht nur gesunken, er war vollständig ausgelöscht worden. Die Glücksbringerinnen hatten ihn verlassen, sein Name war weniger wert als je zuvor. *Nein, mein Name ist sogar gefährlich. Wer ihn kennt, kann mich verraten. Wer meine Stücke spielt, riskiert den Zorn der Géronaee. De facto ist mein Name eine Waffe, die gegen mich verwendet werden kann.* Die Erkenntnis, als sie ihn einmal getroffen hatte, war hart, aber sie trieb Franigo auch den Zorn in sein Herz.

»Bist du schon wach?«, murmelte Aitea verschlafen und riss den Poeten damit aus seinen Grübeleien, nur um sich dann zu beschweren: »Es ist noch zu früh.«

»Verzeih, ich wollte dich nicht wecken.«

»Schon gut. Ich muss eh pinkeln.«

Ihre Ausdrucksweise ließ ihn eine Grimasse schneiden, aber er gewöhnte sich langsam daran. In seinen Stücken hatte es oft den einen oder anderen komischen Charakter gegeben, der sich ähnlich ungehobelt benahm, aber Franigo hatte nie damit gerechnet, dass er selbst als Protagonist in einer solchen Komödie erscheinen würde. *Oder ist es eine Tragödie?*

Schlurfend bewegte sich Aitea aus dem Zimmer. Der dicke, schwarze Zopf hing ihr über den Rücken, und unter dem groben Nachthemd zeichneten sich ihre ansprechenden Formen deutlich ab. Franigo seufzte bei diesem Anblick, dem Ebenbild von allem, was das Landleben angenehm machte.

Eine kurze Zeit hatte der Poet Ruhe, doch seine Gedanken zerfaserten wie Rauch, der vom Wind verweht wurde, und seine Ruhe war dahin.

»Es wird scho' hell«, rief seine Gastgeberin von unten. »Frühstück?«

In mancher Weise hatte der Poet sich an ihr Leben angepasst. Er stand mit der Sonne auf. Allerdings legte er sich noch vor dem Mittagessen wieder hin und schlief bis in die frühen Abendstunden. Abends saß er in der Schankstube und schrieb oder zechte mit den Gästen. Dann vergnügten Aitea und er sich noch ein wenig, und so flossen die Tage dahin wie Wasser unter einer Brücke, kaum bemerkt und schnell vergangen.

Ein Geruch stieg die Treppe empor, fast vergessen, aber so bekannt, dass Franigo fast aufgesprungen wäre. Hastig zog er sich die Hose und ein Hemd über, schlüpfte in die ausgetretenen Stiefel und band seine Haare mit einem einfachen Tuch nach hinten. Seine Schritte waren inzwischen wieder sicher, auch wenn er immer noch humpelte. Der Bader, den Aitea ihm besorgt hatte, war zu unfähig gewesen, um den geschundenen Fuß zu heilen. Zudem trug Franigo seit seiner Zeit als Soldat zu viel Misstrauen gegenüber dem Berufsstand der Knochensäger, Amputeure und Feldscher in sich, um einen solchen Mann mit scharfen Gerätschaften an den eigenen Leib zu lassen. Sein Fuß stand zwar schief, aber er schmerzte nur noch selten, und der Poet hatte sich einen

Gang angewöhnt, der den Fuß schonte und dennoch ausreichend schnell war.

Als er in die Küche trat, schloss er kurz die Augen und schnupperte. Lächelnd öffnete er sie wieder und sah Aitea an, die fröhlich schmunzelte.

»Kaffee?«

»Der Mann, der gestern hier war. Er hat mir was verkauft.«

Seufzend nahm Franigo an dem groben Tisch Platz, auf den seine Gastgeberin eben ein reichhaltiges Mahl auftrug. Es gab selbst gemachten Käse, eine würzige Eselsalami, dunkles, aber feines Brot und zwei irdene Teller. Dann stellte sie noch eine flache Schale vor Franigo, in der ein Stück heller Käse lag. Bevor der Poet reagieren konnte, nahm Aitea den dampfenden Topf vom Feuer und goss den köstlichen dunklen Kaffee über diesen Käse.

»Was, bei allen Göttern der Nigromanten, tust du da?«, herrschte Franigo sie an. »Der gute Kaffee!«

»Das ist Cenberona. Aus Schafsmolke.«

»Mir ist egal, woraus dieser sicherlich grässliche Käse gemacht wird! Du hast den Kaffee verschwendet.«

»Probier mal«, erwiderte Aitea sanft und schüttete auch über ihren Käse einen Schwall Kaffee. Widerwillig kreuzte der Poet die Arme über der Brust und sah sie mit zusammengekniffenen Augen an. Ungerührt nahm sie einen Holzlöffel und schob sich ein Stück des Cenberona in den Mund. Ein entzücktes Seufzen entfuhr ihr. Grimmig blickte Franigo auf den dampfenden Käse vor sich hinab. Der Geruch von Käse und Kaffee stieg ihm verführerisch in die Nase, aber sein Zorn war groß und sein Stolz noch größer.

»Du dummer Mann. Ich habe noch mehr Kaffee. Iss jetzt.«

»Mehr Kaffee?«, fragte der Poet überrascht.

»Ja, ich weiß doch, dass du Besseres als das hier gewöhnt bist«, erwiderte Aitea und wies mit einer ausholenden Geste auf den Raum, der sie umgab. »Du bis' ein echter Ehrenmann, und du hattest bestimmt früher jeden Tag so viel Kaffee, wie du nur trinken konntest.«

Fast, gestand Franigo in Gedanken. *Aber es war nicht mein Kaffee, sondern der des Princiess. So wie ich nicht mir selbst gehörte, sondern dem Princiess. Ich war seine Waffe, die er, als sie stumpf geworden war, wegwarf wie eine abgelutschte Fischgräte.* Das Bild mit den Gräten gefiel Franigo ausnehmend gut, und er versuchte, es sich für sein Stück einzuprägen.

»Und deshalb habe ich ein wenig mehr Kaffee gekauft.«

»Du bist sehr großzügig«, erklärte Franigo und nahm den Löffel in die Hand. Unsicher sah er auf den Käse hinab, auf dem der Kaffee braune Schlieren gebildet hatte. Vermutlich würde es furchtbar schmecken, aber wenn er danach einen Becher richtigen Kaffee bekam, würde er selbst dieses kulinarische Wagnis auf sich nehmen.

»Seit die Thayns alle Häfen blockieren, gibt es auch in Cabany nicht mehr so viel Kaffee«, murmelte er, während er vorsichtig ein winziges Stück Käse abtrennte und mit so viel des noch warmen Kaffees wie möglich auf den Löffel bugsierte. Er lächelte Aitea flüchtig an, bevor er den Käse mit Todesverachtung zum Mund führte.

Das nächste Lächeln verging ihm, als der Cenberona gemeinsam mit dem Kaffee auf seiner Zunge seinen Geschmack entfaltete. Hastig nahm er noch einen Löffel. Dann blickte er Aitea an.

»Das ist gut«, erklärte er schließlich, nur um großzügig hinzuzufügen: »Erstaunlich gut.«

Sie nahm einen weiteren Löffel, während Franigo versuchte, ihr selbstgefälliges Grinsen zu ignorieren.

SINAO

Sie konnte es spüren. Genau wie Manoel es ihr versprochen hatte. Eine schwer fassbare Wahrnehmung an der Grenze zur Einbildung, doch sie war sicher, dass es da war, echt und mächtig – Mojo.

»Ganz ruhig atmen, Sin. Dir passiert nix. Du bist in Sicherheit.«

Die Worte beruhigten sie, aber die Gegenwart der Vigoris beschleunigte dennoch ihren Herzschlag. Noch nie hatte sie es so bewusst wahrgenommen, doch sie erkannte das Gefühl wieder. Als würde sie einen Schritt in die Wirklichkeit hinein machen, vom Großen ins Kleine, vom Weitem ins Nahe.

»Gut. Mach die Augen wieder auf.«

Sie befolgte die Anweisung und sah sich verwirrt um. Sie hatte erwartet, dass es um sie herum strahlen würde, dass die Vigoris gleißen würde wie die Sonne zur Mittagszeit, doch nichts dergleichen geschah. Die Welt war so wie immer. Langsam verebbte das Gefühl der Nähe, bis sie kaum noch sagen konnte, ob sie es wirklich gespürt hatte oder es doch nur ihr Wunsch gewesen war, es zu spüren.

»Wenn man bedenkt, wie heftig die Vigoris explodieren kann, ist es erstaunlich, wie mühsam es ist, an sie heranzukommen«, erklärte Manoel und paffte an seiner Pfeife. Der leicht süßliche Geruch des Rauchs vermischte sich mit den dunkleren Noten der Erde und dem salzigen Wind, der von der See her kam. Der junge Maestre lehnte sich zurück und ließ seinen Blick über die Strände und Ansiedlungen der Insel schweifen. Er schwieg beinahe tausend Herzschläge lang, dann sah er Sinao wieder an und fuhr fort: »An den Akademien und Universitäten in Corbane herrscht derzeit ein großer Streit unter den Gelehrten. Einige behaupten, die Vigoris sei von uns durch eine Membran getrennt, andere …«

Er bemerkte ihren fragenden Blick und unterbrach seine Erklärungen: »Ja?

»Was ist eine Mem… …ban?«

»*Membran*. Nun, es ist … stell es dir wie eine dünne Haut vor, die den Regen abhält, aber trotzdem auf beiden Seiten nass wird, weil ein wenig der Flüssigkeit dennoch hindurchdringt. Es ist nicht so wichtig. Das ist nur eine Theorie. Jedenfalls sagen andere Maestre, dass Vigoris wie das Licht ist, allgegenwärtig, aber für unsere gewöhnlichen Sinne nicht zu erfassen. Und ein paar ganz Radikale behaupten, dass Vigoris gar nicht aus unserer Welt stammt, sondern von ganz woanders her, und wir nur Pforten für sie öffnen – in uns.«

Die Vorstellung, für etwas ein Durchlass zu sein, erschreckte Sinao. Sie konnte sich gut an die Macht erinnern, die durch sie hindurchgeflossen war, als Majagua gestorben war. Sie war unfähig gewesen, den Strom aufzuhalten oder zu beenden, und manchmal, wenn sie daran zurückdachte, stellte sie sich vor, wie sie einfach mit ihm mitgerissen wurde, bis nichts mehr von ihr übrig war. Sie wollte nicht daran denken, aber ihr Geist kehrte dorthin zurück, auch gegen ihren Willen, und das Bild jagte ihr Angst ein. Denn in ihrer Vorstellung war es nicht schlimm, in der Vigoris aufzugehen, sondern die Sinao in ihrer Fantasie wollte es so.

»Woher kommt sie?«

Mit einem Gähnen streckte sich Manoel wie eine Katze. Lässig zuckte er mit den Schultern. *Wie seltsam er ist,* dachte Sinao. *Er weiß sehr viel, aber oft genug versucht er es zu verbergen. Genauso wie seine Sprache sich ändert, je nachdem, mit wem er spricht.*

»Was weiß ich? Die Nigromantenkaiser behaupteten, sie komme aus ihnen, aber Corban und seine Gefährten haben wohl eindrucksvoll bewiesen, dass das nicht stimmte. Vergiss den ganzen Kram. Das ist nicht wichtig. Wie du sie einsetzt, das ist wichtig.«

»Kann jeder das?«

»Ja, schon. Jeder kann es lernen, zumindest ein wenig. Aber nur die wenigsten kommen über winzige, ungeformte Ausbrüche hinaus. Zum einen ist es langwierig und erfordert einiges an Disziplin. Zum anderen ist es auch eine Sache der Begabung. Manchen fällt es einfach leichter. Und in dir scheint eine Menge davon zu schlummern, die es gar nicht erwarten kann, sich mal draußen zu zeigen.«

Sinao überging den Teil seiner Aussage, der sich mit ihr befasste, einfach. »Und die Caserdote? Die Magietrinker?«, fragte sie stattdessen.

»Gute Frage. Ich weiß es ehrlich gesagt nicht genau. Auch da spielt sicherlich Talent eine Rolle. Nicht jeder, der in die Ränge der Kirche der Einheit aufgenommen wird, ist am Ende ein echter Caserdote. Es gibt wahrlich genug Laienbrüder und -schwestern. Und bei den Mauresken werden sie – die *Magietrinker* – eher wie Aussätzige behandelt. Ich habe mich damit selten befasst. Aber etwas daran ist für dich und mich wichtig: Deine mächtigste Magie, dein stärkstes Mojo kann von einem einzigen Gedanken vernichtet werden. Oder gebannt, wenn dir das lieber ist. Nichts, was wir schaffen, kann für die Ewigkeit bestimmt sein. Diesem Irrglauben sind die Nigromantenkaiser aufgesessen, und das war schlussendlich ihr Untergang.«

Es dauerte eine Weile, bis Sinao alles verarbeitet hatte, was ihr der Maestre erzählte. Diese Welt war ihr so fremd, dass sie sich noch verlorener fühlte, als sie es ohnehin schon war. Zu ihrem Entsetzen spürte sie eine Sehnsucht nach Hequia in sich, nach der Insel, auf der jeder Tag dem anderen geglichen hatte, nach ihrem alten Leben, das ihr zumindest vertraut gewesen war. Wütend schalt sie sich in Gedanken ein dummes Huhn und fragte rasch: »Wer war das?«

»Och, das wär' jetzt 'ne langweilige Geschichtslektion«, wiegelte Manoel ab. »Die haben mal Corbane beherrscht, aber jetzt sind sie tot und vergessen. Kann ich dir später mal erzählen, da gibt es 'n paar lustige Geschichten. Die wussten, wie man Spaß hat.«

Sein Schmunzeln verwirrte sie. Aber ihre Gedanken waren nicht auf die Geschichte von Corbane gerichtet, sondern auf das Wissen, das sie heute über die Vigoris erlangt hatte.

»Machen wir noch mehr?«

»Nein, es ist genug. Wir werden die Lektion noch ein paar Mal wiederholen, bis du ein gutes Gefühl für die Vigoris bekommst. Wir gehen langsam vor, wir haben doch Zeit. Und bitte tu nichts, wenn ich nicht dabei bin. Keine Hetze. Ich möchte ungern dem Käpt'n erklären müssen, dass du das Schiff in die Luft gejagt hast, bloß weil ich dir nicht ordentlich beigebracht habe, wie man eine Kerze anzündet, ohne die Hände zu benutzen.«

Stumm nickte Sinao. Sie hätte niemals daran gedacht, sich dieser gefährlichen und berauschenden Macht ohne ihn hinzugeben, und seine Bitte bestärkte sie in ihrem Entschluss.

»Das war ein Scherz«, erklärte Manoel, während er seine Pfeife ausklopfte. Sinao erhob sich und strich sich die feuchte Erde vom Rock. Jetzt war die Nässe doch etwas unangenehm, aber ihre Kleider würden schon bald in der prallen Sonne getrocknet sein. Es dauerte zwölf Sekunden, bis auch der junge Maestre sich erhob. Ungerührt band er den einfachen Gurt wieder fester um die Hüften und grinste Sinao an.

»Aufbruch?«

Schweigend ging Sinao voraus. Der Wald, der im Regen so viel stummer gewesen war, wurde nun von Vogelstimmen und dem Surren zahlloser Insekten belebt. Der schmale Pfad führte sie bald zurück zu den ersten Hütten, wo die Menschen sich wieder ihrem Tagwerk widmeten. Hier lebten vor allem Paranao und Halbherzen mit dunkler Haut und dunklen Augen, die zu ihnen herübersahen, als sie sich wieder auf den Weg zurück zum Hafen machten. Die Bauern hier waren keine Sklaven der Weißen, aber dennoch schienen sie beinahe so furchtsam wie die Paranao auf Hequia. Manche der Hütten waren angemalt, aber die meisten waren nur mit Lehm verputzt, der das Holz mehr schlecht als recht zusammenhielt. Farbe oder Lehm blätterte bei vielen ab, und die Gebäude waren winzig klein, viel zu klein für all die vielen Menschen, die darin zu leben schienen.

»Es sind so viele«, murmelte Sinao, nachdem sie sechsundsiebzig Menschen allein in den ersten acht Hütten gezählt hatte.

»Hier oben wohnen die Armen, die sich kein Haus in der Stadt unten leisten können«, erklärte Manoel. »Sie pflanzen an, was immer hier wächst, und verdingen sich unten bei den Docks als Arbeiter, wenn die Schiffe da sind. Manche arbeiten auch auf den Plantagen, aber die sind weiter im Inland.«

Unsicher, wie sie auf die neugierigen Blicke reagieren sollte, senkte Sinao den Kopf. Es fiel ihr ohnehin schwer, Fremden einfach ins Gesicht zu sehen. Sie hatte lange genug gelernt, Blicken auszuweichen, bescheiden zu Boden zu sehen, wenn einer der Aufseher in der Nähe war. Aber diese Menschen hier wirkten nicht wie die Herren auf Hequia. Sie waren den Sklaven viel ähnlicher. Ihre Kleidung war ärmlich, zerrissen und geflickt, ihre Leiber waren dünn und teilweise regelrecht ausgemergelt.

»Hast du keine Angst?«, fragte Sinao leise und warf einen verstohlenen Blick zu einer kleinen, grauen Hütte, vor der fünf Kinder spielten. Eine junge Frau lehnte im Eingang der Hütte. Ihr einst roter Rock war stellenweise zu einem fahlen Orange verblasst, und um den Oberkörper hatte sie nur ein Tuch gewickelt. Mit der Hand winkte sie ihnen zu, so dass Sinao wieder hastig zu Boden schaute.

»Ach ja, einige verkaufen sich auch«, erklärte Manoel ungerührt und schüttelte deutlich den Kopf. »Der Konvoi ist ausgelaufen, und dann wird es immer recht ruhig in Lessan. Weniger Arbeit für die Huren, und das bedeutet auch weniger Geld.«

Schweigend liefen sie weiter. Immer wieder riskierte Sinao Blicke nach links und rechts, prägte sich die Menschen ein, die an dieser schlammigen Straße lebten.

Erst als Manoel stehen blieb und die Arme ausbreitete, sah sie wieder auf. Vor ihnen ging es den Hang hinab, und von ihrer Position aus hatten sie einen großartigen Blick auf die ganze Stadt und den Hafen. Die Hafenmauern umfingen die beiden Becken wie zwei Arme einer liebenden Mutter ein Kind, auch wenn die gedrungenen Festungen mit den dunklen Kanonen nicht in dieses Bild passten. Viele Schiffe waren auf dem Wasser, einige lagen vor Anker, anderen kreuzten vor dem Hafen. Im größeren Becken, dort, wo die *Windreiter* lag, lösten sich zwei lange Ruderboote vom Steg, zwei weitere umrundeten gerade eines der gewaltigen Schiffe, die mitten im Hafen lagen. Sinao zählte neunzig Köpfe in den Ruderbooten, und gerade als sie sich fragte, wohin sie wohl rudern mochten, fluchte Manoel neben ihr.

»Was Ist?«

»Schau dir die ganzen Langboote an! Die halten auf die *Reiter* zu! Da is' was faul.«

»Was denn? Was meinst du?«, fragte Sinao. Die Aufregung des jungen Maestre griff sofort auf sie über.

»So viele Soldaten. Alles Rotröcke. Wozu schicken die so viele Soldaten?«

Plötzlich sprang der junge Mann wie ein Irrwitziger auf und ab. Er schwenkte die Arme über dem Kopf und brüllte: »Bihrâd! Alarm! Alarm!«

Aber seine Rufe erreichten die Schiffe im Hafen nicht; sie beide standen zu weit entfernt, um mehr als Zuschauer zu sein.

»Bei der Einheit, schlaft ihr denn alle? Wieso gibt niemand Alarm?«

Mit wilder Miene riss Manoel die Arme über den Kopf und legte die Handflächen zusammen. Unvermittelt zwinkerte er Sinao zu: »Das zeige ich dir irgendwann auch noch. Schau zu Boden.«

Ein heller Lichtstrahl schoss aus seinen Fingern empor, heller als das Sonnenlicht, bis hoch in die dunklen Wolken, und obwohl Sinao dem Befehl Folge geleistet hatte, brannte das gleißende Licht durch ihre geschlossenen Lider. Noch bevor sie die Augen wieder geöffnet hatte, zerrte Manoel sie am Ärmel.

»Komm!«

Sie hetzten durch die Straßen. Immer wieder blinzelte Sinao, um die tanzenden Lichter aus ihrem Sichtfeld zu vertreiben. Obwohl sie mehrfach einen Blick auf den Hafen erhaschen konnten, war es ihr nicht möglich zu erkennen, was dort unten vor sich ging. Durch ihren Geist sprangen die Bilder ihrer Gefährten, Brizulas Gesicht und das der anderen, die auf dem Schiff saßen. *Anui, lass nicht zu, dass ihnen etwas geschieht,* bat sie flehentlich. Endlich verschwanden die hellroten Flecken, wurden dunkler und verblassten. Doch bevor sie eine Stelle erreichten, an der sie das Geschehen im Hafen verfolgen konnte, hallte ein Schuss durch die Bucht. Und dann noch einer, lauter und wütender als der erste.

Als sie ein gedrungenes Haus umrundeten, erstarrten sie in der Bewegung. Vom Fort stieg Rauch auf, heller Pulverdampf. Die Boote hielten unbeirrt auf die *Windreiter* zu. Von deren Deck erklang ein Schuss, eine Muskete offenbar. Sinao konnte nicht erkennen, ob jemand getroffen worden war, doch die Antwort kam prompt. In den Ruderbooten richteten sich Soldaten auf, Befehle hallten zu ihnen empor, dann knatterte eine ganze Salve in ihren Ohren. Einige Momente lang waren die Boote in Rauch gehüllt, dann donnerte erneut eine Kanone der Festung. Diesmal schlug das Geschoss durch die Takelage der *Windreiter,* zerfetzte Taue und ließ Holzstücke durch die Luft regnen.

»Die fetten Dinger da schießen die *Reiter* zu Klump«, zischte Manoel mit unverhülltem Zorn in der Stimme. »Verdammt, wenn ich doch nur an Bord wäre!«

Bevor Sinao fragen konnte, was er in dem Fall denn hätte tun wollen, senkte sich die Flagge ihres Schiffes. Eine eigentümliche Stille hielt Einzug, als warte alles nur darauf, dass wieder die Kanonen sprächen. Doch stattdessen gingen die Ruderboote ungehindert längsseits, und die Soldaten strömten an Bord.

»Verfluchter Dreck!«, platzte es aus Manoel hervor. »Scheiß Thayns mit ihrer verfluchten Marine!«

Er hatte die Zähne gefletscht und schlug mit der bloßen Faust gegen die ohnehin schon mürbe Mauer, so dass Staub herabrieselte. Immer weiter fluchte er, bis Sinao ihn packte und hinter das Haus zog. Schritte näherten sich, schwere Schritte. Verursacht von Stiefeln wie die der Aufseher, und die junge Paranao hatte gelernt, dieses Geräusch zu fürchten.

Manoel blickte sie empört an, da sie ihn gegen die Wand presste, doch er schwieg, als er die Schritte ebenfalls hörte. Atemlos und dennoch sicher, dass ihr Keuchen sie verraten würde, duckte Sinao sich in das bisschen Schatten, das ihnen die Mauer bot. Die Straße hinauf rannten ein Dutzend Soldaten in den roten Röcken der Thayns, neben ihnen zwei Männer in schwarzen Gewändern.

»Sind Sie sicher, Thay?«, schnaufte einer der Rotberockten, der seine Muskete im Laufen schwenkte, als wolle er seinen Nebenmann niederstechen.

»Ja, Leutnant. Es kam von oben. Der Major hat es ebenfalls gesehen.«

Der Sprecher, ein noch junger Mann mit kantigen Gesichtszügen, trug ein langes Gewand, wie ein unförmiges, schwarzes Kleid. Schweiß lief ihm über das Gesicht, doch seine Miene war entschlossen.

Sinaos Herz schlug so laut, dass sie es in jedem Finger und jedem Zeh spüren konnte. Sie atmete nicht, hatte es einfach vergessen. Dann verschwanden die Soldaten hinter dem nächsten Haus und ließen sie und Manoel zurück.

»Zwei Caserdote«, murmelte der junge Maestre. »Die meinen es ernst.«

»Was ist denn passiert?« Sinao verstand die Welt nicht mehr. »Warum greifen die Thayns uns an? Wir haben ihnen doch geholfen.«

Tränen stiegen ihr in die Augen, als sie an die befreiten Sklaven im hölzernen Bauch der *Windreiter* dachte.

»Ich weiß nicht, aber diesen Uniformierten kann man nie trauen. Lass uns von hier verschwinden, bevor sie oben kehrtmachen.«

Sinao dachte an die junge Frau mit dem Tuch vor der Brust. *Ob sie den Soldaten wohl verraten wird, dass sie uns gesehen hat? Oder ob die Paranao hier besser gegen die Aufseher bestehen als wir auf Hequia?*

Von dem Gedanken getrieben, folgte sie Manoel, so schnell sie konnte. Bei jedem Schritt hatte sie das Gefühl, als würden sich die Gewehrläufe der Soldaten schon auf sie richten.

JAQUENTO

Schmerzen drängten sich hinter seiner Stirn zusammen, als er erwachte. Fluchend richtete er sich langsam auf, ohne die Augen zu öffnen. Er war an Bord eines Schiffes, so viel konnte er spüren. Der schwankende Untergrund, der salzige Geruch der Luft und das Knarren der Planken um ihn herum waren unmissverständlich. Ein Schiff, das konnte sowohl Gutes als auch Schlechtes bedeuten. Einen Moment lang genoss er noch die Unsicherheit des Augenblicks; dass ihm gefallen würde, was er sehen musste, wenn er die Lider hob, war unwahrscheinlich. Eine vage Erinnerung an Soldaten, die ihn verhafteten, sorgte dafür, dass er sich nicht nach weiterer Erkenntnis sehnte.

»Willkommen zurück«, erklang Bihrâds tiefe Stimme. »Das muss schmerzhaft sein.«

Vorsichtig nickte Jaquento, während er zögernd die Augen öffnete. Zum Glück war es dämmrig, und kein grelles Licht fachte die Pein weiter an.

»Was, bei allen Geistern der Tiefe … Oh.«

Die Erinnerung kehrte mit einem Schlag zurück. Der Admiral, die Soldaten. Roxane. Der Gewehrkolben.

»Verfluchte, dreckige Marine«, entfuhr es ihm. »Wo sind wir?«

Eigentlich war die Frage überflüssig. Sie befanden sich in einem kleinen Raum an Bord eines Schiffes. Jaquento kannte jede Ecke der *Windreiter*, und dies war nicht sein Schiff. Also blieb als Möglichkeit nur ein Kriegsschiff. *Die Einheit verdamme mich,* dachte er. *Die legendäre Gastfreundschaft der Marine und die unangenehme Aussicht, bald von der Rah zu baumeln.* Außer ihm befand sich nur Bihrâd in dem improvisierten Gefängnis, das sich irgendwo im Bug befinden musste, denn es verengte sich deutlich. Die dicken Planken mussten die Bordwand sein, und die Wände waren aus schwerer Eiche errichtet. Die Bewegung des Schiffs war ruhig, als läge es vor Seegang geschützt irgendwo vor Anker.

Eine bekannte Stimme ertönte von jenseits der dicken Eichentür. Dann rasselte etwas, vielleicht eine Kette, und die Tür schwang nach außen auf. Zwei Marinesoldatinnen standen rechts und links der Öffnung, und Roxane schritt steif durch sie hindurch. Sie war in eine tadellose Uniform gekleidet, das blonde Haar hatte sie zu einem festen Zopf gebunden. Der harte Ausdruck auf ihrem Gesicht ließ nicht viel Spielraum für Spekulationen. Eine Soldatin wollte ihr in den Raum folgen, doch die Offizierin winkte ab: »Schon gut.«

»Was soll der Zinnober?«, herrschte Jaquento sie an. Er war wütend. Auf sie, auf den Admiral, auf die Thayns, aber vor allem auf sich selbst, denn als er sie gesehen hatte, war ein kurzer Funken Freude durch seinen Geist gezuckt. *Das Weibsstück hat nichts außer ihrer verfluchten Karriere im Kopf. Ein Fluch auf sie und ihre Marine.* Doch ihn beschäftigte noch eine andere Sache. Etwas fehlte ihm, aber er konnte nicht den Finger drauf legen, was es war.

»Können wir in Ruhe reden?«

Ihr Blick wanderte zu Bihrâd, der ihn mit vor der Brust gekreuzten Armen stoisch erwiderte. Einige Sekunden lang geschah nichts, dann nickte Jaquento. *Wir sind in ihrer Hand. Besser, wir spielen ihr Spiel ein wenig mit.*

Ohne ein Wort zog der Maureske sich einige Schritt zurück. Viel mehr war innerhalb ihrer beengten Unterkunft kaum möglich.

»Was ist passiert? Wir beide hatten so viel Spaß in der Residenz des Admirals, aber ich kann mich kaum noch erinnern, wie dieser bezaubernde Abend ausgegangen ist. Schöne Frauen haben diese Wirkung manchmal auf mich.«

»Es gibt keinen Grund, sarkastisch zu werden«, entgegnete Roxane. Sie hielt sich kerzengerade. Kein Muskel regte sich in ihrem Gesicht, nur die Stirn hatte sie bei seinen Worten zornig in Falten gelegt. »Die Situation ist sehr ernst.«

»Ach? Tatsächlich. Also was kann ich tun, um Euch aus Eurer nicht allzu offenkundig misslichen Lage zu erretten? Obwohl ... So wie es aussieht, bin *ich* derjenige, der in die Brig gesperrt wurde.«

Jetzt seufzte sie leise.

»Hören Sie, mir gefällt das ebenso wenig wie Ihnen, aber ich habe meine Befehle.«

»Befehle?«, höhnte der junge Hiscadi. »Ich dachte, man hätte Euch mit Schimpf und Schande aus der Marine gejagt. Ich war schon darauf vorbereitet, Euch einen Platz auf meinem Schiff anzubieten.« Angewidert blickte er sich um: »Stattdessen habe ich wohl einen Platz auf Eurem Schiff bekommen. Und keinen allzu guten, wie ich hinzufügen möchte.«

»Meine Order lautet, die *Mantikor* zurück in die Heimat zu transferieren, die Gefangenen an die offiziellen Stellen zu übergeben und mich vor einem Kriegsgericht zu verantworten.«

»Warum? Warum hat der alte Bastard Euch nicht selbst fertiggemacht?«

»Ich würde denken, dass er es vorzieht, wenn eine Offizierin in Loidin mit Schimpf und Schade, wie Sie so schön sagten, aus der Marine Ihrer Majestät gejagt wird. Das erzeugt mehr Öffentlichkeit. Entsprechendes gilt für Sie und Ihre

Leute: Das Unwesen der Piraterie und vor allem der Freibeuterei ist im Zuge des Krieges immer weiter angewachsen, und man sucht händeringend nach Möglichkeiten, endlich ein Exempel zu statuieren. Ein Prozess käme da sehr gelegen.«

»Ein Prozess? Wohl eher ein Tribunal, gefolgt von einer Hinrichtung.«

Jetzt zeigte die ausdruckslose Maske ihres Gesichts doch einige Risse. Ihre Finger verkrampften sich kurz, dann aber verschränkte sie die Arme hinter dem Rücken.

»Dieser Ausgang liegt wohl in der Absicht des Admirals.«

»Das ist doch kompletter Wahnsinn«, erklärte Jaquento mit einem Kopfschütteln. »Wo ist der Rest meiner Mannschaft?«

»Der Admiral schickt nur die … die Rädelsführer nach Loidin. Der Rest wird vor Ort vor Gericht gestellt. Ich gehe davon aus, dass man sie zum Dienst in der Marine pressen wird. Erfahrene Seeleute sind recht wertvoll, besonders hier, am Ende der Welt.«

»Ich hoffe, Ihr erwartet für diese Mildtätigkeit keine allzu großen Dankesbekundungen.«

»Nun, nicht wirklich, nicht wahr?«

»Und wie soll es weitergehen? Fahrt Ihr uns nach Loidin, wie Euer wackerer Admiral es verlangt, wo man uns aufknüpft dafür, dass wir Euren Hintern gerettet haben?«

Wenn seine raue Ausdrucksweise sie irritierte, zeigte sie es nicht. Stattdessen nickte sie mit ernster Miene. Sie räusperte sich, dann sah sie ihm zum ersten Mal direkt in die Augen.

»Ich werde Sie und Ihren Gefährten nach Corbane bringen. Dort erwartet Sie ein fairer Prozess, der …«

Jaquentos Lachen unterbrach sie. Kopfschüttelnd blickte er sie an.

»Ist das Euer Ernst? Fair? Hört Euch nur reden, Meséra, da bin ich schon von Frauen in den billigsten Kaschemmen besser belogen worden.«

»Vielleicht wollten Sie diesen Frauen ja auch einfach lieber glauben«, schoss sie zurück, nun endlich doch aus der Fassung gebracht.

»Man wird Zeugen hören«, fuhr sie dann etwas ruhiger fort. »Und ich werde mich für Sie verbürgen, obwohl mir bewusst ist, dass Sie ein falsches Spiel mit mir gespielt haben. Man haftet für seine Taten, Jaquento.«

»Das ist mir nur allzu bewusst«, erwiderte der junge Hiscadi düster. *Oder man läuft vor ihnen davon. Aber das ist etwas, was du nicht wissen kannst. Und derzeit wohl auch keine Option.* Für einen Moment wanderten seine Gedanken nach Corbane und zu dem, was ihn vielleicht außer einem Strick dort noch erwarten mochte, doch sofort zwang er seinen Geist in das Hier und Jetzt zurück. Laut fuhr er fort: »Aber es gibt keine Taten, für die ich haften müsste. Ich habe Euch und Eurem Schiff nach bestem Gewissen geholfen, wenn Ihr Euch die Mühe machen wollt, Euch richtig zu erinnern.«

»Dann müssen Sie sich ja auch keine Sorgen machen«, beschied ihn die Offizierin kühl. Offenbar war ihr Zorn noch nicht verraucht. »Aber genau das werde ich aussagen.«

»Und wie viel ist Euer Wort noch wert?«

Sie schwieg, aber Jaquento spürte, wie sich ihr ganzer Leib anspannte. Dann nickte sie ihm zu. Ihre Stimme war beherrscht: »Ich sorge dafür, dass Sie angemessen behandelt und versorgt werden, bis Sie aus meiner Obhut entlassen werden. Und ich sichere Ihnen zu, dass ich alles in meiner Macht Stehende tun werde, um Sie vor dem … um Ihnen vor den Richtern beizustehen. Guten Tag, meine Herren.«

Damit wandte sie sich ab und klopfte an die Tür. Einen Augenblick lang hatte Jaquento die irrsinnige Vision, wie er aufsprang, sie niederschlug, die Wachen überwältigte und mit Bihrâd floh, doch stattdessen verschwand Roxane aus der

Brig, ohne dass er einen Finger gerührt hätte, und ließ den jungen Hiscadi kochend vor Zorn zurück.

»Was ist eigentlich passiert?«, flüsterte er Bihrâd zu, der mit den Achseln zuckte, ohne sich zu erheben.

»Sie kamen mit Booten. Vom Hafen und den Schiffen. Es waren zu viele. Wir haben die Flagge eingeholt.«

»Wo sind wir? Schon auf See? Wo ist der Rest? Manoel?«

Die Fragen schossen Jaquento durch den Sinn. Er suchte Wege aus der Misere, doch ohne Antworten war er im Labyrinth des eigenen Unwissens gefangen.

»Mano war mit der kleinen Paranao an Land, als es losging. Der Rest ist irgendwo verstreut, vermute ich. Sie haben mich auf die Fregatte gebracht. Dann haben sie dich reingetragen. Ist noch nicht lang her. Wir sind noch in Lessan.«

»Lessan«, murmelte Jaquento. »Das ist unsere einzige Chance. Wenn wir erst auf See sind, ist alles verloren.«

»Mach dir keine Hoffnungen, Jaq«, entgegnete der Maureske grimmig. »Das Holz hier ist dick, und es stehen immer Soldaten vor der Tür. Wir kommen hier nicht raus.«

»Wenn Manoel noch da draußen ist, kann er vielleicht etwas unternehmen«, konterte Jaquento hitzig. »Unsere Leute können die *Windreiter* zurückkapern. Wir ...«

Als er den niedergeschlagenen Blick seines Freundes sah, hielt der junge Hiscadi inne. Die Aussichtslosigkeit ihrer Situation legte sich wie ein eisernes Band um seine Brust. Sie saßen im größten Hafen der Thayns auf einem Kriegsschiff in der Brig, und selbst wenn einige ihrer Gefährten entkommen waren, konnten diese es kaum mit der Macht der gesamten Kriegsmarine aufnehmen.

Seufzend lehnte Jaquento sich zurück.

»Na ja, ich wollte Thaynric schon immer mal besuchen. Es soll im Sommer ja nicht ganz so kalt sein, habe ich mir sagen lassen.«

»Es ist dort immer kalt«, erwiderte Bihrâd. »Und es regnet ständig, hat man mir erzählt. Wenn es nicht Schnee vom Himmel gibt. Vermutlich tragen die Thayns zu Hause allesamt Tierfelle und grunzen wie die Schweine, bevor sie sich im Winter in irgendwelchen Löchern vergraben.«

Der Gedanke an Roxane, die sich in Felle gehüllt eine Winterhöhle grub, erheiterte den Hiscadi, und er erwiderte Bihrâds Grinsen. »So muss es wohl sein, mein Freund.«

Einen Moment herrschte Schweigen, dann setzte Jaquento sich unvermittelt wieder auf. Etwas war ihm bislang entgangen, doch jetzt wusste er plötzlich, was er vermisste.

»Wo ist Sinosh?«

SINAO

Die schweren Schritte verhallten in der Gasse unter ihnen. Sinao wagte kaum zu atmen, obwohl sie wusste, dass sie wohl weniger zu befürchten hätte als Manoel, wenn die Soldaten sie finden würden. Der junge Maestre hingegen lag entspannt auf dem Boden und blickte den Rauchkringeln nach, die er lässig in die Luft blies. Das Zimmer war nicht besonders groß, und es bot nicht einmal Platz für eine anständige Schlafstatt, aber Sinao war kaum Besseres gewöhnt, und Manoel schien die Enge nicht zu stören. Alles hier wirkte schäbig, der flache Tisch mit den vielen Flecken, die Truhe, aus der ein Brett herausgebrochen war, so dass man hineinsehen konnte, selbst wenn sie geschlossen war, sogar die Balken an der Decke, die der Rauch vieler Jahre fast schwarz gefärbt hatte.

Unsicher ließ sich Sinao an der Wand hinabgleiten, zog die Knie unter das Kinn und schlug die Arme um die Beine. Jetzt sah Manoel zu ihr hinüber und lehnte sich auf die Ellenbogen.

»Keine Sorge, Sin. Hier sind wir so sicher, wie man nur sein kann. Keiner hier mag die Thayns, und niemand wird uns verraten.«

Eigentlich sollten die Worte sie beruhigen, doch stattdessen trieben sie Sinao die Tränen in die Augen. Alles hier erinnerte sie an ihr Leben als Sklavin; die ständige Furcht, die

Sorge vor Entdeckung, die Angst vor den Blassnasen. Gemeinsam mit Majagua hatte sie davon geträumt, dem allen zu entgehen, doch nun war alles gleich geblieben. *Für mich gibt es keinen Frieden. Majagua ist tot, und ich werde immer eine Sklavin sein.*

»Da, sie sind schon wieder weg«, erklärte Manoel mit seiner vom Rauch schwerfälligen Zunge und legte sich wieder auf den Rücken. Tatsächlich waren die Geräusche verstummt, die von der Anwesenheit der Thayns gekündet hatten. Vermutlich hatten die Soldaten einfach einige Leute befragt und waren dann weitergezogen. Seit Tagen durchkämmten sie immer wieder die Stadt auf der Suche nach Seeleuten von der *Windreiter,* die ihnen bei dem Angriff entkommen waren. *Piraten* hatte Manoel sie genannt und dabei gelacht, als wäre es ein guter Scherz.

»Warum hören sie nicht auf?«

Manoel seufzte leise. Ein letzter Ring aus Rauch verließ seinen Mund und schwebte durch die Luft, so frei, wie Sinao niemals sein konnte. Dann robbte Manoel zur Wand und setzte sich mit dem Rücken daran gelehnt hin.

»Weil sie wissen, dass wir Mojo haben. Ein Pirat mehr oder weniger in der Stadt würde die Thayns nicht stören. Alle werden sie sowieso nie fangen, denn für jeden, den sie in die Marine stecken oder aufknüpfen, wachsen zwei neue nach. Aber ein Maestre ... das ist ein anderes Kaliber.«

»Lass uns weggehen, ja?«

»Müssen wir, Sin, müssen wir. Aber jetzt geht das nicht.«

»Warum?«

»Es liegt kein Schiff im Hafen, das uns irgendwie nützen kann. Wir können nirgends an Bord geh'n. Und ich würde wetten, dass die Rotröcke genau schauen, wer gerade anheuern will. Wir müssen abwarten, bis ihnen langweilig wird.«

Zwinkernd hielt Sinao die Tränen zurück. Sie wollte nicht mehr weinen, nicht mehr an Majagua denken, an Hequia, an Tangye und an die dunklen Balken am Fort, wo so viele Paranao gebaumelt hatten, bis ihr Gesicht ganz dunkel geworden war. Trotzig zog sie die Nase hoch und sah Manoel herausfordernd an.

»Wir könnten über den Berg gehen. Weg aus der Stadt.«

Manoel nickte langsam, als würde er nachdenken. Schon schöpfte Sinao Hoffnung, doch dann antwortete er: »Im Hinterland gibt es auch nicht viel, was uns helfen könnte. Ein paar Plantagen. Wir würden Wochen brauchen und doch nirgends ankommen. Wir bräuchten Vorräte, die wir nicht haben, und hätten am Ende kein Ziel. Nein, das ist keine gute Idee.«

»Aber hier rumzusitzen ist eine gute Idee, ja? Rumzusitzen und den Mist da zu rauchen, bis unser Herz leer und kalt wie Eisen ist?«

Ihre Stimme war laut geworden, und sie funkelte den jungen Maestre wütend an. Es war, als flimmere die Luft zwischen ihnen, als würde sie heiß wie an einem Sonnentag.

»Du hast recht«, bekannte Manoel plötzlich. »Aber es is' verdammt langweilig, hier drin eingesperrt zu sein wie zwei Ratten im Käfig. Und eine Pfeife hilft, die Zeit zu überstehen. Hör mal. Mir gefällt das auch nicht. Aber wir können nichts anderes machen. Wir sitzen hier fest wie 'n Kutter auf 'ner Sandbank. Aber irgendwann kommt die Flut, und wir segeln davon.«

Er machte eine fließende Bewegung mit der Hand, als strecke er sich zum Horizont, der sich irgendwo hinter den Holzwänden ihres Verstecks verbarg.

Noch war die Wut in Sinaos Herz nicht verraucht, aber sie fragte sich, ob er vielleicht doch recht hatte. Es fiel ihr schwer, Manoel mit seinem schnellen Lächeln böse zu sein; er hatte ihr geholfen, sie unter seine Fittiche genommen und sie beschützt. Und jetzt war er das letzte Bekannte, was ihr geblieben war. Sie wusste nicht, wo die anderen ehemaligen Sklaven waren, und die wenigen freundlichen Gesichter der *Windreiter* waren auch von den Thayns verschleppt worden. Manoel war im Augenblick ihr einziger Ankerpunkt in dieser chaotischen Welt.

Sie spürte die Anwesenheit, bevor sie die Rufe hörte. Auch Manoel riss die Augen einen Moment auf, als der Lärm zu ihm durchdrang. Eine Präsenz war im Haus, ein Gefühl der Leere, das Sinao erschreckte.

»Verflucht, ein Caserdote«, zischte Manoel, als unten Holz splitterte und ein Mann aufschrie. Dann wurden Befehle gebrüllt, in der Sprache der Thayns. Noch einmal ertönte ein Kreischen, dann trommelten Stiefeltritte die Stufen empor.

»Aufmachen!«

»Gut«, murmelte Manoel, der sich aufgerichtet hatte. Seine Augen verdrehten sich für einen Augenblick, dann flog die Tür wie nach einem gewaltigen Schlag davon, wurde aus dem Rahmen gerissen, zerstörte ihre Angeln und fegte als tödliches Geschoss die Treppe hinab.

»Maestre«, schrie eine Frau über den Lärm berstenden Holzes und stürzender Leiber hinweg. Sinao warf sich unter den Tisch, kauerte sich zusammen, machte sich so klein wie sie nur konnte. Ein lauter Knall ertönte, ihr vertraut aus dem Kampf um die Festung auf Hequia. Kugeln peitschten in den Raum, schlugen dumpf in die Wände ein, prallten mit infernalischem Geheul von dem nicht stofflichen Schild ab, den Manoel hastig errichtet haben musste. Noch eine Salve, gezielter diesmal, doch der Schild hielt auch ihr stand. Aber Manoel wurde zurückgedrängt, musste sich ducken, und die Soldaten rückten vor. Schon spähte der erste über den Treppenabsatz, die Muskete angelegt. Das schwarze Loch der Mündung schwenkte zu Sinao, und es war, als blicke sie in das Maul eines gefräßigen Tieres. Doch der junge Rotschopf schoss nicht auf sie, sondern zielte auf Manoel.

Sinao spürte, wie die Energien des Schildes schwanden. Es war ein krudes Machwerk, wenig mehr als eine Verzweiflungstat, und es löste sich bereits auf. Sie sah, wie der Soldat den Finger um den Abzug krümmte, wie die Muskete Feuer und Rauch und Metall spie, wie sie sich aufbäumte. Und sie wusste, dass der Schild fallen würde, bevor die Kugel an ihm abprallen konnte, einen winzigen Augenblick vorher, den tausendstel Bruchteil eines Herzschlags. Das alles sah sie, als würde die Welt immer langsamer werden.

In ihr regte sich ein Impuls; das, was Manoel Pforte genannt hatte. Vigoris strömte in ihren Leib, in ihren Geist, in ihr Herz. Manoel warf sich nieder, doch er war zu langsam, seine Reaktion kam zu spät. Sinaos Augen folgten gebannt dem Flug der Kugel, die sich aus den Rauchschwaden löste. Ein winziges Objekt, nur so schwer wie eine Handvoll Erde, ein kleiner, schwarzer Ball.

Der Schild fiel, die Kugel flog weiter. Aus Sinaos Händen strömte die Vigoris. Es war kein gewollter Akt, keine kunstvolle Demonstration, sondern nur ein Ausbruch der Macht, geboren aus Angst und Wut. Unvermittelt wurde Manoel zu Boden gedrückt, als die Vigoris über ihn hinwegspülte. Sinaos Augen konnten sie nicht sehen, aber sie spürte die Wellen und Fäden, die den jungen Maestre umfingen.

Die Kugel verfehlte ihn, nun zu schnell für Sinaos Blicke. Staub rieselte aus der Wand, als sie einschlug. Manoel brüllte auf, krümmte sich am Boden zusammen und lag dann still.

»Zwei! Es sind zwei!«

Der junge Soldat blickte Sinao ängstlich an, seine rauchende Muskete auf sie gerichtet, obwohl sein Pulver verschossen war. Dann verschwand sein Gesicht aus ihrem Blickfeld, als er die Treppe hinabsprang.

Eine seltsame Ruhe kehrte ein. Rauch lag in der Luft, der Pulverdampf kratzte in Sinaos Kehle. Unten war noch Tumult zu hören, aber niemand kam die Treppe herauf.

Auf dem Bauch robbte Sinao zu Manoel, berührte ihn an der Schulter. Das schien ihn aus seiner Starre zu reißen. Er blickte Sinao aus blutunterlaufenen Augen an, sein Antlitz wirkte unter der braunen Haut fast grau.

»Was hast du getan?«, flüsterte er heiser.

»Ich weiß nicht«, antwortete Sinao wahrheitsgemäß. »Er hätte dich erschossen.«

Der junge Maestre nahm diese Aussage einfach hin. Er hob die Hand vor sein Gesicht und betrachtete sechs Sekunden lang seine zitternden Finger.

»Es hat wehgetan, aber das hätte eine Kugel wohl auch.«

Wieder spürte Sinao die Präsenz, näher diesmal.

»Was ist das?«

»Ein Caserdote. Ein … Gegenmagier. Er versucht, uns auszuschalten.«

Tatsächlich fühlte es sich für Sinao an wie ein Loch in der Welt, das sich ihnen näherte. Als würden ihre Augen an dieser Stelle nur noch Schwärze wahrnehmen und nichts mehr sehen können. Das Gefühl war einschüchternd und beängstigend – zum ersten Mal merkte Sinao, wie sehr ihre Wahrnehmung mit der Vigoris verflochten sein musste.

»Wir müssen hier weg«, erklärte Manoel und rollte sich auf den Bauch. Vorsichtig stemmte er sich auf Hände und Knie. Es kostete ihn sichtlich Anstrengung. »Wenn er erst mal hier ist, dann können die Soldaten uns abknallen wie ein Paar Hasen.«

Hektisch blickte Sinao sich um. Es gab ein schmales Fenster, doch ihr Zimmer befand sich im ersten Stock, und das Haus stand am Abhang. Sie konnten nicht einfach hinausspringen, denn unter dem Fenster ging es dreiundzwanzig

Schritt hinab in die Tiefe, auf das Dach des Gebäudes unter ihnen.

»Was sollen wir tun?«

»Wir … wir müssen …«

Bislang hatte Manoel stets gewusst, was zu tun war. Er kannte die Wege an Bord, die Wege in der Stadt, er war selbstbewusst und schien immer Herr der Lage zu sein. Doch nun sah Sinao Angst in seinen Augen, und die Furcht griff auch wieder nach ihrem Herzen. Vor ihrem inneren Auge sah sie Majagua mit dem blutigen Lächeln, die Wunde in seinem Leib, aus der sein Leben in den Boden floss. Jetzt würden die Soldaten Manoel erschießen und vielleicht auch sie. *Dann sehe ich dich wieder, Schafsjunge,* dachte sie, während die Angst aus ihrem Herzen wehte, als wäre sie nur ein schwacher Nebel, den die Sonne vertrieb.

Der Caserdote kam zögerlich weiter die Treppe herauf.

»Können wir ihn nicht aufhalten?«, fragte Sinao.

Langsam schüttelte Manoel den Kopf. »Ich habe viel Kraft verschwendet«, erklärte der junge Maestre. »Und ich kann kaum stehen. Wie soll ich mich gegen seine Macht wehren?« Die Resignation in seiner Stimme spiegelte sich in seinen Bewegungen, als er zu Boden sank. »Vielleicht lassen sie zu, dass wir uns ergeben.«

Sinao ballte die Fäuste. *Sich in die Gewalt der Thayns und ihrer Soldaten begeben? Der Tangyes von Lessan, der Verräter, die sie erst befreit hatten und sie dann angriffen?*

Als sie die Hand wieder öffnete, umspielte Vigoris ihre Finger. Die Pforte war weit geöffnet, und die Energie strömte frei durch ihren Leib. Das Gefühl war erhebend, ein endloser Strom von Macht, der sich ihrem Willen scheinbar mühelos beugte. Es war, als hätte sie eine winzige Tür in ein Meer aufgestoßen, und das Wasser floss nun mit Macht herein. Die Vigoris war stark, und hinter der Pforte wartete noch mehr, endlos mehr.

Sinao versuchte, die Kontrolle zu behalten, doch schon entglitt sie ihr unter dem Ansturm der mächtigen Welle, die sich wild und ungezügelt einen Weg aus ihr bahnte. Luft rauschte an ihren Ohren vorbei, brüllend wie ein Raubtier. Ihre Haare peitschten um ihr Gesicht, ihre Kleidung riss an ihrer Haut. Hinter ihr schrie jemand etwas, doch Worte hatten keine Bedeutung, Menschen hatten keine Bedeutung, nichts war wichtig – außer dem Strom. Noch stemmte sie sich dagegen, aber er zerrte an ihrem Selbst.

Holzsplitter wirbelten um sie herum, Metall riss wie Papier, Bretter rasten durch die Luft. Es gab einen Ruck, ein kurzes Gefühl des Innehaltens, dann wurde Sinao davongespült und versank im atemberaubenden Strom der Vigoris.

FRANIGO

Mit jedem Augenblick nahm Franigos Empörung weiter zu. Die Sonne war ungewöhnlich warm für einen Herbsttag, und der Wind ruhte zum ersten Mal seit Langem, aber er bemerkte das schöne Wetter kaum. Zu tief war er in seine Lektüre versunken, die ihn gefangen nahm – aber sicherlich anders, als ihr Autor es sich gewünscht hätte.

»Schund!«, teilte er der Welt erbost mit. Er erhielt keine Antwort, was nicht weiter verwunderlich war, denn er saß allein auf der alten Bank, deren grüne Farbe bereits abblätterte und an einigen Stellen schon graues Holz freigab. Einige Vögel zwitscherten in den nahen Obstbäumen, aber sie störten sich nicht an Franigos Wutausbruch. Obwohl der Begriff Wut ein zu profanes Gefühl beschrieb, das nicht ganz seine Verfassung traf; vielmehr war es eine Mischung aus Empörung und Verachtung.

»Jeder könnte das«, murmelte er vor sich hin, während er sich erhob und auf und ab ging und dabei das Corpus Delicti durch die Luft schwenkte wie eine Waffe. »Das ist keine Kunst, das ist Barbarei am Worte!«

Dieser kleine Begriff gefiel ihm ausnehmend gut, und er nahm sich die Zeit, ihn schnell zu notieren, um ihn in einem eigenen Werk zu verwenden. Der Gedanke an eine Streitschrift wider dieses unsägliche Geschreibsel durchzuckte seinen Geist, aber dann erinnerte er sich, dass es sehr wohl seiner Gesundheit abträglich sein mochte, allzu öffentlich seinem gerechten Zorn Ausdruck zu verleihen. *Und unter einem falschen Namen, einem verachtenswerten Pseudonym, werde ich meine Meinung nicht kundtun. Dazu ist sie mir zu wertvoll.* Der Gedanke an die erotischen Poeme, die er unter einem falschen Namen hatte publizieren lassen, war ihm unangenehm genug.

Sein Geist wurden von den beschämenden Gedanken daran derart abgelenkt, dass er einige Sekunden brauchte, um den Auslöser seiner Empörung wieder ins Auge zu fassen.

Es war ein unscheinbares Heft, der Größe nach ein Oktavband, kaum dicker als ein Daumen, in einem billig anmutenden Einband mit einem Kupferstich darauf, der einen niedergeschlagenen Soldaten zeigte, der mit verbundenem Kopf auf eine lange Pike gelehnt den Betrachter mit müden Augen ansah. Diese Figur, dieser Soldat von der traurigen Gestalt, erzürnte den Poeten besonders, denn er hatte eine geradezu unheimliche Ähnlichkeit mit ihm selbst. Wenn man von der Pike absah, denn ein solches Kriegswerkzeug würde kein moderner Mann mehr benutzen. Aber der Knebelbart, der breitkrempige Hut, die hohen Stiefel – all das wirkte, als habe der unbekannte Künstler sich Franigo als Vorbild gewählt.

Einige paranoide Momente lang glaubte der Poet fast daran, fragte sich, ob dies eine perfide Methode des Rufmords war, der seine Feinde in Cabany nun frönten. Dann verwarf er den Gedanken. Auch wenn der Princiess bereits bewiesen hatte, dass er der Macht des Wortes vertraute, würden er und seine Spießgesellen wohl kaum derartig viel Aufwand an einen flüchtigen Künstler verschwenden. *Andererseits bin ich der wohl größte lebende Poet,* dachte Franigo bei sich. *Das kann meinen Feinden nicht entgangen sein.*

Wieder musste er seine wandernden Gedanken einfangen und sich auf das Buch konzentrieren. Unvermittelt wurde ihm bewusst, dass genau diese dauernde Ablenkung eine Folge des Lesens war. Man verlor die Kontrolle über den eigenen Geist an dieses Machwerk eines hiscadischen Landadligen, eines Provinzpossenschreibers, der nun überall im Lande zitiert und geehrt wurde. Dabei stand es lediglich Dramatikern und vielleicht noch Lyrikern zu, die Früchte ihrer sprachlichen Arbeit in solcher Weise zu ernten.

Erbost packte Franigo das Buch und seinen Degen und lief in die Stube des Gasthauses. Wie nicht anders zu erwarten, fand er Aitea bei der Arbeit vor. Sie schrubbte die Tische mit einem rauen Lappen und viel Wasser. Einige Strähnen ihres Haares waren aus dem festen Knoten an ihrem Hinterkopf gerutscht und hingen ihr nun in das vor Anstrengung gerötete Gesicht. Ihre Ärmel waren hochgekrempelt und präsentierten kräftige Unterarme, auf denen das Putzwasser glänzte. Darüber, weitaus angenehmer, registrierte er die Wölbungen ihrer Brüste in dem hochgeschlossenen Kleid.

»Ich habe dieses … dieses Buch gelesen«, rief der Poet lauthals, wobei er sich dazu zwang, den Anblick der arbeitenden Wirtin zu ignorieren. Seufzend ließ sie den Lappen in einen Holzeimer fallen und blinzelte Franigo an. Sie blies sich einige Haare aus dem Gesicht. Als er nichts sagte, wurde sie ungeduldig: »Und?«

»Und es ist genau so grauenvoll, wie ich stets vermutet habe. Kein Wunder, dass ein gemeiner und einfacher Flegel wie Esterge auf diese sogenannte Literatur hereinfällt.«

»Wer ist Esterge?«

»Ach, das ist nicht weiter wichtig«, befand Franigo und winkte ab. »Es erscheint mir vonnöten, die Menschheit vor diesen Machwerken zu warnen. Ich habe meine Augen bislang vor dieser Notwendigkeit verschlossen, aber nun ist es mir deutlich geworden, dass ich nicht länger so verfahren kann.«

»Schön.«

»Schön?«

»Ja, schön. Tu das, Franigo, aber lass mich jetzt hier weitermachen. Es ist noch so viel zu tun, und ich habe keine Zeit, mit dir über Bücher zu reden.«

»Ich will ja auch nicht darüber reden«, protestierte der Poet, bemerkte dann aber, dass er sich widersprach. »Nun, jedenfalls nicht über dieses Buch. Wie auch immer. Ich dachte, meine Entdeckung wäre mitteilenswert.«

Mit kaum verhohlener Verachtung blickte er auf das Buch in seiner Hand hinab. Der Gedanke an all das verschwendete Papier, auf das man kulturell höher stehende Arbeiten hätte drucken können, ließ ihn nur noch mehr Zorn empfinden.

»Die Abenteuer des tapferen Soldaten Saavreda«, las er leise vor. »Erzählt von … Moment mal: Sechste Auflage?«

Überrascht blickte er auf. Sechs Auflagen, und er konnte nicht einmal sicher sein, ob dies hier bereits die letzte war. Der Band war doch schon recht zerfleddert, und der letzte Tag war dank Franigos Zorn nicht gerade zimperlich mit ihm verfahren. Es war gut möglich, dass noch mehr Auflagen existierten. Es musste sich um Hunderte, wenn nicht gar Tausende oder mehr Exemplare des Buches handeln, die bereits im Umlauf waren. *Vielleicht sogar noch viel mehr. Interessant.*

In seinem Geist kämpfte die Abscheu einen kurzen, aber heftigen Kampf mit der Mathematik – und verlor. Zahlen erschienen vor seinem inneren Auge. *Wenn jedes Buch einen Lunar kostet, nein, eher zwei, würde ich sagen – dann hätte man zehn- oder gar zwanzigtausend Lunar damit verdienen können. Also an die tausend Solar. Mit einem Buch*!

Als mehrere Gestalten in den Schankraum polterten, wurde er unsanft aus seinen Überlegungen gerissen. Zunächst befürchtete er, dass es Soldaten waren oder gar gedungene Häscher, die ihn nun endlich aufgestöbert hatten. Doch die Neuankömmlinge entpuppten sich als die üblichen Gäste der Schänke, einfache Arbeiter, deren Kleidung so ärmlich war, dass Franigo sie wohl in einem seiner Stücke als Lumpen bezeichnet hätte. Jetzt fielen ihm auch die langen Sensen und die abgenutzten Sicheln ins Auge, die die Neuankömmlinge mit sich führten. *Wanderarbeiter*, erkannte Franigo. *Schnitter und sonstige Tagelöhner*.

»Wir wollen Wein«, rief der vorderste der Gesellen, ein vierschrötiger Mann mit einer roten, einfachen Mütze, dessen Gesicht von der Sonne gezeichnet war. Seine Haut wirkte wie gegerbtes Leder und war fast schon so dunkelbraun wie die Balken, die das Dach des Gasthauses trugen.

»Habt ihr Geld?«, fragte Aitea. Sie hatte sich aufgerichtet und beäugte ihre neuen Gäste misstrauisch. »Wenn ja, gibt es Wein.«

»Genug für die Plörre, die du uns verkaufst.«

Überraschenderweise schien das die Wirtin zu überzeugen, jedenfalls lief sie in die Küche und ließ Franigo allein mit seinem Buch und den Schnittern zurück. Einerseits zog es den Poeten nicht gerade zu diesen Leuten hin, andererseits spürte er Neugier in sich aufsteigen. Dem Volk auf den Mund zu schauen war beinahe schon eine Leidenschaft seinerseits. Immer wieder wurden so die besten Ideen für seine Stücke an ihn herangetragen, ohne dass er mehr tun musste, als die Augen und vor allem die Ohren offenzuhalten.

Also setzte er sich an den noch nassen Tisch und warf unverhohlene Blicke zu der Gruppe hinüber, die sich laut lärmend in einer Ecke der Wirtschaft niedergelassen hatte. Ihre Werkzeuge lehnten an der Wand oder lagen auf dem Tisch, ihre Ärmel waren hochgekrempelt, und die meisten nahmen sogar ihre unförmigen Mützen ab. Es war eine Szene, wie sie einige der naturalistischer veranlagten Hofmaler hätten aufzeichnen mögen. *Ohne den Schmutz und die anzüglichen Gebärden natürlich,* dachte Franigo sarkastisch. *Die hohen Herrschaften möchten an ihren Wänden gutes, ehrliches Landvolk, Männer und Frauen mit simplem Gemüt, voller Demut und Dankbarkeit für ihre guten Herren.*

»He, du«, rief der Anführer überraschend und winkte Franigo zu. »Bist du der Sänger?«

»Sänger? Wohl kaum, Mesér«, erwiderte der Poet indigniert. »Ich bin Dramatiker und Lyriker.«

»Man sagte uns, dass hier 'n Sänger wär', der schöne Lieder über die fetten Leute in der Stadt mit ihren Perücken singt.«

»Nun, ich habe das eine oder andere Lied erdacht, und meine Sangesstimme soll nicht die schlechteste sein, wenn ich dem Urteil einiger Kritiker Glauben schenken darf. Aber mir steht nicht der Sinn nach Gesang, und zudem ist es noch zu früh dafür.«

»Wir sind dir wohl nich' gut genug, was?« Die Stimme des Mannes klang erbost, und sein Antlitz wurde noch dunkler, als es von Natur aus schon war. Einige seiner Kumpane versuchten ihn zu beschwichtigen, aber er starrte Franigo nur wutentbrannt an. Seufzend schüttelte der Poet den Kopf und wandte seine Aufmerksamkeit wieder dem Buch zu. Ein solch dünnes Werk ließe sich sicherlich in wenigen Wochen, wenn nicht gar Tagen anfertigen. *Damit könnte ich …*

Weiter kam er nicht, denn über ihm erhob sich plötzlich eine dunkle Gestalt, die ihm frech mit dem Finger auf die Schulter tippte.

»Ich rede mit dir, Bursche.«

»Tut Ihr das?«, entgegnete Franigo, ohne aufzublicken. »Aber ich nicht mit Euch, Mesér. Achtet nun bitte meinen Wunsch nach Ruhe. Und lernt Manieren.«

»Ich rede mit dir«, donnerte der Schnitter und hieb mit der Faust auf den Tisch. Noch einmal seufzte der Poet, dann stand er auf.

»Entweder Ihr entschuldigt Euch schleunigst für Euer ungebührliches und, man muss es wohl so sagen, unmögliches Verhalten, oder Ihr werdet die Konsequenzen tragen.«

»Und? Was soll das sein?« Die Miene des Mannes zeigte, dass er sich keine großen Sorgen um die möglichen Folgen seiner Worte machte. Er war zwar kaum größer als Franigo, dafür aber beinahe doppelt so breit. Die harte Arbeit auf den Feldern hatte ihm Arme beschert, deren Muskeln sich unter seinem rauen Hemd wölbten wie Melonen. Sein Nacken war so breit, dass Franigo ihn vermutlich nicht einmal mit beiden Händen hätte umfangen können.

»Entschuldigt Ihr Euch, Mesér?«

»Nein!«

»Dann müssen wir uns wohl schlagen«, erwiderte Franigo und legte die Hand auf den Griff seines Degens. Jetzt endlich zeigte der Schnitter eine Reaktion, allerdings keine, die Franigo sich gewünscht hätte: Er lachte.

»Schläge gibt es gleich, keine Sorge«, zischte er und ballte die Fäuste. Unvermittelt empfand Franigo sich als unterbewaffnet, obwohl er derjenige mit der tödlichen Klinge war.

»Hört mal, dies ist eine Frage der Ehre. Mein Name ist Franigo …«

»Geschenkt«, brüllte sein Gegenüber und benetzte dabei Franigos Gesicht mit Speichel. »Jetzt setzt's was!«

Bevor Franigo reagieren konnte, fühlte er sich am Kragen gepackt und emporgehoben. Er haderte mit sich selbst, ob er seinen Degen ziehen sollte. Sein Gegner war kein Mann von Stand, geschweige denn von Ehre, und eigentlich verbot sich der Einsatz einer edlen Waffe gegen einen solchen Kretin von selbst. Andererseits verspürte Franigo wenig Lust, sich einen

Faustkampf mit dem Tobenden zu liefern. Ihm waren seine eigenen Unzulänglichkeiten auf diesem Gebiet nur allzu gut bekannt.

Bislang hatte er den Umstand, kein Boxer zu sein, nicht bedauert, da physische Anstrengung dieser Art – der meisten Arten, wie er jetzt erkannte – weder seinem Geschmack noch seinem Naturell noch seiner angestrebten Lebensweise entsprachen. Aber das Leben ließ ihm im Augenblick wohl keine andere Wahl.

»Was geht hier vor?«

Wenn Aitea brüllte, schwiegen andere Menschen. Die Natur hatte sie mit einem Organ ausgestattet, das sich auch vortrefflich dazu geeignet hätte, in einer Schlacht über das Donnern der Kanonen hinweg für Ruhe und Ordnung zu sorgen.

»Hört sofort mit dem Unfug auf, oder ihr bleibt heute alle ebenso nüchtern wie die Schweine draußen.«

»Lass gut sein, Serge«, rief einer der Schnitter vom Ecktisch. Ganz langsam wurde Franigo hinabgelassen und stand bald wieder auf eigenen Füßen. Seinem Gegenüber fiel es sichtlich schwer, seine Gefühle zu kontrollieren, aber beim Anblick der pulsierenden Adern an seinem Hals war Franigo froh, dass es ihm gelang.

»Vielleicht singe ich heute Abend ein wenig, wenn ihr so lange als Gäste bleibt«, erklärte er versöhnlich. »Dann sind auch mehr Zuhörer da, und es wäre doch schade, wenn ich mich bereits jetzt verausgaben würde.«

Zur Antwort nickte Serge nur, wandte sich ab und schritt zu seinen Kumpanen zurück. *Ihre Stimmung ist wahrlich nicht die beste*, erkannte Franigo. *Ein ganz schön reizbares Völkchen.*

JAQUENTO

Ein Geräusch weckte Jaquento aus einem unruhigen, wenig erholsamen Schlaf. Zunächst glaubte er, eine Möwe hätte geschrien, doch dann war er nicht sicher, ob es nicht nur das Knarren des Schiffes gewesen war. Erschöpft rieb er sich die Augen, die sich nicht an das Zwielicht seiner momentanen Heimat gewöhnen wollten. Nicht einmal die vertrauten Geräusche des Meeres und das sanfte Wogen der Wellen konnten ihm Ruhe verschaffen. Sein Geist war gefangen, seine Gedanken wanderten im Kreis. *Wieder habe ich alle verraten, die mir etwas bedeuten.*

Mit einem Seufzen richtete er sich auf.

»Du solltest schlafen«, erklärte Bihrâd, der mit geschlossenen Augen auf dem Boden lag. Die Züge des Mauresken waren unbewegt, im Dämmerlicht wirkten die Tätowierungen auf seinen Wangen wie eine Maske.

»Ich sollte schlafen«, pflichtete Jaquento ihm bei. »Allein, ich kann nicht.«

»Leere deinen Geist. Wir können nichts tun, nichts erreichen, nichts verändern. Wenn du das hinnimmst, wird es dir besser gehen.«

Leichter gesagt als getan, dachte Jaquento bei sich, schwieg aber. Er erhob sich und streckte die müden Glieder. Die fehlende Bewegung der letzten Tage machte ihm zu schaffen, seine Muskeln waren verkrampft und so voller Knoten wie die Taue an Deck. Die schwüle Luft der Brig, in die sich der Geruch des Bilgenwassers mischte, sorgte für ein unangenehmes Gefühl auf seiner Haut. Dennoch hatte er beinahe den Eindruck, dankbar sein zu müssen, denn immerhin waren sie nicht gefesselt. Am Boden waren eiserne Vorrichtungen angebracht, in die wohl für gewöhnlich die Beine von Delinquenten an Bord gesteckt wurden. Eine Überfahrt auf diese Art zu bestreiten, unfähig, sich auch nur umzudrehen, wäre eine wahre Tortur gewesen.

»Wie kannst du so ruhig bleiben«, brach es aus dem jungen Hiscadi heraus.

Bihrâd regte sich nicht, hob nicht einmal die Lider. »Weil alles andere unnütz ist. Wir sind im Bauch eines großen Schiffes, mit vielen Dutzend unserer Feinde um uns herum. Wir sind gefangen, ohne Waffen, ohne Freunde. Wir sind mitten auf dem Ozean. Nichts, was ich tue, kann das ändern.«

Natürlich hatte der Maureske recht. Daran zweifelte Jaquento nicht eine Sekunde. Aber das hinderte ihn dennoch nicht daran, einerseits ihre Hilflosigkeit zu verfluchen, andererseits dauernd nach einem Ausweg zu suchen, auch wenn er wusste, dass es keinen geben würde.

»Wenn wir in Thaynric ankommen …«

»Dann werden wir sehen, was geschieht. Wenn es unser Schicksal ist, werden wir entkommen.«

»Oder freigesprochen«, entgegnete Jaquento mit einem finsteren Grinsen. Jetzt lächelte Bihrâd doch. Der Gedanke, dass die Thayns mit ihren strengen Regeln und Gesetzen sie nicht hängen würden, war unbestreitbar erheiternd.

Keine Nation Corbanes war Piraten wohlgesonnen, aber es war vor allem Thaynric, das unter ihnen litt, denn es beherrschte die Meere, und der Handel zur See war das Lebensblut des Inselstaates. Dementsprechend hart waren die

Strafen für Seeräuberei. Unter den Piraten kursierten Geschichten von Käfigen an den Hafeneinfahrten, in denen die Gehängten ausgestellt wurden, bis die Überreste ihrer Körper einfach zwischen den Gitterstäben herausfielen.

Ganz in Gedanken versunken, legte Jaquento sich wieder zurück und tat es Bihrâd gleich. Doch auch mit geschlossenen Augen fand er keine Ruhe.

Du darfst nicht hängen.

Für den Bruchteil eines Augenblicks glaubte Jaquento, es wäre sein eigener Gedanke gewesen. Immerhin war er genau dieser Meinung. Dann jedoch erkannte er den Ursprung.

»Sinosh?« Es war nicht einmal ein Flüstern.

Ja.

Jaquentos Blick zuckte zu Bihrâd, doch der Maureske schien bereits zu schlafen. Vorsichtig drehte Jaquento sich auf die Seite, mit dem Gesicht zu Bordwand.

»Wo bist du?«

Unten. Hier ist es nass. Und es stinkt.

»Wie bist du an Bord gekommen? Warum? Was tust du hier? Wer ...«

Ich bin nachts ein Tau entlanggelaufen und dann durch eine Luke geklettert, unterbrach ihn die kleine Echse. *Ich bin dir gefolgt, als die Männer in Rot dich weggebracht haben. Du lässt dich oft schlagen. Das ist dumm von dir.*

»Ja, genau, es ist eine dämliche Vorliebe meinerseits«, zischte der junge Hiscadi grimmig. Das Gefühl der fremden Stimme in seinem Kopf war wie ein Band hinter der Stirn, als ob die Haut um seinen ganzen Kopf sich enger zog. Seine Gedanken gehörten nicht mehr ihm allein, er war ausgeliefert, den fremden Gedanken mehr noch als den Thayns. Denn die mochten über seinen Leib bestimmen, doch niemals über ihn, sein Selbst, das, was er war. Doch diese Stimme einer unvorstellbaren Kreatur nahm ihm diese letzte Bastion; welche

Gedanken die seinen waren und welche von Sinosh kamen, war eine Frage, die ihm immer wieder durch den Kopf gegangen war.

Aber der Weg ist richtig.

»Was meinst du?«

Deine Beute ist dir voraus, aber du folgst ihr.

»Die Beute? Die Beute? Du kleines, dämliches Mistvieh!«, brach es aus Jaquento heraus. »Ich bin an Bord dieses von der Einheit verfluchten Kahns gefangen! Die werden mich aufknüpfen. Deine verdammte Beute interessiert mich nicht! Ich habe andere Sorgen.«

Stille folgte seinen Worten, fast glaubte der junge Hiscadi, dass die Echse beleidigt von dannen gezogen war.

Ich bin dir gefolgt, um dir zu helfen. Also beschimpf mich nicht. Weißt du, was ich hier machen muss? Ratten jagen! Ratten!

Die Stimme in seinem Kopf klang so indigniert, dass Jaquento beinahe schon Mitgefühl empfand. Doch sein Zorn überwog bei Weitem: »Was bist du eigentlich, Sinosh? Und warum verfolgst du mich?«

Ich bin, nein, ich werde ein Drache sein. Die meisten Menschen würden zu dem, wozu ich mich entwickeln werde, wohl Seedrache *sagen.*

»Willst du mich zum Narren halten?«, flüsterte Jaquento. In diesem Moment hämmerte es an die dicke Eichentür der Brig, und Schlüssel klapperten im Schloss. »Sinosh? Komm zurück. Du musst mir mehr erzählen … Sinosh? Ein Drache?«

»He, du«, knurrte eine breitschultrige Matrosin, neben der ein Marinesoldat stand. »Mit wem quasselst du da?«

Lächelnd drehte der junge Hiscadi sich um und kratzte sich am Kopf. Seine Haare waren strähnig, und er zog die Hand schnell wieder weg.

»Ich? Muss geschlafen haben, Meséra. Schlechte Träume vielleicht?« Jaquento zwinkerte ihr zu. »Oder gute?«

»Der Käpt'n will dich sehen«, erwiderte sie ungerührt und wollte sich bereits abwenden, doch Jaquento wies mit dem Finger auf Bihrâd, der die Szene ausdruckslos beobachtete.

»Was ist mit meinem Freund?«

»Der bleibt hier, Bursche. Na los, nimm die Beine in die Hand. Das hier ist keine Yacht, sondern 'n Kriegsschiff.«

Betont langsam erhob Jaquento sich und reckte seine Arme. Seine Muskeln protestierten schmerzhaft, doch die Gelegenheit, einige Schritte zu gehen, erfreute ihn. *Vermutlich freue ich mich demnächst noch darüber, den Weg zum Schafott selbst laufen zu dürfen*, ärgerte er sich über sich selbst. Aber er ließ sich nichts anmerken, sondern nickte dem Soldaten freundlich zu, der ihn jedoch nur misstrauisch anblickte. Jaquento musste sich durch die kleine Tür an dem Mann vorbeizwängen, wobei er weiterhin lächelte und nickte. Erst als er vor der Tür einen Stoß mit dem Gewehrkolben in den Rücken erhielt, versteinerten seine Gesichtszüge.

»Los, du verdammter Schneckenfresser. Mach hin!«

»Ich bin Hiscadi«, erwiderte Jaquento kalt. Es juckte ihn in den Fingern, dem arroganten Soldaten die Muskete aus der Hand zu reißen und ihm eine Lektion zu erteilen.

»Hiscadis, Géros. Wen interessiert 's? Ihr alle haltet eure Ärsche doch jedem hin.«

»Mesér, Eure Worte sind ungebührlich. Entschuldigt Euch, oder ich bin gezwungen, Euch Manieren beizubringen.«

Jetzt richtete der junge Hiscadi sich zu seiner ganzen Größe auf. Sein Geist wurde ruhig. Der Marinesoldat würde sich nicht entschuldigen, so viel war in seinen hellen Augen zu sehen. Und Jaquento würde nicht zurückweichen. Der Kampf war unausweichlich. Ein Ende auf der *Mantikor* war besser, als in Thaynric aufgehängt zu werden.

»Gin, lass den Scheiß«, zischte die Matrosin aufgebracht. »Der Käpt'n lässt dir das Fell gerben, wenn du Mist baust.

Und du, du kommst jetzt mit. Habe ich mich klar ausgedrückt?«

Noch standen die beiden Männer einander gegenüber. Keiner wich zurück. In diesen Augenblicken betrachtete Jaquento sein Gegenüber. Die kurzen, rötlich blonden Haare, die helle Haut, auf der die Sonne ihre Spuren hinterlassen hatte. Den hohen Kragen der Uniform, der über die kargen Bartstoppel kratzen musste. Und die rauen Hände, mit denen er seine Muskete hielt. Die Waffe würde nicht geladen sein, und es steckte auch kein Bajonett am Lauf, aber der Soldat hatte eine Waffe und Jaquento nicht. Obwohl die einzige Hoffnung des jungen Hiscadi folglich in der Geschwindigkeit lag, tat er nicht den ersten Schritt. Und er konnte nicht einmal sagen, ob es Hoffnungslosigkeit oder Siegesgewissheit war, die ihn davon abhielt, sich auf seinen Gegner zu stürzen.

»Was geht hier vor?«, donnerte eine Stimme durch das Deck. »Es sieht fast so aus, als wollten Sie hier ein Tänzchen wagen.«

»Nein, Thay«, entgegnete der Soldat und wandte den Blick von Jaquento ab. »Der Gefangene widersetzt sich lediglich den Befehlen.«

»Ist das so?« Endlich trat der Sprecher an sie heran. Er war ein breitschultriger Mann, dessen rote Uniformjacke sich über seiner Brust spannte. Er wirkte ruhig, aber Jaquento sah das Misstrauen in seinen Augen.

»Ich übernehme das, Soldat. Kehren Sie auf Ihren Posten zurück. Und Sie folgen mir bitte … Wie sagen Sie? Messer?«

»Mesér«, berichtigte Jaquento, dessen Anspannung sich in einem tiefen Atemzug entlud. »Mein Name ist Jaquento. Und mit wem habe ich die Ehre?«

»Mit Heric Cudden, Leutnant Ihrer Majestät auf dem schmucken Schiff *Mantikor*, welches ebenfalls Eigentum Ihrer

Majestät ist. Dass unsere gütige Herrscherin oft erwähnt wird, daran werden Sie sich gewöhnen müssen, nicht wahr?«

»Das wird mir sicherlich gelingen … Thay. Wir Hiscadi sind sehr gut darin, uns zwangsweise an fremde Sitten zu gewöhnen«, erwiderte Jaquento bissig. Doch zu seinem Erstaunen fuhr Cudden nicht auf, sondern er lachte.

»Ehrlich gesagt, hatte ich eher gehofft, Ihnen die Segnungen unserer großen thaynrischen Nation auf eine etwas freundlichere Art nahebringen zu können. Vielleicht bei einer kleinen Plauderei, während wir uns zur Kapitänin begeben?«

Nun musste auch Jaquento grinsen. »Einverstanden, auch wenn ich bislang nicht allzu oft Gelegenheit für Gespräche oder gar Plaudereien hatte.«

Der Leutnant wies mit der Hand das Deck entlang: »Gehen wir?«

Mit einem Nicken folgte Jaquento ihm. Sie befanden sich unterhalb des Geschützdecks, und Cudden führte sie zu einem Niedergang im Vorschiff. Auf dem Weg erhaschte Jaquento einen Blick in die Enge des Decks, auf die Reihen der Kanonen, zwischen denen Tischplatten an Seilen von der Decke herabgelassen waren. Dutzende Menschen saßen an diesen und aßen, und der junge Hiscadi bemerkte den einen oder anderen Blick, der ihnen folgte. Zu seiner Überraschung waren sie selten feindselig, sondern eher neugierig. Der Geruch von Essen hing in der Luft, obwohl viele Luken geöffnet waren und helles Sonnenlicht in den Schiffsraum fiel.

Wie gelingt es Sinosh in dieser Enge bloß, nicht entdeckt zu werden?, fragte sich der Hiscadi. *Vermutlich lässt er sich außerhalb des Lagerraums nicht blicken. Da kann ich nur hoffen, dass ihm die Ratten nicht zu schnell ausgehen, damit er nicht über den Rum herfällt.*

Der Leutnant vor ihm stapfte die steile Treppe empor und schenkte dem Treiben um sie her keine Beachtung.

»Sie waren Kapitän auf diesem Sklavenschiff?«, erkundigte er sich. Einige Momente überlegte Jaquento, was er antworten sollte, dann entschied er sich für ein simples »Ja«.

»Besten Dank für Ihre Unterstützung im Gefecht. Ohne Ihre Hilfe hätte die Korvette uns fein säuberlich den Arsch aufgerissen.«

»Es war mir ein Vergnügen«, entgegnete Jaquento mit aufgesetzter Förmlichkeit, ganz so, als seien sie zwei freie Männer und nicht der eine ein Gefangener des anderen.

Endlich erreichten sie das Hauptdeck und damit frische Luft und warme Sonnenstrahlen. Der Wind fuhr in Jaquentos Haar und auch in seinen Geist und blies die Trägheit der Gefangenschaft und den Geruch der Brig einfach fort. Jaquento schloss die Augen und war wenigstens für den Moment frei. Als er sie wieder öffnete und an den Masten emporblickte, die sich turmhoch über ihnen erhoben, sah er am Himmel zwei dunkle Flecken. Zwei große Vögel, die vor dem endlosen Blau des Himmels ihre Bahnen zogen.

»Ich habe nur getan, was verabredet war«, erklärte er schließlich.

»Wohl wahr. Aber Ihre Freunde haben nicht einmal das getan.«

»Deshalb bin ich hier und fahre einem festen Strick entgegen, während sie sich ins Fäustchen lachen.«

Jetzt drehte der Leutnant sich um und bedachte Jaquento mit einem prüfenden Blick.

»Ja, das Leben ist oft verdammt ungerecht, nicht wahr?«

Darauf antwortete der junge Hiscadi nicht. Noch immer war er sich nicht sicher, ob er verspottet wurde.

»Aber«, fuhr Cudden fort, »man muss es eben so nehmen. Was anderes bleibt uns wohl kaum übrig.«

Nach diesen weisen Worten schritt er wieder voran und führte Jaquento zum Heck der *Mantikor*. Als sie den Heckaufbau betraten, mussten sich Jaquentos Augen erst wieder an das Dämmerlicht gewöhnen, als würden sie das grelle Licht an Deck als normal empfinden, obwohl er seit Tagen in der Brig gefangen gewesen war.

Der Leutnant klopfte an eine niedrige Tür. Bevor er sie jedoch öffnete, blickte er Jaquento noch einmal an.

»Warten Sie die Zukunft ab. Als Seemann sollten Sie dies eigentlich wissen: Auf hoher See und vor Gericht liegt das Schicksal allein in der Einheit Hand.«

SINAO

Das Gefühl einfach *Schmerz* zu nennen wäre ihm nicht gerecht geworden. Es war vielmehr wahrhafte Qual, die durch ihren ganzen Leib lief, von jedem Finger zu jeder Zehe, von ihren Augen und ihren Ohren bis zu ihrem Herzen. Übelkeit stieg in ihr auf, und es gelang ihr gerade noch, sich auf die Seite zu wälzen, bevor sie sich übergab. Sie erbrach sich wieder und wieder, bis sie nur noch trocken würgte und ihr Körper spasmisch zuckte. Jemand berührte sie am Kopf, hielt sie fest, aber sie hätte nicht zu sagen vermocht, wer ihr half. Sie konnte kaum sagen, wer sie selbst war, so sehr war alles aus ihrem Geist gedrängt worden – alles außer dieser Qual.

»Ist ja gut«, flüsterte eine sanfte Stimme. Wie durch das Rauschen des Meeres hindurch erkannte Sinao Manoel. »Das wird vorübergehen. Ganz ruhig bleiben. Atmen. Denk nicht an den Schmerz.«

Der Ratschlag entrang ihr ein Lachen, das zu einem Hustenanfall wurde. Ihre Kehle war rau und wund, als habe sie viel geschrien, auf ihrer Zunge hing der Geschmack ihres eigenen Erbrochenen, sauer und eine neue Welle von Übelkeit auslösend. Sie wollte etwas sagen, um Wasser bitten, aber kein Wort kam über ihre rissigen Lippen.

»Du stehst noch unter Schock«, stellte Manoel fest. »Das ist nicht ungewöhnlich. Du hättest dich fast umgebracht.«

Mehr als ein Stöhnen brachte Sinao nicht zustande, obwohl sie ihn eigentlich einen mitleidslosen, grausamen Kerl schimpfen wollte.

»Du hast zu viel Vigoris durch deinen Körper geleitet. Viel zu viel, viel zu schnell. Sie ist durch dich hindurchgeströmt und aus dir heraus und hat dabei ihre Spuren hinterlassen. Du hattest noch Glück. Man kann leicht daran sterben. Knochen werden zermahlen, Muskeln reißen, Adern platzen. Angeblich sind sogar schon Maestre förmlich von innen heraus explodiert, als hätten sie eine Granate gefressen. Auf der Akademie gingen immer wieder solche Geschichten um. Aber das halte ich, ganz ehrlich gesagt, für Legenden.«

Seine Stimme plätscherte vor sich hin. Sinao konnte seinen Worten kaum folgen, aber seine Nähe beruhigte sie. Immer noch hielt er ihren Kopf in seinen Händen, und seine Finger streichelten über ihr Haar.

»Wasser«, brachte sie schließlich hervor.

»Ganz langsam«, befahl der junge Maestre, als er ihr einen Krug an die Lippen hielt. Sinao befolgte seine Anweisung, dennoch brannte jeder noch so kleine Schluck in ihrer Kehle. Aber wenigstens spülte sie so den üblen Geschmack aus ihrem Mund, und sie konnte die Zunge wieder bewegen.

Vorsichtig öffnete sie die Augen, doch das Licht war weniger grell als befürchtet, und es schmerzte kaum. Eine kleine Talglampe brannte und spendete nur rußiges Licht. Sie befanden sich in einem düsteren Raum, der winzig wirkte. Dicke Balken waren an der Decke zu sehen, und Spinnweben hingen wie Leichentücher zwischen ihnen. Es roch modrig, auf eine muffige Weise erdig, und der Geruch des Raumes vermischte sich unangenehm mit dem sauren Geruch ihrer Übelkeit.

»Wo sind wir?«

Manoel zuckte die Schultern. »Nachdem du das halbe Haus in Schutt und Asche gelegt hattest und dann umgekippt warst, habe ich dich den Berg runtergetragen. Wir haben nicht mehr viele Freunde in Lessan, und ich musste das Quartier nehmen, das ich mit meiner bescheidenen Barschaft noch mieten konnte. Über uns is' irgend'n Warenhaus, und das hier ist ein Keller, angeblich geheim.«

»Was ist geschehen?«

»Oh, du hast Vigoris in die Welt entlassen, aber nicht kunstvoll geformt, sondern roh und wild. Es is' geschehen, was in solchen Momenten für üblich geschieht: Es is' ziemlich viel kaputt gegangen.«

»Es tut mir leid«, erklärte Sinao und hob den Kopf. Schwindel überfiel sie, aber sie biss die Zähne zusammen und kämpfte dagegen an, bis sie aufrecht saß. Als sie an sich herabblickte, war äußerlich keine Veränderung an ihr zu erkennen, abgesehen vom Zittern ihrer Hände und dem Schmutz, der an ihr klebte.

»Du hast uns den Hintern gerettet, Sin. Die hätten uns verhaftet oder sogar umgelegt. Meine Güte, der Caserdote wusste vermutlich nicht einmal, wie ihm geschah.«

»Ist er … ist er tot?«

»Vermutlich. Ich habe mir nicht die Zeit genommen, nachzusehen.«

»Ich wollte nicht töten …«

Ihre Stimme verklang, als würden die dunklen Wände sie in sich aufsaugen.

»Sie hätten uns sonst getötet, das müssen wir ziemlich sicher annehmen. Die fackeln normalerweise nicht lange. Aber das muss jeder mit sich selbst ausmachen. Ich kann dir nur sagen, dass ich froh bin, dass es ihn erwischt hat und nicht uns.«

Der Geruch des Erbrochenen stieg Sinao erneut in die Nase, und sie würgte ein wenig. Sie drehte den Kopf zur Seite.

»Ich mache mal eben sauber«, erklärte Manoel und begann, mit einem schmutzigen Lappen über den Boden zu wischen. Nach kurzer Zeit gab er seufzend auf und kletterte geschickt wie ein Äffchen eine steile Leiter empor. Kurze Zeit später kehrte er mit einem Spaten auf dem Rücken wieder und grub ein Loch in den fest gestampften Erdboden. Dann schaufelte er das Erbrochene samt einem guten Stück Erde hinein und schlug die Erde schließlich flach. Zufrieden sah er Sinao an.

»Gar nicht schlecht, was?«

Sie nickte matt. Langsam klangen die Schmerzen ab, wichen einer dumpfen, alles umfassenden Erschöpfung, die ihren ganzen Körper durchdrang, sich in ihren Knochen festsetzte. Es war ihr, als sei sie viele Stunden geschwommen, als habe sie all ihre Kraft aufgebraucht.

Ihr Geist und ihr Herz waren getroffen, und sie sehnte sich nach dem Vergessen des Schlafes. Doch obwohl sie eine tiefe Müdigkeit verspürte, wusste sie, dass ihr der Schlaf fernbleiben würde. Ihre Gedanken waren unruhig, ebenso ihr Herz.

»Eigentlich hasse ich körperliche Arbeit«, erzählte Manoel im Plauderton, als er sich wieder neben sie hockte. »Aber manchmal kann sie schon nützlich sein, das muss ich zugeben.«

»Warum hast du gerade nicht gezaubert?«

»Weil ich nur ungern schon wieder Besuch von den Thayns bekommen hätte. Unsere kleine Vorstellung hat sie sicherlich aufgeregt. Vermutlich durchstreifen gerade Patrouillen die Stadt auf der Suche nach uns, und es würde mich nicht wundern, wenn sie ihre Maestre und Caserdote von den Schiffen abgezogen hätten. Wenn ich jetzt mit Vigoris spiele, dann finden sie uns so sicher wie ein Rudel Jagdhunde zwei Hasen.«

Vorsichtig trank Sinao noch einen Schluck Wasser aus dem Krug. Für einen Moment war ihr Kopf klarer, doch dann war es ihr wieder, als sei sie durch eine dicke Nebelbank von der Welt getrennt und erlebe alles nur aus zweiter Hand. Sie sank langsam zur Seite, bis sie an Manoel lehnte. Der junge Maestre legte den Arm um sie und strich ihr einige Haare aus dem Gesicht. Sie konnte seinen Atem auf ihrer Haut spüren, warm und angenehm.

»Erzähl mir was«, bat sie leise und schloss die Augen. Sie wollte nicht nachdenken, nicht an den Caserdote und die Soldaten denken, nicht an die Thayns, die sie jagten, nicht an Majagua, und an Hequia erst recht nicht.

»Was soll ich dir erzählen?«

»Ich weiß nicht«, murmelte sie. »Von den Kaisern?«

»Herrje, Historie, nicht gerade eines meiner besten Fächer auf der Akademie.«

Die Wärme stieg Sinao zu Kopf. Ihre schweren Glieder lagen nun ruhig, ihr Atem ging regelmäßig. Selbst die Erschöpfung war nicht mehr unangenehm, sondern eher wie eine wohlige Decke, in die sie sich einwickeln konnte. Ein Schutz vor der Welt, der sie sich nicht stellen wollte.

»Bevor das Imperium geeint wurde, gab es schon viele mächtige Städte und Reiche«, hub Manoel an. Seine Stimme war ein Singsang, die Worte flossen über Sinao hinweg. »Regiert von den mächtigsten Maestre. Nur dass sie damals noch nicht so hießen. Eher Magier oder Zauberer. Hexenmeister wurden sie auch genannt.

Jedenfalls gab es oft Krieg, und die Vorgänger der Nigromantenkaiser sandten Menschen und allerlei seltsame Kreaturen in die Schlacht, sie hauchten Statuen Leben ein oder schufen zerstörerische Wesen aus der Macht der Elemente. Im Laufe der Kriege wurde eine Stadt immer mächtiger: Forezza. Anders als in den anderen Reichen, stand hier nicht ein Herrscher an der Spitze, sondern eine ganze, nun ja, Gruppe von Herrschern. Alles Maestre, alle mächtig, die aus ihrer

Mitte einen Anführer wählten. Vielleicht war es die gebündelte Macht, die alle anderen überwältigte, jedenfalls eroberten die Legionen von Forezza Stadt um Stadt, Land um Land. Sie warfen die Wilden im Osten nieder, die mit ihren Tieren durch das Land streiften. Sie rissen alle Inseln des Südens an sich, und sogar die Heimat der Thayns wurde unterworfen. Das Forezzische Reich erstreckte sich über ganz Corbane.«

Schläfrig fragte sich Sinao, wie groß Corbane wohl sein musste. Sie hatte nur wenige Inseln in ihrem Leben gesehen, aber keine hätte so vielen Menschen eine Heimat sein können, wie Corbaner in die Sturmwelt gekommen waren. Der Kontinent musste riesig sein, viel größer als jede Insel der Sturmwelt, und voller Menschen.

»Im Süden trafen sie auf die Armeen der Magiermoguln, mit denen sie über Jahrhunderte einen erbitterten Krieg führten, den jedoch keiner gewinnen konnte. Noch immer wurde das gesamte Reich von Forezza aus regiert. Die Macht der Nigromanten war groß, und sie konnten ihre Armeen über Hunderte von Meilen hinweg befehligen.

Natürlich gab es in ihrer Mitte immer Streit und Neid. Nur der Mächtigste durfte der Kaiser sein. Viele Maestre aus anderen Ländern kamen nach Forezza. Es bildeten sich Allianzen und Familien; die Maestre betrachteten sich als die naturgegebenen Herren der Welt, und sie vermischten ihr Blut nur untereinander. Macht und Ansehen Einzelner lagen allein in ihren Ahnenlinien verborgen.«

»Wie bei den Caciques?«

Jetzt kicherte Manoel leise. Sein unrasiertes Kinn ruhte auf Sinaos Schulter, und die feinen Stoppeln kitzelten sie, so dass sie auch lachen musste.

»Ungefähr so, nur waren die Kaiser viel mächtiger. Forezza selbst war ein Wunder, eine Stadt so groß, wie es keine andere gab oder seitdem gegeben hat. Und ganz erfüllt von

Vigoris. Es gibt Bilder, Mosaike und ähnliches, aber ich glaube nicht, dass sie der Pracht gerecht werden, die dort wirklich herrschte. Schwebende Türme, gigantische Goldstatuen, die Villen auf ihrem Rücken trugen, hundert Meter hohe Springbrunnen, Licht auch in der tiefsten Nacht. Es gab keine Caserdote, kein Ende der Macht, und die Nigromantenkaiser wussten um das Arsanum und seinen Nutzen wie niemand sonst. Vielleicht mit Ausnahme der Magiermoguln, aber danach musst du Bihrâd fragen. Darüber hat man uns in der Akademie nichts beigebracht.

Es gab in Forezza nichts, was es nicht gab oder hätte geben können, wenn du verstehst, was ich meine.«

»Und dann?«

»Dann kam Corban. Seine Berührung beendete jede Magie, sein Wort gab den Hoffnungslosen Hoffnung, gab den Schwachen Stärke und machte die Entrechteten zu einer Armee. Seiner Armee. Andere wie er folgten ihm, lauschten seinen Reden und predigten von der Einheit und ihrer Güte. Er ging nach Forezza, ein einfacher Mann, den Berichten nach statt in eine Rüstung nur in eine Robe gekleidet. Als die Soldaten der Nigromantenkaiser ihn fingen und öffentlich hinrichteten, wuchs und gedieh seine Saat nur umso besser. Und die Nigromantenkaiser gossen dieses zarte Pflänzchen mit dem Blut ungezählter Menschen.«

Vor Sinaos innerem Auge wuchsen Scheiterhaufen in die Höhe, von denen der Caserdote immer erzählt hatte. Schreiende Menschen verbrannten, Soldaten liefen umher, Blut floss in Strömen.

»Die Gewalt, die sie gesät hatten, traf die Nigromantenkaiser schließlich selbst und wehte sie davon. Ihre Magie wurde unter den neuen Caserdote zu Staub, und ihre Macht war nur auf Vigoris gegründet. Das Imperium fiel, doch nicht das Reich der Einheit trat an seine Stelle, wie Corban es gepredigt hatte, sondern dunkle Jahrhunderte folgten, in denen selbsternannte Könige um die Überreste des einst mächtigen Kaiserreichs stritten wie Hunde um einen Knochen. Die Nationen Corbanes sind stolz auf ihre Geschichte, aber ich sehe nur Krieg und Tod in ihren Gründungsjahren.«

»Und die tragen sie in die Welt«, flüsterte Sinao, die an die baumelnden Gehängten auf Hequia denken musste, an Soldaten mit Gewehren, die über die Inseln herfielen.

»Ja«, stimmte ihr Manoel zu. »Das tun wir.«

Sie wollte ihn noch fragen, was ihn in die Sturmwelt gebracht hatte, aber die Worte lagen zu schwer auf ihrer Zunge, so dass sie schließlich den Versuch aufgab, sie auszusprechen, und stattdessen in einen tiefen Schlaf glitt.

ROXANE

Obwohl sie die hinteren Fenster der Kajüte geöffnet hatte, blieb es stickig. Roxane konnte den Schweiß auf der Haut spüren unter der Uniform, deren Stoff ihr viel zu dick und kratzig schien. Sie fühlte sich elend, dabei hätte eigentlich ihre Kajüte auf ihrem Schiff ein sicherer Ort für sie sein sollen. Doch es war nicht allein der Gedanke an die Zukunft, an die Ankunft in Thaynric und die damit verbundene Demütigung, der sie entgegensah, sondern auch die momentane Situation, die verhinderte, dass sie sich in ihrer Haut wohlfühlte.

Wie um ihre Gedanken zu bestätigen, klopfte es. Noch einmal atmete Roxane tief ein, dann setzte sie sich.

»Bitte kommen Sie herein.«

Einige Augenblicke später öffnete sich die Tür, und Leutnant Cudden nickte ihr zu, bevor er Jaquento hineinwinkte.

»Der Gefangene, Thay«, erklärte der Offizier. Roxane fragte sich, wieso der Leutnant selbst Jaquento eskortiert hatte, nickte jedoch lediglich zur Antwort. Der junge Hiscadi betrat den Raum, wobei er sich kurz bücken musste, um sich den Kopf nicht am Türrahmen zu stoßen. Hinter ihm schloss Cudden die Tür wieder.

Roxane wies auf den Stuhl vor ihrem Schreibtisch: »Bitte, nehmen Sie Platz. Kann ich Ihnen etwas zu trinken anbieten?«

»Wein, wenn es Euch beliebt, Meséra. Wasser hatte ich in letzter Zeit wahrlich genug.«

»Leider habe ich keinen Wein. Lediglich noch Portwein, wenn Ihr damit vorliebnehmen würdet?«

Er antwortete mit einer spöttischen Verneigung. »Gern.«

Sie goss ihm einen großzügigen Schluck ein und reichte ihm das schlichte Glas. Obwohl er von der Gefangenschaft gezeichnet war, nahm er es mit perfekten Manieren entgegen. Auf seinen Wangen wurden die Stoppeln allmählich zum Bart, seine Augen waren eingefallen und von dunklen Ringen umgeben. Seine Haare waren strähnig und nur lose mit einem Band nach hinten gebunden. Dennoch lächelte er, als er das Glas hob.

»Auf die See, Meséra Kapitän.«

Hastig schüttete Roxane sich selbst ein halbes Glas ein und erwiderte den Toast. Der Port war süß, dabei aber doch von kräftigem Geschmack.

»Ich nehme an, dass Sie angemessen behandelt werden? Ich hatte entsprechende Anweisungen gegeben und würde es nicht dulden, falls diese nicht befolgt würden.«

Mit versonnenem Lächeln nahm er noch einen Schluck und blickte dann zur Decke.

»Ihr seid zu großzügig, Meséra. Für Gefangene werden wir sehr gut behandelt«, erklärte Jaquento, dann sah er sie wieder an und rieb sich die Wangen. »Leider gab man mir kein Messer, um diese Stoppeln abzuschaben. Verständlich, in meiner Situation, wenn auch unpraktisch. Ich bin nicht der Mann für einen Bart, wie ich gestehen muss.«

Nein, bist du nicht, dachte Roxane, die unvermittelt daran denken musste, wie ihre Finger über seine Wangen gefahren waren, während um sie herum der Garten des Gouverneurs in abendlicher Pracht erstrahlte. Erzürnt über sich selbst, ballte sie die Rechte zur Faust. Es hätte keinen unwillkommeneren Moment für diese Erinnerung geben können.

»Vielleicht lässt sich das ändern, aber ich kann Ihnen in einem Punkt nicht widersprechen: Sie werden einige Abstriche bezüglich des Komforts machen müssen. Allerdings habe ich Sie rufen lassen, um über eine andere mögliche Erleichterung Ihrer Haft zu sprechen.«

Er lächelte unverbindlich. »In der Tat?«

»Ja, in der Tat. Nun, da wir auf hoher See sind, erscheint es mir nicht länger nötig, Sie und Ihren Kumpan dauerhaft in der Brig zu belassen. Eine Flucht ist unmöglich, und zu zweit stellen Sie für das Schiff und seine Besatzung kaum eine Gefahr dar.«

Er lachte leise, als würde er ihrer Worte spotten. Zunächst wollte Roxane aufbrausen, doch dann sah sie den Schmerz in seinem Blick. Er lachte nicht über sie, sondern über sich. Dennoch blieb das Lächeln wie ein Hohn auf seinen Lippen.

»Wenn Ihr es wünscht, kann ich Euch mein Ehrenwort geben und für Bihrâd bürgen, dessen Wort als Maureske Euch vermutlich wenig bedeutet.«

»Nein«, erwiderte sie kühl. »Nach allem, was geschehen ist, schätze ich sein Wort höher als das Ihre, Jaquento.«

Jetzt verging ihm sein Lächeln. »Ich wollte Euch nicht unterbrechen. Verzeiht, Meséra«, entgegnete er ebenso kalt.

Roxane benötigte einige Sekunden, um ihre Gedanken zu sammeln. *Wie schafft er es, mich einfach so wütend zu machen*? Sie schluckte ihren Zorn hinunter und bemühte sich um einen neutralen Tonfall, als sie fortfuhr: »Ich denke, dass ich Ihnen beiden einige Zeit an Deck erlauben kann. Natürlich unter Bewachung durch die Marinesoldaten und so lange es hell ist. Sie können die Zeit unter sich nach Belieben aufteilen. Ich werde Leutnant Cudden anweisen, sich um die Details zu kümmern, dann können Sie alles Weitere mit ihm besprechen.«

Sie blickte ihn herausfordernd an und wartete auf eine weitere seiner respektlosen Bemerkungen. Stattdessen senkte er das Haupt.

»Vielen Dank, Kapitän. Ich, nein, wir wissen Eure Großzügigkeit zu schätzen.«

Sie sah diese Dankbarkeit wirklich in seinen Augen, aber da war noch mehr, was sie nicht einschätzen konnte. Sein Blick fuhr ihr durch den ganzen Leib, und sie konnte kaum noch einen klaren Gedanken fassen. Bevor sie sich sammeln konnte, klopfte es erneut an der Tür. Unwillig rief sie: »Ja?«

Die Tür wurde aufgerissen, dann trat Tola Levman ruhig herein. Noch vor wenigen Wochen wäre sie nervös und aufgeregt gewesen, doch jetzt salutierte sie scheinbar gelassen, auch wenn Roxane die verräterischen roten Flecken auf ihren Wangen sah.

»Segel gesichtet, Thay, Steuerbord voraus. Der Ausguck meldet einen Dreimaster, aber ich konnte es bislang nicht bestätigen.«

»Steuerbord? Wir haben den Vorteil des Windes, nicht wahr?«, fragte Roxane, obwohl sie die Antwort natürlich bereits kannte.

»Ja, Thay.«

Es kostete Roxane nicht viel Zeit, um eine Entscheidung zu treffen: »Lassen Sie Kurs auf das Schiff setzen, Leutnant. Wir werden uns das genauer ansehen. Und lassen Sie die Bramsegel und Oberbramsegel setzen. Ich komme an Deck.«

»Bramsegel und Oberbramsegel setzen lassen, Kurs auf das Schiff setzen lassen. Aye, aye, Thay!«

Sofort verließ Tola die Kajüte, und schon bald ertönten die Befehle, die weitergegeben wurden, auf dem ganzen Schiff, und das Singen der Pfeifen erklang. Während Füße über die Planken donnerten, erhob sich Roxane.

»Wollen Sie mich an Deck begleiten? Wir können die erleichterten Bedingungen Ihrer Haft sofort beginnen lassen, wenn Sie das wünschen.«

»Was ist mit Bihrâd?«

»Er wird seinen Teil des Freigangs erhalten. Ich stehe zu meinem Wort.«

Er nickte. Roxane deutete zur Tür, während sie ihren alten Zweispitz in die Hand nahm. In der Eile und Konfusion auf Lessan hatte sie sich keinen würdigen Ersatz anfertigen lassen können, aber für diese eine Fahrt wäre ein Dreispitz wohl auch nicht passend gewesen, obwohl sie sicher war, dass sie schon bald jedes noch so kleine Zeichen von Status und Vermögen brauchen würde, das sie auftreiben konnte. *Vielleicht kann ich mir in der Heimat noch eine Uniform schneidern lassen, bevor man mich vor das Kriegsgericht stellt*. Der Gedanke ließ sie bitter grinsen. *Es kann doch nicht angehen, dass sie mich in diesem alten Frack hier hängen*!

Mit Jaquento an ihrer Seite betrat sie das Hauptdeck und erklomm die Stufen zum Poopdeck. Alle Anwesenden salutierten, und Tola erstattete als Diensthabende noch einmal detailliert Bericht. Roxane erwiderte den Gruß, verschränkte dann die Arme auf dem Rücken und nahm mit einem Nicken das Kommando über das Schiff an sich.

In den Rahen arbeiteten die Toppsgasten daran, die Segel zu setzen, während die *Mantikor* den Kurs leicht geändert hatte. Noch steuerten sie das unbekannte Schiff nicht direkt an, sondern blieben auf dessen Luvseite, wodurch sie im Falle eines Konfliktes die Wahl hatten, ob sie angreifen oder sich zurückziehen wollten. Roxane beobachtete die Vorgänge an Bord genau, und zu ihrer Zufriedenheit lief alles exakt nach Vorschrift ab; Tola hatte die Befehle akkurat umgesetzt und zeigte wieder einmal das Potenzial, das Roxane von Anfang an in ihr gesehen und zu schätzen gelernt hatte. Sie war sicher, dass dem Mädchen eine großartige Karriere in der Königlichen Marine von Thaynric bevorstand, und der Gedanke erfüllte sie mit einem seltsamen Stolz.

Schon bald waren die Segel gesetzt. Noch immer zeigte sich, wie gut eingespielt und erfahren die Mannschaft der Fregatte war, denn es bedurfte keiner Korrekturen oder Nachbesserungen. Die Segel saßen stramm, und die *Mantikor* machte gute Fahrt.

»Würden Sie mir bitte Ihr Fernrohr leihen, Leutnant«, sagte Roxane und nahm das Instrument von Tola entgegen. Durch das Fernrohr konnte Roxane in der Tat drei Masten erkennen, es handelte sich also um ein Vollschiff. Doch noch war nicht auszumachen, ob es ein Kriegsschiff oder ein Handelsschiff war. So weit auf dem Ozean war eine Patrouille unwahrscheinlich, und Roxane war kein thaynrisches Kriegsschiff bekannt, das derzeit von der Sturmwelt gen Corbane fuhr. Natürlich mochte es eine Fahrt geben, von der man ihr nichts mitgeteilt hatte, aber sehr wahrscheinlich erschien ihr diese Option nicht.

Blieb entweder ein Kriegsschiff einer anderen Nation, und damit fast sicher ein Feind, oder ein Handelsschiff. War es ein géronaischer oder hiscadischer Händler, so war ihnen ein gutes Prisengeld sicher. Die unspektakulärste, aber dennoch wahrscheinlichste Begegnung wäre ein thaynrisches Handelsschiff. Aber noch immer konnte Roxane keine Einzelheiten ausmachen, bis sie das Fernrohr schließlich an Tola zurückgab.

In diesem Augenblick betrat Leutnant Cudden das Deck, der sich hastig den roten Uniformrock zuknöpfte.

»Und?«

»Was kann ich für Sie tun, Thay?«, fragte die junge Kapitänin eisig ob seiner Unhöflichkeit.

»Ich bitte um Verzeihung, Thay. Man hat mich geweckt, was selbstverständlich keine Entschuldigung für Disziplinlosigkeit ist. Man sagte mir, dass wir Gesellschaft haben«, erklärte der Leutnant und warf dabei einen Seitenblick auf Jaquento, der sich bislang abseits gehalten hatte. Der junge Hiscadi schien von der Aufregung, die viele an Bord ergriffen hatte, gänzlich unbeeindruckt zu bleiben. Er blickte einfach nur stur voraus, als könne er bereits die raue Küstenlinie Reidrens sehen.

»Ein Segel am Horizont. Aller Wahrscheinlichkeit nach ein thaynrischer Händler. Aber seien Sie darauf gefasst, Ihre Leute bereit zu machen. Es könnte auch eine Prise sein, nicht wahr?«

»Aye, aye, Thay.«

Nach diesem kleinen Wortwechsel schwiegen die Offiziere. Die *Mantikor* lag fabelhaft vor dem Wind, und sie kamen ihrer potenziellen Beute immer näher. Wie jedes Mal bewirkte die Aussicht auf Prisengeld wahre Wunder bei der Mannschaft. Oder vielleicht war es auch die Ahnung eines kommenden Gefechtes, die sie zu Höchstform auflaufen ließ. Der Bug der Fregatte teilte die Wellen, und der Wind drückte die Masten an Steuerbord herab, dass es Roxane eine wahre Freude war. Über all den Fährnissen der letzten Tage und Wochen hatte sie fast vergessen, welch ein Gefühl es war, wahrhaftig zu segeln. Sie musste sich ermahnen, nicht zu lächeln oder gar dümmlich zu grinsen. Links von ihr stand Jaquento, und der Hiscadi legte sich offensichtlich nicht dieselbe Zurückhaltung auf, sondern genoss die schnelle Fahrt. Mit einem raschen Lächeln nickte er ihr zu, als wolle er ihre Gedanken bestätigen.

Endlich rief Tola, deren Stimme nun doch vor Aufregung brüchig wurde: »Ein Sturmweltfahrer, Thay!«

Wortlos hielt Roxane ihre Hand auf und ließ sich das Fernrohr reichen. Ihr Blick fuhr über die Segel, über die Takelage und über den Rumpf. Es bestand kein Zweifel, dass Tola recht hatte.

»Vielleicht einer der unsrigen, der sich das Geleitgeld sparen wollte. Oder sie haben den Konvoi verpasst«, murmelte Roxane so leise, dass ihre Worte vom Wind verschluckt wurden. Noch hoffte sie auf eine Prise. Es würde ihr im Prozess sicherlich helfen, wenn sie nicht mit leeren Händen in den Hafen einlief. Ihr Blick fiel auf Jaquento. *Mit ganz leeren Händen komme ich ja auch nicht. Aber seine Chancen stehen ohnehin schlecht; ich kann ihm nicht auch noch in den Rücken fallen. Andererseits wird man ihn wohl so oder so hängen.* Der Gedanke war unangenehm, und sie fühlte sich durch ihn beschmutzt. *Nein! Ich stehe für meine eigenen Verfehlungen gerade! Ich trage die Konsequenzen meines Handelns, wie es eine Offizierin der Marine tun sollte.*

»Sie fährt unter thaynrischer Flagge«, stellte Cudden unvermittelt fest und senkte das Fernrohr. Trocken fügte er hinzu: »Kein Prisengeld für die Besatzung der *Mantikor*.«

»Wir halten dennoch Kurs und sehen uns das genauer an«, befahl Roxane. »Lassen Sie Ihre Soldaten antreten, Leutnant, wir werden den Händler beidrehen lassen, und Sie werden übersetzen.«

»Aye, aye, Thay!«

Als Roxane das Schiff durch das Fernrohr betrachtete, konnte sie sich von Cuddens Worten überzeugen. Auch wenn die Flagge am Heck durch den Wind schwer zu sehen war, gab es keinen Zweifel, dass die Farben thaynrisch waren.

Inzwischen musste der Sturmweltfahrer auch bemerkt haben, dass seine Verfolgerin eine Fregatte unter vollen Segeln war, denn er nahm Segel von den Masten und verlangsamte seine Fahrt, so dass die *Mantikor* schnell aufholte. Wenn es eine List war, dann besaß der Kapitän Nerven aus Eisen oder Eiswasser statt Blut. Aber Roxane war nicht gewillt, sich beeindrucken zu lassen. Sie würden dem Standardprozedere folgen und Cudden samt seiner Marinesoldaten schicken, um die Identität des Sturmweltfahrers zu überprüfen.

Rasch näherten sie sich dem langsameren Schiff auf dreißig Faden, und Roxane ließ Segelfläche reduzieren. Sie unterschätzte das Bewegungsmoment der Fregatte leicht, wodurch sie etwas an ihrem Ziel vorbeischossen, aber schon bald lagen die beiden Schiffe nur wenige Faden voneinander entfernt in den Wind gedreht.

»Überbringen Sie dem Kapitän meine Grüße, Leutnant«, befahl Roxane. »Und sehen Sie sich bitte die Frachtpapiere genau an. Wenn Ihnen etwas seltsam erscheint, haben Sie Erlaubnis, den Frachtraum nach Konterbande zu durchsuchen.«

»Aye, aye, Thay.«

»Und lassen Sie die Mannschaft zählen. Ein solches Schiff braucht nicht mehr als hundert, hundertzwanzig Seeleute Besatzung. Wenn genug da sind, suchen Sie eine Handvoll aus, die mit Ihnen kommen.«

»Ich soll sie pressen, Thay?«

»Korrekt, Leutnant. Die *Mantikor* ist derzeit unterbemannt, und wir können jedes fähige Paar Hände gebrauchen. Also, bringen Sie uns, wenn möglich, etwas Ersatz mit.«

Der Leutnant kratzte sich an der Stirn. »Das wird den Händlern kaum gefallen.«

»Sagen Sie ihnen, dass sie in Thaynric offiziell Beschwerde gegen mein Vorgehen einlegen können.«

Cudden salutierte: »Aye, aye, Thay. Wie Sie befehlen.«

Umgehend machte er sich mit seiner Abteilung Seesoldaten auf in das bereits zu Wasser gelassene Boot. Dann pullten die Seeleute in einem gleichmäßigen Takt, und das Boot glitt zum Händler hinüber.

Während der letzten hektischen Momente war Jaquento ganz aus Roxanes Gedanken verschwunden. Doch jetzt sah sie sich um, für einen Moment besorgt. Aber er stand nur an der Reling und betrachtete den Sturmweltfahrer. Sie erkannte die Sehnsucht in seinem Blick. Die Entfernung zwischen ihnen und dem Schiff betrug nur etwas mehr als zwanzig Faden, keine wirkliche Distanz für einen geübten Schwimmer. Die Freiheit lag so nah für den jungen Hiscadi und war doch unerreichbar. Es versetzte Roxane einen Stich ins Herz, daran zu denken, was mit ihm geschehen würde – und welchen Anteil sie daran gehabt hatte und haben würde. Trotz seiner Lügen hatte er ins Gefecht eingegriffen und es zu ihren Gunsten entschieden. Und nun würde man ihn genau dafür erhängen.

TAREISA

Es war nur ein schmaler Silberstreif am Horizont, eher eine Ahnung des anbrechenden Tages als wirklich sichtbares Licht. Noch beherrschten die Sterne den dunklen Himmel. Ihr fernes, kühles Glänzen mochte kein Vergleich zum machtvollen Strahlen der Sonne sein, aber dennoch war die Nacht ihre Zeit. *Macht allein nutzt nichts,* dachte Tareisa bei sich. *Man muss sie auch nutzen können.* Auf dem Festland mochte Sugérand XV. über schier grenzenlose Macht verfügen, aber sie endete an der Küste seines Hoheitsgebietes. Auf der *Todsünde* verfügte Deguay über mehr Macht als der König. Und die See gehörte den Thayns; solange sie die Häfen blockierten und die Seewege kontrollierten, war der Capitane mehr Herr über das Meer, als es die gesamte militärische Macht der Géronaee sein konnte.

Die Maestra lächelte über diese feine Ironie des Schicksals. Der mächtigste Mann Corbanes war durch die See gefangen, und die Thayns fürchteten sie, obwohl sie ihr die Herrschaft ihrer eichenen Schiffe aufgezwungen hatten, denn sie wussten, dass ein Augenblick genügte, eine Nachlässigkeit, und Sugérand würde mit seiner gewaltigen Armee den schmalen Kanal überqueren und auch die thaynrischen Inseln unter seine Herrschaft zwingen.

Während die Sonne ihren langsamen Aufstieg fortsetzte,

und die Sterne allmählich verblassten, erinnerte sich Tareisa an dieses Bild. Es war nicht das erste Mal, dass sie in dieser frühesten aller Morgenstunden zum Himmel sah. Der alte Mann hatte sie früher oft mitgenommen, in den verwilderten Garten, der einst ein Friedhof gewesen war.

»Die Sonne mag stärker erscheinen«, hatte er erklärt. »Aber nicht, solange es Nacht ist. Fände man nun einen Weg, der Sonne die Rückkehr an den Himmel zu verweigern, würden wir die Sterne höher achten. Und fänden wir einen Weg, der Sonne auch die Nacht zu überlassen, so würde die Menschheit niemals mehr in Dunkelheit leben müssen.«

Damals hatten die Worte Tareisa beeindruckt. Sie hatte sich gefragt, ob er tatsächlich die Möglichkeit hatte, den Lauf der Gestirne zu beeinflussen. Zu jener Zeit war ihr seine Beherrschung der Vigoris grenzenlos erschienen. Vielleicht war es aber auch nur sein Anblick außerhalb seines Sanktums gewesen, der ihr diese Szene immer noch in aller Deutlichkeit vor Augen stehen ließ. So selten hatte er seine Hallen verlassen, dass jeder Moment davon wie ein Affront gegen die Wirklichkeit gewirkt hatte.

Wir sind die Sonne, erinnerte sich Tareisa an seine Worte, die sie gierig aufgenommen hatte. Sie hatte dieses Bild genossen. Licht, Macht, Wissen, alles konzentriert in ihnen, den letzten Bastionen gegen die Dunkelheit der neuen Welt, gegen die Finsternis von Krieg, Gewalt und Unglauben.

Jetzt sah sie der Sonne zu, die über die Nacht triumphierte, doch sie fühlte sich nicht mehr erhaben und nicht mehr herausgehoben aus den Massen der Ahnungslosen. Im Licht des beginnenden Tages erschien die Küstenlinie Hiscadis als dünner Streifen, dunkel vor der Helligkeit des Morgens. Und noch vor der Küste erspähten ihre scharfen Augen die Kräfte des Krieges: Masten erhoben sich in den Himmel, schwarze Striche, die wie von einer Aura umhüllt wirkten – die Königliche Marine der Thayns, erste und einzige Verteidigungslinie einer stolzen Nation, gefangen im ewigen Kampf mit ihren Feinden.

»Ich halte das immer noch für eine ungeschickte Vorgehensweise«, befand Deguay, der bislang dankenswerterweise geschwiegen hatte. »Wir sollten umkehren, solange wir noch können. Außerhalb ihrer Reichweite nach Norden segeln, den Patrouillen ausweichen und direkt Maillot anlaufen.«

»Eure Bedenken wurden bereits zur Kenntnis genommen«, erinnerte ihn Tareisa trocken. »Und verworfen.«

»Touché.«

Sie verzog das Gesicht und erklärte noch einmal: »Die Überfahrt hat dank der beschädigten *Totwey* viel zu lange gedauert, Capitane. Es ist denkbar, wenn auch nicht sehr wahrscheinlich, dass Nachricht von unserer bevorstehenden Ankunft bereits bei unseren Feinden angelangt ist. Wir bemühen uns nur um die Sicherheit der Fracht.«

Sie schwiegen, während sich die *Totwey* langsam aus den letzten Fetzen der Dunkelheit löste. Es war Tareisa, als klebten die Schatten länger an der Flanke des Schiffes, als sie sollten, als hinge zwischen den Segeln eine Dunkelheit, die mehr als nur Überrest der Nacht war; doch vermutlich war es nur ihr angestrengter Geist, der ihr Streiche spielte. Der Sog der Ladung zerrte an ihren Nerven, er raubte ihr den Schlaf und schlich sich in die wenigen verbliebenen Träume. Zu sagen, dass sich die Maestra nicht auf der Höhe ihrer Macht und Gesundheit fühlte, wäre eine schamlose Untertreibung gewesen.

»Wir müssen näher heran«, befand sie schließlich.

»Man wird uns bald entdecken.« Deguay kniff die Augen zusammen. »Wenn sie es nicht schon getan haben.«

Dennoch gab er Befehle, die Bewegung in die träge Mannschaft brachten. Männer und Frauen stiegen in die Wanten, Segel wurden gesetzt, und der frische Morgenwind fuhr in die

Leinwand hinein. Das Spiel zwischen Mensch, Meer und Wind war auf eine ursprüngliche Art schön, doch Tareisa hatte kein Auge dafür. Zur ihrer Linken machte die *Totwey* sich ebenfalls bereit, schwerfälliger als die schlanke *Todsünde*, doch nicht weniger effizient.

»Ich brauche Abstand«, erklärte Tareisa. »Sie sollen uns einen Vorsprung lassen.«

»Werte Dame, selbst wenn der Plan gelingt, wird es ein verfluchtes Spiel werden. Wenn wir uns trennen, ist das sehr gefährlich. Wer weiß, ob wir uns wiederfinden?«

»Ich«, entgegnete Tareisa kurz angebunden. Es gab keinen Zweifel daran, dass sie im Stande sein würde, die *Totwey* dank ihrer Ladung zu finden. Doch sie konnte dem Capitane keine überzeugende Erklärung anbieten, auch wenn sein Stirnrunzeln eine verlangte.

Quälend langsam setzte die *Todsünde* sich vor den Frachter, der nach einem kurzen Signal wieder Segel gestrichen hatte. Das Segelzeug war fest gespannt, und der Bug des Piratenschiffs schnitt elegant durch die Wellen. Salziges Wasser benetzte Tareisas Haut, doch ihre Sinne waren nicht mehr gänzlich in dieser Welt, und sie spürte die Tropfen kaum, die an ihrem Arm herabliefen. Je weiter sie sich von der *Totwey* entfernten, desto schwächer wurde die bedrohliche Kraft, die von deren Fracht ausging, und schließlich wagte die Maestra es, sich der Vigoris zu öffnen.

»Da! Sie setzen Segel«, rief eine Matrosin vom Hauptmast herab. Die Thayns mussten sie bemerkt haben, und nun würden einige der kleineren Schiffe Kurs auf sie nehmen, um die Neuankömmlinge zu begutachten. Noch würde es keine Aufregung geben; zwei Segel am Horizont stellten keine Gefahr für das Blockadegeschwader dar.

Die Vigoris strömte durch Tareisas Leib, wie immer zugleich erhebend und beängstigend in ihrer Macht. Zunächst regte sich nichts, doch dann stieg Nebel auf. Erst nur um die *Todsünde* herum, keine zehn Meter um das Schiff, dann immer weiter und weiter, je mehr sich die Maestra öffnete und die Macht durch ihren Geist fließen ließ, fünf mal zwanzig Meter, dann fünf mal hundert und immer weiter. Die dünnen Fäden des grauen Gespinstes stiegen aus der See auf, trotzten den Strahlen der Morgensonne, woben sich ineinander, kräuselten sich unter dem Wind und wuchsen weiter, bis aus ihnen eine undurchdringliche Wand geworden war.

Undurchdringlich für die Augen, aber Tareisa spürte sie ganz genau, wusste, wie hoch der Nebel stieg, wie weit entfernt, wie dicht und stark er war. Sie spürte ihn, denn in ihm lag Vigoris, von ihr geformt und beherrscht.

Die Stimmen der Besatzung wurden erst gedämpft, dann erstarben sie nach und nach, als Furcht die Männer und Frauen ergriff. Die Macht der Maestre rief immer Angst und Aberglauben hervor. Manchmal konnte dies störend sein, doch jetzt kam es ihrem Vorhaben sehr entgegen.

»Noch machen wir gute Fahrt«, erklärte Deguay mit leiser Stimme.

Der Drang zu flüstern, wenn man vom Nichts umgeben war, erfasste auch die Maestra, doch sie widerstand ihm. »Die Thayns werden uns suchen. Ihre Maestre und Caserdote sind bereits aufmerksam.«

»Das ist Eure Aufgabe, werte Dame. Ich kümmere mich darum, den weltlicheren Augen und Ohren zu entgehen.« Tareisa lächelte, als sich Deguay vor ihr verneigte und seinen Hut zog. »Eure Kunst ist jedoch ganz unabhängig vom Ausgang dieser Sache außerordentlich beeindruckend.«

Dann wandte Deguay sich ab. Nun war seine Stimme lauter, und sie durchdrang den Schleier des Nebels: »Wir sind ein Schatten, der durch ihre Reihen gleiten wird, ungesehen und ungehört. Dennoch machen wir das Schiff klar zum Gefecht, meine Tapferen!«

Nackte Füße liefen über Planken, Schemen bewegten sich im Nebel, aber Tareisa beachtete die leise Geschäftigkeit kaum. Das Schiff war die Sache des Capitane. Und die Vigoris die ihre, wie er so treffend bemerkt hatte.

So stand sie an der Reling und ließ ihren Geist vorsichtig in die Wand aus Vigoris fließen, die sie gewoben hatte. Was den Nebel aus dem Wasser hob, gab ihr nun neue Sinne, deren Reichweite sich bis zur Küste erstreckte. Die Eindrücke drängten auf sie ein, drohten ihren Geist zu überwältigen, doch sie stemmte sich dagegen, konzentrierte sich auf einzelne Aspekte. Sie spürte die kühle See, die Brise, die an ihrem Nebel zerrte. Fische, die unter der Oberfläche schwammen, im Dunkel des Meeres. Und Schiffe, deren hölzerne Rümpfe wie Eindringlinge wirkten. Diese Kolosse aus Holz zogen Tareisas Aufmerksamkeit an. Sie bewegten sich scheinbar langsam, doch zielsicher.

Wie die Perlen einer Kette lagen sie vor der *Todsünde* und der Küste. Sie folgten den Anweisungen ihrer Befehlshaber, die ihr Wissen aus der Erfahrung sogen, und segelten in Richtung Land, zogen das Netz so enger, um jedes Durchdringen ihrer Kette zu verhindern. Vielleicht sorgten sie sich um die Segel am Horizont, doch ihre Wachsamkeit würde vor allem dem Hafen gelten. Dort lag ein Dutzend Linienschiffe der Hiscadi vor Anker, gefangen im Schutz der eigenen Befestigungsanlagen. Voll bemannt und unter Segeln, stellten diese Schiffe eine Gefahr für die Thayns dar. Nichts fürchteten diese mehr als den Ausbruch einer Flotte: Die hiscadischen Schiffe wären stark genug, um die Blockadegeschwader vor anderen Häfen anzugreifen und zu vertreiben, und so könnte ein einzelner Ausbruch mehr und mehr nach sich ziehen, bis sich die géronaisch-hiscadische Flotte schließlich wieder vereint hätte. Und während die Thayns ihre Kolonien überall auf der Welt schützen mussten, ihre Seewege und Handelsschiffe, die Lebensadern ihres gewaltigen Reiches, konnte eine solche Flotte dort zuschlagen, wo die Verteidigung schwach war – oder den Landungsbooten der géronaischen Regimenter eine Passage über den Kanal erkämpfen. Einen Durchbruch zu verhindern war das oberste Ziel der Blockade, genau wie Deguay es vorhergesagt hatte.

Aber noch waren die Sinne einiger Maestre und Caserdote auf den Schiffen der Thayns auf die offene See gerichtet. Sie mussten wissen, dass die Magie von dort gewirkt wurde. Sie würden aufmerksam in den Nebel starren, doch es waren nicht ihre Augen, die sie angestrengt benutzten.

Mit einem Schrei löste Tareisa einen Strahl von Vigoris aus, der in die graue Wand fuhr, unsichtbar für gewöhnliche Augen. Die Vigoris war roh und ungeformt, mehr animalisch freigesetzt, als vom Intellekt gesteuert, doch die Maestra wusste, welche Gewalt sie entfesselt hatte. Ihre Sinne kehrten zu ihr zurück, als die Entladung entlang des Gewebes durch den Nebel schlug. Tareisa schloss sich für alle Empfindungen und für die Vigoris. Doch jene, die auf anderen Schiffen nach ihnen suchten, ahnten noch nichts. Sie würden keine Warnung erhalten, bevor dieser gewaltige Schwall von Vigoris über sie hereinbrach.

THYRANE

Im Laufe der Überfahrt hatten sich die Offiziere anscheinend an ihren außergewöhnlichen Gast gewöhnt. Thyranes Angewohnheit, sie häufig zum Essen in seine Kajüte einzuladen, hatte daran sicher einen großen Anteil gehabt. Da er selbst allein reiste, bot der Tisch mehr als genug Platz für alle, die in ihren Freiwachen an den Gelagen teilhaben konnten, und noch hatten sie es trotz aller Bemühungen nicht geschafft, die Vorräte des Admirals aufzubrauchen. Vor allem die exzellenten Spirituosen, die Thyrane mit an Bord gebracht hatte, verfehlten ihre Wirkung nicht. *So bin ich weniger eine Belastung, als vielmehr eine gern gesehene Person,* dachte Thyrane insgeheim, wenn er die gelöste Stimmung in seinem oft bis zum Bersten gefüllten Quartier betrachtete. Die Mannschaft mit Rum, Branntwein, Bier und Wein bei Laune zu halten war einer der ältesten Tricks der Seefahrt; Gleiches bei den Offizieren zu erreichen, erforderte ein wenig mehr Fingerspitzengefühl.

»Auf die Königin«, prostete in diesem Augenblick Leutnant Fallton, dessen Wangen bereits gerötet und dadurch fast von der gleichen Farbe wie sein widerspenstiges, lockiges Haar waren, den anderen zu. Heute fiel die Ehre ihm zu, und alle hoben ihre Gläser und erwiderten den Toast.

»Auf uns selbst«, hub Thyrane an. »Da wohl wenig wahrscheinlich ist, dass jemand sonst sich um unser Wohlergehen schert!«

Das Gelächter der anderen wurde von gemurmelten Erwiderungen unterbrochen. Belustigt sah der Admiral in die Runde. Die Stimmung an Bord war gut, die Offiziere mochten und vertrauten einander. Die Wahl der *Imperial* war offensichtlich richtig gewesen.

Der Junge, der ihnen gemeinsam mit dem Steward des Kapitäns aufwartete, musste grinsen, obwohl er sichtlich bemüht war, seine Züge regungslos zu halten. Thyrane zwinkerte ihm zu. Der Dienst an seinem Tisch bedeutete weniger freie Zeit für die jüngsten Mitglieder der Bordgesellschaft. Und Freizeit war bei diesen ohnehin spärlich gesät. Der einzige Grund, warum der Posten des Stewards dennoch halbwegs begehrt war, lag darin, dass er nicht nur mit Prestige verbunden war, sondern gleichzeitig für die Fähnriche mancher Essensrest abfiel, der die gewöhnliche Verpflegung an Bord bei Weitem übertraf.

»Thay, haben Sie wirklich einmal einen Offiziellen als Geisel genommen?«, fragte Leutnant Tarren eben, die dritte Offizierin der Fregatte. Die Frau war bereits älter, als auf diesem Posten zu erwarten, sicherlich Ende dreißig, und die Tatsache, dass sie im Dienstalter hinter den anderen beiden Leutnants stand, warf ein düsteres Licht auf ihre Karriere. Ihr Gesicht war von Linien durchzogen, die vom rauen Leben an Bord von Kriegsschiffen noch markanter geschliffen worden waren.

»Nun, so ganz stimmt das nicht«, entgegnete Thyrane jovial. »Eigentlich wurde ich verhaftet und musste aus dem Gefängnis fliehen.«

Gejohle beantwortete seine Erklärung, und einige Offiziere ließen sich schon mehr Portwein nachschenken, in Erwartung einer Geschichte. Selbstverständlich enttäuschte der Admiral sie nicht: »Die Sache ist eigentlich kaum der Erwähnung wert. Das muss jetzt bald zwanzig Jahre her sein. Wir hatten im Kanal einen fetten Fisch geangelt, einen Händler voll mit Stoffen und Gewürzen aus dem Osten. Ein schmuckes Schiff noch dazu, Vollschiff, gerade frisch kalfatert und noch kein Jahr alt. Die Hübsche fuhr unter falscher Flagge, aber wir haben den Braten gerochen und sie aufgebracht. Leider waren auch noch andere aufgebracht, namentlich ein kleines Geschwader géronaischer Fregatten, die uns auf die offene See jagten. Wir spielten zwei Tage lang mit ihnen Katz und Maus, bis wir sie in der Nacht abhängten. Der nächste Hafen zu diesem Zeitpunkt war Marcuda.« Hier machte der Admiral eine dramatische Pause, die sich bei früheren Erzählungen der Geschichte als höchst wirkungsvoll erwiesen hatte.

»Meine Damen und Herren, Sie machen sich keine Vorstellung davon, wie es damals dort aussah. Kein schmucker, ausgebauter Hafen, sondern ein sandiges Rattenloch, das so oft in andere Hände gewechselt hatte, dass vom Fort kaum mehr als Ruinen übrig waren.

Wie dem auch sei, wir gingen also vor Anker, ich setzte über an Land und meldete dem Prisenmeister unseren Fang. Und der Kerl besaß doch glatt die Frechheit, uns das Prisengeld streitig zu machen. Angeblich weil der Händler kein Géronay gewesen sei, sondern neutral.«

Der Admiral sah in die Runde. Die Blicke der Offiziere hingen an seinen Lippen. Er sah Abscheu in ihren Augen: Ehrlichen Seeleuten ihre hart erkämpfte Beute vorzuenthalten war für sie ein Kapitalverbrechen. Und natürlich schimpften sie über die Landbewohner, die Dockarbeiter, die Offiziellen, die Magistraten und Gouverneure, die ein Linienschiff nicht von einem Ruderboot unterscheiden konnten und den Besatzungen der Marine mit ihrer Borniertheit nur das Leben schwer machten. Bei diesem Publikum konnte er ungeteilte Sympathie erwarten.

»Es gab einen Streit, laute Worte wurden geäußert. Aber er wich nicht von seinem Kurs ab. Kein Wunder, denn so hätte er das ganze Geld für sich einstreichen können.

Ich zog unverrichteter Dinge ab, aber mein Kopf rauchte. Abends ging ich mit den vertrauenswürdigsten meiner Jungs und Mädels an Land, und wir traten die Tür des Prisenbüros ein, brachen den Geldschrank auf und nahmen uns, was uns zustand.«

Einige der Zuhörer lachten auf, andere rissen erstaunt die Augen auf. In seiner Erzählung klang die Angelegenheit weitaus überlegter, als sie eigentlich gewesen war. Thyrane erschauderte insgeheim, als er sich wieder daran erinnerte, wie sein Dickkopf, angefeuert vom Alkohohl, Überhand gewonnen hatte, jegliche Vernunft ihn verlassen und er im Zorn mit gezogener Waffe ein thaynrisches Prisenbüro geplündert hatte.

»Leider zog der Lärm einige Seesoldaten an. Die meisten von uns konnten entkommen, doch mich haben sie erwischt und ins Gefängnis geworfen, wobei selbiges ein lausiges Loch in einer heruntergekommenen Baracke war.

Aber noch war nicht aller Tage Abend; im Hafen lag mein Schiff mit zweihundertfünfzig treuen Seelen darauf, und sie sind noch in der gleichen Nacht an Land gekommen und haben mich herausgehauen.«

»Und das Prisengeld?«

»Habe ich behalten und verteilt, so wie es Brauch ist.«

Kapitän Bercons strich sich mit der Hand über die Stirn. »Was für eine Geschichte! Sie haben tatsächlich das Prisenbüro ausgeraubt?«

»Mit Verlaub, Thay, damals sah ich es nicht als Raub, sondern als die notwendige Überführung des uns zustehenden Geldes. Leider wurde meine Meinung nur von wenigen geteilt, und als ich nach Thaynric zurückkehrte, stellte man mich vor ein Kriegsgericht, nahm mir mein Kapitänspatent und entließ mich unehrenhaft aus der Marine.«

Dieser Teil der Geschichte war weniger angenehm und eignete sich kaum für eine Heldenerzählung. Aber noch schienen die Offiziere zu sehr von der vorher gezeigten Courage des Admirals beeindruckt zu sein, um dies zu verstehen.

Bevor sie die Wendung allerdings kommentieren konnten, ertönte vom Deck der lang ersehnte Ruf: »Land in Sicht!«

Es war nicht seine erste Ankunft in der Sturmwelt, aber die letzte lag bereits ein gutes Dutzend Jahre zurück. Noch immer war die drückende Schwüle in den Gassen der vorherrschende Eindruck, selbst jetzt, da es zügig auf Mitternacht zuging und die Sonne schon lange untergegangen war.

Trotz des Fahrtwindes der Kutsche stand Thyrane schon bald der Schweiß auf der Stirn, die er immer wieder mit einem Taschentuch abtupfte. Obwohl die Stunde spät war, waren die Straßen noch gut gefüllt; zum einen lockte die Ankunft eines großen Schiffes wie der *Imperial* immer Händler und Huren aus ihren Schlupflöchern, zum anderen schien es den Menschen der Sturmwelt einfach nicht gegeben zu sein, lange in ihren Häusern und Hütten zu verweilen. Selbst Corbaner übernahmen bald nach ihrer Ankunft diese Gewohnheit, und so fand das Leben hauptsächlich draußen statt. Ausgenommen das der besseren Gesellschaft Thaynrics natürlich, die sich oben an den Hügeln eine kleine Enklave errichtet hatte, in der die Uhren genauso wie im Heimatland tickten. *Vielleicht sogar noch penibler*, dachte der Admiral bei sich. *Immerhin muss man gerade in der Fremde zeigen, welche hohen Standards man setzt*. Ihn selbst plagten solcherlei Anflüge nicht; dreißig Jahre auf See unter dem rauen Volk der Marine und fast zehn Jahre im Parlament, dessen Mitglieder Thyrane insgeheim für nicht weniger rau hielt, hatten ihn von jedem

Wunsch nach gesellschaftlicher Achtung befreit. Er zog es vor, sein Leben und seine Taten – statt der Etikette – für sich sprechen zu lassen.

Die Kutsche klapperte über die unebene Straße. Einige der wichtigeren Wege waren inzwischen gepflastert, aber selbst hier sorgte der häufige, wolkenbruchartige Regen für Löcher und Lücken. Das Wetter, das der Sturmwelt einerseits eine einzigartige Vegetation schenkte – deren Duft dem Admiral bereits in die Nase gestiegen war, sobald er einen Fuß an Land gesetzt hatte –, war andererseits eine ständige Prüfung für alles von Menschenhand Geschaffene. Schiffe faulten schnell und wurden von Bohrwürmern durchlöchert, Hurrikane fegten über die Inseln und bedrohten Menschen und Häuser, Wind und Regen nagten zielstrebig an allem, was hier künstlich errichtet worden war.

Der Admiral spürte, wie ihn das Klima der Sturmwelt ärgerlich machte. Obwohl er einen guten Teil seines Lebens in warmen Breitengraden verbracht hatte, war ihm dies oft nicht leicht gefallen. Und gewöhnt hatte er sich daran nie. Während im südlichen Corbane meist eher eine trockene Hitze herrschte, ging sie in der Sturmwelt stets mit viel Feuchtigkeit einher; eine Kombination, die ihm ganz und gar nicht zusagte.

So war seine Laune bereits auf einem Tiefpunkt angelangt, noch bevor er den Sitz des Admirals der Sturmweltflotte betrat. Dennoch nickte er dem Adjutanten höflich zu, der ihn an der Tür empfing und durch spärlich beleuchtete Gänge führte. Es war offensichtlich, dass niemand mit Besuch zu so später Stunde gerechnet hatte, und es waren nur wenige Lampen entzündet worden. Auch wenn er selten seinem Stand gemäß handelte, spürte Thyrane dennoch, wie seine Verärgerung zunahm. In diesen Momenten war er nicht allein er selbst, sondern der Repräsentant der Krone und des Parlamentes von Thaynric, und die Boten, die er vorausgesandt hatte, waren ausführlich instruiert worden, diesen Umstand genau so zu übermitteln.

Endlich wurde er in das Büro Admiral Holts geführt, der ihn freundlich begrüßte. Ihre Wege hatten sich bislang nur auf sozialen Veranstaltungen gekreuzt, und Thyrane wusste nur wenig über den Admiral und seine Fähigkeiten, erinnerte sich aber an die Tatsache, dass Holt ihm schon beim ersten Anblick unsympathisch gewesen war und sich dies bei den Worten, die sie gewechselt hatten, nicht geändert hatte. Aber Thyrane war gewillt, trotz seiner schlechten Stimmung über diesen Umstand hinwegzusehen und Holt im Moment nur nach seiner Hilfsbereitschaft zu beurteilen.

»Es ist mir eine Ehre, Thay«, erklärte dieser. »Allerdings hoffe ich doch, dass Sie nicht als meine Ablösung hier sind?«

Thyrane lächelte über den schwachen Scherz und schüttelte den Kopf. In seinen Schläfen machte sich Spannung breit, Herold kommender Kopfschmerzen.

»Nein, keine Sorge, Thay. Ich bin lediglich mit einem sehr spezifischen Auftrag angereist, der Ihre Einflusssphäre nur wenig berühren dürfte.«

»Wie erfreulich. Und spannend. Kann ich Ihnen etwas zu trinken anbieten? Port? Oder einen Branntwein? Wir haben hier auch exzellenten Rum, nicht den billigen Fusel, der in die Proviantháuser in der Heimat geschickt wird«, verkündete er mit einem gewissen Stolz.

»Ich wäre Ihnen für ein Glas Wasser und etwas Tee dankbar«, erwiderte der Admiral eingedenk seiner drohenden Kopfschmerzen, die er nicht durch Alkohol anzufachen gedachte. Holt klingelte einen Bediensteten herbei, gab Thyranes Wünsche in Auftrag und ließ sich selbst ein gutes Glas Portwein einschenken. Dann nahm er in einem breiten Ohrensessel Platz und bat Thyrane, es ihm gleichzutun. Obwohl seine Gelenke von dem langen Tag schmerzten, ließ der Admiral es sich nicht anmerken, als er sich setzte.

»Also, können Sie mir mehr über den Grund Ihres Hierseins verraten? Kann ich Ihnen bei diesem ominösen Auftrag zu Diensten sein?«

Während ihm sein Tee auf einem kleinen Beistelltischchen serviert wurde, fasste Thyrane knapp zusammen, was ihn in die Sturmwelt geführt hatte. Nur die nötigsten Details kamen über seine Lippen; er sah keinen Nutzen darin, Holt allzu tief in die Angelegenheit einzuweihen. Sein Gegenüber stellte keine Fragen, sondern nippte nur nachdenklich an seinem Glas.

»Ihre Vollmacht ist ungewöhnlich«, stellte Holt schließlich fest, als Thyranes Bericht geendet hatte. »Und diese ganze Angelegenheit mit den Schiffen der Compagnie und der *Mantikor* … sehr unglücklich. Aber wie kann ich Ihnen helfen, Thay?«

»Erzählen Sie mir, was vorgefallen ist. Was ist auf dieser Insel geschehen? Die *Mantikor*, das ist eine der alten 32er, nicht wahr?«

Holt nickte bestätigend, dann war es an ihm, zu berichten. Seine Geschichte klang nicht weniger abenteuerlich als die des Admirals, und spätestens, als er von dem Gefecht zwischen der Fregatte und den Schiffen der Compagnie erzählte, hoben sich Thyranes Augenbrauen. Offensichtlich missfiel seinem Gegenüber, was sich dort abgespielt hatte, denn sein Tonfall war schneidend, und seine Beschreibung der Offiziere der *Mantikor*, mit Ausnahme des Kapitäns, war getränkt von Spott und Hohn.

»Verstehe ich Sie richtig, die Fregatte hat diese Korvetten aufgebracht und Hunderte Sklaven von der Insel befreit?«

»Korrekt, Thay. Wobei sie angeblich Hilfe von diesen Piraten erhielten, was wohl bereits einiges über die äußerst zweifelhaften Hintergründe dieser ganzen Angelegenheit aussagt.

Und noch ist nicht erwiesen, dass es sich tatsächlich um Sklaven handelte. Der Laerd-Protektor der Compagnie spricht von freiwilligen Arbeitern und einer Revolte renitenter Eingeborener. Das Ganze ist sehr unschön.«

»Freiwillige Arbeiter? Aufsässige Eingeborene? Was glauben Sie, Thay?«, erkundigte sich Thyrane.

»Ich neige dazu, den Worten des Protektors Glauben zu schenken. Gleckham ist ein ehrwürdiger Mann und eine Stütze der Gesellschaft hier in der Fremde. Ihm sinistre Motive zu unterstellen ist unangebracht. Vielleicht wurden diese Leute hart angefasst, aber ich denke, Sie wissen, dass diese Inselbewohner zur Faulheit neigen. Ohne gebührende Härte herrschen bald die schlimmsten Zustände unter ihnen. Sie verlassen ihre Arbeit bei der ersten sich bietenden Gelegenheit und paaren sich an den Stränden wie die Tiere. Sehen Sie sich nur Lessan an! Wie diese Menschen hausen!«

»Dafür wird mir wohl keine Zeit bleiben, Thay. Ich bin leider nicht auf einer Vergnügungsreise«, erwiderte der Admiral kühl. »Stattdessen möchte ich mir andere Dinge ansehen.«

Holt zeigte eine säuerliche Miene und trank noch einen Schluck Port. Für einen Moment bereute Thyrane, dass er selbst keinen Alkohol zur Hand hatte, um den unangenehmen Geschmack auf seiner Zunge fortzuspülen, aber dann erinnerte er sich seines Tees und goss sich eine Tasse davon aus der silbernen Kanne ein.

»Die da wären?«, fragte Holt.

»Ich benötige die Mannschaft der Fregatte. Ich muss sie befragen. Des Weiteren brauche ich Zugang zu allen festgenommenen Angehörigen der Compagnie, noch bevor ihnen der Prozess gemacht wird. Und die Sklaven muss ich auch anhören. Dafür werde ich eventuell Übersetzer benötigen.«

»Nun, das ist problematisch. Die *Mantikor* befindet sich bereits wieder auf dem Weg nach Thaynric, und …«

»Was?«, unterbrach ihn Thyrane rüde. »Warum, um der Einheit willen, fährt sie nach Thaynric?«

»Ich habe sie mit den gefangenen Piraten in Gewahrsam zurückgesandt, damit die kommandierende Offizierin sich für ihr Handeln vor einem Kriegsgericht verantworten kann.«

Thyrane fehlten die Worte. Fast hätte er sich heißen Tee über den Schoß gegossen, so überrascht war er. Er benötigte einige Augenblicke, um sich wieder zu sammeln. Als er nachhakte, war seine Stimme trügerisch sanft: »Das ist eine ungewöhnliche Anordnung. Hätte diese Angelegenheit nicht direkt vor Ort geklärt werden müssen?«

»Es erschien mir zu diesem Zeitpunkt umsichtiger, den Fall direkt an die Admiralität weiterzuleiten, Thay. Angesichts der neuen Erkenntnisse, die Sie mir mitgeteilt haben, wäre es wohl anders besser gewesen, aber zu jener Zeit ...«

»Haben Sie auch schon eine Fehlentscheidung getroffen«, befand Thyrane ruhig. Er ignorierte das empörte Luftholen seines Gegenübers und fuhr fort: »Was ist mit den Angehörigen der Compagnie? Und den Sklaven?«

»Diese sogenannten Sklaven wurden untersucht, entlaust und behandelt. Die zivile Verwaltung kümmert sich weiter um sie, allerdings sind sie aus Platzmangel derzeit in der Kaserne untergebracht. Ich bin sicher, dass sich ein Kontakt nach Ihren Wünschen herstellen lässt. Meine Hoffnung wäre, sie zu anderen nützlichen Arbeiten heranziehen zu können.«

»Und die Compagnie?«

»Da wir kein Fehlverhalten der Mitglieder der Compagnie feststellen konnten, wurden sämtliche Güter und Personen dem Protektor überstellt. Die Aussagen von zerlumpten Eingeborenen und Piraten stellen wohl kaum einen ausreichenden Grund dar, dieser Sache weiter nachzugehen, vor allem, da die Offiziere der *Mantikor* nach eigenen Angaben gar nicht an Land waren, um diese angeblichen Sklavereizustände zu begutachten.«

Holt war mit jedem Wort schneller geworden. Zwischen Thyranes Schläfen spannte sich nun eine veritable Leine des Schmerzes, und er wusste, dass diese Nacht noch lang dauern würde. Lächelnd legte er die Fingerkuppen zusammen und nickte bedächtig.

»Besorgen Sie mir diesen Protektor. Und sorgen Sie dafür, dass ich morgen mit den befreiten Sklaven sprechen kann.«

»Für wann soll ich Ihnen einen Termin beim Protektor geben lassen?«

»Bitte?«, entfuhr es Thyrane.

»Morgen früh, Thay?«

»Ich möchte ihn sofort sehen«, erwiderte der Admiral. »Jetzt und hier. Schicken Sie einen Boten.«

»Was, um diese Uhrzeit?« Seine Verblüffung stand Holt deutlich ins Gesicht geschrieben. Noch immer schien er nicht begriffen zu haben, was Thyranes Anwesenheit bedeutete. Seine Inkompetenz in Kombination mit dem guten Schuss Selbstherrlichkeit kratzte an Thyranes Nerven und verstärkte den Druck hinter seiner Stirn.

»Es gehört nicht zu meinen Angewohnheiten, dringende Angelegenheiten aufzuschieben, Thay«, erwiderte er ruhig. »Falls dies Ihre Gewohnheit ist, kann ich darauf keine Rücksicht nehmen. Schaffen Sie mir diesen Protektor herbei, so schnell als möglich, und mein Bericht über Ihre Fähigkeiten wird vielleicht nicht ganz so katastrophal ausfallen, wie es derzeit um ihn steht.«

Die Drohung war hohl, da ein Bericht Thyranes kaum Gewicht haben würde, aber die Beleidigung erfüllte ihren Zweck. Holts Kopf lief puterrot an, und er sprang beinahe aus dem Sessel.

»Das ist eine bodenlose Frechheit, Thyrane, und Sie werden dafür zur Verantwortung gezogen werden!«

»Schreiben Sie doch einfach eine Protestnote an die Admiralität, Holt«, entgegnete der Admiral und erhob sich ebenfalls. »Die können zu dem Berg gelegt werden, den andere vor Ihnen aufgetragen haben. Aber bis dahin tun Sie Ihre Pflicht, verdammt noch mal!«

»So redet man nicht mit mir«, protestierte Holt und hob drohend den Finger vor Thyranes Gesicht. »Das wird Folgen haben!«

»Was denken Sie, warum man ausgerechnet mich auf diese Mission geschickt hat?«

Thyrane fixierte Holt mit einem eiskalten Blick. Sein Gegenüber schwieg, also antwortete der Admiral für ihn: »Weil Sie, der Gouverneur, der Protektor und wer auch immer mir nicht schaden können. Weil meine Karriere bereits vorbei ist und niemand hier Macht über mich hat. Also, tun Sie einfach, was ich Ihnen sage, und Sie sind mich bald wieder los.«

Noch immer zeigte Holts Finger auf sein Gesicht, und ganz kurz hatte Thyrane die Vorstellung, ihn zu packen und Holt Manieren auf die alte Art beizubringen. Sein Blick war auf das kleine Gliedmaß gerichtet, das fast wirkte, als würde es losgelöst von Holts Leib einfach mitten im Raum schweben. Der Zorn seines Gegenübers war deutlich, praktisch mit Händen greifbar, aber Thyrane wusste, dass seine Worte durch den roten Schleier in das Hirn darunter sanken. Es war die Wahrheit, und Holt konnte sich ihr nicht verschließen.

ROXANE

Der Wind frischte merklich auf. Die See war nun von einem fast schon metallenen Grau, mit weißen Kronen auf den Wellen. Wolken zogen über den Himmel, weiße Fetzen vor grauen Wolkenbergen, in denen sich Licht und Schatten zu einem verwirrenden Spiel trafen. Die Fregatte lag gut vor dem Wind, der das Segelwerk blähte. Das Schiff stampfte durch die Wellen, und immer wieder wehte Gischt über das Deck. Roxane hatte viel Zeug aufziehen lassen, und die *Mantikor* zeigte nun, was in ihr steckte.

Zum ersten Mal seit langen Tagen fühlte die Kapitänin sich auf dem Achterdeck wieder wohl. Der scharfe Wind schnitt ihr in die Haut, doch das war angenehmer als die drückende Hitze der Sturmwelt. Sie hatte die Hände auf dem Rücken verschränkt und schritt langsam auf und ab, glich die Bewegung des Schiffes aus und beobachtete die Rudergänger. Auch wenn der verschwommene Horizont keinen Anhaltspunkt bot, da See und Himmel grau in grau verschmolzen, war sich Roxane sicher, dass der Kurs korrekt war.

Die Besatzung hatte sich in ihre Mäntel und Jacken gehüllt. Viele trugen Mützen oder Tücher um die Stirn gewickelt, einige hatten sich wohl von ihrem Prisengeld sogar Pelzmützen geleistet, doch ihre Füße waren noch immer bar jeden Schuhwerks. Trotz des rauen Wetters war ein Großteil der Seeleute, die gerade auf Freiwache waren, an Deck. Wegen des Seegangs hatte Roxane alle Stückpforten schließen lassen, damit bei der Schräglage der Fregatte kein Wasser eindringen konnte, und dadurch war es unter Deck wohl schnell stickig geworden.

Der fahle Tag verschlang fast alle Farben; lediglich Leutnant Cuddens Uniformrock schien er nichts anhaben zu können, denn das Rot leuchtete so hell, als stünde er auf einem sonnenüberfluteten Paradeplatz mitten in Lessan. Der Leutnant erklomm die wenigen Stufen zum Poopdeck mit lässigen Sprüngen, die für einen Offizier durch und durch unangemessen waren. Sein Haar war zwar fest nach hinten gebunden, doch hatte der Wind bereits die ersten Strähnen aus ihrem Gefängnis gezerrt. Unvermittelt erinnerte Roxane sich wieder an das Bild im Gefecht, als ein anderer Offizier ähnlich derangiert in ein Boot gestiegen war, um einen wahnsinnigen Angriff gegen die Korvette durchzuführen. Leutnant Cudden war dabeigewesen, als Cearl vergeblich versuchte, seine Ehre durch Heldentaten zurückzuerlangen.

»Guten Tag, Kapitän. Sofern man bei diesem Wetter von *gut* sprechen kann.«

Es dauerte einige Momente, bis Roxane die Erinnerung wieder abgeschüttelt hatte.

»Noch sind die Schleusen des Himmels geschlossen, und wir bleiben von Regen verschont. Der Wind bringt uns schneller in die Heimat, als wir dachten. Ich bin also der Ansicht, dass *gut* angemessen ist.«

Er schenkte ihr ein flüchtiges Lächeln, dann trat er näher an sie heran. Seine Stimme war gesenkt, als er fragte: »Wir haben den Kurs gewechselt?«

»Ja, Thay. Ich habe mich entschieden, die vorherrschenden Winde besser auszunutzen. Wir segeln Ostsüdost und nehmen die Handelswinde länger mit. Dafür werden wir dann an der Küste nach Norden schwenken müssen, aber alles in allem dürfte unsere Fahrt so schneller vonstatten gehen.«

Ohne ihn anblicken zu müssen, sah sie den Zweifel in seinen Zügen. Tatsächlich konnten sie froh sein, wenn der neue Kurs sie nicht noch Zeit kostete, da sie Corbane zwar schneller erreichen würden, aber dann die Küste entlang bis zu den thaynrischen Inseln segeln mussten. Doch Roxane fühlte sich nicht bemüßigt, die Gründe für ihren Entschluss offenzulegen. *Ich bin der kommandierende Offizier dieses Schiffes. Ich habe mich lediglich der Admiralität gegenüber für meine Entscheidungen zu rechtfertigen. Und den alten Herren schulde ich nun bereits so viele Entschuldigungen und Erklärungen, dass es auf eine mehr oder weniger nun auch nicht mehr ankommt.*

»Wie lange noch, bis wir Land erreichen?«, erkundigte sich Cudden und lehnte sich mit den Armen auf die Reling.

»Zwei, vielleicht drei Tage.«

»Und wo?«

»Verzeihung? Ich verstehe nicht, Thay.«

»Wo werden wir die Küste Corbanes erreichen?«

»Bei Balcera. In etwa. Da wir kein genaues Ziel haben, nutzen wir den Wind einfach optimal, aber in der Gegend von Balcera werden wir nach Norden abdrehen.«

»Balcera«, murmelte er. »Nördliches Hiscadi. Raue Gegend dort. Alles voller Rebellen und Freischärler und Schafhirten.«

»Sie waren beim Angriff damals dabei«, erinnerte sich Roxane wieder.

»Das ist lange her«, erklärte er abrupt und richtete sich auf. Nun stand er stocksteif vor ihr, bis auf die ungebändigten Haare ein Inbegriff eines Offiziers. »Und ein Ort ist so gut wie jeder andere. Wir Soldaten gehen dorthin, wohin man uns schickt, Thay, nicht anders als Sie.«

»Natürlich, Leutnant.«

»Wenn Sie mich bitte entschuldigen würden?«

Roxane wollte schon bejahen, besann sich dann aber eines Besseren: »Nein, einen Moment noch, bitte. Ich würde gern noch eine Kleinigkeit mit Ihnen besprechen, wenn es Ihnen recht ist.«

»Selbstverständlich, Thay.«

»Ich habe mich entschieden, den Freigang der Gefangenen auszuweiten.«

»Thay?« Seine Miene zeigte sein Erstaunen, aber nur für einen Augenblick, dann hatte er sich wieder unter Kontrolle. *Oder er versteht.*

»Da sie sich gut führen und uns bislang keinerlei Schwierigkeiten bereitet haben, denke ich, dass sie auch gleichzeitig an Deck kommen dürfen. Zudem würde ich die Zeiten etwas ausweiten. Sagen wir, bis in die Erste Wache hinein?«

Sie konnte sehen, wie es hinter seinen Augen arbeitete, aber seine Miene war so schwer zu lesen wie immer. Als Kommandant der Abteilung von Marinesoldaten an Bord wusste er natürlich um das Sicherheitsrisiko, das diese Anordnung darstellte. Zu dieser Jahreszeit würde es fast die gesamte Wache hindurch dunkel sein, und der Großteil der Besatzung würde sich unter Deck befinden.

»Aye, aye, Thay«, erwiderte er ruhig. »Ich werde alles Nötige veranlassen.«

Roxane bedankte sich erleichtert und wollte sich gerade abwenden, als sie seinen Blick bemerkte. Er schwieg, doch sie wusste, was er dachte. Langsam verschränkte sie wieder die Arme auf dem Rücken und spannte die Schultern. Sie musste ihre Finger mit aller Macht davon abhalten, nervös mit dem Stoff ihres Uniformmantels zu spielen.

»Wir werden in Landnähe fahren, nehme ich an?«, erkundigte Cudden sich schließlich. Fast hätte Roxane geseufzt, doch sie behielt die Kontrolle und nickte so, als ob er lediglich gefragt hätte, ob es Pökelfleisch zum Abendessen geben werde.

»Mit etwas Abstand, Thay, immerhin ist die Küste feindlich«, antwortete sie mit regungsloser Miene. *Vielleicht fünfhundert Fuß. Nichts, was ein geübter Schwimmer nicht überwinden kann, selbst in der Dunkelheit.*

Sein langsames Nicken verriet seine Sorge, aber er schwieg.

»Immerhin können wir dann von den einheimischen Fischern frische Kost erwerben«, fuhr Roxane fort. »Das wird den Leuten gut tun.«

»Ja, auch den Gefangenen.« Roxane versteifte sich und sagte nichts, während Cudden im Plauderton fortfuhr: »Die armen Bastarde haben ohnehin zu wenig, worauf sie hoffen können, nicht wahr?«

»Allerdings.«

»Dieser Jaquento scheint mir ein fähiger Mann zu sein. Er hat vor Hequia gut gekämpft. Was er als Seemann leistet, kann ich nur schwer beurteilen, aber es war offensichtlich, dass er ein geborener Anführer ist, dem seine Leute willig folgten. Was denken Sie, was mit ihm und dem Mauresken geschehen wird?«

»Ich werde mich für sie einsetzen«, erwiderte die Kapitänin schwach, einerseits, weil sie ihre eigenen Gedanken in Cuddens Worten wiedererkannte, andererseits, weil sie nur zu genau wusste, wie gering ihr Einfluss sein würde. »Ihnen wird ein Prozess gemacht werden, über dessen Ausgang man zur Zeit wohl nur spekulieren kann.«

»Ich bin davon überzeugt, dass man ein Exempel statuieren wird. Die Flotte ist mit der Blockade mehr als genug beschäftigt. Mit diesen ganzen Freibeutern und Piraten kann sie sich kaum befassen. Also wird man auf die abschreckende Wirkung eines öffentlichen Prozesses setzen. Was wiegen schon zwei Seelen im Vergleich zur Sicherheit der Seewege?«

Um eine Antwort verlegen, nickte Roxane lediglich.

»Wie damals in Balcera. Einige müssen hängen, damit der Rest bei der Stange gehalten wird.«

»Verbrechen müssen geahndet werden«, erklärte Roxane so eifrig, als würde sie aus dem Marinelehrbuch zitieren, was Cudden ein freudloses Lachen entlockte.

Dann tippte er sich mit zwei Fingern an die Stirn. »Jedenfalls ist es sehr nett von Ihnen, den beiden noch ein wenig Zeit zu schenken, Thay. Ich werde dafür sorgen, dass sie ihren Freigang ordentlich nutzen können.«

»Danke, Leutnant«, entgegnete die Kapitänin ehrlich. Natürlich würde der Leutnant ihren Plan niemals öffentlich anerkennen oder gar gutheißen können. Für ihn war es ganz sicher das Beste, niemals zuzugeben, dass er überhaupt von irgendeinem Plan gewusst hatte. Die Last der Verantwortung lag allein bei ihr.

Und sie würde diese Verantwortung tragen, wie man es sie gelehrt hatte. Sie hatte sich in ihrer Qual, im Zwiespalt zwischen Pflicht und Ehre zu stecken, für Letztere entschieden, da sie das Einzige war, was ihr noch blieb. Die Pflicht würde man ihr bald nehmen, den Stolz auch, aber ihre Ehre nicht. Zumindest nicht den Rest, der davon noch übrig war.

TAREISA

Die heftigen Entladungen wuschen über sie hinweg, denn Tareisa verschloss sich gegen diese Flut und bot ihre ganze Kunst auf, um der zurückschießenden Vigoris zu entgehen. Ihr Körper schmerzte, Pein zog sich wie glühende Fäden tief in ihren Gliedmaßen durch das Fleisch. Sie hatte die Vigoris durch ihren Leib in die Welt entlassen, doch sie kannte deren Gesetze. Sie wusste, dass der Schmerz vorübergehen würde.

Für die Piraten an Bord der *Todsünde* hatte sich nichts verändert, denn sie konnten nicht ahnen, mit welcher Macht Tareisa soeben hantiert hatte. Die Maestra sah noch Abbilder der Bahnen hinter ihren Lidern, dort, wo die rohe Vigoris durch die bereits geschaffenen Linien des Nebelzaubers geflossen war. Sie konnte sich nur ausmalen, was an Bord der thaynrischen Schiffe geschah. Die Caserdote würden dem Ansturm widerstanden haben; zumindest die fähigeren unter ihnen. Aber die Maestre würden sich geöffnet haben, um den künstlichen Nebel nach seiner Quelle zu durchsuchen. Sie musste die Woge aus Vigoris unvorbereitet getroffen haben.

Tareisa wusste, dass sie einigen von ihnen den Tod gebracht hatte und andere schwer verletzt sein mussten. Doch es herrschte Krieg, und die Thayns hätten nicht gezögert, ihr etwas Ähnliches anzutun. Dennoch mochte sie nicht daran denken, was ungeformte Vigoris mit einem menschlichen Leib anrichten konnte. Ungebeten kamen ihr Bilder in den Sinn, von gerissen Muskeln, aufgeplatzten Gliedmaßen, Gesichtern, die nur mehr blutüberströmte Fratzen waren.

Ein Kanonenschuss riss sie aus ihren Gedanken.

»Es beginnt«, stellte Deguay heiser fest. Seine Gestalt war im Nebel bloß schemenhaft zu erkennen. Sein Antlitz lag im Schatten seines federgeschmückten Hutes, und dennoch brannten seine Augen wie glühende Kohlen. *Es hat schon längst begonnen,* dachte Tareisa, berichtigte ihn jedoch nicht.

Weitere Kanonen feuerten, irgendwo vor ihnen im Nebel.

»Das sind die Großen«, erklärte Deguay. »Zweiunddreißigpfünder. Die Linienschiffe schießen auf etwas.«

Die Wartezeit wurde zur Qual, die durch die brennenden Schmerzen nicht gerade angenehmer wurde. Inzwischen donnerte es immer wieder dumpf im Nebel; wie die Schritte von Riesen erschien Tareisa der Klang. Vorsichtig öffnete sie sich der Vigoris, um ihre Sinne auf die Reise zu senden.

Der Nebel würde sich langsam unter dem strahlenden Auge der Sonne auflösen, da der Zauber über keine Kraft mehr verfügte. Aber noch würde es dauern, bis die dichten Nebelbänke aufbrachen und sich die Sicht klärte. Weit ab hinter ihnen spürte die Maestra die *Totwey*. Vor ihnen hingegen war etwas anderes.

»Ein Schiff«, raunte sie. »Es hält auf uns zu!«

»Kanonen klar«, rief der Capitane und richtete sich zu seiner vollen Größe auf. »Alles wartet auf mein Kommando!«

In seiner Stimme schwang etwas mit, was Tareisa überraschte – Vorfreude. Er lief auf dem Achterdeck auf und ab, gab Befehle und spähte in die Nebelfetzen.

»Wo?«

»Dort etwa«, antwortete die Maestra und wies nach Backbord voraus. Noch wagte sie nicht, sich weiter zu öffnen, denn die Vigoris brannte noch stark im Gespinst um sie herum, und sie fürchtete einen Stoß, den sie vielleicht nicht auszuhalten vermochte.

Deguay hastete zum Steuerrad und warf das Ruder herum. Die *Todsünde* folgte und legte sich sanft auf die Seite. Das unheimliche Dröhnen der Geschütze vor ihnen hielt weiter an und gab ihrer Fahrt eine gespenstische Atmosphäre.

Ein Schatten erhob sich unvermittelt vor ihnen aus dem Nebel, zunächst nur eine Ahnung von Masten und Tauen, dann ein ganzes Schiff, größer als die *Todsünde*, mit hohen Rahen und gesetzten Segeln. Eine Glocke ertönte, Stimmen riefen, aber noch war keine Menschenseele an Bord des Schiffes auszumachen.

Tareisa musste nicht die Flagge am Heck sehen, um die Herkunft des Schiffes zu erkennen. Sie erwarteten Fregatten, doch dies hier war ein kleineres Kriegsschiff.

»Eine Korvette«, bestätigte Deguay ihren Verdacht. »Vermutlich geschickt, um uns abzufangen.«

Noch immer wendete die *Todsünde*, doch der durch den magischen Nebel besänftigte Wind ließ das Manöver quälend langsam werden. Die Korvette war nur noch vierzig Meter von ihnen entfernt, da rief jemand ihnen auf Thaynrisch zu: »Dies ist Ihrer Majestät Korvette *Sanx*. Geben Sie sich zu erkennen, fremdes Schiff!«

Beinahe hätte Tareisa über den Namen des Schiffes gelacht. Nur den Thayns mochte es einfallen, ihre Schiffe nach einem altertümlichen Begriff für Frauen des horizontalen Gewerbes zu benennen, doch dann drehte Deguay am Steuerrad, so dass ihr Schiff einen hastigen Ruck zur Seite machte, und brüllte: »Feuer!«, und das Lachen blieb ihr in der Kehle stecken.

Das Deck erzitterte unter der Salve, die brüllend und flammend aus der Flanke der *Todsünde* schlug. Rauch mischte sich mit Nebel, und der beißende Geschmack von Schießpulver stieg Tareisa in Mund und Nase. Sie konnte dank des Rauchs und des Nebels nicht erkennen, welchen Effekt die Breitseite gehabt hatte, aber sie hatten die Korvette vom Bug her getroffen, und das aus nächster Nähe.

Deguay brüllte bereits weitere Befehle und warf das Steuerrad in die entgegengesetzte Richtung herum. Während die Piraten aufjohlten und den Gegner mit Verwünschungen und Schmähungen bedachten, reagierte die *Todsünde* nur langsam. Gewehre und Pistolen wurden abgefeuert, eine einzelne Kanone der Korvette donnerte auf, und das Geschoss schlug krachend in die Bordwand ein.

Obwohl sie sich noch geschwächt fühlte, sammelte Tareisa sich. Es fiel ihr schwer, sich inmitten des Chaos zu konzentrieren. Die Schreie, die Schüsse, der gesamte Lärm war ihr ungewohnt. In der Takelage der *Sanx* blitzte Mündungsfeuer auf, und auf dem Achterdeck brach ein Pirat schreiend zusammen.

Der junge Mann wälzte sich auf dem Deck, Blut spritzte aus einer Wunde an seinem Hals, und er brüllte vor Schmerzen. Dann, innerhalb weniger Augenblicke, wurde er leiser und leiser, während seine Bewegungen – ebenso wie der Blutstrahl – schwächer wurden und schließlich nur noch seine Beine zuckten.

»Gebt es ihnen, meine Teuren!«, rief Deguay, und Tareisa hätte schwören mögen, dass er dabei laut lachte.

Wieder schossen Soldaten aus der Takelage der Korvette, und Splitter flogen an Deck der *Todsünde* umher, bohrten sich in Tareisas Kleidung und in ihre Haut. Der Schreck ließ sie zusammenfahren und sich hinter die Schanz ducken.

»Ein wenig Hilfe wäre nicht unwillkommen«, rief der Capitane so unbeschwert, als ob er scherzte. Er trotzte dem Angriff hoch aufgerichtet. Unter seinem amüsierten Blick richtete sich auch Tareisa wieder auf und versuchte, ihre Würde zurückzuerlangen.

Mit einem letzten, vernichtenden Blick auf Deguay öffnete sie sich der Vigoris und schloss dann die Augen. Sinneseindrücke bestürmten sie, auch wenn die Struktur des Nebels bereits an vielen Stellen aufbrach. In ihrer Nähe spürte sie die verräterische Leere eines Caserdote; er musste sich auf der *Sanx* befinden. Hastig ließ sie Vigoris durch ihren bereits geschundenen Leib fließen, so dass sie vor Schmerzen aufstöhnte, als die Magie sich wie flüssiges Feuer durch ihre Adern wand.

Auf der Korvette schien man sich vom ersten Schock mittlerweile erholt zu haben, denn nun brüllten die Kanonen des Kriegsschiffs auf. Geschosse rasten auf die *Todsünde* zu – und prallten jaulend und kreischend an dem Schild ab, den die Maestra im letzten Augenblick errichtet hatte. Schon bemerkte sie, wie die Magie an den Rändern ihres Zaubers ausfranste, sich verlor und von der unaufhaltsamen Macht des Caserdote ins Nichts gewirbelt wurde, aber es hatte gereicht.

Die Antwort der Piraten kam sofort. Die beiden Schiffe befanden sich nun längsseits, kaum mehr als ein Dutzend Meter getrennt, und die Geschütze der *Todsünde* zerfetzen und zerschlugen Holz und Fleisch, wo immer sie trafen. Die Korvette verschwand hinter einer Wand von Rauch, doch die Schreie, die zu ihnen herüberdrangen, erzählten zur Genüge von Tod und Vernichtung.

»Wir sind Euch zu Dank verpflichtet. Ihr habt diesem Schiff nicht nur durch Eure Anwesenheit Glanz und einen Hauch von Adel verliehen, sondern es auch vor der sicheren Vernichtung bewahrt.«

Deguays halb spöttische Worte flossen an Tareisa vorbei, der Schweiß auf die Stirn trat, als sie versuchte, Herrin über die Schmerzen zu werden. Ihr ganzer Leib zitterte vor Anstrengung, und die Vigoris hatte einen metallischen Geschmack auf ihrer Zunge hinterlassen. Vereinzelt feuerten Kanonen ihres Gegners, und hier da knallten Musketen und Pistolen, doch auch all das war ihr seltsam fern, wie ein Traum nach dem Erwachen, schwer greifbar und ohne Substanz.

Ihre Beine versagten ihr den Dienst, und sie sackte gegen die Reling. Schon befürchtete sie, über Bord zu fallen, da griff man ihre Arme und zog sie zur Seite. Langsam glitt die Maestra zu Boden, und ihr Gesichtsfeld klärte sich.

Deguay stand über sie gebeugt, eine Pistole in der einen Hand, ein kaltes Lächeln auf den Lippen. Sie wollte sich aufsetzen, wollte sprechen, doch sie konnte nicht.

»Dieser Pakt gilt«, flüsterte der Capitane und nickte ihr zu. »Mein Wort gilt.«

Dann verschwand er, tauchte in Rauch und Nebel ein wie ein Daemon. Nebelschwaden zogen über ihr dahin, Menschen riefen unverständliche Worte. Der Geruch nach Pulver und Blut ließ nach, und endlich kehrte Klarheit in Tareisas Geist zurück. Mit dem Bewusstsein kehrten auch die Schmerzen wieder, doch es waren willkommene Boten der Kontrolle. Langsam richtete sie sich auf, erst zum Sitzen, dann auf zittrigen Beinen.

Von der Korvette war nichts mehr zu sehen; der Nebel hatte das Schiff verschluckt, als hätte es niemals existiert. Die Piraten arbeiteten an den wenigen Beschädigungen ihres Schiffs, und Deguay stand vorn am Achterdeck und gab Befehle. Mit vorsichtigen Schritten gesellte Tareisa sich zu ihm.

»Ah, Maestra Tareisa, Ihr habt Euch erholt?«

»So weit wie möglich.«

»Euer Einsatz war sicherlich kräftezehrend. Eine solche Demonstration von Macht hatte ich bislang noch nie gesehen; zumindest nicht von einer einzelnen Person.«

»Zu gütig«, entgegnete Tareisa und hustete kurz. Der Rauch klebte ihr kratzig im Rachen. »Aber was ist mit der *Sanx*?«

»Oh, wir haben es ihnen gut besorgt. Als ich sie zuletzt gesehen habe, lag sie tief im Wasser. Die Lust auf einen Kampf dürfte denen mehr als vergangen sein. Mit ein wenig Glück können sie all die Löcher stopfen, die wir ihnen verpasst haben, ansonsten ...«

Er sprach nicht weiter, sondern machte nur eine Geste des Sinkens.

»Ich verstehe. Sollten wir nicht dennoch der *Totwey* beistehen?«

»Rahel kann sich ihrer Haut erwehren, und sie dreht ohnehin bereits nach Norden ab, und ...«

»Nach Norden?«, unterbrach Tareisa den Capitane lauernd.

»Zur Sicherheit, um den Thayns zu entgehen. Ich hielt es für zu gefährlich, die kostbare Ladung in den Nebel zu fahren, wo wir sie nicht einmal vernünftig beschützen können.«

»Der Plan war anders.«

»Der Plan war schlecht«, korrigierte Deguay sie, aber Tareisa fühlte sich nicht stark genug für eine Auseinandersetzung. »Ich habe ihn geändert. Ihr müsst Euch keine Sorgen machen, Maestra. Es ist, wie ich gesagt habe: Ich stehe zu meinem Wort.«

Bevor Tareisa antworten konnte, erhob sich ein weiteres Schiff an Backbord aus dem Nebel. Dieses war größer als die *Sanx*, und für einen Moment befürchtete die Maestra, dass sie einem Linienschiff der Thayns in die Arme gefahren waren, doch dann ertönte das Glockensignal.

»Eine géronaische Fregatte«, flüsterte sie, und Deguay blickte sie bewundernd an.

»Herzlichen Glückwunsch. Ich hätte nicht gedacht, dass Ihr die Blockade so einfach durchbrechen könnt.«

Einfach?, fragte sich Tareisa angesichts der Schmerzen, die sie noch lange begleiten würden, aber sie musste zugeben, dass der alte Mann recht behalten hatte. Sie war dazu in der

Lage gewesen, ein ganzes Geschwader der Thayns auszutricksen.

Neben ihr gab Deguay das verabredete Zeichen und befahl die Wende. Jetzt segelte die Ladung unter dem Schutz der géronaischen Flotte, und nicht mehr nur der Willkür der Piraten ausgeliefert, was Tareisa insgeheim beruhigte, auch wenn sie dem Capitane inzwischen fast vertraute.

Die Feder an seinem Hut wippte unternehmungslustig, als er das Schiff aus dem Nebel und der Reichweite der Thayns lenkte.

FRANIGO

Natürlich hatte sie geweint; ihre geröteten Augen verrieten sie, auch wenn sie nun tapfer die Fassung bewahrte. Ob es ihr darum ging, ihr Gesicht zu wahren, ihm den Abschied zu erleichtern oder ihn eifersüchtig zu machen, wusste Franigo nicht zu sagen, und wie er sich selbst eingestand, es war ihm einerlei. Er schätzte es einfach nur, dass die Szene schnell vorüber sein würde, auch wenn sein Sinn für Dramaturgie durchaus nach Geschrei, Gezeter und Gegreine beim Abschied zweier Liebender verlangte. Vielleicht war die mangelnde Heftigkeit aber auch einfach dem Umstand geschuldet, dass sie keine Liebenden waren.

»Ich habe dir ein Proviantpaket gepackt«, erklärte Aitea und schniefte lautstark, was der Poet geflissentlich ignorierte. Stattdessen lächelte er und nahm den geschnürten Beutel an.

»Vielen Dank, Meséra. Ich freue mich schon darauf, die Köstlichkeiten darin zu entdecken.«

»Halte dich von den Wanderarbeitern fern, und such' dir nachts 'ne Taverne.«

Jetzt seufzte Franigo vernehmlich. Diese guten Ratschläge gaben ihr etwas Mütterliches, das es ihm nur noch leichter machte, sich von ihr zu trennen. *Manchen Männern ist es nicht gegeben, mit nur einer Frau ihr Glück zu finden. So hat es die Einheit nun einmal eingerichtet*, befand er bei sich. Es war eine weise Erkenntnis, die er unbedingt in Versform bringen musste. Als Lied vielleicht oder noch besser in einem Theaterstück. Oder sogar in einem Roman, auch wenn es noch immer an ihm nagte, dass derlei minderwertige Kunst derart hoch geschätzt wurde.

»Selbstverständlich.« Der Poet lächelte seine Wirtin aufmunternd an. »Wohlan denn«, deklamierte er aus einem seiner eigenen Stücke, »... nun breche ich auf, den Horizont als Ziel und Freiheit als mein einziger Begleiter!«

Jetzt brach Aitea doch in Tränen aus. Sie stürzte auf ihn zu und umarmte ihn wild und leidenschaftlich, so dass sein Entschluss, die gastliche Schänke bis auf Weiteres zu verlassen, fast doch noch ins Wanken geriet, als ihr Körper sich an dem seinen rieb. Aber er blieb hart und streichelte lediglich ihren Rücken, bevor er sich sanft, aber nachdrücklich aus ihrer Umarmung löste.

»Vergiss mich nicht«, flüsterte sie, worauf er antwortete: »Wie könnte ich. Denk daran, Aitea: Wo Liebe ist, spielt Entfernung keine Rolle.«

Es war eine hübsche Floskel, wiederum aus einem seiner Stücke, dort dahingehaucht von einem Leutnant, der schon kurze Zeit später im Kriege von einer zehrenden Krankheit dahingerafft wurde – aber all das erzählte er Aitea natürlich nicht.

Sie fand keine Worte mehr, als er durch die Tür aus der Schankstube in den Tag trat. Obwohl er in dem Raum so manche vergnügliche Stunde erlebt hatte, war er ihm zum Schluss muffig und düster erschienen, wie die Gefängniszelle, in der er Imerol besucht hatte. Sein Drang nach Freiheit und Abenteuer war schließlich mit jeder Stunde, jeder Minute, ja mit jedem Schlag seines Herzens gewachsen, wie er sich bald eingestehen musste. Die weite Welt lockte ihn wieder, und ihr Gesang klang süß und unwiderstehlich.

Im Hof war es hell, ein scharfer Unterschied zum Schankraum, und Franigo nahm diese äußere Erleuchtung als ein Zeichen der inneren, die ihn zum Aufbruch drängte. Die strahlende Sonne erschien ihm wie ein Omen, und ihr Gleißen wies ihm den Weg, fort von Lethargie und Passivität, hin zu dem großen Schicksal, das dort draußen unvermeidlich auf ihn wartete.

Seine Bestimmung lag nicht in diesem Gasthaus, so sehr er den Aufenthalt auch genossen hatte, dessen war er sich stets sicher gewesen. In letzter Zeit war er wieder von der Muse geküsst worden, und die launische Dame hatte sicherlich nicht Aiteas Züge getragen – welch eine gute Seele diese auch sein mochte. Vielmehr war in ihm die stetig wachsende Gewissheit herangereift, dass sein Leben in Cabany nicht sein Ende gefunden hatte. Und solange er lebte, war sein Geist eine Waffe, mindestens so scharf wie der Degen an seiner Seite. Sein letztes Stück war noch nicht geschrieben, sein letzter Reim noch nicht verfasst. Die Geschehnisse in Cabany waren nicht mehr als ein zeitweiliger Rückschlag gewesen, kaum mehr als eine kleine dramatische Wendung, die jeden Helden einmal ereilte, damit das Publikum mit ihm mitfiebern konnte und sich umso mehr des endgültigen Triumphes erfreute.

Eines hatte Franigo erkannt: Seine Werke bildeten das Leben ab und dementsprechend das Leben seine Werke. Was er schrieb, konnte wahr werden, zumindest in einem gewissen Sinne, und es wäre ein Verbrechen gewesen, der Welt seine Worte weiter vorzuenthalten, nur weil er sich in falsch verstandenem Selbstmitleid im Favare verkroch und seine Wunden leckte.

Es zog ihn nach Süden, in seine Heimat, wo die Menschen ehrlicher Wortkunst gegenüber noch aufgeschlossen waren und ihren Geschmack nicht an den Vorlieben der Hofschranzen aus Cabany orientierten, die ein gutes Theaterstück nicht von einem Stück Käse unterscheiden konnten. Redliche, einfache Hiscadi, an deren Händen noch die Erde ihrer Felder klebte, wenn sie ins Theater gingen. Ein wenig wie Serge, der Schnitter, und seine Kumpanen, nur weniger rau und ungebildet vielleicht. *Nun gut, die haben sicher noch kein Theater von innen gesehen; ein wenig mehr Gold sollten meine Zuschauer schon besitzen.*

Obwohl Serge und die seinen also kaum als Empfänger von Franigos künstlerischen Gaben in Frage kamen, war er ihnen dennoch zu Dank verpflichtet; ihre wohlwollende Aufnahme seiner Lieder und Gedichte, so einfach und ungehobelt sie auch gewesen sein mochten, hatte ihm sein Wissen um sein Können zurückgegeben. Er hatte nichts verloren, weder die Fähigkeit, stets das treffende Wort zur rechten Zeit zu finden, noch die Lust am Fabulieren und schon gar nicht den Biss, den ein Poet seines Formats benötigte.

Auch wenn sich auf längeren Gängen Franigos Hinken stärker bemerkbar machte, fiel ihm der Weg leicht. Das Gefühl von Selbstbestimmtheit und auch Bestimmung beflügelte seine Schritte, und schon bald ertappte er sich dabei, wie er ein kleines Liedchen vor sich hin sang, eine simple Weise, auf die er selbst neue Worte dichtete, während er voranschritt. Die Sonne kitzelte mehr, als dass sie brannte, ein leichter Wind trocknete den Schweiß auf seiner Stirn, und die Landschaft breitete sich vor ihm aus wie ein gedeckter Tisch, von dem er sich nur bedienen musste. Unglücklicherweise hatte er allerdings Modestine zurücklassen müssen, da sie mittlerweile noch schlimmer als ihr Herr lahmte und für weite Reisen nicht mehr zu gebrauchen war.

Die meisten Felder waren bereits abgeerntet, und die Stoppeln ragten aus der dunklen Erde. Einfache Mauern aus Bruchsteinen schufen ein Gewirr aus Flächen, und Olivenbäume standen auf den sanften Hängen, ihre Äste in den wildesten Formen in die Höhe reckend. Hier und da waren abseits der

Straße Gutshöfe zu erkennen, aus deren Schornsteinen sich Rauch zum Himmel kräuselte. Wolkenbänder zogen vor dem ewigen Blau dahin, doch nur selten schoben sie sich vor die Sonne und spendeten Franigo kurz die ersehnte Abkühlung.

Die anstrengende Reise verlangte bald ihren Tribut, und Franigo machte Rast unter einer kleinen Gruppe von Olivenbäumen. Er kletterte gewandt über eine Mauer, um in ihren Schatten zu gelangen, und fühlte sich dabei, als habe er bereits ein ordentliches Stück Weg zurückgelegt. Die Tatsache, dass Aiteas Gasthof noch recht nah wirkte, schob er auf die äußerst klare Luft, die Blicke in weite Entfernungen erlaubte und so das Auge narren konnte.

Wie erwartet, befanden sich in seinem Proviantbeutel nur die feinsten Leckereien; zumindest waren sie das am Standard von Aiteas Schänke gemessen. Der Poet, der schon aus der Speisekammer eines Princiess gelebt hatte, labte sich an den einfachen Köstlichkeiten und verlachte innerlich die protzsüchtigen Géronaee, die ein derart einfaches und dennoch so schmackhaftes Mahl nicht zu schätzen wussten.

Nach seiner Rast schritt Franigo frohen Mutes weiter. Sein Fuß schmerzte kaum, wenn er richtig auftrat, und das Gefühl, sein eigenes Leben wieder in der Hand zu haben, tat das seine, um die Strapazen einer Reise zu Fuß zu lindern. Nun war er kein Spielball größerer Mächte mehr, deren Intrigen sein Dasein beinahe beendet, zumindest aber zeitweise ruiniert hatten.

Erst als er ein Stück die Straße hinunter einer großen Aufregung gewahr wurde, kehrte er aus den Phantasien zurück, in denen er den arroganten Laffen in Cabany mit seiner Kunst das Lachen austrieb.

Vor ihm senkte sich das Land in ein weites, offenes Tal ab, dessen sanfte Hänge mit Feldern und Gärten besetzt waren. Die Straße wand sich hinab zu einem schmalen Fluss, der im Sonnenlicht glitzerte, und in der ruhigen Schönheit der Landschaft lag ein prächtiger Gutshof, der Franigos Aufmerksamkeit nun auf sich zog. Vor dem Eingang zu dem Anwesen hatte sich eine Menge zerlumpter Gestalten versammelt, die sich bis auf die Straße drängten. Viele hielten Sensen in ihren Händen, einige schüttelten diese sogar zornig, und alle schienen lauthals zu fluchen und zu schreien, so dass eine Welle von Unflätigkeiten über Franigo hinwegbrandete, als er sich näherte.

Im Hof des Anwesens, der Menge gegenüber, stand eine Handvoll Männer, die nicht weniger erregt wirkten, nur dass diese nicht nur mit Arbeitsgerät bewaffnet waren, sondern tatsächlich zwei von ihnen Musketen in den Händen hielten, während der Rest lange Stäbe trug.

Stets neugierig, blieb Franigo schließlich stehen, doch sein Erscheinen war von keiner der beiden Parteien bemerkt worden, die offenkundig in einen heftigen Disput verwickelt waren, der – wie sollte es anders sein? – Geld zum Thema hatte. Aus den wenigen verständlichen Wortfetzen reimte der Poet sich zusammen, dass es um Lohnforderungen ging, die berechtigt oder unberechtigt waren, je nachdem, welche Seite gerade sprach. Oder vielmehr schrie, denn ein normales Gespräch hatten die Kontrahenten zugunsten erhöhter Lautstärke hinter sich gelassen.

Die Argumente waren wenig mehr als Beleidigungen des Gegenübers, und keine Seite schien gewillt zu sein, von ihrem Standpunkt abzuweichen. Eine kurze Zeit lang besah sich Franigo die Szene amüsiert, dann begann er, sich zu langweilen, und besann sich, dass er noch einen weiten Weg vor sich hatte. Gerade wollte er sich abwenden, da brüllte man seinen Namen: »Franigo!«

Überrascht und verwirrt suchte der Poet den Sprecher und sah Serge, den Schnitter, der mit hochrotem Kopf und wildem Blick auf ihn zugestürmt kam und rief: »Da! Der da kann uns helfen! Der kann reden!«

»Das kann ich sicherlich, Serge«, erwiderte der Poet abwehrend und trat einen Schritt zurück, da er befürchtete, von dem großen, derart wütenden Mann ansonsten einfach umgerannt zu werden. Doch Serge kam kurz vor ihm zum Stehen und packte ihn an der Schulter.

»Erklär' dem Bastard da, dass wir noch Geld bekommen«, bat er in einem so entschlossenen Tonfall, dass der Adjutant des Princiess den schweren Mann darum beneidet hätte.

»Geld?«, versuchte Franigo Zeit zu erkaufen. Auf keinen Fall wollte er in diese Angelegenheit hineingezogen werden. Sein Schicksal erwartete ihn just jenseits des Horizonts, und es war sicherlich nicht seine Aufgabe, den Advokaten für einige Wanderarbeiter zu spielen.

»Unser Lohn! Er hat einfach Essen und Schlafen abgezogen, und uns ist nix geblieben!«

»Ich weiß nicht ...«, hub der Poet an, doch Serge zerrte ihn bereits durch die Reihen der Schnitter, und es wäre einfacher gewesen, sich gegen die Flut des Meeres zu stellen, als seinem Griff zu entkommen. Um sich herum sah Franigo bärtige Gesichter, zornig und verschwitzt, es stank nach Schweiß und ungewaschenen Leibern. Zwischen all den Männern standen auch einige Frauen, nicht weniger abgehärmt als ihre Gatten, und Kinder liefen um die Gruppe herum, bestaunten das Spektakel oder spielten einfach im Schmutz.

Gegen seinen Willen fand sich Franigo nun an vorderster Front der Gruppe wieder, Seite an Seite mit Serge, der mit der Sense auf die Handvoll Männer im Hof deutete. Deren Anführer, offensichtlich ein Mann von Stand, blickte über die Länge seiner Nase auf die Wanderarbeiter herab, was Franigo einigen Respekt abnötigte, da der Mann von eher kleinem Wuchs war. Er war nach géronaischer Mode gekleidet, mit Schnallenschuhen und einer hohen Perücke, unter der es im Sonnenlicht sicherlich unangenehm warm werden musste.

Um ihn herum hatten sich vierschrötige Gesellen platziert, Knechte und sonstiges Gesinde, die ihrem Herrn zur Seite standen. Zwei von ihnen trugen die vorgenannten Musketen, und aus der Nähe wirkten sie durchaus vertraut mit ihren Waffen und, was noch schwerer wog, gewillt, diese auch einzusetzen.

Im Kopf ging Franigo rasch seine Möglichkeiten durch. Die einfachste, nämlich sich zu entschuldigen und diese lästige Angelegenheit hinter sich zu lassen, war sein erster Gedanke, doch dann besann er sich eines Besseren. Obwohl er schon lange marschiert war, stand die Sonne immer noch hoch am Himmel. Dem Gestirn und seinem Stand zum Trotz fühlte er sich erschöpft, und eine Einkehr wäre ihm zupassgekommen. *Wenn ich dieses Problem lösen kann, was einem Mann meiner Fakultät nicht schwerfallen dürfte, wäre mir die Dankbarkeit dieses edlen Herrn gewiss. Seine Dankbarkeit und seine Gastfreundschaft hoffentlich auch.* Franigos Blick wanderte über den Gutshof, der ihm sofort gefiel. Das Hauptgebäude war zweistöckig und weiß getüncht, mit roten Ziegeln auf dem Dach und ganz offensichtlich gut gepflegt und mit einigen Malereien verziert. Das Innere, wenn es denn dem Äußeren entsprach, würde gewiss Franigos Geschmack entgegenkommen und ihm einen äußerst angenehmen Aufenthalt gewähren. Im Geiste sah er sich schon im Badezuber liegen, bedient von der hübschesten der Mägde.

Also hub er an: »Ich entbiete mich, in diesem Disput die Rolle des Schlichters zu übernehmen, um der unseligen Streitfrage ein Ende zu bereiten. Mein Name ist Franigo …«

Weiter kam er nicht, denn der Gutsherr fauchte ihn an: »Was wagt Er? Noch ein Bauer, der den Mund nicht voll genug bekommen kann?«

Eisige Kälte ergriff Besitz von dem Poeten. Ein dünnes Lächeln stahl sich auf seine Lippen.

»Mesér, auch wenn es sich um ein Missverständnis zu handeln scheint, bin ich über Euren Tonfall wenig erfreut. Wenn Ihr Euch rasch entschuldigen wollt, können wir weiterhin über die vorliegenden Probleme reden.«

»Es gibt nichts zu bereden, Bursche! Der gerechte Lohn wurde bezahlt, und dieses Gesindel soll sich fortmachen! Auf der Stelle!«

»Keine Entschuldigung, Mesér?«

Zur Antwort lachte der kleine Mann nur, als sei dies lediglich ein Scherz. Franigos Hand glitt zum Degen.

»Dann müssen wir uns wohl schlagen.«

Jetzt verstummte das Lachen. Überhaupt trat eine nach dem Lärm geradezu gespenstische Stille ein. Die Schnitter schwiegen, und auch ihre Kontrahenten sagten kein Wort. Da ihm mit einem Mal sein Gegenüber und dessen Gehabe zuwider waren, fügte Franigo in der entstandenen Stille hinzu: »Oder fürchtet Ihr Euch?«

Das Gesicht des Adligen lief puterrot an. Mit vor Zorn zitterndem Finger wies er auf den Poeten, der lächelnd und einladend die Arme ausbreitete. Dann jedoch erklangen Worte, mit denen er nicht gerechnet hatte: »Packt ihn!«

Die Knechte stürmten vor, und fast hätte Franigo seinen Degen nicht schnell genug aus der Scheide bekommen. Doch Serge sprang vor ihn und schlug den ersten Angreifer mit dem Griff seiner Sichel einfach nieder. Der zweite stach mit einem rostigen Bajonett auf den Poeten ein, doch der wich der Attacke geschickt aus und trieb dem Mann seinen Degen ins Bein. Es war nur eine Fleischwunde, doch sie sandte den Knecht schreiend zu Boden. Schon wollte Franigo frohlocken und den Adligen seine Verachtung mit wohlgewählten Worten spüren lassen, da krachte ein Schuss.

Serge sank auf ein Knie. Die Sichel glitt aus seinen Fingern. Dann klappte der große Mann einfach zusammen und fiel auf den schmutzigen Boden. Entsetzt blickte Franigo erst zu dem Toten, dann zu dem Gutsherrn, der seine Klinge gezogen hatte. Ohne auf den Knecht zu achten, der hastig seine rauchende Waffe nachlud, stürmte Franigo vor und drang auf den Adligen ein. Hinter ihm brüllten die Schnitter wie ein Mann – oder vielmehr wie ein blutrünstiges Tier.

Franigos Angriffe waren hart und schnell, und obwohl sein Gegner sichtlich Ausbildung mit seiner schlanken Klinge genossen hatte, konnte er dem Poeten nichts entgegensetzen. Ein Stich traf seine Waffenhand und sandte den Degen in den Schmutz, dann glitt die Spitze von Franigos Waffe zur Kehle des Mannes. Sie standen sich gegenüber, ihre Blicke ineinander verschränkt, doch trotz der tödlichen Gefahr sah Franigo nichts als Hass in den Augen des Adligen.

Dann brandeten die Wanderarbeiter um sie beide herum wie eine Woge aus Leibern. Ein Hieb traf den Gutsherrn am Kopf, so dass er mit verdrehten Augen zusammensackte. Die Schnitter hoben ihre Arbeitsgeräte in die Luft und brüllten: »Franigo! Franigo!«

Der Poet ließ sich von der Magie des Augenblicks mitreißen, spürte die grenzenlose Energie, die in diesen Rufen lag, die Macht, die sie ihm verliehen.

Selbst als die ersten Wanderarbeiter plündernd in das Gutshaus eindrangen, man Poltern und Krachen hörte und schließlich den spitzen Schrei einer Frau, brauchte Franigo noch einige Zeit, um sich von diesen Gefühlen zu lösen.

Die Schnitter nahmen sich vom Hof, was sie wollten, und obwohl es Franigo gelang, die Familie des Herrn und seine Bediensteten mit feurigen Worten vor ihrem Zorn zu beschützen, blieb ein schaler Geschmack in seinem Mund zurück. Er hatte das Gefühl, als läge mit Serge noch mehr tot im Hof, etwas kaum Greifbares, das an diesem sonnigen Herbsttag ebenso verendet war wie der Schnitter.

THYRANE

Schon oft war der Admiral in seinem Leben vor Mauern gelaufen. Manchmal hatte er sie durchbrechen können, manchmal umgehen, und häufiger, als ihm lieb war, hatte er kapituliert. *Ein weiser Mann weiß, wann er die Welt nicht ändern kann,* hieß es in Thaynric, andererseits sagte man den Männern und Frauen von Graemney eher Sturheit als Weisheit nach.

»Mir scheint, diese Befragungen sind fruchtlos«, erklärte Thyrane bestimmt und erhob sich. Neben ihm lächelte Holt, der entgegen den Wünschen des Admirals anwesend war, in sich hinein, als habe er den Ausgang dieses Unternehmens genau so prophezeit. Was fast der Wahrheit entsprach.

»Diese Leute sind verstockt, Thay«, erklärte Holt mit einem beinahe väterlichen Ton in der Stimme. »Das sind einfache Menschen, Naturkinder, die nichts von diesen Dingen verstehen.«

Müde rieb sich Thyrane die Schläfen. Nach einer zu kurzen Nacht waren seine Kopfschmerzen als dumpfes Dröhnen hinter seinen Augen zurückgekehrt; Vorboten eher schlimmerer Pein.

»Sie hatten keinen Kontakt zu diesem Handelsschiff, um dessen Herkunft sich alles dreht. Aber ihre Aussagen zum Verhalten der Compagnie sind eindeutig, und es ist eine

Schande. Eine Schande für unsere Nation, unser Volk und für die Königliche Marine!«

»Das bleibt abzuwarten«, entgegnete Holt süffisant. »Ein Gericht wird das klären. Nicht jeder misst den Worten dieser primitiven Kreaturen so viel Bedeutung bei wie Sie, nicht wahr?«

Natürlich hatte er recht; Thyrane konnte sich gut vorstellen, wie viel Gewicht die Aussagen dieser Eingeborenen vor einem aus Thayns bestehenden Gericht haben würden. Allein der Begriff *Eingeborene* sorgte dafür, dass viele Corbaner sie eher wie unmündige Kinder betrachteten, wenn nicht gleich als Menschen zweiter Klasse. Auf der einen Seite stünden also bestenfalls belächelte Menschen, die nicht einmal die Sprache des Gerichts beherrschten, auf der anderen die eloquenten Vertreter der Compagnie mit ihren exzellenten Kontakten und ihrem großen Einfluss in allen wichtigen Bereichen der Gesellschaft.

Während seiner Zeit als Abgeordneter im Parlament hatte Thyrane oft genug Niederlagen im Kampf gegen die sich immer weiter ausbreitenden Machtbefugnisse der Compagnie und anderer Institutionen und Handelsgesellschaften hinnehmen müssen. Denn es herrschte Krieg, seit vielen Jahren, und die Staatskassen waren nicht nur leer, sondern überschuldet, und die Thaynrisch-Koloniale Handelscompagnie spülte jedes Jahr wieder mehr Geld in die Kassen. Geld, mit dem Schiffe gebaut und gewartet, Mannschaften ausgebildet und bezahlt und Kanonen gegossen werden konnten. *Am Ende ist es das Geld, das Sugérand und seine verfluchten Lakaien in Schach hält,* überlegte der Admiral.

»Besorgen Sie mir noch einen Termin bei Gleckham«, erwiderte er Holt und erhob sich seufzend. Die kleine Entourage, welche die beiden Admirale begleitete, machte sich zum Aufbruch bereit.

Die alte Frau mit dem runden Gesicht, die sie zuletzt angehört hatten und die fast die ganze Zeit über nur zu Boden geschaut hatte, blickte nun doch auf. Thyrane konnte nicht sagen, dass die befreiten Sklaven – und er war sicher, dass es sich um solche handelte – schlecht behandelt wurden. Aber es waren tatsächlich elende Kreaturen, schon lange elend gemacht von den Dingen, die man ihnen angetan hatte.

»Wo ist Sinao?«, fragte die Frau mit zitternder Stimme. Sie sprach mit einem schweren Akzent, doch wenigstens hatte Thyrane ohne Übersetzer mit ihr reden können.

Der Adjutant, der die Befragten der Reihe nach in den kleinen Raum geholt hatte, packte sie am Arm und zischte ihr etwas ins Ohr, dann lächelte er Thyrane entschuldigend an.

»Verzeihen Sie, Thay. Manchmal wissen diese Leute nicht, wann sie besser schweigen sollten.«

Diese Leute, wiederholte der Admiral in Gedanken und sah die verängstigte Frau an, die offensichtlich all ihren Mut für diese eine Frage zusammengenommen hatte.

»Von wem sprichst du?«, erkundigte er sich, ohne den Adjutanten eines Blickes zu würdigen.

»Sinao«, erwiderte die Frau und senkte das Haupt. »Sie war bei uns. In der Küche. Dort hat sie gearbeitet, wie wir. Auch auf dem Schiff war sie. Aber sie ist weg. Sie war mit dem Jungen zusammen. Mit dem Mojo.«

Verwirrt blickte Thyrane sich um, doch keiner der anderen schien sich einen Reim auf die Worte der Alten machen zu können.

»Der Junge mit dem Mojo?«

»Ja. Er hat mit ihr geredet. Weil sie auch Mojo hat«, erklärte sie, und für einen Moment blitzte fast so etwas wie Stolz in ihren Augen auf. Als sie Thyranes fragende Miene bemerkte, fügte die alte Frau hinzu: »Er konnte Licht machen, und er hat meine Schürze fliegen lassen.«

Daraufhin kicherte sie fast wie ein junges Mädchen. Unvermittelt fiel Thyrane auf, dass er nicht einmal ihren Namen wusste.

»Wie heißt du?«

»Brizula, Herr.«

»Ich bin Admiral Thyrane. Und du musst mich nicht *Herr* nennen.« Dann wandte er sich an Holt: »Ein Maestre, Thay? Sie spricht wohl kaum vom Bordmagier der *Mantikor*, nicht wahr?«

»Wer versteht dieses Gerede schon?«

»Vielleicht meint sie die Flüchtigen?«, erkundigte sich Major Shanton, der bislang geschwiegen hatte. Als kommandierender Offizier der Armee in Lessan war seine Position eigentlich von einiger Bedeutung, aber er hatte sich nicht in die Diskussionen eingemischt und Thyrane keinen Anhaltspunkt geboten, auf welcher Seite er stand, wenn er denn überhaupt eine Seite bevorzugte.

Jetzt belegte ihn Admiral Holt mit einem finsteren Blick, aber der noch recht junge Major ließ sich davon nicht beeindrucken, sondern lehnte sich locker an die Wand, nahm den Zweispitz vom Kopf und enthüllte so einen rotblonden Schopf, der sich trotz seiner relativ jungen Jahre schon kräftig gelichtet hatte.

»Die Flüchtigen?«

»Es gab einen Zwischenfall, aber das ist schon einige Tage her. Offenbar ein Maestre, vielleicht sogar zwei, die zum Zeitpunkt des Zugriffs auf das Schiff der Piraten nicht an Bord waren. Eine Abteilung hat sie ausfindig gemacht, aber sie konnten entkommen, unter Umständen, die nahelegen, dass zumindest einer der Flüchtigen über ein erhebliches magisches Potenzial verfügen muss. Bei der Aktion wurde ein Gasthaus in seine Einzelteile zerlegt. Bei der Einheit, das war vielleicht ein Desaster …«

»Das Sie zu verantworten haben, Major«, warf Holt grimmig ein. »Ihre Leute haben in dieser Sache gründlich versagt!«

»Hätte man von vorneherein mit offenen Karten gespielt und mich auf die Dimension der Angelegenheit aufmerksam gemacht, hätte es anders ausgesehen, Admiral. Leider war der Caserdote nicht in der Lage, die Magie dieser Leute unter Kontrolle zu bringen, und das lag sicherlich nicht an meinen Befehlen, sondern daran, dass die Flüchtigen bemerkenswert gefährlich sind.«

»Wir haben sehr wohl auf diese Gefahr hingewiesen, Major, aber ...«

»Meine Herren, bitte«, unterbrach Thyrane den aufkeimenden Streit, höchst erfreut über die deutliche Antipathie, die zwischen den beiden Offizieren herrschte. »Können Sie die Details dieser Angelegenheit bitte im privaten Rahmen erörtern? Jetzt gibt es Dringenderes zu erledigen. Major, ich benötige eine Kopie des Berichts, den Sie sicherlich angefertigt haben, nicht wahr?«

»Natürlich, Thay«, erwiderte Shanton und salutierte zackig. Auch wenn dies offensichtlich als Affront gegen Holt gedacht war, beschloss Thyrane, den Major zu seinem Gehilfen zu machen.

»Admiral, wenn es Ihnen nicht allzu viel ausmacht, könnten Sie mich doch sicherlich über diese ganze Angelegenheit informieren. Und wenn Sie schon dabei sind, wäre ich Ihnen dankbar, wenn Sie überlegten, ob Sie noch weitere Details zu erwähnen vergaßen, die mir behilflich sein könnten.«

»Natürlich, Thay, natürlich«, erwiderte Holt mit einem Gesichtsausdruck, der ohne Schwierigkeiten Milch hätte sauer werden lassen, und wies zur Tür. »Können wir dann? Wir alle haben genug zu tun, nicht wahr?«

Bevor Thyrane der Aufforderung Folge leistete, wandte er sich noch einmal an Brizula, die während des Gesprächs der

Corbaner geschwiegen hatte und wieder zu Boden blickte. »Wir finden deine Freundin. Ich verspreche es dir. Und ich werde dafür sorgen, dass euch Gerechtigkeit widerfährt. Die Krone wird sich nicht derartig beschmutzen lassen.«

Ihr dankbarer Blick verfolgte ihn auf dem Weg hinaus. Er wusste nicht, ob er seine Versprechen würde halten können, aber er würde alles in seiner Macht Stehende tun, um es zu versuchen. Als junger Mann hatte er daran geglaubt, dass Worte alles waren und dass sein Wort seine Ehre sei, die er zur Not mit dem Leben verteidigen musste. Die Zeit hatte ihn anderes gelehrt. *Man kann nur tun, was möglich ist, auch wenn man das Unmögliche erreichen will.*

Einst hätte er auch das Unmögliche versucht, und manchmal kehrte der Dickschädel seiner Jugend zurück, und das spürte er in Augenblicken wie diesen. Er war sich nicht sicher, ob er wirklich für die ehemaligen Sklaven eintrat oder einfach nur Holt und seine Gesellen angreifen wollte. *Vermutlich beides*, erkannte er grimmig. *Aber kann man nicht auch das Richtige tun und dabei solchen Männern einen Schuss vor den Bug verpassen?*

Als sie aus dem flachen Gebäude traten, blendete die grelle Sonne Thyrane. Die ehemaligen Sklaven waren in einer Baracke der Armee untergebracht, bis man eine echte Bleibe für sie finden konnte. Nicht wenige von ihnen würden schließlich auf die eine oder andere Art und Weise bei der Marine landen, davon war Thyrane überzeugt.

Mitten auf dem Platz stand ein Fahnenmast, an dem stolz die Flagge Thaynrics wehte. Zwei Soldaten bewachten die Flagge, und die metallenen Teile ihrer Uniform glänzten im Sonnenlicht. Das Ebenbild der Macht und der Disziplin ihrer Nation, selbst hier, viele tausend Meilen von der Heimat entfernt, stand im Kontrast zu dem Leid der Menschen, die in dem Gebäude hinter ihnen hausten, und das genau diese große Nation mit ihren Schiffen und Kanonen über sie gebracht hatte.

Mit diesen finsteren Gedanken verabschiedete Thyrane sich von seinen Begleitern und stieg in die wartende Droschke. Aus einer Laune heraus wies er den Kutscher an, ihn direkt zur Niederlassung der Handelscompagnie zu fahren. Vermutlich würde Laerd-Protektor Gleckham nicht gerade vor Freude jauchzen, ihn bereits am Tag nach ihrer ergebnislosen Unterredung mitten in der Nacht wiederzusehen, aber der Admiral hatte nicht vor, sich bei dem Mann besonders beliebt zu machen – im Gegenteil.

JAQUENTO

»Sinosh? Kleiner? Wo bist du? Komm her.«

Obwohl Jaquento wusste, dass er nichts würde hören können, spitzte er die Ohren. Noch immer fiel es ihm schwer, die Stimme der kleinen Echse in seinem Kopf zu ertragen, so dass er jedes Mal erneut von dem unangenehmen Gefühl des Nichtalleinseins in seinem Kopf überrascht wurde. Doch jetzt geschah nichts, und Sinosh blieb verschwunden.

»Du Mistvieh! Komm raus!«

»Was?«, murmelte Bihrâd schläfrig, was den jungen Hiscadi zusammenzucken ließ. Doch der Maureske brummte nur unverständliche Worte und drehte sich wieder auf die Seite. Schon bald klangen seine Atemzüge wieder lang und regelmäßig. Zu den verbesserten Bedingungen ihrer Haft gehörten nun auch zwei Hängematten, die den Schlaf in der Brig angenehmer machten. Seit sie die Sturmwelt hinter sich gelassen hatten, war auch die Schwüle aus der Luft gewichen, und das Leben in Gefangenschaft war deutlich erträglicher geworden.

»Sinosh«, flüsterte Jaquento wieder, unsicher, ob die Echse ihm antworten konnte, wenn er ihren Namen nur dachte. Bislang schien es so, als könne sie seine Gedanken nicht lesen, sondern lediglich seine Worte ahnen, bevor er sie aussprach. Aber vielleicht verbarg sie noch weitere Fähigkeiten vor ihm, um ihn nicht noch mehr zu verwirren.

»Sinosh?«

Hier bin ich.

»Endlich. Wo warst du?«

Jagen. Ratten.

Der angeekelte Tonfall amüsierte Jaquento, doch er schwieg tunlichst darüber. Mit angehaltenem Atem lauschte er in das Zwielicht des beginnenden Tages. Er bildete sich ein, das Kratzen kleiner Klauen auf Holz zu hören, aber unter den beständigen Geräuschen, die ein großes Schiff unter Segeln produzierte, konnte er kaum sicher sein.

»Wo bist du jetzt?«

Unter dir. Ganz unten, wo es nass ist. Ich kann nur manchmal nach oben, in der Dunkelheit, wenn niemand im Laderaum ist. Dort gibt es ja gutes Essen in großen Fässern und Kisten. Als ob es jemand stören würde, wenn ich davon abhabe.

»Ja, schon gut. Ich kann dir leider nicht helfen, weil ich ein Gefangener bin, falls du das schon vergessen haben solltest«, unterbrach ihn der junge Hiscadi. Die Selbstbezogenheit der kleinen Kreatur verärgerte ihn mindestens ebenso sehr, wie ihn ihr Appetit überraschte.

Das ist alles deine Schuld, stellte die kleine Echse grummelnd fest. Beinahe wäre Jaquento vor Wut explodiert, doch dann besann er sich.

»Meine Schuld?«

Ja, deine. Hättest du mich nicht dauernd gefüttert, als ich noch unerwacht war, dann würden mir jetzt Ratten munden. Aber nun mag ich sie nicht, und der Sinn steht mir eher nach Milch und Sahne. Als wäre ich eine Katze!

»Das tut mir sehr leid«, erklärte Jaquento sarkastisch. »Ich werde bestimmt daran denken, wenn sie mir in Thaynric die Henkersmahlzeit vorsetzen. Und wenn ich am Galgen baumle, werde ich um dein Leid weinen. Ich hoffe, es gibt Sahne auf meinem letzten Tablett.«

Noch hängst du nicht, erinnerte ihn Sinosh.

»Nein, noch nicht«, bestätigte der Hiscadi grimmig. Dann fiel ihm etwas ein: »Was meinst du mit *unerwacht*? Jetzt bist du erwacht?«

Ja. Aber ich bin zu jung. Das sollte noch nicht geschehen. Erst wenn ich größer werde, sollte mein Verstand erwachen. Aber der Nexus hat alles verändert. Und vielleicht auch das schwarze Schiff. Das ist nicht gut, verstehst du? Du musst mir vertrauen, Jaquento. Deine Beute darf nicht in die falschen Hände gelangen.

»Du bist wirklich ein Drache?«

Das *Ja* in seinem Geist war weniger ein Wort als vielmehr ein Gefühl der Bekräftigung.

»Und ich dachte, die Geschichten von Drachen wären nur Seemannsgarn. Legenden eben, Überbleibsel aus alten Zeiten, als die Menschen noch abergläubisch waren.«

Waren? Pfft.

Missbilligung schwang in dem Geräusch mit. Jaquento konnte nicht sagen, dass es ihm gefiel, die gesamte Menschheit, zu der er sich nun einmal auch zählte, derart verunglimpft zu sehen, noch dazu von einem kleinen, schuppigen, lügnerischen Reptil. Noch gelang es ihm nicht, von Sinosh als von einem Drachen zu denken.

»Wie auch immer«, knurrte er also übellaunig. »Es gibt Drachen?«

Nicht so, wie du denkst. All dies ist nicht so einfach. Die meisten von uns sind nicht erwacht. Sie sind so, wie ich es war. Das würdest du nicht Drache nennen, oder?

»Nein.«

Genau. Wenn wir wachsen, erwacht unser Geist irgendwann. Aber bei mir ist das viel zu früh geschehen. Ich bin zu klein!

»Aber wo sind diese Drachen denn? Deine großen Brüder und Schwestern. Niemand sieht sie, sie fliegen nicht durch die Lüfte, rauben keine Jungfrauen …«

Also bitte!

Verärgerung blitzte in den Worten auf, genau die Reaktion, die der junge Hiscadi hatte provozieren wollen. Er schnalzte leise mit der Zunge.

»Nun?«

Manchmal seht ihr uns schon. Wie die vielen Legenden *beweisen. Aber wir leben fern von euch Corbanern. Und wir achten darauf, dass es so bleibt. Und dann …*

Einige Augenblicke wartete Jaquento darauf, dass Sinosh mit seiner Erklärung fortfuhr, dann fragte er gereizt: »Was dann?«

Das kann ich nur schwer erklären, und es ist nicht wichtig für dich. Du musst deine Kräfte dafür aufwenden, die Ladung des Schiffes zu finden und in deinen Besitz zu bringen.

»Dein Gedächtnis ist nicht das beste, was? Ich kann hier nicht weg. Meist kann ich nicht mal die Brig verlassen. Und selbst wenn ich es könnte, warum sollte ich das tun?«

Weil die Ladung gefährlich ist. Ich habe es nur kurz gespürt, aber es ist machtvoll. Ich fürchte, was man damit anrichten könnte, wenn es in die falschen Klauen … ich meine … Hände gerät. Es ist mehr, als du ahnst, fürchte ich.

»Das ist alles sehr mysteriös. Die richtigen *Klauen* wären wohl deine, hm?«, erkundigte sich Jaquento in bemüht harmlosem Tonfall. Die Motive des Wesens, das einst ein simples Haustier gewesen war, lagen für ihn im Dunkeln, doch der junge Hiscadi hatte nicht vor, sie dort zu belassen.

Erst einmal musst du verhindern, dass jemand damit Arges tut. Alles andere wird sich finden.

»Warum ich? Warum nicht die ach so pflichtbewusste Kapitänin dieser Schaluppe hier? Oder gleich der verdammte Admiral?«

Nur du kannst mich verstehen, erklärte Sinosh leise. *Ich … ich bin zu früh erwacht. Meine Fähigkeiten, mit euch zu … reden … sind nicht voll entwickelt. Aber das werden sie noch … bestimmt!*

Es fiel Jaquento schwer, nicht zu seufzen. Das Absurde seiner Situation wurde ihm schlagartig bewusst, und er begann zu kichern.

Ausgerechnet ihm erzählte eine kleine, unterentwickelte und dabei frühreife Echse von weltbewegenden Ereignissen, die nur *er* noch aufhalten konnte. Wunderbar.

Oh, der Koch hat vergessen, das Butterfässchen zu schließen, rief Sinosh hungrig, dann herrschte Stille.

»Sinosh?« Keine Antwort. »Sinosh? Verfressenes Vieh.«

Die Marinesoldatin, die sie gestern Abend in die Brig gebracht hatte, war so freundlich gewesen, die Tür einen Spalt weit aufzulassen, als sie die schwere Kette mit dem Vorhängeschloss vorlegte. Nun drang das noch fahle Licht des Morgens in den Raum, das den Weg durch den Niedergang zu ihnen herabfand. Es gab der Brig eine erstaunlich beschauliche Atmosphäre, mit weichen Linien und tiefen Schatten, in denen der Blick sich verlieren konnte. Fast fühlte sich Jaquento nicht mehr wie ein Gefangener, sondern frei und Herr seiner selbst.

Dann schrie eine Möwe; vielleicht begrüßte sie den neuen Tag, vielleicht hatte sie einen schmackhaften Fisch entdeckt. Der Ruf des Vogels brachte dem jungen Hiscadi wieder schmerzhaft zu Bewusstsein, wo er sich befand.

Auch als Leutnant Cudden die Tür aufschloss und die beiden Gefangenen an Deck ließ, blieb der stechende Schmerz in Jaquentos Brust. Jeglicher Gedanke an Freiheit war verschwendet.

»Jaq, schau«, rief Bihrâd plötzlich, der in Richtung Bug gegangen war und nach vorn wies. Neugierig tat der junge Hiscadi wie geheißen und sah eine dunkle Linie am Horizont, die sich beim ersten Blinzeln als eine lang gezogene Küste erwies.

»Wir nähern uns unserer Bestimmung«, murmelte der Maureske ominös. Um die Fregatte herum schwebten Vögel,

Dutzende von Möwen, die mit lässigen Flügelschlägen mit dem großen Schiff Schritt hielten und immer wieder schrien.

Die Besatzung der *Mantikor* hatte sich zum größten Teil an Deck versammelt. In ihren hellen Hosen und den gestreiften Hemden, mit den Tüchern und den Mützen auf dem Kopf hätten sie direkt aus einem der Gemälde entsprungen sein können, die in den Salons von Géronay so beliebt waren. Früher hatte sich Jaquento oft darüber gewundert, dass die Géronaee von ihren Erzfeinden und gerade der Marine, die ihrem Reich immer wieder Sieg um Sieg abtrotzte, so sehr fasziniert waren, doch inzwischen nahm er diese Bewunderung als eine der Merkwürdigkeiten des Lebens hin, für die er keine Erklärung fand.

Die Männer und Frauen hielten Abstand von den Gefangenen. Es war, als ob sich ein unsichtbarer Kreis um Jaquento und Bihrâd zog, der jeglichen Kontakt unterband. Der junge Hiscadi bemerkte es kaum noch. Stattdessen wanderte sein Blick über das ferne Land, während in seiner Brust Hoffnung und Grauen miteinander rangen. An dem sich ihm bietenden Bild stimmte etwas nicht. Es dauerte einige Momente, bis er es erkannte.

»Das ist doch nicht Thaynric.«

»Nein, ist es nicht«, ertönte Cuddens Stimme hinter ihm. Der Leutnant war über die unsichtbare Grenze getreten, als existiere sie nicht. *Oder nicht für ihn.*

»Aber wo sind wir dann?«

»Südliches Géronay oder nördliches Hiscadi. Die Kapitänin wird das sicherlich besser wissen als ich einfacher Schlammstiefel.«

»Was … aber wieso sind wir … Schlammstiefel?«

Cudden lachte breit, und die Narben auf seinem Gesicht glühten im frischen Morgenwind rot, als würde in ihm ein helles Feuer brennen.

»So nennen uns die Teerjacken manchmal. Und warum wir hier sind?« Er zuckte mit den Achseln. »Die Kapitänin hielt diesen Kurs für besser. Sie kommandiert das Schiff und weiß diese Dinge. Etwas mit den Winden und so weiter. Wir werden uns der Küste annähern und dann nach Norden abdrehen, um die alte Heimat zu erreichen. Navigation, aber davon verstehen Sie sicherlich mehr als ich.«

Ohne auf eine Antwort zu warten, drehte Cudden sich zackig um und drängte sich durch die Traube von Seeleuten nach vorn zum Bug. Verwirrt blickte Jaquento ihm nach, bis die breiten Schultern und der rote Uniformrock in der Menschenmenge verschwanden. Für einen Augenblick war ihm gewesen, als habe der Leutnant ihm zugezwinkert, aber er verwarf den Gedanken sofort. Stattdessen tauchte ein neuer in seinem Geist auf: *So nah. So verdammt nah. Vielleicht ist es ja doch möglich, von diesem Kahn zu entkommen.*

Neben ihm schien Bihrâd Ähnliches zu denken, denn der Maureske lächelte mit versonnenem Blick. In diesem Moment fasste Jaquento den Entschluss, dass sie es wagen würden, wagen mussten. Besser ein Tod auf hoher See, als in Thaynric als Volksbelustigung und Krähenfutter zu enden.

Ein Schrei hinter ihnen ließ ihn herumfahren. Ein Matrose war offenbar auf seinen Hintern gefallen und hielt nun seine Mütze in beiden Händen vor der Brust, als befürchte er, dass man sie ihm stehlen wolle, und brüllte lauthals: »Ein Daemon! Ein Daemon!«

Tatsächlich huschte eine kleine Gestalt über das Deck, ein gelber Blitz, der zwischen den Taurollen umherzischte, über einen Eimer sprang und dann den Mast emporraste.

»Sinosh!«

Jaquento wollte vorstürmen, doch Bihrâd hielt ihn an der Schulter fest. Der warnende Blick des Mafuresken brachte Jaquento so weit zur Vernunft, dass er stehen blieb und schwieg.

»Was ist denn das für ein Viech?«, donnerte Cuddens Stimme über das Deck. »Wohl eher eine Ratte als ein Daemon, nicht wahr?«

Die Besatzung lachte, während der Matrose sich aufrappelte. Erst jetzt, da er über das Schiff zurückschaute, entdeckte Jaquento die Kapitänin, die mit auf dem Rücken verschränkten Armen auf dem Achterdeck stand und die Szene recht ungerührt beobachtete. Sie wirkte weniger wie ein Teil der Bordgemeinschaft als wie eine Galionsfigur, so entfernt und über den Ereignissen stehend.

»Was immer es ist«, rief sie schließlich, und ihre Stimme übertönte die Scherze der Mannschaft, »schießen Sie es runter, Leutnant.«

Möglicherweise hätte Jaquento sich freuen sollen, dass die Thayns sein kleines Problem auf ihre übliche dezente Weise lösen wollten, doch er spürte, wie sich seine Gedärme kalt verkrampften. *Sinosh! Du dummes Ding, hau ab*!

»Aye, aye, Käpt'n!«, erwiderte Cudden und bellte einen Soldaten an: »Eine Muskete, aber hurtig, wenn es beliebt!«

Der Angesprochene nahm den Schlüssel entgegen, den der Leutnant ihm hinhielt, und stürmte den Niedergang hinab. Mit bangem Gefühl suchte Jaquento die Takelage ab, doch er konnte die kleine Echse nicht entdecken. Schon kehrte der Soldat mit der gewünschten Waffe wieder, da spürte der junge Hiscadi Worte in seinem Kopf: *Es ist da! Dort, in Richtung Land*!

»Was?«, rief Jaquento und zog mehr als einen verwirrten Blick auf sich.

Das Schiff. Die Ladung. Dort! Dort!

Die aufgeregte Stimme tönte wie Donnerhall in seinem Kopf, als Cudden routiniert die Muskete lud und erhob.

»Halt!«

Der Leutnant hielt tatsächlich inne, während Jaquento zwei

Schritt vortrat. Um hin herum standen die thaynrischen Seeleute und starrten ihn an.

»Was kann ich für Sie tun?«, erkundigte sich Kapitänin Roxane mit kühler Höflichkeit. Wieder einmal fand der junge Hiscadi sich in einer Situation wieder, in der sein Mund schneller als seine Gedanken gewesen war.

»Das ist, äh, mein Tier. Die kleine Echse. Ihr erinnert Euch, Meséra?«

»An diese Kreatur, die Sie begleitet hat? Durchaus. Und?«

»Ich wäre Euch verbunden, und zwar in wirklich ewiger Dankbarkeit, wenn Ihr es nicht, nun ja, erschießen lassen würdet.«

Die Worte hingen in der Luft. Neben ihm kicherte eine Matrosin, bis ihr Nebenmann ihr einen Ellbogen in die Seite stieß. Cudden blickte ihn mit hochgezogenen Augenbrauen an, und die Kapitänin hob die Hand an ihr Kinn.

»Warum?«

»Weil ... weil ... sich die *Todsünde* und die *Totwey* voraus befinden«, lenkte der junge Hiscadi ab, da ihm kein vernünftiger Grund einfiel. *Zumindest keiner, der nicht alle an den Gaben meines Geistes zweifeln ließe.*

Immerhin erzielte er einen Achtungserfolg, denn seine Worte lösten allgemeine Aufregung aus. Nur die Kapitänin blieb ruhig. Jaquento konnte ihren Blick auf sich spüren, ihren Unglauben und ihre Arroganz, die er ihr am liebsten ausgetrieben hätte. Er richtete sich auf und hob den Kopf. Er erwiderte ihren Blick aus kalten Augen, nicht gewillt, ihr gegenüber nachzugeben.

Erst, als der Ausguck »Segel voraus« rief, löste sich die Spannung. In der folgenden Aufregung war die kleine Echse fürs Erste vergessen.

THYRANE

Die Situation erinnerte den Admiral an die Vorbereitung eines Gefechts, wenn Schiffe sich stundenlang einander annäherten, und jeder wusste, dass bald die Hölle losbrechen würde.

Anders als Admiral Holt ließ sich der Laerd-Protektor der überseeischen Besitztümer der Thaynrisch-Kolonialen Handelscompagnie keineswegs durch Worte aus der Fassung oder auch nur aus dem Konzept bringen.

»Um es noch einmal zu wiederholen, Admiral: Die Korvette ist nach minimalen Reparaturen wieder in Dienst genommen worden. Da weder militärische noch zivile Autoritäten Anklage gegen die Besatzungsmitglieder erhoben haben, erschien es mir nicht sinnvoll, das Schiff nicht wieder einzusetzen.«

Der Hinweis auf zivile Autoritäten klang wie blanker Hohn in Thyranes Ohren; immerhin stellte die Compagnie den größten Teil der Verwaltung in der Sturmwelt, und er konnte getrost davon ausgehen, dass ihr Einfluss auf den Gouverneur und seine Untergebenen erheblich sein dürfte. Langsam trank er einen Schluck des außergewöhnlich schmackhaften Branntweins, den Gleckham ihm hatte servieren lassen. Zumindest als Gastgeber war der Mann herausragend, und Thyrane fühlte sich gut beraten, die Annehmlichkeiten auszukosten, selbst wenn er das Oberhaupt der Compagnie in diesem Teil der Welt für eine gefährliche Natter hielt.

»Darf ich offen sprechen, Thay?«, fragte der Admiral in verschwörerischem Tonfall, und Gleckham hob einladend die Hand: »Ich bitte darum.«

»Ich glaube, alle Vorwürfe bezüglich der Siedlung auf dieser Insel sind wahr. Vielleicht war es ein findiger Aufseher, der allein gehandelt hat, vielleicht gab es Deckung durch die Vorgesetzten. Das ist mir relativ egal. Aber es werden Verantwortliche dafür geradestehen müssen, Thay, und ich schlage vor, dass sich die Handelscompagnie um die Aufklärung der Angelegenheit in vollem Umfang bemüht.«

»Wäre das nicht eher die Aufgabe der zivilen Stellen?«

»Was Sie nicht in die Wege leiten, wird zu meiner Aufgabe werden, Protektor. Wenn ich mich dazu gezwungen sehe, werde ich diese ganze unangenehme Angelegenheit aufklären und ans Licht der Öffentlichkeit zerren.«

»Ist das eine Drohung?«, fragte Gleckham im Tonfall ehrlicher Entrüstung, doch seine ausdruckslose Miene war ein Hinweis auf seine wahren Gefühle. Dieser Mann würde nichts zugeben, bis er dazu gezwungen wurde, und er war sich seiner Position und Macht bewusst. Noch dazu ahnte er, dass es nicht Thyranes Mission war, das geheimnisvolle Schicksal einiger Paranao aufzuklären.

»Das ist ein Versprechen, Thay, und Sie können mir glauben, dass ich mein Wort ernst nehme«, log Thyrane mit, wie er hoffte, ebenso unbewegter Miene. Wieder nahm er einen Schluck, und Gleckham tat es ihm gleich. Schweigen breitete sich zwischen den beiden Männern aus, als sie ihre Optionen abzuschätzen versuchten.

Gleckhams Büro war im imperialen Stil eingerichtet, komplett mit falschen Säulen und Deckengemälden, die in buntesten Farben von den Abenteuern der heidnischen Helden und Gottheiten berichteten. Die dunkelbraune Holztäfelung stand im Kontrast zu den hohen, hellen Fenstern, die dem Raum trotz der dunklen Einrichtung eine freundliche Atmosphäre verliehen. Edelstes Silberzeug und Gemälde der bekanntesten zeitgenössischen Künstler kündeten vom Reichtum der Compagnie. Es waren hauptsächlich nautische Szenen, die abgebildet waren, stolze Schiffe der Compagnie in allen möglichen Situationen und Seeschlachten.

Hinter Gleckhams Schreibtisch dominierte eine wundervolle, detailgetreue Weltkarte die Wand. Für einen Moment folgte Thyranes Blick dort all den Routen, die er im Laufe seines Lebens gesegelt war, zu all den fremden und exotischen Orten, an denen er gelebt, geliebt und gekämpft hatte. Er ließ jeden seiner Fingerknöchel knacken und hätte ob des plötzlichen Schmerzes in den alten Gelenken fast aufgestöhnt.

»Was verlangen Sie, Admiral?«

Also bekommt er doch kalte Füße, wenn die See an Deck schwappt, dachte Thyrane bei sich, während er antwortete: »Die Compagnie gesteht ihre Schuld ein und leistet den ehemaligen Sklaven Entschädigungszahlungen. Ihnen steht doch zumindest ein Sold für ihre Arbeit zu, nicht wahr? Und wen auch immer Sie dafür als Schuldigen präsentieren, ist mir egal.«

»Aber das ist doch lächerlich, Thay. Warum sollten wir für ein angebliches Verbrechen Buße tun, für das wir nicht einmal angeklagt wurden?«

Seufzend stellte der Admiral sein Glas ab und erhob sich. Er lächelte und hob die Hand zum Gruß. »Dann ist alles gesagt, ehrenwerter Laerd-Protektor. Wenn sich die Compagnie keiner Schuld bewusst ist, kann sie meinen Untersuchungen ja mit reinem Gewissen entgegensehen. Ich wünsche Ihnen noch einen angenehmen Tag, Thay.«

Noch bevor er die Tür erreicht hatte, räusperte sich Gleckham vernehmlich. Als wäre er verwundert, wandte Thyrane sich um. Der Protektor strich sich mit der Hand über die Stirn, wobei seine weiße, kunstvoll gerollte Perücke leicht verrutschte. Es war das erste Zeichen von Unsicherheit, das der Admiral entdecken konnte, und er war froh, dass sein Gegenspieler in dieser Situation doch menschliche Schwächen zeigte.

»Sie akzeptieren jeden Verantwortlichen, den wir präsentieren?«

»Ich glaube, dass Sie und die Ihren viel besser als ich in der Lage sind, diese unschönen Ereignisse zu ihrem Ursprung zurückzuverfolgen, Thay. Wenn Sie zu einem Ergebnis kommen, wer sollte daran zweifeln?«

»Gut, gut«, entgegnete Gleckham und nickte steif. »Ich werde eine Untersuchung anordnen. Wenn wir zu dem Schluss kommen, dass Angehörige der Handelscompagnie sich eines Fehlverhaltens schuldig gemacht haben, werden wir natürlich dafür geradestehen.«

»Natürlich.«

»Dann sind wir uns einig, Admiral. Ihr Sinn für Gerechtigkeit ist wahrhaft bewundernswert.«

Gleckham lächelte und hob sein Glas zu einem Toast. Thyrane tat es ihm gleich.

»Auf die Königin«, prostete er. »Und auf die Gerechtigkeit.«

Der Protektor erwiderte die Worte, ohne dass das dünne Lächeln um seine Lippen schwand. Einst hätte Thyrane gegen die Arroganz des Mannes gewettert, hätte restlose Aufklärung verlangt – und wäre gescheitert. Der Kompromiss war das Beste, was er erreichen konnte, ohne tatsächlich selbst tätig zu werden, so viel wusste er. Niemals hätte Gleckham einer vollständigen Untersuchung zustimmen können, da der Schaden an der Reputation der Compagnie – und damit auch an seiner eigenen – zu groß hätte werden können. Aber einige Sündenböcke zu finden, vermutlich gleich unter den Gefallenen auf der Sklaveninsel, war eine Konzession, die er machen konnte. *Vermutlich wird er das Ganze noch in einen Vorteil verwandeln. Er ist in diesem Spiel gewiefter als Holt, der nur den Gesichtsverlust sehen würde. Wahrscheinlich arbeitet sein Hirn schon daran, wie er die ganze Angelegenheit so darstellen kann, dass die Compagnie zum Schluss als patriotisch und gut aufgestellt auftreten kann.* Aber das war Thyrane egal. Er hatte getan, was er tun konnte. Den befreiten Sklaven würde geholfen werden, aus welchen Gründen auch immer. Und die Compagnie würde ihre Schuld eingestehen.

»Gibt es sonst noch was, Admiral? Ich muss das sofort in die Wege leiten und bin daher bereits in Eile. Sie verstehen doch sicher, nicht wahr?«

»Das versteht sich von selbst, Thay. Ich denke, wir sind so weit fertig«, erwiderte Thyrane und nickte dem Protektor zu. Dann jedoch fügte er an: »Eine Sache noch …«

»Ja?«

»Woher kamen die Korvetten und der Sturmweltfahrer?«

Es war ihm eine Freude zu sehen, wie Gleckham die Gesichtszüge doch noch für den Bruchteil eines Augenblicks entglitten.

ROXANE

Es kostete Roxane Mühe, nicht vor der Besatzung die Beherrschung zu verlieren. Sie grub hinter ihrem Rücken die Finger einer Hand so fest in die Fläche der anderen, dass es schmerzte. Dann blickte sie empor.

»Meldung!«

»Drei ... nein vier Schiffe, Thay. Steuerbord voraus, direkt an der Küste«, antwortete der Toppsgast aus dem Krähennest. Ohne auf die zahlreichen Blicke zu achten, die auf sie gerichtet waren, griff Roxane nach ihrem Fernrohr und suchte den Horizont ab. Tatsächlich fand sie einen kleinen hellen Fleck vor der dunklen Küste, von ihrer Warte aus noch nicht als Flottille zu erkennen, geschweige denn als einzelne Schiffe. Aber dort war definitiv etwas, und Roxanes Herz schlug schneller. Obwohl sie keine Details ausmachen konnte, wusste sie einfach, dass Jaquento recht hatte; sie konnte es im Wind schmecken, in den Wellen sehen, im Gieren der Fregatte spüren. Um sie herum zog sich etwas zusammen, und ihr Kampfgeist erwachte.

»Steuermann, zwei Grad steuerbord«, befahl sie, dann wandte sie sich an Cudden: »Erweisen Sie mir bitte die Freundlichkeit, unsere beiden Gefangenen auf das Poopdeck zu bringen, Leutnant.«

Noch während ihren Befehlen Folge geleistet wurde, trat

die Kapitänin an die Reling, abseits der sicherlich neugierig gespitzten Ohren in ihrer Nähe. Wenige Augenblicke später gesellten sich Cudden, Jaquento und der Maureske zu ihr.

»Ist das wieder einer Ihrer Tricks?«, fragte Roxane geradeheraus.

»Nein, Meséra, ich bin sicher, dass das schwarze Schiff, oder zumindest seine Ladung, dort ist, auch wenn ich nicht sagen kann, wer sonst noch mitfährt.«

Roxane musterte den Hiscadi, doch sie fand nichts als Offenheit in seiner Miene. Die Wochen als Gefangener waren nicht spurlos an ihm vorübergegangen, denn seine Wangen waren hohler als vorher, und unter seinen Augen sah sie dunkle Schatten, aber sein Gesicht war rasiert und seine Kleidung sauber, wohl eine Folge der Zugeständnisse, die sie an die Gefangenen gemacht hatte.

»Woher?«

Es war eine einfache Frage, doch auf die Antwort war sie gespannt. Auch Cudden lehnte sich leicht vor, um besser verstehen zu können. Jaquento strich sich mit der Hand über Mund und Kinn, dann blickte er sich um, als erwarte er, belauscht zu werden. Als er endlich sprach, war seine Stimme kaum mehr als ein Flüstern: »Ich weiß, dass es seltsam klingt, aber Sinosh weiß es. Die kleine Echse. Die Ihr erschießen lassen wolltet.«

»Die *Echse* weiß es? Wollen Sie behaupten, dass sie mit Ihnen spricht?«

»Ich weiß, wie das in Euren Ohren klingen muss, Meséra«, erwiderte Jaquento ruhig.

»Denken Sie, es sei so leicht, die Marine Ihrer Majestät zum Besten zu halten, Mann?«, fragte Cudden mit einem überraschten Gesichtsausdruck.

»Keinesfalls. Und deshalb versuche ich es ja auch gar nicht. Glaubt Ihr wirklich, Mesér, dass ich mir keine bessere

Geschichte ausdenken könnte als diese, wenn ich lügen wollte?«

Ärger stieg in Roxane auf. Sie fühlte sich verraten, und die Vorstellung von einem bevorstehenden Kampf und der Jagd nach dem schwarzen Frachter erschien ihr nun töricht. *Nichts als dumme Einbildung, und dieser hiscadische Wortverdreher hat mich wieder einmal an der Nase herumgeführt*!

Noch schwieg Jaquento, doch seine Stirn war in Falten gelegt. Wieder blickte er um sich, bevor er antwortete: »Nein, natürlich spricht sie nicht. Nicht direkt. Das wäre ja verrückt! Aber sie spürt etwas, deswegen ist sie so aufgeregt. So reagiert sie auf diese seltsame Ladung. Ich gebe zu, Meséra, dass es mehr ein Schuss ins Blaue war, eine Vermutung, aber je länger ich darüber nachdenke, desto sicherer bin ich mir in dieser Sache.«

Noch blieb Roxane skeptisch, aber sie wollte ihm vertrauen. Er musste in dieser Sache einfach die Wahrheit sagen. Wenn das schwarze Schiff wirklich vor ihnen war, dann lag hier die Möglichkeit, ihr Schicksal doch noch zu verändern.

»Zu dieser ... dieser Echse. Bringen Sie das Tier unter Kontrolle, oder der Leutnant wird sich doch noch darum kümmern«, sagte sie schließlich, um vom Widerstreit ihrer Gefühle abzulenken.

»Selbstverständlich, Meséra, ich werde mein Bestes geben, aber Sinosh hat manchmal seinen eigenen Kopf und ...«

»Dies ist ein Kriegsschiff der Königlichen Marine von Thaynric«, unterbrach ihn Roxane. »Das womöglich bald in ein Gefecht fährt. Ich dulde keine Ablenkungen an Bord, und wenn Ihre Kreatur nicht zu bändigen ist, dann werden wir Maßnahmen ergreifen, um die Sicherheit von Schiff und Besatzung zu gewährleisten. Habe ich mich deutlich genug ausgedrückt?«

Seine säuerliche Miene zeigte, dass dies der Fall war, aber er verneigte sich rasch und tief und erwiderte: »Sicher, Meséra. Ihr seid der Capitane dieses wundervollen Schiffes; Euer Wort ist mir Befehl!«

Er schien plötzlich seine Fähigkeit verloren zu haben, Thaynrisch ohne Akzent zu sprechen, denn nun lag mehr als nur ein Hauch Hiscadisch in seinen Worten, und er wirkte, wie man sich in Loidin hiscadische Landadlige vorstellte, sein ganzes Gebaren von einer solch übertriebenen und offensichtlich falschen Grandezza, dass Roxane beinahe geschmunzelt hätte. Stattdessen jedoch kniff sie die Augen zusammen und wandte sich dann an Cudden: »Unsere Gäste bleiben für den Augenblick auf dem Achterdeck. Stellen Sie einen Ihrer Leute zu ihrer Bewachung ab, bis ich weitere Instruktionen erteile. Und versorgen Sie Ihre Soldaten mit allem, was sie für ein Gefecht benötigen, Thay.«

»Aye, aye, Thay!«

Noch einmal setzte Roxane das Fernrohr an. Jetzt konnte sie auch einzelne Segel am Horizont ausmachen, vier Schiffe, die in loser Formation fuhren. Mindestens zwei Vollschiffe, aber noch waren sie zu weit entfernt, um Einzelheiten zu erkennen. Sie ertappte sich dabei, wie sie im Geist inbrünstig die Einheit darum bat, dass es tatsächlich die *Totwey* und die *Todsünde* waren.

Unvermittelt keuchte der Rudergänger auf, als die kleine, gelbe Echse vom Besanmast auf dem Besanbaum landete, diesen geschickt entlanghuschte und dann todesmutig auf Jaquentos Schulter sprang. Obwohl der junge Hiscadi für einen Moment ebenso überrascht wirkte wie alle anderen, fing er sich schnell und winkte Roxane zu, als handele es sich nur um ein einfaches Dressurstück.

Die Kapitänin beachtete ihn nicht weiter, sondern rief Tola zu sich.

»Leutnant, klar Schiff zum Gefecht.«

Ihre Stimme blieb trotz der Bedeutung der Worte ruhig.

Auch Tola schluckte nur kurz, bevor sie salutierte und den Befehl weitergab. Bootsmannspfeifen ertönten, Trommeln wurden geschlagen, als die *Mantikor* die Routine der Überfahrt abschüttelte wie eine alte Decke und von einem einfachen Schiff zu einer tödlichen Waffe wurde. *Ich hätte nicht gedacht, dass ich diesen Befehl noch einmal gebe.*

Mit einem Auge beobachtete Roxane die fremden Schiffe, mit dem anderen die Vorbereitungen auf ihrem Schiff. Obwohl es dem Unkundigen wie reinstes Chaos erscheinen musste, griffen die vielen kleinen Rädchen perfekt ineinander, und zumindest dafür konnte die Kapitänin ihrem Vorgänger danken. *Wenn auch sonst für nicht viel.* Harfell hatte die Besatzung gut gedrillt, und unter seiner Ägide waren die Männer und Frauen zu einer reibungslos funktionierenden Maschinerie des Krieges geworden.

»Leutnant, wie steht es um die Neuen?«, erkundigte sich Roxane, als ihr die ehemaligen Handelsfahrer wieder in den Sinn kamen.

»Ein oder zwei ganz brauchbare dabei, Thay«, erwiderte Tola in einem Tonfall, der sie um Jahre älter wirken ließ. »Aber der Rest kann derzeit bestenfalls an Tauen ziehen.«

Ich hätte mehr Manöver fahren und mehr Geschützdrille durchführen lassen sollen, erkannte Roxane. *Aber ich war zu sehr mit mir selbst beschäftigt und habe mich darauf verlassen, dass diese Überfahrt bloße Routine sein würde. Dafür werden andere den Preis zahlen, wenn es hart auf hart kommt.*

»Sorgen Sie dafür, dass die Untauglichen unter Deck bleiben und der Ärztin zur Hand gehen. Wir können es nicht gebrauchen, dass sie uns im Gefecht im Weg stehen, nicht wahr?«

»Aye, aye, Thay!«

Im Lazarett würden sie zumindest halbwegs sicher sein, und wenn es zum Gefecht kam, würde Tabard jede Hand gebrauchen können, die ein zitterndes Gliedmaß festhielt, während sie die Knochensäge ansetzte.

»Und lassen sie beide Breitseiten doppelt bestücken. Bei den neueren Stücken auch dreifach. Sparen Sie mir nicht an Pulver und Kugeln, Leutnant.«

Inzwischen hatte die *Mantikor* sich der Küste und den vermutlich feindlichen Schiffen weiter genähert. Die kleine Flottille fuhr nach Norden, und Roxane ließ die Fregatte einen Kurs setzen, der sie abfangen würde. Immer wieder starrte sie durch das Fernrohr. Zunächst konnte sie kaum glauben, was sie sah, aber je näher sie kamen, desto größer wurde ihre Gewissheit.

»Der Hiscadi und seine wahrsagende Echse hatten recht«, befand sie leise bei sich. Die Schiffe fuhren in einer Linie, und im Zentrum befanden sich eine Schwarzbrunn-Fregatte und ein kleineres, schlankeres Schiff – *Totwey* und *Todsünde*. Doch es waren die beiden Begleiter, die Roxane zu denken gaben; zwei Fregatten unter vollen Segeln, die das ungleiche Paar flankierten. Selbst wenn sie davon ausging, dass die Schwarzbrunn-Fregatte nicht in den Kampf eingreifen und eine Breitseite der *Todsünde* der *Mantikor* kaum zur Gefahr werden konnte, blieb ein deutliches Ungleichgewicht, und wenn auch nur eine der Fregatten dort neueren Datums als die ehrwürdige *Mantikor* war, verschob es sich weiter zu ihren Ungunsten.

»Leutnant Levman, kommen Sie bitte.« Roxane reichte ihr das Fernrohr. »Dort. Zwei Fregatten, dieses Piratenschiff und unser Ziel. Unser Gefangener hat die Wahrheit gesagt.«

»Kaum zu glauben«, murmelte Tola, während sie sich die Szenerie ansah.

»Wir haben ein Problem.«

»Thay?«

»Unser Feind ist uns am reinen Gewicht der Breitseite überlegen. Wir müssen diesen Nachteil ausgleichen, wenn wir Erfolg haben wollen. Ich habe bereits einen Gefechtsplan, aber ich benötige Sie für die Ausführung. Sie müssen ihn genau überwachen, da wir uns keine Fehler leisten können. Kann ich auf Sie zählen, Leutnant?«

»Natürlich, Thay«, erwiderte Tola, die sich stocksteif hinstellte und salutierte. Der Stolz in ihren Augen kämpfte mit der Angst.

»Wenn wir uns nähern, werden die beiden Fregatten sich vor die schwächeren Schiffe setzen, um sie zu schützen«, erläuterte Roxane und legte der jungen Offizierin ihren Plan dar, der einfach schien, aber in seiner Durchführung schwierig werden würde und der Mannschaft absolute Perfektion abverlangte. Tola lauschte mit großen Augen, dann salutierte sie erneut.

»Ich werde die Mannschaft instruieren, Thay.«

»Gut. Und lassen Sie eine warme Mahlzeit ausgeben, bis wir in Gefechtsreichweite sind. Und einen Becher Rum pro Mann oder Frau. Das wird die Moral stärken.«

»Aye, aye, Thay.«

Schon bald hing der Geruch von gekochtem Fleisch in der Luft, während die Matrosen noch weitere Segel setzten. Dann verschwanden sie unter Deck, gesellten sich zu den anderen und aßen ihre Mahlzeit. Roxane selbst aß nichts, da ihr ein flaues Gefühl im Magen jeden Appetit nahm. Dafür langten Jaquento und sein fremdländischer Begleiter umso beherzter zu, als Leutnant Cudden ihnen zwei Portionen bringen ließ.

Als der Leutnant zu ihr kam, nickte Roxane in Richtung der Gefangenen: »Wir sollten sie wieder unter Deck bringen.«

»Wenn Sie meinen, Thay.«

Verwirrt blickte Roxane Cudden an, doch in seinem vernarbten Gesicht regte sich kein Muskel. Er sah sie unverwandt an, und sie verstand.

»Oder auch nicht. Können Sie dafür Sorge tragen, dass sie das Gefecht nicht stören, Leutnant?«

»Natürlich, Thay.«

»Dann machen Sie es so.«

Wie immer der Kampf auch ausgehen mochte, Roxane war gewillt, Jaquento und seinem Gefährten eine Chance zu geben.

Der Wind frischte deutlich auf, während die *Mantikor* durch die See preschte. Sie lag gut vor dem Wind, und der Abstand zu ihren Feinden schrumpfte beträchtlich. Dunkle Wolken zogen über den Himmel, überholten selbst die Fregatte und rasten über die Küste hinweg ins Land, wo sie ihre feuchte Fracht irgendwo abwerfen mochten. Roxane sog prüfend die Luft ein und ließ ihren Blick über den zerklüfteten Himmel wandern. Es würde ein Unwetter geben, vielleicht sogar einen Sturm, und die weißen Schaumkronen auf den Wellen kündeten bereits davon.

Längst hatte der Feind sie bemerkt und nahm eine defensive Formation ein, genau wie die junge Kapitänin vorhergesagt hatte. Die beiden Fregatten setzten sich zwischen die *Mantikor* und ihre Beute. Sie refften die Segel, denn es war klar, dass sie nicht entkommen konnten. *Und warum sollten sie auch? Vier gegen eins. Die Géronaee müssen nach all den Niederlagen geradezu nach Gefechten unter solchen Vorzeichen dürsten.*

Es schien Roxane, als flöge sie auf die Feinde zu, als halte die See ihr Schiff nicht länger gefangen, sondern trage es ihren Feinden freudig entgegen. Alles lag nun hinter ihnen, und ihr ganzes Sein war auf den bevorstehenden Kampf gerichtet.

»Ihr wollt wirklich angreifen?«, riss Jaquento sie aus ihrer Trance. Unwirsch blickte sie ihn an. Die kleine Echse saß auf seiner Schulter, wie in jener Nacht auf Lessan, als sie noch so viel jünger gewesen war, obwohl all das nur einige Wochen her war.

»Natürlich.«

»Sie sind Euch und Eurem Schiff überlegen. Es ist Wahnsinn, das Gefecht zu suchen.«

»Für einen Freibeuter mag die Frage nach den Chancen und dem Gewinn alles andere überwiegen, Jaquento, aber dies ist ein Schiff der ...«

»Ja, ja, ich weiß, der Königlichen Marine von Thaynric. Dennoch müsst Ihr doch nicht Euer Leben fortwerfen – und das Eurer Leute.«

Zornig legte sie die Stirn in Falten und antwortete kalt: »Ich werfe gar nichts fort. Uns bietet sich eine Gelegenheit, die vielleicht einmalig ist. Ich habe vor, diese zu nutzen. Gesellen Sie sich wieder zu Ihrem Freund, und schauen Sie zu, was diese Mannschaft und dieses Schiff zu leisten in der Lage sind.«

Kopfschüttelnd verließ er sie, aber der Zweifel, den er gesät hatte, blieb. *Hat er recht? Opfere ich die* Mantikor? *Versuche ich so, dem zu entgehen, was mich in Loidin erwartet, und nehme all diese Männer und Frauen mit*? Ihr Blick fiel auf Tola, die neben dem Rudergänger stand und gedankenverloren auf ihrer Unterlippe kaute. Auf Cudden, der sich leise mit einer Gruppe Soldaten unterhielt und so ruhig wirkte, als ginge es nicht ins Gefecht, sondern auf einen gemütlichen Sonntagsausflug. Auf Groferton, der in einen dicken Mantel gehüllt an der Reling stand, seinen Schal fest um den Hals geschlungen, und leise murmelnd Wind und Wetter verfluchte. Der Maestre hatte sich erst jetzt an Deck begeben, nachdem er den Großteil der Überfahrt in seiner Kammer verbracht hatte. Bislang hatte Roxane kaum ein persönliches Wort mit ihm gewechselt, und sie wusste nicht einmal, wie er zu der ganzen Angelegenheit in der Sturmwelt stand. *Ich habe mich in meiner Kajüte verkrochen wie eine Schildkröte in ihrem Panzer*, erkannte sie unvermittelt.

Da sie bemerkte, dass Tola zu ihr herübersah, winkte sie die junge Offizierin zu sich.

»Vor uns liegt ein harter Kampf«, erklärte sie ruhig, als Tola vor ihr Haltung annahm. Roxane blickte über sie hinweg zum Horizont, vor dem bedrohlich die Segel ihrer Gegner aufragten. »Aber dies ist kein Himmelfahrtskommando, Leutnant. Tun Sie Ihre Pflicht, und wir werden das überstehen.«

»Sicher, Thay«, erwiderte die junge Offizierin mit einer Stimme fast frei von Zittern.

»Sie sind eine gute Offizierin. Sie werden einmal eine hervorragende Kapitänin werden, Tola, da bin ich mir ganz sicher. Sie haben das Zeug dazu. Momentan tragen Sie die Uniform eines Leutnants vielleicht nur auf Abruf, aber schon bald werden Sie befördert werden und sicherlich Ihr eigenes Kommando erhalten. Aber es ist nicht die Uniform, die uns zu Offizieren macht, nicht der Eid oder das Schwert an der Seite; was uns zu Offizieren macht, ist, wer wir unter der Uniform sind. Ich habe auch Angst, Tola, und wer hätte die nicht? Aber ich kann meine Angst zurückstellen und sie besiegen, wenn es sein muss. Und bei Ihnen sehe ich dasselbe, und das macht mich stolz.«

Innerlich wollte Roxane sich schon selbst verfluchen, als sie bemerkte, wie sehr ihr Versuch, der jungen Offizierin Mut zu machen, nach einer Abschiedsrede klang, aber Tola salutierte und nickte überschwänglich.

»Danke, Thay.«

»Lassen Sie die Mannschaft antreten. Ich werde noch einige Worte an sie richten.

»Aye, aye!«

Zum schrillen Lärm der Pfeifen versammelten sich die Männer und Frauen der *Mantikor* auf dem Hauptdeck und blickten erwartungsvoll zu ihr hoch. Doch Roxane schwieg noch einige Augenblicke, bevor sie mit der Hand voraus wies.

»Dort vor uns liegen Hiscadi und Géronay! Dort fahren ihre Schiffe, als gehörten ihnen die Meere. Sie lassen ihre Flaggen wehen, als würde uns das Angst einjagen, als würde uns das vertreiben! Sie denken, sie wären uns überlegen!«

Jetzt lehnte sie sich vor, stützte sich auf die Reling und ließ ihren Blick über die Versammlung gleiten. Vor ihren Augen verschmolzen die einzelnen Gesichter zu einer Masse, zu einem einzigen Antlitz, einem Körper und einem Willen.

»Aber wir werden ihnen zeigen, dass wir die Nachkommen der Thayns sind! Unsere Schiffe sind mächtig, unsere Geschütze stark! Doch nichts ist stärker als die Arme, die sie bedienen, die Hände, die sie feuern, die Herzen, die in unserer Brust schlagen!«

Sie fixierte wieder die Schiffe vor ihnen.

»Wollt ihr, dass das Rosenbanner auf dem Drachenplatz inmitten des schönen Loidin weht? Wollt ihr, dass unsere Kinder ihre Eide auf Sugérand schwören? Wollt ihr das?!«

Hier und da wurde laut »Nein!« gerufen, einige schüttelten die Fäuste in der Luft, aber es waren nur vereinzelte Äußerungen.

»Dort ducken sie sich in den Schatten ihrer Küste! Mit eingekniffenen Schwänzen, wie die feigen Hunde, die sie sind! Dies ist unsere Stunde! Dies ist unser Kampf! Wir stehen zwischen unseren Feinden und der Heimat! Allzeit bereit!«

»Allzeit bereit!«, antworteten ihr schon mehr Stimmen, doch dann wurde es wieder still. Einen Moment glaubte Roxane, ihre Besatzung verloren zu haben, aber da begannen einige, die erste Strophe von *Herzen aus Eiche* zu singen. Schnell fielen andere mit ein, und schon bald sang das ganze Schiff.

»Alle auf ihre Posten«, befahl die Kapitänin.

Unter einem bleigrauen Himmel glitt die *Mantikor* durch die aufgewühlte See ihren Feinden entgegen.

TAREISA

Als das Segel am Horizont gesichtet wurde, befand Tareisa sich in ihrer Kabine, doch sobald sie die Meldung erhielt, eilte sie an Deck. Dort stand Deguay bereits in einer Traube seiner engsten Vertrauten und beobachtete den Neuankömmling mit seinem Fernrohr.

»Gibt es Neuigkeiten?«, fragte die Maestra, so ruhig sie konnte. Obwohl sie sich nahe der hiscadischen Küste befanden, konnte ein Segel kaum etwas Gutes bedeuten; die Thayns beherrschten die Meere, selbst hier, und ihre Blockaden hielten die Kriegsschiffe ihrer Feinde in den Häfen. *Nun, nicht immer,* dachte Tareisa mit einem Blick auf die Fregatte *Unerschrocken,* die voraussegelte. Sie gestattete sich einen kurzen Anflug von Stolz über ihre Rolle beim Ausbruch der beiden Kriegsschiffe, die sie nun begleiteten. Ob die Feuerschiffe, die nach ihrem Plan hinter den Fregatten aus dem Hafen gesegelt waren, noch Schaden unter den thaynrischen Schiffen angerichtet hatten, war der Maestra hingegen nicht wichtig, und sie hatten nicht gewartet, um das Ergebnis ihrer kleinen Machtdemonstration zu begutachten.

»Nein. Es kann eigentlich nur ein Thayn sein. Es sei denn, Ihr habt uns noch etwas zu sagen? Vielleicht ein Hinweis, den Ihr empfangen habt?«

Deguay lächelte und wirbelte mit der freien Hand über seinem Kopf umher, als wolle er eine unsichtbare Nachricht einfangen.

»Nein, leider nicht, Capitane.«

»Noch ist es nur ein Schiff, aber die Thayns sind hinterhältige Burschen. Es ist gut möglich, dass hinter dem Horizont ein ganzes Geschwader lauert.«

Während sie diese Neuigkeiten verdaute, rasten die Gedanken in Tareisas Geist. Sie versuchte zu ergründen, ob ihre Anwendung der Vigoris ihre Feinde zu ihnen gelockt haben konnte. Oder ob die Thayns eine Möglichkeit gefunden haben konnten, die Ladung über große Distanzen aufzuspüren. Aber beides erschien ihr unwahrscheinlich, wenn nicht sogar unmöglich. Blieb nur eine zufällige Begegnung, und sie verfluchte die Schicksalsgöttin, dass sie ihnen derart Steine in den Weg legen musste. *Wenig verwunderlich, dass die Menschen die Einheit mit offenen Armen empfingen, wenn die alten Götter so handelten,* dachte die Maestra spöttisch. Sie war nicht religiös, betete weder zur Einheit noch zu den Göttern der Nigromantenkaiser, obwohl der alte Mann sie viel über jene gelehrt hatte.

»Ein unglücklicher Zufall?«

»Womöglich, aber es ist besser, das Schlimmste anzunehmen«, antwortete Deguay und setzte das Fernrohr ab. »Sieht allerdings vorerst nur nach einer Fregatte aus. Nichts, womit wir nicht fertig würden, solange die stolze *Unerschrocken* und die *Iridan* uns beschützen.«

Unsicher blickte Tareisa über Deguays Schulter auf die See hinaus, wo sich die Segel des fremden Schiffes deutlich abzeichneten. So sehr sie ihre Augen auch anstrengte, sie konnte nicht mehr erkennen, weder Details des Schiffs noch weitere Segel oder sonstige Anzeichen, die auf eine Falle hindeuteten. Wenn es eine sein sollte, blieb ihnen nur die Flucht, aber der Wind stand ungünstig. In Gedanken überlegte

Tareisa bereits, wie sie die Schiffe hinter sich lassen konnte, um die Fracht zur Not über Land zu transportieren.

Einige Sorgen bereitete ihr, dass die *Totwey* den Abstand verringert hatte und sie nun den Sog deutlich spüren konnte. Auch die beiden Fregatten rückten weiter zu ihnen auf, aber der Anblick der Kriegsschiffe konnte nichts gegen das unwillkommene Ziehen in Tareisas Herzen ausrichten. Solange die Ladung so nah war, konnte sie sich nicht auf ihre Kunst verlassen; ihr Wissen über das Arsanum war nichts wert, solange sie es nicht anwenden konnte. Bislang war ihre Macht stets größer gewesen als die der Kräfte, die sich ihr entgegengestellt hatten; die Caserdote waren nur selten in der Lage, ihre Magie vollständig aufzuheben, und Tareisa hatte gelernt, im Notfall verschlungenere Wege zu beschreiten: Mochte ein Caserdote auch die Magie beenden, die ein Gebäude über ihm zum Einsturz brachte, den Trümmern selbst konnte er nicht entgehen. Doch in der Nähe der *Totwey* war dies anders. Hier gab es kein Kräftemessen, keine schlauen Strategien – hier war Tareisa besiegt, ohne überhaupt kämpfen zu können.

Sie bemerkte, wie der Capitane sich etwas abseits seiner Leute positionierte und ihr auffordernd zunickte. Sie folgte der Einladung und stellte sich neben ihn.

»Wie sehr sind die beiden dicken Pötte hier denn unsere Freunde?«

»Bitte?«

»Die Fregatten. Wenn es hart auf hart kommt, welche Verpflichtungen empfindet Ihr ihnen gegenüber?«

»Keine, Capitane«, erwiderte die Maestra konsterniert. »Es sind lediglich Beschützer. Warum fragt Ihr?«

»Weil ich alle Eventualitäten einbeziehen möchte. Wenn es zu einem Gefecht kommt, wovon ich derzeit nicht ausgehe, aber wenn es dennoch dazu kommt, muss ich wissen, wo ich in diesem Tanz stehe. Welches Fräulein mir ihr Strumpfband schenkt, um es mal so zu sagen, und welche ich sitzenlassen kann.«

Ohne ihn anzusehen, überlegte Tareisa einige Momente. Ihre Miene blieb gleichgültig. Noch eine Lektion des alten Mannes, der sie gelehrt hatte, ihre Gefühle stets unter Kontrolle zu halten und sie niemals zu zeigen.

»Die Ladung ist wichtig. Alles andere ist zweitrangig. Die Ladung muss ihr Ziel erreichen.«

»Alles andere ist zweitrangig«, murmelte Deguay und lächelte dünn. Dann nickte er. »Ich habe das vermutet, aber ich wollte sichergehen, dass es nicht Ressentiments geben könnte, wenn wir zu ... unkollegialem Verhalten gezwungen werden.«

»Ich mag die Richtung, die dieses Gespräch einschlägt, ganz und gar nicht«, stellte Tareisa trocken fest.

»Aber das ist der Krieg«, erwiderte Deguay und breitete die Arme aus. »Er zwingt einen oft dazu, Dinge zu tun, die man ganz und gar nicht mag.«

»Wenn die Frage ist, ob wir unsere Begleitschiffe im Notfall zurücklassen können, so lautet die Antwort ja. Es gibt nur wenig, was wir nicht zurücklassen würden, wenn es die Situation gebietet«, fügte die Maestra bedeutsam hinzu. Sie wusste, dass der Capitane sie verstand, auch wenn er vermutlich annahm, dass sie sich selbst ausschloss.

Die Fregatten, das Schiff, die Mannschaft, Euch, mich, alles, dachte Tareisa bei sich, während sie das fremde Schiff beobachtete, das mit geblähten Segeln durch die grau wütende See pflügte, als gelte es, dem Wind selbst davonzulaufen.

ROXANE

Die Zeit für Fragen würde bald vorbei sein. Die beiden Fregatten hatten Abstand zu den beiden anderen Schiffen gewonnen und sich von der Küste entfernt, um mehr Seeraum für Manöver zu haben, aber die *Mantikor* besaß den Vorteil, da sie mit dem Wind angriff. Die *Todsünde* und die *Totwey* fuhren mit gerefften Segeln auf der Leeseite ihrer Beschützer, um diese nicht zu überholen, die Fregatten indes leicht versetzt dicht hintereinander, um das Gewicht ihrer Breitseiten zu maximieren.

Das war die Sorge, die Roxane umtrieb. Denn eine der Fregatten hatte sich als ein Schiff von achtunddreißig Kanonen entpuppt, deren Hauptlast in Achtzehnpfündern lag. Sie allein wäre ein würdiger Gegner für die *Mantikor* gewesen, aber sie wurde von einer Fregatte von zweiunddreißig Kanonen begleitet. Und auch wenn diese ihrer Größe nach vermutlich nur Zwölfpfünder auf dem Geschützdeck führte, war die *Mantikor* hoffnungslos unterlegen. *Und sie haben die Gunst der ersten Salven,* dachte Roxane bei sich. Ihr Schiff segelte direkt auf die beiden Gegner zu, mit vollen Segeln und geschlossenen Stückpforten. Die See war weiterhin rau, aber die *Mantikor* bot dennoch ein deutliches Ziel.

Wie zur Antwort auf Roxanes Gedanken blühte weißer Rauch erst an einem Schiff auf, dann am anderen. Die ersten Salven fielen zu kurz, Wasserfontänen erhoben sich und brachen schäumend in sich zusammen. Der Donner der Kanonen erreichte sie erst, als die ersten Seeleute schon unflätige Beleidigungen riefen und die Fäuste in Richtung der géronaischen Schiffe reckten.

»Sorgen Sie für Ruhe auf dem Deck«, befahl Roxane, und ihre Order wurde sogleich weitergetragen. Besorgt blickte sie zu den Matrosen empor, die sich auf den Rahen befanden. Die Géronaee hatten die Angewohnheit, im Gefecht hoch zu zielen, um die Takelage des Feindes zu zerstören. Für üblich würde Roxane dies für die schlechtere Strategie halten, doch da sich der größte Teil der fähigen Besatzung ihres Schiffs genau dort befand, sah sie den ersten Treffern mit Sorge entgegen.

»Leutnant Cudden, ich denke, es ist an der Zeit, Ihre Leute an den Masten zu positionieren. Geben Sie Ihren Schützen den Befehl, vor allem die Offiziere ins Visier zu nehmen.«

»Aye, aye, Thay. Was ist mit den géronaischen Scharfschützen?«

»Priorität haben die Offiziere des Feindes. Wir haben nicht die nötigen Ressourcen, um uns gleichzeitig gegen die Schützen zu verteidigen«, erwiderte Roxane nach kurzer Überlegung. Auf den feindlichen Schiffen würden ebenfalls Soldaten in die Takelage steigen und von dort aus das Deck der *Mantikor* unter Beschuss nehmen. Aber es galt, in kürzester Zeit so viel Verwüstung wie möglich anzurichten, und die Kommandoketten zu zerstören war eine der wirkungsvollsten Möglichkeiten in dieser Hinsicht. Diese Strategie würde sie zwar ungeschützt dem Feuer der gegnerischen Scharfschützen aussetzen, aber Roxane war gewillt, dieses Risiko einzugehen. *Und da ich das hauptsächliche Ziel sein werde, scheint mir die Entscheidung fair zu sein.*

War der Kapitänin die Fahrt der *Mantikor* vor wenigen Minuten noch wie ein Flug erschienen, wirkte sie nun quälend langsam, wie die eines altersschwachen Fischkutters, der kaum gegen die Strömung ankämpfen konnte. Sie zwang sich, auf ihre Taschenuhr zu schauen, um die Zeit zwischen den Salven der Géronaee zu messen. Eine Minute war verstrichen, dann zwei, dann drei. Schon längst hatte der böige Wind den Pulverdampf fortgeweht. Die Sekunden schlichen vorbei, dann feuerten die Fregatten wieder. Diesmal war die Breitseite abgehackt, unregelmäßig, mit einigen Nachzüglern. *Schon bei der zweiten Salve nicht mehr im Einklang,* stellte Roxane missbilligend fest, auch wenn sie die Erkenntnis natürlich erfreute. Diesmal saßen die Schüsse genauer, doch der größte Teil ging um die *Mantikor* herum nieder. Zwei Kugeln pfiffen durch die Takelage, stanzten Löcher in die Segel, richteten aber weiter keinen Schaden an.

»Jagdgeschütze: Feuer frei!«

Bevor ihre Stimme ganz verklungen war, brüllten die beiden Kanonen im Bug auf. Rauch verdeckte für einen Moment die Sicht, ehe er vom Wind zerfasert und fortgezerrt wurde. Roxane konnte nicht erkennen, ob sie getroffen hatten, aber das Schweigen der Mannschaft deutete an, dass niemand einen Einschlag gesehen hatte.

»Was auch immer in der Sturmwelt an Bord dieses schwarzen Schiffes war, es ist wieder in der Nähe«, stellte Groferton lakonisch fest und zog die Nase hoch. Der Maestre hatte vor Kurzem über eine furchtbare Erkrankung geklagt, von der Roxane allerdings annahm, dass es lediglich eine Erkältung war. »Ich werde also – wieder einmal – relativ nutzlos für die Sicherheit des Schiffes sein.«

»Danke für die Meldung, Thay«, erwiderte Roxane geistesabwesend. Ähnliches hatte sie schon befürchtet und ihren Plan daher so ausgearbeitet, dass sie ohne Magie auskommen würden.

»Ich bin mir sicher, es gibt einen Grund, warum die Einheit es immer wieder für angemessen hält, mich in die Nähe dieses unnatürlichen Phänomens zu bringen, auch wenn ich beim besten Willen nicht ahnen kann, welcher das sein mag«, fuhr Groferton verschnupft fort, doch Roxane war mit ihren Gedanken schon nicht mehr bei ihm.

Die Fregatten feuerten erneut. Bevor der Kanonendonner sie erreichte, erzitterte die *Mantikor* unter mindestens einem Einschlag. Taue rissen mit lautem Knall, ein Toppsgast wurde von einem umherpeitschenden Ende aus seiner luftigen Position geschleudert und stürzte schreiend herab. In Erwartung des blutigen Aufschlags kniff Roxane unwillkürlich die Augen zusammen, doch der Mann wurde drei Meter über dem Deck wie von Geisterhand gebremst und glitt den Rest wie eine Feder herab.

Neben ihr brach Groferton in Husten aus und senkte die erhobenen Arme.

»Verdammtes Mistwetter«, knurrte er, dann sah er Roxanes Blick und fügte hinzu: »Noch bin ich einsatzbereit, Thay, und da ich später kaum gebraucht werde, kann ich meine angeschlagenen Kräfte auch jetzt einsetzen, nicht wahr?«

»Natürlich«, erwiderte die Kapitänin mit ernster Miene. Über das Hauptdeck waren bereits Tabards Helfer herangestürzt und trugen den Verletzten den Niedergang hinunter. *Wenn sie weiter so langsam feuern, müssen wir nur noch vier oder fünf Salven durchstehen, bevor wir dran sind*, rechnete Roxane kurz nach.

»Jagdgeschütze: Freies Feuer!«

Das Donnern ihrer eigenen Kanonen war vor allem für die Moral der Besatzung gedacht, denn mit zwei Geschützen konnten sie den Feinden nicht wirklich etwas entgegensetzen. Sie waren eher dafür gedacht, flüchtende Händler zur Räson zu bringen, als im Gefecht eingesetzt zu werden.

Diesmal erklang jedoch ein triumphierender Schrei, noch bevor der Rauch sich verzogen hatte, und Roxane wurde in ihrer Entscheidung, die besten Geschützmannschaften an die Jagdgeschütze zu setzen, bestätigt.

Inzwischen konnte man die Einzelheiten der feindlichen Schiffe ausmachen. Zumindest das größere Schiff war neueren Datums, auch wenn es von den wirklich modernen Fregatten bereits wieder in den Schatten gestellt wurde.

Die nächste Salve ging zu weit, vermutlich dem hohen Tempo der *Mantikor* geschuldet. Doch dann waren sie zu nah dran, um dem Feuer der Fregatten zu entgehen. Roxane stoppte die Zeit nicht mehr, aber sie spürte, dass die Géronaee sich einschossen und tatsächlich die Frequenz erhöhten, während ihre Kugeln immer gezielter auf die *Mantikor* niedergingen.

Planken splitterten unter den Einschlägen, Segel wurden eingerissen, Splitter schossen wie Projektile durch die Luft. Ihr Gegenfeuer war wenig effektiv, und schon bald hatte die Schiffsärztin in ihrem Lazarett mehr als genug zu tun, und die ersten Toten wurden hinabgetragen. Blut lief über das Deck, vermischte sich mit dem Seewasser, das über den Bug spritzte, und floss in hellen roten Bahnen ins Meer. Noch immer fuhr die *Mantikor* unter vollen Segeln, als wäre das Feuer des Feindes nichts weiter als lästige Mückenstiche, obwohl die Schreie, die von den Verletzten zu ihnen heraufdrangen, etwas anderes verkündeten.

Die Géronaee verließen sich auf das überlegene Gewicht ihrer Breitseiten, und als sie bemerkten, was Roxane plante, war es bereits zu spät.

»Segel reffen!«

Alles hing jetzt davon ab, dass ihr Plan exakt so ausgeführt wurde, wie sie es vorgesehen hatte. *Und davon, dass ich den Wind und die Strömung richtig einschätze. Sind wir zu langsam, geraten wir ins Kreuzfeuer, sind wir zu schnell, setzen wir uns zu früh auf ihre Leeseite und damit ihrer Gnade aus.* Mit bangem

Herzen verfolgte die Kapitänin die Arbeit der Matrosen. Trotz der Verluste und Beschädigungen arbeitete die Besatzung schnell und effizient. Wie sie es befohlen hatte, wurden Taue notfalls gekappt, wenn es nicht anders ging, und Segel einfach auf Deck hinabgelassen. Die Takelage der *Mantikor* sah schon bald so aus, als wäre das Schiff das Spielzeug eines Riesenkindes, das ihre Leinwand einfach zerpflückt hatte.

Ohne die große Segelfläche wurde das Schiff langsamer. Die Fregatten reagierten, doch ihre Rümpfe drehten sich nur schleichend, und die Besatzung, die an den Segeln hätte arbeiten können, war unter Deck bei den Kanonen. Im Gefecht waren die Schiffe schwerfällig und konnten nur langsam reagieren. Und genau darauf hatte Roxane gesetzt.

»Das Ganze an die Geschütze!«, brüllte Roxane. »Ausfahren und Feuer nach Ziel!«

Mit dem letzten Schwung ihrer wilden Fahrt und ein wenig Hilfe des Windes glitt die Fregatte zwischen ihre beiden Feinde. Die Géronaee mussten gedacht haben, dass sie sich zum Duell Breitseite gegen Breitseite stellen würde, wie es übliche Taktik war, doch die *Mantikor* tat ihnen den Gefallen nicht. Roxane spürte das vertraute Rumpeln, als die Stückpforten aufklappten und die schweren Geschütze ausgefahren wurden. Sie hatten die beiden Geleitschiffe mit heruntergelassenen Hosen erwischt, mitten in der Wende, unfähig, die eigene Breitseite anzubringen. Kaum noch ein Matrose war an Deck, abgesehen von den Mannschaften an den kleineren Stücken. Roxane hatte ihre Besatzung bis zum Limit eingesetzt, auf beide Seiten verteilt, mit gefährlich kleinen Mannschaften an jedem Geschütz. *Feuer*, betete sie inbrünstig. *Feuer!*

Die *Mantikor* antwortete auf ihre stummen Bitten. Flammenzungen schossen aus dem Rumpf, das Schiff bockte unter der Gewalt. Eine Kanone nach der anderen spie eisernen

Tod auf ihre Feinde, während die Fregatte sie langsam passierte. Rauch stieg auf bis zum höchsten Mast, Musketen wurden abgefeuert, Stimmen schrien, doch alles versank in den stakkatohaften Schüssen der Kanonen.

Roxane konnte die Einschläge auf der großen Fregatte sehen. Holz spritzte davon, als sei es nicht substantieller als Wasser, ganze Rahen krachten durch die Takelage, und das Schiff brach sein Manöver mitten in der Wende ab.

Auf der anderen Seite wurde das kleinere Schiff weniger hart getroffen, und Roxane fällte ihre Entscheidung in den Bruchteilen einer Sekunde.

»Ruder hart backbord!«

Die *Mantikor* legte sich auf die Seite, ächzte wie eine alte Dame, aber ihre Geschütze feuerten unbeirrt weiter. Unter Deck musste inzwischen die Hölle los sein, Rauch, Schreie, Geschützdonner, Pulveräffchen, die zwischen den Mannschaften umherliefen. Und inmitten des Chaos die gebrüllten Befehle der Fähnriche, der Nuklei der Geschützmannschaften, die auch unter diesen Bedingungen perfekt eingespielt sein mussten.

»Alle an die Backbordgeschütze!«

Ein kurzer Stich riss Roxane aus ihrer Konzentration. Blut lief ihr die Wange herab, und sie wischte es ärgerlich aus ihrem Auge.

»Feuer nach Belieben!«, brüllte sie, so laut sie konnte. Ob ihr Befehl weitergetragen wurde, konnte sie nicht sagen, aber ihr Schiff kämpfte und feuerte weiterhin.

Die kleinere Fregatte versuchte hektisch, ihr Heck von ihnen fortzudrehen, doch sie reagierte zu langsam. Das Feuer der *Mantikor* war mörderisch, und sie beharkte das ungeschützte Heck ihres Feindes. Die Geschosse würden die Länge des Schiffes entlangrasen, kaum durch die Bordwand gebremst, durch Schotten schlagen, Kanonen aus ihren Lafetten schleudern, Menschen zerfetzen und zerschlagen. Aus dieser Distanz traf jeder Schuss, während die *Mantikor* das Heck fast gemächlich passierte. Aber Roxane konnte kein Mitleid mit den Seeleuten auf dem anderen Schiff empfinden, sondern sah sich bereits nach der Sechsunddreißiger um, die wieder Kontrolle über ihren Kurs erlangt zu haben schien und sich an die Verfolgung der *Mantikor* machte.

Während die kleinere Fregatte von ihrem tödlichen Sturm aus Eisen und Feuer zerschossen wurde, waren die Beschädigungen an ihrem größeren Feind auf den ersten Blick lange nicht so schwerwiegend, wie Roxane gehofft hatte. *Dann müssen wir uns zum Duell stellen,* dachte sie und spürte einen eisigen Knoten in ihrem Magen.

»*Mantikor*! *Mantikor*!«, brandete der Jubel ihrer Besatzung zu ihr empor, als der Hauptmast der kleinen Fregatte unter viel Getöse kippte und zur Seite in die See stürzte. Ein Gewirr aus Segeln, Rahen und Takelage hing im bleigrauen Meer, und für einen Moment wirkte es auf Roxane wie ein Verwundeter, dessen Eingeweide herabhingen. Aber sie wusste, dass das eigentliche Gefecht gerade erst begonnen hatte.

JAQUENTO

Obwohl um ihn herum ein Gefecht tobte, dessen Lärm und Chaos alles verschlang, fühlte sich Jaquento seltsam fern vom Geschehen. Kanonen brüllten auf, Kugeln schlugen ein, Holz barst, Taue rissen, und immer wieder schrien Menschen vor Schmerzen auf, aber der junge Hiscadi war kein Teil des Kampfgeschehens, sondern bloßer Zuschauer. Die *Mantikor* lag Seite an Seite mit der *Unerschrocken*, wie es stolz am Heck stand, und tauschte Breitseite um Breitseite mit dem größeren Schiff aus. Die Zerstörung schien Auge und Geist fast zu überfordern, Segel hingen in Fetzen, ganze Rahen waren von den Masten geschossen worden, und Blut lief über das Deck und färbte die Taurollen rot. Aber Jaquento selbst hatte in diesem Getümmel keine Aufgabe und kein Ziel. Auch Sinosh war ungewöhnlich ruhig; die kleine Echse saß auf Jaquentos Schulter wie eine Statue, unbewegt und still.

Bihrâd hatte sich hinter die Schanz geduckt. Ihr Bewacher, ein Marinesoldat, kniete neben ihnen, feuerte seine Muskete unermüdlich ab, lud nach, feuerte wieder in ruhigem Rhythmus. Er beachtete die Gefangenen gar nicht. Immer wieder bohrten sich Musketenkugeln auf dem Achterdeck ins Holz, und Jaquento konnte die Schützen oben auf den Masten der géronaischen Fregatte erkennen, das Mündungsfeuer flammte dumpf im Pulverrauch auf, der beide Schiffe trotz des harten Windes einhüllte. Die Géronaee schossen schon lange vereinzelt, eine lange Serie von Kanonenschüssen, während die *Mantikor* eine Breitseite nach der anderen in einem irrwitzigen Tempo in ihren überlegenen Gegner pumpte. Obwohl er Gefangener an Bord war, kam Jaquento nicht umhin, die Disziplin der Besatzung in dieser Lage zu bewundern. Es war, als befänden sie sich in einem Manöver statt in einem verzweifelten Kampf auf Leben und Tod.

Die Kapitänin lief auf dem Achterdeck auf und ab, dirigierte ihre Leute, rief Befehle und hielt das Schiff trotz der Verluste unter Kontrolle.

Neben dem jungen Hiscadi knallte die Muskete des Soldaten, er setzte sie ab und begann, den Lauf zu reinigen. Unbeteiligt betrachtete Jaquento, wie der junge Mann eine Pulverkartusche aus seinem Bandolier zog, sie mit den Zähnen aufriss und das Pulver geschickt in den Lauf schüttete.

»Keine Magie«, murmelte Bihrâd und lenkte Jaquento ab.

»Was meinst du?«

»Keine Magie. Niemand nutzt Magie. Das muss an dem schwarzen Frachter liegen.«

Irgendwo auf ihrer Leeseite lagen ihre eigentlichen Ziele, aber Jaquento konnte sie durch den Rauch und die zerstörten Teile von Takelage und Segelwerk nicht sehen. Um die *Totwey* und die *Todsünde* fand dieser Kampf statt. Die Schlacht führten sie letztlich gegen Deguay. Dies war die Rache für den Verrat des Kapitäns.

»Wir erwischen den Bastard noch«, schwor sich Jaquento leise. *Sollen mich die Thayns doch danach aufknüpfen, aber Deguay nehme ich mit in die Abgründe der Tiefe*!

Der Soldat brach unvermittelt zusammen, gespenstisch lautlos. Seine Muskete klapperte auf das Holz, und seine Arme und Beine zuckten unkontrolliert.

Sofort kniete Bihrâd neben ihm. Blut schoss in einer Fontäne aus dem Hals des jungen Mannes, der unglaublich blaue Augen hatte, wie Jaquento jetzt erst bemerkte. Der Maureske riss die Uniformjacke auf, was dem Verwundeten ein Stöhnen entriss, und er bäumte sich auf.

»Jaq, hilf mir!«

Der Aufruf riss den jungen Hiscadi aus seiner Lethargie. Mit einem Schlag drangen all die Geräusche der Schlacht auf ihn ein, die Gerüche und der Geschmack von Pulver, Blut und Meer in der Luft. Er kniete sich hin, packte den Soldaten an den Schultern und drückte ihn zu Boden. Bihrâd riss das Hemd auf, das bereits von Blut getränkt war. Die Kugel war von oben gekommen und direkt neben dem Hals in den Leib gefahren. Der helle Lebenssaft des Mannes benetzte Jaquentos Hände, und der Soldat wehrte sich nicht mehr. Fragend blickte Jaquento Bihrâd an, doch der Maureske schüttelte nur den Kopf. Plötzlich fokussierten sich die Augen des Sterbenden auf Jaquento, und seine Hand krallte sich in dessen Seite.

»Ich will nicht sterben«, keuchte der junge Mann, auf dessen Wangen kaum der erste Bartflaum stand. »Ich will nicht.«

Seine Tränen vermischten sich mit dem Blut, das ihm ins Gesicht spritzte. Die Atmung des jungen Mannes wurde immer schneller, als ertrinke er mitten auf dem Deck der *Mantikor*.

»Ich weiß«, antwortete Jaquento leise, unfähig, etwas anderes hervorzubringen. Er wollte dem Jungen Mut zusprechen, ihm sagen, dass alles gut würde, doch die Lügen kamen ihm angesichts des Todes nicht über die Lippen.

Der Griff des Soldaten erschlaffte, und auf eine schwer bestimmbare und dennoch deutliche Art wich das Leben aus seinem Blick. Ein letzter, seufzender Atemzug, dann war es vorbei.

Obwohl er den jungen Mann nur wenige Minuten gekannt hatte, spürte Jaquento einen plötzlichen Verlust, wie einen

Stich in seinem Herzen. Er trauerte um das Leben des Soldaten, das nun unvollendet bleiben würde, wie eine Geschichte, die niemals fertig erzählt wird.

Jubel riss ihn aus seinen Gedanken. Als er aufsah, bemerkte er, dass die *Unerschrocken* das Feuer eingestellt hatte. Eine weiße Flagge schwang deutlich sichtbar am Heck, und Jaquento konnte auch den Grund sehen: Das Schiff war halb zerschlagen, der Großmast war nach hinten weggebrochen, der Fockmast nicht mehr zu sehen. Die Bordwand war durchlöchert, Rauch stieg aus dem Rumpf auf. Der junge Hiscadi konnte die Schreie der Géronaee hören, unmenschliche Laute der Schmerzen und des Leidens, die ihr Echo im Rufen der Thayns fanden.

»Kappt die Taue!«, befahl Roxane mit fester Stimme, obwohl ihre linke Gesichtshälfte mit geronnenem Blut bedeckt war. Sie presste ein blutgetränktes Tuch auf ihren Kopf, aber ihre andere Hand wies die Besatzung weiter an, zeigte unmissverständlich, wo sie arbeiten mussten. »Werft das alles über Bord!«

Matrosen machten sich hektisch ans Werk, durchtrennten Taue mit Beilen und Entermessern, schoben die halb zerfetzte Großuntermarsrah mit einem gemeinsamen Schrei über die Bordkante. Andere trugen Verletzte unter Deck, in das Lazarett. *Oder in die Schlange davor,* dachte Jaquento. *Es müssen viele Dutzend sein.*

»Räumt mir das Deck frei! Es ist noch nicht vorbei!«

Die Fregatte rollte und gierte unter Wind und Strömung, die wenigen verbliebenen Segel wurden gegen die Masten gedrückt, aber schon reagierte das Schiff wieder auf die Kommandos und drehte sich in den Wind.

Sinosh sprang von Jaquentos Schulter und flitzte auf die Reling, von wo aus er die *Totwey* mit seinen goldenen Augen fixierte.

»Steuerbordbatterie laden und ausfahren«, brüllte die Kapitänin. Auf ihrem Weg über das Achterdeck kam sie zu Jaquento, und sie sah ihn an, als sähe sie den jungen Hiscadi zum ersten Mal. »Ihre Echse hatte …« Ihr Blick fiel auf den toten Marinesoldaten, und ihre Lippen wurden zu einem schmalen Strich.

»Musketenkugel«, brachte Jaquento hervor, dem der Rauch in der Kehle kratzte.

»Sein Name war Jenks«, erklärte Roxane bitter.

»Na, dann bekommt die Familie Jenks demnächst ja eine schöne Pension.«

Kaum hatte er die Worte geäußert, bereute Jaquento sie bereits, aber es war zu spät. Roxanes Augen verengten sich, und sie nickte steif.

»Halten Sie Abstand, Jaquento. Wir bringen das jetzt zu Ende.« Ihre freie Hand deutete auf *Todsünde* und *Totwey*, die gerade Segel setzten. »Ihr Freund hatte wohl gedacht, seine Eskorte könnte ihn beschützen. Jetzt wird er eines Besseren belehrt werden.«

»Deguay ist nicht mein Freund«, erwiderte Jaquento knurrend. »Wenn ich könnte, würde ich ihm sein schwarzes, verlogenes Herz herausreißen.«

Sie nickte ihm zu und wollte sich abwenden, aber er packte sie am Arm und sah ihr in die Augen.

»Bringt es zu Ende, Meséra, richtig zu Ende. Damit sein Tod nicht umsonst war.« Er wies mit dem Kopf auf Jenks, dessen Antlitz bleich zu ihnen emporstarrte, als verfolge der Tote ihre Worte ganz genau, und sie nickte noch einmal grimmig und ging dann gemessenen Schrittes nach vorn.

Jaquento sah ihr nach, ehe er seine Aufmerksamkeit den beiden Schiffen zuwandte, die sie nun jagten. Schon auf den ersten Blick sah er den Fehler.

»Deguay hätte nach Süden abdrehen sollen«, flüsterte er.

»So beschädigt, hätten wir sie niemals eingeholt. Jetzt können wir ihnen den Weg abschneiden.«

»Sie sind nah an der Küste«, gab Bihrâd zu bedenken. »Eine Wende hätte sie vielleicht auf die Felsen gedrückt. Sie wollen erst wieder offenere See erreichen, um zu manövrieren.«

»Warum auch immer. Sie kommen nicht davon.«

Auch wenn die Fregatte stöhnte und ächzte und von ihren Masten Segelfetzen und Taue wie dicke Spinnweben herabhingen, fing sie den starken Wind in der verbliebenen Segelfläche ein, und ihre Fahrt gab Jaquento recht. Sie waren langsam und behäbig, aber schnell genug, um die beiden Schiffe zu erreichen, bevor diese zwischen ihnen und der Küste durch die Lücke schlüpfen konnten. Gnadenlos kam die Fregatte näher, verringerte den Abstand zwischen sich und der rauen Küstenlinie und ließ den beiden Schiffen immer weniger Platz für Manöver.

Die Wellen peitschten voraus gegen die Klippen, als gälte es, das Land zu vernichten und in seiner Gänze zu verschlingen. Einige Tropfen fielen auf Jaquentos Haut, und er glaubte zunächst, dass es Gischt sei, doch dann ging ein erster Regenschauer auf sie nieder, der wie eine graue Wand in der Luft hing. Die Wolken wurden dunkler, aber der junge Hiscadi achtete nicht darauf; er hatte nur Augen für die *Todsünde*. Er bildete sich ein, Deguays grün gekleidete Gestalt und Rahels wippenden Zopf zu sehen, dabei konnte er kaum mehr als irgendwelche Menschen erkennen, die auf den Schiffen umherliefen.

Diesmal ließ die Kapitänin früher feuern. Die raue See sprang mit der *Mantikor* nicht sehr behutsam um, und die erste Salve verteilte sich über ein weites Gebiet. Doch die Thayns luden unermüdlich nach und feuerten wieder. Schon waren ihre Ziele nah herangekommen. Wenn sie erst durch die Lücke schlüpften, würden sie entwischen, da die Fregatte in ihrem Zustand nicht hoffen konnte, genug Fahrt zu machen. Ihnen blieb nur dieser eine Angriff.

Das Donnern der Kanonen ließ das Schiff erbeben. Zum Glück war der Kampf gegen die *Unerschrocken* von Backbord aus geführt worden, und so war die Steuerbordseite noch halbwegs unversehrt. Diesmal landeten einige Treffer vor allem in der Takelage der *Totwey*.

Vor Jaquento reckte Sinosh seinen Hals immer weiter, als versuche er, ihn bis hinüber zu der Schwarzbrunn-Fregatte zu strecken. Die kleine Echse war von dem Schiff wie in Bann geschlagen, aber auch Jaquento konnte seinen Blick nicht abwenden.

Die *Todsünde* feuerte, und auch die *Totwey* ließ ihre Kanonen sprechen, doch die meisten ihrer Schüsse gingen fehl, und die Bewaffnung des schwarzen Schiffs war ohnehin kaum eine Gefahr für ein Kriegsschiff wie die *Mantikor*.

Dennoch mussten die Erschütterungen dazu geführt haben, dass sich der schon beschädigte Besanbaum nun vollends löste und mit einem Krachen auf das Deck stürzte.

»Vorsicht«, schrie Jaquento aus vollem Hals, und Roxane, die sich gerade direkt unter dem Besan befunden hatte, wandte sich ihm zu, erkannte die Gefahr im Bruchteil eines Augenblicks und warf sich zur Seite. Der Rudergänger, der dicht neben ihr stand, hatte nicht so viel Glück. Die schwere Holzstange fiel auf ihn und begrub seinen Unterkörper unter sich. Ohne nachzudenken, sprang der Hiscadi zu dem Verunglückten. Die Kapitänin rappelte sich bereits wieder auf und griff ebenfalls mit beiden Armen um die schwere Holzstange.

»Auf drei«, gab Jaquento vor, und gemeinsam mit einigen anderen Herbeigeeilten stemmten sie den Besanbaum von dem unglücklichen Matrosen, dessen anfänglicher Schrei nun in ein hohles Heulen übergegangen war.

Roxane richtete sich keuchend auf.

»Bringt ihn unter Deck«, wies sie die Umstehenden an. Dann suchte sie den Blick des Hiscadi: »Danke, Mesér«

Er nickte und wandte sich dann wieder Bihrâd zu, der die gesamte Szene beobachtet hatte.

Von der *Totwey* ertönten keine weiteren Schüsse. »Feuer einstellen«, befahl Roxane. »Erst wieder auf mein Kommando eröffnen.«

Unabwendbar glitten die Schiffe aufeinander zu. Die *Totwey* war vorn, auf einem Kurs parallel zur Küste, und die *Todsünde* folgte direkt darauf. *Sie hoffen auf den Durchbruch,* erkannte Jaquento, dessen Nerven bis zum Zerreißen gespannt waren.

Nur noch fünfzig Meter trennten die Schiffe, dann vierzig, dann war die *Totwey* auf gleicher Höhe.

»Feuer!«

Die *Mantikor* brüllte wie ihr Namensgeber auf, spuckte Eisen und Feuer in Richtung des schwarzen Schiffes. Der Rumpf ihres Feindes wurde mit Einschlägen übersät, der Achteraufbau von mehreren Treffern regelrecht zerschlagen. Die dünnen Bordwände des Handelsschiffes konnten der Macht der Breitseite nichts entgegensetzen, und die Zerstörung war ungeheuerlich.

Dann war die *Totwey* vorbei.

»Feuer nach Belieben! Gebt es ihnen hart!«

Die *Todsünde* war kein Kriegsschiff, aber sie war besser für den Kampf gerüstet. Jaquento verlor die *Totwey* aus den Augen, als Deguays Schiff längsseits ging. Die Piraten brüllten, schrien ihre Verachtung und ihren Widerstand heraus. Und feuerten zuerst.

Die *Mantikor* erbebte unter den Treffern. Splitter rasten durch Jaquentos Gesichtsfeld, Schreie ertönten, ein armlanges Stück Holz segelte trügerisch langsam an dem jungen Hiscadi vorbei. Die Fregatte beantwortete die Salve, zahlte die Treffer mit gleicher Münze heim, aber das Piratenschiff konnte mehr einstecken als die *Totwey*.

Und es machte mehr Fahrt und setzte sich vor die Fregatte, bevor sie noch eine zweite Salve abfeuern konnten. Atemlos blickte Jaquento den Schiffen hinterher. *Sie dürfen nicht entkommen*! Wie zur Antwort drehte das schwarze Schiff sich in den Wind. Die Segel schlugen unkontrolliert gegen die Masten, und die *Totwey* wurde unweigerlich in Richtung Küste getrieben.

»Ja!«, brüllte er triumphierend auf.

Ein Ruck ging durch die *Mantikor*, ein tiefes, gequältes Ächzen. Mit einem Mal ritt sie nicht mehr auf den Wellen, sondern wurde zu deren Spielball. Das Deck bockte unter Jaquentos Füßen, warf ihn beinahe zu Boden. Auch Bihrâd taumelte, stützte sich jedoch an der Reling ab, ebenso Roxane, deren blutgetränktes Tuch durch die Luft segelte, als sie wild nach Halt suchte.

»Was, bei allen Geistern der Tiefe, ist geschehen?«, keuchte Jaquento, als er seine Balance wiederfand. Sinosh ließ vom Anblick des schwarzen Schiffs ab und sprang auf seine Schulter.

Das Schiff hat das Ruder verloren, erklang die Stimme der kleinen Echse in seinem Geist. Sofort sah Jaquento zu der bedrohlich nahen Küste. Ohne Kontrolle über das Ruder würde der Wind sie gegen die Klippen drücken und sie an diesen zerschmettern, als wäre die Fregatte aus Papier, wenn sie nicht allein mit den Segeln steuern konnten.

Vorn sprach Roxane in hektischem Tonfall mit der neuen Rudergängerin, die das große Steuerrad drehte, offensichtlich ohne dass es ihr Widerstand bot. Noch einmal blickte Jaquento zur *Totwey*, die ebenfalls hilflos der Gnade von Wind und Wellen ausgesetzt war.

Leutnant Cudden kam auf das Achterdeck gerannt. Sein Uniformrock war vom Pulver geschwärzt, und sein Antlitz war rußig grau, aber sonst schien er unverletzt zu sein.

»Käpt'n?«

Roxane blickte sich um, sah zu den beiden Schiffen der Feinde, zu den beiden Fregatten, die ebenfalls verzweifelt gegen die Macht des Meeres kämpften, sah hoch zu den Masten, die ihrer Fregatte noch geblieben waren, dann schüttelte sie resigniert den Kopf.

»Treibanker fertig machen«, befahl sie. »Bringt die Verwundeten an Deck. Holt die Boote ein.«

Sie schluckte sichtlich.

»Wir verlassen das Schiff!«

TAREISA

Erst als das Schiff an der Fregatte vorbeigezogen war, wagte die Maestra aufzuatmen. Sie hatte schon genügend Schlachten erlebt und, wichtiger noch, überlebt, und konnte dem Kriegsgetümmel nichts abgewinnen. Der Kampf an Bord von Schiffen war ihr besonders zuwider. Die Enge, die Abhängigkeit von Wind und See.

»Verfluchte Bastarde«, brüllte Deguay, der sich gerade einen langen Holzsplitter aus seinem Gehrock zog. Das spitze Geschoss war nur durch den Stoff gedrungen, aber der Capitane betrachtete es, als hätte es sein Herz aufgespießt. Doch ihm blieb kaum Zeit, das ruinierte Kleidungsstück zu betrauern, denn der Wind drückte die *Todsünde* immer weiter an die Küste, und die Breitseite der Thayns hatte wüste Zerstörung angerichtet. Anders als Tareisa hatte er den Einschlag stehend überstanden und lief nun auf und ab, die ganze Zeit Befehle rufend: »Kappt die beiden Taue, ihr faules Pack! Und holt das Segel ein, sonst reißt es noch ganz! Ruder drei Strich backbord, und holt mir die Segel dicht!«

Langsam stabilisierte sich das Schiff, und Tareisa erhob sich vorsichtig. Sie hatte nicht gewagt, mehr als ein Minimum an Vigoris einzusetzen, da die *Totwey* einfach zu nah war. Einem direkten Schuss hätte ihr Schild niemals standgehalten, aber vor den Splittern, die im Kreis um sie herum lagen, hatte er sie geschützt.

Andere waren nicht so vom Glück begünstigt gewesen, wie die vielfachen Schmerzenschreie an Deck bewiesen.

»Das war die *Mantikor!* Bei der Tiefe, verfolgt mich dieses Schiff etwa?«, knurrte Deguay, der sich zu ihr gesellte und seinen Blick über ihren Leib wandern ließ. »Seid Ihr unversehrt, werte Dame?«

»Die *Mantikor*? Das Schiff, dem wir vor Hequia entkommen sind? Seid Ihr sicher, Capitane?«, erwiderte die Maestra, ohne auf seine Frage einzugehen. Mit einer Hand strich sie sich über das Haar und schob einige Strähnen hinter die Ohren. Sie durfte Deguay gegenüber keine Schwäche zeigen, selbst wenn sie in ihren Eingeweiden gerade ein äußerst flaues Gefühl von Angst und Sorge verspürte.

»Ja, bin ich. Man könnte denken, sie hätten genau gewusst, wo sie uns erwarten können.«

»Vielleicht haben sie das«, grübelte Tareisa und warf einen Blick auf das thaynrische Kriegsschiff, das hinter ihnen mit der See kämpfte.

»Die haben gekämpft wie Löwen. Ein wunderbarer Schutz waren die beiden Pötte da.«

»Oder wie Mantikoren«, erwiderte die Maestra geistesabwesend. Der Verdacht, dass die thaynrische Marine ihnen derart nah auf den Fersen war, beunruhigte sie. Auch wenn sie nicht erklären konnte, warum die Thayns augenblicklich nur ein Schiff geschickt hatten, musste sie die Möglichkeit in Betracht ziehen, dass noch mehr kommen würden, und für die Zukunft vorsorgen.

Ein Schrei ertönte, und zahlreiche Piraten blickten nach achtern, aber nicht zu der *Mantikor,* sondern zu einer der géronaischen Fregatten, deren Mastspitzen sich immer weiter zum Meer neigten. Tareisa konnte nicht erkennen, um welche es sich handelte, aber selbst sie sah, dass dieses Schiff soeben seinen letzten Kampf verlor.

»Jetzt ist es zu spät«, erklärte Deguay ohne sichtbares Mitgefühl mit dem Schiff und seiner Besatzung. »Nun dringt selbst durch geschlossene Geschützluken die See ein, und sie läuft voll. Es wird schnell gehen.«

Fasziniert und entsetzt betrachtete Tareisa das grausame Schauspiel. Der Capitane behielt recht: Hatte das Schiff sich zunächst langsam geneigt, beschleunigten die Masten ihre Bewegung nun, bis sie mit einem gewaltigen Schlag in die raue See eintauchten. Kleine Gestalten sprangen von dem Wrack, ein Boot lag noch in der Nähe und wurde von den Wellen durchgeschaukelt. Innerhalb von wenigen Herzschlägen versank der Rumpf der Fregatte in der tobenden See und ließ nur eine Fülle von Trümmern zurück. *Wie viele Seeleute und Soldaten mag sie mit in die Tiefe gerissen haben? Dutzende? Hunderte?*

»So schnell kann es gehen, werte Dame. Die See ist eine harsche Herrin.«

»Käpt'n!«, rief die blonde Navigatorin der *Todsünde*, die am Steuer stand, und wies voraus. »Die *Totwey*!«

Sofort rannte Deguay zur Reling, und Tareisa folgte ihm.

»Wir sind vom Pech verfolgt«, klagte er und schlug wütend mit der Faust auf das Holz. Die *Totwey* hatte ebenfalls Schlagseite, aber vor allem wandte sie der Küste das Heck zu, als wolle sie direkt gegen den Wind anfahren.

»Was geschieht mit ihr?«

»Sie ist manövrierunfähig. Rahel würde sie niemals so stellen, dass sie in Richtung der Leeküste gedrückt wird. Die verfluchten Thayns haben ihr das Segelwerk zerschossen.«

Entgeistert blickte Tareisa wieder zu der Schwarzbrunn-Fregatte. Die Masten hoben und senkten sich im Takt der Wellen, die wütend gegen das Schiff brandeten und hoch aufspritzten. *Das darf nicht geschehen! Sie darf nicht ebenfalls sinken.*

Doch ihre Wünsche bedeuteten angesichts der Naturgewalt wenig, und ihre magischen Fähigkeiten waren in der Nähe des Schiffes ohne Nutzen. Beinahe hätte Tareisa über die Ironie geflucht. Sie war eine mächtige Maestra, vielleicht die mächtigste noch lebende, und doch wurde ihr ihre Macht ausgerechnet von dem genommen, was sie begehrte. Bange Momente lang betrachtete sie das Schiff, dessen missliche Lage offensichtlich war.

»Was tun?«

Deguay zuckte mit den Achseln. Sein Gesicht wirkte verkniffen, als er zu der *Mantikor* zurückblickte und konstatierte: »Immerhin sind die dort drüben keine Gefahr mehr.«

Doch Tareisa kümmerte sich nicht um die Thayns. Alles, wofür sie gearbeitet hatte, drohte mit der *Totwey* zu versinken, und wenn die See es erst geschluckt hatte, würde es fast unmöglich werden, es wiederzuerlangen.

»Können wir sie schleppen?«

»Was, den dicken Kahn? Nie im Leben. Sie würde uns nur mit sich ziehen. Wir müssen schon so unser ganzes Geschick aufbringen, um von dieser Küste zu entkommen.«

»Dann ist sie verloren?«

»Wenn Rahel nicht eine Möglichkeit findet, Herrin der Lage zu werden, ja.«

Der Capitane strich sich über den Bart, dann blickte er zu ihren eigenen Masten empor.

»Dicht ranholen, habe ich gesagt! Verdammt noch mal, seid ihr Seeleute oder eine Horde Affen?«

Ihn schien das Schicksal der *Totwey* nicht zu kümmern, also sagte Tareisa mit Nachdruck: »Wir müssen die Ladung retten.«

»Werte Dame, Ihr seid aufgebracht, und ich verstehe das. Aber derzeit befinden wir uns selbst in einer wenig beneidenswerten Situation. Die Thayns haben uns nah an die Küste gejagt. Vielleicht wussten sie ja, dass dies ihr letzter Akt sein würde. So, wie es aussieht, werden bald vier Schiffe an diesen ungastlichen Klippen zerschellen. Ich sorge hier dafür, dass es nicht fünf werden.«

Wütend funkelte Tareisa ihn an.

»Bedeuten Euch Eure eigenen Leute so wenig?«

Er hielt ihrem Blick ungerührt stand.

»Sie sind Seeleute, so wie ich. Sie kennen die Gefahren. Rahel wird ihr Bestes geben, um das Schiff zu retten. Oder wenigstens meine Leute.«

»Dies ist kein Spiel, Capitane. Der Verlust der Ladung würde Konsequenzen haben, die keiner von uns beiden gern tragen würde. Unser Auftrag lautet, sie in Sicherheit zu bringen, non?«

Seine Finger trommelten auf der Reling. Unvermittelt wurde sich die Maestra der Situation bewusst. Sie war allein an Bord dieses Schiffes, diesem Mann komplett ausgeliefert. Solange die *Totwey* noch in ihrer Nähe war, konnte sie sich kaum verteidigen, geschweige denn fliehen. Im Stillen flehte sie zu einer Göttin, an die sie nicht glaubte, dass Deguay nicht ahnte, wie wenig sie ihm in diesem Moment wirklich entgegenzusetzen hatte.

Seine Züge verrieten sein Missfallen, aber schließlich neigte er das Haupt. »Gut, wie Ihr wünscht, werte Dame. Ich werde sehen, was möglich ist, ohne uns allzu sehr in weitere Gefahr zu bringen. Seht es als eine Art Freundschaftsdienst an, zusätzlich zu allem, was ich bereits für Euch getan habe.«

Tareisa neigte ebenfalls das Haupt und lächelte kühl. »Wir sind Euch zu Dank verpflichtet, Capitane.«

Ohne zu antworten, wandte Deguay sich ab.

»Hilrica, lass die Boote klarmachen. Und bereite alles für eine Wende vor. Wir werden versuchen, diesem verfluchten

Wind noch ein wenig Raum abzutrotzen. Und wir holen unsere Leute von diesem Pott da runter, also legt euch gleich in die Riemen, meine Teuren!«

Die letzten Worte wurden von ihm laut gerufen, und als die Mannschaft verstand, dass sie ihre Kameraden von dem schon verloren geglaubten Schiff retten würden, jubelten einige. *Der Capitane ist gut darin, seinen Untergebenen zu gefallen,* erkannte Tareisa. *Auch wenn er selbst wenig für sie empfindet. Loyalität ist ein seltenes Gut.* Aus diesem Grund hatte die Maestra es stets vorgezogen, allein zu arbeiten. Sicher, sie hatte dienstbare Geister genutzt, andere für sich eingesetzt, geschickt die Fäden gesponnen, um lästige Arbeit von anderen Händen als den ihren verrichten zu lassen. Aber echte Verbündete oder gar Freunde hatte sie stets eher als potenzielles Hindernis denn als nützliches Instrument gesehen. Der alte Mann hatte sie gelehrt, dass sie Schwäche bedeuteten. Aber als sie nun Deguays Mannschaft betrachtete, die ihrem Capitane in allen Dingen zu folgen gewillt war, fragte sie sich, ob diese Einstellung womöglich ein Fehler gewesen war.

JAQUENTO

Die Bedeutung von Roxanes Worten traf Jaquento mit Macht. Es dauerte einen Moment, bis er die Konsequenzen für sich selbst erkennen konnte. *Von Bord gehen, vor der hiscadischen Küste. Ich bin frei.* Er konnte es kaum fassen und stand innerhalb des nun ausbrechenden Chaos wie entrückt auf dem Achterdeck.

Die Seeleute liefen über das mit Trümmern übersäte Deck. Einige machten sich am Bug zu schaffen, der von den Wellen immer weiter in Richtung Küste gedrückt wurde, andere legten Taue in das Gangspill ein. Doch schon jetzt sah Jaquento, wie eine Handvoll Matrosen mit Fässern und sonstigem schwimmfähigem Material in der Hand über Bord sprangen.

»Sorgen Sie für Disziplin, Thay«, befahl Roxane Cudden. Sie trat näher an den Leutnant heran, aber Jaquento hörte ihre leisen Worte dennoch: »In solchen Situationen bricht oft alles zusammen, Thay, und dann werden noch mehr Menschen ihr Leben lassen. Ohne Ordnung ist alles verloren!«

»Aye, aye, Thay«, erwiderte Cudden und hob seine Muskete. Der Leutnant rannte auf das Hauptdeck hinunter, wo er rasch seine verbliebenen Soldaten um sich scharte.

»Wir können gehen«, murmelte Bihrâd neben Jaquento. »Das ist deine Heimat?«

»Zumindest war sie das mal. Und tu mir einen Gefallen, ja?«

»Was denn?«, fragte der Maureske unschuldig. Jaquento setzte ein schiefes Lächeln auf und schlug ihm auf die Schulter: »Sag nicht so etwas wie *Ich habe es dir gesagt, unser Schicksal ist noch nicht entschieden*. Bitte? Ja?«

Bihrâd grinste breit, wobei sich sein Gesichtsschmuck zu neuen Mustern verzog, und schüttelte das Haupt. Die beiden Männer standen einander gegenüber und lachten, vollkommen ungeachtet der Zerstörung und des Todes um sie herum, als hätten sie gerade einen großartigen Witz gehört. Doch es war nur das plötzliche Gefühl der Freiheit, das Jaquento überkam und seine Sinne überwältigte. Es zerschlug den Stein, zu dem sein Herz geworden war, und strömte wie eine gewaltige Welle in alle seine Glieder.

Noch erfreulicher war allerdings der Anblick des schwarzen Schiffs. Ebenso wie die *Mantikor* trieb es hilflos im Meer, und die *Todsünde* wendete gerade und würde wohl versuchen, die offene See zu erreichen, um den Klippen der hiscadischen Küste zu entgehen. *Wenigstens bekommt nun niemand, wonach alle so gesucht haben,* dachte Jaquento.

Dann aber sah er, wie das Piratenschiff Boote zu Wasser ließ; inmitten der vom Wind aufgepeitschten See kein leichtes Manöver. Grimmig schlug er sich mit der Faust in die offene Handfläche. »Er wird entkommen. Und die Beute nimmt er mit. Deguay wird es schaffen, ich kenne ihn.«

Bihrâd folgte seinem Blick. Der Maureske zuckte mit den Schultern. »Wir sind frei. Alles andere wird sich finden, Jaq. Wir sollten uns etwas suchen, was uns bis zur Küste trägt. Ich glaube nicht, dass man uns Platz in den Booten machen wird.«

»Ja, du hast recht. Wir müssen …«

Ein Ruck ging durch das Schiff, und einen Augenblick lang befürchtete Jaquento, dass es auf ein Riff gelaufen war oder einfach auseinanderbrach. Aber dann hörte er Jubelschreie vom Vorschiff, die vom Wind zerrissen wurden.

Ein langes Tau war straff über das Deck gespannt. Holz ächzte, und die *Mantikor* begann langsam, sich zu drehen. Jetzt erkannte der junge Hiscadi auch den Ursprung des Rucks: Einige Rahen samt Segelfläche waren an dem Tau über Bord geworfen worden. Der improvisierte Treibanker zwang das Schiff herum, da er langsamer schwamm, als die Fregatte vom Wind getrieben wurde, und so der Bewegung des Schiffs Widerstand entgegensetzte.

Einige bange Augenblicke lang bot die *Mantikor* den heranrollenden Wellen die Flanke dar, und das Schiff rollte und gierte, als wolle es kentern. Dann war der gefährlichste Moment überstanden. Die Bewegungen wurden ruhiger, fast sanft, und schon bald ragte der Bug gegen die anstürmende See, und die Fregatte stampfte, als befände sie sich in voller Fahrt.

»Das kauft ihnen etwas Zeit und uns auch«, stellte Jaquento fest. Doch die Küste ragte bereits bedrohlich über ihnen auf. Bislang hatte er den dunklen Klippen kaum Beachtung geschenkt, an denen sich die Wellen schäumend brachen, aber jetzt nahmen sie seine Aufmerksamkeit gefangen. Er kannte die hiscadische Küste gut. An vielen Stellen war sie so rau und felsig wie hier. An einem sonnigen Tag würde der Stein vielleicht rot oder gar orange schimmern, doch das trübe Licht ließ ihn braun wirken – wie geronnenes Blut. An einigen Stellen mussten die Klippen Dutzende von Metern hoch sein, dann wieder gab es Einschnitte, Buchten und Felsnasen, die weit in die See ragten. Das Meer rannte brüllend gegen sie an, und die Gischt spritzte auf die Steine und färbte sie noch dunkler.

Endlich fand Jaquentos Blick, wonach er gesucht hatte.

»Dort«, wies er Bihrâd den Weg. »Zwischen der kleinen Felsinsel und dem Männerkopf.«

Tatsächlich wirkte der weit vorstehende Felsen wie der Kopf eines alten Mannes, mit einem spärlichen Bewuchs aus niedrigen Büschen auf seinem Haupt. Zwischen dem Felsen und der Insel befand sich ein Einschnitt in der Küste, und dort senkten die Klippen sich bis zum Meer hinab.

»Wir müssen uns beeilen, Jaq, sonst geht es uns wie denen da.«

Der Maureske deutete auf die verbliebene géronaische Fregatte, die versuchte, unter den letzten Segeln der drohenden Gefahr zu entgehen. Aber Jaquento konnte sehen, dass ihre Bemühungen nicht reichen würden. Das Schiff war zu stark beschädigt, und obwohl es versuchte, parallel zur Küste nach Norden zu entkommen, war die Abdrift zu stark. Unter guten Bedingungen wäre es schwer gewesen, so nah am Land dem gefährlichen Wind zu entgehen, jetzt schien es dem jungen Hiscadi unmöglich.

Als wollte die See seinen Gedanken recht geben, schlug die *Unerschrocken* unvermittelt gegen ein Hindernis unterhalb der Wasserlinie, bäumte sich regelrecht auf, erzitterte bis in die Mastspitzen und legte sich dann unter dem Angriff des Windes immer weiter zu Seite.

Trümmer trieben davon, die Flagge am Heck wurde ins Wasser gedrückt und verschwand, ein Mast brach mit einem lauten Krachen und fiel zur Seite weg. Der Rumpf ragte aus dem Wasser, man konnte die Algen und Seepocken erkennen, die sich daran festgesetzt hatten. Jaquento erwartete, jeden Augenblick zu sehen, wie das Schiff von den Wellen zerschlagen wurde, unter dem Ansturm der See einfach zerbrach, doch noch hielt es stand.

»Arme Bastarde«, murmelte er mit echter Anteilnahme, dann riss er sich von dem grauenvollen Anblick los. Ihre eigene Situation war nicht viel besser, und der Maureske und er mussten handeln.

Bihrâd war bereits damit beschäftigt, auf dem Hauptdeck nach Material zu suchen, welches sie für den Sprung ins

Wasser nutzen konnten. Der Maureske wurde inmitten der thaynrischen Seeleute nicht mehr beachtet; es war, als wäre er unsichtbar.

Am Aufgang zum Achterdeck hatte Cudden seine Marinesoldaten postiert, die ihre Waffen zwar noch nicht angelegt hatten, aber deren Anblick unmissverständlich deutlich machte, dass sie jederzeit eingreifen konnten. Trotzdem sah Jaquento immer wieder Seeleute, die sich hinter den Trümmern davonschlichen und ihr Glück auf eigene Faust in der See suchten. Der junge Hiscadi konnte es ihnen nicht verdenken. Selbst wenn die Boote genug Platz geboten hätten, war eine Landung an der unwirtlichen Küste unter diesen Bedingungen absoluter Wahnwitz. Er selbst würde sein Leben auch eher einem Fass und seiner eigenen Kraft anvertrauen, als sich mit einem vollbesetzten, schwerfälligen Boot von den Wellen an den Klippen zerschlagen zu lassen.

Dennoch blieben viele Matrosen diszipliniert, woran der Anblick der Soldaten sicherlich keinen geringen Anteil hatte. Sie zogen die Boote heran, die im Gefecht hinter der *Mantikor* hergezogen worden waren, während andere Besatzungsmitglieder die Verletzten aus dem Lazarett an Deck schafften.

Erst als das erste Boot längsseits lag, brach die Ordnung zusammen. Männer und Frauen drängten sich an der Bordkante, es wurde geschrien und geflucht und einige sprangen einfach hinab in die scheinbare Sicherheit des langen Ruderbootes.

Ein Schuss ertönte, und Cudden trat mit rauchender Waffe vor. Seine Soldaten hatten die Musketen angelegt, und die Mündungen waren auf die Seeleute gerichtet. Fasziniert betrachtete Jaquento das Schauspiel, das sich vor ihm entfaltete. Die Soldaten bedrohten auf einem dem Untergang geweihten Schiff die Mannschaft, die versuchte, sich selbst zu retten. *Thayns*!

»Zurück! Zurück sage ich!«, brüllte Cudden und wies mit der Muskete in Richtung Hauptmast. »Der nächste Schuss sitzt!«

Der Leutnant baute sich bedrohlich vor der versammelten Menge auf, während die *Mantikor* Stück für Stück der Katastrophe weiter in die Arme getrieben wurde. Stille breitete sich unter den Menschen aus, und Jaquento konnte die Spannung spüren. Gleich würden die Matrosen sich den Soldaten entgegenstellen, und dann würde Blut fließen. Einige griffen bereits nach Trümmerstücken, nach Belegnägeln, andere hatten von ihrer Arbeit noch Beile in den Fäusten. In ihrer Verzweiflung würden sie sich nicht von Worten aufhalten lassen.

»Hört her«, rief Roxane mit einem Mal. Jaquento konnte spüren, wie Sinosh sich auf seiner Schulter ihr zuwandte.

»Das Schiff ist verloren, auch wenn die *Mantikor* sich ein letztes Mal tapfer geschlagen hat. Dort ist unser Feind«, rief die Kapitänin und wies auf die dunkle Küste unter den grauen Wolken. »Nicht hier. Wir können diesen Feind besiegen, wir können überleben – wenn wir zusammenarbeiten.

Lasst eure Kameraden nicht im Stich, die sich nicht selbst retten können! Steht füreinander ein! Steht zusammen, wie in der Schlacht, und kein Feind kann uns besiegen!«

Bange Sekunden lang hielt das Schweigen an, dann nickten einige. Die Menge verteilte sich, ging wieder an die Arbeit, auch wenn Jaquento noch vereinzelt finstere Gesichter sehen konnte.

Er selbst lief auf das Hauptdeck hinab und half Bihrâd, zwei kleine Fässer, deren Inhalt der Maureske achtlos auf den Boden geschüttet hatte, mit einem Tau zusammenzubinden. Mehl wurde vom Wind davongeweht, und ein sauer eingelegtes Kraut machte die Planken rutschig. Durch den Niedergang hörte Jaquento leisen Gesang, und er blickte Bihrâd fragend an.

»Sie plündern die Rumvorräte«, erklärte der Maureske kopfschüttelnd. »Alkohol bringt auch den weisen Mann dazu, einen Pakt mit den Fünfzehn Höllen zu schließen. Sie werden direkt dorthin fahren, mit diesem Schiff.«

Jaquento hütete seine Zunge. Es war nicht an ihm, zu beurteilen, wie man dem Tod entgegentrat, und derzeit hätte er selbst nichts gegen einen ordentlichen Schluck Rum einzuwenden gehabt.

Während sie beide ein einfaches Floß bauten, gelang es der Besatzung, das erste Boot zu beladen und damit abzulegen. Die kleine Nussschale tanzte auf den Wellen, und die Seeleute legten sich in die Riemen und versuchten, der Gewalt der Elemente zu trotzen. Das zweite und das letzte Boot wurde längsseits vertäut und die ersten Verletzten hinabgelassen. Ihre Schreie zerrten an Jaquentos Nerven, als hätte er an diesem Tag nicht genug Leid gesehen und gehört. Er beobachtete, wie die Schiffsärztin zwischen den Reihen der Verwundeten auf und ab ging und den verbliebenen Matrosen Zeichen gab. *Sie teilt sie auf,* erkannte der junge Hiscadi mit einem Schaudern. *In solche, die eine Chance haben, und jene, die sterben müssen. Möge die Einheit geben, dass ich niemals eine derartige Entscheidung treffen muss.*

Aus dem Augenwinkel sah Jaquento, wie die Soldaten in das Boot stiegen und Cudden hinauf zur Kapitänin lief, aber er hatte keine Zeit für weitere Betrachtungen, denn endlich hatten er und Bihrâd das letzte Tau festgezurrt.

»Die Boote fahren zu dem flachen Strand dort hinten«, erklärte Jaquento. »Wir halten uns abseits und steuern den Männerkopf an. Wir haben keine Riemen und …«

»Ja, ich weiß.«

»Gut.«

Gemeinsam hievten sie die Fässer hoch und trugen sie zur Seite. Sinosh klammerte sich an Jaquento fest, und die Klauen der kleinen Echse gruben sich in seine Schulter. Noch immer schwieg sie.

Gerade als sie die Bordkante erreichten, tat es noch einen Schlag, und sie wären fast gestürzt, aber Jaquento gelang es, sich auf den Beinen zu halten und Bihrâd zu stützen.

»Los«, knurrte der Maureske, und sie schleuderten ihr Floß gemeinsam in die schäumende See. Sofort sprang Bihrâd hinterher, aber Jaquento blieb noch zurück.

»Kommst du klar?«, fragte er und sah Sinosh an.

Ich hänge an dir.

»Großartig. Dann mach dich bereit.«

Bevor er jedoch selbst das unglückliche Schiff verlassen konnte, packte ihn eine Hand an der anderen Schulter. Überrascht fuhr er herum und sah Cuddens breites Gesicht. *Er wird doch wohl im Moment Besseres zu tun haben, als mich daran zu hindern, das Schiff zu verlassen,* hoffte der junge Hiscadi inbrünstig.

Da ergriff Cudden seine Hand und schüttelte sie. »Hier trennen sich unsere Wege. Viel Glück.«

»Danke, Mesér. Euch auch. Was ist mit der Kapitänin?«, fragte Jaquento und wies mit einem Nicken in Richtung des Achteraufbaus, wo Roxane unbeweglich wie eine Statue stand und auf das Hauptdeck hinabsah.

»Sie bleibt. Ihr Schiff, ihre Ehre und all das. Tod vor Entehrung. Ich konnte sie nicht davon überzeugen, ihre Pläne diesbezüglich zu ändern.«

Mit einem mulmigen Gefühl strich sich Jaquento über das Gesicht. Sein Blick wanderte wieder zu der Offizierin hinauf. Sie hatte ihren Zweispitz aufgesetzt und stand hoch aufgerichtet, die Hände auf dem Rücken verschränkt, als kommandiere sie das Schiff bei bestem Wetter auf freundlicher See.

»Verrückt«, murmelte der junge Hiscadi. In seinem Geist rumorte es, doch er konnte seine Gefühle weder bestimmen noch kontrollieren.

Der Leutnant nickte. »Sie ist recht gut darin, ihren Willen durchzusetzen, wie man an Ihnen sieht, nicht wahr? Auch wenn sie es sich ganz bestimmt anders vorgestellt hat. Wie auch immer, alles Gute.«

Er wollte sich schon abwenden, aber Jaquento hielt ihn fest. »Wie meint Ihr das?«

»Nun, was dachten Sie, warum wir den Kurs gewechselt haben? Die nahe Fahrt an der hiscadischen Küste? Der Freigang mitten in der Nacht? Mann, sind Sie so schwer von Begriff?«

»Sie wollte ... sie *wollte*, dass wir entkommen?«

Sein ganzer Leib zitterte, als ihn diese Erkenntnis traf. Hinter sich hörte er Bihrâd rufen, aber er reagierte nicht.

»Ja«, antwortete Cudden schlicht, dann lief der Leutnant quer über das Deck, ergriff ein Tau und schwang sich mit einem gewaltigen Satz in das wartende Boot. Jaquentos Blick wanderte wieder zu Roxane, dann hinab zu Bihrâd, der sich am Floß festhielt und mit einem Arm winkte. Nun waren nur noch der junge Hiscadi, die tödlich Verwundeten und Roxane an Bord.

»Rette dich!«, brüllte Jaquento Bihrâd zu, ehe er sich von der Bordkante abwandte.

»Jaq! Jaq!«

Er achtete nicht auf die Rufe seines Freundes, sondern sprintete über das Deck und sprang die Treppe empor. Das Schiff bäumte sich unter ihm auf wie ein Lebewesen, als wolle es ihn daran hindern, sein Ziel zu erreichen.

Was tust du?, erklang Sinoshs aufgeregte Stimme in seinem Geist.

»Das Richtige«, murmelte Jaquento, als er auf Roxane zustürzte, sie an den Aufschlägen ihres Uniformrocks packte und zur Reling zerrte. Sie wehrte sich, schrie ihn an und schlug ihm mit der Faust ins Gesicht, doch er ließ sich einfach fallen und riss sie mit sich in die tobende See.

ROXANE

Das kalte Wasser schlug über ihr zusammen, nahm ihr mit einem Schlag die Sicht, den Atem – aber nicht den Zorn. Prustend tauchte sie auf. Ihr Zweispitz war schon beim Sturz verloren gegangen, und sie warf die Haare nach hinten, die ihr wie nasse Algen in die Augen hingen. Wellen rollten über sie hinweg, die Uniform sog sich voll Wasser, und sie strampelte mit den Beinen, um sich über Wasser zu halten. Doch ihr Gedanke galt nur einer Sache.

»Sind Sie verrückt geworden? Sie verfluchter hiscadischer Hund!«

Neben Roxane hielt sich Jaquento mühsam oben, und er hatte bereits damit begonnen, sich seiner Kleidung zu entledigen, um sich das Schwimmen zu erleichtern. Zum ersten Mal seit langer Zeit sah sie ihn wieder so grinsen wie damals auf Lessan, als sie sich gerade kennengelernt hatten.

»Ihr hättet Euer Leben umsonst fortgeworfen, Meséra«, brüllte er zur Antwort, um Wind und See zu übertönen. Mit einem Ruck riss er sein Hemd auf und streifte es ab. »Euer Auftrag ist noch nicht beendet!«

Hinter ihm blitzten goldene Schuppen auf, und kurz dachte Roxane, dass es ein Fisch wäre, doch da sprang die kleine Echse elegant aus dem Wasser, fand Halt auf der Schulter des jungen Hiscadi, sah sich kurz um und kletterte auf seinen Kopf.

»Ich habe mein Schiff verloren, du verdammter Idiot«, schrie Roxane und begann, zur *Mantikor* zurückzuschwimmen, von der sie bereits einige Fuß abgetrieben worden waren. »Hörst du die Schreie? Meine Leute sterben unter meinem Kommando, und das Einzige, was ich noch geben kann, ist mein eigenes Leben!«

Weit kam sie nicht, denn er holte sie ein und packte sie am Kragen. Sie fühlte sich herumgerissen, dann legte er ihr eine Hand auf die Wange, warm trotz des kühlen Wassers. Seine dunklen Augen suchten ihren Blick und brachten sie zum Schweigen.

»Hör auf damit«, sagte er sanft. Sie konnte die Worte von seinen Lippen ablesen. »Jetzt aufzugeben und zu sterben hilft niemandem.« Nun brüllte er wieder, damit sie ihn verstehen konnte. »Es ehrt auch nicht die Toten, sondern spottet ihrer. Nur wenn du überlebst, kannst du ihrem Tod den Sinn geben, den sie verdienen.«

Sie wollte schreien, wollte weinen, wollte um sich schlagen, die Welt verfluchen, alles zerstören, alles in den Abgrund reißen, doch sie konnte nichts tun. Sie zitterte, und das lag nicht allein an dem kalten Meer.

Eine Welle begrub sie unter sich, und sie paddelte hektisch in Richtung Oberfläche zurück. Salziges Wasser drang ihr in den Mund, in die Nase, sie keuchte, wollte nach Luft schnappen, doch sie hielt sich zurück. Erst als ihr Kopf die Wasserfläche durchbrach, gab sie dem Hustenreiz nach, spuckte Wasser und sog gierig die feuchte Luft ein.

»Ich will, dass du mit mir kommst«, rief ihr Jaquento zu, der abgetrieben worden war. »Lass mich nicht allein!«

Bevor sie ihn fragen konnte, was er damit meinte, verschwand er hinter einem Wellenberg. Einen Moment lang war nur Sinosh zu sehen, der auf dem Haupt des jungen Hiscadi balancierte, dann verschwand auch die Echse im Wellental.

Die *Mantikor* trieb weiter von ihrer Kapitänin fort. Noch stellte sie ihren Bug trotzig dem Meer entgegen, noch ragte sie hoch über dem Wasser auf, doch es war nur noch eine Frage der Zeit, bis das Schiff – *mein Schiff!* – von der See verschlungen würde. Tränen liefen Roxane über die Wangen, als sie an all die Verluste denken musste, die sie auf dem Schiff erlitten hatte. Und all die Verluste der anderen, für die sie als Kapitänin und Offizierin die Verantwortung trug.

Einem Impuls folgend, knöpfte sie ihre Uniform auf, die schon schwer wie ein Gewicht an ihr hing. Immer wieder wurde sie unter Wasser gezogen, immer wieder rollten Wellen über sie hinweg, und ihren Fingern entglitten die metallenen Knöpfe. Quälend langsam löste sie sich aus dem Uniformrock, dessen nasser Stoff wie ein Anker wirkte. Die steife Kleidung klebte an ihrem Leib, drohte sie mit sich in die Tiefe zu reißen. Die Uniform, ihr ganzer Stolz, bedeutete jetzt ihr Todesurteil, stemmte sich gegen ihre Versuche zu schwimmen, hielt sie gefangen, wollte sie nicht loslassen.

Wieder wurde sie unter die Wasseroberfläche gezogen, sank trotz strampelnder Beine tiefer, fort von Licht und Luft und Leben.

Dann endlich öffnete sie den Gürtel, glitt aus dem schweren Rock, schoss förmlich nach oben, atmete wieder und schrie ihren Zorn in die gefühllose Welt hinaus, die ihr mit schneidendem Wind antwortete.

Es kostete Roxane noch mehr Kraft, sich ihrer Schuhe zu entledigen, und als sie sich wieder umsah, konnte sie im aufgewühlten Meer kaum noch etwas erkennen. Die *Mantikor* war Dutzende Fuß von ihr entfernt, die Boote längst aus ihrer Sicht verschwunden. Die Wellen trieben sie in Richtung der Küste, wo sich die Macht des Meeres brüllend und zischend an den Klippen entlud. Von der géronaischen Fregatte oder der *Todsünde* war nichts zu sehen, aber Roxane hatte auch keine Zeit, lange Ausschau zu halten. Ihr ganzes Sein konzentrierte sich auf die Küste, das schier endlos weit entfernte Land, das ihr Rettung versprach und zugleich mit dem Tod drohte.

In einiger Entfernung hörte sie jemanden ihren Namen rufen, doch sie konnte niemanden ausmachen. Jaquento musste wohl versuchen, sein Floß zu erreichen. Sie selbst konnte schon froh sein, wenn es ihr gelang, zur Küste zu schwimmen. Inmitten der Wellen, des kalten Windes, der wirbelnden Gischt war sie auf sich allein gestellt.

Während in ihrem Kopf die Gedanken umherwirbelten, schwamm sie in Richtung der Klippen. Die Bewegungen fanden sich wieder, obwohl sie lange nicht mehr geschwommen war. Sie versuchte, sich im Takt der Wellen zu bewegen, sich von ihnen tragen zu lassen, anstatt sich gegen sie zu wehren. Dennoch schluckte sie immer wieder Salzwasser, tauchte unfreiwillig unter und musste mit der Panik kämpfen, wenn um sie herum nur gedämpftes graues Licht durch das Wasser drang und sie kaum sagen konnte, wo oben und wo unten war.

Schon bald bemühte sie sich nur noch, nicht unterzugehen. Ihre ganze Kraft reichte lediglich aus, um sich über Wasser zu halten, und manchmal nicht einmal das. Die Wellen machten mit ihr, was sie wollten, wirbelten sie herum, schlugen sie von einer Seite auf die andere. Ihre Arme schmerzten, und ihr linker Oberschenkel brannte. Die Knie fühlten sich geschwollen an, und ihr ganzer Leib war kalt, nur Ballast, der gegen sich selbst zu kämpfen schien.

Sie konnte spüren, wie ihre Anstrengungen erlahmten. Sie wollte schwimmen, wollte nicht aufgeben, aber ihr Körper versagte ihr den Gehorsam, langsam, schleichend. Immer wieder musste sie innehalten, hinnehmen, dass Wellen über sie hinwegrollten.

Noch immer waren die Felsen fern, und inzwischen beschlich Roxane Mutlosigkeit. Selbst wenn sie es bis zur Küste schaffen sollte, konnte sie kaum hoffen, an Land zu gelangen. Die Brandung war hart, die Klippen hoch, und es gab nur wenige Stellen, an denen man überhaupt landen konnte, besonders nach einer Tortur wie der ihren.

Ihre Augen versuchten, die *Mantikor* zu finden. Doch von der Fregatte war nichts mehr zu sehen; es war, als habe sie niemals existiert.

Erschöpft legte Roxane den Kopf in den Nacken und ließ die Arme pendeln. Nur hin und wieder strampelte sie noch, um nicht unterzugehen. Sie fragte sich, wie es sein würde, zu ertrinken. Einzuatmen und nur Wasser in die Lungen zu saugen. Nach Luft zu ringen und innerlich ebenso kalt zu werden wie ihre Haut und ihre Muskeln. Sie würde sinken, hinab in die Tiefe, dunkler und dunkler, fort von Stürmen, von Verpflichtungen und Sorgen und Angst. Alles würde von ihr abfallen, zurückbleiben an der Oberfläche, und nur eines kam hinzu – der Tod.

Die Vorstellung verlor ihren Schrecken. Selbst wenn sie sich retten konnte, wäre ihr Leben vorbei. Wie gnädig erschien ihr dagegen die See mit ihrer kalten Umarmung. Sie hatte immer nur auf das Meer gewollt – was also konnte passender sein als ein Tod im Meer?

Ihre Beine erlahmten. Ihr Geist wanderte an einen anderen Ort. In ihrer Vorstellung durchschritt sie das Tor zum Garten ihres Elternhauses, lief unter den Bäumen entlang, die ihr Vater hatte pflanzen lassen, über den Rasen, der im Sonnenlicht ihres Traums grüner leuchtete, als er es jemals getan hatte. Da war die alte Tür, deren roter Anstrich abblätterte. Dieses Muster aus Holz und Farbe, das sie so oft gesehen hatte. Die Klinke war rostig, aber gut geölt, und sie senkte sich geräuschlos. Überhaupt war es still um sie herum, keine Vögel, kein Wind und kein Meeresrauschen.

Roxane versank ohne Gegenwehr. Die See empfing sie wie eine Geliebte, umarmte sie gänzlich, liebkoste ihre Haut. Licht schimmerte zu ihr hinab, verschwand in den grauen Tiefen. Es war so viel ruhiger unter der Oberfläche, so viel friedlicher. Es gab keine Schlachten, keine Kriege, kein Blut.

In ihren Lungen brannte das Verlangen nach Luft, breitete sich aus, fuhr ihr in die Glieder. Es schmerzte, doch sie wusste, dass es bald vorbei sein würde.

Sie wollte ausatmen, die See in sich aufnehmen, sich ihr überantworten und alles beenden.

Eine Hand packte sie, riss sie empor, zum Licht, vor dem sich ein dunkler Umriss abzeichnete. Sie schrie, atmete ein, doch es war kein Wasser, das ihr Vergessen schenkte, sondern kalte Luft, die in ihre Lungen strömte und ihre Brust mit eisiger Glut füllte. Ihre Augen brannten vom Meerwasser, in ihren Ohren rauschte es, und sie brüllte: »Du verfluchter Mistkerl!«

Mit Mühe rieb sie sich die Augen, öffnete die Lider, doch es war nicht Jaquento, der sie festhielt, sondern Groferton. Der Maestre blickte sie unergründlich an und sagte: »Sie können mir später danken, Thay. Jetzt brauchen Sie alle Luft, die Sie bekommen können, zum Atmen.«

Verwirrt blickte Roxane sich um. Noch immer schwamm sie im Meer, vielleicht siebzig Fuß von der Küste entfernt. Neben ihr befand sich Groferton, doch der Maestre schwamm nicht, sondern lag auf dem Wasser, als wäre es für ihn fester Boden. Seine Uniform war durchnässt, und seinen Mantel schien er abgelegt oder verloren zu haben. Seine Züge waren zu einer starren Maske absoluter Konzentration erstarrt, als er Roxane noch einmal emporhob. Es war, als kröche sie durch eine biegsame Wand, als würden dicke Spinnenfäden ihren Weg kurz blockieren, ehe sie nachgaben. In ihrem erschöpften Geist sah sie sich über das Wasser laufen, von hier bis Thaynric, doch als Groferton keuchend neben ihr zum Liegen kam, war es mehr, als lägen sie in einem weichen Bett.

»Ich kann das nicht mehr lange aufrechterhalten, Thay«, presste der Maestre angestrengt hervor. »Wir müssen schnell zur Küste.«

Den Protest ihres Körpers ignorierend, nickte Roxane und richtete sich auf. Von ihrer Verzweiflung war nichts mehr geblieben. Sie hatte sie unten gelassen, in der See. Ihre völlig überraschende Rettung versetzte sie in eine seltsame Hochstimmung. *Wer hätte gedacht, dass Groferton mein Retter sein würde,* fragte sie sich und musste beinahe schmunzeln.

»Es freut mich, dass Sie die Situation mit Humor nehmen können, aber ...«

Weiter kam er nicht. Das Wasser, das sie vor einem Moment noch getragen hatte, als wäre seine Oberfläche eine zwar elastische, aber doch reißfeste Decke, gab unter ihnen nach. Zuerst sanken sie nur ein Stück ein, dann jedoch rutschten beide weiter. Aber nicht bis hinunter, sondern sie trieben oben, als säßen sie auf Fässern voller Luft.

»... auch das wird nicht ewig halten«, versprach Groferton und nieste. »Falls mich die Kälte nicht ohnehin bald dahinrafft.«

»Zur Küste, Thay«, befahl Roxane, und es war ihr eine unbeschreibliche Freude, ihre eigene Stimme zu hören.

Gemeinsam paddelten sie, ließen sich von den Wellen tragen, stützten sich gegenseitig. Vor ihnen wuchsen die Klippen in die Höhe, gezackte, braune Felsen, die wie Klingen wirkten, die in die See stachen und diese verletzten, bis sie brüllte und schäumte. Hoch über ihnen kreisten Möwen, dunkle Flecken vor dem grauen Himmel, die auf dem beginnenden Sturm ritten.

So sehr sich Roxane auch bemühte, sie konnte nirgends eine flache Stelle erkennen, keine Bucht, keinen Strand. Nur graue, unwirtliche Wände, die bereits an guten Tagen eine Herausforderung dargestellt hätten.

Dann aber sah sie eine kleine Gestalt zur Linken, die frenetisch winkte. Mit einem bleischweren Arm deutete sie dorthin. Groferton brummte nur, als seien Worte zu viel Anstrengung.

Die letzten Schwimmzüge waren eine Qual. Bei jedem Zug schwor sich Roxane, dass kein weiterer folgen würde, doch dann rang sie ihrem Leib noch einen ab und noch einen, immer nur an den nächsten denkend.

Als sie aufblickte, spürte sie schon die Gischt der Brandung auf ihrem Gesicht, die hochspritzte. Sie sah zwei Männer gebeugt zwischen den Felsnasen stehen, arbeitend. Eine Gestalt richtete sich auf, und auf ihrer Schulter saß ein kleiner, goldener Fleck. Roxane lachte, ob vor Angst oder Erleichterung, hätte sie selbst kaum zu sagen gewusst. Jaquento warf ihnen ein Tau zu, das nur drei Fuß von ihnen entfernt ins Wasser schlug. Roxane gab sich einen letzten Ruck, stieß sich noch einmal ab und packte das Seil. Sie spürte Grofertons Hand an ihrem Rücken, seinen Griff an ihrer Hose, dann fühlte sie sich durch das Wasser gezogen, fort von Untergang und Tod, hin zu Jaquento.

THYRANE

Der Admiral konnte sich gut an manches Gefecht erinnern, vor dem er ein weniger flaues Gefühl im Magen gehabt hatte als jetzt. Selbst bei kontroversen Abstimmungen im Parlament oder dem Auftritt vor Gericht, als man ihn wegen Korruption und Untreue angeklagt hatte, waren seine Hände trockener geblieben. Vielleicht war es damals der gerechte Zorn gewesen, der alles andere überdeckt hatte, oder der Rausch zu Beginn einer Schlacht, aber insgeheim befürchtete er, dass die Situationen einfach nur ungefährlicher gewesen waren. *Wenn nicht für den Leib, dann zumindest für die Seele.*

Die Gegend, in der er sich befand, bereitete ihm keine Sorgen, auch wenn die Gassen schmutzig, die Häuser niedrig und die Menschen arm waren. Er hatte schon Schlimmeres gesehen, an übleren Orten gehaust, und er wusste, dass man ihn erwartete. Zumindest sein Hinweg würde sicher sein.

Leise murmelnd, verfluchte er Gleckham, Holt und die ganze Bande der Würdenträger, die ihn zu diesem Schritt zwangen. Natürlich wäre es zu viel verlangt gewesen, dass sie ihre Geheimnisse einfach so preisgaben, aber wenn sie es getan hätten, dann wäre die ganze Angelegenheit längst beendet. Thyrane schwor sich, dass er es ihnen nicht vergessen würde. Wenn sich ihm eine Möglichkeit bot, würde er sie dafür schwitzen lassen, so wie er nun schwitzte. *Oder bluten,* dachte er mit grimmigem Lächeln. Doch leider herrschte Krieg, und im Krieg war es schwierig, Menschen wie Holt und Gleckham in die Parade zu fahren, solange sie ihrer Nation Resultate lieferten.

Der Gestank, der in diesem Teil Lessans herrschte, war erbärmlich. Der Regen hatte zwar einigen Unrat davongespült, aber anderer war in großen Pfützen hängen geblieben und moderte nun vor sich hin. Allerlei Getier lebte in den Gassen, kecke Ratten, magere Katzen und große schwarze Vögel, die sich mit den Ratten um die besten Stücke balgten. Im feuchtwarmen Klima der Sturmwelt verrottete alles schnell – auch Kadaver, wie der aufgeblähte und halb zersetzte Leib einer Katze, dessen Geruch Thyrane die Nase rümpfen ließ. Früher hatte er gedacht, dass er sich eines Tages an alle Erscheinungsformen des Daseins gewöhnen würde, doch die Zeit zeigte ihm, dass dies nicht der Fall war.

Das beschriebene Haus lag am Ende der schlammigen Gasse. Es war alt, noch im Stil der ersten Kolonialisten aus Hiscadi gebaut, als diese mit harter Hand über die Sturmwelt geherrscht hatten, mit dicken Mauern und einem Innenhof. Jetzt war das Gebäude heruntergekommen. Einst mochte es weiß getüncht gewesen sein, doch nun war es schmutzig braun. Die Veranda war kaum mehr als eine Ansammlung faulender Bohlen, aber die Tür und die Fensterläden wirkten erstaunlich stabil.

Eine Bande Jugendlicher lehnte an der Wand des Gebäudes und betrachtete Thyrane, der auf seinen Gehstock gestützt die Gasse hinabspazierte, als gehöre ihm das ganze Viertel. Es waren raue Gestalten, obgleich höchstens vierzehn- oder fünfzehnjährig. Ihr hartes Leben hatte jetzt schon Spuren in ihren Gesichtern hinterlassen, und der Admiral vermutete, dass sie für eine Handvoll Silber zu jeder Schandtat bereit waren. Jetzt allerdings betrachteten sie ihn nur neugierig, nicht einmal feindselig, obwohl er aus einer Welt kam, die ihnen selten wohlgesonnen war. Ein leibhaftiger Admiral der Königlichen Marine von Thaynric, allein, in Uniform, mitten in ihrem Viertel, das die Soldaten ansonsten nur mit geladenen Musketen betraten, um ein paar arme Schweine zum Dienst auf den großen Schiffen zu pressen.

Er beachtete die Jugendlichen mit Absicht nicht und ging weiter bis zur Haustür, wo er mit dem Knauf seines Gehstocks anklopfte. Das Holz der Tür war hart und fest, und die Türangeln sahen stabil aus.

Einige Augenblicke musste er warten, und er hörte Getuschel und Gelächter von der Bande, dann öffnete sich die Tür und gab den Blick auf das zwielichtige Innere des Hauses frei. Wie erwartet, war es drinnen weitaus sauberer als draußen.

Ein vierschrötiger, dunkelhäutiger Mann trat in den schmalen Spalt, musterte den Admiral und grinste dreckig, als hätte man ihm gerade einen schmutzigen Witz erzählt.

Dann nickte der Mann und öffnete die Tür weiter. Mit unbewegter Miene betrat Thyrane die Höhle des Löwen. Zunächst wirkte sie nicht bedrohlicher als jeder beliebige andere Raum, vor allem, da sich nicht ein Stück Mobiliar darin befand.

»Hinten«, knurrte der Mann und wies mit dem Daumen über die Schulter auf eine niedrige Tür. Schweigend folgte der Admiral dem Hinweis und drückte die Klinke herab, ohne anzuklopfen. Im Raum hinter der Tür brannten einige Laternen, die auf dem Tisch und zwei Sekretären standen und ein angenehm warmes Licht spendeten.

Doch Thyrane hatte keine Augen für das Ambiente, sondern nur für die Person, die hinter dem Tisch in einem breiten Sessel saß.

»Oxarre«, brummte er, weniger zur Begrüßung, als um sich selbst davon zu überzeugen, dass sie es war.

»Aomas«, erwiderte die Angesprochene und hob amüsiert die Augenbrauen. »Du siehst gut aus.«

Mit einem Schnauben trat Thyrane an den Tisch und setzte sich in den bereitstehenden Ledersessel. Er versuchte sich daran zu erinnern, wie sie bei ihrer letzten Begegnung ausgesehen hatte. Sie war ohne Frage gealtert, obgleich die Jahre zärtlicher mit ihr umgesprungen waren als mit ihm selbst. Ihre Haut war noch ebenso gebräunt wie früher. In ihr langes, dunkles Haar hatten sich graue Strähnen geschlichen, die einem unbeteiligten Beobachter vielleicht einen ehrwürdigen Eindruck vermittelt hätten; doch der Admiral wusste es besser.

»Es gibt keinen Anlass für Schmeicheleien«, erklärte er grob und wollte fortfahren, doch sie unterbrach ihn mit einem Lachen, das sich seit damals nicht geändert hatte.

»Ich zumindest hätte nichts gegen die eine oder andere Schmeichelei einzuwenden. Aber ich vermute, dass du mir den Gefallen kaum tun wirst, nicht wahr?«

Zur Antwort knurrte er nur unbestimmt.

»Außerdem war es keine Schmeichelei, alter Freund. Man hat mir mal erzählt, dass das Alter mit den Männern von Graemney gnädig ist, und ich bin geneigt, dem zuzustimmen. Die paar Falten mehr machen dich ... interessant.«

»Ich bin geschäftlich hier, nicht zum Austausch zweifelhafter Komplimente, so vergnüglich das auch wäre«, erwiderte Thyrane schließlich.

»Ah, das Geschäft. Ich nehme an, dass es mit deinen Sondervollmachten zu tun hat, die dich bereits zu einem veritablen Dorn in Holts Seite werden lassen?«

Innerlich fluchte der Admiral. Er hätte damit rechnen müssen, dass sie sich vorher über ihn und seinen Auftrag in der Sturmwelt informierte, zumal er wusste, wie weitreichend ihre Kontakte mittlerweile waren. Er sah den Schalk in ihren Augen, in deren Form mehr als nur eine Andeutung des Erbes der Inselbewohner mitschwang. Früher hatte ihr Aussehen dafür gesorgt, dass ihr die Männer scharenweise zu Füßen lagen, eine Kombination aus einem klassischen Profil und der Exotik der Sturmwelt, von der auch Thyrane nicht unbeeindruckt geblieben war, doch er hatte gelernt, hinter die hübsche Maske zu schauen.

»Korrekt.«

»Ein Admiral kann es schwer ertragen, wenn ein anderer in seiner Einflusssphäre auftaucht. Es untergräbt seine Autorität. Aber dass gerade du Holt auf die Füße treten musst ... Kapitän Thyrane ist zum Admiral geworden. Wer hätte das damals gedacht?«

Seine Karriere war ihm selbst oft genug unwahrscheinlich erschienen; sogar heute noch überraschte ihn manchmal, durch welch wechselvolle Gewässer sie ihn geführt hatte, aber er hütete sich, dies ihr gegenüber zuzugeben. Stattdessen blickte er sie an, emotionslos, wie er hoffte, und fragte: »Du arbeitest für Walsley?«

»Ich bin eine treue Dienerin der Krone in ihren überseeischen Besitztümern«, entgegnete Oxarre mit einem rauchigen Lachen. Beinahe hätte Thyrane ebenfalls laut aufgelacht. Der Gedanke, dass sie Loyalität etwas anderem gegenüber als ihrer Börse empfand, war erheiternd.

»Natürlich«, antwortete er gelassen und lehnte sich zurück.

»Kann ich dir etwas anbieten? Das letzte Mal, als wir gemeinsam getrunken haben, mochtest du dieses furchtbare Zeug, das sie aus der Agave brennen. Ich habe eine Flasche besorgt, wenn du etwas möchtest. Oder ist das einem Admiral nicht mehr angemessen, und du trinkst nun auch diese verdünnte Pferdepisse, die sie Port nennen?«

Mit Schaudern erinnerte Thyrane sich an den Schnaps, den sie damals aus großen Gläsern getrunken hatten. Andere, noch unwillkommenere Erinnerungen waren damit verbunden. Er sah sich selbst in dem breiten Bett, eingewickelt in die weißen Laken, und neben sich Oxarre, deren dunkle Haut vor dem Weiß faszinierend geleuchtet hatte. Sie hatten gemeinsam Glas um Glas getrunken und sich zwischendurch immer wieder geliebt.

Mit einem energischen Kopfschütteln vertrieb der Admiral die Erinnerungen. Seither hatte er das Gebräu nicht mehr getrunken, und er würde jetzt nicht wieder damit beginnen. *Vermutlich weiß sie, dass mich das Zeug an sie erinnert, und sie nutzt das aus, um mich vom Kurs abzubringen.*

»Mit meinem Stand hat das nichts zu tun«, erwiderte Thyrane. »Aber ich bevorzuge inzwischen andere Getränke, nach deren Genuss ich mich am nächsten Tag noch bewegen kann, ohne dass mir der Schädel zerbirst. Mit meiner Vorliebe für Agavenschnaps ist es vorbei.«

»Auch mein Geschmack hat sich geändert«, murmelte sie, dann blickte sie ihn lächelnd an. »Aber ich hatte gedacht – vielleicht um der alten Zeiten willen?«

Fast war Thyrane geneigt zu glauben, dass sie so etwas wie Wehmut empfand. Dann erinnerte er sich daran, dass sie eine kaltblütige Schlange war, die rein gar nichts verspürte, schon gar nicht so etwas wie Wehmut, die ihren Profit schmälern könnte.

»Die alten Zeiten sind ebenfalls vorüber, Oxarre. Keines der Schiffe, auf denen ich damals gefahren bin, fährt noch. Ich bin ein Relikt, das sie ausgegraben haben, um ihnen einen letzten Dienst zu erweisen, und deswegen bin ich hier. Bringen wir es also hinter uns. Du willst doch sicher auch zurück zu Heim und Herd, nicht wahr?«

Sie lächelte versonnen und schüttelte den Kopf.

»Direkt wie immer, Aomas. Aber ich habe Zeit. Meine Söhne können längst auf sich selbst aufpassen. Also, warum bist du hier?«

Söhne?, dachte Thyrane erstaunt. *Meine Güte, es ist so lange her*. Laut sagte er: »Es geht um die Compagnie und ihre schmutzigen Geschäfte. Walsleys Mann sagte mir, dass die Informationen über dieses mysteriöse schwarze Schiff von dir kamen. Wie nicht anders zu erwarten, machen hier alle die Schotten dicht. Mir mangelt es an Zeit und Geduld, jetzt jede Bohle einzeln umzudrehen, um herauszufinden, was sich dahinter verbirgt. Mein Temperament verlangt nach baldiger Aufklärung.«

»Ah, das schwarze Schiff, die Fregatte und die Sklaven. Klingt nach einem dieser Schauerromane, die ich mir immer aus Loidin schicken lasse, nicht wahr? Ist aber leider eine wahre Geschichte.«

»Woher wusstest du von dem schwarzen Schiff? Und was weißt du über seine Ladung?«

Wieder lächelte sie und legte die Finger an die Lippen, als überlege sie. Dann lehnte sie sich vor. »Meine Quellen sind allein meine Sache. Du erwartest nicht wirklich, dass ich sie preisgebe, oder?«

Thyrane schüttelte ungeduldig den Kopf.

»Gut. Es genügt also, zu sagen, dass sie vertrauenswürdig und empfänglich für meine Einflüsterungen sind. Über die Ladung des Schiffs weiß ich leider nichts. Inzwischen frage ich mich, wer überhaupt davon weiß. Aber es gibt Gerüchte, Aomas, Gerüchte, die von der Bedeutung dieser Fracht sprechen.«

»Was für Gerüchte?«

»Angeblich war die Hofmagierin Sugérands, die mächtigste Frau Géronays, in Lessan und …«

Thyrane lachte trocken auf und winkte ab. »Also bitte!«

»Hör mir zu. Ich habe es auch kaum glauben können, aber vielleicht steckt doch ein Körnchen Wahrheit darin. Jedenfalls wurde mit Geld geradezu um sich geworfen, und das hinterlässt immer Spuren. Es gibt einige Leute, Leute aus Corbane, die sich sicher sind, in der Frau besagte Tareisa erkannt zu haben. Aber wer immer sie auch war, sie hat Schiffe angeheuert. Angeblich für die Jagd auf das schwarze Schiff.«

Nachdenklich hielt Thyrane inne, obwohl er die Neuigkeit über die Hofmagierin immer noch für lächerlich hielt. Die Andeutungen, dass mindestens eine zweite Partei Interesse gezeigt hatte, kamen ihm wieder in den Sinn. Worum auch immer es sich handeln mochte, diese Fracht erregte mehr Aufmerksamkeit, als ihm insgeheim lieb war.

»Das ist sehr interessant, aber deshalb bin ich nicht hier. Andere kümmern sich darum, den weiteren Weg der Ladung zu verfolgen. Meine Aufgabe liegt mehr im Gegenteil: Ich soll herausfinden, wo sie herkommt.«

»Ein Auftrag, welcher der Compagnie gar nicht gefallen wird.«

»Nicht im Mindesten«, gab er ihr recht.

»Ich kann dir den Namen einer Insel nennen, Aomas. Einen Stützpunkt der Compagnie. Im Westen, hinter der Großen Weite. Den Rest musst du selbst erledigen.«

»Darum bin ich hier.«

»Die Insel Rosarias.«

»Kann ich dich noch um einen Gefallen bitten?«

»Natürlich, Aomas. Was würde ich nicht für dich tun?«

Trotz ihrer Versicherung fürchtete er, dass jedes ihrer Worte einen Preis haben würde. Entgegen ihrem vertrauenerweckenden Auftreten war sie lange genug im Geschäft, um nichts ohne Gegenleistungen herzugeben. Die halbe Unterwelt der Sturmwelt gehorchte ihr oder schuldete ihr entweder einen Gefallen, Geld oder sogar das eigene Leben. Von einer einfachen Schmugglerin war sie zu einer reichen Frau geworden, die beste Verbindungen pflegte, und zwar sowohl zu den höchsten Exzellenzen als auch zum niedersten Abschaum.

In Lessan würde es kaum etwas geben, was ohne ihr Wissen geschah, denn sie hatte Information stets als überlebensnotwendig angesehen. Und auf genau dieses Wissen baute Thyrane.

»Zwei Besatzungsmitglieder der *Windreiter* sind flüchtig. Ich will sie finden. Vielleicht sind sie noch in Lessan, abgetaucht in irgendeinem Loch. Kannst du mir helfen?«

»Ich werde mein Bestes geben«, antwortete sie, ohne zu zögern und mit einem strahlenden Lächeln, das ihre schönen Zähne enthüllte.

Fast hätte der Admiral das Lächeln erwidert, aber dann tauchte das Bild vor seinem inneren Auge auf, wie ihre letzte Begegnung geendet hatte, und er sah sich selbst wieder mit nichts als seiner Unterwäsche bekleidet und Kopfschmerzen, gegen die géronaische Folter vermutlich eine Wohltat bedeutet hätte, in einer schmutzigen Gasse liegen.

Also erhob Thyrane sich und tippte sich lediglich mit zwei Fingern an die Stirn. Er wollte sich abwenden, aber sie ließ ihn nicht so einfach gehen.

»Die alten Zeiten sind vorbei, Aomas, aber es waren auch gute Zeiten dabei, nicht wahr?«

Vielleicht war es das leichte Flehen, das er in ihrer Stimme zu hören glaubte, vielleicht der Blick in ihren dunklen Augen.

»Du hast mich an den Gouverneur verraten. Sie haben mir beinahe mein Schiff, meine Besatzung und mein Kommando weggenommen«, erwiderte er ohne Groll.

»Du hattest eine Liaison mit dieser blonden Schnepfe«, erwiderte sie. »Ich habe dir gesagt, dass das gefährlich ist.«

Er blickte ihr in die Augen und suchte in seiner Seele nach einer Antwort. Dann fand er sie.

»Ja. Wir hatten auch gute Zeiten.«

Ihr Lächeln begleitete ihn den ganzen Weg bis zum Hafen hinab. Jetzt hatte er die zwei wichtigsten Antworten, die er brauchte.

FRANIGO

In seinen kühnsten Träumen hätte Franigo sich nicht vorstellen können, was mit ihm geschah. Oder eher, was mit der Welt geschah. Denn sie stellte sich auf den Kopf, verdrehte sich vor seinen Augen, und er konnte nichts tun, weder aktiv daran teilhaben noch es verhindern. Er wusste ja nicht einmal, was er tun wollte. Oder was ihm richtig erscheinen sollte. Manchmal teilte er den Zorn der Schnitter, fühlte sich fast wie einer der ihren und wollte ihre Kampfrufe mit ihnen ausstoßen. Dann wieder hielt er das alles für Wahnsinn, eine Verkehrung der natürlichen Ordnung, die sie nur an den Galgen bringen konnte.

Doch es wurden täglich mehr, die in die Rufe der Schnitter einstimmten. Und nicht nur Wanderarbeiter stießen dazu, auch viele andere Menschen unterschiedlichster Herkunft. Deserteure der Regimenter, die es satt hatten, ihren Kopf für die Géronaee in endlosen Kriegen hinzuhalten. Bürger aus den Städten, die unter der Herrschaft der Fremden Hab und Gut verloren hatten. Selbst gut situierte Männer und Frauen gesellten sich dazu, die kaum etwas zu gewinnen, aber alles zu verlieren hatten. Personen von Stand und Ansehen.

Studenten verteilten Flugblätter, in denen sie feurig die Freiheit der Hiscadi und andere, ebenso idealistisch wie absurd anmutende Veränderungen forderten. Allerdings war das vielleicht keine Überraschung, denn das junge Volk ließ sich leicht beeinflussen und agitierte selbst nicht ungern. Und war es nicht das Vorrecht der Jugend, Torheiten mit größter Leidenschaft zu begehen?

Inzwischen hatte sich ein regelrechtes Lager inmitten der sanften Hügel des südlichen Favare gebildet, das sich jeden Tag weiter ausdehnte. Die Reihen der Zelte wuchsen zusehends. Mit Verwunderung stellte der Poet eines Morgens fest, dass es in diesem Lager wie in einer Stadt zuging und bereits die ersten Bordelle und Tavernas in großen Zelten eröffnet worden waren. Ein Besuch bei einer jungen Dame käuflicher Zuneigung erwies sich allerdings als eher frustrierendes Erlebnis, da sie anscheinend auf die Börsen und Wünsche der Wanderarbeiter ausgerichtet war, deren Verlangen wohl hauptsächlich rasch befriedigt sein wollte. *Zumindest muss ich ›Quatsch nich' so viel rum und komm endlich zur Sache, Süßer‹ wohl so interpretieren,* dachte der Dichter seufzend, als er bereits nach wenigen Augenblicken das entsprechende Zelt wieder verließ, empört über die derbe Ausdrucksweise der Dame und mit dem vagen Wunsch, sich alsbald zu waschen.

Zunächst hatte Franigo versucht, sich einzureden, dass er Herr der Lage war und sein Leben selbst kontrollierte, doch diese Illusion wurde ihm mit jedem Tag ein Stückchen mehr genommen. Inzwischen gab es Berichte aus anderen Teilen des Landes über Kämpfe und Tote, über Hiscadi, die sich unter dem alten Adlerbanner ihres Volkes sammelten und sich den géronaischen Soldaten entgegenstellten. Natürlich war Franigo als überzeugter Patriot dem Gedanken an ein freies Hiscadi nicht abgeneigt, doch die Geschehnisse entwickelten sich so rasant, dass er das Gefühl bekam, die Welt würde zunehmend verrückt.

Sein Weg führte ihn durch das Lager. Überall wehten Wimpel, hastig zusammengenähte Banner, und hier und da waren Pamphlete an die Zeltstangen geheftet worden, auf denen die Bewohner ihre Meinung über die Zukunft, Vergangenheit und Gegenwart kundtaten. Nicht selten erblickte Franigo darin auch Zitate seines Werkes, vor allem aus den Liedern und Versen, die er auf seinen jüngsten Reisen gedichtet hatte, und in diesem Kontext wirkten sie fremd auf ihn, als entstammten sie gar nicht seiner Feder. Viele der Arbeiter, die sich der Zeltstadt angeschlossen hatten, konnten nicht lesen oder schreiben, und die, die es konnten, genossen bei ihren Kameraden einigen Respekt. Und der Verfasser der Zeilen …

»Franigo! Franigo!«

Es war der junge Alserras, ein Student aus reichem Hause, das erst kürzlich sein gesellschaftliches Ansehen durch eine Hochzeit eines der Männer der Familie mit einer verarmten, aber edlen Adelstochter vermehrt hatte. Der Mann war kleiner als Franigo und trug, wohl zum Trotz, einfache Arbeiterkleidung, vermutlich in dem irrigen Glauben, sie schmeichle seiner Figur, und möglicherweise, um seinen alten Vater zu erzürnen. Sein Knebelbart war hell und recht dürftig, wie der Poet bemerkte, aber in seinen Augen glühte das Feuer der Rechtschaffenheit – und der Bewunderung.

Selbstverständlich hatte Franigo immer die Anerkennung seines Talents gesucht und war keineswegs zurückgescheut, wenn es darum ging, die Lobpreisungen anderer zu empfangen. Aber dies war anders. Wenn Alserras von ihm sprach, dann klang es eher, als rede er von Corban höchst selbst, und seine Worte waren von einem derart religiösen Charakter, dass der Poet sich von ihnen nicht selten unangenehm berührt fühlte.

»Was gibt es?«, fragte er dementsprechend kurz angebunden.

»Verzeiht, Ihr habt sicherlich dringende Geschäfte zu erledigen, aber ich wollte der Erste sein, der Euch die Neuigkeit überbringt.«

Fragend blickte Franigo ihn an. Die Miene des Studenten verdunkelte sich: »Oder wisst Ihr es schon?«

»Was weiß ich schon?«

»Man hat Euch gewählt!«

Schon befürchtete der Poet, dass es um die Frage ginge, wer den géronaischen Statthaltern als Sündenbock für all die Frevel wider ihre Herrschaft präsentiert werden solle. Insgeheim befürchtete er ohnehin, dass seine schicksalhafte Verbindung mit den Taten der Wanderarbeiter ihm einigen Zorn einbringen würde. Die Géronaee waren nicht für ihre Milde bekannt, und auch aus diesem Grund waren es noch immer ihre Regimenter, die über die Städte und Festungen im Land herrschten.

»Gewählt?«, erkundigte er sich also vorsichtig.

»In den Rat!«

»Ich hatte mich doch zu keiner Wahl gestellt«, wunderte sich der Poet, aber sein Gegenüber schien das nicht zu interessieren.

»Die erste Sitzung findet heute am frühen Abend statt, auf dem großen Platz. Wir sollten den Platz *Forum* nennen, wie in der Zeit zwischen den Nigromantenkaisern und der Besetzung durch die géronaischen Hunde«, erklärte Alserras hastig und mit sich vor Aufregung überschlagender Stimme. »Wir werden uns einen Fuero geben!«

»Was, eine Charta? Willst du damit sagen, dass dieser Rat eine Verfassung verabschieden will?«

»Ja, Mesér. Das stolze hiscadische Volk ist wieder frei oder wird es bald sein. Nichts kann die Söhne und Töchter des Landes aufhalten, wenn sie erst einmal ihre eigene Stärke erkannt haben.«

Abgesehen von den Kanonen und Musketen der Géronaee vielleicht, sinnierte Franigo, aber Alserras deklamierte schon weiter: »Und unsere neue, wiederauferstandene Nation braucht tapfere Männer und Frauen, die die alten Werte erkennen und mit neuem Leben erfüllen. Man wird Lieder über uns singen, und unsere Namen werden in die Geschichte eingehen!«

Zweifelnd schüttelte Franigo den Kopf. Er war nicht dazu bestimmt, als Politiker in die Geschichte einzugehen. Sein Werk war es, das Geschichte schreiben sollte, wörtlich und im übertragenen Sinne.

Und außerdem bedeutet diese unselige Wahl wohl nicht nur eine weitere Provokation der Géronaee, sondern auch, dass ich noch mehr meiner kostbaren Zeit mit Hohlköpfen wie Alserras verbringen muss.

»Wie groß wird denn diese Versammlung sein?«

»Oh, es wurde entschieden, dass alle sieben Regionen Abgesandte haben sollen, fünfzehn an der Zahl, um die uralten Räte zu ehren.«

»Und wie kommt es nun, dass man mich gewählt hat, obwohl ich gewiss nicht kandidiert habe?«

»Ihr wurdet vorgeschlagen, und eine große Mehrheit sprach sich für Euch aus, Mesér«, erwiderte der Student arglos, doch Franigo kam ein furchtbarer Verdacht: »Habt Ihr …?«

»Nun, die Studenten aus Balcera sprachen sich für Euch aus. Selbstverständlich habe ich Euren Namen auch genannt.«

»Selbstverständlich«, murmelte Franigo ergeben. Immer, wenn er dachte, dass er die Dynamik der Ereignisse verstanden hatte und die nächsten Begebenheiten nun lenken oder gar vorhersagen konnte, geschah etwas derartig Unvorhergesehenes.

»Oh, das hätte ich fast vergessen«, rief Alserras aufgeregt und wühlte mit seinen Händen in dem schmalen Ranzen, den er auf dem Rücken getragen hatte. Dabei erklärte er: »Wir haben es hierher geschmuggelt. Inxi hat es aus Cabany besorgt, sagt er, und wir haben eine Druckerei gefunden und … ah, hier!«

Triumphierend hielt er ein dünnes Bändchen hoch, ein kleines Oktavbüchlein, aus billigem Papier. Ein liebloses Machwerk, von dem Franigo nur annehmen konnte, dass es ein Roman war. Entsprechend vorsichtig nahm er das dargereichte Buch in die Hand und las den Titel.

Dann las er ihn noch einmal, um sicherzustellen, dass ihm seine Augen keinen Streich spielten.

»Die Abenteuer des tapferen und findigen Soldaten Bouflé«, las er entgeistert vor. »Geschrieben von Franigo ...«

»Ja!«, unterbrach ihn Alserras mit freudig glänzenden Augen. »Eigentlich sollten alle Ausgaben vernichtet werden, da Ihr bei Hof ja in Ungnade gefallen seid, aber Inxi konnte eine retten, unter Lebensgefahr, wie er beschrieb, und so ...«

Als erwarte er Dank, blickte der junge Student Franigo an, und es stahlen sich tatsächlich Tränen in seine Augen.

»Aber ... der Titel?«

»Wir haben ihn geändert, damit er das Herz des Stückes besser trifft«, erwiderte Alserras leichthin.

»Geändert?« Franigo war fassungslos, doch der junge Mann schien es nicht zu bemerken. Stattdessen erklärte er: »Wir haben erst einmal tausend Stück drucken lassen. Guilos Vater ist Setzer und hat uns nachts in die Druckerei gelassen. Wir haben alle Exemplare aus der Stadt geschmuggelt.«

Das erregte nun doch Franigos Aufmerksamkeit. Das Buch war auf billigstem Papier gedruckt und schlecht gebunden. Die Seiten wellten sich bereits, und die Farbe des Drucks löste sich, aber es war ein Buch.

»Tausend Stück ... für wie viel wollt ihr sie verkaufen?«

»Verkaufen? Mesér, wir verteilen sie unter dem ganzen Volk! Schon jetzt lesen die Hiscadi diese Zeilen der Befreiung und des Aufstands, die Ihr in der Fremde geschrieben habt, mitten unter den Nasen der géronaischen Hunde! Sie lachen über die Mächtigen und erfreuen sich an ihrem Missgeschick! Es wird sie aufrütteln, wie es nur Euer Wort vermag!«

»Wenn du *verteilen* sagst, dann meinst du *kostenlos*, nicht wahr?«, hakte Franigo hoffnungslos nach, was der junge Student mit einem heftigen Nicken beantwortete.

»Vielen Dank, Mesér, Euer Einsatz ist mit Sicherheit beispiellos. Wenn Ihr mich jetzt entschuldigen wollt?«, bat Franigo und lächelte gequält. *Ich würde gern in Ruhe über den Frevel an meinem Werk trauern und sein Schicksal als kostenloses Büchlein für die Ungebildeten bedauern.*

Alserras verneigte sich tief und zog sich einen Schritt zurück. Doch bevor er ging, schaute er noch wie entrückt über Franigos Schulter zum Horizont.

»Euer Name wird auf ewig in die Annalen unseres Volkes eingehen, Mesér. Ihr habt den Stimmlosen Eure Worte geschenkt, und ihre Schreie werden das Unrecht der Tyrannei hinwegfegen.«

»Womit?«, erlaubte sich Franigo zu fragen.

»Mesér?«

»Die Géronaee haben Waffen, sie haben Kanonen, Gewehre und die Soldaten, diese einzusetzen. Außer diesen Schreien, von denen Ihr da sprecht, haben wir ... was? Sicheln? Sensen?«

»Wir haben die Kraft unseres Herzens und die Stärke unseres Glaubens. Die Einheit wird das stolze Hiscadi nicht vergessen, und niemand kann den Söhnen und Töchtern unserer Nation den Sieg nehmen. Ihre Kugeln sind wie warmer Wind für uns, denn unsere Rüstung ist die Gerechtigkeit!«

Der Poet wollte darauf schon erwidern, dass solche warmwindigen Kugeln schon allzu viele Leben beendet hätten, aber er sah den Glauben in den Augen des jungen Mannes und wusste, dass keines seiner Worte etwas bewirken würde. Und Alserras war nicht allein; das ganze Lager war voll von Leuten wie ihm, die glaubten, allein die Rechtmäßigkeit ihrer Sache würde ihnen den Sieg bescheren.

Franigo hingegen hatte vor Gavere gekämpft. Die Bürger jener Stadt hatten sich gegen Sugérand und seine Steuern erhoben, und sicherlich war ihr Anliegen nicht weniger rechtmäßig als das der Hiscadi gewesen. Doch weder Gerechtigkeit noch Stolz hatten die Regimenter aufhalten können; selbst die dicken Mauern der Stadt hatten unter dem Beschuss der Kanonen nachgegeben. Und als die Regimenter nach der Belagerung siegreich einmarschiert waren, hatte man ihnen erlaubt zu plündern. Im Zweifelsfall würde Franigo auf die Macht des Eisens vertrauen und nicht auf Gerechtigkeit.

Aber davon wollte Alserras nichts hören. Und der famose Rat, in den man ihn ja wohl soeben befördert hatte, würde es ebenso wenig hören wollen. Niemand um ihn herum wollte das, und Franigo wusste nicht einmal, ob er selbst es wollte.

SINAO

Am schlimmsten war es, wenn sie allein war und die Herzschläge zählte, die vergingen, bis Manoel zurückkehrte. Die Lage hatte sich beruhigt; zumindest glaubte der junge Maestre das. Zwar waren noch immer thaynrische Soldaten in Lessan unterwegs, aber sie suchten nicht mehr aktiv nach ihnen. So schlich sich Manoel von Zeit zu Zeit nach draußen und versuchte, Neuigkeiten in Erfahrung zu bringen. Er hatte sein Aussehen an die Paranao angepasst und sich Kleidung von Sinaos Leuten besorgt, mit der er als einer der ihren durchgehen konnte. Seine von der Sonne braun gebrannte Haut kam ihm dabei zugute, und das zu Zöpfen geflochtene Haar versteckte er unter einem bunten Tuch. Zweimal hatte Sinao ihn begleitet, aber diesmal war Manoel wieder allein nach draußen gegangen. Er wollte für sie eine Arbeit auf einem der Schiffe im Hafen suchen. Ihm war nicht wichtig, was für ein Schiff das war oder wohin es fuhr. Wichtig war nur, dass es sie fort von Lessan brachte, fort von den Thayns und ihren Soldaten.

Fort von den anderen Sklaven. Der Gedanke erschreckte Sinao, und er war nicht gut. Sie waren keine Sklaven mehr, und sie wollte die anderen nicht verlassen, aber die Blassnasen ließen ihr und Manoel keine Wahl.

In der Einsamkeit ihres Verstecks zählte Sinao weiterhin anhand ihres Herzschlages die Momente, die verstrichen. Die

Zeit blieb von all ihren Sorgen ungerührt, jeder Moment kam und ging. Im Geist versuchte Sinao, sich vorzustellen, was Manoel gerade tat. Er war den Weg zum Hafen hinabgelaufen; sie konnte jeden Schritt vor Augen sehen. Er hatte mit den Arbeitern dort gesprochen, den Paranaos und den Blassnasen, die die Schiffe beluden. Armen Leuten, die harte Arbeit verrichteten.

Er sollte längst zurück sein. Die Wege waren nicht weit, und Sinao wusste genau, wie lange ein Mann für sie brauchte, auch wenn er langsam ging. Sie machte sich Sorgen. Wenn Manoel nicht zurückkam, wüsste sie nicht, was sie tun sollte. Fremd auf einer fremden Insel, umgeben von Menschen, die sie nicht verstand. Ihr Herz schlug jetzt schneller, und ihr Mund wurde trocken.

Endlich klopfte es an der Falltür. Dreimal langsam, genau, wie sie es ihm gezeigt hatte, auch wenn Sinao bemerkte, dass er unregelmäßiger klopfte als sie selbst. Vorsichtig kletterte Sinao die Leiter empor, schob den Riegel zur Seite und hob die Tür einen Spalt. Als Manoel grinste, entblößte er weiße, gleichmäßige Zähne. Sein Lächeln war breit, es erfüllte den ganzen Raum und hob ihr Herz.

Aber er sprach erst, nachdem er eingetreten war und die Tür sicher hinter sich verschlossen hatte: »Ich habe eins gefunden, Sin.«

»Ein Schiff?«

»Nein, ein Altargemälde«, erwiderte er ausgelassen. »Natürlich ein Schiff. Es läuft morgen ganz früh aus, und der Käpt'n hat uns angeheuert. Wir sind nix Besonderes, nur einfach Deckschrubber, aber es ist ja nur für eine Fahrt, dann sehen wir weiter. Das Rattenloch hier lassen wir jedenfalls hinter uns!«

Ihr fehlten die Worte, um ihre Freude auszudrücken. Stattdessen sprang sie vor und umarmte ihn. Sie spürte seine warme Haut unter der dünnen Kleidung, seinen schlanken, sehnigen Körper. Er roch nach frischer Luft, nach Regen und nach Meer. *Nach Freiheit.*

»Und was noch besser ist: Ich habe gehört, dass die Compagnie deinen Freunden Geld geben will. Angeblich sollen sie Arbeit bekommen oder in ihre Heimat gebracht werden. Ein paar Leute am Hafen haben das erzählt.«

»Was, die anderen ... Befreiten?«

»Ja«, erwiderte er lächelnd. »Da soll ein neuer Mann aus Thaynric gekommen sein, der dafür gesorgt hat. Vielleicht gibt es doch so etwas wie Gerechtigkeit.«

Sie musste an Majagua denken, an die blutigen Zähne, an seinen Tod. Nichts konnte das wiedergutmachen. Kein Geld der Welt und keine Arbeit konnten ihr das geben, was sie verloren hatte. Vielleicht sah Manoel das in ihren Augen, denn er legte die Arme um sie und hielt sie fest.

»Das Leben ist nun mal so. Man muss nehmen, was es einem gibt, Gutes und Schlechtes. Wir können vieles bewirken, Sin, durch das Mojo. Die Welt formen und verändern. Und trotzdem macht die Welt schließlich doch mit uns das, was sie will. Vergiss niemals, was geschehen ist, aber lass dich davon nicht kaputtmachen.«

Obwohl sie es nicht wollte, musste sie weinen, und er hielt sie fest, bis ihre Tränen versiegt waren.

»Bei allem, was heilig ist und lecker schmeckt«, sagte er dann mit einem Kichern. »Wir verschwinden von hier! Kein langweiliges Land mehr, kein Keller, keine Angst. Ab morgen sind wir wieder frei und auf dem Meer, und dann nehmen wir die Winde, wie sie wehen – oder lassen die Winde wehen, wie es uns gefällt!«

Der junge Maestre schloss die Augen und führte einen kleinen Tanz auf. Er zog sich das Tuch vom Kopf, wirbelte es durch die Luft und ließ es zu Boden segeln. Die zotteligen Zöpfe flogen ihm um den Kopf, und seine Hände fuhren schnippend durch die Luft. Sinao packte ihren Rock und machte einige Tanzschritte, und dann griff Manoel nach ihr und wirbelte sie im Kreis umher. Lachend tanzten sie so, bis er ausglitt und auf den Hosenboden fiel, wodurch Sinao auf ihre Schlafstatt geschleudert wurde, wo sie kichernd und nach Luft schnappend liegen blieb.

Erst als sie die Schritte auf den Bohlen über sich hörte, kehrte die Furcht zurück, drängender und schlimmer als je zuvor, denn jetzt hatte sie für einen Moment die Freiheit gekostet.

»Hier spricht Admiral Thyrane«, erklang eine dunkle Männerstimme, seltsam gedämpft durch das Holz. Sinao wechselte einen Blick mit Manoel, der ebenso regungslos dalag wie sie selbst. Drei Herzschläge lang hoffte sie, dass der Ruf nicht ihnen galt, doch eigentlich wusste sie es besser.

»Ich will euch keinen Schrecken einjagen«, fuhr der Mann fort. »Ich bin nicht hier, um euch zu verhaften. Ich will lediglich mit euch reden.«

Atemlos lauschte Sinao den Worten. Sie sah Manoel, dessen Gesicht zu einer Maske des Zorns verzogen war. Der junge Maestre sammelte bereits Vigoris um sich herum; Sinao konnte es spüren wie einen knisternden Luftzug, der über ihre Haut strich.

»Mir ist bewusst, dass ihr beide Angst haben müsst. Und ich weiß, wozu ihr in der Lage seid. Dennoch bitte ich euch, mir zu vertrauen.«

»Wenn du siehst, dass ich das Mojo nutze, lauf die Treppe hoch«, flüsterte Manoel, und Sinao nickte. »Wir müssen sie überraschen. Lauf die Hügel hoch. Wir treffen uns auf der Lichtung über der Stadt, wenn wir getrennt werden. Verstanden?«

Noch einmal nickte sie.

»Ich habe Brizula versprochen, dass dir nichts passieren wird, Sinao«, ertönte es von oben.

Bevor Manoel die Vigoris durch sich hindurchleiten konnte, fiel ihm Sinao in den Arm. Verwirrt schüttelte sie den Kopf.

»Wir müssen schnell sein«, protestierte er, aber sie legte ihm die Hand auf die Lippen.

»Brizula wird gefangen gehalten«, rief sie laut und mit fester Stimme. »Sie wurde von euch als Sklavin gehalten.«

Jetzt schwieg der Mann, und sie beide lauschten so angestrengt nach oben, als bestünde die Gefahr, dass sie seine Antwort verpassten.

»Ja. Was mit deinen Leuten passiert ist, ist eine Schande für mein Land, die Krone und für mich«, erklang die Stimme über ihnen. »Aber das wird sich ändern, und wir werden uns um euch alle kümmern. Doch deswegen bin ich nicht hier. Ich muss mit euch reden, weil ihr das schwarze Schiff gesehen habt. Ihr wisst etwas über seine Ladung, und ich muss darüber so viel herausfinden, wie ich kann. Ich garantiere für eure Sicherheit und biete euch die Freiheit an. Und ich werde euch bezahlen, wenn ihr mit mir redet.«

»Viele Versprechungen«, entgegnete Manoel jetzt doch. »Wer sagt uns, dass du nicht lügst, damit wir hier herauskommen und deinen Soldaten nichts antun?«

»Nur ich sage das. Aber wenn ich euch Übles wollte, hätte ich dich leicht fangen können, als du am Hafen warst, Junge. Ich hätte alle Caserdote der Stadt zusammenrufen können und alle Soldaten, und du hättest wie eine Ratte in der Falle gesessen.«

Verstört blickte Sinao den jungen Maestre an, der die Stirn nachdenklich in Falten gelegt hatte. Noch brodelte Vigoris um seine schmale Gestalt, nur für andere Maestre spürbar.

»Aber ich bin dir ohne Soldaten gefolgt und hierher gekommen. Hier ist kein Caserdote. Ihr seid mir überlegen, und ich bin euch ausgeliefert. Ich vertraue darauf, dass ihr keine Verbrecher seid, keine Piraten oder Mörder. Und im Gegenzug müsst ihr mir vertrauen.«

Die Wahl, vor die er sie stellte, war unmöglich. Sinao sah, dass Manoel ebenso verloren war wie sie selbst. Dieser Mann dort oben sprach von Vertrauen, doch die ehemalige Sklavin hatte jedes Vertrauen in die Thayns verloren. Seine Stimme war ruhig und angenehm, aber seine Worte wühlten ihr Inneres auf. *Selbst Tangye, der Hund, konnte seine Worte leicht und angenehm machen, wenn er es wollte.*

Offenbar dachte Manoel ähnlich. Um ihn herum verdichtete sich die Vigoris, und Sinao konnte fühlen, wie der junge Maestre sich ihr öffnete.

Aber wenn wir ihm nicht vertrauen, dann sind wir bald wieder Flüchtlinge. Und werden es immer bleiben. Sinao traf die Entscheidung ganz plötzlich, fast ohne sich dessen bewusst zu sein. Sie ergriff Manoels Hand, an deren Fingerspitzen schon die Entladungen der Vigoris wie kleine Funken tanzten, und schüttelte den Kopf.

Der junge Maestre blickte sie zögernd an. Dann nahm er sehr langsam die Hände herunter. Das Mojo um ihn herum löste sich beinahe sofort auf.

Laut sagte Sinao: »Da ist eine Klappe im Boden. Kommen Sie herunter, Mister, damit wir sehen können, ob Sie wirklich allein gekommen sind.«

»Einverstanden.«

Die Klappe wurde angehoben, und Sinao und Manoel beobachteten, wie zuerst ein Paar bestrumpfter Beine und dann ein ganzer Mann die Treppe herunterkamen.

»Admiral Thyrane, zu Diensten«, stellte sich der Mann vor und hielt ihnen die ausgestreckte rechte Hand hin, die Manoel mit einem misstrauischen Blick ergriff.

Der Admiral war groß, sicher anderthalb Köpfe größer als

der Maestre, der nicht klein war. Er war kein junger Mann mehr, und ein ereignisreiches Leben hatte tiefe Falten in sein braun gebranntes Gesicht gegraben. Seine Nase war offenbar schon einmal gebrochen gewesen, aber die schmalen Lippen zeigten ein gewinnendes Lächeln. Sein immer noch volles, grauweißes Haar war zu einem Pferdeschwanz gebunden. Er trug eine dunkle Uniform, die Sinao als thaynrisch erkannte, und hatte sich den Dreispitz unter den Arm geklemmt.

»Ich bin Manoel«, stellte sich der Maestre vor, nachdem Thyrane seine Hand bereits wieder losgelassen hatte.

»Und ich Sinao«, fügte die junge Frau rasch hinzu und ignorierte die Begrüßung.

»Ich weiß, dass ihr beiden wenig Grund habt, der Marine Ihrer Majestät zu vertrauen«, begann der Admiral und musterte die zwei jungen Leute, die ihm gegenüberstanden, zwölf Herzschläge lang. Sein Gesichtsausdruck gab keinen Aufschluss darüber, ob ihm gefiel, was er sah. »Aber ich kann euch versichern, es liegt nicht in meiner Absicht, die Fehler der Vergangenheit zu wiederholen. Alles, was ich will, ist, dieses verfluchte schwarze Schiff und seine Ladung zu finden.«

ROXANE

»Wir sollten von hier verschwinden, Jaq.«

Die Stimme des Mauresken war ruhig, aber seine Worte waren deshalb nicht weniger drängend. Roxane musste zugeben, dass er recht hatte. Andererseits war sie bis auf die Haut durchnässt und bis auf die Knochen durchgefroren, und der Gedanke daran, aufzustehen und irgendwohin zu laufen, war wahrlich nicht verlockend.

»Wir brauchen ein Feuer«, erwiderte der junge Hiscadi, als habe er ihre Gedanken gelesen, und nieste, als wolle er die Worte unterstreichen. »Oder wir holen uns alle eine Lungenentzündung.«

»Zu spät«, murmelte Groferton, der zusammengesunken auf einem Felsen saß. Der Maestre hatte die Schultern hochgezogen und die Arme um sich geschlungen. Er wirkte wie ein Häufchen Elend, und diesmal glaubte die junge Offizierin ihm sogar, dass es schlecht um ihn bestellt war. Ihre Rettung hatte seine Kräfte aufgezehrt, und er war blass und zitterte.

Auf See kämpfte die *Todsünde* noch immer gegen die Naturgewalten. Das Piratenschiff wurde von einer Regenwand eingehüllt, die langsam in Richtung Küste zog, aber Roxane konnte erkennen, dass es trotz größter Anstrengung kaum Abstand gewinnen konnte. *Vielleicht haben wir euch genug zusammengeschossen, dass ihr unser Schicksal teilt.*

Jaquento bemerkte ihren Blick und verzog das Gesicht. »Er wird es schaffen. Er ist ein guter Kapitän, und das Schicksal hilft Bastarden wie ihm für gewöhnlich.« Die Echse saß auf seinem Schoß und hatte die Augen geschlossen, als schlafe sie.

»Noch hat er nicht gewonnen«, erwiderte sie, aber insgeheim gab sie ihm recht.

Wenn nicht etwas Außergewöhnliches geschah, würde die *Todsünde* das schlechte Wetter ausreiten können, ohne an die Klippen gedrückt zu werden.

Von den anderen Schiffen war nur noch der Rumpf einer géronaischen Fregatte zu sehen, der auf dem Riff saß und von den Wellen geschlagen wurde. Das schwarze Schiff war vom Wind gnadenlos an die Küste getrieben worden und musste dort zerschellt sein, nachdem es aufgegeben worden war, auch wenn Roxane seinen Untergang nicht gesehen hatte. Ihr eigenes Schiff, ihr einziges und letztes Kommando, hatte dieses Schicksal geteilt. *Immerhin habe ich mir das Kriegsgericht jetzt gleich zweimal verdient,* dachte sie mit einem Anflug von Galgenhumor. *Jegliche törichte Hoffnung auf eine Rehabilitation kann ich nun wohl vergessen.* Der Gedanke war bitter, aber weniger schlimm, als sie erwartet hätte. Im Augenblick war sie keine Offizierin mehr, sondern nichts als eine Schiffbrüchige an einer gefährlichen und feindseligen Küste.

Nachdem sie an Land gezogen worden waren, hatten sie einige Minuten verschnauft, bevor Bihrâd sie zwischen zwei hohen Felsen zu einem Durchgang geführt hatte, hinter dem ein schmaler, kaum begehbarer Pfad versteckt lag. Roxane konnte nicht sagen, ob der Weg die Klippen empor von Menschenhand geschaffen worden oder eine Laune der Natur war, aber der Aufstieg war schwierig gewesen, auf nassen, rutschigen Steinen, und sie hatten mehr klettern als gehen müssen. Jetzt kauerten sie auf einem Fleck feuchten Erdreichs inmitten der schroff aufragenden Felsen, vielleicht einige hundert Schritte von der aufgewühlten See entfernt.

Irgendwo im Süden mussten die Boote an den Strand gelangt sein, zumindest hoffte die junge Offizierin das. Erkennen konnte sie auf dem tobenden Meer und in den Regenschauern nichts.

Das Land hier war karg und steinig, und die einzige Vegetation bestand aus Gras, Moos, Flechten und einigen niedrigen, vom Wind gebeutelten Büschen. Balcera musste im Norden liegen, keine zehn Meilen entfernt.

»Womit willst du Feuer machen?«, erkundigte der Maureske sich.

Jaquento wies auf Groferton: »Mit ihm.«

»Vielen Dank, aber ich bin Maestre, kein Zunderkasten, und zudem ein recht erschöpfter Maestre, der es vorziehen würde, wenn andere sich dieses Problems annehmen.«

Groferton schniefte lautstark und sah den jungen Hiscadi vorwurfsvoll an. Doch der ließ sich davon nicht beeindrucken.

»Ich habe keine Feuerhölzer, Mesér, und keine sonstigen Hilfsmittel, um ein Feuer in Gang zu bringen, aber wir benötigen eines. Ich kann Holz sammeln«, erklärte er, sah sich dann um und fügte hinzu: »Zumindest ein paar Scheite. Aber Feuer müsst Ihr machen, und ich denke, dass Ihr dazu auch in der Lage seid, Erschöpfung hin oder her. Schließlich wollt Ihr Eurer angegriffenen Gesundheit nicht noch weiter schaden, oder?«

Zur Antwort knurrte Groferton nur und wedelte mit der Hand. Roxane deutete die Geste als Zustimmung und erhob sich. Ihre Beine fühlten sich an, als seien sie aus Pudding, doch sie zwang sich, diese Schwäche zu ignorieren.

»Ich helfe Ihnen.«

Jaquento nickte ihr zu und setzte das Reptil vorsichtig auf

den Boden. Er blickte es kurz an, als höre er ihm zu, dann zuckte er mit den Schultern.

Sie entfernten sich ein Stück von den Klippen und stiegen in das Hinterland hinab, um dort bei den Sträuchern nach Holz zu suchen. Im Windschatten der Felsen war es bereits kalt gewesen; jetzt offen dem Wind ausgesetzt zu sein, machte die Sache nicht besser. Roxane begann zu zittern und konnte nicht damit aufhören. Als sie einen Blick zu dem Hiscadi hinüberwarf, stellte sie fest, dass es ihm nicht besser ging. Er war ohne sein Hemd an Land gespült worden und fror nun nicht weniger erbärmlich als sie. Ebenso wie sie selbst hatte er sich die Hände an den Felsen aufgeschürft und fluchte leise, als er das Blut an den Fingern sah.

Sie wollte mit Jaquento reden, den Moment des Alleinseins nutzen, aber ihr wollten die richtigen Worte nicht einfallen, und sie suchte vergeblich nach Formulierungen, um ihre Gefühle auszudrücken. *Der verfluchte Dreckskerl hat mir gegen meinen Willen das Leben gerettet.* Sie wollte ihm danken, dann wieder wollte sie ihn beschimpfen, wollte ihn verspotten und dann loben. Doch statt irgendetwas von alldem zu tun, schwieg sie.

»Sobald wir uns aufgewärmt haben, müssen wir aufbrechen. Das Gefecht wird von den Leuten hier nicht unbemerkt geblieben sein«, stellte der Freibeuter fest. »Das Wetter schützt uns vielleicht eine Weile, und man wird vor allem im Süden nach Überlebenden suchen, aber allzu viel Zeit können wir uns trotzdem nicht lassen.«

Sie war geneigt, ihm zuzustimmen, doch sie wusste auch, wie gering ihre Chancen auf eine Flucht standen. »Wenn die Géronaee erfahren, dass hier eine thaynrische Fregatte gesunken ist, werden sie alles absuchen lassen. Ich sollte zu meiner Besatzung gehen, damit ich bei der Gefangennahme für sie sprechen kann. Ich ...«

»Gefangennahme? Mesèra, daran wird nicht gedacht. Dort befindet sich die *Todsünde*, mit der Ladung der *Totwey* an Bord, und wir werden die Jagd nicht aufgeben, bis wir sie gestellt haben!«

Beinahe hätte Roxane gelacht, aber ihre Erschöpfung war stärker als ihr Sinn für Humor.

»Sie sind ein Träumer, Jaquento. Man wird uns festsetzen, noch bevor zwei Tage verstrichen sind. Selbst wenn wir entkommen, sind wir hilflos, mittellos gestrandet in einem fremden Land, und Deguay verfügt über ein Schiff. Wie wollen Sie ihn verfolgen?« Sie schüttelte müde den Kopf. »Nein, ich muss andere Pläne schmieden. Ich muss mich um meine Leute kümmern.«

»Ihr habt nicht einmal mehr eine Uniform, Meséra«, entgegnete der Hiscadi mit mildem Spott in der Stimme. »Geschweige denn Leute, die dieser Uniform folgen könnten. Mein Plan ist besser als der Eure; wir werden einen Weg finden. Wir *müssen* einen Weg finden!«

Sie wollte ihm entgegnen, dass es nicht die Uniform war, die sie zu einer Offizierin machte, und dass sie Verpflichtungen hatte, auch jetzt noch, aber da sah sie seinen Blick und schwieg. Sie liefen noch hundert Fuß, bis sie die ersten Büsche erreichten. Es gab nur wenig abgestorbenes Holz, und die Äste waren nicht dick, aber für ein kleines Feuer mochte es genügen.

Als sie jeder einen Armvoll hatten, deutete Jaquento in Richtung ihres winzigen Lagers. »Wir wärmen uns kurz auf, dann brechen wir auf. Kleidung und Proviant können wir wohl unterwegs besorgen. Dann sehen wir weiter.«

»Sie wollen Kleider und Brot stehlen?«

»Nein, Meséra, *requirieren* oder wie immer das Eure Marine nennen würde. Von mir aus auch plündern, das ist ehrlicher. Das hier ist Hiscadi, schon vergessen? Der Feind ...«

»Ich benötige Ihre Hilfe nicht, um meine Feinde zu erkennen«, erwiderte sie kühl. »Aber dennoch vielen Dank.«

Er schaute sie an, wütend, wie sie annahm. Dann blickte er über ihre Schulter und fluchte vernehmlich. Als sie sich umwandte, erkannte sie, warum. Zwei Berittene näherten sich mit wehenden Mänteln im schnellen Schritt. Sie folgten der Linie der Küste auf dem parallel verlaufenden Weg. Die hohen Tschakos mit den Federbüschen ließen nur einen Schluss zu.

»Soldaten der géronaischen Kavallerie«, bestätigte Jaquento ihren Verdacht, dann ließ er das Holz fallen. »Tut genau, was ich sage, und handelt, wenn ich handle.«

Anstatt vor den Reitern davonzulaufen oder sich zu verstecken, trat er ihnen breit lächelnd entgegen, als sie ihre Tiere kurz darauf einige Fuß von ihnen entfernt zum Stehen brachten. Das Misstrauen in ihren Mienen war unverkennbar, und jetzt zeigte sich auch, dass hinter dem Rücken des zweiten Kavalleristen noch ein weiterer Mann saß. Er trug die pompöse Uniform eines Offiziers der géronaischen Marine.

Unvermittelt war Roxane froh, dass sie alle identifizierbaren Bestandteile ihrer Uniform im Wasser abgestreift hatte.

»Erklärt Euch«, forderte der vorderste Reiter auf Géronaisch und zog seinen Säbel. Seine Koteletten rahmten ein schmales, längliches Gesicht ein, und seine hellen Augen lagen unter dichten Brauen. Er funkelte sie an, und es war offensichtlich, dass er nicht zögern würde, sie niederzureiten, wenn ihm die gewünschte Erklärung nicht passte.

»Ah, Mesér, wir sind so froh, dass Ihr uns gefunden habt. Wir hatten schon befürchtet, dass uns ein unseliges Ende in kalter Nacht ereilen würde.«

»Wer seid Ihr?«

»Ich bin Jaquento, vom ehemals stolzen Schiff ... *Totwey*«, erklärte er, und Roxane war einen Moment in Sorge, dass sein kurzes Zögern womöglich nicht unbemerkt geblieben war. »Wir haben Schiffbruch erlitten.«

Ungewollt wanderte ihr Blick zu dem Seeoffizier, der sie eindringlich musterte. *Ich habe dein Schiff versenkt*, schoss es ihr durch den Kopf, aber sie schlug die Augen nieder und schwieg. Jaquento hingegen redete wie ein Wasserfall: »Die verfluchten Thayns haben uns angegriffen. Bei diesem Wetter! Ihre Kapitänin muss eine Wahnsinnige sein!« Noch während er das sagte, fiel ihm wohl sein Fehler auf, denn er fuhr noch schneller fort: »Ich meine, vielleicht war es eine Kapitänin; die Thayns haben ja keine Hemmungen, Weibern den Oberbefehl anzuvertrauen, kein Wunder also, wenn sie wie Furien über uns herfallen.«

Noch immer misstrauisch, trieb der Kavallerist sein Pferd ein wenig an und näherte sich, aber wenigstens hatte er den Säbel gesenkt. »Kapitänin?«, fragte er und schüttelte den Kopf. »Woher ...«

Weiter kam er nicht, denn Jaquento sprang vor, packte ihn am Arm, ließ sich einfach fallen, zwischen die Beine des Pferdes, und riss den Mann mit sich zu Boden.

Der andere Kavallerist fluchte laut und zog seine Waffe. Roxane schleuderte ihm Äste entgegen, als er seinem Pferd die Sporen gab. Sie sah, wie Steine unter den Hufen davonspritzten, sah die geweiteten Augen des Pferdes, die geblähten Nüstern, hörte den Wind über die Klippen streichen. Im dämmrigen Licht wirkte die Klinge dunkel, selbst das goldene Heft glänzte nicht. Sie wollte sich zur Seite werfen, doch ihr kältestarrer Leib reagierte zu langsam. Der Säbel schoss durch die Luft auf sie zu.

Und prallte auf einen anderen, mit dem er zur Seite geschlagen wurde. Jaquento sprang neben sie und hieb mit der Waffe, die er erbeutet hatte, in die Seite der beiden Reitenden. Ein Schrei ertönte, und die zwei Männer stürzten vom Pferd und rollten über den Boden.

Jetzt endlich gehorchte Roxanes Körper wieder ihren Befehlen, und sie rannte vor, zu dem Seeoffizier, der sich gerade wieder aufrappelte. Ihr Tritt traf ihn an der Schulter und warf ihn herum. Er hob die Arme zur Verteidigung, aber schon setzte sie nach, und der Spann ihres Fußes erwischte ihn genau an der Schläfe. Sie spürte eine Bewegung hinter sich und wirbelte herum, doch es war nur Jaquento, der ihr einen Säbel zuwarf.

»Ergeben Sie sich«, forderte Roxane auf Géronaisch und richtete die Waffe auf den Liegenden. Blut rann aus einer Wunde über seinem Auge. »Ich bin Kapitänin Roxane Hedyn von Ihrer Majestät Schiff *Mantikor*. Ergeben Sie sich, Thay, und Sie haben mein Wort darauf, dass Ihnen nichts geschieht.«

Er zögerte einen Moment, dann hob er die Hände und zeigte ihr die Innenflächen zum Zeichen seines Einverständnisses. »Ich bin Capitane LeSorre von der *Unerschrocken*. Ich nehme Euch beim Wort.«

»Das können Sie, Thay, das können Sie.« Sie nickte, um zu bestätigen, dass der Kampf hier zu Ende war.

Gerade wollte sie sich zu Jaquento umdrehen, da sagte LeSorre: »Ihr habt tapfer gekämpft, Capitane. Meine Gratulation.«

Roxane nickte steif. »Sie waren ein würdiger Gegner, Thay. Es war mir eine Ehre, mich mit Ihnen zu messen.«

»Ohne das schlechte Wetter ...«

»Manchmal gehört zu unserem Geschäft auch Glück«, erwiderte sie nickend, um ihm seine Würde zu lassen.

Als sie sich umsah, stellte sie fest, dass Jaquento bereits die Taschen eines der Gestürzten durchwühlte. Der andere, ihr Angreifer, lag ein Dutzend Fuß abseits, und Roxane konnte sehen, dass er nicht nur bewusstlos, sondern tot war. Die

Art, wie er mit verdrehten Gliedmaßen dalag, ließ keinen anderen Schluss zu. Also schritt sie zu Jaquento, der gerade triumphierend eine Pistole aus einer Ledertasche zog.

»Wir haben Waffen, wir haben Pferde, und zur Not haben wir sogar Uniformen, Meséra. Das Glück ist uns hold.«

Mit der Säbelspitze deutete sie auf den Kapitän. »Und wir haben jemanden, der uns vielleicht den Zielhafen der *Todsünde* nennen kann.«

Jaquentos Grinsen wurde breiter, und er warf ihr den Mantel seines Gegners zu. »Halbwegs trocken, bis auf etwas Blut«, erklärte er, und Roxane sah, dass er recht hatte.

Der Soldat zu ihren Füßen starrte blicklos in den Himmel, die Hände auf der Brust verkrampft. »Ich werde mir wohl seine Jacke nehmen und hoffen, dass die Einheit mir diese Sünde verzeiht«, murmelte der Hiscadi.

Sobald er sich den Uniformrock des Toten übergestreift hatte, wandte er sich wieder Roxane in ihrem neuen Mantel zu. »Wir sollten die Pferde einfangen und alles zu unseren Gefährten schaffen«, sagte er in beinahe akzentfreiem Géronaisch. »Es wartet noch viel Arbeit auf uns.«

FRANIGO

In der grauen Theorie hätte es spannend sein sollen. In der viel bunteren Praxis war es das nicht. Dieser Widerspruch regte Franigos Geist kurz an, doch dann fiel er zurück in die grenzenlose Lethargie, die schon seit Stunden von ihm Besitz ergriffen hatte.

Sie tagten nun in einem Theater, das der Versammlung den nötigen Platz und auch die ebenso nötige Bühne bot. Denn bei den Sitzungen wurde viel geredet und viel Dramatik geboten, und es schien dem Poeten, als seien an dem einen oder anderen Abgeordneten wahrhaft exzellente Schauspieler verloren gegangen. Dafür taugten sie wenig für die Politik. Aber schwafeln, das konnten sie, und zwar nicht zu knapp.

Auch jetzt lauschte er wieder einer überlangen, grausamen und menschenverachtenden Rede, gegen welche die Besatzung Hiscadis durch die Géronaee wie das geringere Übel wirkte. Der Sprecher, ein feister Mann mit schweißglänzendem Gesicht, las seine Worte von einem Manuskript mit erschreckend vielen Seiten ab. Dabei ging es nur um die Frage, ob man den Menschen aus der Region Nálava ihren Dialekt verbieten solle, um die Einigkeit der wiederauferstandenen hiscadischen Nation auch sprachlich zu festigen. Franigo war diese Debatte vollkommen egal. Weder sprach er Nálavisch, noch kannte er jemanden, der dies tat, noch glaubte er daran, dass das Verbot irgendeines Dialekts mehr Einheit herstellen würde.

Im Zweifelsfall würden die Menschen im Süden sich wieder einmal vom Norden gegängelt fühlen und ihren Unmut in den üblichen Schmähschriften und Satiren ausleben. *Einheit kann man nicht erzwingen,* dachte der Poet müde. Der Redefluss ging über ihn hinweg wie das Plätschern eines Baches, ebenso einschläfernd und sinnlos.

Dabei waren die Neuigkeiten aus allen Teilen des Landes alles andere als beruhigend, und es hätte weitaus dringlichere Fragen zu erörtern gegeben. Nur leider war die Tagesordnung schon vor einiger Zeit festgesetzt worden, und eine Änderung hätte die gesamte Versammlung in Aufruhr versetzt. Und so diskutierte man über die Amtssprache der Hiscadi, während die Géronaee ihre Regimenter zusammenzogen und den Marsch gegen ihre rebellischen Untertanen begannen.

»Sicherlich wird der Abgeordnete Franigo mir zustimmen, dass Sprache von größter Wichtigkeit ist«, erklang es soeben aus dem Munde des Redners, und Franigo unterdrückte das Gähnen, das sich gerade auf seine Lippen schleichen wollte. Stattdessen nickte er benommen, als er seinen Namen vernahm und die zahlreichen Blicke sah, die auf ihn gerichtet waren. Aus irgendeinem Grund beriefen sich fast alle Redner mit ihren Anliegen auf ihn, auch wenn sie vollkommen unterschiedliche Standpunkte vertraten.

»Lasst ihnen doch ihre Zunge«, rief der Dichter und stand auf. »Wenn sie denn nur Hiscadi dazulernen. Sollten wir nicht …«

»Der ehrenwerte Franigo ist von Großmut erfüllt«, unterbrach ihn der Redner. »Aber die Frage bleibt doch: Kann eine Nation sich Nachsicht erlauben, wenn es um etwas so Grundlegendes wie Verständnis geht? Ich sage Nein!«

Plötzlich wurden die Flügeltüren des Saals aufgestoßen, und ein junger Mann stürmte durch den Gang zwischen den Sitzreihen. Seine Kleidung war staubig, und sein breiter Hut saß schief auf dem Kopf.

»Das Bürgerheer von Sargona wurde geschlagen. Die Géronaee stehen direkt vor der Stadt«, brüllte der Bote und übertönte damit alles andere. Es fuhr wie ein Schlag durch Franigos Leib. *Sargona, das ist keinen Wochenmarsch von hier entfernt. Verdammt, während wir hier bis zur Erschöpfung debattieren, beenden die Géronaee diese Revolte, bevor wir uns auch nur geeinigt haben, ob der Himmel tief- oder doch eher hellblau ist*!

Tumult brach um ihn herum aus, als andere zu derselben Erkenntnis kamen. Stimmengewirr erhob sich, an allen Ecken des Theaters wurde gestritten und geschrien. Anklagende Finger wurden auf die vermeintlich Schuldigen gerichtet. Der Lärm war ohrenbetäubend. Einige der Anwesenden waren sicherlich zornig, doch Angst war das vorherrschende Element des Geschreis.

»Wir brauchen die Regimenter!«, schrie Franigo über den Lärmpegel hinweg. »Bei der Einheit, kommt zur Ruhe!«

Vielleicht war es seine durch viele Vorträge und Liederabende gestärkte Stimme, vielleicht seine Person, vielleicht sogar der Status, den er genoss; jedenfalls kehrte langsam tatsächlich Ruhe ein. Anstatt auf die Bühne zu gehen, stellte sich der Poet einfach auf die Lehnen zweier Sitze und ließ seinen Blick über die Menge schweifen. Es verwunderte ihn nicht, dass die Versammlung derartige Probleme hatte, eine Einigung zu finden. Zu viele Einzelinteressen kamen in diesem Saal zusammen. Es gab Abgeordnete der Ärmsten der Armen, aber auch Bürger aus der Stadt, Adlige aus kleinen, aber auch aus großen Häusern, Studenten, Soldaten, Seefahrer, einfache Handwerker und Besitzer ganzer Manufakturen. Und statt sich zu einigen, suchten alle schon nach ihren Vorteilen in dem neuen Staat, der jedoch noch nicht einmal auf dem Papier bestand, denn eine Verfassung war noch lange nicht ausgearbeitet.

»Wir brauchen die hiscadischen Regimenter«, erklärte Franigo erneut, wenn auch leiser. »Wo auch immer sie gerade innerhalb Géronays stationiert sind, wir müssen sie erreichen. Wir brauchen Soldaten, aber auch Gewehre und Kanonen. Wir werden einen Krieg führen müssen. Das ist eine Erkenntnis, der wir uns nicht länger verschließen können.«

Schweigen antwortete ihm. Manche mochten ihm nicht glauben, aber er sah auch Verständnis in vielen Gesichtern. Wenn die Géronaee jetzt schon vorstießen, mussten sie sich schneller wieder gefangen haben, als alle gehofft hatten – und Sugérand würde seine ganze Macht aufbieten, um diesem Aufstand der Hiscadi Einhalt zu gebieten.

»Wie?«

Die Frage war berechtigt, aber Franigo wusste eine Antwort: »Flugblätter. Pamphlete. Erst einmal müssen die hiscadischen Regimenter erfahren, was hier überhaupt geschieht, und sie müssen verstehen, dass nur sie ihre Heimat retten können. Wir bringen die Nachrichten zu ihnen.«

»Franigo war Soldat. Er soll die Pamphlete schreiben«, rief eine Gestalt irgendwo am Rande, deren Stimme verdächtig nach Alserras klang. Viele der Anwesenden stimmten murmelnd zu.

Großartig, mein Name auf aufwieglerischen Handzetteln. Das hat mir nun wirklich gerade noch gefehlt. Als einige Abgeordnete begannen, seinen Namen zu skandieren, fragte sich der Poet, ob sie ihm bloß zujubelten, weil sie alle Verantwortung damit auf seine Schultern legen wollten, damit im Falle des fast sicheren Scheiterns nur sein Kopf von eben jenen getrennt wurde.

»Solche Taten sind es, die wir jetzt brauchen, keine bloßen Worte«, rief eine junge Frau und sprang begeistert von ihrem

Sitz auf. Sie war von bemerkenswerter Schönheit, wie Franigo sogleich aufgefallen war, als sie als eine der wenigen weiblichen Abgeordneten zum ersten Mal das Theater betreten hatte; eine glutäugige Kaufmannstochter, die den Reichtum ihrer Familie freiwillig hinter sich gelassen hatte, um sich der gerechten Sache anzuschließen. Nun leuchteten ihre dunklen Augen, als sie den Dichter voller Bewunderung ansah. »Mesér Franigo!«, bat sie mit tiefer, verführerischer Stimme. »Lasst uns nicht im Stich!«

»Nun gut, ich werde einige entsprechende Texte aufsetzen«, gestand der Poet zu. »Wir brauchen die schnellsten Pferde und die vertrauenswürdigsten Boten, um sie zu den Regimentern zu bringen. Verteilt sie unter den Besatzungen der Kriegsschiffe in den Häfen, gebt sie an die Gendarmen aus, ach, verdammt, verteilt sie in jeder Ecke des Landes!«

Wieder jubelte der Saal, in dem sich die Stimmung ebenso plötzlich wieder aufhellte, wie sie sich vorher verdüstert hatte.

»Und wir müssen den Géronaee entgegenziehen und Sargona entsetzen!«

Diesmal war die Reaktion weniger euphorisch, aber etwas anderes hatte der Poet auch nicht erwartet.

Überraschend sprang ihm jedoch die junge Frau bei. »Recht habt Ihr!«, rief sie. »Wir können unsere Brüder und Schwestern in Sargona nicht ihrem Schicksal überlassen. Wir müssen ihnen beistehen.«

Erneut brandete Jubel auf. *Der Eindruck, den die Schöne macht, ist nicht zu unterschätzen,* dachte Franigo, als er sah, wie viele der anwesenden Männer gebannt ihren Worten folgten. Ihr langes, schwarzes Haar fiel ihr in Locken auf die schneeweißen Schultern; das einfache Kleid und die herausfordernde Pose wirkten unwiderstehlich. Dies war der richtige Moment, um das Feuer noch weiter anzufachen.

»Jeder, der eine Waffe tragen kann, muss mitziehen«, forderte der Dichter mit seiner besten Bühnenstimme. »Die Géronaee stehen in unserem Land, auf unserem Boden! Zeigen wir ihnen, was es heißt, die Hiscadi anzugreifen!«

Jetzt tobte der Saal, und Franigo riss die Faust in die Höhe. Alle folgten seinem Beispiel, und die Schreie brachten den Boden zum Erbeben.

Jetzt bloß nicht erwähnen, dass beim letzten Mal die Hiscadi unter der Macht der Géronaee beinahe sofort zusammengebrochen sind und damit erst unter deren Fuchtel gerieten, dachte der Poet bei sich, während er auf die Schultern einiger Abgeordneter gehoben und in einem Triumphmarsch aus dem Saal und durch die Straßen der Stadt getragen wurde.

Erst an der Brücke, die über den Argónes führte und gleichzeitig die Stadtgrenze markierte, ließ man ihn aus der luftigen Höhe hinunter. Vorsichtig klopfte er sich die in Unordnung geratenen Kleider glatt und hielt nach der schwarzäugigen jungen Frau Ausschau, die zu seiner Freude den Zug begleitet hatte und nun tatsächlich seinen Blick zu suchen schien.

»Meséra!« Er winkte sie zu sich heran. »Ich wollte Euch für Euren Mut danken, vor der Versammlung so frei und wahr zu sprechen.«

Bescheiden senkte sie den Blick und errötete sogar ein wenig, wie Franigo entzückt feststellte.

»Das war doch gar nichts, mein Herr, im Vergleich zu dem Mut, den Ihr wieder und wieder bewiesen habt. Hätte Hiscadi doch nur mehr solcher Männer. Wir hätten die Géronaee schon vor Jahren verjagt wie streunende Hunde.«

»Ihr übertreibt.« Franigo lächelte sie gewinnend an. »Ich tue selbstverständlich nur, was jeder Patriot an meiner Stelle tun würde.«

»Ganz und gar nicht! Mesér, Ihr seid einzigartig.«

Nun richtete sie ihren Blick wieder fest auf ihn. Ihre Augen waren tatsächlich beinahe schwarz, wie der Poet feststellte. *Und sie bilden den allerreizendsten Kontrast zu ihren roten Lippen.*

»Wollt Ihr mir nicht Euren Namen verraten, wo Ihr doch den meinen schon kennt und somit mir gegenüber im Vorteil seid?«, fragte der Dichter möglichst arglos.

»Niara. Ich stamme aus Sargona, müsst Ihr wissen, und habe also allen Grund, zu hoffen, dass Euer Mut vielen ein Beispiel geben wird.«

»Ihr stammt aus Sargona? Nun, ich kann Euch versichern, dass ich nichts unversucht lassen werde, um den Eingeschlossenen dort zu helfen!«

Bei diesen feurig vorgetragenen Worten hätte Franigo sich fast auf die Lippen gebissen. *Was ist nur los mit mir? Sie bringt mich noch dazu, mich um Kopf und Kragen zu reden.*

»Ich glaube, Euer Wissen um die Stadt könnte uns von unschätzbarem Nutzen sein. Wollen wir nicht heute Abend über eine mögliche Strategie sprechen – in einem etwas privateren Umfeld?« Er deutete mit der Rechten auf die Menschenmenge, die sie noch immer umgab.

Ohne zu zögern nickte sie. »Gewiss, Mesér. Wo kann ich Euch finden?«

Innerlich jubelte Franigo, als er Niara den Weg erklärte. *Neben allen Unbilden mag diese Revolution doch auch ihre guten Seiten haben.*

THYRANE

»Schönes Schiff«, meinte der junge Maestre anerkennend und mit so gewichtiger Miene, als sei es seine Lebensaufgabe, die königliche Marine zu begutachten.

»Danke«, erwiderte der Admiral ernsthaft. »Allerdings ist es das Schiff von Kapitän Bercons. Ich bin hier nur Gast.«

Der junge Mann, der sich als Manoel vorgestellt hatte, blickte sich gründlich in der Kajüte um, und sein Gesicht brachte deutlich zum Ausdruck, dass es in seinen Augen dennoch Thyranes Schiff sei.

Mit der Rechten wies Thyrane auf das niedrige Beistelltischchen mit den Gläsern, die in verzierten Haltern steckten. »Kann ich euch etwas zu trinken anbieten? Port oder Branntwein? Ich müsste auch etwas Rum da haben, und ich bin sicher, der Stewart kann noch mehr auftreiben.«

Der Maestre blickte seine Gefährtin an, dann sagte er: »Rum für mich. Und für dich, Sin …ao?«

»Wasser, bitte.«

Während der Junge sich in den Stuhl fläzte, als sei er an Bord zu Hause, saß die junge Paranao hoch aufgerichtet da, mit im Schoß gefalteten Händen, und blickte nur selten hoch. Ihr ganzer Leib verriet ihre Anspannung und ihr Unbehagen. Ihre Knöchel traten unter ihrer braunen Haut weiß hervor. Selbst ihre Stimme klang angestrengt und gepresst.

Es dauerte einige Momente, bis Thyrane begriff, warum das Mädchen an Bord so eingeschüchtert war. *Sie war eine Sklavin. Sie hat von Leuten wie mir gewiss selten Gutes erfahren. Während der Bengel in ihrer Begleitung vermutlich ein Kanonensohn ist. Gezeugt auf dem Zwischendeck und am Hafen zwischen Spelunken und Gesindel aufgewachsen.* Aber wenn er das schwarze Schiff finden wollte, war er auf die beiden angewiesen.

Der Admiral goss seinen Gästen die gewünschten Getränke ein und genehmigte sich selbst ein Glas des guten Ports. Er mochte nicht daran denken, was das Mädchen durchgemacht haben musste, aber seine Gedanken kreisten dennoch darum. *Wäre die* Mantikor *mein Schiff gewesen, ich hätte ebenfalls keinen Moment gezögert, diese Bastarde von der Compagnie auszuräuchern und ihren Machenschaften ein Ende zu setzen.* Einige Augenblicke lang gestattete er sich diese nicht unangenehme Vorstellung, dann riss ihn Manoel aus seinen Gedanken.

»Wie kommen wir ins Geschäft?«

»Bitte?«, fragte Thyrane.

Der junge Maestre zuckte mit den Schultern. »Du hast gesagt, dass du etwas von uns willst, Admiral. Du willst die Ladung dieses verfluchten Schiffs finden, und wir sollen dir dabei helfen. Du segelst den ganzen Weg von Thaynric bis nach Lessan. Lässt uns aufspüren. Die ganze Sache scheint dir und deinen Freunden in Corbane ziemlich wichtig zu sein. Also, was gibst du uns dafür, dass wir dir helfen?«

Thyrane überlegte, wie er auf diese Provokation reagieren sollte. Für einen Moment erwog er, einen harten Kurs einzuschlagen und den beiden eine Lektion zu erteilen, aber dann entschied er sich angesichts des Mädchens dagegen. Bei einem abgebrühten Kerl wie Manoel, der offensichtlich nicht allzu leicht zu beeindrucken war, hätte er nicht gezögert, diesem Manieren beizubringen, aber in Gegenwart Sinaos brachte er es nicht übers Herz.

Also legte er die Finger vor dem Gesicht zusammen und schürzte die Lippen, als denke er nach. Erst dann antwortete der Admiral: »Ich biete euch an, die Anklagen gegen euch fallen zu lassen. Und euch wieder auf freien Fuß zu setzen. Sinao kann zu ihren Gefährten zurückkehren, wenn sie das möchte. Und du kannst auf einem Schiff anheuern, wie es dein Plan war. Ihr könnt auch beide anheuern, ganz wie ihr wollt. Und ein kleines Handgeld sollte auch noch möglich sein.«

»Und was willst du dafür haben?« Das Misstrauen in Manoels Stimme war nicht zu überhören. »Informationen über das Gefecht?«

Thyrane konnte ihm die vorsichtige Erwiderung nicht verdenken. *Dort, wo du herkommst, gibt es sicher nicht viel umsonst,* dachte der Admiral mit einem Anflug von Sympathie für den jungen Mann. Andererseits traf das auch auf die Königliche Marine zu.

»Ja. Über das Gefecht, über die Insel, über das schwarze Schiff. Ich will alles wissen.«

»Warum?«

»Nun, das wiederum ist meine Angelegenheit, nicht wahr?«

Manoel schien zu überlegen. Unvermittelt brach es aus Sinao heraus: »Ich will, dass die befreiten Sklaven gut behandelt werden. Und die Seeleute von der *Windreiter* auch. Die uns geholfen haben. Und der Kapitän. Er hat uns befreit. Jaquento.«

Jetzt wirkte sie etwas älter, ein wenig erfahrener als noch vor wenigen Augenblicken. In ihrem Blick lag mehr Wissen, als es ihr Alter vermuten ließ. Während ihre Finger den Stoff ihres Rockes kneteten und dann wieder glatt strichen, blieben ihre Augen ruhig auf den Admiral gerichtet. Dunkle Augen, hinter denen sich dunkle Erfahrungen verbargen. Aber auch ein wacher Geist.

»Die ehemaligen Sklaven werden gut behandelt, und ich habe dafür Sorge getragen, dass ihnen geholfen wird«, erwiderte Thyrane langsam. »Die Männer und Frauen der *Windreiter* … nun, das ist ein anderes Thema. Die meisten von ihnen wurden bereits in den Dienst gepresst, wie es in solchen Fällen üblich ist. Ich kann zwar noch sehen, was ich tun kann, aber ich will keine Versprechen geben, die ich nicht halten kann. Und dieser Kapitän, dieser …«

»Jaquento«, sprang Manoel hilfreich ein.

»Jaquento, danke. Er befindet sich an Bord eines Schiffes, das ihn nach Corbane bringt. In dieser Hinsicht sind mir die Hände gebunden; auf das Schicksal dieses Mannes habe ich keinen Einfluss mehr.«

Sinao senkte den Kopf, und auch ihre Schultern sanken herab, bis sie mehr kauerte als saß. Ihr Moment der Kühnheit war verstrichen.

Manoel hingegen nickte gewichtig. »Wir sind einverstanden.«

Der junge Maestre spuckte sich in die linke Hand und hielt sie Thyrane hin. Obwohl seine Miene ungerührt blieb, tanzte der Schalk in seinen Augen. Ebenfalls mit ausdruckslosem Antlitz spie der Admiral ebenfalls in seine Hand und schlug ein. Doch noch bevor er wieder losließ, forderte Manoel: »Wir fahren mit diesem schmucken Schiff mit. Du setzt uns irgendwo ab, wo es weniger förmlich zugeht als auf Lessan. Ich glaube dir, aber ich traue den Leuten hier an Land nicht.«

Thyrane nickte. Die ungebührliche Anrede hatte er bisher ignoriert, obwohl es ihn einige Überwindung gekostet hatte, aber nun verstand er plötzlich. *Ich habe mich getäuscht. Das hier ist kein Straßenjunge, der ein bisschen wildes Talent besitzt. Er ist gebildet. Vielleicht hat er sogar eine Ausbildung in seiner Kunst erhalten. Er ist jedenfalls kein Feld-Wald-und-Wiesenmagier. Er kann sich ausdrücken, wenn er es will, und er hat mir gezeigt, dass er meine Respektlosigkeit in der Anrede mit Gleichem quittiert.* »Sie sind ein schlauer Fuchs, Maestre, und ich akzeptiere Ihre Bedingungen. Sie beide sind Gäste an Bord, bis wir einen Ort finden, der Ihnen zusagt.«

Jetzt ließ Manoel Thyranes Hand los und nippte an seinem Rum. Als er diesen genießbar fand, stürzte er das ganze Glas mit einem Schluck hinunter. »Was genau wollt Ihr wissen?«, fragte er.

Während der Admiral zu erklären begann, auf welche Informationen es ihm ankam, versuchte er sein Gegenüber genauer einzuschätzen. *Ich frage mich, was ihn zu diesen Piraten gebracht hat. Und was er wirklich an Bord will.*

Als Manoel schließlich von den Geschehnissen vor Hequia berichtete, schwieg Thyrane und lauschte der Erzählung. Er versuchte, das Gehörte mit den Berichten von der *Mantikor* und von den ehemaligen Sklaven abzugleichen. In weiten Teilen deckten sie sich, doch als der junge Maestre auf das schwarze Schiff zu sprechen kam und auf die Wirkung, die dessen Ladung auf die Vigoris gehabt hatte, rückte der Admiral unwillkürlich in seinem Stuhl nach vorn und richtete seine volle Aufmerksamkeit auf die Worte seines Gegenübers. Was auch immer die Compagnie dort transportiert hatte, es stellte allein durch diesen Effekt eine potente Waffe, aber auch eine große Gefahr dar.

»War dies ein ähnlicher Effekt, wie ihn ein Caserdote produzieren könnte?«

Der Maestre schüttelte den Kopf. »Nein. Nicht wirklich. Es war mehr ein Sog. Ein Caserdote würde die Form der Vigoris zerstören, das Muster, das ein Maestre ihr gibt, wodurch die Magie ihren Effekt verliert und sich auflöst. Aber das schwarze Schiff hat die Vigoris ganz gestohlen, bevor man ihr überhaupt Form geben konnte. Jeder Versuch, dagegen einen Zauber zu wirken, war überaus anstrengend, und die simpelsten Resultate kosteten sehr viel Kraft.«

Nachdenklich rutschte Thyrane wieder nach hinten und legte den Kopf in den Nacken. Seine Gedanken rasten, aber noch fand er keine Erklärung für die beschriebenen Phänomene. Ihm stand ein Gespräch mit dem Bordmaestre bevor, so viel war sicher. Und vielleicht ließ sich Manoels Wissen noch weiter nutzen, sofern es ihm gelang, die abwehrende Haltung des jungen Mannes zu durchbrechen.

Ein Klopfen an der Tür lenkte ihn von seinen Gedanken ab.

»Herein.«

Es war Leutnant Tarren, die gebückt den Raum betrat, steif salutierte und den Admiral dann fragend ansah. Es war ihr sichtlich unangenehm, vor den beiden Zivilisten zu sprechen, aber Thyrane fühlte sich nicht bemüßigt, dies zum Anlass zu nehmen, die beiden hinauszuschicken.

»Ja, Leutnant?«

»Gerade eben ging ein kleines Boot längsseits, Thay. Ein Fischerboot, Einmaster. Es wurde eine Nachricht für Sie abgegeben.«

Sie warf einen unruhigen Blick auf Manoel, als erwarte sie, dass er sie jeden Moment mit einem Zauberspruch belegen würde. Obwohl an Bord jedes Vollschiffes der Königlichen Marine ein Maestre Dienst tat, war Aberglauben unter den Seeleuten weit verbreitet – und auch unter den Offizieren nicht unbekannt, wie Tarrens Blick dem Admiral deutlich verkündete.

»Vielen Dank, Thay«, entgegnete Thyrane ungerührt und nahm das schmale, gefaltete Papier entgegen. Als Tarren stehen blieb, sah er sie mit hochgezogener Augenbraue an: »Noch etwas, Leutnant?«

»Nein, Thay.«

Immerhin verstand sie den Wink und verließ die Kajüte schleunigst wieder.

Thyrane lächelte seine Gäste an. »Entschuldigen Sie mich einen Augenblick.«

Ohne auf eine Antwort zu warten, faltete er die Nachricht auf. Nur wenige Zeichen fanden sich auf dem Zettel, nicht mehr als eine Positionsangabe und ein Wort: Oxarre. Zufrieden steckte Thyrane den Brief in seine Uniform. Jetzt hielt sie wirklich nichts mehr in Lessan, und sie konnten dieser Angelegenheit endlich auf den Grund gehen.

»Gute Neuigkeiten?«, fragte Manoel mit Unschuldsmiene, und der Admiral nickte.

»Durchaus, mein junger Freund. Wir werden wohl bald auslaufen.«

»Das Schiff fährt gegen die Compagnie, nicht wahr?«, fragte Sinao unvermittelt. Ihre Augen waren wieder auf Thyrane gerichtet, und es war ihm, als durchschaue sie ihn bis auf den Grund seines Selbst. Stumm nickte er.

»Dann will ich mit«, erklärte die junge Frau mit fester Stimme. »Ich will, dass sie für alles, was sie getan haben, büßen. Ich will ihnen wehtun. Ich will Rache.«

Der dunkle Ton in ihrer Stimme nahm ihr jegliche Unschuld, alles Kindliche fiel von ihr ab.

Thyrane zweifelte keinen Moment daran, dass sie genau meinte, was sie sagte. Und es fröstelte ihn bei dem Gedanken daran, was dieses halbe Kind so weit getrieben hatte.

JAQUENTO

Die Uniform war zu eng, und so klaffte die Jacke an der Brust ein wenig auf. Zudem konnte Jaquento die Arme nicht ganz ausstrecken, da ihn der Stoff an den Schultern hemmte. Die Lösung des Problems erwies sich jedoch als einfach, auch wenn er sie unabsichtlich herbeiführte – als er sich reckte und streckte, riss der Stoff schließlich an der Rückennaht.

»Ich fürchte, ich brauche einen Mantel«, stellte der junge Hiscadi fest und versuchte, den Riss zu ertasten. Da die Jacke dabei aber nur weiter riss, gab er seine Bemühungen rasch auf und setzte stattdessen den Tschako auf. Er baute sich vor ihrer kleinen Gruppe auf, legte die Hand lässig auf den Säbel und sah sie herausfordernd an. »Und?«

»Sie sehen aus wie ein Junge, der die zu kleine Uniform seines Bruders auftragen muss«, entgegnete Groferton und schniefte. Tatsächlich waren die Ärmel zu kurz, und die Hosen wirkten nur deswegen nicht lächerlich, weil er sie in die hohen Stiefel stecken konnte. Die wiederum drückten überall unangenehm, und Jaquento meinte bereits spüren zu können, wie sich Blasen auf seiner Haut bildeten.

Die Uniform des Maestre sah an diesem nicht besser aus, nur war sie in seinem Fall zu groß.

»Dann passt es ja«, scherzte Jaquento. »Ihr tragt die Uniform Eures großen Bruders, ich die meines kleinen.«

»Niemand wird uns das abkaufen. Ich kann nicht einmal Géronaisch! Leutnant Hedyn hätte diese Rolle übernehmen sollen.«

»Ich hätte mich allerdings als mein kleiner oder größerer Bruder ausgeben müssen. Leider dienen bei den Géros keine Frauen in der Armee«, konterte die Erwähnte und steckte sich die erbeutete Pistole in den Bund ihrer Hose. Ihre Stimme war undeutlich, da sie den Gurt des Pulverhorns mit den Zähnen hielt. Als sie mit dem Sitz der Waffe zufrieden war, warf sie sich das Pulverhorn über die Schulter.

»Dann hätten wir Ihnen einen Schnurrbart malen können oder Ihren Kragen hochgeschlagen …«

Der Maestre wurde von Bihrâds Lachen unterbrochen und blickte den Mauresken finster an.

»Es ist entschieden, Thay«, stellte Roxane fest, die sich noch eine Tasche überwarf und sich dann umsah: »Meine Herren? Sind Sie bereit für den Aufbruch?«

Jaquento nickte. Es hatte sie eine gute halbe Stunde gekostet, die beiden Pferde wieder einzufangen. Auch wenn die Tiere ausgebildet und an Kampfgetümmel gewöhnt waren, hatte sie der Tod der beiden Reiter erschreckt. Keiner der vier konnte sonderlich gut mit Pferden umgehen, und so war die Aufgabe Jaquento zugefallen, der zumindest über ein wenig Erfahrung im Umgang mit den Reittieren verfügte.

»Maillot?«, wandte sich Roxane noch einmal an LeSorre, der die ganzen Vorbereitungen missmutig betrachtete. Sie hatten ihm bis auf Uniformrock und -mantel praktisch alle Kleidungsstücke abgenommen, die ihnen passend erschienen waren, und so saß der Mann nun recht spärlich bekleidet am Feuer.

»Ich protestiere noch einmal gegen diesen Diebstahl«, verkündete der Kapitän und strich sich über den Bart.

Die junge Offizierin baute sich vor ihm auf. »Ihr Protest

wird zur Kenntnis genommen, Kapitän. Leider lassen uns die Umstände keine andere Wahl, auch wenn ich es sehr bedauere. Ich hoffe, dass Sie unsere Begegnung dennoch in bester Erinnerung behalten, Thay. Ich muss Sie allerdings noch einmal fragen: War Maillot Ihr Zielhafen?«

Jaquento hörte den harten thaynrischen Akzent inmitten der fließenden géronaischen Worte sofort heraus. Roxane sprach langsam wie jemand, der sich erst wieder daran erinnert muss, was dieses oder jenes Wort in einer fremden Sprache bedeutet. Der Hiscadi selbst hatte in seinem früheren Leben reichlich Gelegenheit gehabt, sein Géronaisch zu verbessern, und er war sich recht sicher, dass er zur Not als einer der Besatzer durchgehen konnte.

»Ja«, bestätigte LeSorre, dann erhob er sich steif und verneigte sich. »Ich wünsche Euch viel Glück, Capitane Hedyn. Ihr werdet es brauchen können.«

»Vielen Dank, Kapitän. Ihr Versprechen ...?«

»Mein Wort gilt, selbstverständlich.«

Roxane schien dies zu genügen, denn sie salutierte und wandte sich Jaquento zu, der mit den Achseln zuckte. *Wenn ihr das Ehrversprechen genügt, dann soll es mir auch recht sein* Mit einem prüfenden Blick auf Bihrâd und Groferton erklärte die Offizierin: »Das Beste wird sein, wir teilen uns ein Pferd, und der Maestre reitet mit Ihrem Freund. Je ein Soldat zusammen mit einem Zivilisten, das sollte weniger Aufmerksamkeit erregen. Und so verteilen wir die Last so gut wie möglich.«

Der junge Hiscadi nickte. Er und Bihrâd waren größer als die anderen beiden, und sie muteten den armen Tieren ohnehin genug zu. Lange würden sie das nicht durchhalten, und wenn ihr Plan Erfolg hatte, würde das auch nicht nötig sein, aber erst einmal mussten sie die nötige Eile an den Tag legen. Selbst wenn LeSorre tatsächlich sein Wort hielt und sie nicht verriet, war es besser, schnell viel Wegstrecke zwischen sich und den Ort des Kampfes zu bringen.

Wir müssen dorthin, meldete sich Sinosh plötzlich und ungebeten und reckte das Köpfchen in Richtung Norden. Jaquento, der die Meinung der Echse teilte, wies ebenfalls in diese Richtung: »Wir folgen der Küstenstraße. Früher oder später erreichen wir ein Dorf oder einen Hof. Dort können wir uns versorgen.«

Ohne auf eine Antwort zu warten, löste der Hiscadi die Zügel seines Pferdes von dem Felsen, an dem er sie befestigt hatte, und stieg in den Sattel. Er reichte Roxane seine Hand und zog sie hinter sich hoch. Ihre Arme schlangen sich um seinen Körper, und für einen winzigen Moment stockte ihm der Atem, als ihre Hände warm über seinen Bauch glitten. Seine Gedanken wanderten nach Lessan zurück, zu ihrer Begegnung im Garten des Gouverneurs. *Welch seltsame Spiele das Leben mit uns spielt. Gestern war ich noch ihr Gefangener und wünschte mir, ich könnte ihr den Hals umdrehen.* Dann sah er, dass Bihrâd und Groferton ebenfalls aufgesessen waren, und er trieb sein Tier vorsichtig an. Es war unter der Last bockig, und er hatte schon lange nicht mehr im Sattel gesessen, aber nun erinnerte er sich wieder an die Bewegungen wie an einen lange vergessenen Freund. Sie ritten in leichtem Trab zur Küstenstraße und bogen Richtung Norden in diese ein.

»Bequem?«, erkundigte sich Jaquento. Er spürte Roxanes Atem im Nacken, und die kleinen Härchen am Haaransatz stellten sich dort auf.

»Ich bin schon deutlich angenehmer gereist«, erwiderte sie, fügte allerdings nach kurzem Zögern hinzu: »Aber auch schon deutlich schlimmer. Achten Sie auf die Straße, Jaquento, und hoffen Sie, dass wir bald eine bessere Möglichkeit finden, unsere Reise fortzusetzen.«

Einige Minuten ritten sie schweigend weiter. Jaquento bemühte sich, nicht an ihren Körper zu denken, der sich an seinen Rücken drückte, nicht an ihre Hände, ihr Gesicht, ihre Lippen, über die der Atem strich, den er spürte. Doch er musste zugeben, dass es ihm schwerfiel. *Die Einheit verdamme alle Frauen,* dachte er missmutig.

»Warum haben Sie mich von der *Mantikor* gerettet?«, erkundigte sich Roxane unvermittelt. Der junge Hiscadi hörte die Anspannung in ihrer Stimme und räusperte sich, um Zeit für seine Antwort zu gewinnen. *Weil ich Eure Hilfe brauche? Nein, das klingt falsch. Weil Eure Besatzung Euch braucht? Tut sie ja gar nicht.* Die Wahrheit – dass ihn Cuddens Worte dazu bewogen hatten – schien ihm ebenso wenig angemessen. *Verdammt, was sage ich?*

»Oder bereuen Sie Ihre Entscheidung bereits?« Die Stimme der Offizierin klang spröde. Möglicherweise verspottete sie ihn, aber ohne ihr Gesicht zu sehen, konnte er nicht sicher sein.

»Keineswegs, Meséra. Es erschien mir falsch, dass Ihr Euch derart opfert. Es war … nicht richtig.«

Selbst in seinen Ohren klang das hohl.

»Nicht richtig?«

Sag ihr, dass du dich mit ihr paaren willst, warf Sinosh ein.

»Was?! Bist du völlig …«, ereiferte sich Jaquento, dann besann er sich, als Roxane sich hinter ihm versteifte.

»Ich bitte um Verzeihung«, erklärte sie kühl. »Ich dachte, Sie hätten mir vielleicht etwas zu sagen. Offenbar lag ich damit falsch.«

»Nein, nein«, beeilte Jaquento sich, ihr zu versichern. »Es ist nur … Ich war lediglich … abgelenkt?«

Er kniff die Augen zusammen und erwartete eine schneidende Replik. Aber Roxane schwieg, und er spürte, wie sie sich wieder entspannte. Auf seiner Schulter verlagerte Sinosh sein Gewicht, und der junge Hiscadi hätte nichts lieber getan, als die kleine Echse zu packen und zu Boden zu werfen.

»Ich verstehe«, sagte Roxane leise. »Die Situation ist ungewöhnlich, um nicht zu sagen – ungebührlich. Ich bin mir auch immer noch nicht sicher, wie es dazu kommen konnte.«

Wozu? Dass wir gemeinsam auf einem Pferd sitzen und du dich an mich schmiegst wie eine Katze?, dachte Jaquento, schwieg aber vorsorglich.

»Das ganze Unterfangen ist einigermaßen töricht und wird kaum von Erfolg gekrönt sein. Aber egal, was geschieht, ich möchte, dass Sie eines wissen, Jaquento.«

»Hm?«

»Ich bin Ihnen sehr dankbar für das, was Sie getan haben.«

»Ihr hättet das Gleiche für mich getan, Meséra«, gab der junge Hiscadi zurück, sich hinter einer höflichen Floskel verschanzend. In seinen Gedanken hatte sich das Bild festgesetzt, das Sinosh ihm eingeflüstert hatte, und es gelang ihm kaum, es aus seinem Kopf zu vertreiben. Und der feste Griff der jungen Offizierin machte es ihm nicht gerade leichter. Zu gut konnte er sich daran erinnern, wie diese Hände über seine Haut geglitten waren.

»Vielleicht«, murmelte Roxane, und ihre Stimme klang plötzlich sehr verlockend in Jaquentos Ohren. *Reiß dich zusammen,* beschwor er sich selbst. *Das ist weder der richtige Ort noch der richtige Zeitpunkt dafür.* Wobei er bezweifelte, dass es diesen Ort und diese Zeit überhaupt gab.

»Ihr hättet mich gewiss nicht im Stich gelassen«, begann er. »Ich weiß, warum wir überhaupt so weit im Süden gelandet sind. Leutnant Cudden …«

»Ist ein guter Offizier«, unterbrach Roxane ihn. »Aber manchmal hat er etwas eigenartige Ansichten. Ich würde nicht allzu viel darauf geben, was er sagt.«

Vielleicht griff sie noch etwas fester zu, aber vielleicht bildete er es sich auch nur ein – oder wünschte es einfach nur.

Eine Paarung würde dich …, begann Sinosh, schwieg jedoch augenblicklich, als der Hiscadi launig bemerkte: »Wusstet Ihr eigentlich, Meséra, dass man in meiner Heimat Damenhüte aus der Haut solcher Echsen macht? Vielleicht sollte ich sie lieber in einer Tasche als auf meiner Schulter transportieren.«

Ein belustigtes Schnauben antwortete ihm, und der Hiscadi warf einen Blick zu Groferton und dem Mauresken, die gewisse Schwierigkeiten hatten, ihr Reittier unter Kontrolle zu halten.

Schweigend ritten sie die Straße entlang. Meist führte der Weg oben auf den Klippen direkt an der Küste entlang, aber manchmal senkte sich die Straße auch ab, wenn die Küste so zerklüftet war, dass es anders kein Weiterkommen gab. Jaquento kannte diese Gegend, dessen war er sich sicher, aber noch konnte er sie nicht zuordnen. Er war früher viel in Hiscadi umhergereist, weswegen es ihm schwerfiel, genau zu bestimmen, wo sie eigentlich waren.

»War es eigentlich ein Zufall«, erkundigte sich Jaquento, dem die Frage seit einiger Zeit auf der Zunge lag, »dass wir Deguay gefunden haben?«

»Wie meinen Sie das? Denken Sie, es wäre eine geheime Anordnung der Admiralität gewesen? Oder einfach eine nautische Meisterleistung meinerseits?«

Er ignorierte ihren Spott.

»Nein. Aber vielleicht … habt Ihr eine innere Stimme gehört … oder so etwas?«

Ich kann nur mit dir reden, protestierte Sinosh, der vorher verdächtig still geblieben war. *Das habe ich dir doch schon gesagt!*

Aber der junge Hiscadi ging nicht auf die kleine Echse ein. Er wollte Gewissheit.

»Nein, auch wenn ich wünschte, es wäre so. Es war Zufall, Glück oder von mir aus auch Schicksal, wenn Sie daran glauben. Ich habe mir schon das Hirn zermartert, aber es gibt keine sinnvolle Erklärung außer dieser.«

Ihr Seufzen zeigte ihm, dass sie die Wahrheit sagte.

Zufrieden?

Für den Augenblick war Jaquento das tatsächlich.

Obwohl die grauen Wolken immer noch tief hängend über sie hinwegzogen, hatte es bislang keinen Regenguss mehr gegeben. Der Wind blies weiterhin stark von See und trieb die Wellen brüllend an die Felsen. Zur ihrer Rechten lag die raue Landschaft des nördlichen Hiscadi mit ihren kiesigen Böden und den kargen Wiesen. So nah an der Küste gab es keine Felder; hier lebten nur Fischer und Hirten, die mit ihren Schafen und Ziegen umherzogen. Weiter im Inland würde es Gehöfte geben, die Oliven anbauten und dunklen, schweren Wein.

Der Tag war durch die Wolken ohnehin dunkel, aber jetzt senkte sich langsam die Nacht auf sie herab. Verglichen mit den abrupten Sonnenuntergängen der Sturmwelt geschah dies nur allmählich, aber dennoch wurden die Schatten länger und tiefer, und die Welt wurde grauer.

»Wir sollten einen Rastplatz suchen«, erklärte Jaquento. »Meine Hoffnung, eine Taverna zu finden, hat sich leider zerschlagen.«

Auf eine Nacht bei diesem Wetter freute er sich gewiss ebenso wenig wie die anderen Mitglieder ihrer kleinen Gruppe, aber es blieb ihnen kaum eine andere Wahl.

Plötzlich löste Roxane ihren Arm und deutete voraus: »Was ist das?«

Im Dämmerlicht flackerte vor ihnen ein rötlicher Schimmer

am Horizont. Unvermittelt erkannte Jaquento, wo sie waren, und die Erinnerung an die Küstenstraße kehrte zurück.

»Das ist Balcera«, verkündete er lauthals. »Aber was geschieht dort?«

»Es brennt«, stellte Roxane fest. »Balcera brennt.«

SINAO

Obwohl sie die Enge des Schiffs nicht verlassen konnte, fühlte sich Sinao an Bord freier als in der Stadt; dort hätten sie auf ihren seltenen Streifzügen überall hingehen können, aber sie und Manoel hatten es kaum wagen können, sich in den Straßen und Gassen blicken zu lassen. An Deck hingegen war sie eigentümlich befreit, trotz der vielen Menschen. *Vielleicht, weil das Schiff fährt*, überlegte die junge Paranao. Es trug sie fort von Lessan und noch weiter fort von Hequia, und das allein zählte.

Sie war schon, ohne das Schiff je betreten zu haben, über die Menge der Seeleute auf der *Mantikor* erstaunt gewesen, doch auf der *Imperial* waren es sogar noch mehr. Sie hatte bislang zweihundertneunundfünfzig Männer und Frauen gezählt, und sie war sicher, dass sie noch längst nicht alle gesehen hatte. Und es waren nicht alle Thayns, wie sie überrascht feststellte, sondern es waren auch andere dabei, sieben Paranao und Halbherzen und fünfzehn, die nicht einmal die Zunge der Thayns sprachen. Aber egal, wie sie aussahen oder in welcher Sprache sie redeten, alle hielten Abstand von Manoel und ihr, so als litten sie unter einer ansteckenden Krankheit, die durch bloße Nähe übertragen werden konnte.

Den jungen Maestre schien dies nicht zu stören; er suchte sich ein Plätzchen inmitten der um ihn herum stattfindenden

Arbeit und legte sich in den Schatten der großen Segel. Sinao wusste nicht, wie er neuen Tabak bekommen hatte, aber er rauchte bereits wieder und machte alles in allem keinen unzufriedenen Eindruck.

Sie gesellte sich zu ihm, setzte sich auf die harten Planken, zog die Knie unter das Kinn und schlang die Arme um die Beine. Eine Zeitlang saßen sie schweigend so da, dann öffnete Manoel die Augen.

»Bist du sicher, dass du mit denen mitwillst?«

Sinao nickte trotzig. Sie hatte diese Frage früher oder später erwartet.

»Die können dir nichts beibringen, Sin. Außer wie man gerade steht und sich den Rücken gerben lässt.«

»Wie das geht, weiß ich schon«, erklärte sie. »Und wie man Leute an Balken aufknüpft, auch.«

»Darin sind sie ebenfalls ganz gut«, murmelte Manoel schläfrig.

»Aber das war die Compagnie. Die Aufseher haben uns das angetan, in ihrem Namen. Wenn ich jetzt weggehe, dann laufe ich weiter davon. Ich kann dann nichts mehr tun, nichts mehr ändern. Verstehst du? Ich will aber … ich will es nicht so enden lassen.« Das Flehen in ihrer Stimme war ihr selbst zuwider, doch sie wollte, dass er verstand.

Der junge Maestre schwieg und paffte an seiner Pfeife. Der süßliche Geruch zog an Sinao vorbei, bevor der beständige Wind ihn verwehte.

»Gut. Das ist deine Entscheidung, und es ist immer gut, wenn man eine trifft. Besser, als ewig nichts zu tun. Du hast deinen eigenen Kopf.« Sein Lächeln war breit, als er das sagte. »Keine schlechte Voraussetzung für eine Maestra.«

»Ich bin keine Maestra.«

»Noch nicht«, erwiderte Manoel und setzte sich auf. Das Lachen verschwand aus seiner Stimme. »Noch nicht ganz.

Aber bald, Sin, und dann wirst du gut sein. Mächtig und stark. Du sagst, du willst etwas ändern. Du hast das in dir. Wenn ich dir mehr beibringen darf, dann kannst du mehr tun als dieses Schiff, auch mit all seinen Kanonen und Männern.«

»Und Frauen.«

»Ja, die auch. Wenn du schlau bist, und du bist schlau, oder nicht?«

Sie nickte und er ebenso.

»Wenn du schlau bist, dann kannst du der Compagnie mehr Schaden zufügen, als du dir vorstellen kannst. Du kannst dich für alles rächen, was sie mit dir und deinen Leuten gemacht haben.«

»So wie du und deine Piraten?«

Hastig blickte der junge Maestre sich um.

»Vorsichtig mit diesem Wort hier. Freie Händler heißt das, Sin, freie Händler.«

Sie ließ nicht locker. »So wie du?«

Er überlegte sehr lange, bevor er antwortete: »Nein. Manche von uns vielleicht. Aber die meisten wollten nichts ändern. Sie wollten nur ihr Glück machen. Ich bin mir nicht sicher, ob ich etwas ändern wollte oder ob ich auch nur davongelaufen bin.«

»Und jetzt sind deine Freunde, diese *freien Händler,* gefangen.«

Mit einem Gähnen legte Manoel sich wieder zurück. Seeleute stiegen die Masten hinauf, begannen an den Segeln zu arbeiten. Das Schiff glitt durch die Wellen, spaltete sie mit seinem Bug, und die geblähten Segel trieben es immer weiter voran, auf ein Ziel zu, das für Sinao im Dunkeln lag.

»Wirst du ihnen helfen?«

»Wem?« Er klang verwirrt, als ob seine Gedanken schon wieder ganz woanders weilten.

»Deinen Freunden.«

»Da ich es nicht kann, stellt sich mir diese Frage nicht. Sie hatten Glück, kein Hanftanz für sie. Nur Dienst an Bord von Schiffen wie diesem hier. Wem das nicht passt, der kann abhauen und sich zu den üblichen Orten durchschlagen. Manchmal heißt es eben, jeder kämpft für sich allein.«

Darüber musste Sinao nachdenken. Auf Hequia hatten viele der Sklaven so gedacht. Aber Majagua nicht. Er war nicht nur für sich eingetreten, sondern für alle, selbst für jene, die ihn verlacht und verraten hatten. Vielleicht war er deshalb so stark gewesen, und vielleicht hatte er deswegen sein Ziel erreicht.

»Und was ist jetzt mit dir? Kommst du mit?«

Die Frage hatte ihr lange auf dem Herzen gelastet. In dieser Welt war er das Einzige, was ihr geblieben war. Ein Anker in der stürmischen See, die sonst mit ihr tat, was sie wollte, seinen Versprechungen von großer Macht zum Trotz.

»Mit den Thayns? Das wird nicht gutgehen, fürchte ich«, erklärte er, ohne sie anzusehen. »Wir passen nicht zusammen, die ganzen Leute in ihren engen Uniformen und ich, das ist wie … wie Hering mit Schlagsahne. Schmeckt nicht.«

»Und wenn ich dich darum bitte?«

»Dann sage ich: Komm lieber du mit mir. Vergiss die Marine. Die macht nichts, macht nie etwas. Außer alle zu schikanieren. Jetzt gerade will sie etwas von uns, deswegen behandelt man uns gut. Hätten wir nicht erlebt, was wir erlebt haben, würde man uns aufknüpfen. Oder uns so lange mit Traumstaub vollstopfen, bis wir nicht mal mehr wissen, wo oben und wo unten ist.«

Jetzt blickte er sie an, und ein Flehen lag in seinen dunklen Augen. *Er fürchtet sich,* erkannte Sinao unvermittelt, und das erschreckte sie.

Hinter sich hörte sie ein Geräusch. Die Tür im Heckaufbau schwang auf, und der Admiral trat an Deck. Seine gebeugte

Gestalt warf einen langen Schatten auf das Holz, aber sein helles Haar funkelte beinahe im Licht der Sonne. Bedächtig stieg er auf das Achterdeck hinauf.

»Er ist anders«, erklärte sie leise, doch Manoel zuckte nur mit den Schultern.

»Vielleicht. Aber auch er ist nur ein Mann. Was macht einer schon für einen Unterschied?«

Wenn es einer wie Majagua ist, macht er allen Unterschied.

Sinao folgte dem Weg des alten Mannes mit ihrem Blick. Alle, denen er sich näherte, grüßten ihn respektvoll, und er wechselte einige Worte mit fast jedem. Dennoch war er allein; um ihn herum befand sich ein Kreis, in den niemand schritt. Alle hielten Abstand, selbst während er mit ihnen sprach. *Er ist wie wir,* dachte die junge Paranao. *Wie ein Fremder auf seinem eigenen Schiff.*

Der Admiral baute sich am Ende des Achterdecks auf und streckte sich. Jetzt wirkte er größer, unnahbarer, weniger wie ein Mensch als wie ein leibhaftiger Ahne, der zurückgekehrt war, um ihnen den Weg zu weisen. Auch wenn Sinao nur wenig Kontakt zu ihrem Volk gehabt hatte, wusste sie, dass man die Alten ehren musste, für ihre Erfahrung und ihre Weisheit.

Als der Admiral ihren Blick bemerkte, nickte er ihr zu. Einen Moment später winkte er sie zu sich heran. Neben Sinao lag Manoel auf dem Rücken, den linken Arm hinter dem Kopf verschränkt, die rauchende Pfeife in der Rechten und die Augen geschlossen. Unsicher erhob sie sich, aber der junge Maestre gab nicht zu erkennen, ob er es bemerkte. Sie lief über das große Deck nach hinten, zum Aufgang; unter ihren nackten Fußsohlen spürte sie das alte Holz, das so oft geputzt und poliert worden war, dass es sich nun ganz glatt anfühlte.

Als sie die Treppe erklomm, trat ihr ein junger Soldat entgegen, der oben etwas abseits gestanden hatte. Seine helle Haut war gerötet, und ihm lief Schweiß über die Stirn. Acht

Tropfen funkelten in seinen rötlich blonden Augenbrauen, aber der Blick darunter war kalt.

»Ist gut, Soldat«, rief Thyrane und kam Sinao einen Schritt entgegen. »Lassen Sie sie zu mir.«

Der junge Mann salutierte und machte einen Schritt zur Seite, obwohl er sie immer noch misstrauisch musterte. Vorsichtig schritt Sinao an ihm vorbei, ohne ihn aus den Augen zu lassen. Zu sehr erinnerte er sie an die Soldaten auf Hequia, auch wenn seine Uniform rot war. Doch die Farbe machte einen Menschen nicht anders, die Uniform schon, wie Sinao vermutete.

Der Admiral lächelte, als sie zu ihm trat, und wies auf eine Stelle, die im Schatten lag.

»Dort ist es kühler.«

Gemeinsam stellten sie sich in den Schatten und beobachteten das Treiben an Deck. Sicherlich wusste er viel besser, was all die Menschen dort taten, aber die zugrundeliegende Ordnung, das reibungslose Zusammenspiel so vieler Hände und Füße faszinierte Sinao, auch ohne dass sie verstand.

»Warst du schon einmal auf einem Vollschiff?«

»Voll?«

»So nennt man große Schiffe mit drei Masten. Wie dieses hier zum Beispiel. Die Segel sind an Rahen befestigt und viereckig, siehst du?«

Natürlich sah Sinao das. Sie blickte ihn fragend an, und er lachte. »Verzeih mir, ich gerate schnell ins Schwätzen und erkläre zu viel. Selbstverständlich siehst du das. Du kannst zählen, nicht wahr?«

»Ja«, antwortete sie misstrauisch, unsicher, wohin die Frage führte, aber er nickte nur befriedigt.

»Warst du schon einmal auf so einem Schiff?«

»Nur auf der *Windreiter*. Aber die war viel kleiner.«

»Vermutlich«, pflichtete Thyrane ihr bei. »Kriegsschiffe sind oft groß, damit all die Waffen daraufpassen. Aber die *Imperiul* ist eins der kleineren Vollschiffe. Die großen Linienschiffe sind noch viel größer.«

»Und eure Cacique hat viele von diesen Schiffen?«, erkundigte sich Sinao neugierig.

Jetzt war es an dem Admiral, nachzufragen: »Cacike?

»Die Anführerin deines Stammes. Eure Herrin.«

»Ah, die Königin. Ja, sie hat viele dieser Schiffe. Viele hundert, überall auf der Welt.«

»Viele hundert«, staunte Sinao. »Wie viele?«

»Oh, so genau weiß ich das nicht, aber das letzte Mal, als ich eine Liste gesehen habe, waren es über dreihundert vom ersten bis zum sechsten Rang und dann noch einmal so viele kleinere Schiffe. Aber da hatten wir gerade Frieden. Derzeit sind es bestimmt, nun ja, fünfhundert Vollschiffe.«

Sinao versuchte, sich all diese Schiffe vorzustellen, aber es gelang ihr nicht. Sie waren riesig und höher als die höchsten Häuser in Lessan, und auf jedem waren Hunderte von Menschen. Mehr Menschen, als sie jemals gesehen hatte. Mehr, als es von einem Stamm geben sollte.

»Du willst wirklich mit uns fahren?«

Die Frage riss sie aus ihren Überlegungen, und sie nickte heftig.

»Ein Kriegsschiff ist nicht unbedingt der richtige Platz für dich. Du bist jung ...«

»Hier gibt es Jüngere«, erwiderte Sinao schnell, »ich habe sie gesehen.«

Thyrane brummte leise. »Das stimmt. Aber du bist nicht wie sie.«

»Weil ich ein Halbherz bin?«

»Ich weiß nicht, was das bedeutet«, gestand der Admiral. »Aber du bist anders, weil du eine Maestra bist oder eine sein wirst. Auf dem Schiff können wir dir unmöglich die Ausbildung zukommen lassen, die dafür nötig wäre. Andererseits wäre es sicherlich ein Fehler, dich gehen zu lassen. Und ich weiß nicht, ob er der Richtige für dich ist.« Thyrane nickte in Manoels Richtung, der offensichtlich eingeschlafen war, vollkommen ungeachtet des Betriebs um ihn herum.

»Manoel hat mich beschützt. Dein Stamm hat uns gejagt. Sie haben mir alles genommen. Nur Manoel ist bei mir geblieben«, erklärte sie zornig.

Der Admiral antwortete nicht, sondern blickte nach vorn, dorthin, wo der Himmel das Wasser berührte und ihr unbekanntes Ziel lag.

»Ich weiß«, bekannte er schließlich. »Und ich kann es nicht ungeschehen machen. Niemand kann das. Aber wir sind nicht alle so wie die Leute, die für die Compagnie arbeiten. Unsere Nation ist nicht so. Wir haben Gesetze und Regeln, und die hätten dich beschützen sollen.«

Er kam ihrem Protest zuvor: »Haben sie nicht, ich weiß. Aber es ist meine Aufgabe, dafür die Verantwortlichen zu finden. Die ersten Schritte sind getan. Und ich werde den Weg weitergehen.«

»Aber du suchst doch den Ursprung des schwarzen Schiffs? Was hat das mit uns Sklaven zu tun?«

Er kratzte sich an der Wange und sah sie aus seinen durchdringenden Augen an. Sie konnte nichts Falsches darin entdecken. Sie wusste, dass er die Wahrheit sagte.

»Manchmal muss man einen Umweg gehen, wenn man sein Ziel erreichen will. Es ist schwer, die Compagnie für das zu bestrafen, was auf der Sklaveninsel geschehen ist. Aber wenn die Leute der Compagnie versucht haben, der Krone – unserer Königin – etwas vorzuenthalten, könnte das benutzt werden, um doch noch Gerechtigkeit für euch zu erlangen. Es ist keine wirkliche Gerechtigkeit, aber wir sind alle nur fehlbare Menschen im Antlitz der Einheit. Es ist das Beste, worauf wir hoffen können.«

Er sah Sinao an, als erwarte er ihre Erlaubnis, um genau das zu tun, was er eben vorgeschlagen hatte. Sie erwiderte seinen Blick.

»Gut.«

Das einzelne Wort reichte, denn sie verstanden einander, obwohl ein ganzes Leben und eine große See sie trennte. Sie wollte keine Gerechtigkeit – sie wollte Rache. Sie vertraute den Thayns nicht, aber sie vertraute ihm. Die Unterschiede waren gering, aber ihre Wirkung war groß.

»Und gnade die Einheit den Bastarden von der Compagnie, wenn sie der Krone Schaden zugefügt haben«, knurrte Thyrane, als er sich wieder abwandte und den Horizont betrachtete. »In ihrem Reichtum und ihrer Macht wähnen sie sich über dem Gesetz stehend. Es wird ein harter Fall werden, wenn wir sie von dort herunterziehen.«

Sinao nickte grimmig. Sie würde alles tun, damit dieser alte Mann mit dem feurigen Herzen sein Ziel erreichen konnte. Die Compagnie hatte ihr alles genommen. Die Verluste hatten sie fast getötet. Aber jetzt gab es auch nichts mehr, was sie aufhalten konnte.

Ihr Blick fiel auf Manoel, der sie auch bald verlassen würde. Dann war sie wahrhaft allein.

ROXANE

Die Sonne färbte den Himmel langsam rot und nahm dem Anblick der brennenden Stadt so den Schrecken des Unbekannten. In der Nacht war das Ausmaß der Brände kaum zu erkennen gewesen, da jeder Bezugspunkt fehlte. Jetzt, im Zwielicht des anbrechenden Tages, zeugten die zahlreichen Rauchsäulen, die sich über Balcera zu einer dicken Wolke vermengten, die nur langsam vom Wind aufgelöst wurde, von der Zerstörung, die in der Stadt angerichtet worden sein musste.

Noch immer wusste die kleine Gruppe nicht, was dort geschah, aber in der Dunkelheit waren immer wieder Schüsse zu hören gewesen und zweimal sogar das dumpfe Donnern von Kanonen.

Roxane fröstelte. Der harte Erdboden war eine unbequeme Schlafstatt gewesen, und sie hatte kaum ein Auge zugetan. Groferton, der neben ihr lag, hatte sich ganz in seinen Mantel gewickelt, so dass nur noch seine Nase und ein verwuschelter Haarschopf herausschauten, und er schniefte und hustete ununterbrochen. Dagegen schien Bihrâd in der Lage zu sein, sich auch unter diesen Bedingungen auszuruhen, denn sein Atem ging langsam und regelmäßig, und seine Augen waren geschlossen. Die junge Offizierin beneidete den Mauresken um diese Fähigkeit, die ihr selbst nicht gegeben war.

Auch Jaquento schlief nicht, wie sie durch einen Seitenblick feststellte, sondern beobachtete die Stadt, als wolle er durch schiere Willenskraft trotz der Entfernung und des Rauchs erkennen, was dort vor sich ging.

»Glaubt Ihr, dass dies ein Angriff Eurer Landsleute ist, Meséra?«, erkundigte er sich flüsternd. Roxane robbte zu ihm hinüber zur Kuppe der kleinen Anhöhe, hinter der sie ihr unwirtliches Nachtlager aufgeschlagen hatten. Die Pferde waren etwas weiter vom Weg entfernt angepflockt, und sie hatten es nicht einmal gewagt, ein Feuer zu entzünden.

»Ich kann es mir kaum vorstellen. Ein Nachtangriff?«

»Er könnte bei Tag begonnen und bis in die Nacht angedauert haben.«

»Das erscheint mir reichlich unwahrscheinlich. Es war kaum schweres Feuer zu hören und vergleichsweise wenige Schüsse. Möglich, dass bei einem Angriff in der Nacht die Kämpfe etwas abflauen, aber das klang nicht nach einem Gefecht. Bei einer Schlacht um Balcera würde ich mehr …« Sie suchte nach einem passenden Wort. »… Aktivität erwarten.«

»Vermutlich«, pflichtete er ihr bei, aber sie spürte, dass er nicht überzeugt war.

Seine kleine Echse hatte es sich auf seinem Rücken gemütlich gemacht und lag dort zusammengerollt mit geschlossenen Augen. Das Wesen zeigte einen außergewöhnlichen Instinkt und war manchmal sehr anhänglich, auch wenn Roxane sich daran erinnerte, wie es in Holts Büro davongelaufen war. Sie überlegte kurz, wie der junge Hiscadi es an Bord geschmuggelt hatte, und beschloss, ihn zu einem günstigen Zeitpunkt danach zu fragen.

»Vielleicht gab es Probleme mit den Géronaee? Eine Nahrungsmittelknappheit, die in Gewalt mündete? Etwas in der Art?«

Obwohl die Spekulationen müßig waren, versuchte sie

sich unablässig zusammenzureimen, was in Balcera vorgefallen sein mochte. Doch es wollte ihr fürs Erste nicht gelingen.

»Wir werden nachsehen müssen. Leute befragen, was dort geschieht«, beschloss Jaquento unvermittelt und erhob sich. Ein feiner Nebel kroch langsam den Hang zu ihnen herauf, und bald würde er ihnen die Sicht auf die Stadt nehmen. Schon waren die Häuser von ihm eingehüllt, und die Brände flackerten gespenstisch in dem grauen Zwielicht.

Hinter ihnen erhob sich Bihrâd, und auch Groferton schob seinen Kopf aus seiner improvisierten Decke.

»Jaq, sollen wir gehen?«, fragte der Maureske, der die letzten Worte des Hiscadi offenkundig gehört hatte.

»Nein«, erwiderte Roxane. »Ich gehe mit Jaquento. Verzeihen Sie, wenn ich das so sage, aber sie beide zusammen sind zu auffällig. Am besten bleiben Sie mit Mister Groferton bei den Pferden und halten die Stellung.«

Der Maureske blickte an ihr vorbei zu Jaquento, der erst unschlüssig den Kopf hin und her neigte, dann aber nickte.

»Sie hat recht.«

Trotz der feuchten Kleidung lächelte Roxane. Die Aussicht auf Bewegung hellte ihre Stimmung auf. Groferton hingegen sank wieder zurück und erwiderte, ohne sie anzusehen: »Wenn Sie den Umgang mit einem Gefangenen der Krone nicht fürchten, Thay, dann bin ich mehr als froh, dass Sie diese Aufgabe zu übernehmen gedenken. Erinnern Sie sich aber bitte daran, dass ich die Sprache dieses ungastlichen, unwirtlichen und in jeder Hinsicht unmöglichen Landes nicht spreche und zudem allein mit einem Magietrinker bin, Thay, und kommen Sie gesund und bald zurück.«

»Falls das Ihre Art war, mir Glück zu wünschen, bin ich Ihnen dankbar.«

Mit diesen Worten gesellte sich Roxane zu Jaquento, der

gerade den erbeuteten Waffengurt samt Säbel anlegte. Er blickte auf und deutete auf ihre Hüfte.

»Sie haben die Pistole und wie viel Schuss?«

»Sechs.«

»Gut. Wir lassen die andere Pistole und den zweiten Säbel hier. Können Sie damit umgehen, Maestre?«

»Nein«, bekannte Groferton. »Aber ich kann mir die Vigoris zu Diensten machen und bin in der Lage, mein Leben zu schützen. Und das dieses exotischen Herrn ebenfalls, falls das die nächste Frage sein sollte.«

Mit einer fließenden Bewegung zog Bihrâd den Säbel aus der Scheide und ließ ihn in einer Folge von großen Kreisen durch die Luft schneiden. Roxane hatte noch niemals einen Kämpfer derart wie einen Tänzer vorgehen sehen, und sie schaute den Mauresken mit großen Augen an.

»Das wird nicht nötig sein«, erklärte Bihrâd ruhig und ließ die Klinge wieder in der Scheide verschwinden. »Wir werden warten, Jaq.«

»Aber nicht zu lange. Wenn wir bis Sonnenuntergang nicht wieder da sind, könnt ihr nicht länger hierbleiben.«

Der Maureske nickte, während Groferton nur unbestimmt brummte.

»Schlagen Sie sich zur Flotte durch, falls wir nicht wiederkehren, Thay. Das ist ein Befehl.«

Jetzt regte der Maestre sich wieder, schob langsam einen Arm aus dem Mantel und salutierte umständlich. »Aye, aye, Thay.«

Als sich Roxane zu Jaquento umdrehte, bemerkte sie, wie er versuchte, Sinosh von seiner Schulter zu nehmen, aber die kleine Echse entwischte ihm immer wieder und sprang hinter seinem Kopf hin und her.

»Das denke ich nicht«, murmelte der junge Hiscadi, um dann streng zu sagen: »Du bleibst hier!«

»Was denken Sie nicht?«, erkundigte sich Roxane.

Überrascht sah Jaquento sie an und stellte seine Bemühungen ein. Mit den hinter seinem Kopf erhobenen Händen und dem fragenden Blick wirkte er so verwirrt und wie ein Junge, den man bei einem Streich ertappt, dass Roxane beinahe gekichert hätte.

»Ich ... ich hab nur ... Das Mistvieh will nicht von meiner Schulter«, erklärte er halbherzig und senkte die Hände. Plötzlich sprang Sinosh herab und trippelte mit hoch erhobenem Kopf zu Bihrâd, ohne Jaquento noch einmal anzusehen.

»Bemerkenswert«, stellte Roxane fest. »Manchmal fragt man sich, wer von Ihnen beiden wen beherrscht.«

Jaquento warf ihr einen finsteren Blick zu, dann setzte er den Tschako auf und wies in Richtung Stadt.

»Wollen wir?«

Gemeinsam machten sie sich auf den Weg. Das Hinterland war fruchtbarer, aber Balcera lag in einer Senke direkt am Meer, und der Küstenweg, dem sie folgten, war hauptsächlich von Felsen geprägt. Weiter im Inland konnten sie einige Felder und Haine erkennen, die von Natursteinmauern eingegrenzt waren. Doch auch sie waren verlassen.

Der Nebel hielt sich noch einige Zeit, wurde aber schließlich vom Wind und der weiter aufsteigenden Sonne vertrieben, obwohl das Gestirn sich hinter einer Wolkendecke verbarg und nur ein trübes Licht spendete. Immerhin sah es nicht nach Regen aus, da die Wolken hoch und hell waren und hier und da sogar Flecken von blauem Himmel sehen ließen.

Je mehr es aufklarte, desto schneller wurden ihre Schritte.

Die Stadt Balcera war einer der wichtigen Kriegshäfen der géronaischen Flotte, die ihn von den Hiscadi übernommen hatte. Hier lagen sicherlich ein Dutzend Linienschiffe der beiden Nationen, stets sorgsam von den Blockadegeschwadern Thaynrics beäugt. Die Stadt verfügte über moderne Befestigungsanlagen: eine hohe, schräge Mauer mit eckigen Türmen und Geschützbatterien sowie zwei mächtigen Forts mit jeweils drei Türmen, die über dem Hafen thronten und mit ihren schweren Kanonen die Königliche Marine von Thaynric daran hinderten, die vor Anker liegenden Linienschiffe anzugreifen.

Aber was auch immer inmitten der Stadt geschah, die dicken Mauern und hohen Türme hatten es nicht verhindern können.

Ein dumpfer Schlag rollte über die Landschaft, ein schwerer Kanonenschuss.

»Mindestens ein Zweiunddreißigpfünder«, stellte Roxane fest. »Aber warum nur einer?«

Jaquento zuckte mit den Schultern.

Inzwischen bewegten sie sich direkt auf die Stadt zu. Die Küste war an dieser Stelle nicht sehr hoch, die Felsen ragten nur knapp neun oder zehn Fuß über der Wasseroberfläche auf, und immer wieder spritzte zu ihrer Linken die Gischt hoch. Es war windig, wenngleich weitaus weniger als noch am Abend.

»Was hat Euch dazu bewogen, zur Marine zu gehen, Meséra?«, fragte der Hiscadi plötzlich. »Ich vermute, in einen Offiziersrang wird man auch in Thaynric nicht gepresst.« Fast gegen ihren Willen musste sie lachen; die Vorstellung von in den Dienst gezwungenen Kapitänen und Admiralen war einfach unwiderstehlich.

»Nein, wohl nicht. Ich denke, ich wollte einfach ein wenig mehr erleben als die guten Leute in Tolesford. Und außerdem wollte ich wohl auch meine Eltern erschrecken, die mich lieber an der Seite eines Arztes oder Anwaltes gesehen hätten als an Deck eines Schiffes.«

Jaquento lächelte, und sie merkte, wie sie seinen Blick einen Moment länger festhielt, als es notwendig war. »Tolesford, ja? Das klingt nach einer aufregenden thaynrischen Metropole.«

»Oh, hören Sie auf. Es ist ein kleines Städtchen mit nicht einmal tausend Einwohnern. Dort wird exzellenter Käse hergestellt. Nussig im Geschmack …«

»Ihr seid einen weiten Weg gekommen, Meséra«, entgegnete der junge Hiscadi ernst.

Leicht verlegen, da er seine dunklen Augen nicht von ihrem Gesicht abwandte, blickte Roxane zu Boden.

»Und was hat Sie dazu gebracht, Freibeuter zu werden?«, fragte sie schärfer, als sie beabsichtigt hatte.

Doch anders, als sie erwartet hatte, reagierte Jaquento nicht zornig. »Das hat ebenfalls mit meiner Familie zu tun«, murmelte er. »Auch wenn sie keinerlei Schuld daran trägt.«

Einige Musketenschüsse hallten durch die Luft, noch bevor Roxane etwas erwidern konnte, dann kehrte wieder Ruhe ein. Jetzt ragten die Mauern der Festungsstadt über ihnen auf, aber noch immer konnte die Offizierin nichts erkennen.

»Sollten hier nicht Soldaten patrouillieren? Wo sind die alle?«, murmelte Jaquento.

»In der Stadt beschäftigt?«

»Möglich.« Der Hiscadi blickte skeptisch zu den Mauern empor. »Wir müssen jemanden finden, dem wir all diese Fragen stellen können.«

Er lief weiter, geduckt und die Hand am Knauf des Säbels, als würde ihm die Klinge nutzen, wenn dort auf den Mauern Feinde waren. Roxane selbst ging davon aus, dass ihr jeder in diesem Landstrich feindlich gesonnen war.

Auf dem Turm ragten die Läufe zweier Geschütze über die Mauer hinweg, doch sie konnte keine Bewegung dahinter erkennen. Erst als sie sich dem Tor näherten, sahen sie einige Personen, die davorstanden und sich unterhielten.

Roxane musste Jaquento nicht auf die Bewaffnung der Leute aufmerksam machen. Es waren ein halbes Dutzend Männer und eine Frau, die Gewehre über den Rücken geschlungen hatten, aber keine Uniformen trugen, sondern die Kleidung der Landbevölkerung. Sie redeten wild gestikulierend aufeinander ein. Es dauerte einen Augenblick, bis sie die Fremden bemerkten, dann deutete einer auf sie, und alle wandten sich zu Roxane und Jaquento um.

»He!«, rief ein Mann, dessen Gesicht im Schatten eines breitkrempigen Huts verborgen lag. »Wer seid ihr?«

Dann sah er die Uniform und den Tschako und griff fluchend nach seiner Waffe.

»Ein géronaischer Bastard! Alarm! Alarm!«

Sofort warf Jaquento sich zur Seite, und Roxane folgte seinem Beispiel. Ein Schuss ertönte, und eine Kugel pfiff über sie hinweg, als sie sich hinter die Böschung duckten.

»Ein Aufstand«, erklärte Jaquento trocken und nahm den Tschako ab. Der Federbusch sah deutlich mitgenommen aus, und mit Schrecken erkannte Roxane, dass die Musketenkugel ihn zerfetzt hatte.

Noch ein Schuss knallte, und diesmal schlug das Geschoss unmittelbar vor ihnen in den Boden ein und sandte Dreck und kleine Steine in ihre Richtung.

»Die Uniform war im Nachhinein wohl nicht die beste Idee«, stellte Roxane fest und zog ihre Waffe. Es war eine lange Distanz für die kleine Reiterpistole, und sie wollte ihre geringen Munitionsvorräte nicht verschwenden. Hastig füllte sie Pulver in den kurzen Lauf. »Wir können hier nicht bleiben. Und gegen sieben Musketen können wir nichts ausrichten.«

»Ich könnte ihnen erklären …«, hub Jaquento an, da wurde er von einem Schuss unterbrochen. Er duckte sich weiter in die kaum ausreichende Deckung des flachen Straßengrabens.

»Sicher?«

»Nein.« Er hob kurz den Kopf, sah sich um, dann ließ er

sich zurückfallen, während die Schüsse krachten. »Wir rennen dort hinüber und bringen die Festung zwischen uns und sie. Dann laufen wir die Straße entlang und verschwinden.«

»Es gibt hier kaum Möglichkeiten, sich zu verstecken«, erwiderte Roxane. »Wenn sie Pferde haben oder uns lange genug verfolgen, bringen sie uns zur Strecke.«

»Habt Ihr einen besseren Vorschlag?«

»Nein«, gestand sie und stopfte eine Kugel in die Pistole. »Auf drei. Eins, zwei ... drei!«

Bevor er reagieren konnte, reckte sie die Waffe hoch und drückte ab. Der Schuss ging ins Blaue, aber sie hatte gar nicht erst versucht, jemanden zu treffen. Ohne auf die Wirkung zu achten, sprang sie auf und rannte los. Der Schuss hatte ihnen einige Momente erkauft. Tief gebückt, sprintete Roxane voran und konnte hinter sich Jaquentos Schritte hören, der ihr folgte. In ihrem Körper zog sich alles zusammen; jeden Moment erwartete sie einen Kugelhagel der Aufständischen. Der Schatten der Festungsmauer kam näher und näher.

Ein Schuss peitschte, ein zweiter, dann war Roxane an der Mauer angelangt und presste sich flach gegen sie. Der Erker des Turms bot ihnen ein wenig Deckung. Doch gerade als Jaquento ihn erreichte, knallte es erneut. Mit einem Schrei und einem lauten Fluch stolperte er und prallte gegen Roxane. Gemeinsam stürzten sie zu Boden.

Sie beugte sich über ihn. Er stöhnte und rollte sich zur Seite, dann nahm er eine blutige Hand vom Gesicht.

»Jaquento! Jaquento! Bist du verletzt? Sag was, bei der Einheit.«

»Irgendwas hat mich erwischt.«

Sie richtete sich auf ein Knie auf, und ihr Herz hämmerte in ihrer Brust vor Angst, was sie sehen würde. Zu ihrer endlosen Erleichterung war es nur eine Schramme an der Schläfe, vom Auge bis zum Haaransatz.

»Querschläger«, erklärte sie knapp. »Oder Splitter.«

Er stützte sich auf die Arme und schüttelte den Kopf. Blut lief seine Wange hinab, doch er kümmerte sich schon nicht mehr darum. Zusammen liefen sie weiter, immer nah an der Mauer, stets mit dem Gefühl des drohenden Todes im Rücken. Obwohl sie jeden Moment mit der Kugel rechnete, die sie traf, fühlte Roxane sich seltsam frei und ohne Angst.

Erst als sie die Mauer zusammen mit der Stadt hinter sich lassen mussten, wandte sie sich um. Zwei Männer liefen hinter ihnen her, doch sie rannten langsamer als sie, da sie versuchten, im Lauf ihre Musketen nachzuladen. Von den anderen war nichts mehr zu sehen; sie mussten am Tor geblieben sein.

Jaquento packte Roxane am Arm und zog sie herunter von der Straße und einen Hang hinauf. Sie sprangen über eine niedrige Mauer aus Feldsteinen, dann hielten sie sich parallel zur Straße und rannten weiter.

Allmählich machten sich die Anspannung und die Anstrengung bemerkbar. In Roxanes Lungen brannte es, jeder Atemzug sandte ein Stechen durch ihre Seite, aber sie lief weiter und weiter, durch einen Hain Olivenbäume hindurch.

Sie erreichten die Kuppe eines niedrigen Hügels, als erneut Kanonendonner zu ihnen drang. Jetzt blieb Roxane stehen, als hätte sie eines der Geschosse getroffen. Das war kein vereinzeltes Geschütz, es war eine Salve. Sie wandte sich um. Einige hundert Fuß hinter ihnen hatten ihre Verfolger ebenfalls angehalten und starrten zurück nach Balcera. Doch es war nicht die Stadt, die ihre Aufmerksamkeit auf sich zog. Es waren die geblähten Segel der mächtigen Schiffe davor, ihre Rümpfe mit dem schachbrettartigen Muster der Stückpforten, die Kanonen, von denen noch Rauch emporstieg.

Es war die thaynrische Flotte, die vor dem Hafen von Balcera stand und die Forts unter Beschuss nahm.

TAREISA

Die Nähe der Ladung zu spüren überdeckte alle anderen Gefühle. Die Leere, der Machtverlust, die Ahnung des Ausgeliefertseins, all das zeugte von dieser ständigen Präsenz, die an Tareisas Geist nagte. Sie versuchte, die Effekte durch Konzentrationsübungen einzudämmen, die sie schon in jüngsten Jahren erlernt hatte und mit denen sie all die Zeit ihr Können und ihre Kontrolle über Körper und Geist gestärkt hatte, um ihr Wissen um das Arsanum zu perfektionieren. Doch die alten Rituale verloren angesichts des Sogs in ihr jegliche Wirkung, und nur selten gelang es der Maestra, sich von den unliebsamen Gedanken, die sie immer wieder überfielen, zu befreien.

Dem Rest der Besatzung ging es besser als ihr, da sie weniger empfindlich für das waren, was sie da transportierten, aber selbst in ihrem abgelenkten Zustand bemerkte Tareisa, dass die Männer und Frauen ständig mürrisch waren und die Unzufriedenheit wuchs. Der Kampf gegen die Thayns hatte die Moral angeschlagen, und die Piraten segelten zwar weiterhin mit der Aussicht auf Belohnung, jedoch ohne handfeste oder gar fette Beute. Es missfiel ihnen offensichtlich, dass sie nicht auf die Jagd nach Prisen gingen, sondern sich stattdessen vorsichtig die Küste entlangbewegten, stets auf der Hut vor den Patrouillen der Thayns.

Das kühle, nasse Wetter tat das Seine, um die Stimmung an Bord weiter sinken zu lassen. Immerhin hatte Deguay auf die gereizte Stimmung reagiert und spendierte immer mal wieder eine Extraportion Rum und anderen harten Alkohol, aber solange sie noch im Schatten der thaynrischen Marine unterwegs waren, konnte es kaum ausgelassene Gelage geben; zu groß war die Gefahr, dass sie erneut entdeckt wurden und jeden Mann und jede Frau zur Verteidigung benötigten.

Aber diese Probleme nahm Tareisa zumeist nur am Rande wahr, und sie kümmerte sich kaum um sie. Ihre Versuche, mit dem alten Mann Kontakt aufzunehmen, waren an der Ladung gescheitert, und es gab keine vernünftige Möglichkeit, genügend Abstand davon zu gewinnen, um sich dem Einfluss zu entziehen. Wäre es nach ihr gegangen, hätte sie den Plan geändert und wäre über Land gereist, doch die Instruktionen, die sie erhalten hatte, waren deutlich, und sie wagte es nicht, gegen sie zu verstoßen.

Wenigstens hatte der Capitane das Schiff aus der größten Gefahr bringen können und die schwersten Schäden reparieren lassen, so dass sie wieder bessere Fahrt machten. Aber noch immer sah man der *Todsünde* die zerstörerische Aufmerksamkeit der Fregatte an. Falls die *Mantikor* mit Absicht auf sie gestoßen war, so hatte es jedoch glücklicherweise keine Nachahmer gegeben; bislang waren sie von weiteren Begegnungen mit den Thayns verschont geblieben. Und das war auch besser so, denn das Piratenschiff war längst nicht wieder voll einsatzfähig.

Da all diese Gedanken auf sie einstürmten und ihr die Nutzlosigkeit ihrer Meditation für den Augenblick bewusst wurde, erhob sich die Maestra seufzend. Sie verfluchte ihren Auftrag, der sie in diese missliche Lage gebracht hatte, und ebenso die prekäre Situation, in der sie sich unter den Piraten befand. Noch hielt sich Deguay zurück und hatte keinen Versuch unternommen, die Ladung für sich selbst zu sichern, aber sie vermutete, dass es nur daran lag, dass er die Lage nicht richtig einschätzen konnte. Insgeheim nahm sie sich vor, dafür zu sorgen, dass während der Übergabe auch Unterstützung in Form von Soldaten und Musketen anwesend sein würde.

Derart in Gedanken vertieft, nahm sie die kleine Laterne, verließ ihre Kammer und schritt durch den dunklen Gang. Nachts war es auf der *Todsünde* ruhiger als am Tage, aber es wurde niemals ganz still, da zu jeder Stunde eine Wachmannschaft an Deck war. Über sich hörte sie Schritte auf dem Achterdeck, und unter ihr hustete jemand trocken und bellend. Vorsichtig erklomm sie die Stufen zum Deck.

Vor dem sternenübersäten Himmel hingen zerfetzte Wolken, die in einem endlosen Rennen gen Osten strebten. Der Wind war kühl und stetig, und er füllte die Segel, die hell im Mondlicht strahlten. Die Szene hätte friedlich und sogar anrührend sein können, wäre nicht das ständige Gefühl des Zehrens gewesen, das unablässig drohte, sie zu überwältigen. Sie wusste, dass es nur eines winzigen Schrittes bedurfte, um sich dieser Macht zu öffnen – und in ihr zu vergehen. Die nötige Wachsamkeit, die Härte, die sie brauchte, um gegen den Sog zu kämpfen, erschöpfte Tareisa.

»Ah, meine Dame. Genießt Ihr die Schönheit der Nacht?«

Lächelnd lehnte sich Deguay an die Reling und sah zu ihr hinab. Er war kaum mehr als ein dunkler Schattenriss vor dem Himmel. Als er ihren Blick bemerkte, zog er den federgeschmückten Hut vom Kopf und verneigte sich. »Darf ich Euch einladen, mir Gesellschaft zu leisten? Die Nächte können hier oben recht einsam werden.«

Sie ignorierte die Anzüglichkeit seiner Worte und stieg zu ihm auf das Achterdeck hinauf. Er bot ihr galant den Arm, den sie ergriff. Unter dem samtigen Stoff seines Ärmels spürte sie die Kraft in seinem Arm.

»Habt Ihr Wache?«, erkundigte sie sich, mehr aus Höflichkeit denn aus Interesse.

Bevor er antwortete, nahm er die Laterne und hängte sie an einen kleinen Haken.

»Ich habe sie übernommen. Es tut manchmal gut, allein mit Schiff und See zu sein.« Er lächelte wieder. »Zumindest so allein, wie man das an Bord sein kann. Und Ihr? Findet Ihr keinen Schlaf?«

»Schlaf ist ein Luxus, den ich mir nicht selten verweigern muss«, erklärte sie, nicht ganz der Wahrheit entsprechend, aber auch nicht gelogen. »Vermutlich werden meine Nächte wieder ruhiger, wenn wir unser Ziel erreicht haben.«

»Ah ja, das Ziel. Maillot ... eine schöne Stadt.«

»Ihr kennt sie?«

»Ich habe eine Zeit lang dort gelebt«, erwiderte er unbestimmt. Er führte sie langsam über das Achterdeck zum Heck, wo die Flagge vom Wind gebauscht wurde und immer wieder gegen das Holz schlug. An seinem Arm trat sie an die Reling heran. Unter ihnen rauschte das Wasser, und die Fahrt der *Todsünde* zog eine helle Spur aus Gischt hinter sich her, die sich scharf von dem tintenschwarzen Wasser des Meeres abhob. Aber schon bald würde sich diese Spur verlieren, und nichts würde mehr andeuten, dass sie durch diese See gefahren waren.

»In Maillot werden sich unsere Wege trennen. Vermutlich endgültig, wie ich annehme?«, fragte der Kapitän.

Sie nickte stumm.

»Zu schade, meine Dame. Ich hatte gehofft, Euch noch mehr meiner Gastfreundschaft anbieten zu können. Vielleicht können wir uns ja doch wiedersehen, wenn Ihr Eure Geschäfte erst abgewickelt habt.«

Die Maestra versuchte, sich ihre Überraschung nicht anmerken zu lassen. Sein Angebot klang ehrlich, aber nach all der Plänkelei, die dem vorausgegangen war, hatte sie damit nicht gerechnet. *Fragt er mich gerade nach einem Rendezvous? Vielleicht ist dies nur ein Trick, um mich zu verwirren*, spekulierte sie, aber etwas in ihrem Inneren war überzeugt davon, dass dem nicht so war.

»Das wäre nicht unmöglich«, erwiderte sie langsam.

Er sog die Luft ein und lachte kurz. »Eure Höflichkeit ehrt Euch. Aber ich verstehe durchaus. Ein Mann meiner Position ist kaum der geeignete Gastgeber für eine Dame Eures Standes.«

»Das ist nicht, was ich ausdrücken wollte, Capitane. Abgesehen davon, dass Ihr bald ein sehr reicher Mann sein werdet und ebenfalls von Stand, wenn Ihr dies wünscht, kann ich nicht stets so über meine Zeit verfügen, wie es mir beliebt.«

Das Schweigen dehnte sich aus, trat zwischen sie beide, stieg aus dem Meer empor wie die kalte Gischt. Gerade als es ihr unangenehm wurde und sie sich entfernen wollte, wandte sich Deguay ihr zu. Im Schatten seines Hutes waren nur seine Augen zu erkennen, die ihren Blick fingen, leuchtend in der Dunkelheit.

»Ihr fasziniert mich, Tareisa. Es ist lange her, dass mich eine Frau so in ihren Bann geschlagen hat. Eure Schönheit hat mich betört, wie sie vermutlich jeden Mann Corbanes betörte. Aber auch Euer Geist fasziniert mich, Eure Person. So sehr, dass ich mich mehr mit Gedanken an Euch beschäftige als mit der Sorge um mein Schiff und mein Wohlergehen und diese närrische Angelegenheit verfolge, obwohl ich nicht einmal weiß, worauf ich mich eingelassen habe.«

Seine Worte wurden schneller, seine Stimme drängender. Er legte ihr die Hand auf den Arm, und sie spürte seine Finger, seinen festen Griff, die Unausweichlichkeit dieser Berührung.

»Versprecht mir, dass Maillot nicht das Ende sein wird, Tareisa.«

»Ich … Das liegt nicht in meiner …«

»Versprecht es mir!«

Sie konnte es ihm nicht verweigern, doch sie konnte das Versprechen auch nicht geben. Das Dilemma zerrte an ihr, ließ sie sogar für einen Moment die Nähe der Ladung vergessen. Sein Antlitz näherte sich dem ihren. Noch immer war ihr Blick von seinen Augen gefangen. Sie konnte das Verlangen in ihnen sehen, das seinen Widerhall in ihr fand. Es war, als beherrsche er sie. Sie schloss die Augen nicht, wandte sich nicht ab, löste sich nicht aus seinem Griff, obwohl ein Teil von ihr genau das wollte. Doch ein anderer Teil wollte es geschehen lassen.

»Käpt'n?«

Es war Rahels Stimme, die den Moment zerstörte und den Bann brach. Ein zorniger Ausdruck huschte über Deguays Gesicht, dann ließ er Tareisas Arm los und wandte sich um. Sie konnte seinen Atem hören, schwer und tief, aber als er sprach, klang seine Stimme so, als wäre nichts Ungewöhnliches geschehen.

»Ja?«

»Soll ich dich ablösen?«

Die Frau trat aus dem Schatten der Segel in das Licht der kleinen Laterne. Ihre Miene war misstrauisch, und sie hatte die Hände auf die Hüften gelegt. Als sie Tareisa sah, verfinsterten sich ihre Züge zusehends.

»Nein, danke, Rahel. Ich genieße die Ruhe.«

Es war ein offenkundiger Wink, aber sie beschloss ebenso offensichtlich, ihn zu ignorieren. *Ob sie weiß, dass er sie zurückgelassen hätte?* Der feindselige Blick der dunkelhaarigen Frau erfasste Tareisa. *Eifersucht ist ein sehr mächtiger Gegner. Ich tue gut daran, das nicht zu vergessen.*

Rahel wandte sich wieder Deguay zu, und die Narbe an ihrem Mundwinkel verlieh ihr ein spöttisches Aussehen. »Die

Ruhe, ja?« Als sie keine Antwort erhielt, fuhr sie fort: »Ich hab' zwei Wachen mehr im Laderaum postiert. Nach den Problemen auf der *Totwey* dachte ich, dass es so besser ist.«

»Ja, das war eine gute Idee.« Deguays Stimme schien bar jeden Gefühls.

Sanft nickte Tareisa den beiden zu. »Ich bitte, mich zu entschuldigen. Es ist spät, und ich werde versuchen, ein wenig Schlaf zu finden.«

Ohne auf eine Antwort zu warten, drehte sie sich um und ging. Sie nahm ihre Laterne und versuchte, ihren Abgang so wenig wie möglich wie eine Flucht aussehen zu lassen.

In ihrem Geist kreiste die verräterische Frage, wie weit sie ohne die ungebetene Einmischung gegangen wäre. Dass ausgerechnet Rahel sie vor der Antwort bewahrt hatte, ließ die Maestra leise lachen.

In ihrer Kabine verschloss Tareisa die Tür und legte den Riegel vor. In dieser Nacht aber fand sie weder Schlaf noch Antworten auf die Fragen, die sie quälten.

THYRANE

Der Seewind war zu dieser frühen Stunde zwar frisch, aber dennoch angenehm. Die Sonne war gerade erst aufgegangen, und pünktlich mit dem Glasen hatte die Wache gewechselt. Thyrane drehte eine erste morgendliche Runde über das Deck der *Imperial*. Früher einmal war es dem Admiral schwergefallen, im Morgengrauen aufzustehen, doch einer der wenigen Vorteile des Alterns bestand für ihn darin, dass er nicht mehr so viel Schlaf benötigte und mittlerweile die frühe Stunde sogar genoss, wenn es ihm möglich war, ungestört seinen Gedanken nachzuhängen.

Möwen kreischten, während sie Bahnen über den Masten des Schiffes zogen, ein sicheres Anzeichen dafür, dass sich die *Imperial* Land näherte. Auch mit bloßem Auge konnte man mittlerweile die Küstenlinie von Rosarias sehen, ihrem vorläufigen Ziel. Die eher abgelegene kleine Insel, die jenseits der großen Weite lag, stand seit einigen Jahren unter der Verwaltung der Compagnie, die sie, nicht ohne Kampf, von den hiscadischen Seefahrern übernommen hatte.

Thyrane konnte nur vermuten, dass den Paranao, die dort lebten, weder die eine noch die andere Herrschaft gut bekommen war.

Seine Runde führte ihn an dem Teil des Hecks vorbei, auf dem seine beiden seltsamen Gäste sich für die Reise eingerichtet hatten. Beiden hatte die Vorstellung, eine Hängematte im Bauch des Schiffes zu beziehen, so wenig gefallen, dass der Admiral schließlich zugestimmt hatte, dass sie ihre Schlafmatten an Deck ausbreiten durften – unter der Bedingung, dass spätestens zur zweiten Tagwache jeweils alles wieder weggeräumt und verstaut war. Die Paranao und der Maestre, die eben noch zusammengerollt wie junge Katzen dagelegen hatten, wachten gerade auf und streckten sich, um die Benommenheit des Schlafs abzuschütteln.

»Guten Morgen«, rief ihnen der Admiral aufgeräumt zu.

Sinao erwiderte den Gruß mit einem Lächeln, aber Manoel machte ein finsteres Gesicht und blinzelte verschlafen.

»Die verfluchte Marine«, murmelte er grimmig. »Und diese verdammte Sonne.«

»Lass es doch wieder dunkel werden«, schlug Sinao gut gelaunt vor, aber der Maestre knurrte nur: »So früh is' selbst das Mojo noch nicht wach.«

Die Paranao stand auf, glättete ihren Rock und band sich das lange, ebenholzfarbene Haar mit einer Kordel zusammen. Dann griff sie nach einem dunklen Holzbecher und ging zum Wasserfass, das von zwei Seesoldaten in Uniform flankiert wurde. Thyrane beschloss, ihr Gesellschaft zu leisten.

»Warum lasst ihr euer Wasser bewachen?«, erkundigte sich die junge Frau neugierig. Sie trank in tiefen Zügen. »Es gibt doch genug davon für alle. In dem Fass sind zweihundertundfünfzig Becher Wasser, und ich habe gesehen, dass ihr noch viele solcher Fässer in den Laderäumen habt.«

Einen Moment lang musterte Thyrane die Paranao verblüfft. *In der Tat, du kannst gut rechnen.* Dann musste er lächeln.

»Zum Trinken genügt es alle Male, und du wirst feststellen, dass die Wachen nie jemanden davon abhalten, sich einen Becher zu holen. Nein, die Wachen brauchen wir, damit die Mannschaft das Wasser nicht für andere Dinge verschwendet.«

Diese Antwort schien Sinao zu verwirren.

»Verschwenden? Für was für andere Dinge?«

Der Admiral seufzte.

»Nun, die Leute sind teilweise wochen- oder sogar monatelang auf See. Und so viel frische Leibwäsche führt kein Mensch mit sich. Wenn wir sie nicht daran hinderten, würden sich die Seeleute das Salz aus den Unterhosen waschen, sobald wir nicht hinschauen.«

Sinaos Augen weiteten sich, und sie begann zu kichern und dann zu prusten. »Ihr habt alle Salz in den Unterhosen?«, erkundigte sie sich ungläubig zwischen zwei Lachern.

Ihre Fröhlichkeit war ansteckend, auch wenn der Gedanke an die Salzkristalle eher ein prekärer war, und so stimmte Thyrane in ihr Lachen ein. »Die Wäsche wird mit Seewasser gewaschen, und wenn sie trocknet, bleibt nur Salz übrig«, erklärte er.

»Fort voraus«, ertönte es plötzlich aus dem Krähennest.

Thyrane ließ Sinao mit einem kurzen Kopfnicken bei dem Wasserfass zurück und lief zum Vorschiff hinüber. Tatsächlich schälte sich der Umriss einer viereckigen Wehranlage aus dem Frühnebel, der auf dem Wasser lag. Das Fort Rosarias dominierte die kleine Insel, und mithilfe seines Fernrohrs konnte Thyrane etliche zur See gewandte Kanonen entdecken, ebenso wie die Fahne der Compagnie, die über den Mauern wehte. In der kleinen Bucht, die einen natürlichen Hafen vor dem Fort bildete, lag ein Schiff vor Anker, ein Zweidecker mit vermutlich sechzig Kanonen an Bord. Die Compagnie kaufte immer wieder ältere Kriegsschiffe auf, die von der Marine ausgemustert wurden. Linienschiffe von sechzig Kanonen wurden inzwischen als zu schwach angesehen, um in der Schlachtlinie zu kämpfen, aber an einem so abgelegenen Ort waren sie immer noch eine bedeutsame Waffe, mächtiger als alles, was Piraten oder Freibeuter aufbieten konnten. *Und mächtiger als eine Fregatte, egal wie modern sie sein mag.*

»Setzen Sie meine Flagge«, ordnete der Admiral an. Kapitän Bercons, der soeben den Niedergang hinaufkam, blickte ihn mit fragend hochgezogenen Augenbrauen an.

»Ich weiß, Thay, ich weiß«, wiegelte Thyrane ab, noch bevor sein Gegenüber etwas sagen konnte. »Eigentlich habe ich zwar den Rang, aber dennoch keine Berechtigung, meine eigene Fahne zu führen. Aber ich will bei diesen aufgeblasenen Bastarden Eindruck schinden, und wenn sie hinterher zum Gouverneur von Lessan rennen, um sich zu beschweren, dann sollte es doch wohl besser mein als Ihr Name sein, der fällt, nicht wahr?«

Obwohl Bercons nicht vollständig überzeugt wirkte, verzichtete er darauf, die Anweisung des älteren Mannes rückgängig zu machen.

Dann schauen wir mal, wie er den nächsten Frosch schluckt, den ich ihm zu servieren gedenke, dachte Thyrane bei sich.

»Sobald wir in Reichweite sind, werde ich mich zur Insel hinüberrudern lassen. Ich nehme zwei Mann als Begleitung mit, mehr Schutz ist sicher nicht notwendig. Ansonsten wird nur noch die Paranao mitkommen.«

»Sie wollen die *Eingeborene* mitnehmen? Bei allem Respekt, Thay, aber welchen Eindruck wird eine solche Begleitung bei unseren Verbündeten machen?«

Das Wort *Verbündete* betonte Bercons so stark, dass kein Zweifel daran bestehen konnte, dass er sich weitaus eher der Compagnie als irgendwelchen Paranao verpflichtet fühlte.

»Ebenfalls bei allem Respekt, Kapitän, aber das ist mir egal.«

»Nun, wie Sie wünschen«, erwiderte Bercons mit gerunzelter Stirn. »Ich werde die entsprechenden Befehle geben.«

Als der Admiral zum Heck zurückkehrte, saßen Sinao und Manoel Rücken an Rücken an der Reling. Der junge Maestre trug ein ausgeblichenes Hemd, was an ihm ein ungewohnter Anblick war.

»Wir werden in Kürze aufbrechen. Wenn du willst, kannst du mich zur Insel begleiten«, eröffnete Thyrane das Gespräch, an Sinao gewandt.

Die Paranao nickte ernst.

»Ja, ich will mitkommen. Ich will die Blassnasen sehen, die das zugelassen haben, was mit uns auf Hequia passiert ist.«

»Gut, dann komm mit mir.«

»Ist in Ihrem Boot noch ein Platz frei?«, erkundigte sich Manoel unvermittelt.

Überrascht blickte der Admiral den jungen Mann an. »Platz wäre schon. Aber warum möchten Sie uns begleiten?«

Manoel setzte sein typisches, gewinnendes Lächeln auf und sagte im gedehnten Tonfall der Inseln: »Es is 'ne komische Sache mit dem Mojo. Manchmal bekommt man ein Gefühl dafür, wo man gebraucht wird und wo nich'. Und ich hab so ein Gefühl, dass ihr mich da drüben ganz gut brauchen könnt.«

Sinaos Blick wanderte von Thyrane zu dem jungen Maestre. Dann schlang sie plötzlich die Arme um ihn und schmiegte sich für einen Moment an ihn. Manoel erwiderte die Umarmung vorsichtig und warf dem Admiral über die Schulter der jungen Frau einen Blick zu, der zu sagen schien: *Da siehst du es.*

»Ein Gefühl, ja?«, knurrte Thyrane. »Nun, Kapitän Bercons wird dieser Plan zwar vermutlich gar nicht gefallen, aber zur Hölle, was soll's? Begleiten Sie uns.«

Warum braucht eine Handelsgesellschaft eigentlich zwanzig Zweiunddreißigpfünder, um ihre Besitztümer zu schützen?, fragte sich Thyrane, während sich das Dingi durch die regelmäßigen Ruderschläge zweier Matrosen auf Rosarias zubewegte. *Die Paranao können der Compagnie doch kaum gefährlich werden, und mit uns sind die Händler ja angeblich verbündet.*

Tatsächlich wirkte das Fort weitaus mehr wie eine militärische Einrichtung als wie eine Handelsstation, und dieser Eindruck verstärkte sich noch, je näher sie ihm kamen. Sinao schien der Anblick einzuschüchtern. Sie hatte sich ein Tuch um die Schultern geschlungen, als sei ihr kalt, und sah dem mit Palmen bestandenen Strand regungslos entgegen.

Ihre Ankunft war nicht unbemerkt geblieben, aber das hatte Thyrane auch nicht erwartet. Gleich nachdem sie ihr Boot auf den Sand gezogen hatten, wurden sie von zwei Männern in Empfang genommen, deren Auftreten und Bewaffnung ganz darauf hinzudeuten schien, dass es sich bei ihnen um Söldner handelte, von denen die Compagnie reichlich beschäftigte.

»Wir bringen Sie zu Bailiff Malster«, sagte einer von ihnen, ein hochgewachsener, kräftiger Mann, der sowohl eine Muskete als auch einen Säbel bei sich trug und sich nicht die Mühe einer höflichen Begrüßung machte. Thyrane tippte sich zum Einverständnis missmutig an die Mütze.

»Sie warten hier beim Dingi, wenn es recht ist«, wies er die beiden Seesoldaten und die Matrosen an, die sie hierher gerudert hatten. Dann bedeutete er Manoel und Sinao, ihren Führern zu folgen, die bereits begonnen hatten, durch den Sand davonzustapfen.

Der Weg zum Fort war nicht weit, und schon bald wich der Strand einem gepflasterten Vorplatz, von dem flache Treppen zur eigentlichen Festung hinaufführten. Der Admiral registrierte, dass das Fort gut besetzt war; auf den Türmen und auf dem Wehrgang konnte er sicher zwei Dutzend gut bewaffneter Södner entdecken. Manchmal sahen sie auch Paranao durch Türspalten lugen, die vor allem Sinao neugierige Blicke zuwarfen. Einige Male glaubte Thyrane, die junge Frau würde stehen bleiben, um die Eingeborenen anzusprechen, aber dann folgte sie ihnen doch immer weiter, die Treppen hinauf und in ein quadratisches, graues Gebäude, das den inneren Wohnkomplex des Forts bildete.

Schließlich standen sie vor einer Tür aus geschwärztem Balsaholz, und einer ihrer Begleiter klopfte an.

»Herein«, beschied ihnen eine tiefe Frauenstimme, und der Söldner öffnete die Tür und ließ sie eintreten, ehe er zusammen mit dem zweiten Bewaffneten links und rechts der Tür Aufstellung bezog, ohne ihnen in den Raum zu folgen.

Das Zimmer, das sie betraten, war geräumig, aber nicht sehr hell, da sich nur in der Rückwand eine kleine Öffnung im Mauerwerk befand. Das fehlende Licht wurde durch einige Öllampen ausgeglichen, die den ohnehin schon warmen Raum noch weiter aufheizten. Beherrscht wurde der Raum von einem massiven Schreibtisch, an dem eine Frau saß. Sie war sehr schlank und hatte eisgraues, kurzes Haar, das ihren Kopf wie ein Helm umgab. Ihr Gesicht war von scharfen Falten geprägt, und sie musterte die Neuankömmlinge aus aufmerksamen, hellen Augen. »Ich bin Bailiff Malster«, stellte sie sich vor. »Und Sie sind Admiral ...?«

»Thyrane«, erwiderte er knapp. »Und das sind meine Begleiter, Sinao und Manoel«, stellte er vor, obwohl die Bailiff nicht danach gefragt hatte.

Die Frau stand auf, und Thyrane konnte sehen, dass sie mager, fast ausgezehrt wirkte, so als litte sie an einer schweren Krankheit. Sie trug einen schlichten schwarzen Rock und einen ebenso dunklen Überwurf. Mit der Rechten wies sie auf eine Holzbank, die in eine Mauernische eingelassen war:

»Nehmen Sie doch Platz. Wie kann ich der Königlichen Marine zu Diensten sein?«

In ihrer Stimme schien ein leicht spöttischer Unterton mitzuschwingen. Während er sich auf der Bank zwischen seinen Begleitern niederließ, fragte sich Thyrane, warum ihre Gastgeberin so unhöflich war. *Sie bietet uns nichts zu trinken an und lässt uns auf der Armesünderbank sitzen. Sie macht kein Geheimnis daraus, dass wir nicht willkommen sind.*

Sinao saß so steif wie eine Statue auf der Bank, während der junge Maestre jede Einzelheit in sich aufzusaugen schien.

Thyrane räusperte sich und drehte seinen Gehstock zwischen den Knien hin und her. »Wir sind hier, weil ich eine Angelegenheit untersuche, in der möglicherweise die Interessen der Krone und die Interessen der Compagnie interferieren. Es geht um eine gewisse Schwarzbrunn-Fregatte, die in jüngerer Zeit in allerlei unerfreuliche Vorkommnisse verwickelt war, darunter auch in ein Seegefecht vor der Insel Hequia. Nun ist die Fregatte verschwunden, und wir wissen nicht, wohin. Nach allem, was ich gehört habe, hat diese Fregatte hier auf Rosarias Ladung aufgenommen, und ich wüsste nur zu gern, worum es sich dabei handelt. Zumal möglicherweise fremde, ja sogar feindselige Mächte involviert sind. Ich brauche Ihnen wohl kaum zu sagen, dass dies eine überaus ernste Angelegenheit ist.«

Bailiff Malsters helle Augen durchbohrten den Admiral nun geradezu.

»Ich verstehe«, sagte sie langsam. »Und ich hoffe sehr, dass man Sie nicht den ganzen weiten Weg von Thaynric bis hierher geschickt hat, um einem Phantom nachzujagen. Ein schwarzes Schiff mit einer mysteriösen Ladung, von dem keiner weiß, wohin es fährt? Admiral, ich bitte Sie – in meinen Ohren klingt das nicht allzu überzeugend. Und was bringt Sie zu der Annahme, ich wüsste, was Ihr Geisterschiff geladen hat?«

Bei den letzten Worten hatte sie die Stimme erhoben, so dass sie klang, als ob sie mit einem schwerfälligen Kind sprechen würde. Thyrane spürte, wie der Zorn in ihm emporstieg. Auf seiner Stirn hatten sich Schweißtropfen gebildet, und die stickige, zu heiße Luft des Zimmers verursachte ihm Übelkeit.

»Ich hätte den ganzen weiten Weg von Thaynric bis hierher, wie Sie so treffend bemerkt haben, wohl kaum auf mich genommen, um einer Chimäre zu folgen. Ich weiß verdammt genau, dass die Schwarzbrunn-Fregatte existiert und dass die Compagnie es war, die sie mit Ladung bestückt hat. Ich habe Zeugen dafür.«

»Um was für Zeugen handelt es sich hierbei, wenn ich fragen darf? Wenn ich Ihre Begleiter betrachte, dann hoffe ich, dass diese sogenannten Zeugen nicht auch Eingeborene sind.«

»Meine Zeugen stehen hier nicht zur Debatte«, erwiderte der Admiral scharf. »Und kraft der mir von der Krone verliehenen Autorität verlange ich nicht nur, dass Sie mir die volle Wahrheit über die Schwarzbrunn-Fregatte und insbesondere über die Ladung derselben sagen, sondern auch ungehinderten Zugang zur Insel und die Möglichkeit, jeden Bewohner, bei dem es mir wichtig erscheint, zu befragen.«

Jetzt begannen die Hände der Bailiff, die sie vor sich auf dem Tisch verschränkt hatte, leicht, aber merklich zu zittern. Ihre Stimme war kaum mehr als ein heiseres Flüstern. »Ihre Autorität, Admiral, möchte ich selbstverständlich nicht bezweifeln. Doch auch ich habe Vorgesetzte und Regeln, an die ich mich halten muss, weswegen ich Ihnen diese Bitte leider nicht gewähren kann. Zumindest nicht derzeit. Wie wäre es, wenn wir uns zunächst rückversichern und eine

Delegation nach Lessan senden? Dann kann der dortige Vertreter der Compagnie mit Admiral Holt sprechen, und es wird sich finden, wie weitreichend Ihre Befugnisse sind. Und ob eine solche Untersuchung überhaupt wirklich notwendig ist.«

Für wie dumm hält sie mich? Offenbar bin ich auf Rosarias an der richtigen Stelle gelandet, wenn es ihr so wichtig ist, uns daran zu hindern, diese Insel zu untersuchen.

»Dies ist kein Höflichkeitsbesuch, Bailiff«, erklärte Thyrane kühl. »Und ich habe Sie um nichts gebeten. Sie werden mir auch ohne Anordnung von Admiral Holt Zugang zu Ihren Anlagen gewähren müssen.«

»Ich glaube kaum, dass ich das muss, Admiral.« Die Bailiff war wieder aufgestanden und trat nun um den Schreibtisch herum. »Ich versichere Ihnen noch einmal, ich weiß nichts über Ihr schwarzes Schiff.«

»Sie lügt«, stellte Manoel mit ruhiger Stimme fest. Er hatte Sinaos Hand ergriffen und hielt sie in der seinen.

»Vielen Dank, junger Mann«, erwiderte Thyrane. Der Einwurf kam ihm gerade recht.

»Ich vertraue den Worten des Maestre«, sagte er gewichtig, zu Malster gewandt.

»Verzeihen Sie, Admiral, aber das kann nicht Ihr Ernst sein. Sie vertrauen diesem Wilden? Und nennen ihn Maestre? In Thanyric wäre der wohl eher ein Fall für das Kuriositätenkabinett, ebenso wie Ihr ganzes Anliegen. Ich bitte Sie inständig, diese Angelegenheit unter zivilisierten Leuten zu regeln.«

Plötzlich sprang Sinao auf. »Manoel ist kein Paranao«, sagte sie mit lauter Stimme. »Und du hast kein Recht dazu, so über ihn zu sprechen.«

Es reicht wirklich, befand Thyrane bei sich und erhob sich ebenfalls. Manoel folgte seinem Beispiel.

»Wir werden nun auf die *Imperial* zurückkehren, Bailiff. Ich gebe Ihnen bis heute zum Sonnenuntergang, um einzulenken und alle meine Forderungen in vollem Umfang zu erfüllen. Andernfalls wird die Compagnie die Konsequenzen tragen müssen.«

FRANIGO

Es kostete den Poeten Überwindung, nicht dauernd über das offene Feld zu blicken, wo die Wimpel und Banner der Géronaee in ordentlichen Reihen wehten. Manchmal fühlte er sich wie ein Hase, der fasziniert die Schlange anstarrte, bevor sie ihn verschlang. Er hatte die Berichte der Späher nicht verfolgt, aber das war auch nicht nötig gewesen. Die langen Kolonnen der Soldaten, die Regimentsstandarten und die schiere Anzahl der Zelte waren nicht zu übersehen gewesen. Sie waren hoffnungslos in der Unterzahl. *Und unsere Truppen, wenn ich dieses unpassende Wort verwenden will, bestehen aus Jungspunden, Euphorikern und gelangweilten Adelskindern, die noch niemals eine Muskete in den Händen gehalten haben, außer um damit Tontauben zu schießen, die ein Diener für sie in die Luft geworfen hat.*

So sehr sich Franigo auch bemühte, der Sache etwas Positives abzugewinnen, es gelang ihm nicht. Mit der winzigen Ausnahme der Aufmerksamkeit Niaras vielleicht, der es immer wieder gelang, ihn abzulenken. Derzeit ruhte sie sich in dem Zelt aus, das sie beide teilten, und auch der Poet spürte noch die Müdigkeit der Nacht in seinen Knochen sowie eine angenehme Erschöpfung im Unterleib. An Schlaf hatte bis in die frühen Morgenstunden keiner von ihnen gedacht. Jetzt jedoch schlummerte die junge Frau vermutlich, während der

Geist des Poeten weiterhin nicht zur Ruhe kam, auch wenn sein Körper danach verlangte.

»Mesér!«

Überrascht wandte Franigo sich dem Rufenden zu und erkannte Alserras, der zwischen den Zelten auf einem stolzen Rappen angeritten kam. Der ehemalige Student und jetzige Revolutionär führte ein zweites Pferd am Zügel neben sich her. Seine Reitkünste waren ausgezeichnet, aber in seiner Hast wäre er beinahe an Franigo vorbeigeprescht. Nur mit Mühe gelang es ihm, beide Tiere rechtzeitig zu zügeln.

Die Hiscadi hatten ihr Lager auf einem niedrigen Hügel aufgeschlagen, jenseits des Feldes, auf dem einige Ehre finden würden, viele aber nur den Tod. *Und ich kann nicht einmal behaupten, dass ich an diesem Debakel keine Mitschuld trüge,* dachte Franigo.

»Es nähern sich Soldaten von Südosten, Mesér«, erklärte Alserras, ohne sich mit Höflichkeiten wie einer angemessenen Begrüßung aufzuhalten. »Einige von uns werden ausreiten, um zu sehen, was dort geschieht. Wollt Ihr uns begleiten?«

»Was ist mit den Posten? Was haben sie gemeldet?«

»Noch nichts, Mesér. Die anrückenden Truppen wurden auf Entfernung entdeckt, und bislang weiß niemand, um wen es sich handelt.«

Leise einen Fluch vor sich hin murmelnd, ergriff Franigo den Zügel und stieg schwerfällig in den Sattel. Mit einem Mal wünschte er sich wieder in die Zeit zurück, da er mit Modestine gereist war. Damals war nur ein rachsüchtiger Marschall auf seinen Fersen gewesen und nicht gleich die gesamte Armee Sugérands. Seufzend setzte er sein Pferd in Bewegung.

Während die Zelte der Géronaee in Reih und Glied standen, war das hiscadische Lager ein Wirrwarr von Zelten und Gassen, Kochstellen, Feuern, offenen Plätzen, Pferchen, abgestellten Wagen und all dem Material, das eine Armee benötigte – allerdings nicht genug des Materials, wie der Poet wieder einmal feststellte.

Sie folgten dem erratischen Lauf der Zeltgassen, bis sie endlich den südöstlichen Rand des Lagers erreichten. Als sie den Hügel hinabritten, sah Franigo zu Sargona empor, das jenseits der Géronaee auf einem weiteren Hügel der beginnenden Cérvennen thronte. Von der Stadt konnten sie keine Hilfe erwarten. Die eingeschlossenen Bürger konnten nicht einmal sich selbst verteidigen, geschweige denn einen Ausfall machen, um der zu ihrem Entsatz gesandten Armee beizustehen. Das ganze Unternehmen war kompletter Irrsinn, und die Erkenntnis wurde nicht dadurch leichter, dass es sein Vorschlag gewesen war, der sie in diese Lage geführt hatte. Der Gedanke lastete bleiern auf Franigos Gemüt.

Warum ihm die Menschen immer noch vertrauten, war eine Frage, die sich Franigo beinahe stündlich stellte. Jeder seiner begeisterten Mitstreiter musste doch erkennen, dass sie unterlegen waren, und all das Gerede vom unbesiegbaren Geist der Hiscadi änderte gar nichts an diesem Faktum. Dennoch achtete man noch immer sein Wort, ja, man suchte seinen Rat sogar. Zwar verstand er, dass ein Teil dieses Vertrauens daher rührte, dass er Soldat gewesen war und die Géronaee besser kannte als die meisten, andererseits aber wünschte sich Franigo angesichts der Übermacht sehnlichst, dass sie einen anderen fänden, der dumm genug war, das Heft in die Hand zu nehmen.

Als sie das Lager hinter sich gelassen hatten, erhöhte Alserras das Tempo, und schon bald galoppierten sie über die breite Straße. Einige Momente lang erfreute sich der Poet am Rausch der Geschwindigkeit und an der geschmeidigen Kraft des Tieres, dann öffnete sich vor ihnen ein Tal, und er sah hinab auf einen langen Heereszug, der sich dunkel und drohend durch das Land wälzte. Mit einem schnellen Blick schätzte Franigo, dass es ein ganzes Regiment sein musste, dass ihnen dort entgegenzog.

Langsam ritten sie weiter und stießen nach einigen hundert Metern auf eine kleine Gruppe ihres eigenen Heeres, die in sicherem Abstand Halt gemacht hatte und das Spektakel beobachtete. Auf seine fragenden Blicke antwortete ihm nur Achselzucken.

Wütend gab er dem Pferd die Sporen und ritt vorbei. Die Naivität und der Mangel an Erfahrung im Felde dieser Männer und Frauen raubten ihm den letzten Nerv.

Schon bald wurden er und Alserras bemerkt, und eine kleine Reiterkolonne löste sich von der Flanke der marschierenden Truppe und hielt auf sie zu. Franigo gestattete seinem Pferd eine Rast und erwartete die Ankunft der Soldaten mit klopfendem Herzen.

Es waren Hiscadi, wie er schon bald an ihren Uniformen und dem Feldzeichen erkannte. *Jetzt wird sich zeigen, ob meine Worte das Vertrauen wert sind, das man gemeinhin in sie setzt.*

Äußerlich ungerührt, lehnte Franigo sich nach vorn und stützte sich auf dem Sattelknauf ab. Das Pferd hatte zu grasen begonnen und schreckte nur kurz auf, als die Fremden sich mit donnerndem Hufschlag näherten. Zumindest ihre Waffen hatten sie noch nicht gezogen.

Der Poet hob die Hand und begrüßte sie mit lauter, durch zahllose Vortragsabende geschulter Stimme.

Ein kräftiger Mann in einer prachtvollen Uniform, auf dessen Brust zahlreiche Orden und Auszeichnungen prangten, ritt näher als die anderen. Sein Knebelbart war eisgrau, ebenso wie sein Haar, aber seine dunklen Augen waren wach und fixierten Franigo voller Interesse. »Ich wünsche einen angenehmen Tag, Mesér. Mein Name ist Jiménos, Duquo de Dosneras und Grande des Landes. Dies ist mein Regiment.«

Er wies mit einer ausladenden Geste hinter sich, und Franigo musste sich eingestehen, dass er beeindruckt war. Der Duquo war einer der bekanntesten Adligen des Landes und hatte mit seinen Soldaten an vielen Orten für die Géronaee gekämpft. Seine Ankunft konnte für die Rebellen nichts Gutes bedeuten.

»Mein Name ist Franigo …«

»Ihr seid es persönlich!«

Überrascht neigte der Poet das Haupt, um dezent Zustimmung anzudeuten. Der ältere Mann ritt noch näher und starrte ihn an, als wäre er eine Attraktion in einer Kuriositätenschau. Dann lächelte er breit, was seinen Bart zucken ließ, und schlug Franigo mit der Faust vor die Schulter. »Bei der Einheit, Mesér, ich hätte niemals gehofft, Euch hier zu treffen. Eure Warnungen kamen keine Sekunde zu früh, denn die verfluchten Bastarde hatten uns schon Soldaten auf den Hals gehetzt, um uns mit heruntergelassenen Hosen zu erwischen. Sie wollten uns in der Kaserne einsperren, aber wir haben es ihnen gut besorgt.«

Hinter sich hörte Franigo, wie Alserras ein glücklicher Seufzer entfuhr, aber noch benötigte er selbst einige Augenblicke, um die Lage zu verstehen. »Und dann seid Ihr hierher marschiert, um …?«

»Um Sargona zu entsetzen. Meine Männer waren Feuer und Flamme, als sie von dem Heldenmut ihrer Brüder und Schwestern hörten, die unter den gnadenlosen Bajonetten der géronaischen Hunde noch mit dem letzten Atemzug ihren Widerstand in die Welt brüllten.«

Meine Worte, erkannte Franigo. *Etwas derb wiedergegeben, aber zweifellos meine Worte.*

»Das alte und stolze Regiment von Dosneras steht nun an der Seite des hiscadischen Volkes, um seinen Freiheitskampf zu unterstützen.«

Jetzt lächelte auch Franigo und neigte erneut das Haupt. »Man wird von Eurem Heldenmut singen, Exzellenz, wenn die Dichter dereinst die Ereignisse dieses Tages aufschreiben«, erwiderte er und versäumte es nicht, die nötige Bewunderung in seine Stimme zu legen. »Wollt Ihr mir in unser Lager folgen, damit wir dort alles Weitere besprechen können? Die Neuigkeiten sollten rasch verbreitet werden.«

»Sicher, sicher, Mesér.« Der Duquo wandte sich an einen seiner Begleiter: »Teniente, führt unsere Leute weiter, und schlagt das Lager dort auf, wo die anderen Truppen lagern. Einfache Wachen und doppelte Rationen heute nach dem Marsch.«

Ohne auf die Antwort des Mannes zu warten, trieb der Duquo sein Pferd an, und Franigo bemühte sich, ihm zu folgen. Neben ihm ritt der Bannerträger des Duquo.

Unbemerkt hatte Alserras sie bereits verlassen und ritt im vollen Galopp die Straße den Hang hinauf, wobei er seinen Hut schwenkte und etwas brüllte, was der Dichter nicht mehr verstand. Sie folgten dem jungen Mann langsamer, aber dennoch im schnellen Schritt, zu schnell, um mehr als einige Worte zu wechseln. Der Poet tröstete sich damit, dass sie bald im Lager sein würden, wo er – *die Einheit sei gelobt* – noch einige Flaschen hervorragenden Weines hatte, eine großzügige Spende eines Bewunderers. Ein Umtrunk mit einem Mann, der aus einer der ältesten und angesehensten Familien des Landes stammte, würde dem Tag eine ganz besondere Note verleihen.

»Das ist Euer Heer?«, erkundigte sich Jiménos, der jetzt langsamer ritt und huldvoll winkte, als sie sich der improvisierten Zeltstadt näherten. Die Skepsis in der Stimme des alten Kämpen war nicht zu überhören.

»Jetzt zählt ja Euer Regiment ebenfalls dazu, Exzellenz.«

»Das sind Bauern und Städter, die keine Schwielen an den Händen haben. Wenn die Kanonen donnern, fällt die

Hälfte von denen doch in Ohnmacht, und die andere nässt sich ein.«

Die raue Ausdrucksweise überraschte Franigo, auch wenn er den Worten zustimmen musste.

Sie ritten weiter, bis sie Franigos Zelt erreichten. Dort erwartete sie bereits eine kleine Delegation, in deren Mitte Alserras und Niara standen. Seine Geliebte hatte glücklicherweise noch die Zeit gefunden, sich anzukleiden, auch wenn ihre Haare nur einfach zusammengebunden waren und seinem kundigen Auge noch von den Vergnügungen der Nacht berichteten.

»Franigo«, rief sie und lief ihm freudestrahlend entgegen. »Ich wusste, dass du die Regimenter überzeugen würdest.«

»Ein Regiment«, erwiderte er bescheiden. »Nur das angesehenste von ihnen, mehr nicht.«

»Aber du musst schnell weiterreiten.«

»Weiter?« Zunächst dachte er, sie wolle ihn schicken, um mehr Regimenter zu holen, was ein derart lächerlicher Gedanke war, dass er den Kopf schütteln musste, dann aber fragte er ernst: »Wohin?«

»Ein Bote der Géronaee war hier. Sie wollen unsere Anführer sprechen.«

»Ah, die Konditionen der Schlacht werden festgelegt«, mischte sich Jiménos ein und bedachte Niara einen Augenblick zu lang mit einem freundlichen Lächeln, das dem Poeten anzüglich, wenn nicht gar lüstern erschien. »Ich sollte dem Heerführer unserer Feinde entgegentreten.« Mit einem Zwinkern fügte er, an Niara gewandt, hinzu: »Und danach hoffe ich, Eure Bekanntschaft viel ausführlicher machen zu können, mein Kind!«

»Ich komme mit Euch«, beeilte Franigo sich zu sagen. Schon ritt der Duquo weiter, führte sein Pferd geschickt an Menschen, Zelten und Gerät vorbei, und dem Dichter fiel es schwer, ihm zu folgen. Dennoch holte er den Mann schließlich auf dem freien Feld ein und ritt direkt neben ihm. Sicherlich war dies unhöflich, wenn man den Stand des Duquo bedachte, andererseits hatte dieser Franigos Ehre auch nicht sonderlich pfleglich behandelt.

Doch je näher sie dem Lager der Géronaee kamen, desto mehr traten die Fragen von Ehre und Stolz in den Hintergrund, um einem unbestimmten Gefühl von Untergang und Katastrophe zu weichen. Erst von dieser Position aus konnte Franigo die gewaltige Größe des gegnerischen Lagers einschätzen. Auch Jiménos war sichtlich berührt von diesem Anblick, denn er zwirbelte seinen Bart und murmelte: »Bei der Einheit. Die Bastarde wollen es wirklich wissen.«

»Das müssen vier oder fünf Regimenter sein«, vermutete Franigo, aber der Duquo schüttelte den Kopf.

»Eher sechs. Und schaut dort!« Seine Stimme klang angespannt, als er zu den Geschützen der Géronaee wies. »Zwei Batterien mittlere Artillerie und mindestens eine schwere.«

»Wie viel Artillerie könnt Ihr ins Feld führen, Exzellenz?«

»Eine Batterie. Und die ist leicht, Mesér, nur leichte Geschütze, einige Mörser und eine Handvoll Haubitzen. Wir mussten viel zurücklassen, als wir losmarschiert sind.«

»Keine Deckung«, merkte Franigo an, der sich das künftige Schlachtfeld ansah. »Nur offenes Gelände.«

Schweigend ritten sie weiter. Sie beide wussten, dass ihre Chancen schlecht standen.

Ein kleiner Trupp kam ihnen entgegen, nicht zu Pferd, sondern zu Fuß, wie der Poet erstaunt bemerkte. Als sie näherkamen, entpuppten die Gestalten sich als einfache Soldaten und niedere Offiziersränge, eine Kränkung, die Franigos Stolz herausforderte und jeden seiner Gedanken an die Ratsamkeit einer Kapitulation im Keim erstickte. Hoch aufgerichtet, baute er sich auf dem Pferd auf und sah auf das Grüppchen hinab. Wenn die Géronaee nur einfachen Pöbel als Unterhändler schickten, dann würde er sie entsprechend behandeln.

»Wir entbieten die Grüße der Regimentsräte«, erklärte ein kleiner, bebrillter Mann in der Uniform eines Sergente. »Wir bitten um die Erlaubnis, uns mitsamt unserer Feldzeichen vom Schlachtfeld zurückziehen zu dürfen.«

»Räte?«, stammelte Franigo verwirrt, ein einziges Mal um Worte verlegen. »Rückzug?«

»Ja. Die freien Géronaee entsenden brüderliche Grüße an das stolze hiscadische Volk. Auch wir haben uns vom Joch des ungerechten Despotismus befreit und sehen voller Freude den Zeiten entgegen, da wir gemeinsam mit unseren Brüdern in eine neue Zeit marschieren werden, wider die Tyrannen dieser Welt!«

Franigo wusste, was die Worte bedeuteten, die an seine Ohren drangen, allein, er konnte ihnen nicht glauben. Nicht einmal, als er sah, wie die Géronaee begannen, ihre Zelte abzubauen und das Feld tatsächlich kampflos räumten.

»Ihr habt unsere Erlaubnis«, erklärte der Duquo gewichtig. »Und verkündet euren Landsleuten, dass fortan keiner mehr seinen Fuß in eroberischer Absicht auf hiscadischen Boden setzen wird, ohne dass dieser mit Blut benetzt wird.«

Schon wieder meine Worte, erkannte Franigo, der sprachlos zusah, wie die Unterhändler nickten, salutierten und zu ihrem Lager marschierten.

»Nun, Zeit, zurückzureiten, und auf unseren großen Tag anzustoßen, nicht wahr?«, schlug der Duquo aufgeräumt vor.

»In der Tat, Mesér«, stimmte Franigo murmelnd zu, dem noch immer so zumute war, als sei er in einem seltsamen Traum gefangen.

Als sie in das Lager einritten, standen bereits überall jubelnde Menschen, denn Jiménos war klug genug gewesen, seinen Bannerträger mit der guten Nachricht vorauszusenden. Zum Entzücken des Poeten galten ebenso viele der begeisterten Hochrufe ihm wie dem Duquo. Die Atmosphäre erinnerte ihn an die Triumphmärsche der Nigromantenkaiser, mit denen sie Siege über die Barbaren gefeiert hatten. *Zum Beispiel über mein Volk,* kam ihm ein ernüchternder Gedanke in den Sinn, der jedoch von der jubilierenden Menge davongespült wurde.

JAQUENTO

Von ihrer Warte aus hatten sie einen grandiosen Blick auf die Stadt. Und auf die Schlacht, die um diese tobte. Während zwei Linienschiffe unter dem Feuer der Festungen hindurch in den Hafen gesegelt waren und dort nun auf kürzeste Distanz die wehrlose Flotte unter Beschuss nahmen, lieferte sich der Rest des Blockadegeschwaders ein erbittertes Gefecht mit den Festungen.

»Dort unten wird einiges an Vigoris eingesetzt«, stellte Groferton erstaunlich ruhig fest. »Vor allem auf den Linienschiffen.«

Roxane nickte.

»Sie müssen alles aufbieten, was sie haben, sonst schießen die Festungen sie in Stücke.«

Jaquento konnte zu der Unterhaltung nichts beitragen. Er hatte zwar an einigen Gefechten teilgenommen, aber das hier war eine groß angelegte Schlacht, und ihm war die Planung, die dahinterstecken mochte, nicht vertraut.

»Was ist ihr Ziel?«, fragte Bihrâd, dem es offenbar genauso ging. »Gegen die Mauern können sie nicht lange bestehen. Holz gegen Stein wird nichts fruchten.«

Mit der Rechten wies Roxane in Richtung des Hafenbeckens. Dort waren die aufragenden Masten zu erkennen, zwischen denen Rauch aufwallte. Immer wieder flackerte

Mündungsfeuer auf, das bald vom rollenden Donner der Salven untermalt wurde.

»Sie zerstören die vor Anker liegenden Schiffe«, erklärte die junge Offizierin. »Die werden alle abgetakelt sein, bei minimaler Besatzung. Auf die Distanz ist das so einfach, wie mit einem Netz Fische aus einem Fass zu angeln. Der Rest des Geschwaders beschäftigt lediglich die Besatzungen der Festungen.«

»Also geht es um nichts als eine Ablenkung«, murmelte Jaquento kopfschüttelnd. Auf dem vordersten Schiff der Linie schlugen gerade, trotz der Magie, die das Schiff schützen sollte, Treffer ein, zerfetzen Holz, Taue und Menschen.

»Ein geschicktes Manöver«, erwiderte Roxane mit ehrlicher Bewunderung in der Stimme. Sie schien den abfälligen Tonfall seiner Worte gar nicht registriert zu haben. Stattdessen ruhte ihr Blick wie gebannt auf dem Geschehen. »Wie auch immer es ausgeht, die Schiffe werden für Thaynric keine Gefahr mehr darstellen.«

»Schön und gut«, stellte der junge Hiscadi fest und wandte sich ab. »Aber wir sollten weiterreiten. Wer weiß, ob man uns nicht doch noch verfolgt. Derzeit scheint diese Uniform nicht die beste aller Tarnungen zu sein.«

»Weiter?«

Ihre Stimme klang überrascht, was Jaquento zu einem sarkastischen Grinsen verleitete.

»Weiter. Nach Maillot, erinnert Ihr Euch? Deguay finden, die Ladung des schwarzen Schiffes sicherstellen, die *Todsünde* ... requirieren. Wir haben nicht viel Zeit, Meséra, denn Deguay wird gewiss keine Pausen einlegen, keinen Halt machen.«

»Jaquento, dort unten kämpfen Thayns – meine Leute«, protestierte Roxane und sah ihn nun doch endlich an, wenn auch vorwurfsvoll. »Ich muss ...«

»Was? Ihnen helfen? Die Mauern der Forts eigenhändig einreißen? Ein Schiff kapern?« Die Antwort erfolgte schneidender, als er es selbst gewollt hatte, aber aus irgendeinem Grund machte ihn der Anblick der Schlacht wütend.

Als sie nichts erwiderte, übernahm er das für sie. »Das ist der Nachteil am Krieg und der glorreichen Marine: Man ist nur ein Rädchen im Uhrwerk, nur ein unwichtiger Teil des Ganzen, als Mensch ersetzbar und als Einzelner unnötig. Ob Ihr mitkämpft oder nicht, wird am Ausgang des Tages nichts ändern.«

Du machst dein Weibchen wütend, bemerkte Sinosh völlig unnötigerweise, der es sich auf Jaquentos Schulter bequem gemacht hatte und nun träge begann, an seinem Rücken hinabzuklettern.

Sie ist verdammt noch mal nicht mein Weibchen, dachte der Hiscadi, wagte aber nicht, etwas zu sagen.

Ich werde mir etwas zu fressen suchen. Die Echse lief ein Stück davon.

Roxanes blaue Augen funkelten vor Zorn, als sie Jaquento anblickte. »Das mag vielleicht Ihre Einstellung sein – immer nur auf den eigenen Vorteil bedacht, ohne Loyalität oder Verpflichtung zu leben. Vermutlich können Sie das nicht verstehen, aber ich sehe es als meine Pflicht an, meiner Nation zu dienen.«

Mit dem Eis in ihren Worten hätte man ein ganzes Fass vom trockenen Weißen aus dem Cérvennes kühlen können. Aber davon ließ Jaquento sich nicht beirren.

»Eure Nation wollte Euch vor ein Kriegsgericht stellen, Meséra, was wohl beweist, wie sehr Euer Land Eure Loyalität zu schätzen weiß. Und sie gab den Auftrag, diese Ladung in thaynrischen Besitz zu bringen, was vielleicht bedeuten könnte, dass Ihr die Chance habt, Euren guten Namen zu rehabilitieren. Ich sehe aber nicht, wie der Kampf um Balcera dabei behilflich sein könnte.«

Jetzt stahlen sich Zweifel in ihr Antlitz, doch der junge Hiscadi wusste, dass ihr Zorn noch nicht verraucht war. *Lass sie doch gehen*, dachte er bei sich. *Ohne sie wärst du besser dran.* Aber die Worte klangen nicht richtig, wie hohle Gebilde, hinter denen sich eine andere Wahrheit verbarg, auch wenn er sie nur ahnen und nicht greifen konnte.

»Dieses Gefecht wird mit oder ohne uns stattfinden«, pflichtete Groferton ihm bei. »Unsere Anwesenheit würde tatsächlich nichts ändern, Thay.«

Überrascht blickte Jaquento den Maestre an, der sich von seiner selbst diagnostizierten tödlichen Lungenentzündung bereits wieder erholt hatte. Nachdenklich tippte Groferton sich mit dem Zeigefinger auf die Oberlippe, während er das Geschehen unter ihnen verfolgte.

»Die Tatsache, dass meine Leistung vielleicht als nicht angemessen beurteilt wird, entbindet mich nicht von meiner Pflicht«, erklärte Roxane, aber ihre Stimme klang nun unsicherer; die Skepsis hatte sich bereits in ihr festgesetzt. Es bedurfte nur noch einer Kleinigkeit.

»Wie könnt Ihr Eurem Land besser zu Diensten sein, Meséra, durch eine Teilnahme an dieser Schlacht oder indem Ihr den Auftrag erfüllt, den nur Ihr erfüllen könnt?«

Wieder mischte sich der Maestre ein: »Ich halte die Gefahr, die von dieser ominösen Ladung ausgeht, für sehr groß, Thay. Ich wäre bereit, Leib und Leben in diesen nassen und kalten Ländern zu riskieren, um sicherzugehen, dass unserer Heimat aus dieser Richtung kein Schaden zugefügt wird.«

»Ist das Ihre Einschätzung als Bordmaestre der *Mantikor*, Thay?«, meinte die Offizierin nun wieder mit fester Stimme.

»Aye.«

Sie verschränkte die Arme hinter dem Rücken und warf noch einen Blick auf die Schlacht. Seit dem Verlust der Fregatte hatte sie sich weniger wie eine Offizierin benommen, erkannte Jaquento mit einem Mal. Doch jetzt war sie wieder die Kapitänin, die Offizierin der Königlichen Marine von Thaynric, mit durchgedrücktem Kreuz und einer Haltung, der keine Entbehrung zu groß und kein Verlust zu schrecklich war, um das zu tun, was sie für ihre verdammte Pflicht hielt. Er wollte sie packen, sie schütteln, ihr die Offizierin austreiben und gesunden Menschenverstand in sie hineinschreien, aber stattdessen wartete er nur ab, was seine und Grofertons Worte bei ihr bewirken konnten.

»Dann werde ich Ihrer Empfehlung folgen, Thay. Wir reiten nach Norden und werden unser Bestes geben, den Géros die Kontrolle über die Ladung zu entziehen.«

Wohlweislich entgegnete Groferton nichts, sondern nickte lediglich, und Bihrâd machte sich wortlos daran, die Pferde zu satteln und ihre spärliche Habe darauf zu verteilen. Jaquento wollte ihm helfen, aber Roxane hielt ihn an der Schulter fest und blickte ihn fest an.

»Das ist vielleicht mehr als nur ein Angriff auf die Flotte«, erklärte sie und ließ ihn los.

»Wie meint Ihr das?«

»Der Zeitpunkt. Das kann kein Zufall sein. Ein Aufstand wütet in der Stadt, und das Geschwader greift genau zu dieser Zeit an? Nein, das muss geplant gewesen sein. Vermutlich hat die Marine die Rebellen unterstützt und steht in Kontakt mit ihnen.«

»Das wäre viel Aufwand für einen Überfall«, sagte Jaquento. »Es sei denn …«

»Es sei denn, es wäre kein einfacher Überfall. Es wäre nicht das erste Mal, dass meine Vorgesetzten versuchen, bei Balcera zu landen und die Géronaee zu spalten.«

»Aber bei ihrem letzten Versuch wurden sie vernichtend geschlagen. Wäre eine Wiederholung nicht Wahnsinn?«

Nachdenklich blickte er zu dem Kampf hinab. Rauchwolken

hüllten die Schiffe ein und hingen zwischen den Häusern der Stadt. Schüsse hallten, dumpfes Feuer der Kanonen, aber auch immer wieder Musketensalven. Längst konnte man nicht mehr erkennen, wo in der Stadt überall gekämpft wurde.

»Beim ersten Angriff fehlte uns die Unterstützung Ihres Volkes, Jaquento. Was ein Triumphmarsch werden und Hiscadi in die Auflehnung gegen Géronay führen sollte, wurde zu einem Stellungskrieg an der Küste, ohne Aussicht auf Entsatz oder auch nur Versorgung. Wenn diesmal tatsächlich Rebellen am Werk sind …«

Sie ließ den Satz unvollendet, aber es war deutlich, was sie sagen wollte.

Wenn die Hiscadi sich erheben, und die Thayns uns helfen – ob aus Eigennutz oder nicht –, dann wird Hiscadi vielleicht bald frei sein. Es dauerte einige Momente, bis Jaquento daraus einen Schluss gezogen hatte: *Noch ein Grund mehr, möglichst bald von hier zu verschwinden.*

Als sie sich auf den Weg machten, war es Jaquento, als flohen sie vor der Schlacht, als würden sie vom Donner der Kanonen verfolgt. Er führte die kleine Gruppe in einem Bogen um die Stadt herum, auch wenn er sicher war, dass die Soldaten dort am Meer andere Sorgen hatten, als vier Schiffbrüchige zu jagen.

Ihre kleine Gruppe musste sich durch die Felder schlagen, denn aus den Toren Balceras ergossen sich Flüchtlingsströme, und es erschien dem jungen Hiscadi nicht ratsam, in seiner Uniform das Experiment der freundlichen Kontaktaufnahme zu wiederholen. Schließlich war es Roxane, die ihnen von ihrem wenigen Geld einige einfache Kleidungsstücke auf einem Gutshof kaufte, während der auffällige Rest der Gruppe in einem Olivenhain versteckt auf sie wartete. Auch wenn man nicht sagen konnte, dass die groben Hosen und Hemden angenehmer zu tragen waren oder ihnen besser passten als die erbeuteten Uniformen, konnten sie sich so angezogen zumindest unter die Flüchtlinge mischen, die nach Norden zogen.

Vielleicht war dieser Zug ihr Glück, denn in der Menge verschwanden sie einfach, tauchten unter und verwischten ihre Spuren. In der ersten Nacht lagerten sie gemeinsam mit Dutzenden von Flüchtlingen und teilten ihr Essen mit ihnen.

Als Jaquento sich an dem rauchenden Feuer niederließ, das die Hiscadi entzündet hatten, bemerkte er zum ersten Mal, wie unterschiedlich die Flüchtlinge waren. Natürlich waren arme Leute darunter, aber auch Kaufleute und niederer Adel, Studenten und Handwerker.

Groferton hatte sich direkt mit Einbruch der Nacht verabschiedet und sich ein Stück weit entfernt einen Lagerplatz gesucht, ebenso wie Bihrâd. Die mangelnden Sprachkenntnisse der beiden machten es ihnen schwer, in die Menge einzutauchen. Zudem war der Maureske auffällig wie ein bunter Hund. Auch Roxane, die mit ihm am Feuer saß, verhielt sich still, während Jaquento eine merkwürdige Befriedigung dabei spürte, wieder die Zunge seiner Heimat zu hören.

»Ich war eine Weile … außer Landes«, erklärte er einer Frau, die neben ihm saß und die eben ihre zahlreichen Kinder schlafen geschickt hatte. »Und als ich zurückkehrte, sah es hier so aus.« Er machte eine Geste, die die vielen Flüchtlinge und Lagerfeuer einschloss. »Könnt Ihr mir erklären, was geschehen ist?«

Sie musterte ihn argwöhnisch, aber dann nickte sie. »Die Brotpreise sind immer weiter gestiegen, und niemand konnte sich mehr Essen für seine Familie leisten. Viele der géronaischen Herren haben die Arbeiter erst viel zu schlecht bezahlt und dann gar nicht mehr. Und irgendwann hieß es, wenn wir jetzt nicht aufstehen, dann werden sie uns alle elend verhungern lassen.«

Jaquento nickte ernst. »Wisst Ihr, wie viele sich diesem Aufstand angeschlossen haben?«

Die Frau zuckte mit den Achseln. »Tausende, überall. Es war ja nirgendwo anders als in Balcera. Irgendwo im Norden sollen ganze Heere bereitstehen, gebildet aus Bürgern und Bauern, und in vielen Städten kämpfen die Hiscadi gegen die Besatzer in ihren Forts und Kasernen.« Jetzt hatte sich ein stolzer Unterton in ihre Stimme geschlichen.

Als der junge Hiscadi später, in seinen Mantel gewickelt, in das Feuer starrte, raubte ihm das Gehörte noch lange den Schlaf. Fast konnte er sein Land nicht mehr wiedererkennen, so sehr hatte es sich im Aufruhr verwandelt. Die alte Ordnung brach zusammen, Menschen aller Stände marschierten nebeneinander, und ihr einziges Ziel war das Überleben. Die trügerische Ruhe, die die harte Herrschaft der Géronaee mit sich gebracht hatte, war von einem Sturm vertrieben worden, der alles mit sich riss und niemanden verschonte.

Einem Sturm, der das Antlitz der Welt veränderte.

SINAO

Die Sonne stand mittlerweile hoch am wolkenlosen Himmel, und kaum ein Luftzug regte sich an Bord der *Imperial*. Sinao hatte sich in den wenigen Schatten gesetzt, den der Achteraufbau bot, und beobachtete von dort aus, wie der Admiral mit einer seiner Untergebenen angespannt an der Reling stand und mit einem Fernrohr die Küste Rosarias' im Auge behielt. Er wirkte so, als ob er die Hitze überhaupt nicht bemerkte. Dabei musste er in seiner Uniform entsetzlich schwitzen.

Manoel hatte sich zu ihr gesellt und rauchte schweigend seine Pfeife. Anders als sie schien er Thyrane aber nicht zu beachten, sondern war ganz in seine eigenen Gedanken versunken.

»Seit unserem Besuch geht es im Fort zu wie in einem Taubenschlag«, raunte der Admiral gerade der jungen Soldatin an seiner Seite zu. »Wir müssen da drüben in ein verdammtes Wespennest gestochen haben.«

»Thay, wir könnten jemanden auf die andere Seite der Insel rudern lassen, der versucht, sich unentdeckt ein bisschen umzusehen.«

»Zu riskant, Leutnant Lerrick. Wenn wir ein Beiboot zu Wasser lassen, würde das sofort vom Fort entdeckt werden. Oder von der Besatzung des Linienschiffs dort drüben.« Er wies mit der Hand auf den Zweidecker der Compagnie, der in einiger Entfernung von ihnen in der schwachen Dünung schaukelte. »Aber ich wüsste, verdammt noch mal, dennoch gern, was in der Festung vorgeht.«

An seiner Stimme konnte Sinao erkennen, dass der Zorn des Admirals noch nicht verraucht war. Sie konnte den alten Mann gut verstehen, auch sie war noch immer wütend über die Überheblichkeit, mit der die Bailiff sie alle drei behandelt hatte. *Leute wie sie haben Tangye nach Hequia geschickt. Wir waren ihr egal. Die Paranao, die auf dieser Insel leben, sind ihr egal. Sie müssen für ihre weißen Herren arbeiten, so wie wir es mussten. Alles ist ihr egal, nur ihr eigener Vorteil ist ihr wichtig.*

»Vielleicht kann ich Ihnen helfen«, ließ sich auf einmal Manoel vernehmen.

Überrascht wandte Thyrane sich um.

»Sie?«

»Immerhin bin ich Ihr Maestre, schon vergessen?« Bei der Anspielung auf das Gespräch mit Bailiff Malster grinste Manoel vergnügt. »Und ich bin in der Lage, mich auf der Insel umzusehen, ohne dass ich tatsächlich drüben sein müsste.«

Thyranes Augen weiteten sich. »Ich habe davon gehört, dass es Maestre gibt, die die Vigoris auf diese Weise nutzen können. Aber das soll eine seltene und überdies nicht ungefährliche Gabe sein.«

Manoel zuckte mit den Schultern. »Ich gebe zu, dass es nicht ganz ohne ist. Is' aber keine Gabe, sondern eine Technik. Ich hab's schon gemacht, und ich bin mir sicher, dass ich es wieder schaffen kann. Besonders, wenn's hier an Bord ein bisschen Traumstaub gibt.«

Sinao blickte ihren Freund erschrocken an. Die Vorstellung, den eigenen Körper zu verlassen und nur den Geist auf die Reise zu schicken, war furchterregend und schockierend anziehend zugleich.

»Traumstaub könnten wir Ihnen gewiss zur Verfügung stellen«, sagte Thyrane gedehnt. »Leutnant, suchen Sie bitte Maestre Lamworth, und bringen Sie ihn zu mir.«

»Aye, aye, Thay.« Die junge Frau salutierte und lief zum Niedergang.

»Dann werde ich's mir mal ein bisschen bequem machen«, verkündete Manoel und schlenderte zum Heck des Schiffes, gefolgt von Thyrane und Sinao.

Der junge Maestre rollte seine Schlafmatte aus und setzte sich im Schneidersitz darauf. »Ich werde absolut nichts von dem merken, was hier mit meinem Körper passiert«, erklärte er. »Deswegen wäre es großartig, wenn ihm nichts zustoßen würde.«

Der Admiral nickte. »Dafür kann ich sorgen.«

»Gut. Sin? Am besten wäre es, wenn du in meiner Nähe bleibst. Wenn ich anfange, seltsame Sachen zu machen, oder du ein schlechtes Gefühl bei der Sache bekommst, dann musst du mir helfen, ja?«

Sinao war es, als ob eine kalte Hand an ihr Herz griff. »Ein schlechtes Gefühl habe ich jetzt schon, Mano. Und was könnte ich denn überhaupt tun?«

»Du kannst dich für das Mojo öffnen. Lass die Vigoris durch dich hindurchströmen, und dann mach die Augen auf, und schau, ob du mich finden und zurückholen kannst.«

»Aber ... aber ich habe so etwas noch nie vorher gemacht«, protestierte die Paranao.

»Ich weiß«, erwiderte Manoel mit ruhiger Stimme. »Aber ich bin mir sicher, dass du es kannst. Und du müsstest mir ja auch nur im Notfall helfen, der wahrscheinlich gar nicht eintritt. Ich verlasse mich auf dich; willst du's versuchen?«

Mit geschlossenen Augen zählte Sinao zwölf Herzschläge. *Er hilft dem alten Mann, damit der die Compagnie schließlich doch noch bestrafen kann. Und das tut er, weil er mir helfen will,* erkannte Sinao. Langsam nickte sie.

»Wunderbar. Dann können wir ja loslegen.« Mit einer weit ausholenden Geste zeigte Manoel auf Leutnant Lerrick, die eben in Begleitung eines ziemlich dicken Mannes zu ihnen kam.

»Thay, ich habe Maestre Lamworth mitgebracht«, meldete die Offizierin, »und auch gleich etwas Traumstaub.«

Manoel ließ sich nach hinten fallen, legte sich bequem auf den Rücken und winkelte die Beine an.

»Maestre, darf ich bitten?«

Lamworth warf Thyrane einen fragenden Blick zu, und erst, als dieser nickte, holte er einen kleinen Beutel aus seiner Hose, dem er eine gräulich schwarze Kugel entnahm. »Ich hoffe, Sie wissen, was Sie tun, Thay«, sagte er mit einer hohen Stimme, die nicht zu seinem massigen Körper zu passen schien.

»Das hoffe ich auch«, erwiderte der Admiral, während Manoel die Kugel zwischen seinen Lippen verschwinden ließ.

Wenige Augenblicke später sah Sinao, wie Manoels Augen nach hinten rollten. Sein Körper wurde schlaff und reglos, und da sie nicht wusste, was sie sonst tun sollte, kniete sie sich neben den jungen Maestre und nahm seine linke Hand in ihre Rechte.

Thyrane ergriff wieder das Fernrohr und kehrte mit Leutnant Lerrick zur Reling zurück. Der dicke Bordmaestre trat ein Stück zurück, murmelte etwas vor sich hin und beobachtete Manoel und Sinao mit einiger Skepsis.

Mit Manoel derart allein gelassen, betrachtete die Paranao argwöhnisch sein Gesicht. *Er hat gesagt, ich soll ihn holen, wenn er irgendetwas Seltsames tut. Aber was ist in seinem Zustand seltsam?*, grübelte sie. Ihr Freund lag einfach nur da, als ob er mit offenen Augen fest schlafen würde. Doch nach einigen Momenten veränderte sich sein Anblick plötzlich. Sein Körper zuckte, sein Atem ging stoßweise, und Schweiß trat ihm auf die Stirn, als ob irgendetwas ihn ungemein anstrengen würde.

Vorsichtig legte Sinao ihre andere Hand auf seine Brust. Der Herzschlag des jungen Maestre war schnell, viel zu schnell. Sie zählte einhundertzweiundsiebzig Schläge, bis eine Minute vergangen war. Sein ganzer Körper war jetzt von Schweiß bedeckt, und aus Manoels Nase begann ein dünner Blutfaden zu laufen. *Ich muss etwas unternehmen,* ermahnte sich Sinao selbst. Ihr erster Instinkt riet ihr, den Admiral zu rufen, doch ihr Verstand sagte ihr, dass der Offizier nichts würde unternehmen können, um Manoel zu helfen. Sie würde nur Zeit verschwenden, die der junge Maestre vielleicht gar nicht mehr hatte.

Die Paranao schloss die Augen. Sie versuchte, ihre Gedanken zu klären und sich für die Vigoris zu öffnen, doch es fiel ihr schwer, die aufkeimende Panik zu unterdrücken. *Atme ganz ruhig, so wie Manoel es dir erklärt hat,* befahl sie sich selbst. Dann konnte sie das Mojo plötzlich um sich herum fühlen, und die Welt war erfüllt von der Macht des Arsanums.

Sie konzentrierte sich auf Manoels Hand, die sie immer noch in ihrer hielt, richtete ihre Gedanken auf ihn und öffnete vorsichtig die Augen. Ihre Wahrnehmung war verzerrt; sie sah das Schiff und Manoels Körper, der vor ihr lag, und gleichzeitig sah sie beides nicht. Es war, als hätten sich zwei Bilder übereinandergeschoben. Das zweite Bild zeigte ihr die Küste Rosarias', und am Strand lief Manoel entlang, eine halbdurchsichtige, fließende Gestalt, die aus Leibeskräften rannte. Verfolgt wurde die Gestalt des jungen Maestre von einem schwarzen Schemen, der das Licht um sich herum einfach einzusaugen schien.

Als Manoels Gestalt Sinao entdeckte, rief er aus vollem Hals: »Sin! Gib mir deine Hand, Sin! Du musst mich rüberziehen!«

Sinao streckte die Hand aus, obwohl sie glaubte, viel zu weit von dem Strand und der Verfolgung entfernt zu sein, um

Manoel berühren zu können. Doch erstaunt stellte sie fest, wie sich ihre Perspektive verschob. Wie sie, ohne sich zu bewegen, dem Strand immer näher kam und Manoel beinahe mühelos erreichen konnte. Er ergriff ihre Finger gerade in dem Moment, als der schwarze Schemen ihn zu erwischen drohte.

»Zurück! Hol uns zurück!«, keuchte er, und Sinao zog an ihm, so fest sie konnte, und spürte, wie sie mit einem Ruck in die Wirklichkeit gerissen wurden.

Sie blinzelte einmal, und das Bild von dem Strand und von Manoels Verfolger war verschwunden. Sie kniete an Deck der *Imperial,* und der junge Maestre lag vor ihr. Das Blut strömte jetzt geradezu aus seiner Nase, aber er hatte die Augen geöffnet, und sein Herzschlag beruhigte sich allmählich.

»Verdammt ... mächtiges Mojo«, krächzte er heiser. »Danke, Sin.«

Sie strich über seine Hand. »Soll ich Hilfe holen?«, fragte sie leise.

»Geht schon«, nuschelte er. »Aber ein bisschen Wasser wäre gut.«

»Ich hol dir was.« Als sie mit dem gefüllten Holzbecher zurückkehrte, bemerkte sie der Admiral. Er übergab Leutnant Lerrick das Fernrohr und kam mit eiligen Schritten zu ihr und Manoel.

»Und?«, fragte er knapp.

Der junge Maestre hatte sich aufgesetzt und den Kopf in den Nacken gelegt. Mit einem Hemdsärmel hatte er das Blut aus seinem Gesicht gewischt und trank jetzt in kleinen Schlucken das Wasser.

»Er ist zurück«, meinte Sinao.

Manoel senkte den Kopf und sah Sinao und den Admiral an. Seine Nase hatte zu bluten aufgehört.

»Sie hatten recht«, sagte er. »Die Compagnie hütet ein Geheimnis auf der Insel. Ich habe mitten im Dschungel was entdeckt, so wie Sie's vermutet haben. Alte Ruinen. Und wirklich starkes Mojo.«

»Ruinen?«, unterbrach ihn Thyrane. »Was für Ruinen? Und wie alt?«

»Ehrlich gesagt, weiß ich das nicht. Verdammt alt. Überreste einer alten Festung oder eines alten Tempels, so genau kann ich das nicht sagen. Ich hatte auch gar keine Möglichkeit, die Mauern zu untersuchen; so nah bin ich überhaupt nicht rangekommen. Aber ich bin mir ziemlich sicher, dass die Paranao das Ding nicht gebaut haben.«

Sinao schluckte die Frage herunter, wer außer *ihren* Leuten so ein Gebäude mitten im Dschungel errichtet haben mochte, und lauschte Manoels Erzählung weiter.

»Jedenfalls bewacht die Compagnie die Anlage mit bestimmt fünfzig Mann. Das hätte mir zwar überhaupt nichts ausgemacht, denn die konnten mich ja nicht sehen, aber ich kam nicht mal in die Nähe der Mauern. Es war, als ob es da eine unsichtbare Wand gab, eine Blockade, die ich einfach nicht durchbrechen konnte. So etwas Ähnliches hab ich erst einmal erlebt ...«

»Bei der Schwarzbrunn-Fregatte?«, wollte Thyrane wissen, und Manoel nickte bestätigend.

»Und dann hat mich zu allem Überfluss auch noch ein Maestre der Compagnie aufgespürt. Dieser Hund verstand etwas von seinem Handwerk, und bevor ich mich's versah, klebte mir ein Schatten am Hintern, der mich verfolgt hat. Hätte er mich erwischt, wäre das verdammt unangenehm geworden. Diese Viecher saugen einem die Vigoris aus wie Moskitos das Blut. Allein wäre ich dann niemals zurückgekommen.«

Er unterbrach sich, um Sinao anzusehen. »Aber du hast mich ja zurückgeholt. Siehst du, ich wusste, dass du es kannst.«

Auf seinen Lippen lag bereits wieder das träge, selbstzufriedene Lächeln, das Sinao mittlerweile so gut kannte. Sie wusste nicht, ob sie ihn umarmen oder schlagen wollte.

Thyrane sah nachdenklich aus, so als müsse er das Gehörte noch einmal durchdenken.

»Die Compagnie hat also auf Rosarias etwas ausgegraben. Und das versuchen sie nun unbedingt zu schützen«, sagte er mehr zu sich selbst als zu den beiden anderen. »Und Sie, junger Mann, sind einem ausgebildeten und erfahrenen Magier der Gesellschaft entgegengetreten, um uns dieses Wissen zu bringen. Ich bin Ihnen etwas schuldig.«

Manoel zuckte mit den Schultern. »Nich' der Rede wert.«

»Einem jungen Mann mit Ihren Fähigkeiten stünden in Corbane viele Türen offen«, sinnierte der Admiral. »Haben Sie nie in Erwägung gezogen, eine Akademie zu besuchen, um eine formale Ausbildung zu erhalten?«

»Oh doch.« Manoel fiel nun wieder in den Singsang der Inseln zurück. »Hab's sogar nich' bloß in Erwägung gezogen, sondern ich war sogar auf einer. Der besten Akademie seiner Majestät Sugérand im ganzen verdammten Géronay.«

»Was hat Sie daran gehindert, dort Karriere zu machen?«

»Dort wollten sie mich nich' mehr. Haben mich rausgeworfen, weil ich – Moment, wie war noch mal der Wortlaut ...« Manoel kratzte sich den Kopf, als ob er nachdenken würde, dann sagte er mit näselnder Stimme: »... in unangemessener und unzüchtiger Weise Umgang mit dem Lehrkörper hatte.«

Fragend zog Sinao die Nase kraus. »Was soll das heißen?«

Thyrane lachte laut auf. »Eine Affäre, vermute ich. Mit dem Lehrkörper, also jemandem, der dort unterrichtet hat. Ich wusste gar nicht, dass an den Akademien in Géronay mittlerweile auch Frauen ausbilden dürfen.«

Nun war es an Manoel zu lachen. »Das dürfen sie auch immer noch nicht, Admiral.«

Das Lachen des Offiziers verstummte etwas zu abrupt, und er blickte den jungen Maestre überrascht an. »Oh«, entgegnete er lediglich. Dann fügte er nach kurzem Schweigen hinzu: »Ich hoffe, die Angelegenheit hatte keine weitreichenderen Konsequenzen für Sie.«

»Nein, hatte sie nicht. Es war ein sehr verführerischer Lehrkörper, und ich habe meinen Rauswurf nicht wirklich bereut.«

Sinaos Blicke glitten von einem der beiden Männer zum anderen. Manoel war ein *Kemayo*? Nun, das erklärte, warum er sie zweiundzwanzigmal umarmt, aber nie einen Versuch gemacht hatte, mehr als das zu tun.

»Thay, sie beginnen damit, Karren zu beladen«, meldete Leutnant Lerrick plötzlich.

Thyrane sprang auf. »Was laden sie denn auf die Karren?«

»Das kann ich nicht genau erkennen, aber es handelt sich auf jeden Fall um Fässer. Eine ganze Menge Fässer, alle in der gleichen Größe. Die Leute, die die Karren beladen, sind alles Eingeborene. Und sie sehen aus, als ob ihnen die Arbeit höllische Angst macht.«

Der Admiral nahm Leutnant Lerrick das Fernrohr aus der Hand und richtete es wieder auf die Küste.

»Schießpulver«, erkannte Thyrane nach kurzem Zögern. »Sie wissen, dass wir nicht davonsegeln werden. Und lieber sprengen sie ihren verdammten Fund im Dschungel in die Luft, als dass wir ihn finden.«

Der Admiral senkte das Fernrohr und begann angespannt hin und her zu laufen, während er überlegte.

Schließlich blieb er stehen und musterte Sinao und Manoel, bevor er die Offizierin ansah.

»Dann bleibt uns nichts anderes übrig«, stellte er nüchtern fest. »Wir müssen angreifen.«

ROXANE

»Gäbe es denn wirklich nicht die Möglichkeit, uns alle mit Reittieren auszustatten, Thay?«, fragte Groferton mit wehleidigem Unterton, obwohl er selbst gerade im Sattel saß. Roxane, die diese Litanei bereits zur Genüge kannte, seufzte.

»Nicht, solange Sie nicht bereit sind, Ihre Kunst als Attraktion feilzubieten, um unsere schmale Kasse aufzubessern«, murmelte sie verstimmt. Der Maestre schwieg daraufhin, aber die junge Offizierin konnte sehen, dass ihre Antwort nicht eben dazu beitrug, seine Laune zu bessern.

Die Reise nach Norden, auf der sie stets auf der Hut sein mussten, hielt Roxane dankenswerterweise davon ab, allzu viel über die Vergangenheit nachzudenken. Zwar fragte sie sich noch immer von Zeit zu Zeit, ob ihre Entscheidung richtig gewesen war, doch meist gelang es ihr, diese Gedanken mit Macht zu verdrängen. Ihr Ziel war die Ladung des gesunkenen Schiffes, das sagte sie sich immer und immer wieder, und all ihr Streben war darauf gerichtet.

Fast all mein Streben, musste sie zugeben. Sie warf einen Blick zu Jaquento und seiner Echse, die wie stets auf seiner Schulter saß. Mittlerweile verband die junge Offizierin den Anblick des kleinen Tieres untrennbar mit dem Hiscadi.

Selbst in der einfachen Kleidung eines Landarbeiters war seine Haltung gerade, und obwohl man ihm die Anstrengungen der letzten Zeit ansah, wirkte er keineswegs niedergeschlagen oder besiegt. Im Gegenteil, er schien von einem inneren Feuer beseelt zu sein, das ihn die Entbehrungen weitaus besser ertragen ließ als die anderen Mitglieder der Gruppe. Groferton beschwerte sich nun durchgängig, auch wenn er sich tapferer hielt, als seine ständigen Klagen vermuten ließen. Eine Einschätzung Bihrâds fiel Roxane schwer; der Maureske mit den Fähigkeiten eines Caserdotes war ohnehin schweigsam, und er ertrug alles, ohne zu murren. Lediglich manchmal kommentierte er Grofertons Auslassungen mit unverhohlenem Spott, was das Klima zwischen beiden Männern merklich abkühlte.

Aber Roxane hatte keine Zeit, sich darum zu kümmern. Trotz ihrer Eile waren sie zu langsam, wie sie befürchtete. Die *Todsünde* vergrößerte die Distanz zu ihnen mit jedem Tag und mit jeder Stunde, und wenn es ihnen nicht gelang, diesen Vorsprung zu verringern, würde die Ladung unerreichbar bleiben.

Also trieb sie die Gruppe immer wieder zu größerer Schnelligkeit an, auch wenn sie längst am Limit von Mensch und Tier reisten. Die Erschöpfung der Pferde wuchs zusehends, und Roxane fürchtete sich vor dem Moment, da die Tiere mehr Behinderung als Hilfe sein würden.

Sie fühlte den Blick der kleinen Echse auf sich ruhen und runzelte irritiert die Stirn. Das Wesen hatte die Angewohnheit, immer wieder jemanden zu fixieren, und dieser starre Blick zerrte an Roxanes Nerven. Sie wusste, dass es sich nur um ein Tier handelte; dennoch bereitete ihr die Aufmerksamkeit Unbehagen.

»So sehr ich auch wünsche, dies nicht sagen zu müssen, aber meine Zeit ist um«, erklärte Groferton und schüttelte betrübt den Kopf. Der Maestre saß auf dem kleineren der beiden Pferde, das sie optimistisch Tressot genannt hatten, nach dem berühmten Caserdote, der einst zu Fuß durch ganz Corbane gewandert war.

Groferton machte bereits Anstalten abzusitzen, doch Bihrâd klopfte dem Pferd auf die Flanke und sagte: »Nein. Ich will noch ein wenig laufen. Bleib sitzen.«

Überrascht sah der Maestre zu ihm hinunter, zuckte dann aber mit den Schultern. »Sicher?«

»Ja.«

»Reiten Sie weiter, Thay«, befahl Roxane und warf dem Mauresken einen dankbaren Blick zu, den dieser jedoch ignorierte. Auch wenn Groferton dazu neigte, seinen eigenen Gesundheitszustand stets überkritisch zu betrachten, war er doch derjenige, der tatsächlich am meisten unter den Strapazen der Reise litt.

Unauffällig lenkte sie ihre Schritte zu Jaquento, der ihr zweites Pferd – Rotando – am Zügel führte. Sie achtete darauf, so leise zu sprechen, dass Groferton sie nicht verstehen konnte. »Ihr Freund ist sehr großzügig. Und das, obwohl Maestre Groferton wirklich nicht immer der einfachste Reisegefährte ist.«

Der junge Hiscadi lächelte und nickte. »Bihrâd nimmt viele Dinge nicht so wichtig. Ob er jetzt noch eine Stunde länger läuft oder reitet, ist ihm vermutlich tatsächlich egal. Und überdies ist er …« Er schien nach Worten zu suchen. »Ein guter Mensch.«

Schweigend marschierten sie weiter. Das Wetter war besser, und am Himmel zogen nur noch einzelne Wolkenbahnen entlang. Der frühe Herbst konnte in Hiscadi wärmer sein als der Sommer in Thaynric, das hatte Roxane bereits festgestellt, und der beständige Wind von der See sorgte dafür, dass es trotz der Sonne angenehm blieb.

Die Küste war hier flacher, aus den hohen Klippen waren niedrige Felsen geworden, an denen sich die Wellen brachen.

Ihre Formationen wurden immer wieder von Stränden mit dunklem Sand unterbrochen.

Ihre kleine Gruppe hatte bereits einige Fischerdörfer passiert, in denen die Menschen noch in einer anderen Zeit zu leben schienen. Jedenfalls war dort von der Aufregung der Rebellion und des Krieges nichts zu spüren gewesen.

Nachdenklich schaute Roxane Jaquento an. Schließlich versuchte sie, in Worte zu fassen, was ihr durch den Kopf ging. »Ich weiß, warum ich die *Todsünde* jage. Aber mir ist nie ganz klar geworden, warum Sie dasselbe Ziel verfolgen.«

Er erwiderte ihren Blick mit unergründlicher Miene. Dann seufzte er. »Was denkt Ihr, Meséra?«

»Ich weiß es wirklich nicht«, erwiderte sie, auch wenn sie selbstverständlich Vermutungen hegte. Noch immer wurde sie aus ihm nicht schlau, aber sie wollte verstehen, was ihn antrieb. *Schließlich wäre es an Dummheit kaum zu überbieten, wenn ich der Ladung dieses Schiffes einmal quer über den Kontinent folgte, nur um hinterher festzustellen, dass dieser Pirat die ganze Zeit vorhatte, mich auszubooten.* Doch tief in ihrem Innersten wusste sie, dass Misstrauen nicht der einzige Grund war, warum sie versuchte, Jaquentos Beweggründe zu verstehen.

»Ihr glaubt, dass ich keine ehrbaren Motive haben kann, weil ich nicht wie Ihr einer Armee angehöre; Ihr denkt, dass ich nur mir selbst und meinen Interessen diene.«

Sie konnte nicht leugnen, dass sein Vorwurf der Wahrheit sehr nahe kam, und sie konnte die Verärgerung darüber in seiner Stimme hören. Mehr noch, sie hatte ihn verletzt.

»Deguay hat meinen Freund getötet und mich verraten. Letzteres könnte ich verzeihen, Ersteres niemals. Ich will verhindern, dass er sein Ziel erreicht. Und ich will auch Rache.«

»Wenn wir Deguay festsetzen können, wird er vor ein thaynrisches Gericht gestellt und für seine Taten zur Rechenschaft gezogen werden.«

Jaquento verzog das Gesicht. »Mein Anrecht auf ihn ist älter.«

»Also wollen Sie ihn töten?«

Er nickte. Seine Hand glitt zum Säbel, und er umklammerte den Knauf der Waffe. In seinem Gesicht arbeitete es, als ging ihm der Verrat des Kapitäns noch immer nah. »Er wird eine faire Chance erhalten, so wie er sie Pertiz gegeben hat. Meine Klinge gegen die seine. Das ist Gerechtigkeit.«

Roxane schwieg. Oft genug hatte er ihr gezeigt, dass er skrupellos und gerissen sein konnte. Und doch wollte er offenkundig nicht, dass sie daran zweifelte, dass er dennoch Ehre und Gewissen besaß. Sie ließ ihren Blick über die raue Landschaft wandern, die einst Jaquentos Heimat gewesen sein musste. Im wärmeren Sonnenlicht wirkte das Land freundlicher als bei ihrer Ankunft, heller und weniger abweisend, aber immer noch war die Landschaft herb. »Was hat Sie eigentlich veranlasst, Hiscadi zu verlassen?«, wechselte sie das Thema.

»Es hat mich nichts gehalten«, erwiderte er vage.

»Ist es nicht hart, keine Wurzeln zu haben?«

Sein Lachen war freudlos, und er widersprach ihr nicht.

An Bord der Schiffe seiner Majestät gab es oft Menschen, die auf der Flucht vor ihrer Vergangenheit waren. Eine Seereise ans andere Ende der Welt war auch wesentlich besser als ein Tanz mit dem Strick. Sie spürte, dass bei Jaquento mehr dahintersteckte als die Flucht vor den Autoritäten seines Landes. Seine Umgangsformen, seine Sprache, all dies sagte ihr sehr deutlich, dass er ein gebildeter Mann war. Doch sie wusste nicht, was ihn soweit gebracht haben mochte, dass er selbst in der Sturmwelt keine Ruhe vor den Dämonen seiner Vergangenheit fand.

JAQUENTO

Auch wenn sie unterwegs einige Berichte von Reisenden gehört hatten, war Jaquento nicht auf den Anblick vorbereitet, der sich ihnen schließlich vor Sargona bot. Die Stadt lag auf einem Hügel, eingerahmt von Feldern und dem prächtigen Panorama der Berge, doch es waren die unzähligen bunten Zelte, die um die Stadt gruppiert waren, die dem jungen Hiscadi den Atem verschlugen.

Er kannte die Stadt; früher hätte er gesagt, wie seine Westentasche. Die Gassen und Straßen, die weiß getünchten Häuser und die Paläste aus ockerfarbenem Sandstein. Er kannte jede Säule, jede Kaschemme, jeden Ballsaal und jedes Bordell.

»Wir sollten diesen Ort umgehen«, schlug er folgerichtig und mit Bestimmtheit vor, während er gleichzeitig das mulmige Gefühl in der Magengrube zu ignorieren suchte. »In der Unordnung verlieren wir zu viel Zeit.«

Mit deutlich erkennbarer Verwunderung blickte Roxane ihn an. Sie saß auf dem Rücken Rotandos, der nur noch erschöpft vor sich hintrottete.

»Wir brauchen Proviant, neue Pferde, und neue Kleidung, wenn das möglich ist«, erklärte die Offizierin. »Wir können es uns nicht erlauben, die Stadt einfach links liegen zu lassen.«

»Sargona ist schon zu besten Zeiten ein übles Loch«, erwiderte Jaquento mürrisch. »Es wird uns wenig bringen, dort einzukehren. Zudem haben wir ohnehin kein Geld mehr, Meséra, wenn ich Euch daran erinnern darf. In der Stadt bräuchten wir aber einige Solar, um all das zu kaufen, was Ihr für nötig haltet.«

»Nicht *ich* halte es für nötig, es ist einfach so, dass wir einige Dinge brauchen. Das Tier hier kommt doch keine Meile mehr weiter. Und meine Kleidung ist so schmutzig, dass ich sie am liebsten einfach verbrennen würde.«

Ihre Erwiderung war hitzig, aber Jaquento wusste, dass es die Wahrheit war: Sie mussten sich neu versorgen, oder ihre Jagd neigte sich bereits hier ihrem Ende zu.

»Aber nur eine kurze Rast«, sagte er finster. »Wir besorgen, was wir brauchen, und ziehen weiter.«

»Aye, aye«, murmelte Groferton, der wirkte, als würde er im Gehen schlafen. Der Maestre sah in seinen großen Hosen und dem um seinen dürren Körper geschlungenen Hemd wie eine Karikatur seiner selbst aus.

Wir müssen uns beeilen, ertönte Sinoshs Stimme in Jaquentos Kopf, und der junge Hiscadi nickte. Die Echse hatte die Reise als Einzige ohne große Anstrengung überstanden – verbrachte sie doch die meiste Zeit auf Jaquentos Schulter und stahl sich nur selten davon, um zu jagen.

Obwohl er wusste, dass sie in ihrer kleinen Gruppe alle inzwischen recht fest miteinander verbunden waren, weil sie ahnten, dass sie ihr Ziel nur gemeinsam erreichen konnten, verspürte Jaquento kein Verlangen danach, seinen Gefährten seine Zurückhaltung zu erklären. Es ging sie schlicht nichts an, und er konnte nur hoffen, dass sie diesen Wegabschnitt schnell hinter sich bringen konnten, um über den Pass nach Géronay zu reisen.

»Wie sollen wir uns ausrüsten?«, erkundigte sich Groferton, der jetzt wacher schien.

»Ich dachte, Ihr zaubert ein wenig auf dem Marktplatz, und wir lassen den Hut herumgehen ...«

»Außergewöhnlich amüsant«, unterbrach ihn Groferton brüsk. »Aber mein Talent liegt nicht darin, den Pöbel zu unterhalten, sondern im Schutz.«

»Schutz?«

»Von Schiffen, von Menschen, wovor auch immer. Darin habe ich ein gewisses Talent, und das habe ich im Dienste Ihrer Majestät stets aufopfernd eingesetzt!«

Wenn noch mal jemand die verdammte Krone erwähnt, fange ich an zu schreien, dachte der Hiscadi zornig, doch bevor er etwas erwidern konnte, mischte sich Roxane ein: »Ich denke, Jaquento hat sich nur an einem Scherz versucht, Thay«, versuchte sie die Wogen zu glätten, und ein Lächeln spielte um ihre Mundwinkel.

Sieh an, dachte Jaquento, *es gibt sogar in der königlichen Marine Offiziere mit Humor.*

»Wie also dann?«, hakte Groferton nach.

»Lasst das meine Sorge sein, Maestre«, erwiderte Jaquento ergeben. »Kümmert Ihr Euch um den Schutz, ich werde das nötige Geld beschaffen. Ich glaube, es ist für Euer Seelenheil besser, wenn Ihr nicht darin involviert seid.«

Missmutig runzelte Groferton die Stirn, sagte aber nichts. Bihrâds Gesichtsausdruck war so schwer zu deuten wie eh und je, und Roxane schien sich mit dem Gedanken an Diebstahl abgefunden zu haben. *Vermutlich redet sie sich ein, dass nun einmal Krieg herrscht und es nur Feinde trifft,* dachte Jaquento amüsiert. Dann musste er daran denken, dass er wohl nicht einmal stehlen musste, um in Sargona ein kleines Vermögen zu erhalten, und sein Lächeln erstarb.

Nein, schwor er sich. *Eher fresse ich den Dreck der Straße.*

Mittlerweile hatten sie sich der Stadt genähert und sich in den Strom der Reisenden eingereiht, die auf das Tor zumarschierten. Die Stadt musste eine große Anziehungskraft besitzen, denn es hieß, dass hier der Sieg errungen worden war, der Hiscadi die Freiheit beschert hatte. Hatte der Strom der Flüchtlinge aus Balcera von den Schrecken des Krieges gekündet, so war dieser Menschenauflauf hier ein Beweis für den taumelnden Triumph des Sieges. Jaquento konnte es spüren, und es war schwer, sich nicht mitreißen zu lassen. Die Verluste und Grausamkeiten waren vergessen, in diesen Tagen zählte nur das Jetzt, nicht das Vergangene. Menschen grüßten sich lachend auf dem Weg, fielen sich in die Arme, sangen gemeinsam Lieder. Sie passierten eine kleine Zeltgruppe, vor der Musiker spielten und einige Paare eine Tereda tanzten. Die Röcke flogen in bunten Kreisen, während die Männer sich mit flinken Schritten den Frauen näherten, nur um von ihnen in das uralte Spiel von Verlangen und Verheißung gezogen zu werden. Jaquento konnte sich gut an die Nächte erinnern, in denen er diesen Tanz getanzt hatte – an die Bälle mit ihren förmlichen Tänzen und an die Straßenmusiker, zu deren klagenden Weisen er das Feuer in sich entfesselt hatte –, und alles in ihm drängte, weiterzuziehen und diese Erinnerungen mit der Stadt hinter sich zu lassen.

Ein Stück vor dem Tor hatte sich eine große Menschenmenge versammelt, die den Worten eines Predigers zu lauschen schien. Jaquento achtete nicht auf sie, denn sein Geist war in anderen Sphären gefangen. *Wenigstens kommen die Massen uns zugute. So viele Menschen, da können wir unerkannt bleiben. Nur ein paar Gesichter unter vielen. Wer würde uns in diesem Trubel schon beachten?*

»Maurez?« Es dauerte einige Momente, bis der junge Hiscadi seinen Namen erkannte. Der Ruf war über die Köpfe der versammelten Menschen hinweggehallt. Als Jaquento sich nach dem Rufer umsah, erkannte er, dass es kein Caserdote war, der dort auf der einfach gezimmerten Bühne sprach.

»Franigo?«

Unzählige Gesichter hatten sich ihm zugewandt, und die Aufmerksamkeit der Menschen legte sich wie ein unangenehm schwerer Mantel über Jaquento. Sein Blick huschte über die Menge, suchte nach Bekannten.

Franigo war eben hinabgesprungen und lief durch die Masse, die sich bereitwillig vor ihm teilte. Schon erklomm ein anderer Redner die Bühne und hub zu einer feurigen Rede an, die nun die Aufmerksamkeit des Publikums auf sich zog. Dennoch starrten noch zu viele fragende Mienen zu ihnen herüber.

Mit humpelndem Schritt kam Franigo näher, und ein breites Grinsen ergriff Besitz von seinem Gesicht. Sein Knebelbart war so dick wie früher, seine schwarze, elegante Kleidung kündete davon, dass es ihm gut ergangen war. Doch um seine Augen lagen mehr Falten als früher, und der Blick des Poeten enthielt etwas, was Jaquento kaum deuten konnte.

»Maurez, du alter Hund! Man sagte mir, du wärst tot und begraben. Und jetzt stehst du hier vor mir, tauchst einfach so auf, wie in einem schlechten Roman!«

Maurez?, fragte Sinosh, aber Jaquento ignorierte ihn geflissentlich. Ebenso mied er die fragenden Blicke seiner Gefährten.

»Können wir woanders hingehen?«, fragte er rasch. »Wo wir … ein wenig ungestörter sind?«

Er blickte an Franigo vorbei zu der Menschenmenge, von der einige noch nicht das Interesse an ihnen verloren hatten. Offenbar genoss der Dichter hier einiges an Ansehen und Bewunderung.

»Aber natürlich, gern«, versicherte Franigo. »Es gibt da eine vorzügliche Taverna, gleich hinter dem Tor. Exzellenter Wein aus der Gegend, wie du dich vielleicht erinnerst.«

Mit einer ausladenden Verbeugung wies der Poet in Richtung des Stadttores, dann setzte er sich an die Spitze ihrer Gruppe. Waren sie vorher nur langsam vorangekommen, wurde ihnen nun bereitwillig Platz gemacht, als wären sie die Herren der Stadt, die Einlass begehrten. Jaquento, der den schleppenden Schritt des Dichters betrachtete, fragte sich, welches Duell wohl die Schuld an dessen Hinken tragen mochte. *Zweifellos ein Liebeshändel,* schoss es ihm durch den Kopf. Der Poet war schon immer ebenso schnell mit der Klinge wie mit der Zunge gewesen und hatte eine Vorliebe für verheiratete Damen gepflegt.

»Du reist in interessanter Gesellschaft«, stellte Franigo fest, während er immer wieder grüßend den Kopf neigte. »Würdest du uns bitte vorstellen? Auch wenn deine Kleidung einem Schweinehirten besser anstünde, glaube ich kaum, dass du deine Umgangsformen verlernt hast.«

»Es ist viel Zeit vergangen«, erwiderte Jaquento leise. Laut erklärte er nach einem trockenen Räuspern: »Das ist Roxana, aus dem Norden.«

»Hocherfreut, Meséra. Es ist mir eine Ehre, Eure Bekanntschaft zu machen, und, wenn ich so frei sein darf, auch ein besonderes Vergnügen.« Franigo verneigte sich tief und zog mit einer schwungvollen Bewegung den Hut. Fast hätte seine Nase den Boden berührt, und Jaquento war beinah geneigt, ihm den nötigen Stoß zu geben, um dafür zu sorgen.

»Zu viel der Ehre«, entgegnete Roxane kühl.

»Keineswegs, Meséra, keineswegs. Selten trifft man eine Frau, in der Schönheit, Anmut und Grazie derartig vereint sind. Ich wünschte, ich hätte meine Feder und Papier bei mir, damit ich die Worte, die bei Eurem Anblick durch mein Herz sprudeln, festhalten könnte. Und natürlich bin ich erpicht darauf zu hören, ob Euer Begleiter auch stets die Manieren eines Granden hat walten lassen, wie es ihm wohl anstünde.«

Obwohl Jaquento den skeptischen Blick der Offizierin sah, mit dem Roxane Franigo betrachtete, stieg ihm die Hitze ins Gesicht, und er ballte die Faust.

»Roxana und ich sind ... nun ja«, erklärte er, was den Poeten wieder lächeln ließ, während Roxane empört einatmete. Er zwinkerte ihr zu und formte mit den Lippen das Wort »Tarnung«.

»Du hattest schon immer einen bewundernswerten Geschmack«, flüsterte Franigo und schlug dem jungen Hiscadi auf die Schulter. »Und deine anderen Gefährten?«

»Der Große ist Bihrâd; er stammt aus den Mauresken Städten. Und der schweigsame junge Mann ist Groferson.« Er zog das O in die Länge und sprach den Namen möglichst genuschelt aus. »Ein Seidenklöppler aus Gavere. Ein wenig kränklich, der Bursche, und ein Miesepeter.«

»Es ist mir eine Freude«, erklärte Franigo ernsthaft.

»Sie sprechen beide kein Hiscadisch.«

»Oh. Das ist zu schade. Ich kann zwar ein paar Worte der Zunge, die sie in Gavere Sprache nennen, aber vielleicht versuche ich mich lieber nicht daran«, erwiderte der Poet zu Jaquentos Erleichterung. »Ich war dort im Krieg, weißt du, und ich glaube nicht, dass wir diese Geschichte aufwärmen sollten.«

Nach einigen Momenten begann Franigo zu grinsen. Als Jaquento ihn fragend ansah, wies der Poet auf Sinosh. »Und das da? Oder willst du behaupten, dass du schon immer eine Echse auf deiner Schulter herumgetragen hast, und ich habe es nur einfach nie bemerkt?«

»Das ist Sinosh. Er ist mir zugelaufen. Und jetzt werde ich ihn nicht mehr los«, erwiderte der junge Hiscadi finster, und zuckte dann zusammen, als Sinosh ihm seine winzigen Krallen in die Haut schlug.

»Possierlich« war Franigos einziger Kommentar.

Am Tor standen einige Soldaten, doch als sie Franigo erblickten, hielten sie die Gruppe nicht auf und stellten ihnen nicht einmal eine Frage. Der Poet führte sie von der großen Straße weg in eine kleine Gasse, aber Jaquento hätte keiner Hilfe bedurft, um seinen Weg zu finden. Sogar die Taverna kannte er noch, auch wenn er früher höchstens ein- oder zweimal hier eingekehrt war. Für seine damaligen Freunde war der Wein hier zu teuer gewesen, und für die anderen Gäste waren seine Freunde zu billig gewesen.

Sie übergaben ihre erschöpften Pferde einem Knecht und betraten den Schankraum, der zu dieser Zeit noch recht leer war. Dennoch starrte der Wirt sie missbilligend an, was bei ihrem Anblick kein Wunder war. Erst einige silbrige Worte Franigos, gemeinsam mit einigen gleichfarbigen Münzen, überzeugten den hageren Mann, ihnen ein kleines Hinterzimmer zur Verfügung zu stellen. Als sich die Tür schloss, seufzte Jaquento vor Erleichterung. Den ganzen Weg lang hatte er befürchtet, dass sich noch mehr Menschen an ihn erinnern könnten.

»Also, Maurez, erzähl mir deine Geschichte«, bat Franigo, der einen vollen Becher Wein hob. Dann beugte er sich zu dem Hiscadi und flüsterte ihm ins Ohr: »Und ich bin sehr gespannt, was sich hinter deinen lahmen Ausreden verbirgt.«

Als Jaquento betreten das Gesicht verzog, wandte sich der Dichter wieder mit lauterer Stimme an die ganze Gruppe. »Aber zunächst zum Wohl, meine Freunde. Genießt den Wein, denn was wissen wir, was der nächste Tag bringen mag?«

Roxane nippte nur kurz an ihrem Weißen, bevor sie ein düsteres Lächeln aufsetzte. »Ja, bitte, *Maurez*, erzähl uns deine Geschichte.«

TAREISA

Die Fischer waren verständlicherweise vorsichtig, als die *Todsünde* sich ihnen näherte. Auch die große géronaische Flagge am Heck konnte ihnen den Argwohn nicht nehmen; Freibeuter nutzten gern eine falsche Beflaggung, um ihre Opfer in Sicherheit zu wiegen. Vielleicht war es die Größe des Piratenschiffs, die letztendlich den Ausschlag gab, denn die Freibeuter der Thayns und die Korsaren des Kontinents bevorzugten kleinere, schnellere Schiffe, mit denen sie den Kriegsschiffen der Marine besser entkommen konnten. Ein zu großes Schiff zog außerdem unweigerlich mehr Aufmerksamkeit auf sich, als sich die Freibeuter leisten konnten.

Deguay ließ die Segel reffen und drehte die *Todsünde* in den Wind, so dass sie nicht weit entfernt von dem kleinen Fischerboot lag. Zwar wurden sie langsam in Richtung Küste gedrückt, aber der Wind war bei Weitem nicht stark genug, um ihnen gefährlich zu werden.

»Ahoi«, rief der Capitane durch ein Sprechrohr. »Habt ihr Fang gemacht, von dem wir kaufen können?«

Die beiden Fischer, die ihr einfaches Segel gesetzt hatten und bereit schienen, jeden Moment in Richtung Küste davonzufahren, blickten zögernd zu ihnen herüber, dann nickte der eine und hielt die Hände trichterförmig vor den Mund: »Ja, haben wir.«

»Gut. Ich schicke ein Boot.«

Trotz der relativ ruhigen See brauchte es einige Minuten, bis das Boot eingeholt war und die Seeleute hinunterklettern konnten.

»Bring mir den Capitane mit«, befahl Deguay Rahel. »Und den ganzen Fang. Ich habe meinen Geschmack an Pökelfleisch verloren, und mit ein wenig Glück haben sie da drüben guten Fisch.«

»Sollen wir …?«

Ihre Frage war eindeutig, auch wenn sie den Rest nicht aussprach. Aber Deguay winkte ab. »Nicht für ein paar Fische, meine Liebe. Wir kaufen und zahlen, gemäß den Regeln der See. Aber ich will mit dem Capitane reden. Wir müssen wissen, was da los ist.«

Während Rahel sich an die Erledigung ihres Auftrags machte, gesellte Tareisa sich zu Deguay. Er lächelte sie an und zwirbelte seinen Bart. »Bald wissen wir mehr. Die Fischer werden Neuigkeiten haben.«

Sie erwiderte sein Lächeln und nickte. »Es tut mir sehr leid, dass ich so wenig hilfreich sein kann«, gestand sie. »Aber es will mir ob der Ladung nicht gelingen, einen längeren Kontakt herzustellen.«

»Macht Euch keine Sorge, meine Dame. Man kann nicht ändern, was außerhalb der eigenen Macht liegt. Man kann es nur akzeptieren und dennoch einen Weg finden, sein Ziel zu erreichen. Und manchmal können einfache Fischer ebenso praktisch sein wie die Vigoris.«

Derzeit war alles besser als die Vigoris, wie die Maestra wusste. Zumindest an Bord der *Todsünde*. Sie konnte gar nicht ausdrücken, wie sehr sie sich danach sehnte, die Verantwortung hinter sich zu lassen und der Nähe der unglückseligen Fracht zu entkommen, die ihre Kraft aushöhlte.

»Einfache Methoden haben nicht selten etwas für sich.«

Gemeinsam beobachteten sie, wie das Beiboot der Piraten längsseits zum Fischerboot ging und Rahel geschickt an Bord kletterte. Die Offizierin redete auf einen der Männer ein und gestikulierte dabei wild, wies immer wieder auf die *Todsünde* und zur Küste. Der Fischer schüttelte einige Male den Kopf, bis Rahel an ihren Gürtel griff und einen Beutel emporhob. Nach einigen weiteren Worten schienen sie schließlich doch handelseinig zu werden, denn die Fischer gaben nun ein paar offensichtlich schwere Fässer frei, die daraufhin von den Piraten nacheinander in ihr eigenes Boot gehievt wurden.

Das Fischerboot war kaum größer als das Beiboot der *Todsünde*, hatte aber einen fest installierten Mast und einen breiteren Rumpf. Während ein Fischer das Segel einholte, schwang sich der andere in das Beiboot, und schon bald ruderten die Piraten wieder zurück zu ihrem Schiff.

»Drei Fässer«, rief Rahel, noch bevor sie angelegt hatten. »Schon sortiert.«

»Und der Capitane?«

Die Piratin wies auf den Mann neben ihr, der grüßend seine Mütze lüftete. Dann wollte er sie schon wieder auf den Kopf setzen, besann sich aber wohl eines Besseren und behielt sie in den Händen. Die Einladung an Bord des großen Schiffes machte ihn sichtlich nervös, aber er packte die Strickleiter und kletterte an Deck.

»Das ist Capitane Guiot«, stellte Rahel ihn mit einem sardonischen Lächeln vor. »Ihm gehört das Boot.«

Der Mann nickte mehrmals, als würde ein Nicken nicht genügen. Er ging gebeugt, aber seine Arme waren kräftig und seine Hände groß und voller Schwielen. Die Ärmel seines Mantels waren hochgekrempelt und entblößten Unterarme, auf denen etliche Tintenbilder eingestochen waren. Zwei Segenssprüche Corbans wanden sich über die sehnigen Muskeln, unter dem dichten Haar kaum zu entziffern. Seine Haut war gebräunt, und man sah ihm das raue Leben an.

Deguay begrüßte den Mann, als würde dieser nicht nach Fischinnereien und Schweiß stinken, sondern nach dem feinsten Rosenwasser duften. »Ah, Capitane Guiot, es ist mir eine Freude«, erklärte er mit breitem Lächeln und legte den Arm um die Schultern des Mannes, dessen hektischer Blick zwischen ihm und Rahel hin und her hetzte.

»Kann ich Euch etwas anbieten?«, erkundigte sich Deguay höflich. »Vielleicht einen Schluck Wein? Oder etwas mit mehr, sagen wir mal, Gehalt? Ich habe vorzüglichen Rum in meiner Kajüte, wenn es Euch danach gelüsten sollte.«

»Rum ist gut.«

Diese Feststellung schien bereits alle Kraft des Mannes zu kosten. Ein wenig bedauerte Tareisa den Seemann, der unter ihre Bande von Halsabschneidern geraten war und dem dies nun bewusst wurde, wie der Schweiß auf seiner Stirn zeigte. Natürlich hatte er mit seinen Ängsten recht. Die Piraten würden nicht zögern, ihn umzubringen, wenn Deguay es befahl. Doch der Capitane hatte sich in diesem Fall entschlossen, den aufmerksamen Gastgeber zu spielen. Nur konnte Guiot das nicht ahnen.

»Dann gehen wir hinab, mein Freund. Kommt Ihr, Tareisa?«

Sie folgte den beiden Männern unter Deck. Deguay redete die ganze Zeit auf den stummen Fischer ein, der sich widerstandslos führen ließ, als habe er sich in sein Schicksal ergeben. Dass die *Todsünde* kein gewöhnliches Schiff war, musste dem Mann aufgefallen sein. Zu viele bewaffnete Seeleute, Männer und Frauen gemischt, mit Segeltuch abgedeckte Kanonen, die aus nächster Nähe aber kaum zu verkennen waren.

In der Kajüte setzte Deguay die Scharade fort und bot Guiot einen Stuhl und ein Glas Rum an, das er beinah bis zum Rand füllte. Tareisa lehnte das Angebot, ebenfalls etwas zu trinken, ab und setzte sich lediglich schweigend und aufmerksam zu den beiden Männern. Jetzt betrachtete der Fischer sie eindringlich, als wolle er den Grund ihrer Anwesenheit erforschen. Aber Blicke dieser Art hatten die Maestra ein Leben lang begleitet.

»Capitane, wir haben ein Problem«, stellte Deguay schließlich fest, als er den Rum mit einem schnellen Schluck hinuntergestürzt hatte. »Wir haben südlich von hier seltsame Gerüchte von Fischern – ebensolch ehrbaren Männern, wie Ihr selbst einer seid – gehört, doch wir können uns keinen Reim darauf machen. Zudem ist es uns nicht möglich, einen Hafen anzulaufen, da wir sehr in Eile sind und die verdammten Thayns ...« Hier spuckte der Capitane beinahe aus. »Weil sie überall sind und jede Zufahrt blockieren.«

Er sah den Fischer erwartungsvoll an, doch dieser schwieg standhaft und hielt sich an seinem Glas Rum fest, von dem er noch nicht gekostet hatte. Deguays Blick wanderte zu Tareisa, die fragend die Schultern hob, dann seufzte der Capitane.

»Was wisst Ihr über die Unruhen im Süden?«

»Ach so, die Schlacht und so, das meinst ... meint Ihr.«

Jetzt lehnte Deguay sich vor.

»Welche Schlacht?«

»Nun ja, die Schlacht, in der die Hiscadi den König besiegt haben, nech? Und dann hat der König die Generalstände einberufen, wegen neuer Steuern, für die Armee, wegen dem Krieg.«

»Wegen welchen Krieges?«, fragte Tareisa gedehnt. Innerlich verfluchte sie wieder einmal ihre Situation. Abgeschnitten von der Welt, saß sie auf diesem Schiff fest, während sich in ihrer Heimat die unerhörtesten Ereignisse förmlich überschlugen.

»Um Hiscadi zurückzuholen.«

Das ergab Sinn, die nächsten Worte des Mannes allerdings nicht: »Aber die Stände ham die Steuern abgelehnt. Und die dritte Kammer wollte ein neues Wahlrecht einführen, heißt es. Soll nach Köpfen gehen, nech?«

»Was, die Wahl der Delegierten? Nach Köpfen?«

»Angeblich, weil die Hiscadi auch so was machen. Aber der König wollte das nich' und hat die Generalstände aufgelöst. Aber die sind nich' gegangen und haben sich Nationalversammlung genannt. Un' die Armee … tjo, da ham einige Regimenter einfach ihre Offiziere abgesetzt und so.«

Tareisa schwirrte der Kopf. *Sugérand hat die Generalstände aufgelöst, aber die haben sich geweigert?* Sie versuchte, sich aus den einfachen Worten des Fischers zusammenzureimen, was wirklich vorgefallen war, aber es war ihr unmöglich.

»Un' die Regimenter haben die Nationalversammlung unterstützt, und jetzt is' der König nich' mehr der König.«

»Was?«, riefen Deguay und Tareisa wie aus einem Munde.

»Jetzt gibt's 'ne Verfassung«, erklärte Guiot mit einem selbstgefälligen Grinsen, aber wohl ohne zu verstehen, was das bedeutete.

Tareisa hingegen verstand sehr wohl. Die Karten wurden gerade neu gemischt. Es wurde umso dringender Zeit, dem alten Mann zu bringen, was er begehrte.

Während Deguay noch mit dem Fischer sprach, lief Tareisa an Deck. Einige Minuten lang ging sie ruhelos auf und ab, bis sie der Blicke der Besatzung gewahr wurde. Es gelang ihr, den inneren Tumult zumindest nach außen hin zu verbergen und sich ruhig an die Reling zu stellen. Aber auch ihre Gedanken rasten. Sie versuchte, den Sinn hinter all diesen Ereignissen zu erkennen oder wenigsten einen Faden zu finden, anhand dessen sie dieses Rätsel lösen konnte. Doch es wollte ihr nicht gelingen.

»Was nun?«, erklang Deguays Stimme hinter ihr. Der Capitane hatte die Arme vor der Brust verschränkt. Anders als die Maestra schien er die Neuigkeiten weniger alarmierend zu finden.

»Ich muss Kontakt aufnehmen«, erklärte Tareisa fest. »Es ist möglich, dass sich unsere Pläne ändern.«

»Dann benötigt Ihr Abstand?«

»Vom Schiff, ja. Ich brauche ein Boot, das mich an Land bringt. Vielleicht genügt es auch, wenn man mich einfach nur einige hundert Meter weit weg rudert.«

»Ich werde es arrangieren. Aber ...« Deguay sah sie an. »Falls in dieser Zeit ein Schiff der Thayns auftaucht, kann es sein, dass uns nicht genug Zeit bleibt, auf ein Boot zu warten.«

Die Maestra nickte. Sie hatte nichts anderes erwartet.

»Falls dies geschieht, und ich sage absichtlich *falls*«, fuhr der Capitane fort, »werde ich Euch so viel Zeit wie möglich verschaffen.«

»Falls wir getrennt werden, segelt weiter nach Maillot, Capitane. Ich werde Euch dort treffen.«

Sein Nicken kam langsam, aber inzwischen glaubte sie, dass er tun würde, was er sagte.

Dann wandte er sich ab und befahl, ihr ein Beiboot zur Verfügung zu stellen.

Es dauerte nicht lang, und Tareisa saß in dem schaukelnden Gefährt und blickte zurück zur *Todsünde*, die mit gerefften Segeln in der Bucht lag. Auch wenn es ihr schwerfiel, das Schiff, das nun so lange ihre Heimat gewesen war, hinter sich zu lassen, wuchs mit jedem Meter, den das Boot gutmachte, ihre Sicherheit. Eine Euphorie ergriff von ihr Besitz, denn sie spürte ihre Macht zurückkehren und den Einfluss der Ladung schwinden.

Die Piraten beäugten sie misstrauisch, aber jetzt kümmerte sich die Maestra nicht mehr darum. Vielmehr schloss sie die Augen und lotete die Tiefen der Vigoris aus. Noch spürte sie einen leichten Sog, doch es war zu wenig, um sie an der Erfüllung ihres Plans zu hindern. Sie sammelte sich einige Augenblicke lang, bevor sie die Pforte öffnete, sich der Vigoris ergab und das Wort formte. *Meister.*

Lange musste sie nicht warten. Ihr Ruf war davongeeilt, getragen von der Vigoris, und hatte sein Ziel erreicht. Seine Antwort war weitaus stärker, seine Kontrolle der Vigoris und sein Wissen um das Arsanum ohnegleichen.

Du tust gut daran, dich zu melden, Kind. In Géronay geschehen kuriose Dinge, die jedoch keinen Einfluss auf unsere Pläne haben dürfen. Der Weg nach Maillot ist nicht sicher genug; die Stadt ist möglicherweise in der Hand von Aufständischen. In Boroges haben sich königstreue Regimenter zusammengefunden. Wird deine Autorität ausreichen, um in diesem Hafen eine sichere Übergabe zu gewährleisten?

Tareisas Gedanken überschlugen sich beinahe. Sugérands Schicksal war ihr unbekannt, aber sie hatte schon oft in seinem Namen gesprochen. Wenn die Soldaten tatsächlich loyal geblieben waren, würden sie ihr wohl gehorchen. Und wenn nicht, hatte sie noch immer ihre Macht zur Verfügung. Sie sandte ein *Ja* an den alten Mann.

Gut. Begebt euch nach Boroges. Ich werde dafür sorgen, dass man euch dort empfängt. Und bereite die Trennung von diesen Söldnern vor, mein Kind. Die Stimme in ihrem Kopf klang nun zufrieden. *Die letzte Phase beginnt, und wir können keine Risiken eingehen. Es ist an der Zeit, dieses Verhältnis zu beenden.*

Der alte Mann erwartete keine Antwort; er erwartete nie eine, wenn er seine Befehle gab. Sie würde sie befolgen, mehr brauchte er nicht zu wissen.

Tareisa öffnete die Augen. Die Seeleute starrten sie an, aber sie hatten von der stummen Konversation nicht ein Wort mitbekommen.

»Zurück zum Schiff.«

Während die Riemen in die See tauchten, musste die Maestra daran denken, dass Deguay ihr gegenüber redlich war. Und der Preis für diese Treue würde kein geringer sein.

SINAO

Vielleicht war es die untergehende Sonne, deren Licht das Gesicht des Admirals blutig rot färbte, die in Sinaos Herz eine düstere Stimmung aufkommen ließ. Dabei sollte sie sich eigentlich freuen, denn noch in dieser Nacht würden die Menschen der Compagnie für ihre Verbrechen bestraft werden. Doch die junge Paranao ahnte, dass auch dies nicht die Leere vertreiben würde, die Majaguas Tod in ihr hinterlassen hatte. Und dennoch verlangte es sie nach Rache.

»Bald beginnt es«, erklärte Thyrane leise und legte ihr die Hand auf die Schulter, als spüre er ihren inneren Aufruhr.

»Du solltest nicht allein gehen.«

Er lächelte und blickte zur Insel, wo das Fort noch von den letzten Strahlen der Sonne hell erleuchtet wurde, während die Bucht bereits in den Schatten der anbrechenden Nacht versank.

»Ich bin nicht allein, Sinao. Mach dir keine Sorgen um mich. Denk an dich, denn du wirst mitten in der Gefahr sein. Aber der Plan ist gut – das sind meine Pläne für gewöhnlich«, sagte der alte Mann. Seine buschigen Augenbrauen hoben sich, dann zwinkerte er ihr zu.

Den ganzen Tag hatte er mit dem Kapitän und einigen Offizieren in der Kajüte verbracht und über Karten und Listen gebrütet, während Sinao auf Deck ruhelos auf und ab gegangen war wie ein gefangenes Tier, nachdem Manoel ihr erklärt hatte, dass ihnen Schiff und Fort der Compagnie überlegen waren und sie deshalb nicht einfach angreifen konnten.

Jetzt lehnte der junge Maestre an der Reling, wie zumeist nur mit einer einfachen Hose bekleidet, die er mit einem Tau um seine Hüften geschlungen hatte. Es schien, als würden ihn die Vorbereitungen gar nicht interessieren, aber Sinao sah, wie seine Augen hinter den halb gesenkten Lidern alles genau verfolgten.

»Wir brechen auf«, befahl der Admiral mit einem Blick auf die versinkende Sonne, dann wandte er sich an Kapitän Bercons: »Sie haben Ihre Befehle, Thay. Viel Erfolg bei diesem Unternehmen.«

»Ich wünsche Ihnen Glück, Thay«, erwiderte der Kapitän und salutierte.

Thyrane hob grüßend die Hand an den Dreispitz. Dann drehte er sich um und kletterte langsam die Leiter hinab in das wartende Boot. Noch bevor er sich gesetzt hatte, befahl er abzulegen, und die Ruderer legten sich in die Riemen.

Es waren vierzehn Menschen in dem Boot, darunter lediglich zwei Marinesoldaten, und Sinao wusste, dass der Admiral in der Festung hoffnungslos in der Unterzahl sein würde. Während diese Aussicht ihm selbst offenbar nichts ausmachte, sank Sinaos Herz ebenso wie die Sonne.

Als das Boot die Insel erreichte, wich der Tag unwiderruflich der Nacht.

Im Zwielicht begannen auf der *Imperial* die weiteren Vorbereitungen. Leise begaben sich Soldaten und Seeleute unter Deck, wo ihnen Waffen und Munition ausgegeben wurden. Sinao hörte ihre Stimmen und fürchtete fast, dass die Worte über die stille Bucht getragen wurden bis zur *Ertraden*, dem Schiff der Compagnie, das noch in trügerischem Frieden unterhalb der Festung ankerte.

»Sie ist ein dicker Pott«, murmelte Manoel, der ihren Blick bemerkt hatte. »Aber die Leute an Bord erwarten keinen Ärger.«

»Sie müssen doch wissen, was vorgeht«, widersprach Sinao, doch der junge Maestre schüttelte den Kopf, so dass seine Zöpfe flogen.

»Nein. Sie glauben nicht, dass ein Kriegsschiff Ihrer Majestät etwas gegen sie unternehmen könnte. Das gute alte Thaynric hat ja bisher immer den Frieden mit ihnen gehalten, um den Handel nicht zu gefährden, verstehst du? Absprachen unter Ehrenleuten und dieser ganze Mist. Und noch dazu ist das hier eine Fregatte, und die *Ertraden* ist ein Linienschiff.«

Zweifelnd blickte Sinao wieder hinüber zu dem Schiff, das kaum mehr als ein dunkler Fleck vor dem Wasser war. Die Masten zeichneten sich vor der helleren Küste ab, doch der Rumpf war in Schatten gehüllt. Der Admiral hatte ihr erklärt, dass es einst ein Schiff der Géronaee gewesen sei, das die Marine seiner *Cacique* erobert hatte. Und dass es davor einem Stamm gehört hatte, den die Géronaee überfallen hatten. *Und immer, wenn im fernen Corbane die Stämme Krieg führen, kämpfen sie auch hier. Und Paranao sterben.*

Diesmal jedoch würden Thayns gegen Thayns stehen; eine Aussicht, die Sinao besser gefiel, als dass ihre Leute für die unsinnigen Ansprüche der Blassnasen bluten mussten. Für die fremden Herren war schon genug Blut ihres Volkes vergossen worden, auf Hequia und anderswo.

Mit leisen Befehlen wurden die Boote längsseits geholt, auf der der Insel abgewandten Seite des Schiffes, und ein Netz wurde an der Flanke hinabgelassen. Die Besatzung kletterte daran in die Boote hinunter, und mit Hilfe von dicken Tauen wurden Waffen und Fässer hineingeladen. Das Ganze lief gespenstisch leise ab und ohne Licht, so dass Sinao manchmal nur erahnen konnte, was gerade geschah. War ein Boot voll, wurde es ein Stück weit weggerudert, mit umwickelten Riemen, die trotzdem platschend ins Wasser eintauchten. Doch die Brandung verschluckte die Geräusche, nahm sie in sich auf, als wären sie Bestandteil der See.

Schließlich trat der Kapitän zu Manoel und Sinao heran. Obwohl sein Gesicht in Schatten gehüllt war, konnte Sinao die Missbilligung spüren, die auf seinen Zügen lag.

»Sie beide sollten an Bord gehen. Setzen Sie sich auf die Ihnen angewiesenen Plätze, und verhalten Sie sich still. Folgen Sie genau den Anweisungen Leutnant Lerricks.«

»Aye, aye, Thay«, entgegnete Manoel zackig und salutierte so schneidig, als hätte er sein ganzes Leben lang nichts anderes getan.

»Verflucht, Mann, erledigen Sie einfach nur Ihre Arbeit«, antwortete der Offizier mit kaum überhörbarem Ärger in der Stimme.

Sinao nickte, ohne dem Mann in die Augen zu blicken. Auf einmal fühlte sie sich fehl am Platze zwischen all diesen kriegerischen Männern und Frauen mit den Waffen in ihren Händen. Das waren Seeleute und Soldaten, zum Krieg ausgebildet, erfahren im Töten, mit kalten Augen und grimmigen Gesichtszügen. Und sie selbst war nur ein Mädchen, eine einstige Sklavin, die noch die Knute der Aufseher auf ihrem Rücken spüren konnte, wenn sie die Augen schloss.

»Komm, Sin«, flüsterte Manoel und ergriff ihre Hand. Er führte sie über das Deck zu dem Netz. Bevor sie jedoch hinabklettern konnte, hielt er sie fest. »Alles wird gut. Vertrau mir. Ich passe auf dich auf.«

Da sie ihrer Zunge nicht vertraute, nickte sie nur. Ihre Hand suchte nach dem *Zemi*-Stein, den sie in der Tasche ihres Rocks immer bei sich trug. In den kleinen Stein war das Gesicht Anuis eingemeißelt, des Herrn über die glühende Sonne. Das Gefühl des polierten Steins unter ihren Fingern beruhigte sie wie stets.

Manoel sprang über die Reling und kletterte geschickt wie ein Äffchen in das Boot, während Sinao ihm langsamer folgte.

Unten wurde sie von hilfreichen Händen in Empfang genommen. Im Schatten der Fregatte konnte sie kaum die Hand vor Augen sehen. Der Mond stand tief, und die Sterne stiegen gerade erst aus ihrer Schlafstatt an den Himmel. Tastend suchte sie sich einen Weg zwischen den Insassen des Boots, das bereits ablegte. Sie hörte den Atem der Menschen, roch ihren Schweiß, den Teer und die See. Ihre Finger fühlten den rauen Stoff der Jacken und das kalte Metall der Messer und Gewehre. Immer wieder wurde sie vom Schwanken des Bootes aus dem Gleichgewicht gebracht. Als es sieben Ruderschläge von der *Imperial* entfernt war, fiel das blasse Mondlicht auf sie, und helle Gesichter waren nun überall um Sinao herum, Antlitze des Krieges und des Todes, mit versteinerten Zügen und Augen, in denen man nichts lesen konnte. Es war der jungen Paranao, als stünde sie bereits inmitten von Toten. Mit zitternden Gliedern setzte sie sich neben Manoel in den Bug, wo Leutnant Lerrick angestrengt nach vorn starrte und sie gar nicht beachtete.

Die Sekunden verstrichen eintönig, und Sinao zählte sie, mehr aus Gewohnheit denn aus Absicht. Sie wurden zu Minuten, die im Mondlicht an ihr vorüberzogen.

»Ich hätte meine Pfeife mitnehmen sollen«, murmelte Manoel unvermittelt und seufzte. Es war der erste menschliche Laut, den sie hörte, seit sie in das Boot gestiegen waren, und Sinao hätte den jungen Maestre am liebsten umarmt. Doch Leutnant Lerrick fuhr herum und zischte: »Ruhe an Bord, verdammt. Das hier ist keine Spazierfahrt!«

Beschwichtigend hob Manoel die Hände und zeigte sein Grinsen, helle Zähne im dunklen Gesicht.

An Bord der *Imperial* wurde die Glasenglocke geschlagen, einmal. Doch erst bei sechs Glasen würden sie beginnen können, wozu man sie ausgeschickt hatte.

Sinao versuchte, sich vom Murmeln des Meeres, vom Rauschen der Brandung und dem Schaukeln des Bootes ablenken zu lassen, doch ihre Sinne waren zu geschärft, ihr Geist zu sehr auf das Kommende fixiert, als dass es ihr gelingen mochte. Neben ihr hatte Manoel die Augen geschlossen, und man konnte fast meinen, dass der junge Maestre schlief, aber obwohl sein Atem gleichmäßig ging, wusste Sinao, dass es nicht die Atemzüge eines Schlafenden waren.

Immer wenn die Schiffsglocke ertönte, horchte die junge Paranao auf, als wäre es möglich, dass sie sie einmal verpasst hatte und nun bereits die richtige Stunde gekommen war. Doch die Zeit war so unveränderlich wie immer.

Die Menschen an Bord hockten alle gespannt auf den Bänken. Manchmal war ein Platschen zu hören, wenn einer sich in das Meer erleichterte, aber niemand sprach. Sie alle hatten weiße Tücher um ihren linken Arm gebunden, und es dauerte eine Weile, bis Sinao begriff, dass es ein Erkennungszeichen war, damit sie in der Dunkelheit Freund und Feind unterscheiden konnten.

Als eine Laterne an der Reling der Fregatte auftauchte, die zweimal abgedunkelt wurde, war es fast eine Erlösung für Sinao. Alles erschien ihr im Augenblick besser als das Warten.

»Riemen raus und los«, befahl Leutnant Lerrick. »Und ich will keinen Laut hören.«

Das Boot schob sich durch das Wasser, wurde schneller und schneller. Weiße Gischt spritzte an Sinao vorbei. Neben ihnen fuhren die anderen Boote, ebenso dunkel und leise wie sie, dunkle Schemen auf dem Wasser, wie Haie, die ihre Beute suchten.

Je mehr sich die Männer und Frauen in die Riemen legten, desto sicherer war Sinao, dass man sie entdecken musste. Zu laut war das Platschen der Riemen, das Geräusch des Bootes, das durch das Wasser pflügte, sogar ihr Atmen.

Aber kein Schrei ertönte von der *Ertraden*, deren Rumpf von einigen Lichtern erhellt wurde, als habe das Holz eine Aura. Dann drückte Manoel ihre Hand. »Sei bereit und mach alles so, wie ich es dir gezeigt habe.«

»Ja«, wisperte sie und suchte in sich nach dem Portal, nach der Öffnung für die Vigoris, der sie Form und Wirkung geben musste. Das Linienschiff wurde größer und größer, und es schien Sinao, als rasten sie unerklärbar schnell auf ihren Feind zu. Schon erhob es sich über ihnen, eine schwimmende Festung aus Holz, bestückt mit tödlichen Kanonen und voller Soldaten.

»Jetzt.«

Durch ihre Hand spürte Sinao, wie Manoel sich öffnete. Sie fühlte die Vigoris um sich herum, nahm den Strom wahr, der aus ihm floss, gebündelt von seinem Geist und mit Gestalt versehen. Sie tat es ihm gleich, so gut sie konnte. Die Macht drohte sie zu überwältigen, aber sie konzentrierte sich, stemmte sich gegen den Rausch und den Strudel und öffnete sich nur so weit, wie sie es wagte. Es war ein überwältigendes Gefühl, als ihr die Magie gehorchte. Der Zauber nahm um sie herum Gestalt an, allein durch die Kraft ihres Willens, ermächtigt durch die Vigoris, die sie in die Welt entließ. Es war nur eine einfache Konstruktion, ein simples Netz, doch es waren ihr Zauber, ihre Macht, ihr Können und ihre Magie, die sich um das Linienschiff legten und jedes Geräusch erstickten.

Das Boot stieß gegen den hölzernen Rumpf der *Ertraden*, doch kein Laut erklang. Es wurden keine Befehle gerufen, denn niemand hätte sie gehört. Stattdessen deutete Leutnant

Lerrick empor, und die ersten Seeleute und Soldaten sprangen auf und suchten nach Möglichkeiten, den Rumpf zu erklimmen. Manche fanden Halt an einer offenen Geschützluke, andere warfen lange Taue mit Haken über die Reling. Leutnant Lerrick ergriff eines der Taue und kletterte daran hoch, während einige Seeleute das Boot ruhig hielten.

Die anderen Boote mussten um sie herum sein, eines am Heck des Linienschiffs, das dritte am Bug. Aber Sinao hatte keine Augen für die anderen Dingis, sondern beobachtete nur die dunklen Gestalten, die sich an den Seilen emporhangelten und über die Reling verschwanden, um dort ihr Werk zu tun.

Was immer auch geschah, es passierte unhörbar. Kein Laut konnte dem Zauber entkommen, den sie und Manoel gewoben hatten.

Lamworth, der füllige Maestre der *Imperial*, saß in einem der anderen Boote, und seine Aufgabe war es, die Angreifer gegen Magie zu schützen. Allein hätte er niemals beides bewältigen können.

Bange sechs Minuten saß Sinao im Boot, bis Manoel die Ungeduld packte. Er deutete auf ein Tau, dann empor zum Deck. Bevor sie den Kopf schütteln konnte, war er schon hinaufgeklettert. Sie schimpfte über ihn und seine Unbekümmertheit, doch auch wenn sie geschrien hätte, wäre es für ihn unhörbar geblieben. Dennoch folgte sie ihm. Das Tau war rau, aber ihre bloßen Füße fanden an der Bordwand Halt; sie konnte den klebrigen Teer spüren, der noch warm von der Sonne des Tages war.

Als sie über die Reling kletterte, fiel ihr erster Blick auf einen jungen Mann, der auf dem Rücken lag. Seine Augen waren weit geöffnet, doch sein Geist ruhte bereits bei den Ahnen, denn in seiner Brust war ein tiefes Loch, und Blut bedeckte die Planken um ihn herum. Er trug die Uniform der

Compagnie, die Sinao so bekannt und verhasst war, und er hätte direkt von Hequia stammen können, einer von denen, die sie geschlagen und verhöhnt hatten. Ihr Herz wurde hart, und nicht einmal der Schmerz in seinem Gesicht vermochte es zu erweichen.

Manoel schlich bereits an Deck herum, auf dem einige Soldaten der *Imperial* Aufstellung bezogen hatten. Sie blickten aufmerksam um sich, als erwarteten sie jeden Moment einen Angriff. Auch Sinao war achtsam, denn sie konnte nicht wissen, was in dem Schiff unter ihren Füßen geschah, wo all die Seeleute und Soldaten versuchten, die Besatzung der *Ertraden* zu überwältigen. Noch war das Linienschiff feindlich, fast wie ein lebendiges Wesen, als laufe die junge Paranao über einen riesigen Wal, der sie jeden Moment zu verschlingen drohte.

Doch dann trat Leutnant Lerrick aus einem Niedergang und fuhr sich mit der Hand über die Kehle. Ihr ausgemergeltes Gesicht war schweißfeucht, aber sie grinste düster. Manoel löste die Fäden seines Zaubers wieder auf, und Sinao tat es ihm gleich.

»Das Schiff ist unser«, erklärte Leutnant Lerrick, »aber Ruhe! Keinen Jubel, keine Rufe, keinen Mucks!«

Sie sah sich um, und als keiner sprach, nickte sie zufrieden und erklärte: »Es war, wie der Admiral gesagt hat: Wir haben sie mit heruntergelassenen Hosen erwischt. Der größte Teil schlief, und der Rest hatte keine Ahnung, wie ihm geschah. Wenn die Festung ebenso einfach fällt, wird das doch noch ein Spaziergang.«

»Der Seewolf wird uns die Tore öffnen, Thay«, erklärte eine junge Soldatin mit verschmitztem Lächeln. »Wir müssen nur noch hineinmarschieren und seine Flagge hissen.«

»Lassen Sie zwei Boote klarmachen, damit wir genau das tun können«, befahl Lerrick, deren Gesichtsausdruck verriet, dass sie diese Hoffnung nicht vollständig teilen konnte. »Der

Rest sichert das Schiff und sorgt dafür, dass die Gefangenen niemanden warnen können. Die Nacht hat gerade erst begonnen.«

Als wären ihre Worte eine Prophezeiung, ertönte von der Insel erst ein Schuss, dann ein weiterer. Alarmrufe gellten durch die Nacht.

Admiral Thyrane ist dort mit nur zwei Soldaten und elf Seeleuten, dachte Sinao entsetzt, als weitere Schüsse fielen.

JAQUENTO

»Mein Name ist nicht mehr Maurez«, erklärte Jaquento kurz angebunden. »Und es wäre mir lieber, wenn du mich Jaquento nennst und die Vergangenheit vergisst, die ich gern hinter mir lassen würde. Es ist viel geschehen, Franigo. Der Mann, den du gekannt hast, existiert ohnehin nicht mehr.«

Franigo zog fragend eine Augenbraue in die Höhe. »Wir alle verändern uns«, stellte er gewichtig fest. »Sieh mich an: neulich noch Poet am Hofe Sugérands des Großartigen, nun in eine Rebellion verwickelt, deren Ausmaße ich schon lange nicht mehr überschauen kann.« Der DIchter zwinkerte ihnen zu und strich sich über den Bart. »Das nächste Mal werde ich ein wenig vorsichtiger sein, aber wer konnte schon ahnen, wie das Volk auf meine schlichte Frage: *Wie wäre es, wenn wir frei wären?*, reagieren würde?«

»Du beliebst zu scherzen.«

»Keineswegs. Es war niemals meine Absicht, diesen Aufstand anzuzetteln, auch wenn auf den Zetteln, die verteilt wurden, meine Verse standen. Ich habe lediglich versucht, ein paar Arbeitern zu helfen, die man um ihren gerechten Lohn betrügen wollte. Und nun ... das.« Er deutete um sich, als sei die Schankstube ein Schlachtfeld, auf dem Soldaten auf seine Befehle warteten.

Jaquento sah sich rasch um. Bihrâd und Groferton, die sich

an das Kopfende der Tafel gesetzt hatten, schwiegen. Während der Maureske die Umgebung sehr genau im Auge behielt, hatte der Maestre seine Nase in einen Weinbecher gesteckt und trank, als habe er die feste Absicht, noch vor Sonnenuntergang betrunken zu sein. Roxane indes verfolgte das Gespräch der zwei alten Freunde, enthielt sich aber jeden Kommentars.

»Hör zu, Franigo, so gern ich auch mit dir rede, wir haben wenig Zeit.«

»Warum? Werdet ihr verfolgt?«

Jetzt war das Interesse des Dichters, das sich sonst so oft nur um ihn selbst drehte, geweckt, und seine Augen fixierten Jaquento, der sich unbehaglich umsah.

»Im Gegenteil, wir sind die Verfolger. Ein Schiff fährt nach Norden, in Richtung Maillot, und wir müssen den Hafen vor ihm erreichen.«

»Maillot? Ihr wollt bis ins kalte Brizhay? Mein Leben erscheint mir in letzter Zeit ja schon oft wie ein Possenspiel, aber das klingt nach einer wahren Narrenqueste, mein Freund.«

Schicksalsergeben zuckte der junge Hiscadi mit den Schultern und trank einen Schluck Wein.

»Wir jagen Verbrecher. Mörder, um genau zu sein«, mischte sich Roxane ein. »Wenn wir nicht ebenso schnell wie sie reisen, werden sie entkommen.«

»Über Land wird es Euch schwerfallen«, entgegnete Franigo. »Ihr müsst die Berge überqueren und dann durch Géronay. Das sich in Aufruhr befindet. Selbst mit den besten Pferden werdet Ihr Wochen benötigen. Jedes Schiff ist schneller.«

»Dennoch müssen wir es versuchen«, drängte Jaquento. »Kannst du uns helfen?«

Der Poet ließ sich Zeit, kostete den Moment und noch einen Schluck Wein zur Gänze aus. Noch schien seine Miene unbewegt, aber Jaquento konnte schon den Beginn eines Lächelns erkennen. *Vielleicht war es Glück, ausgerechnet Franigo zu treffen. Besser, als die meisten anderen in dieser Stadt.*

»Ich kann euch Pferde besorgen«, sagte Franigo schließlich gedehnt und lehnte sich genüsslich zurück. »Dazu Proviant und Kleidung.« Der Dichter ließ seinen Blick über die vier Reisenden wandern. »Im Gegenzug will ich aber die Geschichte hören. Deine beiden kuriosen Begleiter dort, wer sind sie wirklich? Und auch wenn Roxana eine wahre Augenweide ist, scheint mir ihr Akzent doch ein wenig zu … nördlich.«

Jaquento spürte, wie die junge Offizierin sich versteifte, als Franigo ihr ein Lächeln zuwarf, dessen Bedeutung Jaquento nur allzu gut kannte.

»Wir jagen ehemalige Schiffskameraden von mir. Piraten. Und Roxana … Pardon, Roxane Hedyn, dient in der Königlichen Marine Ihrer Majestät von Thaynric.«

»Wie können Sie?«, zischte Roxane und sprang von ihrem Stuhl auf, aber Jaquento legte ihr die Hand auf den Arm und sah sie bittend an. Obwohl der Zorn in ihr Gesicht geschrieben stand, kniff sie die Lippen zusammen und setzte sich wieder.

»Ein Geheimnis hinter dem Geheimnis. Ganz famos«, stellte Franigo trocken fest, dann wandte er sich an Roxane: »Keine Sorge, Mesèra, Eure Herkunft und Euer Rang sind bei mir sicher. Ganz abgesehen davon, haben wir Hiscadi ja nun keinen Händel mehr mit Eurer stolzen Nation. Ganz im Gegenteil, die Räte arbeiten eifrig an Verträgen der gegenseitigen Anerkennung und Wertschätzung.«

Ihr Lächeln war deutlich kälter als seins, und sie zog ihren Arm unter Jaquentos Hand weg, bevor sie antwortete: »Dann danke ich Ihnen. Wenn Sie nun die Pferde besorgen wollen?«

»Was, so schnell? Wollt Ihr schon aufbrechen?«

»Sie haben es selbst gesagt: Äußerste Eile ist geboten, wollen wir unsere Beute nicht gänzlich verlieren.«

Sinnierend strich sich Franigo über die Bartspitzen, dann nickte er gewichtig und erhob sich. Mit einer schwungvollen Verbeugung verabschiedete er sich und warf sich den Hut nicht weniger dramatisch auf sein Haupt.

»Wartet hier. Ich werde alles arrangieren.«

Sie schwiegen, bis kurze Zeit später Franigo in die Taverne zurückkehrte.

»Hier, mein Freund«, sagte er leise und drückte Jaquento eine lederne Geldbörse in die Hand. »Nicht viel, aber es wird euch weiter bringen. Draußen stehen vier Pferde, und ein Sack mit Proviant ist auch dabei.«

Jaquento erhob sich und umarmte den Dichter.

»Danke«, murmelte er. »Und pass auf dich auf, ja? Wenn die Revolution dich umbringt, werden Hiscadis Frauen einen ganzen Fluss voll weinen.«

»Sieh besser zu, dass du deine Roxana wieder versöhnlich stimmst, bevor du mir gute Ratschläge gibst, Mau … Jaquento«, erwiderte der Dichter.

Sinosh kam über den Tisch zu ihnen gelaufen und kletterte Jaquentos Arm empor, um sich wie gewohnt auf seiner Schulter niederzulassen, dann verließen sie die Taverna und ritten schon kurze Zeit später aus den Toren der Stadt.

Halt!

Die Stimme in seinem Kopf war so laut und durchdringend, dass Jaquento sich erst einmal suchend umblickte, um herauszufinden, ob einer seiner Mitreisenden das Wort gerufen hatte. Erst dann wurde ihm klar, dass der Befehl von Sinosh stammen musste. Bis vor einigen Augenblicken hatte die Echse geschlafen, aber nun saß sie aufrecht und so stocksteif auf seiner Schulter, als sei sie plötzlich versteinert.

Halt!, rief Sinosh noch einmal. *Halt an!*

Der Hiscadi zog an den Zügeln.

»Wartet«, bat er seine Begleiter. »Mein Pferd lahmt ... glaube ich.«

In Ermangelung einer besseren Erklärung stieg er von seinem Reittier ab, hob eines der Beine an und inspizierte zum Schein den Huf.

»Was, bei der Einheit ist denn los?«, wisperte er dabei der Echse zu.

Das Schiff. Ich kann es viel deutlicher spüren. Es fährt nicht mehr, es hat angehalten. Es ist nicht mehr weit von uns entfernt. Obwohl Sinoshs Stimme nur in seinem Kopf zu hören war, konnte Jaquento doch die Aufregung der kleinen Echse wahrnehmen. *Wir müssen zur Küste und es dort suchen.*

»Das ist zwar ganz wunderbar, Sinosh, aber wie zum Henker soll ich das den anderen erklären?« Jaquento versuchte, seine Stimme leise zu halten, merkte aber, dass ihm die anderen bereits fragende Blicke zuwarfen. Ohne großen Enthusiasmus begann er, in dem Huf herumzukratzen.

Das weiß ich nicht. Aber du musst es schaffen! Jaq, das Schiff ist ganz nah. Und es bewegt sich nicht mehr! Dort!

Die kleine Echse hatte ihren Kopf ausgestreckt, als hoffe sie, so ihrem Ziel näher zu sein. Jaquento versuchte abzuschätzen, wohin sie wies. *Boroges vielleicht*, erkannte er.

»Also schön«, seufzte der Hiscadi und ließ den Pferdehuf vorsichtig zu Boden gleiten, bevor er mit lauter Stimme verkündete: »Mesérs und Meséra, mir ist gerade sozusagen ein Geistesblitz gekommen.«

»Ein Geistesblitz?«, erkundigte sich Groferton müde. »Warum nur bin ich gar nicht neugierig?«

Jaquento ignorierte den Einwurf des Maestre einfach und fuhr fort: »Wir könnten nach Boroges reiten. Das ist eine Küstenstadt, die nicht allzu weit von hier entfernt ist. Ich denke, sie wäre für die *Todsünde* ein perfekter Zwischenhalt auf dem Weg nach Géronay, denn Boroges liegt auf einer Linie mit dem Gebirge, das die Grenze zwischen beiden Nationen markiert.«

Bihrâd neigte den Kopf zur Seite und blickte Jaquento fragend an: »Und diese Idee ist dir ganz plötzlich gekommen?«

»Wir wissen nicht, wie es in diesem Boroges aussieht«, meinte Groferton in leidendem Tonfall. »Ob es in der Hand der Rebellen ist oder nicht. Ganz zu schweigen davon, dass wir keine Ahnung haben, ob die *Todsünde* dort wirklich vor Anker gehen würde.«

»Selbst wenn wir Deguay dort nicht einholen sollten, könnten wir von dort ein Schiff nehmen und so erheblich schneller nach Géronay gelangen als auf den Pferden.«

Der Hiscadi hatte sich alle Mühe gegeben, überzeugend zu klingen, und er hätte fast erleichtert aufgeseufzt, als Roxane ihm unvermutet beisprang: »Damit haben Sie sicher recht.«

Auch wenn er annahm, dass sie einfach nur genug vom Reiten hatte und lieber wieder auf See gewesen wäre, war er ihr dankbar.

Sie wandte sich zu Groferton um. »Sie haben doch sicher mitbekommen, was dieses hiscadische Subjekt in der Taverne gesagt hat? Auf dem Landweg haben wir kaum Aussichten, schneller als die *Todsünde* Géronay zu erreichen, aber auf einem Schiff sähe die Sache schon anders aus.«

Groferton hob resigniert eine Hand und salutierte. »Wenn Sie das sagen, Thay …«

»Wenn du dir deiner Sache sicher bist, Jaq, dann nur zu«, sagte Bihrâd langsam. »Ich wäre nicht traurig, wieder Seeluft zu atmen.«

Der junge Hiscadi wandte seinen Blick zu der kleinen Echse, bevor er wieder aufstieg. *Ich hoffe, du weißt, was du tust,* dachte er, obwohl er sich darüber im Klaren war, dass Sinosh das nicht hören konnte.

THYRANE

»Die nageln uns hier fest.«

Es war eine einfache Aussage, aber sie hatte große Bedeutung, und der Admiral war gewillt, dem Soldaten recht zu geben. Ein Schuss peitschte über den Hof und schlug in das marode Holz ihrer kümmerlichen Deckung ein. Splitter flogen um sie herum, und Staub wallte auf.

Schnell riskierte Thyrane einen Blick über den umgestürzten Wagen. Auf der Festungsmauer knieten zwei Soldaten, von denen einer hastig seine Muskete nachlud. Seine Bewegungen waren schnell, aber ungeschickt. Die Laterne, die neben den beiden hing, spendete nur schwaches Licht.

Mitten im Hof lag der Körper von Matrose Aegrin. Ob er tot war oder nur bewusstlos, konnte Thyrane nicht erkennen. Stumm verfluchte er die Bailiff für ihren Argwohn. *Hätte sie nicht Verdacht geschöpft, dann wäre das hier ein Leichtes geworden.* Aber er hatte keine Zeit, über verlorene Möglichkeiten zu sinnieren. Sie lagen unter Beschuss, und es war nur eine Frage der Zeit, bis mehr Soldaten der Compagnie auftauchten und ihre Lage hoffnungslos würde.

»Sie beide geben uns Deckung«, befahl er den Marinesoldaten leise. »Wir schlagen uns zu dem Lagerhaus dort durch. Sobald wir angekommen sind, folgen Sie uns.«

Die aufgerissenen Augen des jüngeren Soldaten sprachen Bände, also wies Thyrane mit der Hand in Richtung der Compagniesoldaten: »Es sind zwei, dort drüben. Sie werden laufen, während Ihr Kamerad feuert. Im Lagerhaus laden Sie dann nach und geben ihm Deckung. Lassen Sie den Bastarden keine Zeit, sorgfältig zu zielen.«

Ohne auf eine Antwort zu warten, ließ er sich auf alle viere nieder und kroch zur Kante des Wagens. Schnell knöpfte er seine unbequeme Uniformjacke auf und schlüpfte aus ihr heraus. In der warmen Nachtluft war es eine Wohltat, das steife Kleidungsstück abzulegen.

»Machen Sie sich bereit.«

Er warf die Jacke zur Seite, in einem hohen Bogen über den Wagen. Die Orden klirrten, und die Epauletten wirkten wie zwei seltsame Vögel, die einen dunklen Rock davontrugen. Ein Schuss dröhnte. Thyrane lächelte grimmig und stürmte los. Wären die Schützen erfahrene Soldaten gewesen, wäre das nicht passiert; sie hätten sich Zeit genommen, um ihr Ziel ins Visier zu nehmen und sicherzustellen, dass sie es erwischten.

Geduckt rannte der Admiral über den Hof. Er riskierte keinen Blick auf die Feinde und fixierte nur sein Ziel, den schmalen Eingang des Lagerschuppens. Hinter ihm feuerten seine Soldaten, zwei schnelle Schüsse, kaum gezielt, aber genug, um ihnen die nötige Zeit zu verschaffen. Er hörte die Seeleute hinter sich und brüllte: »Weiter! Weiter!«

Er selbst wandte sich zur Seite und lief die zwei Dutzend Schritt bis zu Aegrin hinüber. Ein Schuss peitschte durch die Nacht, das Echo hallte zwischen den Mauern des Forts. Von einem Turm ertönten Schreie, Alarmrufe, Fragen. Noch schien bei der Compagnie Chaos zu herrschen.

Als Thyrane den gestürzten Leib erreichte, erkannte er mit einem Blick, dass jede Hilfe zu spät kam. Das Gesicht des jungen Mannes war zerschmettert, und er verlor Ströme von Blut. Also ließ der Admiral Aegrin zurück und rannte in Richtung des Lagerhauses.

Bange Sekunden lang befand er sich auf freier Fläche, jeden Augenblick nur einen Knall vom Tod entfernt. Dann tauchte er in den rettenden Schatten der Tür ein, fühlte sich von Händen gepackt und in Deckung gezerrt.

Wieder ertönten Schüsse von draußen. Ein Schrei. Wenige Momente später taumelte der junge Soldat herein, dessen Namen Thyrane nicht einmal kannte, wie er bestürzt feststellte.

»Ich glaube, ich habe einen erwischt«, murmelte der Mann, während er eine Pulverkartusche aus seinem Bandolier fischte und seine Waffe rein mechanisch nachlud. Seine Augen starrten ins Nichts, sein Geist schien abwesend.

Sanft nahm der Admiral ihm die geladene Waffe aus der Hand. »Sehen Sie mal nach, ob hier drin irgendetwas Nützliches lagert.«

Der Soldat nickte benommen, aber Thyrane lief schon zur Tür und presste sich gegen den Rahmen. Er konnte quer über den Hof sehen, wo der zweite Soldat hinter dem Karren kniete. Er hob gerade seine Muskete.

Der Schuss knallte, und für einen Moment war der Mann hinter dem Pulverdampf verborgen, dann stürmte er vor. Thyrane ging in die Hocke und legte das Gewehr an die Schulter. Schon lange hatte er nicht mehr im Gefecht geschossen, sondern nur noch bei der Jagd, doch er hatte die Handgriffe nicht verlernt. Er war nicht mehr so schnell wie früher, aber als er den Lauf um die Kante schwenkte und sein Ziel auf der Mauer suchte, war jede einzelne Bewegung vertraut. Er achtete nicht auf den rennenden Soldaten, auch nicht auf die Rufe hinter ihm, sondern nur auf den Mann der Compagnie, der auf den Mann des Admirals zielte. Sein Herzschlag wurde langsam, sein Atem ging gleichmäßig. Über den Lauf der Waffe hinweg hielt er seinen Blick auf den Feind gerichtet, dessen Muskete dem rennenden Soldaten folgte. Er konnte die Anspannung des Mannes fast spüren, ahnte den Moment, in dem er abdrücken würde.

Thyrane schoss schneller. Der Kolben seiner Muskete sprang ihm gegen die Schulter, und der Rauch nahm ihm die Sicht. Er zog sich in den Schutz des Lagerschuppens zurück, und wenige Augenblicke später rannte der Soldat durch den Qualm, sprang die letzten Fuß und rollte sich auf dem schmutzigen Boden ab. Der Admiral drückte die Muskete dem nächststehenden Seemann in die Hand. »Nachladen!«

Der Soldat robbte zurück zur Tür und riskierte einen schnellen Blick. »Sie haben ihn erwischt, Thay. Ein exzellenter Schuss, wenn ich das so sagen darf.«

»Sie dürfen«, entgegnete der Admiral ruhig. Er hatte nicht an dem Treffer gezweifelt, obwohl er ihn nicht gesehen hatte. »Laden Sie Ihre Waffe nach, und halten Sie Ausschau. Die Compagnie wird bald Leute ausrücken lassen, und schon wird es hier drinnen verdammt ungemütlich werden.«

Tatsächlich waren draußen bereits Befehle zu hören, und dann rief Bailiff Malster mit ihrer unverkennbaren Stimme: »Admiral Thyrane, lassen Sie uns diesen Wahnsinn beenden und das Ganze wie zivilisierte Menschen lösen.«

Um sich herum spürte Thyrane die Anspannung der Seeleute und Soldaten, die ebenso auf seine Antwort warteten wie Malster. Sie alle wussten, dass ihre Situation katastrophal war und sich mit jedem Augenblick noch verschlechterte. Aber dann musste Thyrane an Aegrin denken, der genau neben ihm gestanden hatte, als der tödliche Schuss gefallen war. *Die Bastarde hatten es auf mich abgesehen. Sie haben den ersten Schuss abgefeuert, auf einen Admiral Ihrer Königlichen Majestät!*

»Sagen Sie Ihren Leuten, dass sie die Waffen niederlegen und sich ergeben sollen«, antwortete er mit fester Stimme. Wenn ihn sein Zeitsinn nicht täuschte, musste der Überfall auf das Linienschiff in der Bucht bereits in vollem Gang sein. Sie mussten den Männern und Frauen der *Imperial* auf jeden Fall genug Zeit erkaufen. *Und wir müssen verhindern, dass sie entdeckt werden, wenn sie zum Fort hochsteigen, sonst knallt man sie ab wie Kaninchen auf freiem Feld.*

»Machen Sie sich nicht lächerlich, Admiral! Sie sitzen in der Falle und sind keineswegs in der Lage, irgendwelche Forderungen zu stellen.«

»Ich bin Admiral der Königlichen Flotte von Thaynric, Laerd des Reiches. Allein mir steht es zu, in dieser Sache überhaupt Forderungen zu stellen, Thay. Wenn Sie also nicht vorhaben, den Befehlen der Königin unvermittelt nachzukommen, sollten Sie lieber schweigen.«

Tatsächlich folgte sie seiner Aufforderung, aber wohl nicht, weil sie seinen Standpunkt teilte, sondern um den Sturm auf das Lagerhaus vorzubereiten. Insgeheim hoffte Thyrane, dass er wenigstens Zweifel unter den Soldaten der Compagnie gesät hatte. Im Gefecht mochte ein Moment des Zögerns das Leben seiner Leute retten.

»Thay, wie lauten Ihre Befehle?«, fragte eine Stimme aus dem Dunkel hinter ihm.

»Wir halten die Stellung. Unsere taktischen Möglichkeiten sind derzeit etwas eingeschränkt, möchte ich sagen.«

Obwohl seine Worte durchaus ernst gemeint waren, sah er hier und da ein Lächeln auf den Gesichtern. Er ahnte, warum; innerhalb der Flotte hatten seine Abenteuer inzwischen einen legendären Ruf, und man traute ihm wahre Wundertaten zu. An all die Toten, die er hatte zurücklassen müssen, all die kleinen Niederlagen, die Rückschläge und Schmerzen erinnerte sich niemand.

»Das ist wie in der Festung Serastan, nicht wahr?«

Es war der junge Soldat mit den großen Augen, der aus dem Dämmerlicht des Lagerhauses zurückgekehrt war und nun seine Muskete in Empfang nahm.

»Fast«, erwiderte Thyrane. *Abgesehen davon, dass ich damals dreihundert Männer und Frauen unter meinem Kommando hatte, eine exzellent errichtete Festung und Vorräte und Munition für vier oder fünf Wochen. Und der Feind bestand aus schlecht ausgerüsteten, demoralisierten Zwangsverpflichteten.* »Aber damals hatten wir nicht ein ganzes Lagerhaus zu unserer Verfügung.«

»Zwingen Sie mich nicht, Sie auszuräuchern, Admiral! Nehmen Sie um der Einheit willen Vernunft an. Es muss niemand mehr sterben!«

In Anbetracht der vertrackten Situation auf Rosarias war das vermutlich eine bewusste Lüge. Wenn die Compagnie tatsächlich gegen die Marine kämpfte, wie es die Ereignisse vor Hequia bereits angekündigt hatten, würde noch mehr Blut fließen. Und wenn es nach dem Admiral ging, würden bald auch Köpfe rollen. Nur musste er aufpassen, dass seiner nicht darunter war.

Er antwortete nicht, sondern wies die Seeleute an: »Sehen Sie nach, ob Sie unter all dem Zeug hier etwas Brauchbares finden. Waffen, Munition, irgendwas. Machen Sie die Fenster dicht, und finden Sie heraus, ob wir Wasser hier haben.«

Sein Blick wanderte zum Dach des Lagerhauses. Während die Wände gemauert waren, bestand das Dach aus Holzbohlen, die auf ein Gerüst von dicken Balken genagelt waren. In Thaynric hätte das Sturmwelt-Holz einen guten Preis erzielt und wäre für luxuriöse Herrenhäuser und die Prachtbauten Ihrer Majestät verwendet worden, um ihnen eine exotische Note zu geben; hier in der Sturmwelt war dieses Holz nötig, um dem feuchtwarmen Klima zu widerstehen, das schlechteres Holz innerhalb weniger Jahre verfaulen ließ. Das Dach würde einem Feuer eine Zeit lang trotzen, aber es war dennoch nur Holz. Früher oder später würde es brennen.

»Dort hinten ist noch ein Keller«, berichtete der junge Soldat. »Unter einer Luke im Boden.«

»Gut. Sehen Sie nach, was sich dort befindet. Im Notfall verschanzen wir uns da unten.«

»Ich habe schon reingesehen, Thay. Es sind Fässer drin. Rum, glaube ich.«

Verblüfft starrte Thyrane ihn an. »Die schließen ihre Spirituosen nicht weg? Landratten!«

»Thay!«, riss ein Ruf den Admiral aus seiner Verwunderung. Er rannte zur Tür und warf einen schnellen Blick in den Hof. Dort hatten die Soldaten der Compagnie Barrikaden errichtet, hinter denen sie ein Feuer entzündet hatten, und Thyrane konnte erkennen, wie die Soldaten Brandgeschosse vorbereiteten. Sie wickelten Steine in lange Tücher, knoteten sie fest und tränkten den Stoff mit Öl. Ein geschickter Werfer konnte solche Geschosse weit schleudern, und von der Festungsmauer aus wäre es ein Leichtes, das Dach des Lagerhauses zu treffen.

»Sie wollen Feuer?«, knurrte der Admiral mehr zu sich selbst, als er sich wieder in Deckung zurückzog. »Dann sollen sie Feuer bekommen. Schafft die Rumfässer hoch! Sucht nach Öl! Bewegt euch!«

Eilig kamen die Seeleute seinen Befehlen nach, während die beiden Soldaten den Eingang mit ihren Musketen schützten. Es waren gut ein Dutzend Fässer, die schließlich inmitten des Lagerhauses standen, alte, dunkle Dinger, halb so hoch wie ein Mann und ebenso massiv wie schwer. Korken steckten in den Spundlöchern.

»Zum Eingang damit!«, befahl Thyrane, und die Fässer wurden auf die Seite gelegt und zur Tür gerollt. Der Admiral packte den Korkzapfen des ersten Fasses und zog ihn heraus. Gluckernd lief die Flüssigkeit auf den Boden, bildete eine kleine Pfütze, aber Thyrane gab dem Fass einen Stoß und wies die anderen an, es ihm gleichzutun. Mit vereinten Kräften rollten sie es zur Tür hinaus, wo es schwungvoll über den Hof polterte.

»Weiter, weiter!«

Zwei Schüsse dröhnten durch die Nacht. Ein Fass, das gerade zur Tür hinausgeschoben wurde, zersplitterte direkt unter Thyranes Händen. Er konnte den Einschlag der Kugel spüren und sprang fluchend zurück. Aber andere traten an seine Stelle und rollten schließlich alle Fässer hinaus. Zwei Matrosen warfen die bauchigen Tonkrüge in den Hof, in denen die Compagnie hier Öl gelagert hatte, und die Gefäße zersprangen klirrend auf dem harten Boden.

»Geben wir ihnen Feuer«, erklärte der Admiral grimmig. Eine Matrosin riss ein Streichholz an der rau verputzten Wand an und warf es hinaus. Einige Augenblicke lang geschah nichts. Der Alkohol war vielleicht zu schwach, das Lampenöl zu verdünnt, es versickerte zu schnell im Boden. Einen Moment lang hielt der Zweifel Thyranes Geist gefangen. Wenn sie versagten, würde Malster ihnen das Dach über dem Kopf anzünden und sie wie Ratten aus einem brennenden Loch ins Freie jagen.

Plötzlich loderten Flammen auf, fraßen sich den Weg der Fässer entlang, brannten hell im Hof und in der Eingangstür, nahmen ihnen die Sicht. Einige Seeleute jubelten laut, und Thyrane ließ sie einen Augenblick lang gewähren.

»Wir brechen zum Tor durch«, befahl er dann mit fester Stimme. Sein Plan, das Fort im Handstreich zu nehmen, war gescheitert. Jetzt konnte er nur noch seine Leute retten und hoffen, dass der Trupp in der Bucht mehr Erfolg gehabt hatte. »Auf meinen Befehl.«

Leider entwickelte sich im Hof nicht die erhoffte Feuersbrunst, doch Schreie kündeten von der Verwirrung der Compagnie.

»Los!«

Sie rannten durch die Tür, sprangen durch die Flammen, duckten sich in die Deckung der Wand. Die beiden Soldaten feuerten ihre Musketen ab, erkauften ihnen kostbare Sekunden. Der Rauch brannte in Thyranes Kehle, ließ ihn husten, aber er ignorierte das Ziehen in seiner Brust und die Schmerzen, die sich seines ganzen Körpers bemächtigten.

Keiner seiner Leute lief schneller als er selbst, obwohl er sie nur aufhielt. Sie blieben bei ihm, deckten ihn mit ihren Körpern. Er wollte ihnen befehlen, nicht auf ihn zu achten und zum Tor zu rennen, doch er hatte nicht genug Luft, um auch nur zu flüstern.

Von der Seite her ertönten Schüsse, Mündungsfeuer blitzte auf. *Jetzt wäre ein Maestre wirklich nützlich,* dachte Thyrane, als er sich instinktiv duckte. Nur noch wenige Fuß trennten sie vom Tor, und der Admiral rang seinem Leib noch einmal alles ab.

Er prallte schmerzhaft gegen das harte Holz und schnappte verzweifelt nach Luft. Für den Moment gab ihnen die Festungsmauer Deckung, und schon öffnete ein Matrose die kleine Pforte, die in das breite Tor eingelassen war.

Eine finstere Erkenntnis ergriff von dem Admiral Besitz. »Ich bin zu langsam«, stellte er keuchend fest. »Wenn sie uns verfolgen, können wir nicht entkommen. Gehen Sie, und unterrichten Sie Kapitän Bercons über die Lage. Ich werde die Verfolger so lange wie möglich aufhalten.«

»Thay ...«

»Gehen Sie!« Er baute sich noch einmal zu seiner ganzen Größe auf, auch wenn er sich fühlte, als wollten seine Beine jeden Moment unter ihm nachgeben. »Das ist ein Befehl!«

»Mit Verlaub, Thay, aber ich lasse Sie hier nicht allein«, stellte der junge Soldat ruhig fest und begann, seine Muskete nachzuladen. Ein Chor der Zustimmung ertönte. Thyrane ließ seinen Blick über seine Leute wandern, doch wohin er auch sah, es waren fest entschlossene Mienen.

»Man sollte Sie alle wegen Befehlsverweigerung hängen«, murmelte er, nur um hinzuzufügen: »Danke.«

Der Soldat salutierte, und es stahl sich tatsächlich ein Lächeln auf seine Züge.

»Admiral Thyrane, Ihr Ausbruchsversuch ist gescheitert«, rief Bailiff Malster. »Sehen Sie endlich die Ausweglosigkeit Ihrer Situation ein, und ergeben Sie sich. Ich gebe Ihnen mein Wort, dass Sie und Ihre Leute gut behandelt werden.«

Die Flammen auf dem Hof erstarben bereits, und durch den Rauch hindurch konnte man gut zwei Dutzend Soldaten sehen, die langsam in Formation auf sie zuschritten. Noch hatten sie ihre Musketen nicht erhoben, aber es würde nur eines einzigen Befehls bedürfen. Widerstand regte sich in dem Admiral, aber es wusste selbst, dass dieser eher aus Trotz denn aus Erkenntnis geboren war. Seufzend wollte er den Dreispitz vom Haupt nehmen, um zu kapitulieren, doch er musste ihn irgendwo verloren haben, ohne es überhaupt zu bemerken.

Inmitten ihrer Soldaten schritt Malster über den Hof, und Thyrane musste immerhin ihre Courage bewundern. Aber sie wusste natürlich, dass es keinen Kampf mehr geben würde. Ihre hageren Züge wurden von den Flammen flackernd beleuchtet, und Schatten tanzten um ihre Augen.

»Wie lautet Ihre Antwort?«

Die Drohung lag deutlich in der Luft, spiegelte sich in den Läufen der Musketen, zeigte sich in den entschlossenen Mienen der Compagniesoldaten. Thyrane zögerte. Es waren nur etwas mehr als zwanzig Feinde, nur ein kleiner Teil der Besatzung des Forts, aber mehr als genug für seine dreizehn

Leute. *Zwölf*, korrigierte er sich, als er an Matrose Aegrin dachte. Thyrane blickte einen Moment zur Pforte, hinter der dunkel und verheißungsvoll die Nacht und die Freiheit lagen. Aber sie konnten nicht einmal hoffen, einen Schritt dorthin zu tun, ohne dass man sie niederschoss wie räudige Hunde.

Er bemerkte eine Bewegung, nur einen Schatten dort draußen unter vielen, aber als er sich der Bailiff wieder zuwandte, grinste er finster. »Wenn Sie jetzt die Waffen niederlegen, Thay, bin ich gewillt, es Ihnen anzurechnen und meinen Bericht entsprechend zu formulieren«, erklärte er laut.

»Was meinen Sie, bei der Einheit?«, fluchte sie und hob die Hand.

Bevor sie jedoch ein weiteres Wort sagen konnte, brüllte Thyrane: »Imperial!«

Sein Ruf wurde aufgenommen, nicht nur von den Männern und Frauen um ihn herum, sondern auch von Dutzenden von Kehlen außerhalb des Forts. Von den Soldaten, die durch die Pforte stürmten und deren rote Uniformröcke verkündeten, dass die Königliche Marine von Thaynric in diesen Hof einzog.

Immer wieder riefen sie den Namen der Fregatte, während sie in den Hof strömten und die Compagniesoldaten einkreisten. Im Zentrum postierten sich die Marinesoldaten zwischen dem Admiral und den Feinden in ordentlichen Zweierreihen, die Musketen schussbereit auf die kleine Truppe um Malster gerichtet.

»Beenden Sie es«, forderte Thyrane nun. »Zwingen Sie mich nicht, den Befehl zum Feuern zu geben.«

Er bemerkte, wie eine schmale Gestalt neben ihn trat, und sah zu Sinao herab, die ihn breit anlächelte.

»Wir kapitulieren«, gab die Bailiff bekannt. »Waffen niederlegen!«

Die Anspannung entwich aus Thyranes Körper, und er wandte sich an Sinao.

»Das Schiff …?«

»Erobert«, erklärte die junge Maestra stolz. »Nein, was hat Manoel gesagt? *Gekapert*. Es war keiner da, der das Mojo beherrschen konnte, was alle gewundert hat.«

Bevor Thyrane darüber nachdenken konnte, trat Leutnant Fallton zu ihnen und salutierte.

»Ihr seid keine Sekunde zu früh gekommen«, stellte der Admiral fest.

Fallton nickte und erwiderte: »Wir hatten leider zunächst eine Verabredung unten in der Bucht, die uns abgelenkt hat.«

Thyrane versuchte, eine angemessen schlagfertige Antwort zu finden, doch die Anstrengungen der letzten Minuten forderten nun ihren Tribut. *Ich werde zu alt für derlei Späßchen*, dachte er nicht zum ersten Mal.

Bailiff Malster baute sich vor ihm auf, flankiert von zwei Marinesoldaten der *Imperial*. Selbst in der Niederlage gelang es ihr, hochmütig auf ihn herabzublicken.

»Nehmen Sie unsere Kapitulation an, Thay?«, fragte sie steif, und der Admiral nickte.

»Durchaus, Bailiff, durchaus. Wenn Sie jetzt die Güte hätten, mir meine Fragen zu beantworten. Hätten Sie von Beginn an kooperiert, wäre all dies nicht notwendig gewesen.«

»Ich lege formell Protest gegen diesen Akt der Piraterie ein. Ich werde bis zu den höchsten Stellen damit gehen, Admiral. Die ganze Angelegenheit ist unerhört, und ich glaube kaum, dass in dieser Sache schon das letzte Wort gesprochen wurde.«

Damit hatte sie recht, aber Thyrane hatte derzeit andere Sorgen als die Magenverstimmung, die Holt auf Lessan bei seinem Bericht sicher bekommen würde.

»Meine Fragen«, drängte er.

»Durchsuchen Sie doch die Insel, Thay«, erwiderte Malster mit einem süffisanten Lächeln. »Sie werden nichts finden – außer Schutt und Asche.«

Die Wagen mit den Pulverfässern, erkannte Thyrane so plötzlich, als habe ihn ein Blitzschlag getroffen.

»Lassen Sie ein Kontingent abmarschbereit machen«, befahl er Leutnant Fallton hastig. »Wir müssen den Wagen folgen.«

»Zu spät, Thay, zu spät. Das kostet Sie Ihren Rang und vielleicht sogar Ihren Kopf.«

Bevor der Admiral sich um wichtigere Angelegenheiten kümmerte, wandte er sich noch einmal an Malster: »Sie sollten sich lieber Gedanken um Ihren eigenen Hals machen, Bailiff. Die Compagnie steckt tiefer in der Scheiße, als Sie ahnen!«

Mit diesen drastischen Worten ließ er sie sprachlos zurück und sammelte Soldaten für die Verfolgung.

JAQUENTO

Die meiste Zeit, seit sie in Richtung Boroges abgebogen waren, ritten sie schweigend voran. Sinosh saß auf Jaquentos Schulter und hielt die Augen geradeaus gerichtet, so, als erwarte die kleine Echse, hinter jeder Hügelkuppe schon die Masten der *Todsünde* auftauchen zu sehen.

Bihrâd wirkte so unverwüstlich wie eh und je, und Jaquento war sich recht sicher, dass er es mit demselben Gleichmut aufnehmen würde, ob sie die *Todsünde* fanden oder nicht. Aber Groferton und Roxane hatten sich seit einiger Zeit zurückfallen lassen und tuschelten miteinander, und der junge Hiscadi nahm an, dass sein ohnehin dünner Vertrauensvorschuss endgültig aufgebraucht sein würde, falls sich Boroges als Sackgasse erwies.

Missmutig trottete der junge Hiscadi auf seinem Pferd den Pfad entlang, als er auf dem Weg vor sich einen Trupp Menschen bemerkte, der ihnen zu Fuß entgegenkam. Die Gestalten wirkten selbst aus der Entfernung abgerissen, und als sie die Reiter entdeckten, blieben sie stehen. Der Hiscadi konnte ausmachen, dass sie miteinander redeten und in seine Richtung gestikulierten.

Jaquento zügelte sein Pferd und wartete, bis die anderen zu ihm aufgeschlossen hatten. »Vielleicht können wir ein paar Neuigkeiten erfragen«, schlug er halblaut vor.

»Oder wir müssen uns auf einen Kampf einlassen«, erwiderte Roxane.

Der kleine Trupp hatte sich wieder in Bewegung gesetzt und kam auf sie zu. Aus der Nähe wirkten die Frauen und Männer noch erbärmlicher als aus der Ferne. Ihre Kleidung war zerschlissen, und sie hatten kaum etwas bei sich, bis auf einige Bündel, die ihnen über der Schulter hingen. Eine der Frauen trug ein kleines Kind auf dem Rücken, das unaufhörlich greinte.

»Mesérs!«, rief Jaquento schon von Weitem und hob die Hände, um ihnen zu zeigen, dass sie nichts zu befürchten hatten.

Die Frau mit dem Kind zögerte kurz, aber dann trat sie auf den Hiscadi zu. Sie war noch jung, aber dennoch fehlten ihr bereits einige Zähne, und ihr Gesicht war schmutzverkrustet.

»Ja, Herr?«, fragte sie vorsichtig.

»Wir sind auf dem Weg nach Boroges«, erklärte Jaquento, der keinen Sinn darin sah, das Ziel ihrer Reise zu verheimlichen. »Könnt Ihr uns Auskunft darüber geben, wie es um die Stadt bestellt ist, Meséra?«

»Die verfluchten Géronaee und die Königstreuen ham' den Hafen, Herr«, erwiderte die Frau in dem schleppenden Dialekt des nördlichen Hiscadi. »In der Stadt selbst gab's gestern noch Kämpfe. Wir wollten nich' abwarten, wer gewinnt, deshalb sind wir lieber weggegangen.«

»Glauben Sie immer noch, dass wir nach Boroges gehen sollten, Mister Jaquento?«, mischte sich Groferton ungewohnt schneidend ein.

Jaquento zögerte einen Moment, unsicher, wie er reagieren sollte.

Ja! Sag es ihm, Jaq. Sag ihm, dass das Schiff ganz nah ist. Sinoshs Stimme in seinem Kopf klang beinahe flehentlich.

»Meséra«, begann er schließlich vorsichtig. »Ihr sagt, dass der Hafen noch in der Hand der Besatzer ist. Sind in jüngerer Zeit vielleicht noch andere Schiffe in den Hafen eingelaufen? Schiffe, die nach Géronay fahren?«

Zuerst sah ihn die Frau an, als habe sie die Frage nicht verstanden, doch dann erwiderte sie: »Ein paar Schiffe, ja, Herr.«

»Ein großes? Dunkel? Fährt vielleicht unter géronaischer Flagge? In den letzten Tagen eingelaufen?«

»Ja, Herr. So eins auch.«

»Wisst Ihr mehr, Meséra? Wann es wieder auslaufen soll vielleicht?«

Seine Stimme klang hoffnungsvoll, und er musste sich zügeln, um Groferton nicht einen triumphierenden Blick zuzuwerfen.

»Der Hafen is' zu. Die lassen niemanden raus, solange niemand weiß, was hinter der Grenze vor sich geht, Herr. Deshalb isses den verdammten Hunden doch so wichtig, den Hafen zu behalten.«

Mit erhobenen Händen wandte sich Jaquento Groferton zu und setzte gerade zu einem hämischen Kommentar an, da kam ihm Roxane zuvor: »Ich denke, das entscheidet die Frage, ob wir unser Glück in Boroges versuchen.«

Der junge Hiscadi fischte eine Münze aus dem Geldbeutel, den er von Franigo erhalten hatte, und warf sie der Frau mit dem heulenden Kind zum Dank zu, denn er fand das Elend der Menschen in seiner früheren Heimat immer schwerer mit anzusehen.

Als sie weiterritten, gesellte sich Roxane zu ihm.

»Sie verschweigen uns etwas, nicht wahr?«, fragte sie ohne Umschweife. »Nicht nur Ihren Namen und Ihre Herkunft, nein, Sie wissen auch viel mehr über den Verbleib der *Todsünde*, als Sie zugeben wollen.«

Es war eine Feststellung, keine Frage, und Jaquento seufzte. *Wenn du wüsstest,* dachte er. *Wenn du wüsstest, dass ich mit*

Sinosh rede, würdest du denken, die Einheit habe mir meinen Verstand genommen.

»Machen Sie sich etwa über mich lustig?«, fragte die junge Offizierin, die wohl sein Lächeln bemerkt haben musste. Das Eis in ihrer Stimme ließ ihn an einen plötzlichen Wintereinbruch denken.

»Keinesfalls, Meséra«, antwortete er vorsichtig. »Aber Ihr macht es mir nicht leicht, Euch eine Erklärung abzugeben, auch wenn ich Euch eine solche vermutlich schulde. Ja, ich habe Euch meinen früheren Namen verschwiegen, aber er tut auch nichts zu Sache, wenn es um die *Todsünde* und ihre Ladung geht. Zählt denn nicht mehr, was für ein Mann ich bin?«

»Und was für ein Mann sind Sie? Einer, der bei Nacht und Nebel aus seiner Heimat flieht. Ein Mann, der niemals den Gefährten vertraut, die mit ihm reisen. Und darüber hinaus?«

Roter Zorn stieg in Jaquento auf. Mit einem Mal hatte er genug von alledem. Genug von der Jagd nach der *Todsünde*, genug von dem Krieg in Hiscadi, genug von der überheblichen thaynrischen Art, mit der ihn Roxane behandelte.

»Wie recht Ihr habt, Meséra«, gab er böse zurück. »Euch mein Vertrauen zu schenken sollte mir viel leichter fallen. Als ich es das letzte Mal tat, hat mich das schließlich fast direkt an einen Galgen in Loidin geführt, und so eine Aussicht sollte ich mir kein zweites Mal entgehen lassen, denkt Ihr nicht auch?«

Einen Moment lang sah sie aus, als wolle sie ihn schlagen, und fast hätte Jaquento das begrüßt. Doch Roxane gab nur »Ich verstehe« mit tonloser Stimme zurück, wendete ihr Pferd und kehrte zu Groferton zurück.

Jaquento überlegte, ob er ihr etwas nachrufen sollte, aber die Wut war noch zu frisch. *Die Einheit hole diese verfluchte, starrsinnige und pflichtbewusste Thayn!*, dachte er grimmig.

»Jaq!« Bihrâd riss ihn aus seinen düsteren Gedanken. »Vor uns sind Soldaten, kannst du sie sehen?«

Der junge Hiscadi starrte in die Richtung, in die der Maureske zeigte. Tatsächlich konnte er weit vor ihnen zwischen den Bäumen einige Uniformierte ausmachen.

»Ich schätze, das sind Géronaee«, murmelte er. »Verschwindet ihr von hier. Ich werde mit ihnen reden, mir irgendeinen Blödsinn ausdenken. Denn wenn die Lage in Boroges wirklich so angespannt ist, dann werden wir Mühe haben, ihnen zu erklären, was du und die Thayns dort wollen. Also rasch, ich sehe euch in der Stadt wieder. Es gibt eine Taverna neben der Gießerei. Dort treffen wir uns.«

Im Gesicht des Mauresken arbeitete es, und Jaquento sah, dass ihm die Idee, seinen Freund zurückzulassen, ganz und gar nicht gefiel.

»Los, beeilt euch, oder das Ganze wird viel zu sehr nach einer Flucht aussehen«, drängte er deshalb, und Bihrâd nickte schließlich.

»Kommt«, knurrte der Maureske in Richtung der beiden Thayns. »Wir suchen uns einen anderen Weg in die Stadt.«

Jaquento ließ sein Pferd absichtlich langsam laufen, während er auf die Uniformierten zuritt. Hinter sich konnte er den leiser werdenden Hufschlag seiner Gefährten hören. *Wenn ich es gut genug anstelle, kann ich vielleicht erfahren, ob es wirklich die* Todsünde *ist, die hier vor Anker liegt,* ermutigte er sich selbst.

Mittlerweile waren die Géronaee nur noch wenige hundert Schritt von ihm entfernt, drei Soldaten zu Pferd. Einer ritt voraus, die beiden anderen hatten ihre Waffen gezogen und geladen und hielten sie nun schussbereit vor sich, auch wenn sie noch nicht auf ihn angelegt hatten.

»Halt!«, befahl der Erste, ein Mann, der gewiss doppelt so alt wie Jaquento und an seinen Abzeichen und seinem Hut sofort als Offizier zu erkennen war. »Steig ab und heb die Arme, Bürschchen!«

»Mesér …«, versuchte Jaquento zu widersprechen, aber der Offizier unterbrach ihn: »Sofort, oder ich lasse schießen.«

Der junge Hiscadi hielt es für das Klügste, der Aufforderung Folge zu leisten. Vorsichtig glitt er aus dem Sattel und stellte sich mit erhobenen Händen neben das Pferd. *Das läuft ja wunderbar,* dachte er und versuchte gleichzeitig abzuschätzen, wie lange er brauchen würde, um den Säbel aus der Satteltasche zu ziehen.

»Was machst du hier?«, herrschte ihn der Offizier an. »Und wohin hast du die anderen geschickt?«

»Ich habe niemanden irgendwohin geschickt, Mesér«, erwiderte Jaquento. »Unsere Wege haben sich einfach getrennt. Ich will nach Boroges, aber sie hatten ein anderes Ziel.«

Die misstrauische Miene des Mannes blieb unverändert. »Und was willst du in Boroges?«

»Ich habe dort Geschäfte zu erledigen«, erwiderte der Hiscadi lahm.

»Die Stadt befindet sich im Kriegszustand. Aufrührer und Rebellen versuchen, sich des Hafens zu bemächtigen. Dort werden derzeit keine Geschäfte gemacht.«

»Dann bin ich froh, noch rechtzeitig davon zu erfahren«, sagte Jaquento und versuchte, so arglos wie möglich dreinzublicken. »Und selbstverständlich wird das meine Reisepläne ändern. Darf ich jetzt weiterreiten?«

Der Offizier kniff die Augen zusammen. »Reiten? Wohl kaum. Ich glaube dir kein Wort, Bürschchen. Und die Armee kann so ein Pferd gut gebrauchen. Und solche Stiefel ebenfalls. Los, leer' deine Tasche aus, damit ich sehen kann, was für *Geschäfte* du hast und ob irgendwas von deinem Zeug für die Glorie Géronays zu gebrauchen ist. Und was ist das für ein Viech auf deiner Schulter? Schaff es fort, oder ich lasse darauf Zielübungen abhalten.«

Jaquento fluchte leise und setzte die Echse vorsichtig auf den Boden. Sinosh war klug genug, sofort einige Schritte davonzulaufen, während der junge Hiscadi vorsichtig eine Hand ausstreckte, um die Satteltasche des Pferdes zu öffnen. Er hatte keine Ahnung, was sich darin befand, da er noch nicht hineingeschaut hatte, seit sie Sargona verlassen hatten.

Lass es Brot und Leibwäsche sein, betete er im Stillen, doch das Erste, was seine Finger ertasteten, war der Griff einer Pistole. Er hob sie aus der Tasche und hörte sofort, wie der Hahn eines der Gewehre gespannt wurde. Er ließ die Pistole zu Boden fallen.

»Das reicht mir allmählich«, verkündete der Anführer der Géronay. »Ich denke, du wirst uns ein Stück begleiten, und dann finden wir genauer heraus, welcher Art deine Geschäfte sind. Enouis, steig ab und fessle den Mann.«

Während der eine Soldat den Lauf seines Gewehres unverwandt weiter auf Jaquento richtete, stieg der andere ab, schnallte seine Muskete am Sattel fest und nahm ein Seil aus der Satteltasche. Doch als er auf den Hiscadi zutreten wollte, ertönte eine weibliche Stimme zwischen den Bäumen hindurch, die sich links von Jaquento befanden: »Lassen Sie die Waffe fallen, oder Ihr Vorgesetzter ist ein toter Mann!«

Die Stimme sprach Hiscadi mit einem starken Akzent.

Der Soldat zu Pferde blickte kurz zu seinem Offizier, der nickte. Dann senkte der Mann die Waffe.

»Fallen lassen!«, rief Roxane, denn nur sie konnte es sein. *Der Einheit sei Dank für die sturen Thayns,* dachte Jaquento reuig.

»Nehmen Sie das Gewehr auf«, ordnete Roxane an, doch als sich Jaquento nach der Waffe bückte, hob der Offizier die Arme und stieß ein Wort in einer Jaquento unbekannten Sprache hervor.

Ein Maestre, schoss es ihm durch den Kopf, als er auch schon einen Schrei von Roxane hörte, gefolgt von einem dumpfen Knall. Ohne zu überlegen duckte er sich und rammte dem Offizier seinen Kopf in den Bauch. Gemeinsam stürzten sie zu Boden.

Ein Hieb traf den Hiscadi in die Nierengegend, und er selbst schlug mit der Faust in das Gesicht des Offiziers, bis dieser die Augen verdrehte und offenkundig ohnmächtig wurde.

Der Hiscadi sprang auf die Füße und sah eben noch Roxane, die mit dem Uniformierten, der Jaquento hatte fesseln sollen, um das Gewehr rang. Der Mann hatte es zu fassen bekommen und hämmerte Roxane nun den Gewehrkolben gegen die Schulter. Dann trat sie ihrem Gegner mit voller Wucht gegen ein Knie, was diesen zurücktaumeln ließ und es ihr ermöglichte, ihm das Gewehr aus der Hand zu reißen.

Der dritte Géronay wollte eben aus dem Sattel steigen, um in den Kampf einzugreifen, als Roxane erneut auf ihn anlegte. »Bleiben Sie oben!«, ordnete sie an, und Jaquento griff dem Tier so in die Zügel, dass es hochging und seinen Reiter abwarf.

»Los, verschwinden wir!«

Jaquento und Roxane schwangen sich auf die Pferde: der Hiscadi auf sein eigenes, die Offizierin hastig auf eines der Gérons.

»Dort hinunter.« Jaquento deutete auf einen schmalen Pfad, der in einen Olivenhain führte, und lenkte sein Reittier darauf zu.

Roxane folgte ihm, und sie galoppierten davon, so schnell sie es vermochten.

ROXANE

Je tiefer die Sonne sank, desto mehr zeigte sich die Erschöpfung der Pferde und desto klarer wurde, dass sie es an diesem Tag nicht mehr bis nach Boroges schaffen würden, um Groferton und den Mauresken dort wiederzutreffen. Sie kamen nur noch langsam voran, und Roxane merkte mittlerweile die Strapazen deutlich in den bleischweren Gliedern. Ein rascher Blick in Jaquentos Gesicht zeigte ihr, dass es ihm kaum besser gehen konnte.

»Wir sollten allmählich anhalten. Die Sonne wird bald untergehen, und wenn ich ganz ehrlich bin, falle ich gleich aus dem Sattel.«

Sie war auf einen zynischen Kommentar von ihm gefasst, doch stattdessen erwiderte er nur: »Ihr habt recht. Wir brauchen eine Rast.«

Er deutete eine kleine Anhöhe hinauf. »Von dort oben sehen wir vielleicht etwas.«

Von der Kuppe des Hügels entdeckte die junge Offizierin wenig, was ihr Mut gemacht hätte. So weit Roxane sehen konnte, lagen vor ihnen nur Wiesen, Olivenhaine und endlose, mit wildem Wein bestandene Ebenen, die der beginnende Herbst rot gefärbt hatte.

Offenkundig gefiel Jaquento ebenso wenig wie ihr, was er sah. »Dort drüben ist vermutlich die Hütte eines Schäfers«, sagte er schließlich zögerlich und wies mit der Hand auf eine kleine, aus Feldsteinen erbaute Hütte, die ein Stück westwärts lag, »ich sehe aber keine Schafe, also können wir vielleicht dort Unterschlupf suchen.«

Roxane nickte zustimmend. Das Häuschen wirkte zwar ziemlich baufällig, aber in Ermangelung einer besseren Alternative dennoch verlockend.

»Mit etwas Glück gibt es dort sogar eine Quelle.«

Was die Quelle betraf, sollte sie recht behalten. Als sie keine halbe Stunde später die Hütte erreichten, war beinahe das erste Geräusch, das Roxane wahrnahm, das Gurgeln eines Baches, der hinter dem Haus von einem künstlichen Damm zu einem kleinen Teich gestaut wurde.

»Ich werde die Pferde versorgen«, bot Jaquento an, während er sich aus dem Sattel schwang, und Roxane übergab ihm die Zügel, froh, endlich von dem Pferd herunterzukommen.

Das Innere der kleinen Hütte bestand nur aus einem einzigen, leeren Raum. Die Holztür hing schief in den Angeln, und der Fußboden war mit trockenen Blättern bedeckt, die der Wind durch die Fensteröffnungen hereingeweht hatte. Wer immer der Bewohner der Hütte gewesen sein mochte, hatte seine Behausung schon lange aufgegeben. Aber immerhin gab es eine Feuerstelle, was versprach, dass sie in dieser Nacht nicht frieren würden.

Roxane sammelte trockenes Olivenholz und beobachtete dabei aus dem Augenwinkel, wie Jaquento ihre Reittiere erst abrieb, dann tränkte und sie schließlich mit zusammengebundenen Beinen grasen ließ.

Dann ließ er sich an dem Tümpel hinter dem Haus nieder und begann ohne alle Scheu, seine Kleider auszuziehen. Roxane, die die letzten Jahre fast ständig an Bord von Kriegsschiffen verbracht hatte, auf denen Privatsphäre ein beinahe unbekannter Luxus war, wollte sich bereits abwenden, um ihn ungestört baden zu lassen, da merkte sie, dass ihre Neugier einfach zu groß war. Während sie sich nach einem weiteren Ast bückte, betrachtete sie den jungen Hiscadi, der eben damit begonnen hatte, sich zu waschen, und betete dabei zur Einheit, dass ihm ihr Blick nicht auffallen möge.

Er ist ein schöner Mann, dachte sie mit einem seltsamen Bedauern. *Groß und breitschultrig und mit schlanken, muskulösen Gliedern.* Sie konnte einige Narben auf seiner gebräunten Haut erkennen, als er sich zurücklehnte und das nasse, lange Haar aus dem Gesicht warf.

Als ihr ein Zweig aus der Hand glitt, fluchte sie leise und besann sich. *Ich sollte wohl kaum hier mitten in der Wildnis stehen und mir Gedanken darum machen, ob ein hiscadischer Halunke nun gut aussieht oder nicht,* schalt sie sich selbst. *Fürwahr, ich mache meiner Uniform wirklich alle Ehre.*

»Wollt Ihr auch, Meséra?«, rief Jaquento zu ihr herüber. »Es ist ziemlich kalt, aber es lohnt sich dennoch.«

Die Versuchung, zumindest einen Teil des Staubs und Schmutzes der Reise abzuwaschen, war einfach zu groß, und so brachte Roxane das Holz in das Innere des Steinhauses und kehrte dann zu dem Teich zurück. Während sie sich wusch, konnte sie Jaquento im Inneren der Hütte hantieren hören. Falls er Interesse gehabt hatte, sie ebenfalls zu beobachten, widerstand er dem jedenfalls besser als sie. *Und warum sollte er so etwas auch tun?,* dachte sie niedergeschlagen, denn das Schuldgefühl, ihn auf Lessan nicht besser verteidigt zu haben, nagte noch immer an ihr.

Als sie in die Hütte zurückkehrte, hatte Jaquento bereits ein kleines Feuer entzündet und ihre Mäntel auf dem Boden ausgebreitet. »Es ist nicht gerade eine Taverna erster Güte, aber ich hoffe, Ihr wisst die Geste dennoch zu schätzen«, scherzte er, und Roxane erkannte erleichtert, dass er ihr nicht länger zürnte.

Ihre eigene Wut war bereits irgendwann in den letzten Stunden verflogen, und im Moment fühlte sie sich so müde, dass es ihr schwerfiel, sich daran zu erinnern, warum sie überhaupt zornig gewesen war.

Ein kleiner roter Blitz schoss neben ihr zur Tür hinaus, und der Hiscadi hob entschuldigend die Hände. »Ich habe allerlei Getier aufgestöbert, als ich den Rauchfang gesäubert habe, und ich vermute, dass Sinosh sich nun ein Abendessen jagen wird. Wobei er es besser hat als wir, wie ich hinzufügen möchte.«

Nun musste Roxane lachen. »Es steht Ihnen natürlich frei, uns auch ein paar Insekten zu fangen. Oder einen Marder, wenn Sie ihn erwischen.«

Jaquento stimmte in ihr Lachen ein, offenkundig ebenfalls froh, dass ihr Streit beendet war. »Beleidigt nicht meine Jagdfähigkeiten, Meséra. Ich hatte früher einmal Gelegenheit, sie mit den größten Hohlköpfen Hiscadis zu erproben.«

Diese Anspielung ließ Roxane wieder ernst werden. Sie setzte sich mit untergeschlagenen Beinen auf den Boden, nah genug ans Feuer, damit dessen Wärme die Kälte des Wassers aus ihren Gliedern vertreiben konnte. »Damit meint Ihr den Hof, nicht wahr?«

Er gesellte sich zu ihr und blickte in die Flammen, statt sie anzusehen. »Ja. Und die meisten Adeligen waren dort so faul und verlogen, dass Ihr es Euch vermutlich nicht einmal vorstellen könntet. Ihre Dekadenz und Verschwendungssucht haben dazu geführt, dass es jetzt überall in Hiscadi diese Aufstände gibt.«

Eine Weile lang ließ sie sich seine Worte durch den Kopf gehen. *Ist denn der Adel in Thaynric anders?*, fragte sie sich, aber dann schob sie den Gedanken beiseite und stellte eine Frage, die sie seit Sargona beschäftigt hatte.

»Ihr richtiger Name ist Maurez?«

Er sah sie noch immer nicht an. »Maurez Ajandro Lérida di Jaquente«, erwiderte er leise.

»Zumindest kommt *Jaquente* auch darin vor«, meinte sie lächelnd.

»Mein Geburtsort. Er gehört meiner Familie.«

»Und vermisst Ihre Familie Sie nicht?«, fragte sie vorsichtig.

»Ich habe keine Familie. Heute nicht mehr.«

»Das ist ein schwerer Schicksalsschlag.«

»Ihr missversteht mich. Es war nicht das Schicksal, das mich meiner Familie beraubt hat, Meséra, ich war es selbst. Ich habe alles verspielt, was ich als stets gegeben angenommen hatte, habe alles zerstört, jede Brücke verbrannt und jede Erinnerung vergiftet, bis nichts mehr blieb, was mich halten konnte.«

Mittlerweile war es völlig dunkel geworden, und nur noch der Schein des Feuers erhellte sein Gesicht. Seine Miene wirkte gequält, und er biss sich gedankenverloren auf die Unterlippe, bevor er gestand: »Meséra, ich habe in der Vergangenheit schlimme Dinge getan. Weitaus Schlimmeres als das, weswegen Ihr mich nach Corbane bringen solltet. Wenn ich eines Tages am Galgen enden sollte, dann wird es nicht unverdient sein.«

Die Verbitterung in seiner Stimme bekümmerte Roxane. In ihm gab es eine Wunde, die so tief sein musste, dass sie niemals aufhören würde zu schmerzen. Sie konnte es spüren, in dem Hass, mit dem er sich bedachte. *Was mag er getan haben?*, fragte sie sich. Aber sie sprach die Frage nicht laut aus. Als sie ihn ansah, merkte sie, dass es ihr schwerfiel, zu glauben, dass er etwas getan haben könnte, wofür sie ihn verurteilen würde.

»Letztlich wird die Einheit unsere Taten beurteilen«, erwiderte sie. »Das habe ich mir im Krieg manches Mal sagen müssen, um nicht an meiner Schuld zu ersticken.«

»Ich vergesse leicht, wie lange Ihr schon in der Marine dienen müsst, um einen so verantwortungsvollen Posten innezuhaben«, meinte Jaquento. Seine Gesichtszüge hatten sich nun wieder entspannt. »Ich bin sicher, dass die Krone von Thaynric sehr stolz sein kann, solche Offiziere zu haben.«

Sie betrachtete ihn argwöhnisch, konnte aber kein Anzeichen dafür entdecken, dass er sich über sie lustig machte.

»Nun, wie Sie wissen, äußert sich der Stolz der Krone darin, dass sie mich vor ein Kriegsgericht stellen will«, entgegnete sie trocken. »Allzu weit kann es mit der Freude Ihrer Majestät also nicht her sein. Und was hat mir der Dienst ansonsten gebracht? Hauptsächlich Ärger und blaue Flecke«, fügte sie leichthin hinzu und tastete dabei nach der Stelle an ihrer Schulter, an der sie der Gewehrkolben getroffen hatte.

Als sie die Prellung berührte und den Schmerz spürte, verzog sie unwillkürlich das Gesicht.

»Tut es weh?«, fragte Jaquento besorgt. »Lasst es mich mal ansehen.

Er beugte sich zu ihr hinüber, und sie begann zögerlich, ihr Hemd aufzuknöpfen. *Warum müssen meine Finger jetzt zittern?*, fragte sie sich, als ihr seine Nähe plötzlich überdeutlich bewusst wurde und sie sich der Erinnerung an Lessan nicht erwehren konnte.

Sobald sie die obersten drei Knöpfe geöffnet hatte, schob Jaquento ihr den Stoff über die Schulter. »Dreht Euch bitte zum Feuer«, murmelte er.

Mir sanften Fingern strich er über die schmerzende Stelle und über ihr Schlüsselbein. »Wo habt Ihr Schmerzen?«, fragte er.

»Nur oben auf der Schulter. Autsch. Ja, genau dort.«

Er lächelte. »Das wird bestimmt eine erstaunlich farbenprächtige Prellung, die Ihr bekommt, Meséra.«

»Wunderbar«, murmelte sie und bemerkte, dass er seine Hand noch immer nicht von ihrer Schulter genommen hatte, und auch sie machte keine Anstalten, das Hemd wieder an den richtigen Platz zu schieben. Einen Moment lang saßen sie sich so gegenüber, und der Blick aus Jaquentos dunklen Augen ließ sie erröten, ohne dass sie etwas dagegen tun konnte. Schon wollte sie seine Hand wegschieben, als er sich noch näher zu ihr beugte und sie sacht auf die Lippen küsste.

Der Kuss weckte so viele widerstreitende Gefühle in ihr, dass sie nicht darauf reagierte.

»Verzeih ...«, murmelte er betreten, und löste sich von ihr. »Ich hatte nicht ...«

In diesem Moment wurde ihr klar, dass sie nicht wollte, dass er aufhörte. Sie wollte, dass er sie küsste, wollte ihn spüren, wollte *ihn*.

»Nein«, sagte sie leise und hob die Hände, um sein Gesicht wieder an ihres zu ziehen. Diesmal verschmolzen ihre Lippen, und sie überließ ihren Mund seiner vorsichtig forschenden Zunge und begann, über seinen Nacken und über seine Schultern zu streichen, während er sie in die Arme schloss und sie fest an sich zog.

Seine Nähe, sein Geruch und die Wärme seines Körpers waren überwältigend.

»Ich habe das schon so lange gewollt«, flüsterte er heiser. »So lange.«

Sie wusste nichts zu erwidern, konnte ihm nicht sagen, dass es ihr ebenso ging. Also verschloss sie seine Lippen mit einem erneuten Kuss. Er vergrub eine Hand in ihrem Haar und hielt ihren Kopf fest, während er sich sanft fallen ließ und sie mit sich zog, bis sie neben ihm lag.

Die schnellen Küsse, mit denen Jaquento nun ihren Hals bedeckte, ließen ihr einen wohligen Schauer über den Leib laufen. Mir der rechten Hand öffnete er weitere Knöpfe ihres Hemdes, und sein Mund folgte seiner Hand überallhin. Als er zart über ihre Brüste strich und einen Augenblick später eine Brustwarze zwischen die Lippen nahm und sacht daran zu saugen begann, stieß sie ein Seufzen aus. Sein langes Haar fiel auf ihre Schultern und ihre Brüste, und das sanfte Kitzeln erregte sie ungemein.

Ungeschickt zog sie an seinem Hemd, und er lachte leise und schob es sich mit einer raschen Bewegung über den Kopf. Dann wickelte er es zusammen, bot es ihr als Kissen an. Seine Haut unter ihren Fingern fühlte sich gut an, so gut, dass sie sie unbedingt schmecken wollte. Vorsichtig leckte Roxane über Jaquentos Bauch, und registrierte zufrieden, dass er scharf die Luft einsog.

Er zog sie zu sich und sie versanken in einen langen Kuss. Dann drehte er sie auf den Rücken. Sein Mund wanderte tiefer und erreichte den Bund ihrer Hose. Sie half ihm, den Knopf zu öffnen, und streifte ihre Beinkleider ab, ebenso wie er die seinen.

Seine Hände streichelten sie, fanden ihre intimste Stelle, und eine feurige Welle durchflutete ihren Körper.

Die feinen schwarzen Härchen, die von seinem Nabel bis zu seinen Lenden reichten, kitzelten unter ihren Fingern, und sie folgte ihrer Linie, bis ihre Hand seine Männlichkeit umschloss. Er stöhnte auf und schob sich zwischen ihre Beine. Vorsichtig drang er in sie ein und begann, in sie zu stoßen, während er ihr Gesicht mit Küssen bedeckte.

»Jaq«, flüsterte sie, und in diesem Moment schien ihr sein Name das schönste Wort der Welt.

SINAO

Der Marsch durch den Dschungel mitten in der Nacht war eine seltsame Erfahrung, zugleich vertraut und unheimlich. Die Laternen erhellten kaum den schmalen Pfad, über den sie liefen, und rechts und links des Weges standen die Bäume so dicht, dass sich zwischen ihnen die Schatten hielten. Immer wieder hörte Sinao Rufe von Tieren oder ein Knacken und Knirschen im Unterholz.

Die Insel erinnerte sie an Hequia. Sie konnte kaum glauben, dass ihr Leben dort erst seit so kurzer Zeit vorüber war; vieles erschien ihr bereits jetzt fern, als wäre es nicht mehr als ein Traum, aus dem sie vor langer Zeit erwacht war.

Der Admiral führte den Trupp gemeinsam mit Leutnant Fallton an. Sinao und Manoel folgten ihnen, während hinter ihnen die Seesoldaten der *Imperial* in ordentlichen Zweierreihen marschierten. Den Abschluss bildeten dreißig Seeleute, die viel weniger geordnet liefen als die Soldaten. Zwei Marinesoldaten waren vorausgeschickt worden und mussten irgendwo vor ihnen auf dem Pfad in der Dunkelheit sein, auf der Suche nach den Leuten der Compagnie und dem Ziel, zu dem die Wagen aufgebrochen waren. Die hagere Frau im Fort hatte kein Wort mehr darüber verloren und Thyrane nur noch höhnisch angegrinst, als der sie wütend danach gefragt hatte.

»Mann, es ist ganz schön schwül hier«, stellte Manoel fest und hob sein Hemd etwas an, um sich damit Luft zuzufächeln. Schweiß glänzte auf seinem Bauch, und er streckte die Zunge heraus und verzog das Gesicht.

»Das ist der Wald«, erklärte Sinao. Sie sprach leise, denn der Dschungel flößte ihr Respekt ein. Ihre Finger fanden den Zemi in ihrer Tasche und schlossen sich um den Stein, der schon ganz warm war. »Die Hitze hängt zwischen den Bäumen.«

»Hoffentlich kommen wir bald an.«

»Noch haben unsere Späher keine Meldung gemacht«, mischte sich Thyrane in das Gespräch ein. »Wenn wir uns nähern würden, müssten sie uns eigentlich warnen.«

»Falls sie sich nicht in ihren Uniformen zu Tode geschwitzt haben«, erwiderte Manoel und zwinkerte Sinao zu. Er wischte sich mit der Hand über die Stirn und dann über die Haare. Seine Zöpfe waren mit einer dünnen Kordel zusammengebunden, aber einige lösten sich bereits wieder und hingen wirr auf seinen Rücken herab. Sinao konnte ihn gut verstehen; auch sie spürte den Schweiß auf ihrer Haut, aber sie beklagte sich nicht. Sie hatte schon größere Hitze klaglos ertragen, war erschöpfter gewesen als in diesem Augenblick. Im Vergleich zu vielem, was sie in ihrem Leben als Sklavin erduldet hatte, war dieser nächtliche Marsch keine besondere Anstrengung.

»Wie spät mag es sein?«, murmelte Leutnant Fallton, und Sinao antwortete ohne nachzudenken: »Vierzehn Minuten und dreiundzwanzig Sekunden nach den sechs Schlägen nach Mitternacht.«

Erst als sie seinen überaus erstaunten Blick sah, wurde ihr wieder bewusst, dass andere Menschen ihr Verständnis für Zeit nicht unbedingt teilten.

Schweigend stapften sie weiter. Immerhin war der Weg vor ihnen deutlich zu erkennen. Viele Wagenräder hatten tiefe

Rinnen in den Boden gegraben, und auch die Wagen, die sie verfolgten, mussten hier entlanggefahren sein, obwohl Sinao im Laternenschein nicht genug erkennen konnte, um zu sehen, ob die Spuren frisch waren.

Die junge Paranao lauschte auf die Stimmen der Tiere im Wald und auf den lauten Atem des Admirals. Sie dachte darüber nach, was es bedeutete, dass er ein alter Mann war. Bisher war er ihr immer lebhaft erschienen, so vital und stark, dass sein weißes Haar und die Falten in seinem Gesicht für sie nichts bedeutet hatten. Doch jetzt konnte sie sehen, dass er sich bewegte, als müsse er seinem Körper jeden Schritt abringen. Dabei hielt er sich aufrecht, den Kopf hoch erhoben.

Der Pfad zog sich in einer fast geraden Linie durch den Dschungel. Einmal kreuzte er einen kleinen Bach, über den eine einfache Brücke aus Holzbalken errichtet worden war.

Im Osten hinter ihnen zeigte der erste Silberstreifen am Horizont, dass sich die Nacht bald ihrem Ende zuneigen würde, und viele Vögel begrüßten den nahenden Tag mit ihrem Gesang.

»Bald sollten wir rasten und auf die Späher warten«, entschied der Admiral. »Es ist sinnlos, ewig weiterzumarschieren, wenn wir das Ziel nicht kampfbereit erreichen. Ich hatte bislang die Hoffnung gehegt, dass es nicht allzu weit entfernt ist, aber wenn das nicht der Fall ist, müssen wir die Expedition anders angehen.«

»Ich gebe die entsprechenden Befehle, Thay.«

»Wir ziehen noch ein wenig weiter. Vielleicht finden wir noch einen geeigneten Lagerplatz«, entgegnete Thyrane und blickte sich um. Der Pfad war nur ein schmales Band im dunklen Grün des Dschungels. »Spüren Sie etwas?«

Manoel blieb stehen und schloss die Augen. Obwohl Sinao vermutete, dass es mehr Schau als Notwendigkeit war, blieb sie mucksmäuschenstill. Der junge Maestre atmete tief ein, dann nickte er langsam.

»Es kann nicht mehr sehr weit sein«, verkündete er, als er die Augen wieder öffnete. »Aber ganz sicher bin ich mir nicht. Der Effekt ist verwirrend, wenn auch viel, viel schwächer als auf dem schwarzen Schiff.«

Als hätten sie seine Worte gehört, näherten sich ihnen zwei Gestalten auf dem Pfad, dunkle Schemen inmitten der Schatten, die sich auf Zuruf als Soldaten der *Imperial* zu erkennen gaben. Sie mussten gelaufen sein, denn ihr Atem ging stoßweise.

Thyrane war sofort mit zwei raschen Schritten bei ihnen.

»Der Pfad führt zu einigen Gebäuden«, erklärte der kleinere der beiden hastig. Sein blondes Haar hatte einen kupferroten Stich, und seine Wangen waren mit Sommersprossen übersät. »Etwa zwei Meilen von hier entfernt. Einige einfache Hütten, aber auch ... Ich weiß nicht, Thay. Eine Art großes Steingebäude. Es ist ziemlich ... seltsam.«

»Ein Steingebäude? Beschreiben Sie das genauer.«

Der Mann suchte nach Worten. Sein Kamerad sprang für ihn ein: »So ein Ding, mehrere Stockwerke hoch, aus dicken Blöcken. Die Mauern sind wie riesige Treppen geformt. Ich habe so was noch nie zuvor gesehen, und wir haben es auch nur von Weitem angeschaut, weil da Wachposten waren.«

»Die Leute der Compagnie?«, erkundigte sich Leutnant Fallton.

»Ja. Sie haben ein Lager bei den Hütten. Dort stehen auch die Wagen. Es gibt zwei Feuerstellen. Und eine ganze Reihe Wachen.«

»Konnten Sie eine Zahl an Feinden ausmachen?«

»Es war zu dunkel, und wir konnten nicht näher heran. In den Hütten waren vielleicht auch noch welche.«

Die beiden Offiziere befragten die Späher noch weiter nach Informationen, aber Sinao konnte den taktischen Erwägungen nicht folgen. Für sie war nur wichtig, dass sie bald dort sein würden.

»Wir marschieren weiter«, befahl Thyrane schließlich leise. »Und zwar im Eilmarsch. Wir müssen sie erreichen, bevor sie mit dem Pulver Schindluder treiben.«

Sofort setzte sich der ganze Trupp wieder in Bewegung. Keiner sprach, während die Sonne langsam aufging und der Welt wieder Konturen gab. Wo die ersten Strahlen den feuchten Boden berührten, wallte Nebel auf.

Noch bevor eine ganze Stunde vergangen war, erreichten sie eine große Lichtung im Wald.

»Dort, Thay«, flüsterte einer der Späher und wies auf einen dunklen Schemen, der sich im Nebel erhob. Es war ein großes Gebäude, so hoch wie die höchsten Häuser auf Lessan und noch höher, und es wirkte viel massiver. Es bestand aus drei Stockwerken, jedes etwas kleiner als das darunter, so dass es sich nach oben verjüngte.

Sinaos Blick wurde von den Fackeln angezogen, die im Nebel fahl schimmerten. Sie steckten auf langen Pfählen zwischen viel kleineren Gebäuden. Diese duckten sich im Schatten des Bauwerks, als fürchteten sie sich vor ihm.

Die Präsenz des kaum zu erkennenden Gebäudes lastete unvermittelt auf Sinaos Geist, und ihr Herz schlug schneller. Ihre Hände waren schweißfeucht, und immer wieder glaubte sie in den Nebelschwaden Gestalten zu erkennen, Gesichter von Toten und seltsame, schattenhafte Kreaturen.

Neben sich sah sie, wie der Admiral eine Pistole aus seinem Gürtel zog und sie langsam und methodisch lud.

JAQUENTO

Er lief und lief und lief. Seine Verfolger waren ihm dicht auf den Fersen, er konnte ihren Atem beinahe im Nacken spüren. Er musste sie nicht sehen, um zu wissen, wer sie waren. Die Soldaten des Königs. Seine Hände ergriffen blindlings die eisernen Sprossen einer Leiter, er zog sich empor, kletterte hinauf, immer höher und höher, obwohl er nicht sehen konnte, wohin ihn die Leiter führen würde. Seine Verfolger waren nicht länger Menschen, sondern Schatten, ein Teil der Dunkelheit. Furcht ergriff Jaquento, zwang ihn, noch höher zu steigen. Schließlich zog er seinen Körper auf ein flaches Dach. Eine wundervolle Ruhe umgab ihn hier, eine friedliche Stille. Und dieses Mal, dieses eine Mal, hatte er sie wirklich abgehängt, die schattenhaften Verfolger, die seine Träume heimsuchten. Er wartete fünf, zehn, zwanzig Herzschläge lang, doch nichts geschah. Er war endlich frei und fiel zurück in einen tiefen, traumlosen, erholsamen Schlaf.

Als er erwachte, fühlte er sich einen Moment lang vollkommen mit sich und der Welt im Einklang. Ihr warmer Körper lag an seinen geschmiegt da, die Sonne schien hell durch die Fensteröffnung, er war noch angenehm schläfrig, und von draußen konnte er das Zwitschern der Vögel hören. Vorsichtig, um Roxane nicht zu wecken, schob er sich mit einer Hand die schwarzen Haarsträhnen aus der Stirn und streichelte mit der anderen die weiche Haut ihrer nackten Schulter. Sie schlief friedlich weiter, den Kopf auf seine Brust gelegt, und Jaquento wünschte sich für einen Augenblick, die Zeit anhalten zu können. *Wenn sie aufwacht, wird sie vielleicht bedauern, was wir getan haben,* dachte er wehmütig.

In diesem Augenblick klopfte es an der morschen Holztür der Hütte, und die junge Offizierin schreckte hoch. Sie warf Jaquento einen verwirrten Blick zu, bevor sie sich rasch aufsetzte. Er fluchte leise und tastete mit der rechten Hand nach seinem Degen, den er gestern achtlos neben sich gelegt haben musste. Die Offizierin schlang die Decke um sich und begann ihrerseits, sich nach ihrer Pistole umzusehen, aber selbst wenn sie ihre Waffe fand, wäre sie nicht geladen.

»Thay, hier ist Coenrad Groferton«, ertönte eine Stimme von der Tür her, die unverkennbar dem Maestre der *Mantikor* gehörte. »Der Maureske und ich haben Sie gesucht. Dürfen wir hereinkommen, Thay?«

Jaquento senkte die gerade aufgenommene Waffe und tauschte einen hilflosen Blick mit Roxane, die offenbar ebenso wenig Lust zu antworten hatte wie er selbst.

»Ähm ... einen Augenblick, Groferton«, entgegnete sie schließlich dennoch. »Ich ... wir ... wir kommen sofort zu Ihnen hinaus.«

»Alles in Ordnung, Jaq?«, hörten sie nun Bihrâd fragen, und der junge Hiscadi antwortete mit belegter Stimme: »Alles bestens, wir brauchen lediglich noch einen kleinen Moment.«

Roxane sprang auf die Füße und zog sich eilig ein Hemd über den Kopf, während Jaquento ihrem Beispiel folgte und hastig in seine Hosen stieg.

Gut, dass du meinem Ratschlag gefolgt bist und dich doch noch gepaart hast, verkündete plötzlich eine Stimme in seinem Kopf. *Und nun suchen wir das Schiff, ja?*

Jaquento hatte nicht bemerkt, dass Sinosh, der sich jetzt aus dem Kleiderhaufen erhob, in der Nacht offenbar zurückgekehrt war. *Sei bloß ruhig, oder ich drehe dir den Hals um,* dachte der Hiscadi finster, und diesmal verstand die Echse seinen Blick offenbar auch ohne Worte und sprang hastig durch die Fensteröffnung nach draußen.

»Verflucht noch mal, wo sind meine Stiefel?«, hörte Jaquento die junge Offizierin murmeln. Er entdeckte das gesuchte Schuhwerk in einer Ecke und reichte es ihr mit einer angedeuteten Verbeugung. Sie riss ihm die Stiefel aus der Hand und machte dabei ein so komisch verzweifeltes Gesicht, dass er sie am liebsten umarmt hätte. *Aber dafür ist jetzt wirklich keine Zeit,* ermahnte er sich.

Als Roxane sich schließlich das blonde Haar mit einer Lederschnur zusammenband, fragte er leise: »Wollen wir?«, und sie nickte.

Vor der Tür fanden sie Bihrâd, der eben Sinosh fütterte, und Groferton, der die Tür so nervös beäugte, als erwarte er, einen Drachen daraus hervorpreschen zu sehen. *Dabei lässt sich der verfluchte Drache gerade Zuckerstückchen reichen,* dachte Jaquento schmunzelnd.

»Ich hoffe, Sie sind wohlauf, Thay«, meinte Groferton steif und ließ seinen Blick über seine Vorgesetzte und Jaquento gleiten.

»Kein Grund zur Sorge, Maestre«, erwiderte Roxane ebenso förmlich und fragte dann: »Wie, bei der Einheit, haben Sie uns überhaupt gefunden? Ich dachte, der Treffpunkt sollte diese Taverna in Boroges sein, von der … von der Jaquento gesprochen hat.«

Tiefste Röte überzog plötzlich ihre Wangen, und der Hiscadi konnte am Grinsen des Mauresken erkennen, dass ihm das keinesfalls entgangen war.

»Wir waren in der Tat in Boroges«, gab der Maestre mit

beleidigter Stimme zurück. »Und die Nachrichten, die wir von dort mitbringen, duldeten meiner Ansicht nach keinen Aufschub, so dass ich ein wenig Vigoris nutzte, um Sie aufzuspüren, Thay. Das war nun wirklich eine recht leichte Übung, nachdem wir so viel Zeit miteinander verbracht hatten.«

Roxane ging nicht auf den Tonfall des Maestre ein, sondern fragte stattdessen unwirsch: »Und? Was sind das für dringende Neuigkeiten, die keinen Tag warten konnten?«

»Nun, zum einen liegt die *Todsünde* tatsächlich in der Bucht von Boroges«, sagte Bihrâd.

»Und zum anderen, Thay, haben wir herausgefunden, dass sie in der Heimat eine neue Heldin haben – nämlich Sie«, übernahm der Maestre wieder das Wort.

»Wovon reden Sie, Groferton?«

Mit triumphierender Geste zog Groferton etwas aus der Tasche seines Mantels. Als er es entrollte, erkannte Jaquento, dass es sich um eine Zeitung handelte.

»Der *Thaynric Chronist,* Thay«, verkündete Groferton begeistert. »Wir konnten in Boroges einer Ausgabe habhaft werden, und auch wenn der *Chronist* schon ein wenig älter ist, lässt der Inhalt doch keinen Zweifel daran, dass wir in Loidin gefeiert werden. Hier, ich lese es Ihnen vor:

Ihrer Majestät Fregatte Mantikor *nahm vor feindlicher Küste allein den Kampf gegen vier überlegene Schiffe auf. Die heldenmütige kommissarische Kapitänin der* Mantikor, *Roxane Hedyn, die sich in der Schlacht vom Delta des Tarnt die Meriten für ihr erstes Offizierspatent erwarb, ließ ein ebenso gewagtes wie geniales Manöver ausführen. Dank der Kampfbereitschaft der thaynrischen Männer und Frauen an Bord und einer wohlgewählten Positionierung des Schiffes durch die kommissarische Kapitänin, konnte die* Mantikor *eines der gegnerischen Schiffe versenken und zwei weitere so schwer beschädigen, dass sie kurze Zeit später versanken, bevor sie selbst schlussendlich aufgegeben werden musste. Während sich ein Großteil der Besatzung an Land retten konnte, blieb Kapitän Hedyn bis zum Schluss an Bord und ruht nun wohl in einem nassen Grab. Admiral Barrows sagte gegenüber dem* Chronist, *dass Roxane Hedyn selbstverständlich posthum das Kapitänspatent dauerhaft verliehen worden sei. Ihm und allen anderen Angehörigen der Marine Ihrer Majestät sei es eine besondere Ehre, mit Hedyn gedient zu haben.*«

Der Maestre senkte die Zeitung und strahlte Roxane an.

»Groferton, haben Sie mir gerade mitgeteilt, dass ich offiziell *verstorben* bin?«, fragte die junge Offizierin mit versteinerter Miene, doch der Maestre ließ sich nicht beirren.

»Befördert, Thay! Man hat Sie befördert! Niemand wirft uns vor, die *Mantikor* verloren zu haben. Unsere Zukunft ist gesichert; sie werden uns bei unserer Rückkehr nach Thaynric mit allen Ehren bedenken. Ich schätze, es sollte kein Problem sein, den kleinen Irrtum über Ihr Ableben aufzuklären, und Ihr neuer Rang wird Ihnen natürlich erhalten bleiben.«

Und das ist das Ende unserer gemeinsamen Reise, dachte Jaquento plötzlich. *Und das Ende von uns, wenn es je ein* uns *gegeben hat. Nun wird sie unweigerlich nach Thaynric und zu ihrer geliebten Marine zurückkehren.* Erst in diesem Moment wurde ihm bewusst, dass ein Teil von ihm die ganze Zeit gehofft hatte, dass es anders kommen würde. Dass Roxane dem Militär den Rücken kehren würde, dass sie zusammenbleiben könnten – irgendwie. Aber natürlich war dies eine blinde Hoffnung gewesen, auf nichts gegründet als seine eigenen, törichten Wünsche.

»Gratuliere, Kapitänin Hedyn«, murmelte er.

Sie hob energisch die Hand. »Bitte, nicht. Zuerst muss ja noch, wie Mister Groferton es auszudrücken beliebte, der kleine Irrtum über mein Ableben aufgeklärt werden.«

»Aber …«, begann der Maestre.

»Halten Sie die Klappe, Groferton«, entgegnete Roxane forsch. »Und das ist ein Befehl. Bihrâd, wenn Sie sich sicher sind, dass die *Todsünde* wirklich in Boroges vor Anker liegt, dann sollten wir sofort und ohne Umschweife dorthin aufbrechen.«

»Das ist genau meine Meinung«, verkündete der Maureske. »Ich kann es kaum erwarten, dem Capitane ein paar Worte zu sagen«, fügte er finster hinzu.

Der Ritt nach Boroges verlief, nachdem sich das Wetter deutlich verschlechtert hatte, ereignislos; jeder hing bei dem Regen seinen Gedanken nach, und als die Dämmerung hereinbrach, sahen sie vor sich die ersten Umrisse der Häuser der Stadt auftauchen.

Vielleicht war dies die letzte Gelegenheit, mit der jungen Thayn zu reden. Jaquento ließ Groferton und den Mauresken ein Stück vorausreiten und lenkte sein Pferd neben ihres.

»Roxane?«, sagte er leise.

Sie hob den Kopf und sah ihn an. »Ja?«

»Ich wollte dir nur sagen ... Es bleibt unter uns, mach dir keine Sorgen.«

Sie lächelte. »Und ich wollte dir sagen, dass ich niemals zugelassen hätte, dass man dich in Loidin hängt. Niemals, was auch geschehen wäre. Ich will, dass du das weißt.«

»Thay!«, rief Groferton urplötzlich durch den Regen und hielt sein Pferd an. »Schauen Sie mal, wer außer uns noch der *Todsünde* seine Aufwartung macht!«

In stillem Einverständnis ritten Jaquento und Roxane rasch den flachen Hügel hinauf, auf dessen Kuppe der Maestre und Bihrâd angehalten hatten. Von hier aus konnte man nicht nur die Stadt, sondern auch den Hafen überblicken.

Jaquento erkannte trotz des dämmrigen Lichtes sofort die Umrisse der *Todsünde*. Sie lag neben einem Dutzend größerer und kleiner Schiffe vor Anker, die größtenteils die Flagge von Géronay zeigten.

»Das muss die *Tonnant* sein«, erklärte Roxane aufgeregt und deutete auf ein eindrucksvolles Schiff, das ein Stück weiter draußen in der Bucht zu sehen war. »Ein Linienschiff. Und dort, zwei Fregatten und drei Korvetten!«

Neben dem Kriegsschiff standen noch eine Reihe kleinerer Schiffe nahe der Hafeneinfahrt, gerade weit genug entfernt, um den Kanonen der Befestigungsanlagen kein Ziel zu bieten.

»Das Blockadegeschwader hat ein Auge auf den Hafen«, stellte Groferton fest. »Der Admiral muss enge Blockade befohlen haben. Der Rest wird weiter draußen im Wind liegen und auf Meldung warten.«

»Wenn die Blockade hält, können sie den Géronaee einen empfindlichen Schlag versetzen«, erklärte Roxane. »Und uns kommt die Anwesenheit der Flotte natürlich zugute, denn so kann die *Todsünde* nicht auslaufen.«

Sinosh hatte sich auf Jaquentos Schulter so weit vorgestreckt, dass der junge Hiscadi schon glaubte, die Echse müsse hinunterfallen. *Dort ist es,* sagte sie, *es ist noch an Bord. Ich kann es spüren.*

»Ich würde mich nicht darauf verlassen, dass diese Bastarde nicht noch einen Trumpf in der Hinterhand haben«, murmelte Jaquento. »Wir sollten sie lieber nicht aus den Augen verlieren.«

»Dann müssen wir zum Hafen«, stellte Bihrâd entschlossen fest, und sie machten sich auf das letzte Stück des Weges dorthin.

Boroges hatte die heftigen Kämpfe zwischen den Anhängern Sugérands und den aufständischen Hiscadi nicht unbeschadet überstanden. Überall sah man vernagelte Fenster und verrammelte Türen, auf den Straßen der Hafenstadt war kaum ein Mensch unterwegs, und wenn sie jemanden trafen, dann suchte er schleunigst das Weite. Immer wieder hörten sie Schüsse, und von Zeit zu Zeit rollte Kanonendonner zu ihnen herüber.

Auch am Hafen herrschte der Eindruck von Krieg und Zerstörung vor. Die Besatzungen der Schiffe, die am Kai lagen, waren bewaffnet, und die Soldaten der Géronaee hatten sich in den Hafengebäuden verschanzt, offenkundig bereit, jeden Vorstoß der Hiscadi mit Waffengewalt aufzuhalten. Inzwischen war die Abenddämmerung hereingebrochen, und aus dem Hafenbecken stieg Nebel auf. Doch noch war es zu wenig, um ihnen Deckung zu bieten.

»Wir müssen verdammt vorsichtig sein, wenn wir auch nur in die Nähe der *Todsünde* gelangen wollen«, bemerkte Bihrâd finster. »Sonst knallen sie uns ab.«

Auch Jaquento beäugte misstrauisch den Ring der Häuser am Hafen. Aus jedem zweiten Fenster schien der Lauf eines Gewehres zu ragen, und er wusste nur zu gut, dass ihre kleine Gruppe kaum dazu angetan war, in den Soldaten allzu großes Vertrauen zu wecken.

»Vielleicht könnte ich bei diesem Problem behilflich sein«, unterbrach Groferton seine Gedanken. »Ich kann uns zwar nicht vollständig unsichtbar machen, aber bei diesem dämmrigen Licht sollte es mir möglich sein, uns so unauffällig werden zu lassen, dass wir für die ungeübten Augen jedes Nicht-Maestre kaum noch zu entdecken wären.«

»Das ist eine hervorragende Idee, Groferton«, sagte Roxane anerkennend.

»Unser Äußeres wird für den zufälligen Betrachter mit den Schatten verschmelzen.« Der Maestre konzentrierte sich kurz. »So, das Kunststück sollte vollbracht sein. Beten wir zur Einheit, dass die Géronaee keinen Maestre in der Nähe haben.«

Jaquento sah zuerst an sich herunter und blickte dann seine Gefährten an, konnte jedoch keine Veränderung feststellen. Aber da ihm kaum etwas anderes übrig blieb, als den Worten Grofertons zu vertrauen, zischte er: »Dann los. Die *Todsünde* liegt vielleicht vierhundert Schritt von hier, und wir können uns einen Überblick verschaffen, wenn wir es bis zu den Kisten dort vorn schaffen.« Er deutete mit der Hand auf einen mannshohen Stapel Holzkisten, der unter einer Kurbelwinde stand, und auf sein Zeichen setzte sich die kleine Gruppe in Bewegung.

Offenkundig funktionierte Grofertons Trick tatsächlich, denn obwohl sie ihr Weg dicht an einem von Soldaten besetzten Haus vorbeiführte, ertönten weder Rufe noch Schüsse.

Hinter den Kisten ließ sich Jaquento auf ein Knie nieder. Tatsächlich, da lag die *Todsünde*, an einem Poller vertäut, und der Rumpf des Schiffes wirkte bereits so, als würde er auf dem Nebel schweben.

Plötzlich ächzte Groferton und ließ sich kraftlos zu Boden fallen.

»Einheit, es ist stark. Von hier ab müssen allein Ihre Fähigkeiten Ihnen weiterhelfen, Thay«, sagte er zu Roxane gewandt. »Die Gegenwart dieser Ladung schwächt mich so, dass ich kaum noch einen Finger heben kann.«

»Es ist gut, Groferton. Sie haben sich bisher gut geschlagen.«

Der Maestre beäugte die Offizierin misstrauisch, doch als er sah, dass kein Spott auf ihren Zügen lag, lächelte er stolz.

»Was sollen wir jetzt unternehmen?«, wandte sich Roxane an Jaquento.

»Darüber denke ich gerade nach. Es sieht so aus, als sei das Schiff voll besetzt«, gab er zur Antwort. *Und wenn ich nicht wüsste, dass dort draußen die Marine der Thayns wartet, würde ich sagen, sie machen sich klar zum Auslaufen,* dachte er. An

Deck herrschte Betriebsamkeit, Männer und Frauen entrollten Segel, schossen Taue auf Belegnägel auf und verstauten Kisten und Fässer.

Roxane schien dieselben Schlüsse zu ziehen, denn sie flüsterte ihm zu: »Vielleicht haben sie einen Handel gemacht.«

»Möglich. Das wäre Deguay durchaus zuzutrauen. Aber was hätte er im Austausch schon anzubieten?«

»Da ist er«, zischte Bihrâd in diesem Augenblick, und tatsächlich sahen sie, wie Rénand Deguay die *Todsünde* über die Laufplanke verließ. Trotz des sich rasch verdichtenden Nebels war er kaum zu verkennen. Er hielt sich so gerade wie stets, und auf seinem Kopf saß der breitkrempige Hut mit der Feder, der Jaquento nur allzu vertraut war.

Am liebsten wäre der Hiscadi auf den Kapitän zugestürmt, aber der Maureske legte ihm seine Hand mit festem Griff auf die Schulter. »Wenn du das jetzt und hier tust, bist du ein toter Mann«, warnte er mit leiser Stimme, und Jaquento nickte, wenn auch unwillig.

Deguay blieb einen Moment auf dem Pier stehen, dann wandte er sich um und entfernte sich von ihnen.

»Ich folge ihm«, flüsterte Jaquento, »und finde heraus, wo er hin will.«

»Und ich werde mir ein Dingi besorgen und zum Geschwader hinüberrudern«, erklärte Roxane plötzlich. »Wenn der *Chronist* recht hat, werden sie dort zwar ein bisschen erstaunt über mein Auftauchen sein, aber immerhin bin ich Kapitänin der Marine Ihrer Majestät. Sie werden also auf mich hören müssen. So kann ich die *Todsünde* aufhalten.«

»Das schaffst du allein nicht«, wisperte Jaquento entsetzt. »Die Géronaee werden dich entdecken, wenn dein Boot den Hafen verlässt, und ich glaube nicht, dass sie sich lange mit Warnungen aufhalten werden.«

»Ich muss es trotzdem versuchen.«

Langsam nickte Jaquento. »Dann machen wir es so. Ich werde Deguay folgen, und du hältst die *Todsünde* auf.« Er wandte sich den anderen zu. »Bihrâd? Mister Groferton?«

»Wir werden hierbleiben und beobachten, was mit dem Schiff geschieht – und auf dich warten, Jaq«, erklärte der Maureske, und Groferton nickte und ergänzte: »Vielleicht kann ich Sie kurz warnen, falls etwas geschieht. Wenn ich mich entferne, fällt mir die Anwendung der Vigoris wieder leichter.«

Roxane warf Jaquento einen langen, undeutbaren Blick zu, und der junge Hiscadi spürte das verrückte Bedürfnis, sich richtig von ihr zu verabschieden. Also beugte er sich vor und drückte der Offizierin einen Kuss auf die Lippen.

Ohne die Reaktionen der anderen abzuwarten, tauchte er dann in den Nebel ein und begann, dem Umriss Deguays zu folgen, der am Hafen entlanglief.

Er war erst wenige Meter weit gekommen, als Sinosh sich meldete. *Jaq,* sagte die kleine Echse in seinem Kopf. *Da draußen sind welche von meiner Art.*

Einen Moment lang war der Hiscadi verwirrt. Dann verstand er, was Sinosh ihm sagen wollte. »Von deiner Art?«, fragte er, so leise es ihm möglich war. »Du meinst – dort draußen sind Drachen?«

Ja, bestätigte die Echse schlicht. *Drachen. Aber sie sind viel älter, als ich es bin. Größer und mächtiger auch.*

»Was tun sie hier?«

Sie sind wegen der Ladung hergekommen. Das, was auf dem Schiff ist, hat eine große Bedeutung für uns. Jeder Drache kann es spüren, kann die furchtbare Macht fühlen, die davon ausgeht. Deshalb sind sie hier.

»Drachen. Ich hoffe, sie setzen die Flotte der Thayns nicht in Brand.«

Sie haben keinen Krieg mit deinesgleichen, erwiderte Sinosh. *Sie sind nur wegen der Ladung hier.*

»Willst du zu ihnen gehen?«

Sinosh schien zu zögern. Dann hob er den Kopf und sah Jaquento mit seinen schillernden Augen an. Der Körper der Echse war nun komplett golden, wie der Hiscadi es noch nie an ihr gesehen hatte.

Ja, das will ich. Du suchst einen anderen Kampf als ich.

»Dann geh«, sagte der Hiscadi, obwohl er keine Ahnung hatte, wie Sinosh zu den übrigen Drachen gelangen sollte.

Du bist ein guter Freund, sagte die Echse. *Wenn die Ladung zerstört ist, finde ich dich vielleicht wieder.*

»Pass auf dich auf, Großer«, sagte Jaquento und setzte Sinosh vorsichtig auf dem Boden ab.

Einen Augenblick später war der Drache bereits verschwunden.

SINAO

»Hörst du das?«, fragte Manoel flüsternd, und Sinao sah die Anspannung, die ihm ins Gesicht geschrieben stand.

»Nein.«

»Keine Vögel. Und auch keine Tiere. Alles ist still.«

Jetzt bemerkte sie es auch. Das morgendliche Konzert der Tiere des Dschungels war verstummt, und sie konnte nicht sagen, wie lange schon. Dieser Ort war viel zu still. Sinao fröstelte im Nebel, obwohl Anui bereits begonnen hatte, die Welt seiner Nachfahren zu erwärmen.

»Lassen Sie unsere Leute ausschwärmen«, befahl der Admiral. »Wir nehmen zunächst diese Hüttenanlage ein. Ich will kein Feuer ohne Befehl.«

Seine Order wurde weitergetragen, und die Soldaten bildeten einen großen Halbkreis mit Thyrane und Sinao im Zentrum.

»Vigoris?«, fragte der Admiral, aber Manoel schüttelte den Kopf.

»Nein, das Gegenteil. Es ist wie beim schwarzen Schiff. Aber viel weniger stark. Hier könnte ich Magie wirken, wenn es nötig ist.«

»Dann halten Sie sich bereit, denn es wird vermutlich nötig werden. Ich glaube kaum, dass die Compagnie sich ohne Gegenwehr ergibt.«

»Wir sind bereit, Thay«, stellte Leutnant Fallton fest, und Thyrane nickte. Er wies auf die Hütten und setzte sich in Bewegung. Jetzt hatte er die Schultern hochgezogen und lief geduckt.

Noch immer ertönte kein Laut, außer den Schritten der Soldaten. Kein Alarmschrei, kein Schuss, aber auch keine Worte, keine Gespräche. Sie erreichten die Hütten und fanden den Ort verlassen. Eine Feuerstelle glomm noch vor sich hin, eine andere war mit Wasser gelöscht worden. Überall gab es Spuren von Menschen, die vor Kurzem noch hier gewesen sein mussten, aber die Menschen selbst fehlten. Sinao spähte in eine der einfachen Holzhütten, die den Behausungen ihres Volkes so ähnlich waren, sah Decken auf dem Boden liegen und Fässer an den Wänden.

Plötzlich gab es einen dumpfen Knall.

»Eine Muskete«, stellte Thyrane fest. »Es kam von diesem ... diesem Gebäude dort. Aber gedämpft, vielleicht aus dem Inneren. Leutnant, wir rücken weiter vor.«

Als sie den Platz zwischen den Hütten verließen, bemerkte Sinao, dass sie nun vom weichen Erdboden auf harten Stein traten. Vier Schritt hinter den Hütten war der Boden mit gewaltigen Steinquadern gepflastert. Sie staunte über die Ausrichtung der Steine, die absolut quadratisch waren und so fugenlos nebeneinander lagen, dass man nicht einmal ein Haar zwischen sie hätte stecken können.

»Keine Wachen außerhalb«, kommentierte Fallton. »Recht unbedacht, nicht wahr?«

»Abwarten, Leutnant. Ich bin mir nicht mehr sicher, was hier gespielt wird«, knurrte Thyrane. Er schlich weiter, doch in der gespenstischen Stille musste ihr Kommen gehört werden – all die Menschen, deren Sohlen auf den Steinen klackten, das leise Husten des jungen Spähers, selbst Sinaos eigener Atem.

Ihr Blick wurde von dem Gebäude angezogen, das sich mit jedem Schritt, den sie tat, höher vor ihr erhob. Vor ihnen tauchten zwei Steinsäulen aus dem Nebel auf, wie Pfosten eines Tores, durch das sie schreiten mussten. Es waren runde Säulen, die nichts stützten, um die sich jedoch in den Stein gemeißelte Wesen wanden, lange, geschmeidige Schlangen, die ineinander übergingen und alle die Säulen emporstrebten. An der Basis war der Stein in Form von zwei hockenden Wesen geschlagen worden, deren kleine, dicke Arme das Ganze stützten und hochhoben und deren breite Gesichter zu Fratzen verzerrt waren, mit dicken Mündern, aus denen sie lange Zungen streckten.

Ein Stöhnen erregte ihre Aufmerksamkeit. Bevor sie wusste, was sie tat, lief sie gebückt einige Schritte weiter, vorbei an den grässlichen Steingebilden. Erst jetzt bemerkte sie, dass das Gebäude in einer Mulde stand, in die zwischen den Säulen eine Treppe hinabführte. Die Wände der künstlichen Senke waren perfekte Steinstufen, jede höher als zwei Meter, aber ganz glatt behauen. Die Treppe, aus kleineren Stufen erbaut, führte direkt auf das Gebäude zu, dessen Basis in der Senke lag.

Und auf der Treppe lag eine Gestalt, regungslos, mit verdrehten Gliedern.

»Sin, was machst du?«, zischte Manoel, der ihr nachgelaufen kam. »Bist du verrückt? Die haben Gewehre!«

»Hier, sieh doch«, erwiderte sie tonlos und deutete auf die Gestalt. Manoels Augen weiteten sich, und er stieg vorsichtig sieben Stufen hinab. Sie spürte, wie die Vigoris sich um ihn zusammenzog, als er einen Zauber vorbereitete und sich langsam für die Macht öffnete. Die junge Paranao folgte ihm. Noch hing der Nebel an der Gestalt, färbte sie grau und nahm ihr die Konturen, aber dann erkannte Sinao einen Mann in der Uniform der Compagnie, der halb auf die Seite gedreht auf den Stufen lag. Er stöhnte noch einmal leise. Unvermittelt wusste Sinao, dass von ihm keine Gefahr ausging, und sie sprang die letzten sechs Stufen hinab und kniete sich neben ihn.

Sofort stieg ihr der Geruch von Blut in die Nase, und als sie ihn an der Schulter berührte, wurden ihre Finger nass. Vorsichtig drehte sie ihn um, doch obwohl sie sanft zugriff, keuchte der Mann vor Schmerzen auf. Sein ganzer Uniformrock war feucht von Blut und vorn aufgerissen, aber Sinao sah nicht hin, denn sie ahnte, was der Mann dort mit beiden Armen bedeckte. Rote Spritzer waren auf seinen Wangen, und als er den Mund aufriss, waren seine Zähne blutig rot.

»Lauf weg«, flüsterte er, als seine Augen sie erblickten. »Lauf, Mädchen, sonst fressen sie dich auch.«

Neben ihr ging Manoel in die Hocke und fuhr sich mit der Hand über das Gesicht. »Bei der Einheit«, murmelte er.

Der Soldat lächelte, als sein Blick an Sinao vorbei in den Nebel ging. Sein Atem ging keuchend, er schnappte nach Luft, und sein Gesicht verzog sich, als würde er mitten an Land ertrinken.

»Hilf ihm«, flehte Sinao, und Manoel nickte. Seine Finger glitten über die Kleidung des Sterbenden. Er sammelte Vigoris, leitete sie durch seine Finger, versuchte, alle Verletzungen zu heilen. Doch es war zu spät. Die Atmung des Mannes wurde langsamer; ein kurzer, gequälter Zug noch, dann setzte sie ganz aus.

Ungewollt stiegen Sinao Tränen in die Augen. Sie kannte den Toten nicht, aber dennoch erschütterte sie sein Anblick. Sie erhob sich und schlang sich die Arme um den Leib.

Thyrane stieg zu ihr herab, legte ihr die Hand auf die Schulter und führte sie vorsichtig fort.

»Er hat gesagt, sie hätten ihn aufgefressen.«

»Wer? Wer hat das getan?«, hakte Thyrane nach, aber die junge Paranao schüttelte den Kopf. Sie zog die Nase hoch und wischte sich trotzig die Tränen aus den Augenwinkeln.

»Das ... konnte er nicht mehr sagen.«

»Bei der Einheit«, entfuhr es Leutnant Fallton, der den Toten untersuchte. »Der Mann sieht aus, als hätte man ihn von Kopf bis Fuß aufgeschlitzt. So etwas habe ich noch nicht gesehen. Das müssen Wilde sein, die so kämpfen. Schauen Sie einmal, Thay, das sind außergewöhnliche Wunden.«

»Wir kämpfen nicht so«, zischte Sinao, wohl wissend, dass die Blassnase ihre Leute als Wilde bezeichnete.

»Lassen Sie 's gut sein, Leutnant«, unterbrach Thyrane. »Wir gehen weiter, aber jeder soll doppelt achtsam sein. Schicken Sie Späher an die Flanken, und postieren Sie Wachen hinter uns. Ich will nicht, dass das, was den Mann erwischt hat, uns ohne Warnung trifft.«

Sie gingen weiter hinab und erreichten den Fuß der Treppe. Blut war die Stufen hinabgeflossen, und sammelte sich nun in den Fugen der Steine. Weiter vor ihnen zeichneten sich mehr Blutflecken ab, zu viel Blut, als dass es von einem einzelnen Mann stammen konnte.

Der Admiral spannte den Hahn seiner Waffe und legte ein Zündplättchen ein. Sinao lief hinter Manoel her, der sich aufmerksam umsah und immer wieder hochblickte. Alles hier war unwirklich, das Gebäude inmitten des Nebels, die Landschaft ohne Laute, so als wären sie an einem fernen Ort und nicht auf einer von Anuis Inseln.

Ein Schuss ertönte vor ihnen, dann krachte ein zweiter, dann noch zwei in schneller Folge. Sie kamen aus dem Gebäude, aus dem dunklen Umriss vor ihnen, in dem sich ein noch dunkleres Loch abzeichnete, ein Eingang, den Sinao nicht betreten wollte. Alle Haare in ihrem Nacken standen ihr zu Berge, und ein Schauer lief ihr über Arme und Rücken.

Ein Brüllen beantwortete die Schüsse; ein Brüllen, wie es keine menschliche oder tierische Kehle hervorbringen können sollte; tief, grollend, voll Zorn und Hass, so stark, dass sie alle mitten im Schritt innehielten.

»Maestre, können Sie mir sagen, was das war?«, fragte Thyrane langsam.

»Gewiss nichts Gutes«, erwiderte Manoel und atmete durch gespitzte Lippen aus. Dann schüttelte er den Kopf. »Ich weiß es leider nicht.«

Neun Sekunden lang geschah gar nichts. Aber dann spürte Sinao etwas, ein dumpfes Grollen, einen Stoß in ihren Beinen, der alles um sie herum zum Beben brachte.

Ein heller Funke glühte in der Dunkelheit der Pforte auf, ein kleines, wildes Auge, das wuchs. Sinao blickte sich um, doch alle anderen schienen vor Schreck erstarrt zu sein. Dann spürte sie auf einmal etwas sehr, sehr Merkwürdiges. Sie fühlte, dass die Sekunden langsamer vorbeizogen, zäher, und sie fühlte sich, als sei sie zwischen die Augenblicke geglitten, dorthin, wo nichts sein konnte, wo es keine Zeit gab.

Die Sekunden dehnten sich, und das feurige Auge dehnte sich weiter aus, wurde größer, nahm den gesamten Durchgang ein, näherte sich ihr in orangeroten Schlieren. Risse bildeten sich zwischen den Steinen, so dass helles Licht erschien, tonnenschwere Blöcke erhoben sich trügerisch langsam in die Luft.

Manoel warf sich zu Boden, doch seine Bewegungen waren geradezu lächerlich gemächlich. Thyrane hob die Arme vor das Gesicht, bedächtig wie ein Schlafender, der seine Augen vor dem hellen Licht schützen will.

Ich stehe außerhalb ihrer Zeit, erkannte Sinao endlich. *Und dort explodiert der Tempel.* Denn dass es sich um einen solchen handeln musste, wurde ihr schlagartig bewusst. *Der Tempel eines fremden Gottes.* Sie blickte sich um. Jetzt konnte sie vor den Flammen davonlaufen, die gierige Hände nach ihr ausstreckten, vorbei an den Soldaten, den Säulen im Nebel, den Hütten, und einfach über den Pfad davonrennen. Das Feuer war langsamer als sie, würde sie freigeben müssen – und alle anderen verzehren.

Nein!

Vigoris ballte sich um sie. Der Tempel hinderte sie nicht. Sie spürte keinen Effekt von dem Gebäude ausgehen, keinen Sog. Alle Macht strömte direkt zu ihr, durch sie hindurch, einem wilden, unkontrollierbaren Strudel gleich. Sie versuchte, der Vigoris Form zu geben, sie ihrem Willen zu unterwerfen, wie Manoel es ihr gezeigt hatte.

Die Zeit beschleunigte sich wieder, nahm sie wieder mit auf ihre Reise, und die Explosion raste auf sie zu, brüllend, fauchend, alles vernichtend, was ihr im Weg stand. Thyrane wandte sich ab, Manoel landete hart auf dem Boden, andere drehten sich um, schrien, ließen sich fallen. Luft rauschte über sie hinweg, prallte knallend auf den Schild, den sie aus der Vigoris erschaffen hatte. Flammen wuschen über das Mojo hinweg, wurden umgeleitet, bäumten sich auf, prasselten um die Magie herum. An den Rändern wurde die Vigoris von der Macht des Feuers verzehrt, und die Flammen erfassten Menschen, die außerhalb des Schutzes standen, wirbelten sie durch die Luft, entzündeten Kleidung, Haut und Haar, stahlen die Schreie aus ihren Mündern, fraßen alles auf.

Auch Sinao schrie. Noch immer floss Vigoris durch sie hindurch, stärkte den Schild, drängte sich in sie hinein, mehr als sie fassen, mehr als sie ertragen konnte.

Steine stürzten auf sie herab. Hier und da durchschlugen sie das unsichtbare Gespinst der Magie, zerschmetterten Schädel und Knochen der Seeleute und Soldaten, die zu weit von ihr entfernt waren. An anderen Stellen, mehr in ihrer Nähe, prallten sie von dem Schild ab.

Irgendwann war es vorbei. Diesmal wusste Sinao nicht, wie viele Sekunden vergangen waren. Sie fühlte sich orientierungslos in Raum und Zeit. Ihr ganzer Leib zitterte, doch es gelang ihr, die Pforte in sich zu schließen, dem Drängen der Vigoris zu widerstehen, nicht der Verlockung nachzugeben, sich endgültig zu öffnen.

Sie sank auf ein Knie, schnappte nach Luft, denn ihre Lungen brannten, als hätte sie minutenlang nicht geatmet. Die Luft war noch erfüllt vom Chaos der Explosion. Asche und Staub regneten auf sie nieder, und Menschen schrien vor Qual und vor Angst. Eine gewaltige Staubwolke begann vom Boden aufzusteigen.

Thyrane sank zu Boden, lehnte sich erschöpft gegen einen Steinquader, der größer als er selbst war und nun halb im Boden versenkt lag. »Verdammt gute Arbeit. Beeindruckend«, keuchte er. Neben ihm regte sich Manoel, der sich hustend auf die Knie zog.

Schwärze schloss Sinaos Sichtfeld ein, wollte sie davontragen, aber diesmal wehrte die junge Paranao sich. Sie zwang sich, die Augen nicht zu schließen, und blickte in den Himmel, der sich hellblau und weit über ihr erstreckte, und über sich konnte sie Anuis hellen Glanz sehen, der nun auf sie herabschien, weit über dem Staub und den Schreien.

ROXANE

Der aufkommende Nebel war sehr dicht. Eine ruhige, derartig neblige Nacht war wie geschaffen für einen Ausbruchsversuch der géronaischen Schiffe im Hafen. Aber Roxane glaubte, dass keines sich von seinem Ankerplatz lösen würde. Sie vermutete, dass es niemand in Boroges gab, der einen solchen Befehl hätte erteilen können. In der heutigen Nacht war das Blockadegeschwader sicher.

Jetzt zeigten sich die ersten Lichter im Nebel, und eine gewaltige Form war schemenhaft zu erkennen. Vorsichtig erhob sich Roxane und hob die Hände an den Mund: »Ahoi! Kapitänin Roxane Hedyn erbittet freundlichst Erlaubnis, an Bord kommen zu dürfen! Ich habe wichtige Neuigkeiten für den Kommandeur des Geschwaders!«

Stille antwortete ihrem Ruf. Sie kannte die Absprachen des Geschwaders nicht, wusste nicht, ob Codes oder Erkennungssignale ausgemacht worden waren. Sie konnte sich nur zu gut vorstellen, wie an Deck des Schiffs vor ihnen die Nachricht ihren Weg nahm, um schließlich beim Kommandanten zu landen. Dort würde über Wohl und Wehe entschieden werden.

Leise gab Roxane die Order, die Riemen hochzunehmen. Die Seeleute schwiegen mit verkniffenen Gesichtern, die im Nebel kaum auszumachen waren. Sich anheuern zu lassen, um zu einem feindlichen Schiff überzusetzen, war eine Sache – so genau nahmen es die Fischer in diesen Dingen nicht –, aber sie wussten, dass der Nebel die thaynrischen Besatzungen nervös machen musste. Ohne Sicht gab es stets die Gefahr eines Ausbruchsversuchs oder eines Angriffs mit Brandschiffen. Der Ruf konnte eine List sein, ein geschicktes Manöver, um die Schiffe in Sicherheit zu wiegen, während sich ihnen bereits der feurige Tod näherte.

Inzwischen waren sie nah genug heran, um die Größe des Schiffs zu erahnen. *Das ist ein Linienschiff. Vermutlich ein Dreidecker. Sie müssen das Geschwader sehr nah an der Küste zusammengezogen haben, damit bei diesem Wetter niemand durch die Maschen ihres Netzes schlüpfen kann.*

Bange Momente verstrichen. Dann endlich rief eine klare Stimme: »Kapitän Hedyn – von welchem Schiff?«

»Derzeit ohne Schiff, Thay«, erwiderte Roxane. »Mein Kommando ging verloren.«

Wieder dauerte es unerträglich lange, bis die Antwort kam: »Erlaubnis erteilt, Kapitän.«

Auf ihren Wink hin legten die Männer sich wieder in die Riemen, und schon bald ging ihr kleines Boot mit dem Linienschiff längsseits. Eine Leiter wurde herabgelassen, und Roxane ergriff sie.

»Ich danke Ihnen«, erklärte sie auf Géronaisch. »Sichere Fahrt und günstige Winde, die Herren.«

Damit schwang sie sich empor und kletterte an Bord des Linienschiffes. Als sie den Fuß an Deck setzte, überkam sie ein Gefühl der Vertrautheit, trotz des Kreises von Marinesoldaten, die sie umringten. Mit einem Salut wandte sie sich an den nächsten: »Wer ist der kommandierende Offizier? Ich bringe Neuigkeiten aus Feindesland, die keinen Aufschub dulden.«

»Das wäre wohl ich«, erklärte eine gedrungene Frau, die durch die Reihen der Soldaten in den Vordergrund trat. Ihre

Uniform wies sie als Kapitänin aus, und ihr lockiges, rotes Haar, in das sich bereits graue Strähnen mischten, war zu einem langen Zopf gebunden. Ihren Dreispitz trug sie unter dem Arm. Ihr Gesicht, in das sich Jahrzehnte Lebenserfahrung gegraben hatten, war nicht unfreundlich, aber abwartend. »Kapitänin Fridgae Farcey, zu Ihren Diensten, Thay.«

»Ich habe bereits von Ihnen gehört, Thay«, entgegnete Roxane und salutierte förmlich. »Es ist mir eine besondere Ehre, auf Ihrem Schiff sein zu dürfen.«

»Das freut mich, Thay. Aber so leid es mir auch tut, ich kann das Kompliment nicht erwidern. Sie sind mir leider unbekannt, und Sie werden verstehen, dass ich jegliche Vorsicht walten lassen muss, nicht wahr?«

»Natürlich, Thay«, antwortete Roxane steif. Die Kapitänin war innerhalb der Marine sehr bekannt. Im Laufe ihrer Karriere war sie zur Kommandantin der prestigeträchtigsten Linienschiffe aufgestiegen, und es konnte nicht mehr lange dauern, bis sie zum Admiral befördert wurde. Fieberhaft versuchte Roxane sich an die letzten ihr bekannten Meldungen zu erinnern. *Sie ist auf die* Amerswatt *versetzt worden. Das bedeutet ...*

»Ich muss den Admiral sprechen«, bat die junge Offizierin. »Heute Nacht wird ein Schiff versuchen, die Blockade zu durchbrechen. An Bord befindet sich eine Fracht, die nicht in die falschen Hände gelangen darf. Es ist notwendig, dass der Admiral veranlasst, dieses Schiff aufzubringen, Thay.«

Nachdenklich legte Kapitänin Farcey den Kopf auf die Seite. Unter dem forschenden Blick wurde Roxane nervös, obwohl sie sich ihrer Sache eigentlich sicher war.

»Erstatten Sie bitte zunächst mir Bericht, Thay. Ich werde entscheiden, ob der Admiral in dieser Frage konsultiert werden muss.«

Zögerlich kam Roxane der Aufforderung nach. Sie versuchte, ihren Bericht so knapp wie möglich zu halten, ohne dabei die wesentlichen Details ihrer Reise auszulassen. Sie war sich der gespannten Mienen der Soldaten nur allzu bewusst. Als sie geendet hatte, blickte sie die Kapitänin erwartungsvoll an.

»Das ist eine sehr ungewöhnliche Geschichte, Thay«, befand diese. »Eine Jagd quer über die Meere, Piraten, eine mysteriöse Ladung, Verlust Ihres Schiffes, Flucht quer durch Hiscadi, nur um Ihr Ziel bis ins géronaische Grenzgebiet zu verfolgen. Das klingt nach Seemannsgarn, wie man es in Hafenkaschemmen hören könnte, nicht wahr?«

»Ich bin mir dieser Tatsache bewusst, Thay. Leider kann ich an den Geschehnissen nichts ändern. Aber eines ist gewiss: Wenn heute im Schutz von Dunkelheit und Nebel ein Schiff durch die Blockade schlüpft, waren nicht nur all meine Bemühungen umsonst, sondern auch die der Admiralität. Zu viele Interessen sind involviert. Die Ladung des Schiffs darf nicht in die falschen Hände fallen.«

Zeit verstrich, und Roxane spürte, wie ihr trotz des kühlen Nebels der Schweiß ausbrach. Bislang hatte sie einfach angenommen, dass sie nur mit den Offizieren des Blockadegeschwaders reden müsse, um ihren Plan umzusetzen. Doch nun wurde ihr bewusst, dass ihre Vorstellung naiv gewesen war.

Ohne den Blick von Roxane zu nehmen, befahl die Kapitänin: »Informieren Sie den Admiral, dass ich ihn sprechen möchte, Leutnant.«

Der Angesprochene salutierte und hastete davon. Schon nach wenigen Schritten verschlang der Nebel seine Gestalt.

»Verdammtes Mistwetter«, beschwerte sich Farcey. »Wird nicht einfach sein, bei dieser Sicht ein Schiff in stiller Fahrt zu erwischen. Der Nebel ist schnell aufgezogen … Hat das Schiff einen Maestre an Bord?«

»Davon muss ich ausgehen, Thay. Allerdings kann ich nicht

sagen, wie nützlich er oder sie sein kann, denn die Ladung des Schiffs unterbindet die Anwendung von Magie in einem gewissen Umkreis, Thay.«

Farcey zog eine Augenbraue in die Höhe. »Dann sollten wir den Maestre und den Caserdote unterrichten. Aber zuerst werde ich mir Anweisungen vom Admiral holen. Warten Sie hier, Kapitänin Hedyn.«

Überrascht hielt Roxane mitten in der Bewegung inne. Sie war fest davon ausgegangen, dass sie dem Admiral ebenfalls Bericht erstatten müsse; stattdessen salutierte sie und blieb allein mit einigen Soldaten zurück, während Kapitänin Farcey in den Achteraufbau stieg.

Die Sekunden wurden zu Minuten, zogen sich unerträglich in die Länge. Zeit war ein entscheidender Faktor. Bei der Sicht konnte nur das Geschwader ein Schiff aufhalten; ein einzelnes Linienschiff war in diesem Nebel praktisch blind. Ohne ein Netz aus Kriegsschiffen war es ein Ding der Unmöglichkeit, ihre Beute aufzubringen.

Doch noch immer gab es keine Rückmeldung. Keine Befehle, die gerufen wurden, keine Gefechtsbereitschaft, nur das Knarren von Holz und Tauen, das Plätschern des Wassers und das Tropfen der nassen Segel. Es war wie das Warten auf eine Schlacht, nur dass Roxane nichts tun konnte. Die Entscheidungen lagen nicht in ihrer Hand, und sie traute sich eher zu, ein Gefecht gegen einen übermächtigen Feind auszutragen, als kraft ihrer Worte zu bestehen.

Dann sprang die Kapitänin an Deck. Sofort dröhnte ihre Stimme durch die kühle Luft: »Klar Schiff zum Gefecht! Erster Offizier, zu mir!«

Erleichtert atmete Roxane auf, dann rief Farcey sie zu sich: »Thay, leisten Sie mir bitte Gesellschaft.«

»Mit dem allergrößten Vergnügen, Thay«, erwiderte die junge Offizierin.

»Schauen Sie einmal, ob Ihnen das hier passt, Thay. Es wäre doch eine Schande, wenn Sie weiterhin Zivilkleidung tragen müssten«, erklärte die Kapitänin und reichte Roxane einen dunklen Uniformrock, den diese dankbar überstreifte. Er war etwas zu weit an der Brust, dabei mit zu kurzen Schößen, aber der steife Kragen und die schweren Ärmel fühlten sich dennoch sofort vertraut an.

»Vielen Dank, Thay«, erwiderte Roxane erleichtert und folgte der Kapitänin auf das Poopdeck. Noch im Laufen gab Farcey weitere Befehle: »Lassen Sie Signal an die Schiffe des Geschwaders geben. Wir ziehen das Netz enger. Der Admiral will, dass uns niemand durch die Lappen geht. Nicht einmal der kleinste Kutter.«

»Aye, aye, Thay«, bestätigte der Erste Offizier, ein Mann mit bereits ergrauten Schläfen, der sofort davonhastete.

»Und der Admiral?«, erkundigte sich Roxane.

»Wird sich zu uns gesellen, wenn wir etwas finden.«

»Natürlich.«

Mehr blieb ihr nicht zu sagen. Als Kapitänin ohne Schiff war sie an Bord in einer unangenehmen Position. Die Führung des Schiffs unterlag natürlich Kapitänin Farcey, auch wenn der Admiral an Bord war. Roxane indes war ein Fremdkörper, eine Offizierin ohne Aufgabe, ein Zaungast. Also hielt sie respektvoll zwei Schritte Abstand von Kapitänin Farcey, verschränkte die Arme auf dem Rücken, hob das Haupt und schwieg, während das Schiff erwachte.

Nackte Füße polterten über die Decks, Seeleute stiegen in die Wanten. Bei dem leichten Wind machte die *Amerswatt* nur wenig Fahrt. Die Anweisungen wurden per Ruf an andere Schiffe übermittelt, und Leuchtsignale wurden an Leinen gehisst. Antworten schallten durch den Nebel, dumpfe Lichter glommen auf, und die Befehle pflanzten sich durch die Reihen der Schiffe fort.

Die Minuten verstrichen. Immer wieder hallten Rufe zu ihnen herüber, wenn andere Schiffe Meldung machten. Die Glasenglocke schlug, dann ein zweites Mal. Doch bevor sie ein drittes Mal Signal gab, ertönte es vom Bug: »Schiff voraus!«

Ein Schiffsjunge kam über das Deck geflitzt, das Gesicht vor Aufregung puterrot. »Der Maestre lässt ausrichten, dass er einen seltsamen Effekt voraus entdeckt hat.«

»Das müssen sie sein«, flüsterte Roxane vor sich hin.

»Sagen Sie ihnen, dass wir längsseits gehen werden, um die Ladung zu überprüfen, Leutnant. Und benachrichtigen Sie den Admiral«, gab Kapitänin Farcey Order. Dann wandte sie sich an Roxane: »Ich würde Ihnen gern meine Offiziere vorstellen.«

Sie ließ die Leutnants herbeirufen und stellte der jungen Offizierin einen nach dem anderen vor.

Quälend langsam schob die *Amerswatt* sich durch das stille Wasser. Roxane hatte fast vergessen, wie schwerfällig ein vollbestücktes Linienschiff bei schwachem Wind sein konnte. Aber sie waren nicht allein. Dem fremden Schiff blieb kaum Hoffnung auf Flucht, solange die Fregatten und Korvetten des Geschwaders in ihrer Nähe waren.

»Sie scheinen Segel zu setzen, Thay«, berichtete der Zweite Leutnant, der sich wieder nach mittschiffs begeben hatte, während der Rest noch auf dem Poopdeck versammelt war.

»Scheinen, Thay?«

»Sie setzen Segel, Thay! Die Bastarde wollen uns durch die Finger flutschen!«

»Dann haben wir wohl die richtige Beute im Visier«, erklärte Farcey mit einem zufriedenen Grinsen und nickte Roxane zu. Laut rief sie: »Jagdgeschütze klar! Zeigt ihnen, dass wir nicht spaßen!«

Ein Johlen ging durch die Mannschaft, das schnell von den Offizieren gestoppt wurde. Kurz darauf donnerten zwei Kanonen, langläufige 32-Pfünder, deren Mündungsfeuer den Nebel gespenstisch erhellte. Pulverdampf mischte sich in den Nebel.

Bevor es eine Reaktion gab, betrat der Admiral das Poopdeck, begleitet von einem Adjutanten und seinem Stewart.

»Wie ich sehe, haben Sie bereits Tuchfühlung aufgenommen, Thay«, sagte er mit schneidender Stimme. Er war gut einen Kopf größer als Roxane und sicherlich zwanzig Jahre älter. »Sie sind die junge Offizierin, der wir die Nachricht zu verdanken haben?«

Roxane salutierte.

In diesem Augenblick wurde ihr die Welt unter den Füßen weggezogen. Ein ohrenbetäubendes Krachen erklang, und plötzlich befand sie sich im freien Fall, umgeben von Holzsplittern, Tauen und schreienden Menschen. Mit ungehemmter Wucht schlug sie auf dem Hauptdeck auf, und als ihr Kopf gegen die Planken schlug, schwanden ihr für einen Moment die Sinne.

FRANIGO

Der Balkon des Hauses lag an der Ostseite, so dass er die ersten Strahlen der aufgehenden Sonne einfangen konnte. Obwohl der Poet sein Bestes gab, um es zu verhindern, fand er sich wieder immer häufiger in den frühen Morgenstunden wach, und dies mit einem überraschend klaren Geist. Am späteren Nachmittag kehrte die Müdigkeit dann zurück, aber jetzt saß er auf dem Balkon, den Morgenmantel fest um sich geschlungen, da die Luft noch kühl war, und genoss die sanfte Berührung der wärmenden Sonne.

In diesem Licht wirkte die Stadt unerhört friedlich. Die harten Konturen waren noch weich, die Farben blass, und selbst die wenigen Geräusche wirkten gedämpft und fern.

Im Zimmer hinter ihm schlief Niara, und Franigo war froh darüber, dass sie noch nicht erwacht war. Er begann, ihrer überdrüssig zu werden. Natürlich schmeichelte ihm ihre Bewunderung noch immer, und ihr Lob jeder seiner Taten, egal wie klein und unbedeutend, war meistens angenehm, ganz zu schweigen von ihrem nächtlichen Appetit auf ihn, der unersättlich zu sein schien, aber immer öfter ertappte er sich dabei, wie er dennoch ihre Nähe mied. Selbst wenn sie auf den Prachtstraßen flanierten, wanderte sein Blick stets zu anderen Damen, und mehr als einmal hatte er bereits hier und da eine Tändelei begonnen, die schon bald ernster werden mochte, wenn er es nur zuließ.

Ich bin nun einmal nicht für das Leben mit nur einer Frau geschaffen, dachte er seufzend. *Einige Tage noch, dann muss sich etwas verändern. Vielleicht kehrt dann auch meine Muse zurück.*

Tatsächlich beschäftigte ihn die anstehende Trennung von Niara weniger als sein Mangel an neuen Textideen. Er schob es auf die viele Arbeit, die er sich mit der Versammlung machte. Aber auch hier sank seine Lust beständig, sich noch länger als nötig zu engagieren. Politik war nicht sein Feld. Das Herz war aus der Sache gewichen und hatte dem Verstand Platz machen müssen. Die Debatten drehten sich nur noch um Wahl- und Steuerfragen, um Posten und Kabinettsbesetzungen und dergleichen, und Franigo war sein Verstand einfach zu schade, um sich mit derartigen Trivialitäten zu beschäftigen.

Trotz der Sonnenstrahlen fröstelte der Poet. Das warme Zimmer mit dem weichen Bett lockte ihn fort von seinem Aussichtspunkt. Schon bald würde er die Veränderungen, die in seinem Leben anstanden, in Angriff nehmen. Den Rückzug aus der Politik, die Trennung von Niara, die Arbeit an dem großen, gewaltigen Epos, das dafür sorgen würde, dass sein Name für alle Zeiten überdauerte. *Sehr bald schon. Vielleicht morgen,* überlegte der Poet, als er unter die Decken schlüpfte.

JAQUENTO

Die Straßen, durch die er Rénand Deguay folgte, waren menschenleer, und der Nebel war mittlerweile so dicht geworden, dass er sie beide einhüllte und Jaquento sowohl vor dem verräterischen Kapitän als auch vor den Posten der Géronaee verbarg.

Seine Schritte hallten von dunklen Hauswänden wider, von geschlossenen Fensterläden. Man sah kaum ein Licht. Es war, als sei die Stadt von allen Lebenden verlassen.

Schließlich ließen sie die letzten Häuser und Hütten des Hafenviertels hinter sich. Eine Weile lang lief Deguay noch auf dem eingeschlagenen Weg weiter, dann erreichten sie eine kleinere Bucht mit einem flach abfallenden Kiesstrand.

Auf den Strand gezogen, lag ein kleines Ruderboot. Da sonst nichts und niemand zu sehen war, musste das Dingi das Ziel des Kapitäns sein. Tatsächlich blieb Deguay stehen, sah sich noch einmal nach rechts und links um und nahm dann mit einer schwungvollen Geste den Hut vom Kopf und warf ihn in das kleine Boot.

Sogar wenn du dich allein glaubst, bist du ein eitler Mistkerl, schoss es Jaquento durch den Kopf. *Und offenkundig noch dazu einer, der sich aus dem Staub machen will.*

Deguay hatte eben damit begonnen, das Boot ins Wasser zu schieben, als Jaquento seinen Namen rief. »Rénand!«

Sofern der Ruf den Kapitän überraschte, ließ er es sich nicht anmerken. Als er sich umwandte und Jaquento erblickte, der aus dem Nebel auf ihn zutrat, spielte ein feines Lächeln um seine Mundwinkel. »Ah, der verlorene Sohn kehrt schlussendlich zurück. Wie dramatisch. Und, hat man dir ein warmes Willkommen in der Heimat bereitet?«

Ohne ein weiteres Wort zog der junge Hiscadi den Degen und riss den Hut vom Kopf. Mit einer fließenden Bewegung warf er ihn zur Seite.

»Kein Wort für deinen alten Käpt'n? Du musst so lange nach mir gesucht haben, und jetzt, da du mich endlich gefunden hast, fällt dir nichts ein? Zu schade.«

Nun zog auch Deguay blank. Gemessenen Schrittes näherte er sich seinem Gegner. Die Klinge seiner Waffe kratzte unheilvoll über den Boden. Jaquento indes stand unbeweglich da, das Haupt gesenkt, den Griff seines Degens fest in der Hand. Er vertrieb alles aus seinen Gedanken, die Sorge um Roxane, die Fragen nach dem schwarzen Schiff, die Jagd. Alles in ihm fokussierte sich auf ein einziges Ziel: Deguay.

Dann war der Kapitän heran. Jaquento sprang zur Seite, sein Mantel wehte um ihn herum, die Klinge zuckte vor, rascher, als sie sich jemals in seiner Hand bewegt hatte.

Aber Deguay war schneller. Sein Rapier fing den Stoß ab, lenkte ihn zur Seite. Doch der Kapitän strauchelte unter dem Angriff, wenn er auch nicht getroffen worden war. Jaquento setzte sofort nach, seine Schritte waren sicher und wohlgesetzt. Schlag folgte auf Stoß, Hieb auf Ausfallschritt. Zwei hohe Angriffe, pariert, ein niedriger Stoß, der Deguay weiter zurückzwang. Sie hatten keine Augen füreinander, nur für den Tanz der Waffen; ihr Klirren tönte in Jaquentos Ohren, nahm dem Rest der Welt den Ton. Stets gelang es Deguay, die Lücken zu schließen, zurückzuweichen, zu parieren. Eine Riposte lief ins Leere, und der Degen des Hiscadi zog eine blutige Spur über Deguays linken Arm.

Wie auf ein lautloses Kommando ließen sie voneinander ab und standen sich keuchend gegenüber. Jetzt lächelte der Kapitän nicht mehr. Indigniert strich er sich eine Strähne seines Haares aus dem Gesicht.

Im Nebel flackerte es auf, jenseits der Hafenmauern, und dann rollte der Donner eines Kanonenschusses über die Stadt.

»Ah, die stolze Marine der Thayns fischt im Trüben«, stichelte Deguay, aber Jaquento sah die Sorge in den Augen des Mannes. Er würdigte ihn keiner Antwort, sondern setzte den Kampf fort.

Ein gewöhnlicher Fechter wäre unter den Hieben längst gefallen, doch Deguay hielt sich aufrecht, entging den Attacken um Haaresbreite, bot all sein Können auf und konterte Jaquentos kalte Wut mit präziser Kunst. In den jungen Hiscadi war eine Ruhe eingekehrt, wie sie ansonsten nur die Toten verspüren mochten. Nichts lenkte ihn von seinem Ziel ab. Früher oder später würde Deguay eine Parade verfehlen, einen Schritt zu spät machen, würde die Klinge in sein Fleisch fahren und ein Schlag alles beenden; sie beide wussten das.

Ein lautes Bersten ertönte von der See her, Schreie waren zu hören, dann loderten Flammen im Nebel auf. *Das waren keine Kanonen*, erkannte Jaquento, doch seine Aufmerksamkeit blieb auf seinen Gegner gerichtet, der ebenso konzentriert zu fechten schien wie er selbst.

Wieder erklang ein Brüllen, lauter, als eine Menschenkehle es hervorbringen konnte, und mehr Flammen waren zu sehen, ein ganzes Meer von Feuer, dessen Flackern diffus zu ihnen rief.

»Ich hoffe, du hast da draußen keine Freunde«, brummte Deguay mit einem bösen Grinsen.

Unwillkürlich zuckte Jaquentos Blick zu dem Inferno, das auf See toben musste. Es war nur ein Moment, doch manchmal bedurfte es nicht mehr als dessen. Deguays Stich kam tief, Jaquento sprang zurück, hieb mit dem Degen nach der tödlichen Klinge. Zu spät, zu langsam. Der kalte Stahl fuhr ihm ins Bein. Er wollte zurückschlagen, doch das Bein knickte ein, gab nach, verriet ihn. Schwärze drang in seine Gedanken.

Mit einer lockeren Geste trat Deguay ihm die Klinge aus der Hand. Kaum einen Schritt lag sie entfernt, doch sie war unerreichbar. Viel näher war Deguays Rapier, dessen Spitze vor Jaquentos Brust verharrte. Ein Blutstropfen lief daran herab. *Mein Blut.*

»Du warst gut, Jaq. Wir hätten gemeinsam so viel erreichen können. Aber du hast von Pertiz genau die falschen Lektionen gelernt: Du investierst zu viel in andere. So etwas ist wie ein Anker, den du dir um den Hals hängst und der dich früher oder später in die Tiefe zieht. Erst Pertiz, dann andere. Sie haben dich an diesen Punkt gebracht, und jetzt besiegeln sie dein Schicksal.«

Schweigend betrachtete Jaquento den Degen, sah, wie der Tropfen die Spitze erreichte, sich in die Länge zog und auf seine Weste fiel.

»Kein Betteln?«, erkundigte sich der Kapitän fast freundschaftlich. »Nein, du nicht. Ebenso wenig, wie ich dich angefleht hätte. Wir sind uns so ähnlich, Jaq. Schade, dass es so endet.«

Unvermittelt spürte Jaquento den Zeitpunkt nahen. Den Moment des Zustoßens. Er bäumte sich auf und sprang nach vorn. Die Klinge drang in seine Brust, glitt zwischen zwei Rippen hindurch, durchbohrte ihn. Er warf sich herum, sein eigenes Brüllen hallte in seinen Ohren wider. Das Rapier leistete Widerstand, doch die Wucht der Bewegung war zu groß. Mit einem Knacken, das Jaquento beinahe um den Verstand brachte, brach das Metall. Die Schmerzen tobten durch seinen Leib, erfassten alle Glieder, als würde man ihn in kochendes Wasser werfen.

Doch seine Rolle brachte ihn zur Seite, und seine Finger fanden den eigenen Degen. Mit dem unverletzten Bein sprang er auf, einen einzigen Schritt nur vor, auf Deguay zu, der ihn fassungslos betrachtete. Gemeinsam stürzten sie wieder zu Boden, rollten übereinander hinweg, blieben liegen.

Mit letzter Kraft stemmte Jaquento sich empor. Sein Degen steckte bis zum Heft in Deguays Bauch, die Klinge trat blutig am Rücken des Toten wieder aus.

»Du warst nur groß, weil du auf dem Rücken anderer standest«, flüsterte Jaquento, als er zurücksank.

Der junge Hiscadi wollte atmen, doch seine Lungen fassten keine Luft. Jaquento starb, und er wusste es. Letzte Worte drangen in sein Bewusstsein.

Der Nebel kroch über ihn hinweg, hob ihn empor, trug ihn leicht wie eine Feder zur See hinaus. Er umfing ihn wie eine Geliebte, nahm ihn in seinen kühlen Schoß. Der Hafen fiel zurück, der kalte Strand, auf dem er lag, die letzten Lichter der Häuser, bis nur der Geruch des Meeres blieb.

ROXANE

Stöhnend rappelte die junge Offizierin sich auf und wollte den Kopf schütteln, um ihn zu klären, aber ein stechender Schmerz in der Stirn hielt sie davon ab. Verwirrt blickte sie sich um und entdeckte um sich herum Trümmer. Wo sich vor wenigen Augenblicken noch das Poopdeck erhoben hatte, ragten nun geborstene Planken wie Krallen in die Höhe. Um sich herum hörte sie Rufe, ein Mensch schrie vor Schmerzen, doch sonst war es gespenstisch still, ganz anders als in jeder Schlacht, die Roxane bislang erlebt hatte.

Sie hetzte zum Aufgang, doch noch bevor sie ihn nur halb erklommen hatte, wusste sie bereits, was sie dort vorfinden würde. Das gesamte Achterdeck wirkte, als sei es aus nächster Nähe von Karronaden beschossen worden. Die mächtigen, kurzläufigen Geschütze waren dafür bekannt, furchtbaren Schaden auf kurze Distanzen anzurichten – nur konnte dies nicht geschehen sein, da kein feindliches Schiff in ihrer Nähe war.

Selbst der Mast war in Mitleidenschaft gezogen, die Segel zerfetzt, Taue gerissen. Sprachlos betrachtete Roxane das Ausmaß der Zerstörung. Von Überlebenden keine Spur. Kein Admiral, keine Kapitänin, keine Leutnants waren zu sehen. Das Schiff war ohne Führung.

Ein gewaltiges Brüllen hallte über das Wasser. Unvermittelt

loderten in einiger Entfernung Flammen auf, wie bei einer Explosion, nur dauerte es länger und länger. Es donnerte und brodelte; dann erstarb der unirdische Lärm – nur um durch grauenerregende Schreie ersetzt zu werden. Jetzt fraßen sich dort kleinere Feuer durch den Nebel, und nach wenigen Sekunden konnte Roxane die Umrisse eines in Flammen stehenden Schiffes erkennen.

»Was geht da vor?«, rief eine ängstliche Stimme, und für einen Moment spürte Roxane Panik in sich aufsteigen. Doch dann riss sie sich zusammen. *Du bist Offizierin der Königlichen Marine! In Frieden und Krieg, in der Schlacht und im Tod*!

»Breitseiten bereit!«, brüllte sie, und ihr eigenes Kommando unterdrückte ihre Furcht und ließ die Routine zurückkehren. »Kanonen laden! Mannschaften an die Geschütze! Kanonen ausfahren!«

Zunächst glaubte sie, dass niemand auf ihre Befehle hören würde, doch die Seeleute setzten sich in Bewegung, rannten über das Deck und liefen hinab zu den Kanonendecks.

»Schiffszimmermann zum Achterdeck!«, befahl sie in der Hoffnung, dass die schlimmsten Schäden repariert werden konnten. »Scharfschützen in die Masten! Doppelte Ausgucke! Maestre und Caserdote des Schiffs zu mir!«

Der Verlust des Ruders war schmerzlich, doch notfalls konnte die *Amerswatt* auch nur mit Segeln unter Kontrolle gebracht werden. Bei den leichten Winden war die Küste keine Gefahr.

»Signalisieren Sie dem Geschwader, dass es dem brennenden Schiff Unterstützung leisten soll! Die Schiffe enger zusammen, in Formation!«

Ein Fähnrich wollte an ihr vorbeirennen, doch sie ergriff seinen Arm und zog ihn zu sich heran: »Holen Sie sich drei Leute, und suchen Sie den Admiral und die Kapitänin. Sie waren auf dem Poopdeck, als wir getroffen wurden. Verdammt, suchen Sie nach allen Überlebenden, und schaffen Sie sie ins Lazarett.«

Der junge Mann, der nicht älter als dreizehn oder vierzehn sein konnte, starrte sie mit großen Augen an, machte aber keine Anstalten, dem Befehl zu gehorchen.

»Los! Los!«, fauchte Roxane, und er zuckte zusammen, salutierte steif und rannte davon.

Als sie sich umwandte, erblickte sie zwei Männer, die respektvoll zwei Schritte Abstand gehalten hatten.

»Sie sind …?«

»Maestre Chalkin, und dies ist der ehrwürdige Caserdote Totthill«, erklärte der kleinere der beiden steif und deutete eine Verbeugung an, während sein Begleiter, der ihn um gut anderthalb Köpfe überragte, Roxane nur stumm ansah.

»Ich bin Kapitänin Roxane Hedyn, meine Herren, und ich habe im Augenblick das Kommando über dieses Schiff übernommen.«

Sie erwartete Erstaunen oder Protest, denn der Eingriff in die Kommandokette war unerhört, doch stattdessen fragte Totthill nur mit einer für einen so großen Mann dünnen Stimme: »Was ist mit Kapitänin Farcey?«

»Derzeit im Kampf vermisst, Thay. Hören Sie, mir ist bewusst, dass die Situation ungewöhnlich ist …« Eigentlich wäre es an den Leutnants des Schiffs gewesen, die Kapitänin zu ersetzen, aber noch war keiner von ihnen wieder aufgetaucht.

»In der Tat, Thay«, stimmte der Maestre ihr heftig zu und blinzelte. Sein rechtes Augenlid zuckte immer wieder, als habe er es nicht unter Kontrolle. »Was auch immer dort draußen ist, es ist kein gewöhnlicher Feind.«

Roxane zog die Brauen zusammen. »Wie meinen Sie das, Thay?«

»Nun, ich habe Entladungen von Vigoris gespürt, und der Caserdote berichtete mir von einer ähnlichen Empfindung, doch es war mit nichts zu vergleichen, was ich je zuvor erlebt habc.«

»Der Effekt der Ladung ist mir bekannt«, gab Roxane zu bedenken, aber Chalkin winkte ab.

»Das Schiff entfernt sich längst, Thay. Und es war auch nicht dieser ... Sog. Es kam von dort«, erklärte er und wies auf das fahle Flackern im Nebel, wo die Rufe und Schreie vom Kampf um ein sterbendes Schiff kündeten. »Es war etwas anderes. Eine Entladung. Aber kein Zauber und auch kein Ausbruch ungeformter Vigoris. Ich kann es schlichtweg nicht klassifizieren, Thay.«

»Gut. Behalten Sie beide bitte diese Vorkommnisse im Auge, und schützen Sie vor allem das Schiff. Geben Sie sofort Meldung, wenn Sie etwas entdecken.«

Während die beiden Männer zum Bug des Schiffes liefen, verschränkte die junge Offizierin die Arme auf dem Rücken und fluchte leise.

Ein entferntes Brüllen ließ sie herumfahren. Es ertönte steuerbord voraus, tief und daemonisch. Kanonen donnerten, Musketen feuerten, erst einzeln, dann ganze Salven. *Was geht dort vor?*, fragte sich Roxane, aber sie fand keine Antwort.

Als die Kanonen verstummten, spähte die junge Offizierin in den Nebel, doch sie konnte nichts erkennen. Dann hörte sie ein Rauschen. Es klang wie ein gewaltiger Atemzug. Alte Geschichten kamen ihr in den Sinn, Seemannsgarn, das in den Messen wieder und wieder erzählt wurde, von Seeungeheuern, die so groß waren, dass sie ganze Linienschiffe mit einem Biss verschlangen. Ihr Herzschlag beschleunigte sich, ihre Stimme indes blieb ruhig, als sie weitere Befehle gab: »Bereithalten! Feuer auf mein Kommando!«

Etwas näherte sich der *Amerswatt*, doch es war kein Schiff, dessen Form sich aus dem Nebel löste. Es war eine Gestalt aus Legenden und Albträumen, ein fliegender Schatten, mit ausgebreiteten Flügeln und gestreckten Klauen, dessen Flügelschlag den Nebel verwirbelte. Roxane betrachtete die Unmöglichkeit, die dort auf das Schiff zuhielt, mit ungläubigem Staunen. Ihr Verstand versuchte zu verstehen, was sie sah, aber sie scheiterte daran und konnte das Wesen nur anstarren, ohne wirklich zu begreifen.

»Ein Drache«, schrie jemand mittschiffs und riss die junge Offizierin zurück in die Wirklichkeit.

»Feuer!«

Einige kamen dem Befehl nach. Eine Salve ertönte, unregelmäßig und abgehackt, und das mächtige Linienschiff spie eisernen Tod in den Nebel – ohne Wirkung. Die Kugeln flogen zu tief, zerrissen den Dunst, doch sie trafen nichts. Musketen schossen, als Männer und Frauen sich schließlich ein Herz fassten, aber Roxane konnte sich nicht vorstellen, dass sie dieser urtümlichen Kreatur etwas anhaben konnten.

Der Kopf saß auf einem langen Hals, auf den ein schlanker, mit rötlichen Schuppen bedeckter Körper mit zwei riesigen Flügeln folgte. Der Drache – denn das war es, was Roxane sah, auch wenn sie es kaum glauben mochte – hatte keine Vorderbeine oder Arme; an deren Stelle ragten die Flügel aus den Schultern. Aber an seinen Beinen waren lange Krallen zu sehen, und ein gewaltiger Schwanz zuckte durch die Luft.

Der Drache verschwand hinter einem Segel. Licht brandete auf, tauchte das Segel für einen Augenblick in seinen Schein, dann fing es Feuer.

»Maestre!«

Noch während Roxane zusah, wurden die Flammen kleiner und kleiner, wie bei einer Kerze, der das Wachs ausging. Das Segel hing dennoch in Fetzen herab, die Taue waren verbrannt und gerissen, und das Holz des Mastes geschwärzt.

»Wir brauchen Löschtrupps«, rief Roxane in der Hoffnung, dass ihre Befehle trotz des Chaos aufgegriffen und befolgt würden. »Weitere Musketen ausgeben!«

Sie lief zum Bug, wo der Caserdote und der Maestre in einer Traube von Seeleuten standen, die offensichtlich die Nähe der beiden suchten, in der Hoffnung, dass sie ihnen Schutz bieten konnten. Roxane drängte sich durch die Menge hindurch.

»Corbans Güte und auch sein Mut bewegte das Herz des alten Mannes«, predigte Totthill mit ausgebreiteten Armen. Roxane kannte die Geschichte gut; ihr Vater hatte sie gern zitiert. Der Prophet hatte eine Familie kraft seiner von der Einheit verliehenen Macht gegen Daemonen verteidigt und ihr Heim beschützt. *Solange er den Matrosen so ihre Angst nimmt,* dachte die junge Offizierin bei sich.

»Maestre, können Sie etwas gegen dieses Tier unternehmen?«

Der blonde Mann schüttelte zögerlich den Kopf. Er wies auf die noch glimmenden Reste des Segels. »Ich kann verhindern, dass alles abbrennt, aber ich weiß nicht, wie lange noch. Totthill hat versucht, die Magie des Feuers zu brechen, aber sie gehorcht ihm nicht ...«

»Sie ist daemonisch«, keifte der Caserdote und sah in den Himmel. »Eine Prüfung der Einheit, die uns auferlegt wurde.«

Seine Worte brachten nun Furcht und Panik auf die Gesichter der Seeleute; also baute sich Roxane in ihrer Mitte auf und brüllte: »Löschtrupps bilden! Bringt Sand und Wasser an Deck! Löscht jeden Funken!«

Nur unwillig entfernte sich die Mannschaft vom Maestre und Totthill, aber letztlich siegte die jahrelang eingebläute Disziplin.

»Wir müssen diese Kreatur vom Himmel holen«, erklärte Roxane leise. »Oder wir sind ihr schutzlos ausgeliefert.«

Wie zur Bestätigung ihrer Worte erbebte das Schiff wie unter Beschuss. Holz ächzte und stöhnte, Splitter regneten auf sie herab, und selbst dicke Taue rissen mit scharfem Knall. Die Soldaten in den Masten feuerten, und Roxane deutete nach oben: »Sie ist hier!«

Der Maestre verzog das Gesicht und schloss die Augen. Schon hörte Roxane über sich ein dumpfes Geräusch, ein tiefes Einatmen, und sie bildete sich ein, jeden Moment die heranströmenden Flammen zu sehen. Neben ihr schrie Totthill laut. Aufgeschichtete Kanonenkugeln erzitterten, dann riss Chalkin die Arme empor, und die ganze kleine Pyramide verwandelte sich in eine Reihe von Geschossen, die pfeifend in die Höhe rasten.

Der Atem wurde zu einem Brüllen, als die Kugeln ihr Ziel fanden. Noch einmal erzitterte die *Amerswatt*, und diesmal krachten ganze Rahen herab, gefolgt von Tauwerk und schreienden Menschen.

Der Drache hing mit schlagenden Flügeln über ihnen, halb am Mast festgeklammert, halb fliegend, und sein langer, schlangenhafter Hals zuckte wild umher, während er laut brüllte. Ein Ruck ging durch das Schiff, und der Mast drehte sich zu Roxanes Entsetzen, als wolle die Kreatur ihn aus dem Schiff reißen.

»Holen Sie ihn runter!«, befahl sie.

Sie wusste nicht, ob der Maestre sie gehört hatte, doch das Gewirr aus gerissenen Tauen und Wanten bewegte sich, erst zögerlich, dann schneller. Einige wickelten sich um den Hals des Drachen, andere schlangen sich um seine Flügel, und eine Rah, die mit emporgerissen worden war, schlug gegen den Kopf der Kreatur. Es schien Roxane, als wehre sich die *Amerswatt* selbst gegen die Gewalt, die ihr angetan wurde. Doch schon rissen die Taue, gaben der unvorstellbaren Kraft des Wesens nach.

Dumpf grollte im Nebel eine Salve. *Jemand schießt auf uns!*, durchfuhr es Roxane. Doch die Geschosse schlugen nicht in das Linienschiff ein, sondern rasten in die Takelage, trafen Masten, Rahen, zerfetzten Segel, zerrissen Taue – und trafen den Drachen.

»Sie versuchen uns zu helfen«, murmelte die junge Offizierin, als das Geschöpf schmerzerfüllt aufschrie. Ein Flügel war durchschlagen worden, und die Kreatur löste sich von dem Mast, wollte davonfliegen, doch jetzt hielten die Taue das Geschöpf gefangen. Noch einmal erbebte das Linienschiff, legte sich auf die Seite, dann versagten die Flügel ihr den Dienst, und die Kreatur stürzte brüllend herab, schlug auf dem Deck auf, zerschmetterte Planken unter ihrem Gewicht, brach durch sie hindurch und riss Roxane mit sich.

Schmerzhaft prallte die junge Offizierin auf die linke Schulter, und Wellen glühendroter Pein rasten durch ihren Körper, als sie sich überschlug. Dinge rasten durch ihr Blickfeld, Gegenstände, Menschen, zu schnell, um etwas zu erkennen. Noch einmal prallte sie auf, überschlug sich, kam dann keuchend und stöhnend zum Liegen. Tränen stiegen ihr in die Augen und nahmen ihr die Sicht. Staub war um sie herum aufgewallt, Menschen stöhnten und schrien.

Benommen blickte sich die junge Offizierin um. Die Kreatur musste zwei Kanonendecks durchschlagen haben – um sich herum sah Roxane die schwersten Geschütze der *Amerswatt*, teilweise umgestürzt und aus ihren Lafetten geschlagen. Dazwischen lagen Leiber, verdrehte Körper, einige sich bewegend, andere still.

Ihr Blick wurde von einem riesigen Schatten angezogen, dem Umriss eines monströsen, dunklen Wesens. Eine Bewegung, ein Zucken des langen Schwanzes, dann bebte das Schiff, als der Drache sich wand und brüllte.

»Raus hier!«, schrie Roxane, doch sie wusste selbst nicht, wie und wohin. Niemand hatte sie auf so etwas vorbereitet, es gab keine Taktik, keine vorgeschriebene Strategie, nichts, was sie hätte nutzen können.

Hastig sah sie sich nach einer Waffe um, nach irgendetwas, was ihr den Mut zurückgegeben hätte angesichts der Kreatur, die sich langsam aus den Trümmern erhob, die sie verursacht hatte. Lediglich ein Luntenstock mit glimmender Spitze lag neben der jungen Offizierin, und sie ergriff ihn, als sie sich aufrappelte. Ihre Waffe wie einen Schild vor sich haltend, schritt sie rückwärts, ohne das gewaltige Wesen aus den Augen zu lassen.

Sein Kopf fuhr zu ihr herum, seine riesigen Augen fixierten sie, und sie sah darin mehr als nur den hungrigen Ausdruck eines Tieres. Roxane stolperte über ein Tau, fiel rücklings hin, kroch vor dem Drachen davon, immer noch den lächerlichen Luntenstock auf ihn gerichtet, als glaubte sie, dass er Feuer fürchtete.

Ihre Hand berührte etwas Kaltes, Schweres: rundes Metall. Der Drache schüttelte sich, hob einen Flügel, eine Klaue griff nach der Kante des Decks, doch sein Blick blieb auf Roxane gerichtet. Sie hingegen sah hinab, entdeckte den umgestürzten 32-Pfünder, der in die Mitte des Decks gerollt war. Das schwere Geschütz lag auf der Seite, doch sein Lauf wies in die richtige Richtung.

Als würde der Drache ihren Blick verstehen, bäumte er sich auf, brüllte erneut und funkelte sie an. Er holte tief Luft. Roxane presste den Luntenstock in das Zündloch des 32-Pfünders. *Sei geladen, bitte, sei geladen,* betete sie, als einen Moment lang nichts geschah.

Dann bockte das Geschütz, schlug gegen ihren Arm, schleuderte den Luntenstock aus ihrem Griff, sandte grauenhaften Schmerz durch ihren Körper, während der Knall ihre

Trommelfelle zu zerreißen drohte. Sie wurde herumgewirbelt, Pulverdampf hüllte sie ein, nahm ihr Luft und Atem, als sie auf den Planken aufschlug.

Sie lag halb auf die Seite gedreht, Lichter tanzten vor ihren Augen, und ein schrilles Pfeifen in ihrem Ohr übertönte alle Geräusche. Sie sah nicht auf, denn sie fürchtete sich vor dem, was sie sehen könnte. Das Schiff lag nun endlich ruhig, sie spürte das Schaukeln der ewigen See, kein unnatürliches Beben und kein Schütteln mehr.

Ein Drache. Nach tausend Jahren, in denen niemand an unseren Gestaden einen Drachen auch nur zu Gesicht bekommen hat, werden wir plötzlich von einem angegriffen. Und ich muss mit Kanonen auf Legenden schießen.

THYRANE

»Ah, ein Moment der Ruhe. Zumindest keift mich die Bailiff jetzt nicht mehr an.«

Der Admiral goss sich einen großzügig bemessenen Port ein und nahm einen ebenso großen Schluck.

»Darf ich euch auch etwas anbieten?«, fragte er und wies auf seine deutlich geschrumpften Vorräte an Alkoholika. Sobald sie in Lessan waren, musste er sie auffüllen.

»Ich nehm' auch so'n Schweinewein«, erklärte Manoel und kratzte sich langsam über den flachen Bauch. Thyrane verzog das Gesicht ob der gewollt groben Ausdrucksweise, füllte aber dennoch einen Becher und reichte ihn dem Maestre. Die Hilfe des jungen Mannes war unbezahlbar gewesen, und der Admiral war gewillt, über seine zahlreichen Brüche der Konventionen hinwegzusehen – vor allem, da er sich selbst oft genug nicht um derartige Einschränkungen geschert hatte.

Während Manoel sofort trank, sah Sinao den Admiral lange an, bis auch sie nickte. Sie sah erschöpft aus, mit blasser Haut und dunkelvioletten Ringen unter den Augen. Aber in ihrem Blick sah Thyrane ein Feuer, das allem zu trotzen schien, was die Welt ihr entgegenstellte.

»Auch Portwein?«, erkundigte er sich sicherheitshalber und warf einen belustigten Blick auf den jungen Maestre, der seinen Becher bereits geleert hatte und nun seine Pfeife stopfte.

»Ja.«

Ihre Stimme war leise und rau. Vielleicht hatte sie von allen Überlebenden am meisten durchgemacht. Sie hielt das Glas, das er ihr reichte, so behutsam, als könne es durch den kleinsten Druck zerbrechen, und nippte dann vorsichtig an dem süßen alkoholischen Getränk.

»Und jetzt?«, fragte Manoel, als er fertig war und seine Pfeife in den Mund steckte. Er hielt ein Streichholz an den Kopf und entzündete den Tabak.

»Jetzt fahren wir nach Lessan, wo ich Bailiff Malster an die Autoritäten übergebe. Dann sehen wir weiter.«

»Man wird sie bestrafen?«

In Sinaos Worten schwang eine Hoffnung mit, die Thyrane nicht teilte. »Ich weiß es nicht. Sie hätte es verdient – die ganze Compagnie hätte das. Aber ich fürchte, das wird ein Gericht zu entscheiden haben und nicht ich.«

»Wird man dich bestrafen?«

Jetzt musste Thyrane lächeln, obwohl die Frage berechtigt war.

»Vielleicht. Es gehört sich nicht, auf andere Thayns zu schießen, auch nicht, wenn sie derart viel Dreck am Stecken haben wie diese Leute. Aber keine Sorge, man wird mir schon nicht das Fell über die Ohren ziehen. Und mit den üblichen Verweisen, Verwarnungen und einer Degradierung kann ich umgehen. Solche Disziplinarstrafen habe ich zur Genüge gesammelt.«

Ihre nächste Frage kam schnell, und jetzt lag in ihren Augen Sorge. »Wirst du in deine Heimat zurückgehen?«

Der Admiral trank noch einen Schluck und nahm sich die Zeit, seine Gedanken zu sortieren, bevor er antwortete.

»Mein Auftrag ist noch nicht erfüllt. Das ist zumindest meine Meinung, auch wenn nicht sicher ist, ob meine Vorgesetzten sie teilen. Was auch immer dort im Dschungel war …«

»Es ist weg«, warf Manoel ein. »Es hat keinen Effekt mehr. Zerstört, gesprengt, Puff!«

»Eben. Und bislang hat keiner von der Compagnie den Mund aufgemacht. Ich für meinen Teil will die Wahrheit wissen.«

Sinao sprang auf, umrundete den Schreibtisch und warf ihm die Arme um den Hals. Sie schluchzte, und er konnte ihre Tränen auf seiner Wange spüren.

»Du gehst nicht.« Es war mehr eine Bitte als eine Feststellung.

Vorsichtig nahm Thyrane sie in den Arm und hielt sie fest. Einen Moment lang gewann er eine Vorstellung davon, wie es wohl wäre, für eine Tochter wie sie zu sorgen. *Jeder Vater könnte stolz auf sie sein. Ein kluges Mädchen, aus dem so viel hätte werden können, wenn diese Tiere sie nicht auf eine Sklaveninsel verschleppt hätten. Aber vielleicht kann es das immer noch.*

Er wünschte sich, er könnte Sinao mehr versprechen, aber das Leben hatte ihn schon so oft an unerwartete Orte geweht, ihn schon so oft von anderen getrennt, dass er nicht mehr tun konnte, als das Mädchen langsam in seinen Armen zu wiegen.

Die Fahrt nach Lessan zumindest würden sie noch gemeinsam verbringen.

Was danach kam, konnte niemand sagen.

TAREISA

Als sie die Augen aufschlug, wusste die Maestra sofort, dass etwas ganz und gar nicht stimmte. Um sie herum herrschte Dunkelheit, und sie konnte ihre Arme und Beine kaum bewegen. Etwas schnürte sie ein, schnitt rau in ihre Haut. *Ich bin gefesselt*, erkannte sie nach einem kurzen Augenblick des Erschreckens. *Und geknebelt*. Angestrengt versuchte sie, sich zu erinnern, was sie in diese Lage gebracht hatte.

Ihre Ankunft in Boroges war ohne Zwischenfälle vonstatten gegangen. Deguay hatte sie nah der Küste an den Schiffen der Thayns vorbeigeschmuggelt, und die *Todsünde* war in der Nacht wie ein Schatten in die Bucht eingelaufen und hatte im Schutz der Festungen im Hafen geankert. Es war der Maestra ein Leichtes gewesen, die verängstigten und verwirrten Offiziere der géronaischen Truppen davon zu überzeugen, ihnen Hilfe zu leisten. Sie hatte den Abtransport der Ladung vorbereitet. Alles schien genau wie geplant zu funktionieren. Deguay war von Bord gegangen, sie hatte in ihrer Kammer einige Dokumente für die Garnison der Stadt aufgesetzt, und dann, dann … war da nichts mehr. Keine Erinnerung, nicht einmal eine Ahnung, warum sie hier in der Dunkelheit lag.

Sie befand sich auf einem Schiff, wie ihr das Auf und Ab und der Geruch von Teer und Salzwasser verrieten. Den Bewegungen nach schien es in Fahrt zu sein. Tareisa konnte nicht sagen, wie viel Zeit vergangen war, ja, sie konnte nicht einmal die Tageszeit feststellen. Um sie herum war es absolut dunkel, und sie wusste nicht, ob es in ihrem Gefängnis überhaupt Öffnungen nach draußen gab. Sie konnte keine Stimmen hören, nur das Holz knarrte und ächzte um sie herum.

Eigentlich hätte sich die Maestra nun auf ihre Macht verlassen, ihre Fesseln gesprengt und ihre Entführer gesucht, aber sie konnte die Nähe der Ladung spüren, den endlosen Sog, der jede Hoffnung auf die Kraft der Vigoris im Keim erstickte. *Der verfluchte Capitane muss mich doch verraten haben*, vermutete sie grimmig. *An wen wird er uns verkaufen? Die Thayns*? Aber auch wenn ihr Verstand ihr sagte, dass es so sein musste, dass Deguay sie verraten haben musste, konnte sie es nicht glauben.

Ein Geräusch erregte ihre Aufmerksamkeit. Ein Grollen in der Ferne. *Ein Gewitter? Oder Kanonendonner*? Sie lauschte gespannt, doch es wiederholte sich nicht.

Wenigstens hatte man sie weich gebettet, auch wenn die Fesseln an ihrer Haut scheuerten und sie unablässig das Gefühl hatte, der Knebel müsse sie ersticken. Ein Würgreiz stieg in ihrer Kehle auf, aber sie schloss die Augen und rang ihn nieder. Es war nicht allein der Knebel, der ihr Übelkeit bereitete, es war auch ihre Hilflosigkeit. Sie hatte einen schweren Fehler begangen, etwas Wichtiges übersehen, und nun war sie auf sich allein gestellt; Hilfe konnte sie hier nicht erwarten. Und solange sich die Ladung in der Nähe befand, war sie ihrer größten Stärke beraubt. Tränen stiegen ihr in die Augen, ob vor Wut, Trauer oder Angst, hätte sie selbst nicht sagen können.

Das Schiff trug sie einem unbekannten Ziel und Schicksal entgegen, und die einst so mächtige Maestra konnte nichts tun, als in der Dunkelheit zu warten und entgegen aller Vernunft zu hoffen.

JAQUENTO

Er trieb durch ein Meer aus Schmerzen und wurde auf einen Punkt zugetragen, an dem es weder Angst noch Qual gab. Er war nur allzu bereit, dort anzukommen, endlich alles hinter sich zu lassen.

Als ihn Hände ergriffen und aufhoben und ihn damit in die Welt der Schmerzen zurückzwangen, wollte er sie wegschlagen, doch er stellte fest, dass ihm die nötige Kraft dazu fehlte. Er musste es geschehen lassen, dass sie ihn forttrugen, und schließlich kehrte die Schwärze zurück, die sein Bewusstsein einhüllte wie eine Decke.

Als er das nächste Mal erwachte, glaubte er zu brennen. Sein Körper stand in Flammen, und ein unerträglicher Durst quälte ihn.

»Jaquento ... Maurez ... hörst du mich?«

Eine Stimme drang zu ihm durch, eine vertraute Stimme. Er kannte den Namen, der zu der Stimme gehörte, doch es war zu beschwerlich, sich daran zu erinnern. Seine Lider waren bleischwer, und es wäre viel zu mühevoll gewesen, sie anzuheben. Aber mit der Stimme kam eine kühle Hand, die über sein Gesicht strich, und Wasser, das seine Lippen benetzte. Gierig trank er das kühle Nass, bis er husten musste, dann fiel er wieder in einen tiefen Schlaf.

Als Jaquento schließlich die Augen aufschlug, befand er

sich auf einem Schiff. Einem Schiff in Fahrt, so viel konnte er an der schaukelnden Bewegung ablesen, aber ansonsten sagte ihm seine Umgebung überhaupt nichts. Er lag in einer recht geräumigen Kajüte, die er noch nie zuvor gesehen hatte. Ein Sekretär war am Boden festgeschraubt, und zwei Stühle umrahmten einen kleinen Tisch. Von einer Wand zur anderen war eine Hängematte gespannt. Er selbst lag in einer Koje, bedeckt von einer unangenehm feuchten Decke. Unter der Decke konnte der junge Hlscadi Verbände ertasten, die seine Brust und sein Bein bedeckten. Er fühlte sich furchtbar, aber seine Gedanken waren klar. Deguay. Er hatte den Kapitän der *Todsünde* getötet. Und dann war er selbst gestorben oder hatte zumindest geglaubt zu sterben. Während Sinosh sich auf den Weg zu den Drachen gemacht hatte.

Noch während er sich fragte, wie viel davon wirklich geschehen war und wie viel ein Fiebertraum, öffnete sich die Tür, und Roxane kam herein. Sie war mit einer thaynrischen Uniform und einem gewachsten Mantel bekleidet. Ein Säbel hing an ihrer Seite, und sie trug einen bandagierten Arm in einer Schlinge. Ihr blondes Haar war ebenso nass wie ihre Kleidung, und sie schüttelte sich wie ein junger Hund. Als sie ihn sah, lächelte sie.

»Du bist wach«, stellte sie fest, offenkundig zufrieden mit diesem Umstand.

»Und du bist nass«, antwortete er mit dem ersten Satz, der ihm in den Sinn kam.

»Wir segeln durch eine Schlechtwetterfront«, erklärte sie, während sie den Mantel und ihren Uniformrock vorsichtig mit der unverletzten Hand abstreifte. »Zwei Minuten an Deck, und man hat keine trockene Stelle mehr am Körper. Bestes Thaynric-Wetter.«

Sie ließ beide Kleidungsstücke auf einen der Stühle fallen und drehte sich zu ihm um.

»Bei der Einheit, ich bin froh, dass du aufgewacht bist. Unser Arzt hat gesagt, dass wir dich verlieren. Aber ich habe nicht daran geglaubt, weißt du?«

»Roxane«, meinte er schwach. »Ich weiß überhaupt nichts. Wo bin ich? Was ist das für ein Schiff? Und was machst du hier?«

Sie lächelte und zog den anderen Stuhl dicht an seine Koje.

»Dies hier ist Ihrer Majestät Schiff *Siorys*. Eine Géronay-Prise, über die mir das Kommando verliehen wurde, vom Admiral höchstpersönlich. Es ist nur eine kleine Korvette, ein ehemaliger Korsar, zwölf Kanonen. Nichts Besonderes. Und dich haben wir am Hafen von Boroges aufgelesen.«

Dem jungen Hiscadi schwirrte bereits der Kopf von all den Informationssplittern, die sie ihm gab und die einfach kein Muster bilden wollten.

»Wenn das hier dein Schiff ist, dann gehört es zur Marine, oder? Wie passe ich dazu?«

»Nun ...« Roxane errötete leicht. »Ich habe dem Admiral gesagt, dass ich dich und Bihrâd gern mit an Bord nehmen würde, und er fand es durchaus angemessen, euch in den Dienst zu pressen.«

Jaquento lachte so lange, bis er den Schmerz in der Brust nicht mehr ertrug.

Die junge Offizierin sah ihn besorgt an. »Sei ein bisschen vorsichtig, ja? Du hattest eine Handspanne Stahl in der Brust und wärst beinahe verblutet. Dass du noch lebst, verdankst du hauptsächlich Bihrâd und Groferton, und ein wenig unserem Schiffsarzt, obwohl der Mann mehr ein Handwerker als ein Heiler ist.«

Jaquento sammelte seine Gedanken. Dann fragte er: »Zum Dienst gepresst? Ich bin jetzt also offiziell ein Leichtmatrose Ihrer Majestät?«

Roxane nickte, mittlerweile tiefrot.

»Und was mache ich dann in deiner Kajüte? Ich vermute zumindest, dass dies die Kapitänskajüte ist, oder nicht?«

»Ach, ich habe so lange Zeit in einer Hängematte geschlafen, dass ich mir dachte, dass es auf ein paar Wochen mehr oder weniger nicht ankommt. Du brauchtest die Koje nötiger als ich. In den Mannschaftsquartieren ist es verflucht eng, und es gibt keine extra Hängematten für die Kranken.«

»Danke«, sagte er trocken. Schon den Kopf anzuheben verursachte ihm Schwindel, und er schloss für einen Moment die Augen.

»Wohin segeln wir?«

»Wir verfolgen die *Todsünde,* Jaq. Sie ist uns vor Boroges entkommen, während wir eine Schlacht geschlagen haben, und meine Vorgesetzten haben eingesehen, dass wir die Ladung nicht ohne Weiteres einer fremden Macht überlassen dürfen. Natürlich hatten sie keine Befugnis, die ganze Flotte hinter ihr herzuschicken, schließlich müssen wir vor allem die Blockade aufrechterhalten. Also beschlossen sie, einer toten Kapitänin mit einem nicht registrierten Prisenschiff diese Aufgabe zu übertragen. Und vielleicht entgeht ein so kleines Schiff auch eher der Aufmerksamkeit der Drachen.«

»Drachen?«

Sie berichtete ihm von ihrer Schlacht, dem unglaublichen Kampf, der stattgefunden hatte. Er verstand ihre Worte, aber es war schwer, den Sinn dahinter zu verstehen. *Drachen? Was wusste er über Drachen? Siorys, der Drachentöter, hatte einen von ihnen erschlagen und die Inseln der Thayns so von ihm befreit …*

»Sinosh hat gesagt, die Drachen hätten keinen Streit mit uns«, sagte er schleppend, als er sich wieder erinnerte. Er war müde, und all das war sehr anstrengend.

Roxane beugte sich über ihn und küsste ihn auf die Stirn.

»Das hat *Sinosh* gesagt, ja? Schlaf, Jaq. Und wenn du aufwachst, werden wir gemeinsam die *Todsünde* jagen. Und diesmal werden wir sie aufbringen und ihre Ladung vernichten.«

EPILOG

Es herrschte eine ungewöhnliche Ruhe in den Kammern und Hallen seines Sanktums. Er selbst hatte jedes Geräusch verbannt, das ihn hätte ablenken können. Sein anfänglicher Zorn war einer milden Neugier gewichen. Zunächst hatte er geglaubt, dass man seine Pläne durchkreuzt hatte, aber nun war ihm bewusst, dass sie lediglich verzögert wurden. Nicht alles war verloren, nur seine Dienerin hatte bei ihrer Aufgabe versagt und war nun tot oder vermisst – lediglich ihr Scheitern kümmerte ihn, nicht ihr Verbleib.

Schwer wog allerdings, dass es im Netzwerk seiner Macht keinen gab, der sie einfach ersetzen konnte. Die Ausübung seines Willens außerhalb dieser uralten Mauern war gefährdet. Sich auf eine Einzige derart zu verlassen war ein Fehler gewesen, wie er nun einräumte. Ihre bisherige Effizienz hatte ihn in Sicherheit gewiegt, bis seine übrigen Agenten weiter und weiter in den Schatten zurückgetreten waren, während sie allein sein wichtigster Punkt in der Welt geworden war. Nicht sein Auge und seine Hand, wie er stets gedacht hatte, sondern seine Krücke.

Doch es war sinnlos, sich deswegen zu schelten. Der Fehler war begangen worden, er hatte ihn erkannt, daraus gelernt und würde ihn nicht wiederholen. Es war ihm nicht gegeben, über derlei Kleinigkeiten zu grübeln oder sich andere, günstigere Ereignisse herbeizuträumen. Sein langes Leben hatte ihn gelehrt, die Stolpersteine der Existenz stoisch zu nehmen, Strategien zu entwickeln, Pläne zu schmieden und Fehler einzugestehen, um nicht dazu verdammt zu sein, sie immer zu wiederholen.

Er seufzte. Es würde einige Zeit dauern, einen angemessenen Ersatz für seine Dienerin zu finden, heranzuziehen und auszubilden. Für gewöhnlich war Zeit kein Problem, das ihm Sorgen bereitete, doch ausgerechnet jetzt war Eile geboten.

Seine Schritte führten ihn durch sein Sanktum. Er musste nicht auf seine Umgebung achten; er kannte jeden Zentimeter seiner Heimat besser als die meisten Menschen sich selbst.

Auf dem Weg traf er eine Entscheidung. Er musste sich selbst um diese Angelegenheit kümmern. Sie war zu wichtig, als dass er sie weiterhin in der Hand anderer hätte belassen können. Und damit war der Entschluss gefällt. Er musste sein Sanktum verlassen.

Zum ersten Mal seit endlos erscheinenden Zeiten würde er in die Welt hinaustreten.

DANKSAGUNG

Die Reise geht weiter.

Wie wir bereits in der letzten Ausgabe berichteten, hat das Schiff seine Reise fortgesetzt. Es wurde Stürmen getrotzt, es wurden Klippen umfahren und unbekannte Gewässer erkundet. Auch wenn es dem Kapitän obliegt, den Kurs festzusetzen, so hat die Admiralität gegenüber unserem Reporter ausdrücklich auch die Besatzung des Schiffs und ihre Leute vor Ort gelobt.

Zum einen wäre da die Navigatorin Uta Dahnke, deren unermüdliches Bestreben um den korrekten Kurs eine unersetzbare Hilfe war. Auch die Matrosen Sascha Mamczak, Martina Vogl und Sebastian Pirling haben sich durch herausragende Taten und unermüdlichen Einsatz hervorgetan. Besonders erwähnt wurden noch Natalja Schmidt und Julia Abrahams, die der Admiralität als Agentinnen vor Ort unschätzbare Dienste geleistet haben.

Unsere werten Leser sehen also, dass das Gelingen dieser an Fährnissen reichen Reise nicht allein in einer Hand liegt und viele am Erfolg der Unternehmung beteiligt sind.

Der *Thaynric Chronist* wird die Fahrt natürlich weiterhin begleiten und seine Leser über die Neuigkeiten unterrichten.

GLOSSAR

Géronaisch

Betan	Gut
Marchess	Adelstitel
Princiess	Adelstitel
Vichess	Adelstitel

Hiscadisch

Carado	Verrückte Person
Criolo	Mischling
Duquo	Adelstitel
Grabado	Liebhaber (abwertend), Stecher
Mesér, Meséra	Anrede, in etwa: Euer Gnaden
Perka	Prostituierte (abwertend)
Quéri	Kosewort: mein Herz
Teniente	Militärischer Rang, entspricht Leutnant
Tereda	Tanz

Paranao

Ari'	Eroberer
Anki	Böser Mensch
Blassnasen	Bezeichnung für Thayns, teilweise auch für alle Corbaner
Cacique	Häuptling
Cajaya	weiblicher Hai

Chenao	Kosewort: Liebste/r
Denge	Alter Mann
Finsterwelt	Paranao-Vorstellung der Hölle
Guaili	Kleiner Junge
Halbherz	Mischling
Jeicacu'	Schwarzauge, Lügner
Jicota	Langschildkröte
Ki'	Erdgeister
Mojo	Magie
Ocama	Hör mir zu
Oubao-moin	Blutinsel
Pelahu	Untoter, Zombie
Siani Wu'a	Unverheiratete (naive) Frau
Wu'a	Nein!
Zemi	Götter der Paranao, gleichzeitig auch die dreispitzigen steinernen Götzen

Schiffstechnische Begriffe

Einpfünder, Achtzehnpfünder, Vierundzwanzigpfünder etc.	Kanonen; werden nach Gewicht der Kugeln bezeichnet
Achterdeck	Hinteres Schiffsdeck
Aufbau	Schiffbauten, die über dem Hauptdeck liegen
Aufentern	In die Takelage klettern
Back	Aufbau auf dem Vordeck
Backbord	In Fahrtrichtung linke Seite des Schiffs
Besanmast	Hinterer Mast
Bilge	Unterster Raum des Schiffes, direkt oberhalb des Kiels
Bramsegel	Oberstes Rahsegel

Brig	Schiffsgefängnis
Bug	Vorderer Abschluss des Rumpfs
Bugspriet	Über den Bug hinausragende Spiere zum Befestigen von Segeln
Dingi	Kleines Beiboot
Eimerreiter	Larven, die im Schiffszwieback leben und beim Transport im Eimer liegen bleiben
Fähnrich	Offiziersanwärter
Faden	Längenmaß, etwa 1,83 Meter
Fallreep	Strickleiter
Fieren	Lockern bzw. eine Last herablassen
Fregatte	Kriegsschiff mit drei Masten und einem durchgehenden Geschützdeck, kleiner als ein Linienschiff
Glasen	Zeiteinheit, halbe Stunde; auch Angeben der Zeit durch Glockenschlag
Gräting	Gitterrost
Hauptdeck	Höchstes Deck
Kalfatern	Fugen zwischen den Planken abdichten
Kiel	Grundbalken des Schiffs der Länge nach
Knoten	Maß der Geschwindigkeit; eine Seemeile pro Stunde
Koje	Schlafstätte
Korvette	Kriegsschiff mit drei Masten, kleiner als eine Fregatte
Krängung	Seitliche Neigung des Schiffs
Lastdeck	Laderaum
Lee	Dem Wind abgekehrte Seite des Schiffs
Leutnant	Offiziersrang
Linienschiff	Kriegsschiff mit drei Masten und zwei oder drei Geschützdecks
Luv	Dem Wind zugekehrte Seite des Schiffs

Maat	Unteroffiziersrang
Messe	Speiseraum, auch Essensgemeinschaft an Bord
Orlopdeck	Deck über dem Lastdeck
Poopdeck	Oberstes Achterdeck
Rah	Bewegliches Querholz am Mast, an dem die Segel befestigt sind
Reling	Geländer um das Deck
Riemen	Ruder
Schanz	Geschlossene Reling
Schott	Wand im Schiffsrumpf
Spiere	Querstange am Mast
Spill	Vorrichtung zum Einholen von Tauen und Ketten; Winde, Ankerwinde
Steuerbord	In Fahrtrichtung rechte Seite des Schiffs
Sturmweltfahrer	Handelsschiff mit drei oder mehr Masten
Takelage	Tauwerk des Schiffes; bewegliches und stehendes Gut; teilweise auch Gesamtheit der Masten, Segel, Spiere und Taue
Topp	Mastspitze
Toppsgast	Matrose, der an der obersten Takelage arbeitet
Wanten	Taue, die den Mast seitlich halten
Winsch	Eine Winde